11/16
35.00

Legado
en los huesos

Dolores
Redondo

Legado en los huesos

Dolores Redondo

Ediciones Destino
Colección Áncora y Delfín

Obra editada en colaboración con Ediciones Destino – España

© 2013, Dolores Redondo
Por acuerdo con Pontas Literary & Film Agency

© 2013, Ediciones Destino, S.A. – Barcelona, España

Derechos reservados

© 2015, Editorial Planeta Mexicana, S.A. de C.V.
Bajo el sello editorial DESTINO M.R.
Avenida Presidente Masarik núm. 111, Piso 2
Colonia Polanco V Sección
Deleg. Miguel Hidalgo
C.P. 11560 México, D.F.
www.planetadelibros.com.mx

Primera edición impresa en España: noviembre de 2013
ISBN: 978-84-233-4745-2

Primera edición impresa en México: marzo de 2015
ISBN: 978-607-07-2646-0

Impreso en los talleres de EDAMSA Impresiones, S.A. de C.V.
Av. Hidalgo núm. 111, Col. Fracc. San Nicolás Tolentino, México, D.F.
Impreso en México – *Printed in Mexico*

Para Eduardo, cada palabra

¿No tendrá ese hombre conciencia de su oficio, que canta mientras abre una fosa?

Hamlet, WILLIAM SHAKESPEARE

A menudo el sepulcro encierra, sin saberlo, dos corazones en un mismo ataúd.

ALPHONSE DE LAMARTINE

Que el dolor cuando es por dentro es más fuerte, no se alivia con decírselo a la gente.

Si hay Dios, ALEJANDRO SANZ

Itxusuria

Localizó la tumba guiándose por la línea que el agua había dibujado en el suelo al caer desde el alero de la casa. Se arrodilló y de entre sus ropas extrajo una palita de jardín y una piqueta con las que desconchó la superficie compacta de la tierra oscura, que se desprendió en terrones húmedos y esponjosos, destilando un aroma rico como a madera y musgo.

Con cuidado, fue eliminando capas de unos pocos centímetros hasta que, mezclados con la tierra, aparecieron jirones ennegrecidos de tela podrida.

Excavó con las manos apartando la prenda en la que aún se adivinaba una mantita de cuna que se deshizo al tocarla, descubriendo el paño encerado que envolvía el cuerpo. Apenas se veían restos de la cuerda que lo había atado, dejando sobre el lienzo un dibujo marcado y profundo allí donde lo ciñó. Retiró los residuos del cordel, reducido a pulpa entre sus dedos, y acarició la superficie buscando el borde del lienzo que, aun sin verlo, adivinó con varias vueltas de tela. Hundió los dedos en el extremo del hatillo y rasgó la mortaja, que se abrió como si usase un cuchillo.

El bebé yacía enterrado boca abajo como si durmiese acunado en la tierra; los huesos, como el mismo lienzo, aparecían bien conservados aunque teñidos por la tierra oscura del Baztán. Extendió una mano que casi cubrió por entero el cuerpecillo, presionó el tórax contra la tierra y sin resistencia arrancó de cuajo el brazo derecho, que al soltarse quebró la pequeña clavícula con un chasquido suave, como un suspiro que, procedente de la sepultura, lamentase el expolio. Retrocedió, intimidado de pronto, se puso en pie, introdujo los huesos entre sus ropas y dedicó una última mirada a la tumba, antes de empujar con los pies la tierra a su interior.

I

El ambiente en el juzgado era irrespirable. La humedad de la lluvia, prendida en los abrigos, comenzaba a evaporarse, mezclada con el aliento de cientos de personas que abarrotaban los pasillos frente a las distintas salas. Amaia se desabrochó el chaquetón mientras saludaba al teniente Padua, que, tras hablar brevemente con la mujer que lo acompañaba e instándola a entrar en la sala, se acercó sorteando a la gente que esperaba.

—Inspectora, me alegro de verla. ¿Cómo se encuentra? No estaba seguro de que pudiera estar aquí hoy —dijo, con un gesto hacia el abultado vientre.

Ella se llevó una mano a la tripa, que evidenciaba el último tramo del embarazo.

—Bueno, parece que de momento aguantará. ¿Ha visto a la madre de Johana?

—Sí, está bastante nerviosa. Espera dentro acompañada por su familia, acaban de llamarme de abajo para decir que ha llegado el furgón que trae a Jasón Medina —dijo dirigiéndose al ascensor.

Amaia entró en la sala y se sentó en uno de los bancos del final; aun así veía a la madre de Johana Márquez, enlutada y mucho más delgada que en el funeral de la niña. Como si percibiese su presencia, la mujer se volvió a mirar y la saludó con un breve gesto de asentimiento. Amaia intentó sonreír, sin conseguirlo, mientras apreciaba la apariencia lavada del rostro de aquella madre atormentada por la certeza de no haber podido proteger a su hija del monstruo que ella misma había llevado a casa. El secretario procedió a leer en voz alta los nombres de los citados. No se le escapó el gesto de crispación que se dibujó en la cara de la mujer al escuchar el nombre de su marido.

—Jasón Medina —repitió el secretario—. Jasón Medina.

Un policía de uniforme entró corriendo en la sala, se acercó al secretario y le susurró algo al oído. A su vez se inclinó para hablar con el juez, que escuchó sus palabras, asintió, llamó al fiscal y a la defensa, les habló brevemente y se puso en pie.

—Se suspende la sesión, serán citados nuevamente si así procede. —Y sin decir más, salió de la sala.

La madre de Johana comenzó a gritar mientras se volvía hacia ella demandando respuestas.

—No —chilló—, ¿por qué?

Las mujeres que la acompañaban intentaron en vano abrazarla para contener su desesperación.

Uno de los policías se acercó a Amaia.

—Inspectora Salazar, el teniente Padua le pide que baje a los calabozos.

Al salir del ascensor vio que un grupo de policías se arremolinaba frente a la puerta de los baños. El guardia que la acompañaba le indicó que entrase. Un policía y un funcionario de prisiones se apoyaban contra la pared con los rostros demudados. Padua miraba hacia el interior del cubículo, apostado en el borde del charco de sangre que se derramaba por debajo de la estructura que separaba los retretes y que aún no había comenzado a coagularse. Al ver entrar a la inspectora se hizo a un lado.

—Le dijo al guardia que tenía que entrar al baño. Ya ve que está esposado, aun así logró rebanarse el cuello.

Todo fue muy rápido, el policía no se movió de aquí, le oyó toser y entró, no pudo hacer nada.

Amaia dio un paso adelante para ver el cuadro. Jasón Medina aparecía sentado en el retrete con la cabeza echada hacia atrás. Un corte oscuro y profundo surcaba su cuello. La sangre había empapado la pechera de la camisa como un babero rojo que hubiera resbalado entre sus piernas, tiñendo todo a su paso. El cuerpo aún emanaba calor, y el olor de la muerte reciente viciaba el aire.

—¿Con qué lo ha hecho? —preguntó Amaia al no ver ningún objeto.

—Un cúter. Se le cayó de las manos al perder fuerza y fue a parar al váter de al lado —dijo empujando la puerta del siguiente retrete.

—¿Cómo pudo meter eso aquí? Es de metal, el arco tuvo que detectarlo.

—No lo introdujo él, inspectora. Mire —dijo señalando—, si se fija verá que el mango del cúter lleva pegado un trozo de cinta americana. Alguien se tomó muchas molestias para dejar el cúter aquí, seguramente tras la cisterna, él no tuvo más que despegarlo de su escondite.

Amaia suspiró.

—Y eso no es todo —dijo Padua, disgustado—. Esto asomaba del bolsillo de la chaqueta de Medina —dijo levantando con una mano enguantada un sobre blanco.

—Una carta de suicida —sugirió Amaia.

—No exactamente —dijo Padua tendiéndole un par de guantes y el papel—. Y va dirigida a usted.

—¿A mí? —se extrañó Amaia.

Se puso los guantes y tomó el sobre.

—¿Puedo?

—Adelante.

La solapa estaba adherida con un suave pegamento que cedió sin rasgarse. Dentro, una cartulina blanca con una sola palabra escrita en el centro del papel.

«Tarttalo.»

Amaia sintió una fuerte punzada en el vientre, contuvo el aliento disimulando el dolor, volvió el papel para comprobar que no hubiese nada escrito por el envés, y se lo tendió a Padua.

—¿Qué significa?

—Esperaba que usted me lo dijera.

—Pues no lo sé, teniente Padua, no significa gran cosa para mí —respondió Amaia un poco confusa.

—Un tarttalo es un ser mitológico, ¿no?

—Pues... sí, hasta donde yo sé es un cíclope de la mitología grecorromana, y también de la vasca. ¿Adónde quiere llegar?

—Usted trabajó en el caso del basajaun, que también era un ser mitológico, y ahora el asesino confeso de Johana Márquez, que casualmente intentó imitar un crimen del basajaun para esconder el suyo, se suicida y le deja una nota a usted, una nota en la que pone «Tarttalo». No irá a decirme que no es por lo menos curioso.

—Sí, lo admito —suspiró Amaia—. Es raro, pero en su momento ya establecimos sin lugar a duda que Jasón Medina violó y asesinó a su hijastra y después intentó de forma bastante chapucera imitar un crimen del basajaun. Además, él lo confesó con todo lujo de detalles. ¿Insinúa que quizá no fuera el autor?

—No me cabe ninguna duda de que él lo hizo —afirmó Padua mirando el cadáver con gesto de fastidio—. Pero está el tema de la amputación y de los huesos de la chica que aparecieron en Arri Zahar, y ahora esto, esperaba que usted pudiera...

—No sé qué significa esto, ni por qué lo dirige a mí.

Padua suspiró sin dejar de observar su gesto.

—Claro, inspectora.

Amaia se dirigió a la salida trasera decidida a no encontrarse con la madre de Johana. No habría sabido qué decirle, quizá que todo había acabado, o que al final aquel desgraciado se había escabullido hacia el otro mundo como la rata que era. Mostró a los guardias su placa y por fin se vio libre de la atmósfera del interior. Había dejado de llover y, a través de las nubes, la luz incierta y brillante de entre chubascos tan típica de Pamplona le arrancó unas lágrimas mientras revolvía su bolso buscando las gafas de sol. Le había costado encontrar un taxi que la llevara al juzgado en hora punta. Cuando llovía siempre pasaba lo mismo, pero ahora unos cuantos coches hacían cola en la parada mientras los pamploneses optaban por caminar. Se detuvo un momento ante el primero. Aún no quería ir a casa, la perspectiva de tener a Clarice dando vueltas y bombardeándola a preguntas no le resultaba nada atractiva. Desde que sus suegros habían llegado hacía dos semanas, el concepto de hogar había sufrido serias alteraciones. Miró hacia las invitadoras cristaleras de las cafeterías situadas frente al juzgado y al extremo de la calle San Roque, donde vislumbró los árboles del parque de la Media Luna. Calculó un kilómetro y medio hasta su casa y echó a andar. Si se cansaba, siempre podía coger un taxi.

Sintió un inmediato alivio cuando al penetrar en el parque dejó el ruido del tráfico a su espalda, y el frescor de la hierba mojada sustituyó el del humo de los coches. De modo imperceptible relajó su paso y enfiló uno de los senderos de piedra que recortaban el perfecto verdor. Tomó aire profundamente y lo dejó salir muy despacio. Menuda mañana, pensó; Jasón Medina encajaba perfectamente en el perfil del reo que se suicida en prisión. Violador y asesino de la hija de su esposa, había permanecido aislado a la espera del juicio, y resultaba seguro que la perspectiva de mezclarse con los presos comunes tras la condena le había aterrorizado. Lo recordaba de los interrogatorios nueve meses atrás, durante las investigaciones del caso Basajaun, como un ratón lloroso y asustado, que confesaba sus atrocidades entre un mar de lágrimas.

Aunque eran casos distintos, el teniente Padua de la Guardia Civil la había invitado a participar, debido al intento chapucero de Medina de imitar el modus operandi del asesino en serie que ella perseguía, basándose en lo que había leído en la prensa. Nueve meses, justo cuando quedó embarazada. Muchas cosas habían cambiado desde entonces.

—¿Verdad, pequeña? —susurró, acariciándose la tripa.

Una fuerte contracción la obligó a detenerse. Apoyada en el paraguas e inclinada hacia adelante aguantó la impresión de terrible pinchazo en la parte baja del vientre, que se extendió hasta la cara interna de los muslos, provocándole un calambre que le arrancó un quejido, no tanto de dolor como de sorpresa por la intensidad. La oleada decreció tan rápido como había llegado.

Así que así era. Se había preguntado mil veces cómo sería estar de parto y si sabría distinguir las primeras señales o sería una de esas mujeres que acuden al hospital con la cabeza del niño fuera o que dan a luz en un taxi.

—¡Oh, pequeña! —le habló dulcemente—, aún falta una semana, ¿estás segura de querer salir ya?

El dolor había desaparecido como si nunca hubiera venido. Sintió una inmensa alegría y una oleada de nervios ante la inminencia de su llegada. Sonrió feliz y miró alrededor como queriendo compartir su gozo, pero el parque estaba desierto, húmedo y fresco, de un verde esmeralda que, con la luz brillante que se proyectaba a través de la capa de nubes que cubría Pamplona, resultó más radiante y hermoso aún, haciéndole recordar la sensación de descubrimiento que siempre tenía en Baztán y que le resultó un regalo inesperado en Pamplona. Emprendió de nuevo el camino, transportada ahora al mágico bosque y a los ojos dorados del señor de aquellos dominios. Sólo nueve meses antes se encontraba investigando allí, en el lugar donde había nacido, en el lugar del que siempre quiso irse, el lugar al que regresó para cazar a un asesino y donde concibió a su pequeña.

La certeza de su hija creciendo en su interior había supuesto en su vida el bálsamo de calma y serenidad que siempre había imaginado y que en aquel momento había sido lo único que podía ayudarla a afrontar los terribles hechos que le había tocado vivir y que unos meses antes habrían acabado con ella. Volver a Elizondo, escarbar en su pasado y, sobre todo, la muerte de Víctor, habían trastocado su mundo y el de toda su familia. La tía Engrasi era la única que permanecía inalterable, echando sus cartas, jugando al póquer cada tarde con sus amigas y sonriendo de ese modo en que lo hacen los que están de vuelta de todo. Flora se había trasladado precipitadamente a Zarautz, bajo el pretexto de rodar a diario los programas de repostería para la televisión nacional, y había cedido, quién lo iba a decir, el mando de Mantecadas Salazar a Ros, que, para sorpresa de Flora y confirmando lo que Amaia había pensado siempre, se había revelado como una magnífica gerente, aunque un poco abrumada al principio. Amaia le había ofrecido su ayuda y casi todos los fines de semana en los últimos meses los habían pasado en Elizondo, aunque hacía tiempo que se había dado cuenta de que Ros ya no necesitaba su apoyo. Sin embargo, seguía yendo allí, a comer con ellas, a dormir en casa de la tía, a casa. Desde el momento en que su pequeña comenzó a crecer dentro de su vientre, desde que se había atrevido a ponerle nombre al miedo y a compartirlo con James, y seguramente también debido al contenido del DVD que guardaba junto a su arma en la caja fuerte de su dormitorio, lo supo, supo que tenía una certeza, una sensación de hogar, de raíz, de tierra, que había creído perdida durante años y para siempre.

Al entrar en la calle Mayor comenzó a llover de nuevo. Abrió su paraguas y caminó sorteando a la gente de compras y a algunos peatones presurosos y desprotegidos que caminaban medio encorvados bajo los aleros de los edificios y las marquesinas de los comercios. Se detuvo ante el colorido escaparate de una tienda de ropa para niños y observó los vestiditos rosas bordados con minúsculas florecillas, y pensó que quizá Clarice tenía razón y debería comprarle algo así a su pequeña. Suspiró, malhumorada de pronto, mientras pensaba en la habitación que Clarice le había montado para la niña. Sus suegros habían venido para el nacimiento de la pequeña, y aunque llevaban sólo diez días en Pamplona, ella ya había conseguido copar las peores previsiones de suegra entrometida que podían esperarse. Desde el primer día había puesto de manifiesto su extrañeza de que no tuvieran montado un dormitorio para el bebé habiendo varios cuartos vacíos en la casa.

Amaia había recuperado una cuna antigua de madera noble que durante años había estado en el salón de tía Engrasi, utilizada como leñera. James la había lijado hasta sacar la veta de debajo de la capa de barniz viejo, la había barnizado de nuevo y las amigas de Engrasi le habían cosido unos primorosos faldones y un cobertor blanco que realzaba el valor y la solera de la cunita. Su dormitorio era grande, tenían espacio de sobra, y la idea de tener a la niña en otra habitación no le terminaba de convencer, por muchas ventajas que le asignasen los expertos. No, no le gustaba, al menos de momento. Los primeros meses, mientras le diera el pecho, tenerla cerca facilitaría las tomas nocturnas y contribuiría a su tranquilidad el estar segura de que la podría oír si lloraba o si le pasaba algo...

Clarice había puesto el grito en el cielo. «La niña debe tener su propia habitación, con todas sus cosas cerca. Créeme, ambas descansaréis mejor. Si la tienes al lado estarás toda la noche pendiente de cada suspiro, de cada movimiento. Ella tiene que tener su espacio y vosotros el vuestro. Además, no creo que sea muy saludable para la niña compartir dormitorio con dos adultos, luego los niños se acostumbran y no hay manera de llevarlos a su habitación.»

Ella también había leído los libros de una caterva de prestigiosos pediatras decididos a adoctrinar a toda una nueva generación de infantes educados en el sufrimiento, a los que no había que coger demasiado en brazos, que tenían que dormir solos desde que nacían y a los que no había que consolar en sus ataques de frustración porque debían aprender a ser independientes y a administrar sus fracasos y miedos. A Amaia le revolvía el estómago tanta necedad. Suponía que si alguno de esos ilustres doctores se hubiera visto obligado como ella a «administrar» su miedo desde la infancia, quizá su visión del mundo sería algo diferente. Si su hija quería dormir con ellos hasta los tres años, le parecía perfecto: quería consolarla, escucharla, dar y restar importancia a sus pequeños temores, que como ella bien sabía podían ser enormes también en un niño pequeño. Pero era evidente que Clarice tenía sus propias ideas de cómo debían hacerse las cosas y estaba dispuesta a compartirlas con el mundo.

Tres días atrás, al llegar a casa, se había encontrado el regalo sorpresa de su suegra, una magnífica habitación con armarios, cambiador, chifonier, alfombras, lámparas. Un empacho de nubes y corderitos rosas, de lazos y puntillas por todas partes. James la había esperado en la puerta con cara de circunstancias y mientras la besaba le había susurrado una disculpa, «Lo hace con buena intención», que ya había alarmado a Amaia lo suficiente como para que se le helase la sonrisa ante el empalago de rosa mientras valoraba el hecho de estar siendo alienada en su propia casa. Clarice, sin embargo, se mostraba encantada, moviéndose entre los muebles nuevos como una presentadora de teletienda, mientras su suegro, impasible como siempre ante su enérgica esposa, continuaba leyendo la prensa sentado en el salón y sin inmutarse. A Amaia le costaba imaginar que Thomas fuera el director de un imperio financiero en Estados Unidos; ante su esposa, se comportaba con una mezcla de sumisión e indolencia que le resultaban siempre sorprendentes. Amaia fue consciente de lo incómodo que se sentía James, y sólo por eso procuró mantener el tipo mientras su suegra le mostraba la maravillosa habitación que le había comprado.

—Mira qué precioso armario, aquí te cabe toda la ropa de la niña, y el cambiador tiene en su interior un vestidor completo. No me negarás que las alfombras son preciosas y aquí —dijo sonriendo, satisfecha—, lo más importante, una cuna digna de una princesa.

Amaia reconoció que la enorme cuna rosa era propia de una infanta y tan grande que la niña podría dormir en ella hasta los cuatro años.

—Es bonita —se obligó a decir.

—Es preciosa, y así podrás devolverle la leñera a tu tía.

Amaia salió de la habitación sin contestar, se metió en su cuarto y esperó a James.

—Oh, lo siento, cariño, no lo hace con mala intención, es que ella es así, serán sólo unos días más. Sé que estás teniendo mucha paciencia, Amaia, y te prometo que en cuanto se vayan nos desharemos de todo lo que no te guste.

Había aceptado, por James y porque no tenía fuerzas para discutir con Clarice. James tenía razón, estaba teniendo mucha paciencia, algo que no iba con su carácter. Sería la primera vez que permitía que alguien la manejase, pero en esta última fase del embarazo algo había cambiado en ella. Hacía días que no se sentía bien, toda la energía de la que había gozado en los primeros meses había desaparecido, sustituida por una desgana inusual en ella, y la presencia dominante de su suegra venía a poner más de manifiesto su falta de fuerzas. Volvió a mirar la ropita del escaparate y decidió que bastante tenía ya con todo lo que había comprado Clarice. Sus excesos de abuela primeriza la ponían enferma, aunque había algo más, y es que secretamente habría dado cualquier cosa por sentir esa borrachera de felicidad rosa que aquejaba a su suegra.

Desde que se había quedado embarazada, apenas había comprado para la niña un par de patucos, camisetas y polainas y unos cuantos pijamitas de colores neutros. Suponía que el rosa no era su color favorito. Cuando veía en un escaparate los vestiditos, las chaquetas, los faldones y todos aquellos objetos plagados de lazos y florecillas aplicadas, pensaba que eran hermosos, adecuados para vestir a una pequeña princesa, pero cuando los tenía en la mano sentía un rechazo frontal hacia tanta ñoñería cursi y terminaba por no comprar nada, confusa y enfadada. No le habría venido mal un poco del entusiasmo de Clarice, que se deshacía en exclamaciones apreciativas ante los vestiditos con zapatitos a juego. Sabía que no podía ser más feliz, que había amado a aquella criatura desde siempre, desde que ella misma era una niña oscura y desdichada y soñaba con ser madre un día, una madre de verdad, un deseo que cobró forma cuando conoció a James y que llegó a atenazarla con la duda y el miedo cuando la maternidad amenazó con no llegar, hasta el punto de plantearse un tratamiento de fecundidad. Y entonces, nueve meses atrás, y mientras investigaba el caso más importante de su vida, se había quedado embarazada.

Era feliz, o al menos creía que debía serlo y eso la confundía aún más. Hasta hacía poco se había sentido plena, contenta y segura como hacía años que no se sentía, y sin embargo, en las últimas semanas, nuevos temores, que eran en realidad tan viejos como el mundo, habían regresado furtivamente, colándose en sus sueños mientras dormía y susurrándole palabras que conocía y que no quería reconocer.

Una nueva contracción menos dolorosa pero más larga tensó su vientre. Miró el reloj. Veinte minutos desde la última en el parque.

Se dirigió al restaurante donde habían quedado para comer porque Clarice desaprobaba que James cocinase a diario, y entre las insinuaciones de que debían contar con servicio en casa y ante el riesgo de que cualquier día al llegar pudiera encontrarse con que tenían un mayordomo inglés, habían optado por comer y cenar todos los días fuera.

James había elegido un moderno restaurante en una calle paralela a la calle Mercaderes, donde vivían. Clarice y el silencioso Thomas sorbían sendos Martinis cuando Amaia llegó. James se levantó nada más verla.

—Hola, Amaia, ¿qué tal estás, amor? —dijo besándola en los labios y apartando la silla para que se sentara.

—Bien —respondió ella, valorando la posibilidad de decirle algo sobre el comienzo de las contracciones. Miró a Clarice y decidió que no.

—¿Y nuestra pequeña? —sonrió James, poniendo una mano sobre su vientre.

—«Nuestra pequeña» —repitió Clarice con sorna—. ¿Os parece normal que a una semana del nacimiento de vuestra hija aún no hayáis elegido un nombre para ella?

Amaia abrió la carta y simuló leer después de dedicar una mirada a James.

—Oh, mamá, ya estamos otra vez, hay unos cuantos nombres que nos gustan, pero no terminamos de decidirnos, así que esperaremos a que la niña nazca. Cuando veamos su carita decidiremos cómo va a llamarse.

—¿Ah, sí? —se interesó Clarice—. ¿Y qué nombres barajáis? ¿Clarice, quizás? —Amaia resopló—. No, no, decidme qué nombre habéis pensado —insistió Clarice.

Amaia levantó la mirada de la carta mientras una nueva contracción tensaba su vientre durante unos segundos. Consultó su reloj, sonrió.

—Lo cierto es que ya lo he decidido —mintió—, pero deseo que sea una sorpresa. Sólo puedo adelantarte que no será Clarice, no me gustan los nombres repetidos dentro de la familia, creo que cada cual debe tener su identidad propia.

Clarice le dedicó una sonrisa torcida.

El nombre de la pequeña era el otro misil que Clarice lanzaba contra ella cada vez que tenía ocasión. ¿Cómo iba a llamarse la niña? Su suegra había insistido tanto que James había llegado a sugerir que eligieran un nombre de una vez, sólo para que su madre dejase el tema. Se había enfadado con él. Era lo que faltaba: ¿iba a tener que elegir un nombre sólo por satisfacerla?

—Por satisfacerla no, Amaia; debemos elegir un nombre porque de algún modo tendremos que llamar a la niña y tú pareces no querer ni pensarlo.

Y como con el asunto de la ropita, sabía que tenían razón. Había leído sobre el tema y le había preocupado tanto que al final le había preguntado a la tía Engrasi.

—Bueno, yo no he tenido bebés, así que no puedo hablar de mi experiencia, pero a nivel clínico, sé que es bastante común en madres primerizas y sobre todo en los papás. Cuando ya se ha tenido un hijo, uno sabe a qué se enfrenta, ya no hay sorpresa, pero con el primer embarazo suele ocurrir que, a pesar de que el vientre crezca, algunas mamás no son capaces de relacionar los cambios en su cuerpo con un bebé real. Hoy en día, con las ecografías y la posibilidad de escuchar el corazón del feto y conocer el sexo, la impresión de realidad del hijo que se espera se agudiza, pero en el pasado, cuando no se podía ver al bebé hasta el momento del parto, eran muchos los que sólo cobraban conciencia de que tenían un hijo cuando podían tomarlo en brazos y ver su carita. Las inseguridades que te inquietan son de lo más normal —dijo poniendo una mano sobre su vientre—. Créeme, no se está preparado para lo que supone ser padre o madre, a pesar de que algunos lo disimulen bastante bien.

Pidió un plato de pescado que apenas tocó y comprobó que las contracciones se distanciaban y perdían intensidad al estar en reposo.

Mientras tomaban el café, Clarice volvió a la carga.

—¿Ya habéis mirado jardines de infancia?

—No, mamá —respondió James, dejando su taza sobre la mesa y mirándola con cansancio—. No hemos mirado nada porque no vamos a llevar a la niña a la guardería.

—Bueno, entonces buscaréis a una niñera para que la cuide en casa cuando Amaia vuelva a trabajar.

—Cuando Amaia vuelva a trabajar yo cuidaré de mi hija.

Clarice abrió los ojos desmesuradamente y miró a su marido tratando de encontrar una complicidad que no halló en un sonriente Thomas, que negaba con la cabeza mientras sorbía su té rojo.

—Clarice... —avisó. Aquellas repeticiones del nombre de su esposa susurrado con tono de reproche eran lo más parecido a una protesta que llegaba a salir de la boca de Thomas.

Ella no se dio por aludida.

—No lo diréis en serio. ¿Cómo vas a cuidar tú de la niña? No sabes una palabra de bebés.

—Aprenderé —contestó él, divertido.

—¿Aprender? ¡Por el amor de Dios!, necesitarás ayuda.

—Ya tenemos una asistenta que viene por horas.

—No hablo de una asistenta cuatro horas a la semana, hablo de una niñera, una cuidadora que se ocupe de la niña.

—Lo haré yo, lo haremos entre los dos, esto es lo que hemos decidido.

James parecía divertirse y por la expresión de Thomas dedujo que él también. Clarice resopló, y adoptó una sonrisa tensa y un tono pausado que indicaba el supremo esfuerzo que hacía por ser razonable y paciente.

—Si yo entiendo todo esto de los padres modernos dándoles el pecho a sus hijos hasta que tienen dientes, durmiendo en su cama y queriendo hacerlo todo solos y sin ayuda, pero, hijo, tú también tienes que trabajar, tu carrera está en un momento muy importante, y en el primer año la niña no te dejará tiempo ni para respirar.

—Acabo de terminar una colección de cuarenta y ocho piezas para la exposición del Guggenheim del año que viene y tengo trabajos en reserva de sobra como para poder tomarme un tiempo para dedicarlo a mi hija. Además,

Amaia no está siempre ocupada, tiene temporadas de más trabajo, pero lo normal es que llegue temprano a casa.

Amaia notó cómo el vientre se tensaba bajo su blusa. Esta vez fue más doloroso. Respiró despacio tratando de disimular y miró el reloj. Quince minutos.

—Estás pálida, Amaia, ¿te encuentras bien?

—Estoy cansada, creo que me iré a casa y me acostaré un rato.

—Bien, tu padre y yo vamos a ir de compras —dijo Clarice—, o tendréis que tapar a esa chiquilla con hojas de parra. ¿Nos vemos aquí para cenar?

—No —atajó Amaia—. Hoy tomaré algo ligero en casa y procuraré descansar. Había pensado en ir de compras mañana, he visto una tienda que tiene unos vestiditos preciosos.

El señuelo funcionó; la perspectiva de ir de compras con su nuera serenó de inmediato a Clarice, que sonrió encantada.

—Oh, claro que sí, cariño, ya verás qué bien lo pasamos, llevo días viendo preciosidades. Descansa, querida —dijo dirigiéndose a la salida.

Thomas se inclinó para besar a Amaia antes de salir.

—Bien jugado —susurró, guiñándole un ojo.

La casa en la que vivían en la calle de Mercaderes no dejaba discernir por fuera la magnificencia de los altos techos, los amplios ventanales, los artesonados de madera, las maravillosas molduras que adornaban muchas de las habitaciones y la planta baja, donde James tenía instalado su taller y que en el pasado había albergado una fábrica de paraguas.

Después de tomar una ducha, Amaia se tumbó en el sofá con una libreta en la mano y el reloj en la otra.

—Hoy se te ve más cansada de lo habitual. Ya durante la comida he notado que estabas preocupada, casi no has prestado atención a las tonterías de mi madre.

Amaia sonrió.

—¿Es por algo que ha pasado en el juzgado? Me has dicho que han suspendido el juicio, pero no por qué.

—Jasón Medina se ha suicidado esta mañana en los servicios del juzgado, mañana saldrá en los periódicos.

—Vaya. —Se encogió de hombros James—. No puedo decir que lo lamente.

—No, no es una gran pérdida, pero imagino que tiene que ser un poco decepcionante para la familia de la chica que al final no vaya a pasar por el juicio, aunque lo cierto es que así se ahorran el tener que revivir el infierno escuchando detalles escabrosos.

James asintió, pensativo.

Amaia pensó en contarle el detalle de la nota que Medina había dejado para ella. Decidió que sólo preocuparía a James y no quería estropear un momento tan especial con aquel pormenor.

—De todos modos es verdad que hoy estoy más cansada y que tengo la cabeza en otras cosas.

—¿Sí? —invitó él.

—A las doce y media he comenzado a tener contracciones cada veinticinco minutos. Al principio duraban sólo unos segundos, ahora se han intensificado y las tengo cada doce minutos.

—Oh, Amaia, ¿cómo no me has dicho nada antes? ¿Has aguantado así toda la comida? ¿Te duelen mucho?

—No —dijo sonriendo—, no duelen demasiado, son más como una gran presión, y no quería que tu madre se pusiera histérica. Ahora necesito un poco de calma. Descansaré controlando la frecuencia hasta que esté lista; entonces iremos al hospital.

El cielo de Pamplona seguía cubierto de nubes que apenas dejaban entrever la luz lejana y temblorosa de las estrellas invernales.

James dormía boca abajo ocupando una porción de la cama superior a la que por derecho le correspondía, con la relajada placidez que era habitual en él y que Amaia había envidiado siempre. Al principio se había mostrado reticente a acostarse, pero ella lo había convencido de que era mejor que estuviera descansado para cuando de verdad le necesitara despierto.

—¿Seguro que estarás bien? —había insistido.

—Claro que sí, James, sólo tengo que controlar la frecuencia de las contracciones; cuando llegue el momento te avisaré.

Se había dormido nada más tocar la cama y ahora su respiración acompasada y el suave roce de las hojas de su libro al pasar, eran lo único que se oía en la casa.

Interrumpió la lectura al notar una nueva contracción. Jadeó agarrándose a los brazos de la mecedora en la que había pasado la última hora y esperó a que la oleada pasase.

Contrariada, abandonó definitivamente el libro sin marcar la página, admitiendo que a pesar de haber avanzado no había prestado atención alguna al contenido. Las contracciones se habían intensificado mucho en la última media hora y habían sido muy dolorosas, a duras penas había podido contener las ganas de quejarse. Aun así decidió esperar un poco más. Se asomó al ventanal y miró a la calle, bastante concurrida en la noche del viernes a pesar del frío, de los chubascos intermitentes y de que ya casi era la una de la madrugada.

Oyó ruido en la entrada, se acercó a la puerta de su dormitorio y escuchó.

Sus suegros regresaban después de cenar y dar una vuelta. Se volvió para mirar la suave luz que despedía la lamparita con la que se había alumbrado para leer y consideró la posibilidad de apagarla, pero no había cuidado; su suegra era una entrometida en casi todos los aspectos, pero no llamaría ni loca a la puerta de su dormitorio.

Siguió controlando la frecuencia creciente de las contracciones mientras escuchaba los sonidos de su casa, sus suegros dirigiéndose a su propio dormitorio, y cómo todo cesaba dando paso al silencio plagado de crujidos y siseos que poblaban la enorme casa y que ella conocía como su propia respiración. Ya no tenía de qué preocuparse; Thomas dormía como un tronco y Clarice tomaba somníferos cada noche, así que hasta el amanecer no era consciente de nada.

La siguiente contracción resultó terrible, y a pesar de que se concentró en inspirar y espirar tal y como le habían enseñado en el curso de preparación al parto, tuvo la sensación de tener puesto un corsé de acero que apretaba sus riñones y comprimía sus pulmones de un modo atroz que le hizo sentir miedo. Estaba asustada, y no era por el parto; admitía que tenía algunos temores al respecto y sabía también que eran normales. Lo que la asustaba era más profundo e importante, lo sabía, porque no era la primera vez que se las veía con el miedo. Durante años lo había portado como a un viajero indeseable e invisible que sólo se manifestaba en sus momentos de debilidad.

El miedo era un viejo vampiro que se cernía sobre su cama mientras dormía, oculto en las sombras, y que llenaba de horribles presencias sus sueños. Le vino a la mente de pronto el modo como lo llamaba su abuela Juanita, gaueko, «el de la noche». Una presencia que había retrocedido hacia la oscuridad cuando ella había sido capaz de abrir una brecha en sus propias defensas, una brecha por la que había penetrado la luz alentada por la comprensión y el entendimiento y que había revelado con toda crueldad los terribles hechos que habían marcado para siempre su vida y que, a fuerza de férreo control, ella misma había mantenido sepultados en su alma. Entenderlo, saber la verdad, afrontarla, había sido el primer paso, pero incluso en ese momento de euforia, cuando todo parecía haber pasado, sabía que no había ganado la guerra, sólo una batalla, gloriosa por ser la primera vez que le arrebataba un triunfo al miedo, pero sólo una batalla. Desde aquel día había trabajado de firme para mantener abierta aquella brecha en el muro, y la luz entrando a raudales había fortalecido su relación con James y el concepto que de sí misma había forjado durante años y, como colofón, aquel embarazo, la pequeña criatura que crecía en su interior, le trajo una paz que nunca antes imaginó. Durante toda la gestación se había sentido muy bien, ni un mareo, ni una molestia. El sueño reparador de cada noche era sereno y plácido, sin pesadillas ni sobresaltos, y durante el día se había sentido tan llena de energía que ella misma se había extrañado. Un embarazo idílico hasta hacía una semana, desde la noche en que el mal regresó.

Como cada día había trabajado en comisaría; investigaban el caso de una mujer desaparecida en el que su compañero sentimental era el principal sospechoso. Durante meses, el caso se había tratado como una fuga intencional, pero la insistencia de sus hijas, seguras de que su madre no había desaparecido voluntariamente, había llevado a Amaia a interesarse por él y a relanzar la investigación. La mujer de mediana edad tenía, además de dos hijas, tres nietos, era catequista en su parroquia y visitaba diariamente a su anciana madre internada en una residencia. Demasiados arraigos para largarse sin más. Era cierto que de su casa faltaban maletas, ropa, documentos y dinero, y que todo se había comprobado en la fase preliminar. Aun así, cuando tomó las riendas de la investigación insistió en visitar el domicilio de la mujer. La casa de Lucía Aguirre aparecía tan pulcra y ordenada como la foto de la sonriente propietaria que dominaba el recibidor. En la pequeña salita, una labor de ganchillo descansaba sobre la mesita de café llena de fotos de sus nietos.

Recorrió el baño y la cocina, que estaban inmaculados. En el dormitorio principal, la cama hecha y el ropero casi vacío, al igual que los cajones de la cómoda. Y en el cuarto de invitados, dos camitas gemelas.

—Jonan, ¿qué ves de raro aquí?

—Las camas tienen colchas distintas —apuntó el subinspector Etxaide.

—Ya nos dimos cuenta en la primera visita, el otro edredón a juego está en el interior del armario —aclaró el policía que les acompañaba, repasando sus propias notas.

Amaia lo abrió y comprobó que en efecto un edredón azul a juego con el de una de las camas estaba perfectamente doblado y protegido dentro de una funda transparente.

—¿Y no os pareció curioso que una mujer tan pulcra, tan cuidadosa del aspecto de su casa, no se tomase la molestia de poner las colchas a juego teniéndolas tan a mano?

—¿Para qué se iba a poner a cambiar las colchas si pensaba largarse? —Se encogió de hombros el policía.

—Porque somos esclavos de nuestro carácter. ¿Sabía que algunas mujeres alemanas del Berlín oriental fregaban el suelo de su casa antes de huir a la Alemania occidental? Desertaban de su país, pero no querían que nadie dijese de ellas que eran unas malas amas de casa.

Amaia tiró de la funda sacando el voluminoso bulto del armario, lo puso sobre una de las camas y abrió la cremallera. El penetrante olor a lejía inundó la habitación. Con una mano enguantada tiró de uno de los extremos desdoblando la pieza y dejando visible en el centro del edredón una mancha amarillenta donde la lejía había devorado el color.

—Lo ve, agente, discordancia —dijo volviéndose hacia el policía, que asentía, asombrado.

—Nuestro asesino ha visto suficientes pelis de forenses como para saber que la sangre se limpia con lejía, pero ha resultado ser un desastre como amo de casa y no calculó que aquí se comería el color. Que vengan los de la científica y que busquen sangre, la mancha es enorme.

Tras una minuciosa búsqueda por parte de la policía científica, se habían hallado restos, que pese a haber sido limpiados revelaban la presencia de una cantidad de sangre incompatible con la vida: un cuerpo humano alberga cinco litros de sangre; con la pérdida de quinientos mililitros se puede perder la conciencia, y la cantidad que evidenciaban las pruebas apuntaba a más de dos litros. Aquel mismo día habían detenido al sospechoso, un tipo chulesco y engreído con el pelo entreverado de canas demasiado largo y la camisa abierta hasta la mitad del pecho. Amaia casi se rió al ver su aspecto desde la sala contigua.

—Vuelve el hombre —murmuró el subinspector Etxaide—. ¿Quién va a interrogarle?

—El inspector Fernández, ellos llevaron el caso desde el principio...

—Creía que lo haríamos nosotros, ahora es un homicidio, si no llega a ser por usted todavía están esperando a que la señora mande una postal desde Cancún.

—Cortesía, Jonan, además yo no estoy para interrogatorios —dijo señalando su vientre.

El inspector Fernández entró en la sala contigua y Jonan activó el sistema de grabación.

—Buenos días, señor Quiralte, soy el inspector Fer...

—Un momento —interrumpió Quiralte, alzando las manos esposadas y acompañando el gesto con un golpe de melena digno de una diva del papel cuché—. ¿No va a interrogarme la poli estrella?

—¿A quién se refiere?

—Ya sabe, la inspectora esa del FBI.

—¿Cómo sabe eso? —preguntó el policía, desconcertado. Amaia chascó la lengua con un gesto de fastidio. Quiralte sonrió, ufano.

—Lo sé porque soy más listo que tú.

Fernández se puso nervioso, no tenía mucha experiencia en interrogatorios a asesinos, seguramente se sentía tan observado como el sospechoso, que por un momento había conseguido desconcertarle.

—Recupera el control —susurró Amaia.

Casi como si hubiera podido oírla, Fernández recobró las riendas del interrogatorio.

—¿Y por qué quieres que te interrogue ella?

—Porque me han dicho que está muy buena, y ¿qué quieres que te diga?, entre que me interrogue una inspectora guapa o tú, no tengo dudas —dijo repantigándose en la silla.

—Pues tendrás que conformarte conmigo, la inspectora a la que te refieres no está de servicio.

Quiralte se volvió hacia el cristal espejo como si pudiera traspasarlo con la mirada y sonrió.

—Pues es una pena, tendré que esperarla.

—¿No vas a declarar?

—Claro que sí, hombre. —Era evidente que se divertía—. No pongas esa cara, si la poli estrella no está, llévame ante el juez y le diré que yo maté a esa estúpida.

Y en efecto confesó inmediatamente sólo para tener después la desfachatez de decirle al juez que si no había cadáver no había crimen y que de momento no pensaba decir dónde estaba. El juez Markina era uno de los más jóvenes que conocía. Con el rostro de un modelo y sus vaqueros gastados, podía dar lugar a error llevando a algunos delincuentes a aventurarse demasiado, como había sido el caso, porque luciendo una de las encantadoras sonrisas que hacían estragos entre las funcionarias del juzgado, había decretado prisión para el sospechoso.

—¿Que no hay cadáver, señor Quiralte? Pues esperaremos a que aparezca. Me temo que ha visto usted demasiadas películas americanas. Con el mero hecho de admitir que sabe dónde está y que no quiere revelarlo ya tengo de sobra para tenerle en prisión indefinidamente, pero es que además ha confesado haberla matado. Quizá pasar una temporadita en la cárcel le refresque la memoria. Volveré a verle aquí cuando tenga algo que contarme. Hasta entonces...

Amaia había regresado a casa caminando, procurando, en un ejercicio de control, quitarse de la cabeza los detalles de la investigación y cambiar su humor lo suficiente para cenar con James y celebrar que aquél había sido su último día de trabajo. Le faltaban dos semanas para la fecha probable de parto y se sentía capaz de trabajar hasta el último día, pero los padres de James llegarían al día siguiente y él la había convencido de que se tomase sus vacaciones para estar con la familia. Tras la cena, el cansancio de la jornada la había llevado a caer exhausta en la cama. Se había dormido sin darse cuenta, recordaba estar hablando con James y luego, nada.

La oyó antes de verla, temblaba de frío y sus dientes al entrechocar hacían un ruido de hueso contra hueso tan intenso que fue suficiente para hacerle abrir los ojos. Lucía Aguirre con el mismo jersey de punto rojo y blanco que llevaba en la fotografía que descansaba sobre el mueble de la entrada de su casa, un crucifijo de oro sobre el pecho y el pelo corto y rubio, seguramente teñido para ocultar las canas. Nada más en su aspecto hacía recordar a la mujer risueña y confiada que sonreía a la cámara. Lucía Aguirre no lloraba, no gemía ni clamaba, pero había en el azul de sus ojos un dolor profundo y desconcertante que hacía aflorar en su rostro una mueca de profunda confusión, como si no entendiese nada, como si lo que le ocurría le resultase imposible de aceptar. Permanecía en pie, quieta, desorientada, apática, zarandeada por un viento implacable que parecía soplar desde todas las direcciones imprimiéndole un balanceo rítmico que resaltaba más la sensación de desamparo. Se abrazaba la cintura con el brazo izquierdo procurándose así un pequeño refugio que resultaba insuficiente para obtener algún consuelo, y de vez en cuando lanzaba miradas alrededor que eran sondas buscando..., hasta que encontró los ojos de Amaia. Abrió la boca, sorprendida como una niña en su cumpleaños, y comenzó a hablar. Amaia veía cómo se movían sus labios amoratados por el frío, pero ningún sonido salía de ellos. Se incorporó hasta quedar sentada mientras centraba toda su atención en intentar entender lo que la mujer le decía, pero estaba muy lejos y el viento que arreciaba, ensordecedor, se llevaba los leves sonidos que brotaban de sus labios, que repetían una y otra vez las mismas palabras que ella no podía entender. Despertó confusa y disgustada por la sensación angustiosa que la mujer había conseguido transmitirle, y con un creciente sentimiento de desencanto. Aquel sueño, aquella aparición fantasmal, venía a romper un estado casi de gracia contra el miedo en el que había vivido desde que concibió a su hija, un lapso de paz en el que todas las pesadillas, los gaueko, todos los fantasmas habían sido exiliados a otro mundo.

Tiempo atrás, en Nueva Orleans, una noche frente a una cerveza fría en un bar de la calle Sant Louis, un sonriente agente del FBI le había preguntado:

—Y dígame, inspectora Salazar, ¿se le aparecen las víctimas asesinadas a los pies de su cama?

Amaia había abierto los ojos, sorprendida.

—No disimule, Salazar, sé distinguir a un policía que ve fantasmas de uno que no.

Amaia le miró en silencio tratando de averiguar si estaba bromeando, pero él continuó hablando mientras en su boca se dibujaba una sonrisa que no lograba ir más allá.

—... Y lo sé porque a mí hace años que las víctimas me visitan.

Amaia sonrió, pero el agente Aloisius Dupree la miraba a los ojos y supo que hablaba en serio.

—... Se refiere...

—Me refiero, inspectora, a despertarse en mitad de la noche y ver junto a tu cama a la víctima del caso que intentas resolver. —Dupree ya no sonreía.

Ella le miraba un poco alarmada.

—No me defraude, Salazar, ¿me va a decir que me equivoco, que usted no ve fantasmas?... Sería una decepción.

Ella estaba desconcertada pero no tanto como para arriesgarse a quedar en ridículo.

—Agente Dupree, los fantasmas no existen —dijo levantando su jarra en mudo brindis.

—Por supuesto, inspectora, pero si no estoy equivocado, y no lo estoy, en más de una ocasión ha despertado en mitad de la noche tras percibir la presencia de una de esas víctimas perdidas hablándole a los pies de su cama. ¿Me equivoco?

Amaia tomó un trago de cerveza resuelta a no decir nada pero invitándole a continuar.

—No debe avergonzarse, inspectora... ¿Prefiere el termino «soñar» con las víctimas?

Amaia suspiró.

—Me temo que resulta igual de inquietante, igual de incorrecto e insano.

—Ahí estriba el problema, inspectora, en calificarlo como algo insano.

—Explíquele eso al loquero del FBI o a su homólogo en la Policía Foral —replicó ella.

—¡Venga, Salazar!, ni usted ni yo somos tan tontos como para exponernos al escrutinio del loquero cuando ambos sabemos que es algo que escaparía a su entendimiento. La mayoría de la gente pensaría que un policía que tiene pesadillas con un caso está, como poco, estresado y, si me apura, demasiado implicado emocionalmente.

Hizo una pausa mientras tomaba el último trago de su jarra y levantó la mano para pedir otras dos. Amaia iba a protestar, pero el calor húmedo de Nueva Orleans, la suave música procedente de un piano que alguien acariciaba al fondo del local y un antiguo reloj parado en las diez que presidía la barra del bar, la hicieron desistir. Dupree esperó hasta que el camarero puso las nuevas jarras frente a ellos.

—Las primeras veces es acojonante, afecta tanto que uno cree que ha comenzado a volverse loco. Pero no es así, Salazar, es justo lo contrario. Un buen detective de homicidios no tiene una mente simple, y sus procesos mentales no pueden serlo. Pasas horas intentando comprender la mente de un asesino, cómo piensa, qué desea, cómo siente. Después vas al depósito y esperas frente a su obra, aguardando a que el cadáver te cuente por qué, porque sabes que en el momento en que sepas cuál es su motivación tendrás una oportunidad de atraparle. Pero la mayoría de las veces el cadáver no es suficiente, porque un cadáver es sólo un envoltorio roto y quizá durante demasiado tiempo las investigaciones criminalísticas se han centrado más en intentar descifrar la mente criminal que en la propia víctima. Durante años, se ha considerado al asesinado poco menos que el producto final de una obra siniestra, pero la victimología se abre paso demostrando que la elección de la víctima nunca es casual; hasta cuando pretende ser aleatoria, eso mismo marca una pauta. Soñar con las víctimas es sólo tener acceso a una visión proyectada de nuestra mente subconsciente, pero no por eso menos importante, porque es sólo otra forma de proceso mental. Las apariciones de víctimas que se acercaban a mi cama me torturaron durante algún tiempo, me despertaba empapado en sudor, aterrorizado y preocupado, la ansiedad me duraba horas mientras valoraba hasta qué punto mi salud mental se estaba viendo afectada. Entonces yo era un joven agente y estaba a cargo de un agente veterano. En una ocasión, mientras llevábamos a cabo una tediosa vigilancia de varias horas, desperté de pronto de una de esas pesadillas. «Ni que hubieras visto un fantasma», me dijo mi compañero. Yo me quedé helado. «Quizá sí», le contesté. «¿Así que ves fantasmas? Pues la próxima vez harías bien en no gritar, en no resistirte tanto y en prestar más atención a lo que digan.» Fue un buen consejo. Con los años he aprendido que cuando sueño con una víctima, una parte de mi mente está proyectando información que está ahí, pero que no he sido capaz de ver.

Amaia asintió lentamente.

—Entonces, ¿son fantasmas o proyecciones de la mente del investigador?

—Lo segundo, por supuesto. Aunque...

—¿Sí?

El agente Dupree no contestó, levantó su jarra y bebió.

Despertó a James intentando no alarmarle. Él se sentó de golpe en la cama frotándose los ojos.

—¿Vamos ya al hospital?

Amaia asintió con el rostro demudado mientras intentaba, sin éxito, sonreír.

James se puso unos vaqueros y un jersey que había dejado dispuestos a los pies de la cama.

—Llama a la tía para decírselo, se lo prometí.

—¿Han llegado ya mis padres?

—Sí, pero no los avises, James, son las dos de la madrugada. Seguramente el parto aún se prolongará, además lo más probable es que no les dejen entrar y tengan que permanecer durante horas en una sala de espera.

—¿Tu tía sí y mis padres no?

—James, ya sabes que la tía no vendrá, hace años que no sale del valle, es sólo que le prometí que la avisaría cuando llegase el momento.

La doctora Villa tenía unos cincuenta años y el pelo prematuramente encanecido suelto en una melena corta que llegaba a ocultarle por completo el rostro cuando se inclinaba hacia adelante. Después de reconocerla se acercó a la cabecera de la camilla donde estaba tendida Amaia.

—Bueno, Amaia, tenemos noticias buenas y no tan buenas.

Amaia esperó a que continuase hablando mientras le tendía a James una mano que él tomó entre las suyas.

—Las buenas: estás de parto, la niña está bien, el cordón umbilical ha quedado posicionado hacia atrás y su corazón late con fuerza incluso durante las contracciones. Las menos buenas son que a pesar de las horas que llevas con dolor apenas se ha hecho trabajo de parto, has dilatado algo, pero la niña no está bien posicionada en el canal del parto. Pero lo que de verdad me preocupa es que te veo muy cansada, ¿no has dormido bien?

—No, en los últimos días no muy bien.

No muy bien era quedarse corta. Desde que las pesadillas habían vuelto apenas había dormido algún rato suelto, unos minutos en los que caía en una casi inconsciencia de la que despertaba malhumorada y terriblemente cansada.

—Te vas a quedar ingresada, Amaia, pero no quiero que te acuestes, necesito que camines, esto ayudará a que la cabeza de la niña se posicione. Cuando sobrevenga la contracción prueba a ponerte en cuclillas; la soportarás mejor y ayudarás a la dilatación.

Ella suspiró, resignada.

—Ya sé que estás cansada, pero falta poco, y es ahora cuando tienes que ayudar a tu hija.

Amaia asintió.

Durante las dos horas siguientes se obligó a caminar arriba y abajo por el pasillo del hospital, desierto de madrugada. A su lado, James parecía sentirse completamente fuera de lugar, desolado por la impotencia que le producía verla sufrir sin poder hacer nada.

Durante los primeros minutos se había volcado preguntando si se encontraba bien, si podía hacer algo o quería que le trajese algo, lo que fuera. Ella apenas le había contestado, concentrada en tener algún control sobre aquel cuerpo que no parecía suyo; aquel cuerpo fuerte y sano que siempre le había producido la secreta satisfacción de sentirse suficiente, estaba ahora reducido a un montón de carne dolorida que le hizo casi sonreír ante la absurda creencia que siempre había tenido de que soportaba bien el dolor.

Vencido, James había optado por el silencio, y ella lo prefería así. Había hecho grandes esfuerzos por contenerse y no mandarlo a la mierda cada vez que le preguntaba si le dolía mucho. El dolor la enfurecía de una manera animal, y el cansancio y la falta de sueño comenzaban a restar coherencia a sus pensamientos, que ya sólo se concentraban en uno que se alzaba en su mente como dominante: «Sólo quiero que se acabe».

La doctora Villa arrojó los guantes, satisfecha.

—Buen trabajo, Amaia, te falta algo por dilatar, pero la niña está bien posicionada, ahora es cuestión de contracciones y tiempo.

—¿Cuánto tiempo? —preguntó, angustiada.

—Como eres primeriza pueden ser minutos u horas, pero ahora podrás tumbarte y estarás más cómoda. Vamos a monitorizarte y a prepararte para el parto.

En cuanto se acostó, se quedó dormida. El sueño vino como una losa pesada a cerrar unos ojos que ya no podía mantener abiertos.

—Amaia, Amaia, despierta.

Abrió los ojos y vio a su hermana Rosaura con diez años, el pelo revuelto y un camisón rosa.

—Ya casi es de día, Amaia, tienes que irte a tu cama, si la *ama* te encuentra aquí nos reñirá a las dos.

Apartó torpemente las mantas y al poner sus pequeños pies de cinco años en el suelo frío de la habitación consiguió abrir los ojos y distinguir entre las sombras la blancura de su propia cama, la cama donde no quería dormir porque si lo hacía, ella vendría en la noche a observarla con sus ojos negros y fríos y aquel gesto de profundo desprecio en la boca. Aun sin abrir los ojos la percibiría con toda claridad, notaría el odio contenido en la cadencia de su respiración mientras la observaba, y fingiría dormir sabiendo que ella sabía que fingía. Entonces, cuando ya no pudiera más, cuando sus miembros comenzaran a agarrotarse por la tensión contenida, cuando su pequeña vejiga amenazara con derramar su contenido entre sus piernas, notaría cómo su madre se inclinaba lentamente sobre su rostro crispado con los ojos apretados y una oración como una letanía repetida en su cerebro una y otra vez, para que ni ante el más oscuro miedo cayera en la tentación de contravenir la orden.

Noabraslosojosnoabraslosojosnoabraslosojosnoabraslosojosnoabraslosojos.

No los abriría y aun así, percibiría el lento avance, la precisión del acercamiento y la sonrisa helada que se formaba en el rostro de su madre antes de susurrar:

—Duerme, pequeña zorra. La *ama* no te comerá hoy.

No se acercaría a ella si dormía con sus hermanas. Lo sabía. Por esa razón, cada noche, cuando sus padres ya estaban acostados, se deshacía en ruegos y promesas de servidumbre a sus hermanas para que le permitieran dormir con ellas. Flora rara vez accedía, y si lo hacía era a cambio de su esclavitud al día siguiente, pero Rosaura se ablandaba si la veía llorar, y llorar era fácil cuando se tenía tanto miedo.

Caminó por la habitación a oscuras percibiendo sólo a medias el perfil de la cama, que parecía alejarse mientras el suelo se reblandecía bajo sus plantas y el olor a cera del suelo se tornaba en otro más rico y mineral de la tierra húmeda del bosque. Deambuló entre los árboles protegida como entre columnas centenarias mientras escuchaba, cercana, la llamada cantarina del río Baztán corriendo libre. Se acercó a la orilla pedregosa y susurró: «el río». Y su voz se convirtió en un eco que retumbó contra las paredes milenarias de roca madre que encajonaban el curso del agua. «El río», repitió.

Entonces vio el cuerpo. Una chica de unos quince años yacía muerta sobre los cantos rodados de la orilla. Los ojos abiertos mirando al infinito, el pelo extendido a los lados en perfectas guedejas, las manos crispadas en una parodia de ofrecimiento con las palmas vueltas hacia arriba, mostrando el vacío.

—No —gritó Amaia.

Y al mirar alrededor vio que no había un cuerpo, sino docenas de ellos dispuestos en ambas márgenes como el macabro florecimiento de una primavera infernal.

—No —dijo de nuevo con una voz que ahora era un ruego.

Las manos de los cadáveres se elevaron simultáneamente y la apuntaron con el dedo señalando su vientre.

Una sacudida la trajo a medias hasta la conciencia mientras duraba la contracción... y regresó al río.

Los cadáveres habían recuperado su inmovilidad, pero un fuerte viento que parecía originarse en el mismo río despeinaba sus cabellos, agitándolos como hilos de cometa elevados al cielo, y alborotaba la superficie cristalina rizando el agua en volutas blancas y espumosas. A pesar del rugido del viento, pudo oír el llanto de la niña que era ella misma, mezclado con otros llantos que parecían provenir de los cadáveres. Se acercó un poco más y vio que en efecto las niñas lloraban con lágrimas densas que dibujaban en sus rostros caminos plateados, brillantes a la luz de la luna.

El dolor de aquellas almas laceró su pecho de niña.

—No puedo hacer nada —gimió, impotente.

El viento cesó súbitamente sumiendo el lecho del río en un silencio imposible. Y un golpeteo acuoso y rítmico lo sustituyó.

Plas, plas, plas...

Como un aplauso lento y cadencioso procedente del río. Plas, plas, plas.

Como cuando corría sobre los charcos dejados por la lluvia. Al primer chapoteo se unió otro.

Plas, plas, plas, plas, plas...

Y otro. Plas, plas, plas..., y otro. Hasta que sonó como una intensa granizada o como si el agua del río hirviese.

—No puedo hacer nada —repitió, loca de miedo.

—Limpia el río —gritó una voz.

—El río.

—El río.

—El río —corearon otras.

Buscó desesperada el origen de las voces que clamaban desde las aguas. El cielo cubierto del Baztán se abrió en un claro dejando pasar de nuevo la luz plateada de la luna, que iluminó a las damas que, sentadas en las rocas salientes, golpeaban la superficie del agua con sus pies de ánade mientras se mesaban los largos cabellos y repetían la letanía que surgió feroz de sus bocas de gruesos labios rojos y dientes afilados como agujas.

—Limpia el río.

»Limpia el río.

»El río, el río, el río.

—Amaia, Amaia, despierta. —La voz imperiosa de la comadrona la trajo de nuevo a la realidad. —Venga, Amaia, esto está hecho. Ahora te toca a ti.

Pero ella no escuchaba, porque por encima de la voz de la comadrona seguía oyéndolas clamar.

—No puedo —gritó.

Era inútil, porque ellas no escuchaban, sólo exigían.

—Limpia el río, limpia el valle, lava la ofensa... Y sus voces se convirtieron en un grito que se fundió con el que brotaba de su garganta mientras sentía el mordisco fiero de otra contracción.

—Amaia, te necesito aquí —dijo la comadrona—, en la próxima hay que empujar, y de que lo hagas bien va a depender que el parto dure dos contracciones o diez. Tú decides, dos o diez.

Asintió mientras se incorporaba para agarrarse a las barras y James se situaba tras ella sosteniéndola, silencioso y demudado pero firme.

—Muy bien, Amaia —aprobó la comadrona—. ¿Estás lista?

Asintió.

—Pues aquí viene una —dijo observando el monitor—. Empuja, cielo.

Puso el alma en el esfuerzo conteniendo la respiración y apretando mientras sentía que algo se rompía en su interior.

—Ya pasó. Está bien, Amaia, lo has hecho bien, pero debes respirar para ti y para el bebé. En la próxima debes respirar, créeme, harás más trabajo.

Asintió obediente mientras James le limpiaba el sudor que perlaba su rostro.

—Está bien, aquí viene otra. Venga, Amaia, acabemos con esto, ayuda a tu bebé, sácala ya.

«Dos o diez, dos o diez», repetía una voz en su cabeza.

—Nada de diez —susurró.

Y mientras se concentraba en respirar, empujó, empujó y empujó hasta que sintió cómo su alma se derramaba y una sobrecogedora sensación de abandono se adueñaba de su cuerpo.

«Quizá me estoy desangrando», pensó. Y pensó también que si así era, no le importaba, porque sangrar era dulce y plácido. Ella nunca había sangrado así, pero el agente Dupree, que había recibido un tiro en el pecho y había estado a punto de morir, le había dicho que el disparo le dolió horriblemente, pero sangrar era plácido y dulce, como volverse aceite y derramarse. Y cuanto más sangrabas, menos te importaba.

Entonces oyó el llanto. Era fuerte, potente, toda una declaración de intenciones.

—¡Oh, Dios mío, qué niño tan guapo! —exclamó la enfermera.

—Y es rubito, como tú —añadió la matrona.

Se volvió para buscar los ojos de James y lo encontró tan confuso como ella misma.

—¿Un niño? —preguntó.

Desde un costado de la sala le llegó la voz de la enfermera.

—Un varón, sí, señor, tres kilos doscientos, y muy guapo.

—Pero... nos habían dicho que era una niña —explicó Amaia.

—Pues quien os lo dijo se equivocó. A veces ocurre, aunque generalmente es al contrario, niñas que parecen varones por la posición del cordón umbilical.

—¿Está segura? —insistió James, que seguía sosteniendo a Amaia desde detrás.

Amaia sintió la carga templada del cuerpecillo, que se revolvía con fuerza envuelto en una toalla y que la enfermera acababa de ponerle encima.

—Un varón sin ninguna duda —dijo mientras apartaba la toalla y mostraba completo el cuerpo del bebé.

Amaia estaba asombrada.

El pequeño rostro de su hijo se contraía en muecas exageradas y se agitaba como si buscase algo. Elevó su pequeño puño rosado hasta su boca y lo succionó con fuerza mientras entreabría los ojos y la miraba.

—Oh, Dios, es un niño, James —acertó a decir.

Su marido estiró los dedos hasta tocar la suave mejilla del niño.

—Es maravilloso, Amaia... —Y su voz se quebró mientras lo decía y se inclinaba para besarla. Las lágrimas habían surcado su rostro y sus labios le supieron salados.

—Felicidades, amor mío.

—Felicidades a ti también, *aita* —dijo mirando al niño, que parecía muy interesado en la luz del techo y tenía los ojos muy abiertos.

—¿En serio no sabíais que era un chico? —se sorprendió la matrona—. Pues yo creía que sí, no has dejado de decir su nombre durante el parto, Ibai, Ibai. ¿Es así como le vais a llamar?

—Ibai..., el río —susurró Amaia.

Miró a James, que sonreía, y después miró a su hijo.

—Sí, sí —afirmó—, Ibai, ése es su nombre. —Y después se echó a reír a carcajadas.

James la miró divertido, sonriendo ante su felicidad.

—¿De qué te ríes?

Atropellada por su propia risa, no conseguía parar.

—De..., de la cara que va a poner tu madre cuando se dé cuenta de que tiene que devolverlo todo.

2

Tres meses después

Amaia reconoció las notas de la canción que llegaba, apenas susurrada, desde el salón. Terminó de recoger los platos de la comida y, mientras se secaba las manos con un paño de cocina, se acercó a la puerta para escuchar mejor la nana que su tía canturreaba al bebé con voz dulce y tranquilizadora. Era la misma. Aunque hacía años que no la oía, identificó el canto con el que su *amatxi* Juanita solía arrullarla cuando era pequeña. El recuerdo le trajo la presencia amada y añorada de Juanita, enfundada en su vestido negro, con el pelo recogido en un moño y sujeto con aquellos peinecillos de plata que apenas lograban contener sus rizos blancos; su abuela, que en su primera infancia fue la única mujer que la abrazó.

> *Txikitxo politori*
> *zu nere laztana,*
> *katiatu ninduzun,*
> *libria nintzana.*
>
> *Libriak libre dira,*
> *zu ta ni katigu,*
> *librerik oba dana,*
> *biok dakigu.**

* Pequeño niño precioso, / tú eres mi amor, / yo, que era libre, / fui encadenado por ti. // Los libres son libres / tú y yo somos cautivos / que mejor es ser libre / lo sabemos los dos.

Sentada en un sillón cercano a la chimenea encendida, Engrasi acunaba en sus brazos al pequeño Ibai sin dejar de mirar su carita, mientras recitaba los versos antiguos de aquella triste nana. Y sonreía, aunque Amaia recordaba bien que, por el contrario, su abuela lloraba mientras le cantaba. Se preguntó por qué, quizá ya conocía el dolor que había en el alma de su nieta, y era ese mismo miedo el que sentía ella por la pequeña.

> *Nire laztana laztango*
> *kalian negarrez dago,*
> *aren negarra gozoago da*
> *askoren barrea baiño.*[*]

Cuando la canción terminaba se secaba las lágrimas con su impoluto pañuelo en el que aparecían bordadas sus iniciales y las de su esposo, un abuelo que Amaia no conoció y que le miraba con gesto adusto desde el retrato desvaído que presidía el comedor.

—¿Por qué lloras, *amatxi*?, ¿te da pena la canción?

—No hagas caso, cariño mío, la *amatxi* es una tonta.

Pero suspiraba y la abrazaba más fuerte, reteniéndola en sus brazos un poco más, aunque ella tampoco quería irse.

Amaia escuchó las últimas notas de la nana saboreando la sensación de privilegio al recordar la letra justo un instante antes de que la tía la cantara. Engrasi cesó su canto y Amaia aspiró profundamente la atmósfera de quietud de aquella casa. Todavía persistía en el aire al aroma rico del guiso mezclado con el de la leña ardiendo y la cera de los muebles de Engrasi. James se había quedado dormido en el sofá y, aunque no hacía frío allí, se acercó y le cubrió un poco con una mantita roja. Él abrió los ojos un instante, le lanzó un beso y continuó durmiendo. Amaia

---

[*] Mi amor, mi amorcito, / está llorando en la calle, / su llanto es más dulce / que el reír de muchos.

acercó un sillón al de la tía y la observó: ya no cantaba, pero seguía mirando embelesada el rostro dormido del niño. Miró a su sobrina y sonrió tendiéndole el niño para que lo cogiera. Amaia lo besó en la cabeza muy despacio y lo acostó en su carrito.

—¿Duerme, James? —preguntó la tía.

—Sí, esta noche no hemos descansado apenas. Ibai tiene cólicos en algunas tomas, sobre todo en las de la noche, y James se la ha pasado paseando por la casa con el niño en brazos.

Engrasi se volvió para poder ver a James y comentó.

—Es un buen padre...

—El mejor.

—Y tú, ¿no estás cansada?

—No, ya sabes que yo no necesito dormir tanto, con unas horas estoy bien.

Engrasi pareció pensarlo y por un instante su rostro se oscureció, pero volvió a sonreír haciendo un gesto hacia el carrito del bebé.

—Es precioso, Amaia, es el niño más hermoso que he visto nunca, y no sólo porque sea nuestro; Ibai tiene algo especial.

—Y tan especial —exclamó Amaia—, el niño que iba a ser niña y cambió de parecer a última hora.

Engrasi la miró muy seria.

—Eso es exactamente lo que creo que ocurrió.

Amaia hizo un gesto de no entender.

—Cuando te quedaste embarazada, al principio, hice una tirada de tarot, sólo para comprobar que todo estuviera en orden, y entonces era una niña sin ningún lugar a dudas. Consulté alguna vez más en el transcurso de los meses, pero no volví a abundar sobre el tema del sexo porque era algo que ya sabía. Y cuando hacia el final te pusiste tan rara y me dijiste que te veías incapaz de elegir su nombre o de comprarle ropa, yo te di una explicación psicológicamente plausible —dijo sonriendo—, pero también consulté las cartas y tengo que confesarte que por un momento me temí lo peor, que esa reserva, esa incapacidad que sentías respondiese al hecho de que la niña no llegara a nacer. A veces las madres tienen pálpitos de ese tipo y siempre responden a una señal real. Y lo más sorprendente es que por más que insistí no me mostraban el sexo del bebé, no querían decírmelo, y ya sabes lo que digo siempre sobre lo que las cartas no cuentan; si no lo dicen es porque pertenece a eso que no debemos saber. En ocasiones son cosas que jamás nos serán reveladas porque no está en la naturaleza de los hechos que llegue a saberse; en otras, se mostrarán cuando llegue el momento. Cuando James me llamó por teléfono aquella madrugada, las cartas se mostraron tan claras como un vaso de agua. Un varón.

—¿Quieres decir que crees que iba a tener una niña y que mutó en un niño durante el último mes? Eso no tiene una gran base científica.

—Creo que ibas a tener una hija, creo que es probable que algún día la tengas, pero creo también que alguien decidió que no era el momento para tu hija, y dejó esa decisión en suspenso hasta la última hora y al final decidió que tuvieras a Ibai.

—¿Y quién crees que tomaría esa decisión?

—Quizá la misma que te lo concedió.

Amaia se levantó, contrariada.

—Voy a hacer café. ¿Te apetece? —La tía no contestó a su pregunta.

—Haces mal en negar que la circunstancia fue especial.

—No lo niego, tía —se defendió ella—, es sólo que...

—«No hay que creer que existen, no hay que decir que no existen» —dijo Engrasi citando la antigua defensa contra las brujas que fuera tan popular apenas un siglo atrás.

—... y yo menos que nadie —susurró Amaia mientras a su mente acudía el recuerdo de aquellos ojos ambarinos, el silbido fuerte y corto que la había guiado a través del bosque en plena noche mientras se debatía entre la sensación de irrealidad de los sueños y la certeza de estar viviendo algo real.

Permaneció en silencio hasta que la tía habló de nuevo.

—¿Cuándo te reincorporas al trabajo?

—El próximo lunes.

—¿Y cómo te sientes respecto a eso?

—Bueno, tía, ya sabes que mi trabajo me gusta, pero tengo que reconocer que nunca me había costado tanto regresar, ni después de las vacaciones, ni después de la luna de miel, nunca. Pero ahora todo es distinto, ahora está Ibai —dijo mirando hacia la cunita—, siento que es pronto para separarme de él.

Engrasi asintió sonriendo.

—Sabes que en el pasado en Baztán las mujeres no podían salir de casa hasta transcurrido un mes después del nacimiento del hijo. Era el tiempo que la Iglesia estimaba para garantizar que el bebé estaba sano y no moriría. Al cabo de un mes, podían bautizarlo y sólo entonces la madre podía salir de casa para llevarlo a la iglesia. Pero hecha la ley, hecha la trampa. Las mujeres de Baztán siempre se han caracterizado por hacer lo que hay que hacer. La mayoría tenía que trabajar, tenían otros hijos, ganado, vacas que ordeñar, trabajo en el campo, y un mes era mucho tiempo. Así que cuando tenían que salir de casa mandaban a su marido al tejado a por una teja, se la colocaban sobre la cabeza y anudaban fuertemente el pañuelo para que no se les cayese. Aunque tuviesen que salir, no dejaban de estar bajo su tejado, y ya sabes que en Baztán, hasta donde llega el tejado llega la casa, y así podían atender sus quehaceres sin dejar de cumplir la tradición.

Amaia sonrió.

—No me imagino con una teja en la cabeza, pero a gusto me la pondría si eso me permitiese llevar mi casa conmigo.

—Cuéntame la cara que puso tu suegra cuando supo lo de Ibai.

—Pues imagínatela. Al principio despotricó contra los médicos y sus métodos de detección prenatal mientras aseguraba que estas cosas en Estados Unidos no pasan. Con el niño reaccionó bien, aunque era evidente que estaba un poco decepcionada, imagino que por no poder llenar a la criatura de lazos y puntillas. Toda la compulsión por las compras se vio frenada de pronto, cambió el dormitorio infantil por uno en blanco, y la ropa por vales de compra que yo voy canjeando según me va haciendo falta, pero te aseguro que tengo suficiente para vestir a Ibai hasta los cuatro años.

—¡Qué mujer! —rió la tía.

—Por el contrario, mi suegro estaba entusiasmado con el niño, lo tenía todo el día en brazos, se lo comía a besos y se pasaba el tiempo haciéndole fotos. ¡Hasta le ha abierto un fondo para la universidad! Mi suegra comenzó a aburrirse en cuanto dejó de ir de compras, y empezó a hablar de regresar a casa, porque tenía no sé cuántos compromisos, es presidenta de un par de clubes de señoras de la alta sociedad y echaba de menos jugar al golf, así que empezó a meter prisa con que bautizásemos al niño. James se opuso porque desde siempre había querido bautizar al niño en la capilla de San Fermín y ya sabes la lista de espera que hay allí, no te dan fecha antes de un año. Pero Clarice se presentó en la capilla, mantuvo una entrevista con el capellán y tras realizar un generoso donativo, consiguió fecha para la semana siguiente —dijo riendo.

—Poderoso caballero es don Dinero —citó Engrasi.

—Es una pena que no vinieras, tía.

Engrasi chascó la lengua.

—Ya sabes, Amaia...

—Ya sé que no sales del valle...

—Aquí estoy bien —dijo Engrasi, y en sus palabras había todo un dogma.

—Todos estamos bien aquí —dijo Amaia, ensimismada.

—Cuando era pequeña sólo descansaba aquí, en esta casa —declaró de pronto Amaia. Miraba al fuego, hipnotizada; la voz le salió suave y aguda, como de niña.

»En casa apenas dormía, no podía dormir porque tenía que vigilar y cuando no podía más y el sueño me vencía, no era profundo ni reparador, era el sueño de los condenados a muerte, esperando que en cualquier momento el rostro del verdugo se incline sobre el tuyo porque ha llegado tu hora.

—Amaia... —llamó suavemente la tía.

—Pero si permaneces despierta no puede cogerte, puedes gritar y despertar a los demás y no podrá...

—Amaia...

Ella apartó la mirada del fuego, miró a la tía y sonrió.

—Esta casa siempre ha sido un refugio para todos, para Ros también, ¿verdad? Aún no ha vuelto a su casa desde lo de Freddy.

—No, va a menudo por allí, pero siempre regresa aquí a dormir.

Se oyó un suave golpe en la puerta y Ros apareció en la entrada quitándose un gorro de lana de colores.

—*Kaixo* —saludó—. ¡Qué frío!, *menudo bien* que estáis aquí —dijo quitándose un par de capas de ropa.

Amaia observó a su hermana, la conocía lo suficiente como para que se le escapase que había adelgazado mucho y que a la sonrisa que iluminaba su rostro le faltaba brillo. Pobre Ros, la preocupación y esa tristeza encubierta habían llegado a formar parte de su vida de un modo tan constante que apenas podía recordar cuándo la había visto auténticamente feliz por última vez, a pesar del éxito en su gestión del obrador. El sufrimiento de los últimos meses, la separación de Freddy, la muerte de Víctor... Y sobre todo, su carácter, esas personas a las que la vida les duele más y que te hacen pensar siempre que son candidatas a coger un atajo si las cosas se ponen cuesta arriba.

—Siéntate aquí, iba a preparar café —le cedió el sitio

Amaia, tomándola de la mano y fijándose en las manchas blancas que tenía en las uñas—. ¿Has estado pintando?

—Sólo un par de tonterías en el obrador.

Amaia la abrazó y pudo percibir aún más su delgadez.

—Siéntate junto al fuego, estás helada —la apremió.

—Voy, pero primero quiero ver al principito.

—No lo despiertes —susurró Amaia, acercándose. Ros lo miró, compungida.

—Pero ¿cómo es posible? ¿Es que este niño no hace otra cosa que dormir? ¿Cuándo va a estar despierto para que lo achuche su tía?

—Prueba a venir a mi casa entre las once de la noche y las cinco de la madrugada y comprobarás que no sólo está despierto, sino que además la naturaleza lo ha dotado con unos sanísimos pulmones y un llanto tan agudo que parece que en cualquier momento te sangrarán los oídos. Ven y achúchalo cuanto quieras.

—Pues igual voy, que te crees que me iba a asustar.

—Vendrías una noche. La siguiente me dirías que para mí.

—Mujer de poca fe —dijo Ros fingiendo indignación—. Si vivieseis aquí ya te lo demostraría yo.

—Ve comprándote tapones para los oídos; esta noche entras de guardia, que hoy dormimos aquí.

—Vaya —dijo Ros poniendo cara de fastidio—. Justo hoy que había quedado.

Rieron.

3

Invierno de 1979

Extendió el brazo buscando en la cama la presencia templada de su esposa, pero en su lugar sólo halló el espacio vacío que ya había perdido cualquier vestigio de calor humano.

Alarmado, se sentó sacando los pies de la cama y escuchó con atención tratando de encontrar la huella de su mujer en la casa.

Recorrió las habitaciones descalzo. Entró en el dormitorio donde las dos niñas dormían en camas gemelas, la cocina, el baño, y hasta miró en el balcón para asegurarse de que no le hubiera dado un mareo al levantarse y hubiera quedado tendida en el suelo, incapaz de pedir ayuda. Casi deseaba que así fuera, que su esposa estuviera llamándole desde algún rincón de la casa necesitando su auxilio. Lo habría preferido a la certeza de que ella no estaba, de que esperaba a que estuviese dormido para salir furtivamente de casa para ir... No sabía adónde ni con quién, sólo sabía que regresaría antes del amanecer y que el frío que traía prendido a su cuerpo tardaría rato en desvanecerse en la cama y se quedaría entre los dos, trazando una frontera invisible e insalvable, mientras ella caía en un profundo sueño y él fingía dormir. Regresó al dormitorio, acarició la suave tela de la almohada y sin pensarlo, se inclinó para aspirar el aroma que los cabellos de su esposa habían dejado en la cama. Un gemido de pura angustia le brotó del pecho mientras volvía a preguntarse qué estaba pasando entre ellos. «Rosario —susurró—, Rosario.» Su orgullosa mujer, la señorita de San Sebastián que había venido a Elizondo de vacaciones y a la que había amado desde la primera vez que la vio, la mujer que le había dado dos hijas y que ahora mismo llevaba en su vientre al tercero, la mujer que le había ayudado cada día trabajando a su lado codo con codo, volcada en el obrador, sin duda más dotada que él para las actividades comerciales, que le había llevado a levantar el negocio a niveles que nunca había soñado. La elegante dama que jamás saldría a la calle sin arreglar, una esposa maravillosa y una madre cariñosa con Flora y Rosaura, tan educada y correcta que las demás mujeres parecían fregonas comparadas con ella. Distante con los vecinos, se mostraba encantadora en el obrador, pero rehuía el trato con las demás madres y no tenía allí más amigos que él y hasta hacía unos meses Elena, pero ahora ni eso. Habían dejado de hablarse y un día que se la cruzó en la calle y le preguntó al respecto, la mujer sólo le dijo: «Ya no es mi amiga, la he perdido». Por eso eran aún más extrañas las salidas nocturnas, los largos paseos a los que insistía en ir sola, las ausencias a cualquier hora, los silencios. ¿Adónde iba? Al principio se lo había preguntado y ella le había respondido con vaguedades. «Por ahí, a pasear, a pensar.» Medio en broma le había dicho: «¿Por qué no piensas aquí, conmigo? O al menos deja que te acompañe».

Ella le había mirado de un modo extraño, furiosa, y después, con una frialdad pasmosa, le había contestado: «Eso está completamente fuera de lugar».

Juan se tenía por un hombre sencillo, sabía que era afortunado por tener a una mujer como Rosario y que no era ningún experto en psicología femenina, así que, cargado de dudas y con la sensación de estar cometiendo una traición, se decidió a consultar con el médico. Al fin y al cabo, él era la otra persona que mejor conocía a Rosario en Elizondo, la había atendido en los dos embarazos anteriores y la asistió en los partos. Aparte de eso, poco más; Rosario era una mujer fuerte que rara vez se quejaba.

—Sale de noche, te miente cuando dice que va al obrador, casi no te cuenta nada y reclama estar sola. Me estás describiendo una depresión. Por desgracia, el valle presenta un índice altísimo de estas tristezas. Ella es de la costa, del mar, y allí, aunque llueva, hay otra luz, y este lugar tan oscuro termina por pasar nota, llevamos un año muy lluvioso y los suicidios alcanzan aquí cotas extraordinarias. Creo que está un poco depresiva. Que no haya tenido esos síntomas en los anteriores embarazos no quita para que los pueda tener ahora. Rosario es una mujer muy exigente, pero que también se exige mucho. Seguramente es la mejor madre y esposa que conozco, trabaja en casa, en el obrador, y su aspecto es siempre impecable, pero ahora ya no es tan joven y este embarazo le está resultando más duro. A este tipo de mujeres tan estrictas la maternidad les supone una carga más, un aumento de las obligaciones que ellas mismas se imponen. Por eso, aunque el embarazo sea deseado, se produce un desencuentro entre su necesidad de ser perfecta en todo y la duda de quizá no poder serlo. Si estoy en lo cierto después del parto será aún peor. Deberás tener paciencia y colmarla de cariño y ayuda. Descárgale un poco de las niñas mayores, coge a alguien para el obrador o busca a una mujer que la ayude en casa.

Ella no había querido ni hablar del tema.

—Lo que me faltaba, una de esas chismosas del pueblo mangoneando mi casa para luego ir contando por ahí lo que tengo o dejo de tener. No sé a qué viene esto. ¿Acaso he descuidado la casa o a las niñas? ¿Acaso no he ido cada mañana al obrador?

Él se había sentido sobrepasado y a duras penas le había replicado.

—Ya sé que no, Rosario, no digo que no lo hagas, sólo que quizás ahora, con el embarazo, sea demasiada carga para ti y a lo mejor te vendría bien un poco de ayuda.

—Me valgo de sobra, no necesito ninguna ayuda, y será mejor que no te metas en el modo en que llevo mi casa si no quieres que coja la puerta y me vuelva a San Sebastián. No quiero volver a hablar de este tema, me ofendes con sólo insinuarlo.

El enfado le había durado días en los que apenas le había dirigido la palabra, hasta que poco a poco las cosas habían vuelto a la normalidad, ella saliendo casi cada noche y él esperando despierto hasta que la oía llegar, fría y silenciosa, jurándose que al día siguiente hablarían y sabiendo de antemano que, después de todo, lo aplazaría un día más para no tener que enfrentarse con ella.

Se sentía secretamente cobarde. Temeroso como un niño ante una madre superiora. Y ser consciente de que más que nada en el mundo temía su reacción le hacía sentir aún peor. Suspiraba aliviado cuando oía la llave en la cerradura y aplazaba de nuevo aquella charla que nunca se produciría.

4

La profanación a una iglesia no era la clase de suceso por el que solía abandonar su cama de madrugada para conducir cincuenta kilómetros hacia el norte, pero la voz apremiante del inspector Iriarte no le había dejado opción.

—Inspectora Salazar, siento despertarla, pero creo que debería ver lo que tenemos aquí.

—¿Un cadáver?

—No exactamente. Se ha producido una profanación en una iglesia, pero..., bueno, creo que es mejor que venga y lo vea usted misma.

—¿Elizondo?

—No, a cinco kilómetros, en Arizkun.

Colgó el teléfono y consultó la hora. Las cuatro y un minuto. Esperó conteniendo el aliento y unos segundos después percibió el suave movimiento, el imperceptible roce y el suspiro pequeño y tan amado ya con que su hijo despertaba, puntual, para cada toma. Encendió la luz de la mesilla parcialmente cubierta con un pañuelo que tamizaba su brillo, y se inclinó sobre la cuna tomando la pequeña y tibia carga entre sus brazos y aspirando el suave olor que emanaba de la cabeza del niño. Se lo acercó al pecho y dio un respingo al sentir la fuerza con que el bebé succionaba. Sonrió a James, que la miraba incorporándose sobre un costado.

—¿Trabajo? —preguntó.

—Sí, tengo que irme, pero estaré de vuelta antes de la siguiente toma.

—No te preocupes, Amaia, estará bien, y si no, le daré un biberón.

—Regresaré a tiempo —dijo acariciando la cabeza de su hijo y depositando un beso en el lugar en que su cabecita aún estaba abierta en las fontanelas.

La iglesia de San Juan Bautista de Arizkun resplandecía iluminada desde el interior en mitad de la noche invernal, en contraste con la esbelta torre campanario que permanecía oscura y erguida, como un mudo guardián. En el pórtico, adosado al lado meridional, en donde se localizaba la entrada al interior del templo, se veían varios agentes de uniforme que alumbraban la cerradura con sus linternas.

Amaia aparcó en la calle y espabiló al subinspector Etxaide, que dormitaba en el asiento contiguo, cerró el coche y pasó al otro lado saltando por encima del bajo murete que circundaba la iglesia.

Saludó a algunos policías y entró en el interior del templo. Estiró una mano hacia la pila de agua bendita e inmediatamente reprimió el gesto al percibir el olor a quemado que flotaba en el aire, trayéndole reminiscencias de ropa planchada y tela quemada. Distinguió al inspector Iriarte, que charlaba con dos azorados sacerdotes que se cubrían la boca con las manos sin dejar de mirar hacia el altar. Esperó, observando el revuelo que se producía con la llegada del doctor San Martín y el secretario judicial, mientras Amaia se preguntaba con qué objeto estaban allí.

Iriarte se les acercó.

—Gracias por venir, inspectora; hola, Jonan —saludó—. En las últimas semanas se han venido sucediendo diversas profanaciones de este templo. Primero, y en plena noche, alguien entró en la iglesia y partió en dos la pila bautismal. A la semana siguiente volvieron a entrar y esta vez destrozaron a hachazos un banco de los de las primeras filas; y ahora esto —dijo, señalando hacia el altar donde se evidenciaban los restos de un pequeño conato de incendio—. Alguien ha entrado con una antorcha y ha dado fuego a los manteles que cubrían el altar, que por suerte, al ser de hilo, han ardido lentamente. El capellán que vive cerca y que en las últimas semanas acostumbra a asomarse a vigilar la iglesia, vio luces en el interior y dio el aviso a emergencias. Cuando ha llegado la patrulla, el fuego se había extinguido y no había rastro del visitante o visitantes.

Amaia le miró expectante, apretó los labios y compuso un gesto que denotaba lo confusa que se sentía.

—Bien, un acto de vandalismo, profanación o como quieran llamarlo, no veo cómo podemos ayudar.

Iriarte alzó las cejas teatralmente.

—Venga y véalo usted misma.

Se acercaron hasta el altar y el inspector se agachó para descubrir bajo una sábana lo que parecía una cañita de bambú seca y amarilla y que evidenciaba los restos del fuego con que había ardido por uno de sus extremos.

Amaia miró perpleja al doctor San Martín, que se inclinó, sorprendido.

—¡Válgame el cielo! —exclamó.

—¿Qué pasa? —preguntó Amaia.

—Es un mairu-beso —susurró él.

—¿Un qué?

El doctor tiró de la sábana dejando al descubierto otra porción de cañitas rotas y los minúsculos huesecillos que conformaban la mano.

—Joder, es el brazo de un niño —dijo Amaia.

—Del esqueleto de un niño —puntualizó San Martín—. Probablemente de menos de un año de edad, son huesos muy pequeños.

—La madre que...

—Un mairu, inspectora, el mairu-beso es el brazo del esqueleto de un niño.

Amaia miró a Jonan buscando confirmación de las palabras de San Martín y observó que había empalidecido visiblemente mientras miraba los huesecillos quemados.

—¿Etxaide?

—Estoy de acuerdo —dijo a media voz—, es un mairu-beso, y para que lo sea de verdad debe proceder del cadáver de un infante que haya fallecido sin haber sido bautizado. Antiguamente, se creía que tenía propiedades mágicas para proteger a los que lo llevaban como antorchas, y que el humo que emanaba de ellos tenía un poder narcotizante capaz de dormir a los habitantes de una casa o un pueblo entero, mientras sus portadores realizaban sus fechorías «brujiles».

—O sea, que tenemos la profanación de una iglesia y la de un cementerio —apuntó Iriarte.

—En el mejor de los casos —susurró Jonan Etxaide.

A Amaia no se le escapó el gesto con el que Iriarte separaba del grupo a Jonan, ni el modo preocupado en que hablaban mientras miraban al altar y ella escuchaba las explicaciones del doctor y las observaciones del subinspector Zabalza.

—Al igual que los suicidios, las profanaciones de cadáveres no suelen hacerse públicas porque son temas que tienen un gran calado social y en algunos casos efecto llamada, pero son más frecuentes de lo que aparece en los medios. Con la llegada de inmigrantes procedentes de Haití, República Dominicana, Cuba y algunas zonas de África, proliferan prácticas religiosas traídas de sus países de origen, que gozan de bastante aceptación entre los europeos. Prácticas como la santería se han extendido mucho en los últimos años y esos ritos necesitan huesos humanos para convocar a los espíritus de los muertos, así que la profanación de nichos y osarios ha aumentado bastante. Hace un año, en un control rutinario de drogas interceptaron un coche que llevaba quince cráneos humanos procedentes de distintos cementerios de la costa del sol y con destino a París. Por lo visto en el mercado negro alcanzan un precio considerable.

—Así que estos huesos podrían proceder de cualquier lugar —sugirió San Martín. Jonan se unió de nuevo al grupo.

—De cualquier lugar no, estoy seguro de que se han robado aquí mismo, en Arizkun o en los pueblos de alrededor. Es verdad que se utilizan huesos humanos en muchos rituales religiosos, pero las creencias en torno a los mairu-beso se limitan al País Vasco, Navarra y el País Vasco francés. En cuanto el doctor San Martín nos dé la data de la muerte sabremos dónde buscar.

Se dio la vuelta y se alejó hacia el fondo de la nave, mientras Amaia le miraba, asombrada. Conocía a Jonan Etxaide desde hacía tres años y en los dos últimos su admiración y respeto por él habían crecido a pasos agigantados. Antropólogo y arqueólogo, había recalado en la policía tras acabar sus estudios y aunque no era un policía al uso, Amaia apreciaba y buscaba siempre su visión algo romántica de las cosas y su carácter conciliador y sencillo que ella tanto apreciaba. Por eso le resultaba tan chocante la casi obstinación con que se empeñaba en encauzar el caso. Disimuló su desconcierto mientras se despedía del forense sin dejar de pensar en el modo en que el inspector Iriarte había asentido a las palabras de Jonan Etxaide, mientras lanzaba preocupadas miradas a las paredes del templo.

Oyó el llanto de Ibai en cuanto introdujo la llave en la cerradura. Empujó la puerta a su espalda y se precipitó escaleras arriba, mientras se desprendía del abrigo. Guiada por el apremiante llanto entró en la habitación, donde su hijo lloraba desgañitándose en la cuna. Miró a su alrededor y la furia creció en su interior formando un nudo en el estómago.

—James —gritó, enfadada, mientras levantaba al bebé de la cuna. James entró en el dormitorio trayendo en la mano un biberón.

—¿Cómo le dejas llorar así? Está desesperado, ¿se puede saber qué hacías?

Él se detuvo a mitad de camino y elevó el biberón haciendo un gesto de evidencia.

—No le pasa nada, Amaia, llora porque tiene hambre, y yo estaba intentando remediar eso, le toca comer y ya sabes que es muy puntual. Esperé unos minutos, pero al ver que no llegabas y que cada vez se ponía más pesado...

Ella se mordió la lengua. Sabía que no había ningún reproche en las palabras de James, y sin embargo le dolieron como un insulto. Le dio la espalda mientras se sentaba en la mecedora y colocaba al niño.

—Tira esa porquería —le dijo.

Le oyó suspirar, paciente, mientras salía.

Rejas, balcones y balconcillos. Tres plantas en la fachada plana del palacio arzobispal abierto a la plaza de Santa María por una puerta sobria de madera agrisada por el tiempo. En el interior, un sacerdote que vestía un buen traje con alzacuellos les recibió y se presentó a sí mismo como el secretario del arzobispo, y les condujo hasta la primera planta a través de una amplia escalera. Les hizo pasar a una sala donde les rogó que esperasen mientras les anunciaba, y desapareció sin hacer ruido tras un tapiz que pendía del techo. Regresó apenas unos segundos después.

—Por aquí, por favor.

La sala en la que les recibieron era magnífica, y Jonan calculó que ocuparía buena parte de la fachada principal del primer piso, a la que se abría en cuatro balcones de estrechos barrotes que permanecían cerrados al penetrante frío de aquella mañana pamplonesa. El arzobispo les recibió en pie junto a su mesa, les tendió una mano firme mientras el comisario general hacía las presentaciones.

—Monseñor Landero, le presento a la inspectora Salazar; es la jefa de homicidios de la Policía Foral. Y el subinspector Etxaide. El padre Lokin, párroco de Arizkun, creo que ya se conocen.

Amaia reparó en un hombre de mediana edad que permanecía junto al balcón más próximo mirando hacia fuera y que vestía un traje negro que hacía parecer barato el del secretario.

—Permítanme que les presente al padre Sarasola. Asiste a esta reunión en calidad de asesor.

Sarasola se acercó entonces y les estrechó la mano con firmeza sin dejar de mirar a Amaia.

—He oído hablar mucho de usted, inspectora.

Amaia no contestó, le saludó con una leve inclinación de cabeza y se sentó. Mientras, Sarasola volvía a su lugar junto al ventanal, dando la espalda a la sala.

El arzobispo monseñor Landero era uno de esos hombres que no puede parar quieto con las manos mientras habla, así que tomó un bolígrafo, lo colocó entre sus dedos largos y pálidos, y comenzó a darle vueltas consiguiendo así que toda la atención de los presentes se concentrase en él. Sin embargo, y para sorpresa de todos, fue el padre Sarasola el que habló.

—Les agradezco que se tomen interés por este asunto que nos ocupa y nos preocupa —dijo volviéndose para mirarles pero sin moverse de su lugar junto al balcón—. Sé que ustedes acudieron ayer a Arizkun cuando se produjo el, llamémoslo, ataque, y supongo que les habrán puesto en antecedentes. Aun así, permítanme que los repasemos. Hace dos semanas, en plena noche, igual que ayer, alguien penetró en el templo forzando la puerta de la sacristía. Es una puerta sencilla con una cerradura simple y sin alarmas, así que les resultaría fácil, pero no actuaron como vulgares rateros llevándose el dinero del cepillo, no; en lugar de eso partieron en dos y de un solo golpe la pila bautismal, una obra de arte de más de cuatrocientos años. El pasado domingo, también de madrugada, entraron de nuevo y destrozaron a hachazos un banco hasta dejarlo reducido a astillas no más grandes que mi mano, y ayer profanaron de nuevo el templo dándole fuego al altar y dejando allí esa atrocidad de los huesos.

Amaia notó que el párroco de Arizkun se revolvía en su silla presa de un gran nerviosismo, mientras que en el rostro del subinspector Etxaide se dibujaba aquel rictus de preocupación que había visto en él la noche anterior.

—Vivimos tiempos convulsos —continuó Sarasola—, y por supuesto, más a menudo de lo que nos gustaría, las iglesias sufren profanaciones que en la mayoría de las ocasiones se silencian para evitar el efecto llamada que tienen este tipo de acciones, y aunque algunas son realmente espectaculares por su puesta en escena, pocas tienen un componente tan peligroso como en este caso.

Amaia escuchaba atenta, luchando con el deseo de interrumpir y hacer un par de incisos. Por más intentos que hacía, no era capaz de ver la gravedad del asunto más allá de la destrucción de un objeto litúrgico de cuatrocientos años de antigüedad. Sin embargo, se contuvo a la espera de ver la dirección que tomaba aquella tan poco usual reunión en la que el hecho de que las máximas autoridades policiales y eclesiásticas de la ciudad estuvieran presentes ya delataba la importancia que concedían a los hechos. Y aquel sacerdote, el padre Sarasola, parecía llevar las riendas del asunto a pesar de estar presente el arzobispo, a quien apenas dirigía la mirada.

—Creemos que en este caso existe un componente de odio a la Iglesia basado en conceptos históricos mal entendidos, y el hecho de que en el último ataque se hayan utilizado huesos humanos no nos deja lugar a dudas de la naturaleza compleja de este caso. Ni que decir tiene que esperamos de su parte la mayor discreción, porque por experiencia sabemos que dar publicidad a estos temas nunca acaba bien. Además de la alarma social ya existente en los feligreses de San Juan Bautista, que por supuesto no son tontos y empiezan a tener claro el origen de los ataques, y el gran disgusto que supone para todo el pueblo por ser un tema con el que están sensibilizados.

El comisario tomó la palabra.

—Puede estar seguro de que procederemos con la mayor diligencia y discreción en este caso. La inspectora Salazar, que por sus cualidades como investigadora y su conocimiento de la zona es la más indicada para llevar esta investigación, se ocupará del caso con su equipo.

Amaia miró a su jefe alarmada y a duras penas reprimió el impulso de protestar.

—Estoy seguro de que así será —respondió el padre Sarasola dirigiéndose a ella—, tengo excelentes referencias sobre usted. Sé que ha nacido en el valle, que es la persona indicada para llevar este asunto y que tendrá la sensibilidad y el cuidado que esperamos para resolver nuestro pequeño problema.

Amaia no contestó, pero aprovechó la ocasión para estudiar de cerca a aquel sacerdote vestido de Armani, que no la había impresionado por saber quién era ella, sino por la influencia y el poder que parecía ejercer sobre todos los presentes, incluido el arzobispo, que había asentido a todas las afirmaciones del padre Sarasola sin que el sacerdote se hubiera vuelto una sola vez para buscar su aprobación.

Apenas cruzaron la puerta que daba a la plaza de Santa María, Amaia se dirigió a su superior.

—Señor comisario, creo que... —Él la interrumpió.

—Lo siento, Salazar, ya sé lo que va a decirme, pero este padre Sarasola es un alto cargo del Vaticano y hemos sido citados a esta reunión desde allí. Tengo las manos atadas, así que resuélvalo cuanto antes y a otra cosa.

—Lo comprendo, señor, pero es que no sé ni por dónde empezar o qué esperar. Simplemente no me parece un caso para nosotros.

—Ya lo ha oído, la quieren a usted. —Subió a su coche y la dejó con cara de circunstancias, mirando a Jonan, que se reía de ella.

—Te lo puedes creer —protestó—: la inspectora Salazar, que por sus cualidades como investigadora y su conocimiento de la zona es la más indicada para llevar esta investigación de gamberrismo *vulgaris*. ¿Alguien puede explicarme lo que ha pasado ahí dentro?

Jonan rió mientras se dirigían al coche.

—No es tan sencillo, jefa. Además, ese pez gordo del Vaticano la pidió a usted expresamente. El padre Sarasola, también conocido como doctor Sarasola, es un agregado del Vaticano para la defensa de la fe.

—Un inquisidor.

—Me parece que ya no les gusta que les llamen así. ¿Conduce usted o yo?

—Yo; tú tienes que contarme más cosas sobre ese doctor Sarasola. Por cierto, ¿doctor en qué?

—Psiquiatría, creo, quizás algo más. Sé que es un prelado del Opus Dei muy influyente en Roma, donde trabajó durante años para Juan Pablo II y como consejero del anterior papa cuando éste era cardenal.

—¿Y por qué un agregado del Vaticano para la defensa de la fe se toma tanto interés en un asunto de andar por casa? ¿Y cómo ha podido oír hablar de mí?

—Como he dicho, es un destacado miembro del Opus Dei y está puntualmente informado de cuanto ocurre en Navarra, y el alcance de su interés quizá pase porque, como él ha dicho, se teme que exista ese componente de odio o venganza hacia la Iglesia por, ¿cómo lo ha llamado?, un concepto histórico mal entendido.

—Concepto con el que pareces estar de acuerdo...

Él la miró, azorado.

—Me fijé en cómo os lo tomabais el inspector Iriarte y tú la otra noche. Creo que estabais más alarmados que el párroco y el capellán.

—Bueno, eso es debido a que la madre de Iriarte es de Arizkun, como mi abuela, y para cualquiera que sea de allí, lo que ha pasado en la iglesia es grave...

—Sí, ya he oído la exposición del padre Sarasola sobre la alarma que supone para los vecinos, dado su entendimiento, pero ¿a qué se refiere?

—Usted es del valle, ha tenido que oír hablar de los agotes.

—¿Los agotes? ¿Te refieres a los que vivieron en Bozate?

—Vivieron por todo el valle de Baztán y de Roncal, pero se concentraron en Arizkun en un gueto, actualmente el barrio de Bozate. ¿Qué más sabe de ellos?

—Pues no gran cosa, la verdad. Que eran artesanos y que no estaban demasiado integrados.

—Eche el coche a un lado —ordenó Jonan.

Amaia lo miró sorprendida pero no contestó, buscó un hueco al lado derecho, detuvo el coche y se volvió en su asiento para estudiar la expresión del subinspector Etxaide, que suspiró sonoramente antes de comenzar a hablar.

—Los historiadores no se ponen de acuerdo sobre el origen de los agotes. Calculan que llegaron a Navarra a través del Pirineo, huyendo de guerras, hambrunas, peste y persecuciones religiosas durante el Medievo. La teoría más refrendada es que fueran cátaros, miembros de una agrupación religiosa perseguida por el Santo Oficio; otros apuntan a que fueran soldados godos desertores que se refugiaron en los lazaretos del sur de Francia, donde contrajeron la lepra, una de las razones por las que eran temidos; y existe otra que apunta a que se tratara de una mezcla de proscritos y parias traídos para prestar servicio al señor feudal de la zona, que era entonces Pedro de Ursua, del que se conserva un palacio fortaleza en Arizkun. Ésta podría ser la razón por la que el grupo se estableció mayoritariamente en Bozate.

—Sí, ésa es más o menos la idea que tenía, un grupo de proscritos, leprosos o cátaros huidos que se estableció en el valle en la época medieval. Pero ¿qué relación puede tener eso con las profanaciones en la iglesia de Arizkun?

—Mucha. Los agotes estuvieron en Bozate durante siglos sin que se les permitiera integrarse en la sociedad. Tratados como un grupo inferior, no podían vivir fuera de Bozate, regentar negocios ni casarse con otros que no fueran agotes. Se dedicaban a la artesanía de la madera y las pieles porque eran oficios que se tenían por insalubres, y se les obligaba a llevar cosido a la ropa un distintivo que los identificaba, e incluso a tocar una campana para avisar de su presencia como si fueran leprosos. Y como ha sido frecuente en muchos episodios de la historia, la Iglesia no contribuyó precisamente a su integración sino todo lo contrario. Se sabe que eran cristianos y que respetaban y observaban los ritos católicos, y sin embargo, la Iglesia los trató como a parias. Había una pila bautismal distinta para ellos, y el agua bendita que se utilizaba era desechada. No se les permitía llegar hasta el altar, obligándoles en muchos casos a permanecer al fondo de la nave y acceder a la iglesia por una puerta distinta, más pequeña. En el caso de Arizkun, existía una reja que los mantenía separados de los demás fieles y que fue eliminada como rechazo a la profunda vergüenza que este trato causa aún hoy en día a los vecinos de Arizkun.

—A ver si me centro, ¿me estás diciendo que la segregación hacia un grupo racial en el Medievo es la razón histórica a la que se refiere el padre Sarasola para explicar las profanaciones en la iglesia de Arizkun en la actualidad?

—Sí —reconoció él.

—Segregación como la que sufrieron judíos, moros, gitanos, mujeres, curanderas, pobres y suma y sigue. Si encima me dices que había sospechas de que pudieran ser portadores de la lepra, ya me lo has dicho todo. La sola mención de una enfermedad tan terrible tenía que ser suficiente para aterrorizar a toda la población. Por otro lado, en el valle de Baztán se mandó a la hoguera a docenas de mujeres acusadas de brujería, imputadas en muchas ocasiones por sus propios vecinos, y eso que eran del valle de toda la vida. Cualquier comportamiento fuera de lo «normal» era sospechoso de estar relacionado con el demonio, pero este tipo de actuación hacia grupos o etnias era común en toda Europa, no hay país que esté libre de tener en su historia un episodio similar. Yo no soy historiadora, Jonan, pero sé que durante esa época Europa apestaba a carne humana quemada en las hogueras.

—Es cierto, pero es que en el caso de los agotes la segregación se prolongó durante siglos. Generaciones y generaciones de vecinos de Bozate fueron privadas de los derechos más elementales; de hecho llegó un momento en que se vieron tan maltratados y durante tanto tiempo que desde Roma se dictó un bando papal reconociéndoles los mismos derechos que a cualquier vecino y pidiendo el cese de la discriminación. Pero el mal ya estaba hecho, las costumbres y las creencias resisten con terquedad a la lógica y la razón, y los agotes continuaron sufriendo discriminación durante años.

—Sí, en el valle de Baztán todo cambia muy lentamente. Hoy es un privilegio, pero en el pasado debió de ser duro vivir allí..., pero aun así...

—Jefa, los símbolos dañados en las profanaciones son claramente referencias a la segregación de los agotes. La pila bautismal en la que no podían ser bautizados. Un banco de la primera fila, reservado a los nobles y vetado a los agotes. Los manteles del altar, un lugar hasta el que les estaba prohibido llegar...

—¿Y los huesos? ¿Los mairu-beso?

—Es una antigua práctica de brujería con la que se relacionaba también a los agotes.

—Claro, cómo no, la brujería... De todos modos me parece traído por los pelos. Tengo que reconocer que la parte de los huesos le da un punto especial, pero por lo demás no dejan de ser gamberradas comunes. Ya verás como en cuatro días detenemos a un par de adolescentes fumados que entraron en la iglesia para hacer el tonto y se les fue la mano. Lo que me llama la atención es que desde el arzobispado se tomen tanto interés por esto.

—Ahí lo tiene. Si alguien puede y debe reconocer los síntomas de una ofensa con base histórica son ellos, y ya vio la cara que tenía el párroco, parecía a punto de descomponerse.

Amaia resopló, contrariada.

—Puede que tengas razón, pero ya sabes cuánto me disgustan estos temas relacionados con el pasado oscuro del valle, siempre parece haber alguien dispuesto a sacar partido del tema —dijo mirando su reloj.

—Tenemos tiempo —la tranquilizó Jonan.

—No tanto, aún tengo que pasar por mi casa, a Ibai le toca comer —dijo sonriendo.

5

Amaia localizó al teniente Padua en cuanto entró en el bar Iruña de la plaza del Castillo, muy cerca de su propia casa. Era el único hombre sentado solo y, aunque estaba de espaldas, distinguió perfectamente las manchas de agua en su gabardina.

—¿Llueve en Baztán, teniente? —dijo a modo de saludo.

—Como siempre, inspectora, como siempre.

Se sentó frente a él y pidió un café descafeinado y un botellín de agua. Esperó a que el camarero pusiera las bebidas sobre la mesa.

—Usted dirá qué es eso de lo que quería hablarme.

—Quiero hablarle del caso Johana Márquez —dijo el teniente Padua sin preámbulos—. O mejor dicho, del caso Jasón Medina, porque estamos de acuerdo en que él fue el único autor del asesinato de la chica. Más o menos hace cuatro meses, el día en que tenía que comenzar el juicio, Jasón Medina se suicidó en los baños del juzgado, como usted ya sabe—. Amaia asintió—. A partir de ese momento se inició la investigación rutinaria normal en estos casos, sin ningún aspecto que destacar de no ser porque unos días más tarde recibí la visita del funcionario de prisiones que acompañó a Medina desde la cárcel y que puede que usted recuerde del juzgado; estaba allí, en el baño, más blanco que un papel.

—Recuerdo que había un funcionario junto a un guardia.

—Ése es, Luis Rodríguez. El hombre vino a verme muy afectado y me rogó que fuese muy claro en las conclusiones de la investigación, sobre todo en lo tocante a que el cúter que había utilizado Medina para suicidarse sin duda lo había introducido en las dependencias del juzgado una tercera persona, y que él quedaba libre de responsabilidad. El tema le preocupaba mucho porque era la segunda vez que un preso bajo su custodia se suicidaba. Según me contó, la primera fue tres años atrás: un preso se ahorcó en su celda durante la noche. La dirección de la prisión había admitido que debían de haber activado el protocolo de prevención de suicidios poniéndole un compañero. Y ahora, al ser la segunda vez que se veía relacionado en un caso similar, no las tenía todas consigo y temía algún tipo de sanción o suspensión. Le tranquilicé al respecto y un poco por hablar le pregunté por el otro preso. Un tío que había asesinado a su mujer y había mutilado el cadáver cortándole un brazo. Rodríguez no tenía ni idea de si el miembro amputado había aparecido o no, así que imagine mi sorpresa cuando llamo a Policía Nacional a Logroño, que eran los que habían llevado el caso, y me dicen que, en efecto, había asesinado a su esposa, de la que se estaba separando y de la que tenía una orden de alejamiento por una agresión anterior. Como los crímenes que todos los días vemos en las noticias, igual de simple. Llamó a la puerta y cuando ella abrió la empujó contra la pared aturdiéndola, después la acuchilló dos veces en el abdomen. La mujer murió desangrada mientras él saqueaba el piso, hasta se calentó un plato de alubias y se las comió sentado en la cocina, mientras la veía morir. Después se largó sin siquiera cerrar la puerta. Una vecina la encontró. Lo detuvieron dos horas más tarde en un bar cercano, borracho y aún manchado de la sangre de su mujer. Confesó el crimen inmediatamente, pero cuando le preguntaron por la amputación dijo no tener nada que ver con eso.

Padua suspiró.

—Amputación desde el codo con un objeto dentado pero afilado como un cuchillo eléctrico o una sierra de calar. ¿Qué le parece, inspectora?

Amaia unió ambas manos apoyando los índices contra sus labios y permaneció así unos segundos antes de hablar.

—Me parece que, de momento, es casual. Quizá le cortó la mano para quitarle una joya, el anillo de casados, para impedir la identificación, aunque estando en su propia casa esto no tendría demasiado sentido..., he visto cosas por el estilo. A menos que haya algo más...

—Hay más —afirmó él—. Fui hasta Logroño y me entrevisté con los policías que llevaron el caso. Me dijeron algo que me hizo recordar aún más el caso de Johana Márquez: el crimen había sido violento y chabacano, el tío había dejado la casa hecha una pena, y hasta el cuchillo que usó lo había cogido de la cocina de su esposa y lo abandonó ensangrentado junto al cuerpo. Al apuñalar a la víctima, él mismo se infligió un corte en la mano y ni siquiera tuvo cuidado de curárselo, así que fue dejando huellas ensangrentadas por toda la casa, hasta orinó en el váter sin vaciar la cisterna. Toda su actuación fue brutal y descuidada, como él mismo. Sin embargo, la amputación se realizó post mórtem, casi sin sangre, con un corte limpio por la articulación. No apareció ni el miembro amputado ni el objeto cortante que empleó para llevarlo a cabo. —Amaia asintió, interesada—. Me entrevisté con el director de la prisión, me dijo que en el momento del suicidio el preso llevaba en el centro pocos días, no mostraba arrepentimiento ni depresión, lo normal en estos casos. Estaba tranquilo y relajado, tenía apetito y dormía como un tronco. Como estaba adaptándose, pasó unos días solo en una celda y no recibió visitas de familiares ni amigos. Y de pronto, una noche, sin dar ninguna señal de que fuera a hacer algo semejante, se ahorcó en su celda y, créame, debió de llevarle trabajo, porque no hay en el cubículo ningún saliente tan alto como para colgarse. Lo hizo sentado en el suelo y eso requiere una gran fuerza de voluntad. El funcionario le oyó jadear y dio la alarma. Cuando entraron aún estaba vivo pero falleció antes de que llegara la ambulancia.

—¿Dejó nota de suicidio?

—Yo también lo pregunté, y el director me contestó que había dejado «algo así».

—¿Algo así?

—Me explicó que hizo una pintada sin sentido en la pared rascando el yeso con el mango de su cepillo de dientes —dijo sacando una fotografía de un sobre que puso sobre la mesa, girándola hacia ella.

Habían pintado encima, aunque sin molestarse en cubrir los surcos. En la foto tomada aposta de medio lado, la luz del flash evidenciaba las letras grabadas con trazo firme en el yeso de la pared. Una sola palabra perfectamente legible.

«TARTTALO.»

Amaia levantó la mirada, sorprendida, buscando en Padua una respuesta. Él sonrió, satisfecho, echándose hacia atrás en la silla.

—Veo que he captado su atención, inspectora. Tarttalo, con idéntica grafía que en la nota que Medina dejó a su nombre —dijo poniendo sobre la mesa un forro de plástico que contenía a su vez un sobre dirigido a la inspectora Salazar.

Amaia permaneció en silencio, valorando todo lo que el teniente Padua le había contado en la última hora. Por más esfuerzos que hacía, era incapaz de encontrar una explicación coherente y satisfactoria para aclarar cómo era posible que dos homicidas comunes, chapuceros y desorganizados hubieran llevado a cabo el mismo tipo de mutilación en sus víctimas sin dejar indicios de cómo lo habían hecho, máxime cuando el resto del escenario estaba plagado de rastros, y que hubieran elegido la misma palabra, una palabra en absoluto común, para firmar su crimen.

—Bien, teniente, veo por dónde va, lo que no sé es por qué me cuenta todo esto, al fin y al cabo el caso de Johana Márquez es de la Guardia Civil, al igual que las competencias en traslado de presos. El caso, si es que lo hay, es suyo —dijo apartando las fotos hacia Padua.

Él las tomó y las miró en silencio, mientras suspiraba sonoramente.

—El problema, inspectora Salazar, es que no va a haber caso. Estos descubrimientos los he realizado por mi cuenta a partir de lo que me contó el funcionario de prisiones. El caso del preso de Logroño es de la Policía Nacional y está oficialmente cerrado, y el de Johana Márquez también, ahora que su asesino confeso está muerto. Todo lo que le he contado a usted se lo he planteado a mis superiores, que no ven suficientes indicios como para abrir una investigación.

Apoyando la cabeza en una de sus manos, Amaia escuchaba atenta mientras se mordía el labio inferior.

—¿Qué quiere de mí, Padua?

—Lo que quiero, inspectora, es estar seguro de que no tienen relación, pero tengo las manos atadas y, bueno, al fin y al cabo, usted está vinculada, y esto —dijo empujando de nuevo la nota hacia ella— es suyo.

Amaia pasó un dedo por la superficie suave del plástico recorriendo el borde del sobre y la letra pulcra y recta con que estaba escrito su nombre.

—¿Ha visitado la celda de Medina en la cárcel?

—Es usted increíble. —Padua rió negando con la cabeza—. He estado allí esta misma mañana, antes de llamarla. —Se inclinó hacia un lado y extrajo algo de su bolsa—. Página ocho —dijo, dejando una carpeta sobre la mesa.

Amaia reconoció las tapas de inmediato. Un informe de autopsia, había visto cientos, el nombre y el número figuraban en la tapa.

—La autopsia de Medina, pero ya sabemos de qué murió.

—Página ocho —insistió Padua.

Amaia comenzó a leer mientras él recitaba en voz alta, como si se lo supiera de memoria.

—Jasón Medina presentaba una importante erosión en el índice derecho, hasta el punto de que había perdido la uña, y la piel aparecía gastada hasta la carne viva. El director de la prisión me permitió examinar los objetos personales de Medina. Los tiene allí, la mujer no los quiere y nadie los ha reclamado. Por lo que he podido ver, Medina era un tío bastante simple. Ni libros, ni fotos, ni objetos relevantes, un par de números atrasados de una revista del corazón y un periódico deportivo. No tenía costumbres higiénicas muy desarrolladas, carecía de cepillo de dientes. Pedí ver su celda y a primera vista no se apreciaba nada que llamase la atención. En estos meses ha estado ocupada por otros presos, pero siguiendo una corazonada, rocié la pared con Luminol y aquello se iluminó como un árbol de Navidad. Inspectora, la noche antes del juicio Jasón Medina usó su propia sangre, erosionándose el dedo, para escribir en la pared de su celda lo mismo que el preso de la cárcel de Logroño, y al igual que su predecesor, después se quitó la vida, con la diferencia de que Medina lo hizo fuera de la cárcel por una sola razón, tenía que darle esto —dijo señalando el sobre.

Amaia lo tomó y sin mirarlo lo deslizó en su bolsillo antes de salir del bar. Mientras recorría las calles en dirección a su casa sentía su presencia ominosa que se recortaba contra su costado como una cataplasma caliente. Sacó su móvil y marcó el número del subinspector Etxaide.

—Hola, jefa —contestó él.

—Buenas noches, Jonan, perdona que te moleste en casa...

—¿Qué necesita, jefa?

—A ver qué puedes encontrarme sobre el tarttalo, la criatura mitológica y cualquier otra referencia que exista con la grafía t-a-r-t-t-a-l-o.

—Es fácil, lo tendré para mañana, ¿algo más?

—No, nada más, y muchas gracias, Jonan.

—No es nada, jefa. Hasta mañana.

Al colgar el teléfono se fijó en lo tarde que se había hecho, pasaban casi tres cuartos de hora de la toma de Ibai. Angustiada, echó a correr por las calles cercanas a su casa mientras sorteaba a los escasos transeúntes que se atrevían con el frío pamplonés, y mientras corría, no podía dejar de pensar en lo puntual que era siempre Ibai con las tomas, en el modo casi perfecto en que se despertaba reclamando alimento en el instante en que se cumplían cuatro horas exactas desde la última comida. Vio su casa hacia la mitad de la calle y sin dejar de correr sacó las llaves del bolsillo de su plumífero y como si asestase una estocada perfecta, introdujo la llave en el bombillo de la cerradura y abrió la puerta. El llanto ronco del bebé le llegó como una oleada de desesperación desde la planta superior. Subió las escaleras de dos en dos sin quitarse siquiera el plumífero, mientras en su mente se proyectaban absurdas imágenes del niño llorando, abandonado en su cuna, y James dormido o mirándolo impotente, incapaz de contener su llanto.

Pero James no dormía. Cuando entró en la cocina vio que sostenía a Ibai en brazos acunándolo contra su hombro y le canturreaba para calmarlo.

—Por Dios, James, ¿no le has dado el biberón? —preguntó mientras pensaba en lo contradictorio de su actitud respecto a esto.

—Hola, Amaia, lo he intentado —dijo haciendo un gesto hacia la mesa donde, en efecto, reposaba un biberón con leche—, pero no quiere ni oír hablar de eso —añadió, con sonrisa de circunstancias.

—¿Seguro que lo has hecho bien? —dijo ella agitando la mezcla del biberón con gesto crítico.

—Sí, Amaia —respondió él, paciente, y sin dejar de acunar al niño—. Cincuenta de agua y dos cacitos rasos de polvo.

Amaia se quitó el plumífero y lo arrojó a una silla.

—Dámelo —pidió.

—Tranquila, Amaia —dijo él intentando calmarla—, el niño está bien, un poco enfadado, pero nada más, lo he tenido todo el tiempo en brazos y no lleva mucho rato llorando.

Sin demasiado cuidado se lo arrebató de los brazos y salió hacia el salón, donde se sentó en un sillón mientras el bebé redoblaba su llanto.

—¿Y cuánto es para ti poco rato llorando? —preguntó, furiosa—. ¿Media hora?, ¿una hora? Si se lo hubieras dado antes no habría llegado a ponerse así.

James dejó de sonreír.

—Ni diez minutos, Amaia. Al ver que no llegabas me adelanté y tenía el biberón listo antes de que diese la hora. No le gustó, es normal, prefiere el pecho, y la leche artificial le sabe rara. Estoy seguro de que si hubieses tardado un poco más habría terminado por tomárselo.

—No he tardado por gusto —arremetió ella—, estaba trabajando.

James la miró, perplejo.

—¿Y quién dice que no?

El niño no dejaba de llorar, moviendo la cabeza a ambos lados buscando el pecho, desesperado por la cercanía. Sintió la fuerte succión, casi dolorosa, y el llanto cesó de pronto dejando en el aire un vacío de decibelios que casi resultó ensordecedor.

Amaia cerró los ojos angustiada. Era por su culpa. Ella se había entretenido y, descuidada, había dejado pasar el tiempo mientras su hijo lloraba de hambre. Puso una mano temblorosa sobre su pequeña cabeza y acarició la suave pelusilla que la cubría. Una lágrima resbaló por su rostro cayendo sobre el de su hijo, que ajeno a su angustia mamaba ya tranquilo mientras el sueño le vencía y cerraba los ojos.

—Amaia —susurró James acercándose y secando con sus dedos el reguero húmedo que el llanto había dejado en el rostro de su esposa—. No es para tanto, cariño. Te aseguro que el niño no ha sufrido. Y sólo llevaba llorando más intensamente un par de minutos, justo cuando tú has llegado. No pasa nada, Amaia, otros niños han tenido que cambiar de leche materna a biberón antes que Ibai, y estoy seguro de que más de uno protestó.

Ibai dormía relajado. Ella se cubrió, le tendió el niño y salió corriendo. Al momento James la oyó vomitar.

No había sido consciente de que se dormía, solía pasarle cuando estaba muy cansada. Despertó de pronto, segura de que había escuchado uno de aquellos gruesos suspiros que exhalaba su hijo en sueños tras el terrible berrinche que se había pegado, pero la habitación estaba silenciosa y al incorporarse un poco pudo ver o casi intuir con la escasa luz que el niño dormía tranquilo, y se volvió hacia James, que descansaba boca abajo estrujando su almohada con el brazo derecho. Instintivamente se inclinó y besó su cabeza. Él estiró el brazo y con su mano buscó la suya en un gesto común entre ellos y que repetían de modo inconsciente varias veces durante la noche. Reconfortada, cerró los ojos y se durmió.

Hasta que el viento la despertó. Soplaba ensordecedor silbando en sus oídos y produciendo un estruendo magnífico. Abrió los ojos y la vio. Lucía Aguirre la miraba fijamente desde la orilla del río, llevaba su jersey blanco y rojo de aspecto tan festivo que no podía resultar más incongruente y se abrazaba la cintura con el brazo izquierdo. Su mirada triste la alcanzaba como un puente místico tendido sobre las aguas agitadas del río Baztán, y a través de los ojos alcanzaba a sentir todo su miedo, todo su dolor pero, sobre todo, la infinita tristeza con que la miraba desesperanzada, aceptando una eternidad de viento y soledad. Venciendo su propio miedo, se incorporó y sin dejar de mirarla asintió animándola a hablar. Y Lucía habló, pero sus palabras arrancadas por el viento se perdían sin que Amaia pudiera discernir ni un solo sonido. Pareció gritar desesperada por hacerse oír hasta que sus fuerzas fallaron y cayó de rodillas al suelo, con el rostro oculto durante un momento, y cuando lo elevó de nuevo, sus labios se movían lenta y rítmicamente, repitiendo una sola palabra: «Atado..., apártalo..., atrápalo..., atrápalo...».

—Lo haré —susurró—, lo atraparé.

Pero Lucía Aguirre ya no la miraba, sólo negaba con la cabeza mientras su rostro se hundía en el río.

6

Había dedicado más tiempo del normal a despedirse de Ibai. Remoloneando con el niño en brazos había recorrido la casa de habitación en habitación, susurrándole cariñitos y retrasando el momento de vestirse y salir para la comisaría, y ahora, casi una hora después, no conseguía quitarse la impresión de su frágil cuerpecillo entre los brazos. Lo añoraba de un modo que casi le dolía, de un modo en que jamás había echado de menos a nadie. Su olor y su tacto la hechizaban, trayéndole sensaciones que casi parecían recuerdos, tan anclados estaban en su alma. Pensó en la suave curva de su mejilla y en los límpidos ojos, tan azules como los suyos, y el modo en que la miraba estudiando su rostro como si en lugar de una criatura llevase en su interior la substancia serena de un sabio. Jonan le tendió una taza de café con leche que Amaia tomó, cerrando la mano en torno a ella en un gesto íntimo que formaba parte de su rutina y que sin embargo hoy no consiguió reconfortarla.

—¿Le ha dado mala noche Ibai? —preguntó, fijándose en las ojeras que circundaban sus ojos.

—No, bueno, de alguna manera... —dijo ella, evasiva.

Jonan la conocía bien, llevaba años trabajando a su lado y sabía que con la inspectora Salazar los silencios valían tanto como la mejor de las explicaciones.

—Ya tengo lo que me pidió ayer —dijo desviando la

mirada hacia la mesa. Ella pareció confusa durante un segundo.

—Oh, sí. ¿Lo tienes ya?

—Ya le dije que sería sencillo.

—Cuéntame —dijo ella sentándose a su lado en la mesa e invitándole a hablar, mientras sorbía lentamente el café.

Él abrió un documento en su ordenador y comenzó a leer.

—Tarttalo, conocido también como Tártaro y como Torto es una figura de la mitología vasco navarra, un cíclope de un solo ojo y gran envergadura, extraordinariamente fuerte y agresivo, que se alimenta de ovejas, doncellas y pastores, aunque también aparece como pastor de sus propios rebaños en algunas referencias, pero de cualquier modo, siempre como devorador de cristianos. Cíclopes semejantes aparecen por toda Europa, en la antigua Grecia y Roma. En el País Vasco tiene una gran importancia entre los antiguos vascones, aunque los datos relativos a su presencia se extienden hasta bien entrado el siglo XX. Solitario, vive en una cueva, que según la zona se ubica en unos parajes o en otros, pero no en lugares tan inaccesibles como la diosa-genio Mari, sino más cerca de los valles donde pueda surtirse de alimento para calmar su voraz apetito de sangre. El símbolo que lo representa es el único ojo en mitad de la frente y desde luego los huesos, montañas de ellos que se acumulan en las entradas de las cuevas, fruto de su bestialidad. Le adjunto un par de leyendas bastante conocidas sobre sus encuentros con los pastores y de cómo dio buena cuenta de más de uno. He incluido también la historia de cómo murió ahogado en un pozo tras ser cegado por un pastor, le encantará.

»En Zegama se cuenta que Tarttalo era un hombre monstruoso, de enorme estatura y que no tenía más que un ojo. Habitaba en el sitio que llaman Tartaloetxeta («casa de Tarttalo»), cerca del monte Sadar. Desde allí hacía correrías por los valles y los montes, robando corderos y hombres a los que devoraba una vez asados.

»En cierta ocasión, iban dos hermanos por un sendero. Regresaban de la feria de un pueblo vecino, en donde habían vendido sus ovejas y se habían divertido de lo lindo. Venían charlando animadamente, mas de pronto enmudecieron: habían visto aparecer a Tarttalo.

»En vano quisieron huir.

»El gigante cogió a cada uno con una mano y se los llevó a su cueva. Allí los tiró en un rincón y se puso a encender fuego. Hizo una enorme hoguera con troncos de robles y colocó encima un gran asador. Los dos hermanos temblaban de espanto. Luego, el gigante cogió a uno, el que le pareció más rollizo, y matándolo de un golpe lo puso a asar. El otro pastor lloró amargamente al ver el trágico fin de su hermano y cómo su cuerpo era devorado por el terrible gigante. Éste, cuando hubo consumado su repugnante yantar, cogió al muchacho tirándolo encima de unas pieles de ovejas.

»—A ti tengo que engordarte todavía —le dijo con desprecio entre ofensivas y sonoras risotadas. Y añadió—: Pero para que no puedas escaparte, te colocaré este anillo en el dedo.

»Y, en efecto, le colocó un anillo mágico que tenía voz humana y que repetía sin cesar:

»—¡Aquí estoy! ¡Aquí estoy!

»Después, Tarttalo se echó a dormir tan tranquilo.

»El pastor, consciente de cuál iba a ser su final si no hacía algo por evitarlo, decidió huir, fuera como fuese, antes de ser cebado primero y devorado después por el gigantón. Entonces se arrastró con cautela hasta el fuego, cogió un asador y lo caldeó hasta ponerlo al rojo. Lo agarró bien fuerte y yéndose a donde Tarttalo roncaba, le clavó el asador en el único ojo que tenía en la frente.

»El monstruo, enloquecido de rabia y dolores, se levantó profiriendo brutales alaridos y buscando a grandes manotazos al que le había clavado el hierro candente en su ojo.

»Pero el pastor, con extraordinaria agilidad, esquivaba las furiosas acometidas de su antagonista. Al fin soltó a las ovejas que había en la cueva y él se envolvió en una piel para que el gigante no se diera cuenta de su huida, ya que éste se había colocado en la entrada de la gruta.

»El muchacho consiguió salir pero el anillo mágico se puso a gritar y repetir:

»—¡Aquí estoy! ¡Aquí estoy!

»Y así, lógicamente, orientaba a Tarttalo, que corría como un gamo a pesar de lo enorme de su naturaleza, en persecución del atrevido pastor.

»Temía el joven que le iba a ser difícil escapar y corría, corría, queriéndose ocultar entre los bosques, pero el anillo orientaba al gigante con su repetitivo y estridente:

»—¡Aquí estoy! ¡Aquí estoy!

»Viendo el pastor que iba a ser atrapado, y lleno de horror por la tremenda ira que expresaba el monstruo en sus alaridos y maldiciones, tomó una decisión heroica: se arrancó el dedo en que llevaba puesto el anillo delator y lo arrojó a un pozo.

»—¡Aquí estoy! ¡Aquí estoy!

»Tarttalo, siguiendo las indicaciones que el anillo le daba, se arrojó de cabeza dentro del pozo y allí murió ahogado.

—Tienes razón —dijo Amaia, sonriendo—, es una historia buenísima y se te nota cómo disfrutas con ella.

—Bueno, no todo es mitología y leyendas. En otro orden de cosas, «tarttalo» es el nombre que algunos grupos terroristas dan a un tipo concreto de bomba. Una caja sin cables visibles que esconde una célula fotoeléctrica LDR. En el momento de abrir la caja, el contacto con la luz provoca la detonación de la carga explosiva. De ahí su nombre, un solo ojo detector de luz.

—Sí, eso lo sabía, pero no creo que vaya por ahí. ¿Qué más tienes?

—Una pequeña productora de cine que se llama Tarttalo, media docena de restaurantes repartidos por toda la geografía vasca. En internet hay referencias a las leyendas, cortos de dibujos animados sobre Tarttalo, serigrafías para camisetas, un pueblo en el que sacan un muñeco de Tarttalo durante las fiestas patronales y unos cuantos blogs que se titulan o hacen referencia al Tarttalo. Le adjunto todos los enlaces. Ah, y con la grafía que usted me indicó, con dos tes en medio, parece ser el modo más antiguo de escribirlo. Y por supuesto los libros de José Miguel de Barandiarán sobre mitología vasca.

El teléfono sonó en la mesa del subinspector interrumpiendo su exposición. Se disculpó y contestó a la llamada. Jonan le hizo un gesto mientras colgaba el teléfono.

—Jefa, el comisario quiere verla, la está esperando.

El comisario hablaba por teléfono cuando entró en el despacho. Ella musitó una disculpa y se volvió hacia la puerta, pero él elevó una mano pidiéndole que aguardase con un gesto.

Colgó y se quedó mirándola. Amaia imaginó que su jefe seguía recibiendo presión por parte del arzobispado y estaba a punto de decirle que aún no tenían nada cuando él la sorprendió.

—No se lo va a creer, era el juez Markina, y ha llamado porque el detenido por el crimen de Lucía Aguirre se ha puesto en contacto con él y le ha dicho que si usted va a verle a prisión le dirá dónde está el cuerpo de la víctima.

Condujo hasta la colina de Santa Lucía donde se ubicaba la nueva cárcel de Pamplona, accedió al interior mostrando su placa y fue inmediatamente conducida a un despacho donde esperaban el director de la prisión, a quien ya conocía, y el juez Markina, acompañado por una secretaria judicial. El juez se puso en pie para recibirla.

—Inspectora, creo que no había tenido ocasión de saludarla personalmente, ya que mi incorporación coincidió con su tiempo de baja; le agradezco que haya venido. Esta mañana Quiralte pidió una entrevista con el director y le comunicó que si usted accedía a visitarle le contaría dónde está el cadáver de Lucía Aguirre.

—¿Y cree que ésa es su intención? —preguntó ella.

—La verdad es que no sé qué pensar. Quiralte es un tipo chulesco y engreído que se jactó del crimen para después negarse a decir dónde había ocultado el cuerpo. Según me ha contado el director, está más contento que unas pascuas, come bien, duerme bien, y se muestra sociable y activo.

—Parece estar en su salsa —añadió el director.

—Así que no sé si se trata de un truco o tiene auténtica intención, el caso es que ha insistido en que fuera usted y sólo usted.

Amaia recordó el día en que lo detuvieron, y sus ojos clavados en el espejo mientras un policía lo interrogaba.

—Sí, cuando lo detuvimos también preguntó por mí, pero las razones que dio nos parecieron tonterías. Y en aquel momento, yo ya casi estaba de baja y el interrogatorio lo llevó el equipo que hasta entonces se había encargado de la investigación.

Hacía diez minutos que Quiralte esperaba en la sala de interrogatorios cuando Amaia y el juez entraron. Se sentaba recostado en la silla de formas rectas que estaba frente a la mesa. Llevaba la pechera de su uniforme carcelario casi abierta hasta la cintura y sonreía con un gesto forzado mostrando unas encías blanquecinas y demasiado grandes.

«Realmente vuelve el macho», pensó recordando el comentario que al respecto había hecho Jonan cuando le detuvieron.

Quiralte esperó a que se sentaran frente a él, se irguió en su silla y extendió una mano hacia Amaia.

—Por fin se digna a venir a verme, inspectora, he esperado mucho tiempo, pero debo decir que ha valido la pena. ¿Cómo está? y ¿cómo está su hijito?

Amaia ignoró su mano extendida y después de unos segundos él la bajó.

—Señor Quiralte, si he venido hoy hasta aquí ha sido únicamente porque usted ha prometido revelar el paradero de los restos de Lucía Aguirre.

—Como desee, inspectora, usted manda, pero la verdad es que esperaba que fuera más amable, ya que voy a contribuir a aumentar su fama de poli estrella —dijo sonriendo.

Amaia se limitó a esperar, mirándole fijamente.

—Señor Quiralte... —empezó el juez.

—Cállese —le espetó Quiralte. El juez le miró visiblemente enfadado—. Cállese, señor juez, de hecho no sé qué cojones hace aquí, cállese o no diré nada, dé gracias que le permito estar presente porque fui muy claro al decir que sólo hablaría con la inspectora Salazar, ¿recuerda?

El juez Markina apartó los brazos de la mesa y se tensó como si fuera a saltar sobre el preso. Amaia casi podía oír cómo su musculatura crujía de indignación; aun así permaneció en silencio.

Quiralte recuperó su sonrisa lobuna y se dirigió de nuevo a Amaia, ignorando al juez.

—He esperado mucho, cuatro largos meses. Yo habría querido que fuera antes, de hecho si esta situación se ha prolongado ha sido por su culpa, inspectora. Como seguramente sabe, yo pedí hablar con usted desde el momento en que me detuvieron. Si hubiera accedido, hace tiempo que tendrían el cuerpo de esa asquerosa, y yo no habría estado aquí pudriéndome estos cuatro meses.

—En eso no puede estar más equivocado —respondió Amaia.

Él negó con la cabeza mientras sonreía. «Está disfrutando», pensó Amaia.

—¿Y bien?... —le animó.

—¿Le gusta el *patxaran*, inspectora?

—No especialmente.

—No, no parece ese tipo de mujer, además imagino que no habrá bebido alcohol durante el embarazo. Hace bien, si no los hijos salen como yo. —Rió a carcajadas—. Y ahora —dijo— la estará amamantando. ¿Verdad?

Amaia reprimió su sorpresa y fingió intranquilidad, volviéndose hacia la puerta y apartando la silla.

—Ya voy, inspectora, no sea impaciente. Mi padre solía hacer *patxaran* casero, no era nada del otro mundo pero se podía beber. Trabajaba para una conocida marca de licor en un pequeño pueblo que se llama Azanza. Cuando ya habían terminado de recoger la cosecha de endrinas, la empresa dejaba que los empleados se llevasen los frutos que habían quedado prendidos en los arbustos tras la recolección. Los endrinos son unos arbolitos de lo más cabrón que hay, mi padre solía llevarme con él al campo, tienen espinas muy afiladas y ponzoñosas, si te pinchas se infecta seguro, y el dolor dura días y días. Me pareció que entre aquellos arbustos encontraría el mejor sitio para ella.

—¿La enterró allí?

—Sí.

—De acuerdo —dijo el juez Markina—, vendrá con nosotros y nos indicará el lugar.

—No, no iré a ninguna parte, lo último que me apetece es volver a ver a esa perra, además imagino que a estas alturas debe de estar asquerosa. Ya les he dicho bastante, les diré exactamente dónde está el campo, lo demás es cosa suya, yo ya he cumplido mi parte y en cuanto terminemos me iré a mi celda a descansar. —Volvió a acomodarse en la silla y sonrió—. Hoy he tenido un día cargado de emociones y estoy agotado —dijo sin dejar de mirar al juez.

—Éste no es el procedimiento —masculló Markina—. No hemos venido aquí para que nos toree. Vendrá con nosotros y nos mostrará el lugar sobre el terreno. Las indicaciones verbales pueden complicar la búsqueda, además ha pasado mucho tiempo, no habrá huellas visibles e incluso usted puede tener dificultades para recordar el lugar exacto.

Quiralte interrumpió la perorata del juez.

—Oh, ¡por Dios!, no soporto a este tío. Inspectora, tráigame un papel y un bolígrafo y se lo indicaré.

Amaia se lo tendió, pero el juez siguió protestando.

—Un dibujo chapucero en un papel no es un mapa fiable; en una plantación todos los árboles son iguales.

Amaia observaba al preso, que dedicó al juez una sonrisa cargada de intención antes de escribir.

—Tranquilo, señoría —dijo con sorna—, no voy a hacerle un dibujo. —Y les tendió el papel con una corta combinación de números y letras que sorprendió al juez.

—Pero ¿qué es esto?

—Son coordenadas, señoría —explicó Amaia.

—Longitud y latitud, señoría, ¿no le dije que estuve en la Legión? —añadió el preso jocosamente—. ¿O prefiere el dibujito?

Azanza resultó ser un pequeño pueblo de la merindad de Estella, cuya principal industria estaba consagrada a la elaboración de licor de endrinas, o *patxaran*. Cuando consiguieron reunir a todo el equipo y localizar el lugar indicado, ya estaba atardeciendo, y la luz que se extinguía rápidamente pareció retenida unos minutos más en la blancura de los millones de pequeñas flores, que a pesar de que aún faltaba mucho para la primavera, cubrían por completo las copas de los árboles, dándole un aspecto de corredor palaciego y no de cementerio improvisado por un animal sin alma.

Amaia observaba con atención mientras los técnicos instalaban focos y una carpa que ella había insistido en traer a pesar de las prisas de sus compañeros. No había una importante amenaza de lluvia, pero aun así, no quería correr riesgos de que cualquier prueba que pudiera aparecer alrededor de la tumba quedase comprometida por una eventual precipitación.

El juez Markina se colocó a su lado.

—No parece muy satisfecha, inspectora, ¿no cree que esté ahí?

—Sí, estoy casi segura —dijo ella.

—Entonces, ¿qué es lo que no la convence? Permítame —dijo, elevando la mano hacia su rostro. Ella retrocedió, sorprendida—. Tiene algo en el pelo. —Retiró una florecilla blanca que se llevó a la nariz.

A Amaia no se le escapó la mirada que Jonan le dirigió desde el otro extremo de la carpa.

—Dígame, ¿qué es lo que no le cuadra?

—No me cuadra el modo en que actúa este tipo. Es una bestia de manual, expulsado del ejército, borracho, chulesco y agresivo, pero...

—Sí, a mí también me resulta difícil entender la razón que lleva a una encantadora mujer como la víctima a relacionarse con un tipo así.

—Bueno, en eso puedo ayudarle. La víctima da el perfil. Dulce, abnegada, entregada a los demás, piadosa y empática hasta el extremo. Era catequista, colaboraba en un comedor social, cuidaba a sus nietos, visitaba a su anciana madre, y sin embargo estaba sola. Una mujer así no ve objeto en su vida si no es cuidando de alguien, y a la vez, siempre soñando con que llegue alguien que cuide de ella. Deseaba sentirse mujer, ni hermana ni madre ni amiga, mujer. Su problema es que pensó que para eso necesitaba a un hombre a cualquier precio.

—Vaya, inspectora, a riesgo de parecer un poco machista le diré que tampoco creo que tenga nada de malo que una mujer desee tener a un hombre a su lado para sentirse plena, por lo menos en el amor.

Jonan detuvo sus anotaciones y sonrió sin mirar a Amaia, repartiendo su atención entre los técnicos que cavaban la fosa y su jefa.

—Señoría, este individuo no es un hombre, es un espécimen humano del sexo masculino, y entre eso y ser un hombre hay un abismo.

Los técnicos dieron la alarma, comenzaba a ser visible un envoltorio de plástico negro. Amaia se acercó a la tumba, pero aún se volvió hacia el juez para decirle:

—Seguramente ella también se dio cuenta y por eso interpuso la denuncia. Demasiado tarde.

Cuando el fardo quedó a la vista pudieron apreciar que el asesino había introducido el cuerpo en dos grandes bolsas de basura, una por la cabeza y otra por los pies, y las había unido en torno a la cintura de la mujer con celo del de pegar papel. La cinta se había desprendido y la leve brisa la hizo ondear, produciendo una extraña sensación de movimiento en la tumba, como si la víctima se revolviese en su lecho clamando por salir de allí. Una ráfaga más fuerte dejó ver entre los pliegues de la bolsa el jersey rojo y blanco que llevaba la víctima, y que Amaia reconoció de su sueño provocándole un escalofrío que recorrió su espalda.

—Hagan fotos desde todos los ángulos —ordenó, y mientras esperaba a que los fotógrafos terminasen, retrocedió unos pasos, se santiguó e inclinó la cabeza para rezar una vez más por una víctima.

El juez Markina la miraba anonadado. El doctor San Martín se le acercó.

—Es una manera como otra cualquiera de tomar distancia con el cadáver. —Markina asintió y desvió la mirada como si hubiese sido sorprendido en falta.

San Martín se inclinó junto a la fosa, extrajo de su viejo maletín Gladstone unas tijeras cortas de uñas, miró al juez, que asintió y procedió a realizar en la bolsa de plástico un único corte longitudinal que dejó a la vista la mitad superior del cuerpo.

El cadáver aparecía completamente estirado y ligeramente recostado sobre el lado derecho, bastante descompuesto, aunque el frío y la aridez del terreno habían actuado como secante y los tejidos aparecían sumidos y desecados, al menos en el rostro.

—Por suerte, en los últimos tiempos ha hecho bastante frío, la descomposición es la que se puede esperar en unos cinco meses —expuso San Martín—. A primera vista, presenta un gran corte en el cuello. La tinción de sangre en la pechera de su jersey indica que estaba viva cuando se lo hicieron. El corte es profundo y recto, lo que nos indica un arma muy afilada y gran fuerza y determinación de causar muerte por parte del agresor. No hay titubeos y está realizado de izquierda a derecha, lo que nos habla de un agresor diestro. La pérdida de sangre fue devastadora y fue lo que en las primeras horas atrajo a tantos necrófagos, de ahí que aunque esté bien envuelta y el terreno se haya mantenido seco, se observe mucha actividad de insectos en la primera fase.

Amaia se acercó a la cabecera de la fosa y se arrodilló. Inclinó un poco la cabeza hacia un lado como si sufriese un leve mareo y permaneció así unos segundos.

El juez Markina la miró sorprendido y avanzó hacia ella, preocupado, pero Jonan le retuvo sujetándole del brazo mientras le susurraba algo al oído.

—¿Lo que tiene sobre la ceja es un golpe? —preguntó Amaia.

—Sí, en efecto —dijo San Martín, sonriendo con orgullo de maestro que ha formado bien a su alumna—, y parece post mórtem; ha hundido el lugar pero no sangró.

—Mire —indicó Amaia—, parece que tiene más repartidos por todo el cráneo.

—Sí —asintió San Martín inclinándose más sobre el cuerpo—. Aquí incluso falta pelo, y no es debido a la descomposición.

—Jonan, ven, haz una foto desde aquí —pidió.

El juez Markina se inclinó a su lado, tan cerca que la manga de su chaqueta la rozó levemente.

Musitó una disculpa y preguntó a San Martín si creía que el cadáver había estado allí todo el tiempo y si se había trasladado inmediatamente después de producirse la muerte. San Martín le contesto que sí, que los restos de larvas se correspondían con la fauna típica de la zona en las primeras fases, pero que sería concluyente cuando hubiese realizado los análisis correspondientes.

El juez se irguió dirigiéndose a la secretaria judicial, que tomaba notas a una distancia prudencial.

Amaia continuó unos segundos más arrodillada, observando el cadáver con el ceño fruncido.

Jonan la miraba, expectante.

—¿Nos la llevamos ya? —preguntó uno de los técnicos señalando el cadáver.

—Aún no —dijo Amaia, alzando una mano sin dejar de mirar el cuerpo—. Señoría —llamó.

El juez se volvió solícito hacia ella, acercándose.

—Quiralte dijo algo así como que de haber mantenido una conversación conmigo en su momento se habría evitado pasarse cuatro meses pudriéndose en la cárcel. ¿Es eso lo que dijo?

—Sí, eso fue lo que dijo, aunque después de confesar el crimen no sé cómo esperaba que eso ocurriese.

—Creo que yo sé cómo... —susurró ella, ensimismada.

Markina le tendió una mano que ella miró extrañada, e ignorándole, se puso en pie y rodeó la tumba.

—Doctor, por favor, ¿podría cortar la bolsa un poco más?

—Claro.

Retomó el corte en la siguiente sección de la bolsa y la rasgó hasta la altura de las rodillas.

La falda que Lucía Aguirre se había puesto con su jersey de rayas aparecía recogida bajo el cuerpo y no tenía ropa interior.

—Ya había supuesto una agresión sexual; en estos casos suele haberla y no me extrañaría nada que hubiese sido post mórtem —comentó el forense.

—Sí, como una furia desatada dio rienda suelta a todas sus fantasías, pero no es eso lo que busco. —Con sumo cuidado separó la bolsa a ambos lados—. Jonan, ven aquí. Sujeta el plástico tirando de él, de modo que no entre tierra.

Él asintió y cediéndole la cámara a uno de los técnicos se acuclilló y cogió el plástico con las dos manos.

Amaia se arrodilló a su lado, palpó el hombro derecho de la víctima y con cuidado comenzó a descender palpando el antebrazo, que al estar el cadáver ladeado había quedado parcialmente oculto bajo el cuerpo. Valiéndose de ambas manos, introdujo los dedos bajo el cuerpo a la altura del bíceps y con un suave tirón dejó el brazo a la vista.

Jonan se sobresaltó perdiendo el equilibrio y quedó sentado en el suelo, pero no soltó el plástico.

El brazo aparecía amputado desde el codo con un corte recto y sin titubeos, y la ausencia de sangre permitía apreciar la redondez del hueso y el tejido seco a su alrededor.

Un tenso escalofrío recorrió el cuerpo de Amaia. Fue un segundo durante el que todo el frío del universo se concentró en su espina dorsal, sacudiéndola como una descarga eléctrica que le hizo retroceder espantada.

—... Jefa... —dijo Jonan, trayéndola de vuelta al mundo real.

Ella lo miró a los ojos y él asintió.

—Vámonos, Jonan —ordenó mientras se arrancaba los guantes y echaba a correr hacia el coche.

Se detuvo de pronto y volviéndose se dirigió al juez.

—Señoría, llame a la cárcel y pida que mantengan a Quiralte bajo vigilancia exhaustiva, si es preciso que alguien se quede con él.

El juez tenía el móvil en la mano.

—¿Por qué? —preguntó, encogiéndose de hombros.

—Porque va a suicidarse.

Le había cedido el volante a Jonan, siempre lo hacía cuando necesitaba pensar y tenía prisa. Él era un buen conductor que lograba hallar el equilibrio justo entre una conducción segura y el impulso al que ella habría cedido de pisar el acelerador. Tardaron apenas treinta minutos en llegar desde Azanza hasta Pamplona. Al final no había llovido, pero el cielo encapotado había provocado un prematuro anochecer privado de estrellas y luna que pareció amortiguar hasta las luces de la ciudad. Al entrar en el aparcamiento de la prisión vieron la ambulancia con todas las luces apagadas.

—Mierda —susurró.

Un funcionario les esperaba en la puerta y les indicó que entraran a un corredor evitando el arco. Corrieron por el pasillo mientras el funcionario les explicaba:

—Los sanitarios y el médico de la cárcel están con él. Por lo visto se ha tragado algo, creen que puede ser matarratas. Seguro que un preso de limpieza se lo agenció a buen precio, normalmente lo usan entre ellos para contaminar la comida o para cortar droga, en pequeñas dosis causa dolores abdominales y náuseas. Cuando nos avisaron ya estaba inconsciente y rodeado de vómito y sangre; en mi opinión está echando las tripas. Ha recuperado un poco la consciencia, pero no creo que sepa ni dónde está.

El director, pálido y preocupado, esperaba frente a la celda.

—Nada hacía pensar...

Amaia lo rebasó sin detenerse y miró al interior del cubículo. El olor a heces y vómito lo inundaba todo alrededor de Quiralte, que yacía en una camilla intubado e inmóvil. Incluso con la mascarilla puesta se apreciaban las graves quemaduras alrededor de la nariz y la boca. Uno de los sanitarios tomaba notas, mientras el otro recogía el equipo tranquilamente.

El médico de la prisión a quien Amaia conocía desde

hacía tiempo se volvió y se quitó un guante de látex antes de tenderle la mano.

—Oh, inspectora Salazar, menuda papeleta tenemos aquí —dijo elevando las pobladas cejas—. No hemos podido hacer nada. Yo llegué enseguida porque aún estaba en el centro, y los de urgencias, pocos minutos después. Lo intentamos, pero estos envenenamientos, por abrasivos, pocas veces acaban bien y menos cuando son autoprovocados. Preparó su cóctel —dijo señalando un bidón de ciclista tirado en un rincón— en cuanto llegó a la celda y se lo tomó. El dolor que ha debido de provocarle habrá sido horrible y aun así, se ha contenido y no ha gritado ni ha pedido ayuda. —Miró de nuevo hacia el cadáver—. Una de las peores agonías que he visto.

—¿Sabe si ha dejado una carta o una nota? —preguntó Amaia, mirando alrededor.

—Ha dejado eso —dijo el médico señalando hacia las literas que estaban tras ella.

Se volvió y tuvo que inclinarse un poco para ver lo que Quiralte había escrito en la pared de la litera inferior.

TARTTALO

Jonan la imitó y frunció la nariz.

—Lo ha escrito con...

—Con heces —confirmó el médico a su espalda—. Escribir con porquería es una práctica de protesta común en la cárcel, lo que no sé es qué significa esta palabra.

7

Cuando convocaba una reunión, siempre procuraba llegar la primera a la sala, y a menudo perdía unos minutos mirando a través de la ventana que se abría hacia Pamplona, concentrada en ordenar sus ideas y arrullada por el murmullo creciente que iba en aumento a su espalda. Sólo se acercaba Jonan, silencioso, a traerle una taza de café que ella aceptaba siempre y que muchas veces abandonaba intacta tras calentarse las manos.

Se volvió hacia la sala cuando oyó la voz del inspector Iriarte, que saludaba sonriente a todos los presentes. Le acompañaba el subinspector Zabalza, que la saludó con un gesto de cabeza mientras musitaba algo inaudible y se sentaba junto a su superior. Esperó hasta que todos estuvieron sentados y comenzó a hablar justo cuando la puerta se abría y entraba el comisario, que se cruzó de brazos apoyándose contra la pared, y tras disculparse la invitó a proseguir.

—Como si no estuviera —dijo.

—Buenos días a todos. Como saben, el objeto de esta reunión es establecer una estrategia de actuación en torno al caso de las profanaciones que se han venido sucediendo en la iglesia de Arizkun. Acaban de llegar los resultados preliminares de los análisis efectuados a los huesos, y las conclusiones no aclaran gran cosa: que son humanos y que pertenecen a una criatura de menos de un año. El doctor San Martín nos mantendrá informados de los avances que se produzcan cuando tenga las analíticas, pero de momento empezaremos por establecer qué es exactamente una profanación y por qué lo es, sin lugar a dudas, en este caso... —Se puso en pie y caminó hasta situarse detrás del subinspector Etxaide.

»Profanar es tratar algo sagrado sin el debido respeto, deslucir, deshonrar o dar un trato indigno a cosas que deben ser respetadas. Partiendo de esta premisa, y teniendo en cuenta que el acto se ha cometido en un lugar de culto, utilizándose además restos humanos, estaríamos ante una profanación, pero antes de continuar y tomar decisiones sobre cómo vamos a proceder, hay unos cuantos aspectos que conviene aclarar. Existen tantos tipos de profanaciones como de comportamientos delictivos y comprender la mecánica de la profanación nos dará un perfil del tipo de individuo que estamos buscando.

»El tipo más frecuente es la profanación vandálica, normalmente relacionada con tribus urbanas y grupos marginales que manifiestan su repulsa hacia la sociedad atacando sus símbolos sagrados y religiosos. Pueden asaltar un monumento o una biblioteca, quemar una bandera o romper los escaparates de un gran centro comercial. Este tipo de profanación es la más común y la más fácil de identificar por los signos evidentes de violencia irracional. En el segundo grupo estarían los profanadores de iglesias y cementerios, bandas y grupos de delincuentes cuyo único objetivo al atacar estos lugares es robar objetos de valor. El cepillo de las iglesias, megafonías, equipos de sonido o iluminación, piezas de oro o plata como sagrarios, candelabros, copas y hasta herramientas de los enterradores. En casos más aberrantes, roban joyas o incluso dientes de oro de los cadáveres. Hace poco se detuvo a una banda que robaba los marcos de platino que en muchas tumbas adornan las fotografías de los difuntos. Algunos de estos delincuentes, y según se desprende de sus propias declaraciones, han optado últimamente por representar puestas en escena que sugieren ritos satánicos con el fin de despistar a los investigadores y desviar así la atención hacia las sectas, creando una gran alarma entre los vecinos. En estos casos, conviene no despistarse y tener claro que los satanistas no suelen tener interés en llevarse el móvil del cura. Y aquí es donde entraría otro tipo de profanación, la esotérica. Jonan...

Jonan se puso en pie y se dirigió a la pizarra.

—Se trata de rituales mágicos provenientes de distintas culturas. La mayoría de estas supuestas profanaciones son en realidad rituales de santería, vudú haitiano, candomblé brasileño o palo mayombe cubano —dijo, mientras escribía en la pizarra.

»Son rituales relacionados con la muerte y el espiritismo que se practican con preferencia en cementerios, pero no en templos ni iglesias. Sólo los satanistas eligen lugares de culto cristianos, por entender que en su práctica, además de adorar a Satán, deben ofender a Dios. Las profanaciones satánicas son poco comunes, aunque ayer en la reunión con el obispo se insinuó que a veces este tipo de acciones se silencian para evitar el efecto llamada. Lo más frecuente es que nos encontremos con símbolos sacros mancillados con heces, vómito, orina, sangre de animales, cenizas, con el objetivo de obtener una vistosa puesta en escena, decapitando santos, dibujando símbolos fálicos en las vírgenes, invirtiendo crucifijos y cosas por el estilo. Hace unos años, en una pequeña ermita de la localidad gallega de A Lanzada, unos satanistas penetraron en el templo durante la noche rompiendo la puerta a hachazos. Tomaron la figura de la virgen, muy venerada en aquella zona, le amputaron ambas manos y las arrojaron al acantilado. Es un perfecto ejemplo de puesta en escena: podían simplemente haber forzado la puerta, un portón macizo con cerradura antigua, sin alarmas, y podían haberse llevado la figura entera, pero lo que hicieron era mucho más vistoso y ofensivo.

Amaia tomó de nuevo la palabra.

—Y nos queda la profanación como protesta social, o así es como la justifican sus autores. Tuve la ocasión de estudiar de cerca este tipo de comportamientos cuando estuve con el FBI en Estados Unidos. Consiste en destrozar tumbas y desenterrar cuerpos de individuos concretos, y someter el cadáver a amputaciones y mutilaciones con el único objetivo de ser aberrantes. Requiere un considerable nivel de odio a la sociedad, y por su perfil se considera a este tipo de sujeto muy, muy peligroso, ya que éste es sólo un estadio de su conducta y puede acabar dirigiendo su ira hacia individuos vivos. Uno de los casos más conocidos fue el de un policía de los GEO que falleció en la explosión de un piso franco en Leganés en el que se escondían terroristas, tras los atentados del 11-M en Madrid. Después del entierro y en plena noche, un grupo de individuos desenterró el cuerpo, lo mutiló y le dio fuego. Debe entenderse que la incineración en la creencia musulmana supone la aniquilación total del alma del difunto, imposibilitando su resurrección en la vida eterna.

»En los estudios de conducta criminal, este comportamiento se considera en muchos casos un estadio de la psicopatía, con antecedentes de tortura de animales, incendios provocados, micción nocturna, grave retraso escolar, malos tratos y un marcado aspecto psicosexual, por las dificultades que tienen para relacionarse con el sexo de una manera sana.

»Tengo que decir que, en un primer momento, me incliné por la teoría de la profanación vandálica, y todavía no la descarto; pero hay aspectos relacionados con la historia de Arizkun (para los que no la conozcáis, Jonan ha preparado un dosier en el que expone las motivaciones históricas) que no nos permiten descartar la posibilidad de que se trate de un ataque de tipo social, quizás en su fase más embrionaria.

»Hay otro tipo de profanador que está descartado, el ladrón de arte. Entran en los templos que previamente han estudiado sin causar grandes daños, se llevan sólo piezas de gran valor, suelen trabajar por encargo y jamás obran de forma impetuosa o chapucera.

—Estoy de acuerdo —intervino el comisario—. ¿Qué acciones han puesto en marcha?

Iriarte abrió su agenda y comenzó a leer.

—De momento tenemos un coche patrulla las veinticuatro horas en la puerta de la iglesia, lo que parece haber tranquilizado un poco a los vecinos. Algunos se han acercado a dar las gracias y desde la otra noche, no ha vuelto a repetirse ningún incidente.

—¿Han interrogado a los vecinos de las casas más cercanas a la iglesia? —preguntó Amaia.

—Sí, pero nadie vio ni oyó nada, y eso que por la noche Arizkun es puro silencio. Los hachazos destrozando el banco tuvieron que hacer bastante ruido.

—Los muros de esa iglesia son muy gruesos, amortiguarían bastante los golpes, eso sin contar con que los muros de las casas también lo son, y en una fría madrugada invernal las ventanas y portillos estarían cerrados a cal y canto.

Iriarte asintió.

—También hemos localizado a los grupos de jóvenes más activos y con tendencias más antisociales, pero no hemos obtenido resultados. Los chavales de Arizkun son bastante tranquilos, algo de independentismo y poco más. Para la mayoría, practicantes o no, la iglesia es un símbolo de Arizkun.

—¿Y el tema de los agotes? —inquirió Amaia.

Iriarte resopló.

—Jefa, éste es un tema muy delicado. Para la mayoría de la gente de Arizkun sigue siendo una de esas cosas de las que prefieren no hablar. Puedo decirle que hasta hace poco tiempo, si un forastero llegaba a Arizkun preguntando por los agotes se encontraba con un muro infranqueable de silencio.

—Hay un par de anécdotas graciosas sobre eso —intervino Zabalza—. Dicen que hace unos años un conocido escritor se presentó en Arizkun y tuvo que renunciar a su idea de escribir sobre los agotes porque la gente contestaba a sus preguntas como si fuesen lelos, o diciendo que nunca habían oído hablar de semejante cosa, que eran leyendas y que no creían que hubieran existido de verdad. Se cuenta también que el mismísimo Camilo José Cela se interesó por el tema y obtuvo idénticos resultados.

—Ésos son mis vecinos —dijo Amaia, sonriendo—. Supongo que las cosas habrán cambiado con las nuevas generaciones. Por norma, los jóvenes optan por sentirse orgullosos de sus raíces sin sentir la carga que llevan sus mayores. Como le comentaba ayer a Jonan, la historia de los agotes no difiere mucho de la de los judíos o los musulmanes; había distinciones por religión, sexo, ascendencia, nivel económico, vamos, casi como ahora... Ni las mujeres de noble cuna se libraban de matrimonios forzados o ingresos obligados en el convento.

—Puede que tenga razón. La mayoría de los jóvenes ven la historia, más allá de la guerra civil, como la era cuaternaria, pero aun así debemos ir con cuidado para no herir sensibilidades.

—Lo haremos —afirmó Amaia—. Esta misma tarde me trasladaré a Elizondo y estaré allí unos días para dirigir la investigación.

El comisario asentía mientras ella hablaba.

—Jonan se ocupará de buscar en la red grupos de acción contra los intereses católicos, además de todo lo relacionado con los agotes y los elementos dañados durante las profanaciones. Me gustaría que me concertasen una reunión con el párroco y el capellán de Arizkun, pero por separado: no podemos descartar la posibilidad de que estas acciones sean una especie de venganza dirigida contra uno de ellos. No olviden el reciente caso de la desaparición del Códice Calixtino, que ocultaba una venganza personal de un antiguo trabajador del templo contra el deán de la catedral de Santiago. Así que, antes de lanzarnos a montar teorías históricas y místicas, no estaría de más que investigásemos a los implicados, como en cualquier otro caso. Tengo un par de ideas sobre las que me gustaría trabajar. De momento nada más —dijo poniéndose en pie y saliendo tras el comisario—. Nos vemos allí mañana por la mañana.

El informe, que la había mantenido despierta hasta las tres de la madrugada, estaba sobre la mesa del comisario. Centró su atención en las tapas de cartón, tratando de descubrir algún signo de que se hubiese leído.

—Señor, ¿ha tenido ocasión de leer mi informe?

El comisario se volvió hacia ella y se demoró unos segundos mirándola, pensativo, antes de responder.

—Sí, Salazar. Es muy exhaustivo.

Amaia estudió su gesto impenetrable, mientras valoraba si lo exhaustivo era bueno o malo.

Tras unos segundos en silencio y sorpresivamente, el comisario añadió:

—Exhaustivo y muy interesante. Comprendo por qué ha llamado su atención. Entiendo que el teniente Padua viera indicios, pero estoy de acuerdo con sus superiores. Si usted me hubiera presentado este informe hace una semana le habría dicho lo mismo que sus jefes le dijeron a él. Los indicios, aunque existen, están bastante traídos por los pelos, podrían ser casualidades; incluso el hecho de que los presos mantengan correspondencia entre ellos y con admiradores de sus crímenes es más frecuente de lo que la gente se imagina.

Hizo una pausa mientras se sentaba frente a ella.

—Claro que los hechos de ayer le dan una nueva vuelta de tuerca a esta historia, cuando Quiralte la involucra al decidir confesarle a usted dónde estaba el cadáver. Lo he pensado mucho, inspectora, pero aun así no lo tengo claro. Todos los casos están oficialmente cerrados. Todos los asesinos están muertos, suicidados. Distintos casos en distintas provincias y llevados por diferentes cuerpos de policía, y usted me pide abrir una investigación.

Amaia permaneció en silencio, manteniendo su mirada.

—Creo en usted, confío en su instinto y sé que debe haber algo que ha llamado su atención..., pero no veo suficientes indicios como para autorizar la apertura de una investigación que además levantaría ampollas acerca de las competencias con otras policías.

Hizo una pausa y Amaia contuvo el aliento.

—A menos que se esté reservando alguna información...

Amaia sonrió. Aquel tipo no era comisario por casualidad. Sacó el sobre plastificado del bolsillo interior de su chaqueta y se lo tendió al comisario.

—El día que Jasón Medina se suicidó en los baños del juzgado llevaba este sobre.

Él lo tomó, estudió su aspecto y leyó a través del plástico.

—Va dirigido a usted —exclamó, sorprendido. Abrió un cajón de su mesa seguramente buscando unos guantes.

—Puede tocarlo, ya está procesado, no hallaron ni una sola huella.

El comisario sacó el sobre de su funda, extrajo la tarjeta, la leyó y miró a Amaia.

—Está bien —dijo—. Le autorizo a que abra una investigación basada en que dos de los asesinos se dirigieron expresamente a usted.

Amaia asintió.

—Deberá poner el máximo tacto y por supuesto conseguir el beneplácito del juez Markina, aunque no creo que le resulte difícil, parece tenerla en gran estima como investigadora: esta misma mañana me ha llamado para hablar del caso Aguirre y se ha deshecho en halagos hacia usted. No quiero conflictos con las otras policías, así que le pido cortesía y mano izquierda. —Hizo una pausa teatral—. A cambio, espero avances en el tema de la iglesia de Arizkun.

Amaia hizo un gesto de hastío.

—Sé lo que piensa al respecto, pero es importante para nosotros solucionar este tema cuanto antes, esta misma mañana me ha llamado el alcalde muy preocupado.

—Seguramente serán sólo unos gamberros.

—Pues deténgalos, y deme sus nombres para que el obispo deje de presionar. Ellos están muy alarmados con esto, y es verdad que suelen ser un poco exagerados para sus cosas, pero también es cierto que en otros casos más vistosos de profanación no se han agobiado tanto.

—Está bien. Me emplearé a fondo, ya sabe que tenemos una patrulla en la puerta del templo. Con esto, imagino que los ánimos se relajarán y le dejarán tranquilo.

—No estaría mal —admitió él.

Amaia se levantó y se dirigió hacia la puerta.

—Gracias, señor.

—Salazar, espere, hay una cosa más.

Amaia se detuvo y permaneció firme, esperando.

—Ya ha pasado un año desde que el inspector Montes causó baja tras lo que ocurrió en el transcurso de la investigación del caso Basajaun. La comisión de asuntos internos que lo investigó ha recomendado su reincorporación. Como sabe, para que ésta se produzca el inspector Montes deberá obtener informes favorables de todos los agentes involucrados, en este caso el inspector Iriarte y usted.

Amaia permaneció en silencio, esperando ver qué rumbo tomaba la conversación.

—Las circunstancias han cambiado. Entonces usted era la inspectora asignada para dirigir aquel caso y ahora es la jefa de homicidios, por lo que el inspector Montes estaría a sus órdenes, como los demás. Si se decide por su reincorporación, puede asignarlo a su equipo o a otro turno, pero de cualquier manera debe tomar una decisión definitiva. Su equipo está cojo, si no es Montes deberá asignar a otro agente a su unidad de modo permanente.

—Lo pensaré —respondió ella fríamente.

El comisario captó su hostilidad.

—Inspectora, no pretendo influir en su decisión, sólo le estoy informando.

—Gracias, señor —contestó.

—Puede retirarse.

Amaia cerró la puerta a su espalda y susurró:

—Sí, claro.

El Instituto Navarro de Medicina Legal estaba desierto a mediodía. Entre los chubascos, un sol titubeante hacía brillar las superficies mojadas por la lluvia caída apenas una hora antes, y las numerosas plazas vacías en el aparcamiento delataban la hora de la comida. Aun así, no le sorprendió ver mientras se acercaba a dos mujeres que arrojaban los cigarrillos que habían estado fumando y salían a su encuentro nada más verla. Hizo un ejercicio de nemotecnia intentando recordar sus nombres, «como las hermanas de Lázaro».

—Marta, María —las saludó—. No deberíais estar aquí —dijo sabiendo de antemano que los familiares no tienen otro lugar lógico al que ir, y que seguirían en la puerta o en la pequeña salita hasta que les devolviesen a su ser querido—. Estaríais mejor en casa, os avisarán cuando... —La palabra autopsia, con toda la carga siniestra que encerraba, le resultaba siempre impronunciable ante las familias. Era sólo una palabra más, y ellos sabían para qué estaban allí, incluso algunos la pronunciaban sin reparo, pero para ella, que sabía lo que aquella palabra encerraba, resultaba tan hiriente como el escalpelo abriendo en y griega el cuerpo del ser que amaban—. Cuando hayan terminado con todas las pruebas —dijo.

—Inspectora. —Habló la mayor, no estaba segura de si era Marta o María—. Entendemos que hay que realizar la autopsia, porque mi madre ha sido víctima de una muerte violenta, pero hoy nos han dicho que quizá tarden unos días más en entregarnos..., bueno, el cuerpo.

Su hermana empezó a llorar, y al intentar contener el llanto, emitía un sonido sofocado como si se ahogara.

—Dígame, ¿por qué?, ya saben quién la mató, ya saben lo que le hizo ese bestia. Pero ahora él está muerto, y, Dios me perdone, me alegro porque ha muerto como la rata inmunda que era.

De sus ojos también brotaron gruesas lágrimas que se limpió del rostro con furia, porque a diferencia de las de su hermana, las suyas eran de ira.

—... Y a la vez querría que siguiese vivo, encerrado, pudriéndose. ¿Me entiende? Querría poder matarle con mis manos, querría poder hacerle todo lo que él le hizo a nuestra madre.

Amaia asintió.

—Y aun así, no conseguirías sentirte mejor.

—No quiero sentirme mejor, inspectora, no creo que nada en este mundo pueda hacer que me sienta bien en este momento. Yo sólo querría hacerle daño, tan básico como eso.

—No hables así —rogó su hermana.

Amaia le puso una mano sobre el hombro.

—No, no lo harías, sé que piensas que sí, que eso es lo que te gustaría y hasta cierto punto es normal, pero tú no le harías a nadie nada semejante, lo sé.

La mujer la miró y Amaia supo que estaba a punto de romperse.

—¿Cómo puede estar segura?

—Porque para hacer algo así hace falta ser como él.

La mujer se cubrió la boca con las manos, y por la expresión aterrorizada de su rostro supo que lo había entendido. La otra chica, que había parecido más débil e indefensa, rodeó a su hermana con el brazo, puso la otra mano en su cuello, y con un movimiento suave que no encontró resistencia llevó la cabeza de su hermana hasta su hombro en un gesto de consuelo y ternura que, Amaia estuvo segura, había aprendido de su madre.

—¿Cuándo nos la devolverán? Pensábamos que tras la autopsia. ¿Por qué tardar más?

—Mi madre ha estado cinco meses abandonada en un campo helado, ahora queremos tener nuestro tiempo, tiempo para despedirnos, para poder enterrarla.

Amaia las estudió, calibrando su resistencia, no era baladí tenerlo en cuenta. Las familias de las víctimas desaparecidas mostraban una gran fuerza alimentada por la esperanza de que sus familiares estuviesen vivos contra todo pronóstico, y a pesar de las pruebas que apuntaban hacia un desenlace fatal. Pero en el momento en que aparecía el cuerpo, toda esa energía que les había mantenido en pie se desmoronaba como un castillo de arena en mitad de una tormenta.

—Está bien, escuchadme y tened en cuenta que lo que voy a contaros forma parte de una investigación, por lo que confío en vuestra discreción.

Ambas la miraron, expectantes.

—He sido sincera con vosotras desde el principio, desde que me pedisteis que buscara a vuestra madre porque estabais seguras de que ella no se había ido voluntariamente. Os he informado de cada uno de los pasos. Y ahora necesito que continuéis confiando en mí. Está probado que vuestra madre fue víctima de Quiralte, pero no estoy segura de que él fuera la única persona que intervino.

El gesto de las dos mudó hacia la sorpresa.

—¿Tenía un cómplice?

—Aún no estoy segura, pero este caso me recuerda a otro en el que participé como asesora y en el que se sospechó de un segundo implicado. Fue competencia de otro cuerpo de policía, y para comparar aspectos y pruebas el proceso va a ser un poco más largo y complicado. Ya está todo solicitado pero puede llevar horas, incluso días, no lo puedo saber con seguridad. Sé que ha sido muy duro para vosotras, pero vuestra madre ya no está en un campo helado, está aquí, y está aquí para ayudarnos a resolver su propio crimen. Estaré ahí dentro con ella, y os aseguro que nadie respeta tanto cada cosa que pueda contarnos como las personas que se dedican a la ciencia forense. Creedme, ellos son la voz de las víctimas.

Por sus gestos resignados supo que estaban convencidas, y aunque no necesitaba su autorización ni su permiso, tener a los familiares indignados entorpeciendo su trabajo tampoco iba a sumar puntos.

—Al menos podremos celebrar un funeral por su alma —murmuró Marta.

—Claro que sí, os hará bien, y sabéis que a ella le habría gustado.

Les tendió una mano segura que ambas estrecharon.

—Trabajo en esto, intentaré acelerar las cosas y en cuanto sea posible, os llamaré.

Amaia entró en la sala después de cambiar su abrigo por la bata aséptica. El doctor San Martín, inclinado sobre un mostrador de acero, indicaba a sus dos ayudantes algo que aparecía en la pantalla del ordenador.

—Buenos días. ¿O debo decir buenas tardes? —saludó ella.

—Para nosotros buenas tardes, ya hemos comido —contestó uno de los técnicos.

Amaia reprimió la mueca de incredulidad que ya comenzaba a dibujarse en su rostro. Tenía todo el aguante estomacal que se suponía que debía tener, pero imaginarse a aquellos tres comiendo antes de una autopsia le parecía... impropio.

San Martín comenzó a enfundarse los guantes.

—Bueno, inspectora, usted dirá por cuál de los dos quiere empezar.

—¿Qué dos? —preguntó, confusa.

—Lucía Aguirre —dijo señalando el cuerpo cubierto por una sábana sobre la mesa—. O Ramón Quiralte —añadió apuntando a una mesa más alejada sobre la que se veía un bulto aún dentro de la bolsa de transporte.

Amaia le miró sorprendida.

—Tengo programadas las dos autopsias para hoy, empezaremos por el que usted prefiera.

Amaia se acercó hasta el bulto que formaba el cuerpo de Quiralte sobre la mesa, abrió la cremallera y estudió su rostro. La muerte había borrado por completo cualquier clase de atractivo que hubiera podido tener. Alrededor de los ojos se habían formado oscuras petequias que indicaban otros tantos capilares rotos en el esfuerzo de vomitar. La boca entreabierta, detenida en un espasmo, dejaba ver los dientes y la punta de la lengua, que como un tercer labio asomaba completamente cubierta de una película blanquecina. Las quemaduras del ácido se extendían por sus labios tumefactos, aún con restos de vómito que habían resbalado hasta la oreja formando mechones resecos y sucios en su pelo. Amaia miró hacia el lugar donde yacía la mujer y negó con la cabeza. Víctima y verdugo a sólo dos metros en la misma sala de autopsias, hasta era probable que el mismo escalpelo abriera ambos pechos.

—No debería estar aquí —pensó en voz alta.

—¿Qué ha dicho? —contestó San Martín.

—No debería estar aquí... Con ella. —Los técnicos la miraban extrañados—. No a la vez —explicó haciendo un gesto hacia el otro cuerpo.

—No creo que a ninguno de los dos les importe ya, ¿no cree?

Les miró y supo que no lo entenderían por más que lo explicase.

—No estoy tan segura —susurró para sí.

—Bueno, entonces, ¿por cuál de los dos se decide?

—No tengo ningún interés en él —contestó fríamente—, suicidio y punto. —Subió la cremallera haciendo desaparecer el rostro de Quiralte.

San Martín se encogió de hombros y destapó el primer cuerpo. Amaia se detuvo frente a la mesa, inclinó brevemente la cabeza en una rápida plegaria y por fin miró el cuerpo. Desprovista de su jersey rojo y blanco, apenas pudo reconocer en aquel cuerpo a la sonriente mujer que presidía la entrada de su casa con rostro alegre. El cadáver ya había sido lavado, aun así evidenciaba tantos golpes, erosiones y moraduras que el cuerpo parecía sucio.

—Doctor —dijo Amaia acercándose a él—, en realidad tengo que pedirle un favor. Ya sé que es usted muy meticuloso en cuanto al procedimiento, pero en lo que realmente estoy interesada es, como supondrá, en la amputación. He conseguido las fotos de los restos óseos hallados en la cueva de Elizondo por la Guardia Civil —dijo mostrándole a San Martín un grueso sobre—. De momento es todo lo que me han cedido, y lo que necesito es que compare las secciones de los cortes en los huesos. Si pudiéramos establecer relación entre éste y el caso de Johana Márquez, el juez autorizaría otras acciones que podrían llevarnos a avanzar en el caso. Tengo una reunión con él esta tarde y espero poder llevarle algo más que teorías.

San Martín asintió.

—De acuerdo, comencemos.

Encendió una potente lámpara sobre el cuerpo, centró una lupa sobre la herida del brazo y fotografió la lesión. Después se inclinó, acercándose hasta que su nariz casi rozó la herida.

—Un corte limpio, post mórtem, el corazón ya se había detenido y la sangre se había empezado a coagular. Se efectuó con un objeto dentado, similar a una sierra eléctrica de cortar madera, pero diferente; me recuerda mucho al caso de Johana Márquez, porque, la dirección del corte también sugiere un cuchillo eléctrico o una amoladora. Como en el caso Márquez se dio por sentado que había sido el padre, no se indagó más sobre el objeto que pudo haber utilizado; se compararon algunas herramientas que tenía en casa y en su coche, sin resultado positivo.

Amaia colocó en el negatoscopio las fotografías que Padua le había proporcionado y encendió la luz blanca mientras San Martín ponía junto a las otras la foto que la impresora acababa de escupir.

Las observó largamente cambiándolas de orden y hasta superponiéndolas mientras emitía unos ruiditos rítmicos y casi inaudibles que sacaban de quicio a Amaia y provocaban jocosos comentarios entre sus ayudantes.

—¿Diría que todos los cortes fueron realizados con el mismo objeto? —inquirió Amaia, sacando al doctor de su ensimismamiento.

—¡Ah! —exclamó—, eso sería mucho decir. Lo que sí puedo afirmar es que todos los cortes se realizaron siguiendo la misma técnica, que todos fueron efectuados por una persona diestra, con gran seguridad y fuerza similar.

Amaia le miró, insatisfecha.

—Aunque —continuó él sonriendo ante el atisbo de esperanza que vio en los ojos de la inspectora— con las fotos no puedo precisar la edad ni el sexo, todos pertenecieron a adultos, pero son huesos pelados, sin restos de tejido, y no se puede precisar la antigüedad del hueso a ojo, y desde luego con una foto no puedo decirle si proceden de una amputación quirúrgica o de una profanación de tumbas. Es innegable que a primera vista los cortes son muy parecidos y todos son antebrazos... Pero para que fuera definitivo necesitaría el objeto que se utilizó. Podríamos sacar moldes directamente de los huesos para poder escanearlos y superponerlos. Lo siento, inspectora, con fotografías es todo lo que puedo hacer, sería distinto si tuviésemos las muestras.

—La Guardia Civil tiene su propio laboratorio, allí es donde las tienen, ya sabe lo reticentes que son los mandos a compartir información. Llevo años diciéndolo, hasta que no se cree una brigada criminal independiente, formada por miembros de todas las policías, incluso con participación de la Interpol, que colaboren en un mismo laboratorio, estaremos dando palos de ciego en cuanto a investigación criminal —se lamentó Amaia—. Menos mal que hay policías como Padua a los que realmente les interesa resolver crímenes y no apuntarse tantos.

Amaia regresó junto al cuerpo y se inclinó como antes lo había hecho el doctor San Martín para ver de cerca la herida.

El tejido aparecía sumido y cuarteado, muy desecado. Presentaba un color claro, casi descolorido en comparación con el resto del cuerpo. Apreció los pequeños surcos que la hoja había dibujado en el hueso y entonces le pareció ver un punto oscuro y agudo incrustado en el tejido.

—¿Doctor?, venga por favor. ¿Qué le parece que puede ser esto? —preguntó cediendo su sitio frente a la lupa.

Él levantó la mirada, sorprendido.

—No me había dado cuenta, muy bien, Salazar —dijo, con satisfacción—. Probablemente será hueso desprendido durante el corte —apuntó mientras extraía la esquirla con unas pinzas. Observó el trocito triangular bajo la lupa y lo depositó en una bandeja, donde cayó con un inconfundible ruido metálico. Lo llevó, presto, hasta el microscopio y levantó la mirada sonriente mientras le cedía el puesto a Amaia—. Jefa Salazar, lo que tenemos aquí es el diente de una sierra metálica, la sierra que se utilizó para amputar el brazo de esta mujer. Repitiendo el patrón de este diente podemos establecer con bastante aproximación el tipo de sierra, y de su pericia para convencer al juez Markina va a depender que podamos realizar las pruebas para constatar si es la misma que se utilizó en los casos de la cueva de Elizondo. Ahora, si me permite, continuaré con la autopsia —dijo mientras le tendía la bandeja con la muestra a la técnica, que se ponía de inmediato a trabajar.

8

Inmaculada Herranz era una de esas mujeres que se ganaban la confianza de los demás a base de mostrarse siempre afable y servil a partes iguales. De físico insignificante y gestos tan contenidos que Amaia siempre pensaba en ella como en una *geisha* fea, la voz suave y los ojos entornados disimulaban miradas torvas cuando algo la contrariaba. No terminaba de gustarle a pesar de, o quizá debido a, su artificial corrección. Durante seis años había sido la eficaz y siempre dispuesta asistente personal de la jueza Estébanez, que sin embargo no había tenido ningún reparo en dejarla atrás, a pesar de que Inmaculada no estaba casada ni tenía familia, cuando le ofrecieron su nuevo puesto en la Audiencia Nacional.

El inicial disgusto de Inmaculada se tornó en júbilo cuando el juez Markina ocupó el puesto vacante y solicitó sus servicios como secretaria personal gracias a su anterior experiencia como asistente de un juez, algo que no solía ser habitual, y aunque a partir de ese momento tuviera que dedicar una porción mayor de su sueldo a ropa y perfume destinados a llamar la atención de su señoría. Y no era la única, circulaba una broma por los juzgados sobre cómo se había disparado entre las funcionarias el consumo de barras de labios y las visitas a la peluquería.

Amaia había marcado el número del juzgado mientras se dirigía a su coche y rebuscaba en los bolsillos de su cazadora unas gafas de sol con las que combatir los brillantes destellos de la luz reflejándose en los charcos, mientras esperaba a oír la voz meliflua de la secretaria.

—Buenas tardes, Inmaculada, soy la inspectora Salazar de homicidios de la Policía Foral. Páseme con el juez Markina, por favor.

La frialdad cortante de su voz reprobadora le resultó sorprendente en ella.

—Son las dos y media de la tarde, como supondrá, el juez Markina no está.

—Sé qué hora es, acabo de salir de una autopsia y me consta que el juez Markina espera los resultados, él me pidió que lo llamara...

—Ya... —contestó la mujer.

—Me extraña que se haya olvidado. ¿Sabe si regresará más tarde?

—No, no regresará, y por supuesto que no lo ha olvidado. —Dejó pasar un par de segundos antes de añadir—: Ha dejado un número para que lo llame usted.

Amaia esperó en silencio mientras sonreía divertida ante la torpe hostilidad de la secretaria. Suspiró sonoramente para hacer patente que su paciencia se agotaba, y preguntó:

—Y bien, Inmaculada. ¿Va a dármelo, o necesitaré una orden judicial? Ah, no, espere, ya tengo la orden de un juez.

La mujer no dijo nada, pero incluso a través del teléfono pudo imaginársela apretando los labios y entrecerrando los ojos en aquel gesto monjil propio de las mujeres medrosas como ella. Recitó el número una sola vez y colgó sin despedirse.

Amaia miró el teléfono extrañada. «¡Vaya con la mosquita muerta!», pensó. Marcó el número de carrerilla y esperó.

El juez Markina contestó inmediatamente.

—Imaginé que sería usted, Salazar, ya veo que mi secretaria le ha dado el recado.

—Siento molestarle fuera del despacho, señoría, pero acabo de salir de la autopsia de Lucía Aguirre, y existen indicios, a mi juicio suficientes, como para plantearse una investigación. El informe forense es contundente y contamos con una nueva pista.

—¿Me habla de reabrir el caso? —dudó el juez.

Amaia se obligó a ser prudente.

—No pretendo decirle cómo debe hacer su trabajo, pero los indicios apuntan más bien a una nueva línea de investigación sin detrimento de la anterior. Ni el forense ni nosotros albergamos dudas sobre la autoría de Quiralte en el asesinato, pero...

—Está bien —la interrumpió el juez, y pareció pensar unos segundos; su tono revelaba que había despertado su interés—. Venga a verme y explíquemelo, y no olvide traer el informe forense.

Amaia miró su reloj y preguntó:

—¿Va a estar esta tarde en su despacho?

—No, estoy fuera de la ciudad, pero esta noche a las nueve estaré cenando en el Rodero, pase por allí y hablaremos.

Colgó el teléfono y miró de nuevo su reloj. Para las nueve ya tendría el informe del forense, pero James tendría que adelantarse con Ibai si querían llegar a Elizondo a una hora razonable para el bebé. Ella iría después de la reunión con el juez. Suspiró mientras subía al coche pensando que si se daba prisa aún llegaría a tiempo para darle a su hijo la toma de las tres.

Ibai lloriqueaba entrecortadamente alternando el lloro con una suerte de jadeos y grititos que denotaban su desagrado, pero aun así, entre protesta y protesta, succionaba con furia el biberón que James pugnaba por mantener en su boca mientras lo sostenía en brazos. Sonrió con cara de circunstancias al verla.

—Llevamos así veinte minutos y apenas he conseguido que se tome veinte mililitros, pero va poco a poco.

—Ven con la *ama*, *maitia* —dijo ella abriendo los brazos mientras James le tendía al niño—. ¿Me has echado de menos, mi vida? —añadió besando la carita del bebé, mientras sonreía al notar cómo Ibai succionaba su barbilla—. Oh, cariño, lo siento, la *ama* llega muy tarde, pero ya estoy aquí.

Se sentó en un sillón envolviéndolo en sus brazos, y durante la siguiente media hora sólo se dedicó a él. Calmada la ansiedad inicial, Ibai se mostraba tranquilo y relajado, mientras Amaia se dedicaba a acariciar su cabecita, a recorrer con la punta del índice las facciones pequeñas y perfectas de su hijo y observar embelesada los ojos tan límpidos y brillantes que estudiaban a su vez el rostro de Amaia con una dedicación y encanto reservados a los amantes más osados.

Cuando terminó de amamantarlo lo llevó a la habitación que Clarice había ideado para él, le cambió el pañal reconociendo a su pesar que los muebles eran cómodos y funcionales, aunque el niño seguía durmiendo con ellos en su dormitorio, y después lo sostuvo en brazos mientras le cantaba muy bajito, hasta que el niño se durmió.

—No es bueno que se acostumbre a dormirse así —susurró James a su espalda—. Lo mejor es dejarlo en su cuna para que se relaje y se duerma solo.

—Tendrá el resto de su vida para ello —contestó un poco brusca. Lo pensó y suavizó el tono—: Deja que lo mime, James, sé que tienes razón, pero es que le echo tanto de menos..., y supongo que espero que él no deje de echarme de menos a mí.

—Claro que no, no digas tonterías —dijo mientras tomaba al niño dormido de sus brazos y lo acostaba. Lo cubrió hasta la cintura con una mantita y miró de nuevo a su mujer—. Yo también te echo de menos, Amaia.

Sus miradas se cruzaron, y durante un par de segundos

estuvo a punto de correr a sus brazos, a aquel abrazo entre ambos que con el tiempo se había convertido en símbolo indiscutible de su unión, de su mutuo cuidado. Un abrazo en el que siempre halló refugio y comprensión. Pero fueron sólo dos segundos. Un sentimiento de frustración se apoderó de ella. Estaba cansada, no había comido, venía de una autopsia... ¡Por el amor de Dios!, debía correr por toda la ciudad de un lugar a otro y apenas podía estar con su hijo, y todo lo que se le ocurría a James era que la echaba de menos, ¡ella misma se echaba de menos!, no podía recordar cuándo había sido la última vez que había tenido cinco minutos para ella. Le odió por tomar esa actitud de cordero degollado con ojos lánguidos. Eso no ayudaba, no, no ayudaba en absoluto. Salió de la habitación sintiéndose a la vez irritada e injusta. James era un cielo, un buen padre y el hombre más comprensivo que una mujer podría imaginar, pero era un hombre, y estaba a un millón de años luz de comprender cómo se sentía, y eso la sacaba de quicio.

Entró en la cocina, sabiéndole a su espalda, y evitando mirarle mientras se preparaba un café con leche.

—¿Has comido? Deja que te prepare algo —dijo él avanzando hacia la nevera.

—No, James, no hace falta —dijo sentándose con su café a la cabecera de la mesa e indicándole que hiciera lo mismo—. Escucha, James, me ha surgido una reunión inaplazable con el juez que lleva el caso que investigo. Sólo puede recibirme a última hora de la tarde, que es cuando tendré el informe de la autopsia. Es muy importante...

Él asintió.

—Podemos subir mañana a Elizondo.

—No, quiero estar allí por la mañana, y tendríamos que madrugar mucho, así que he pensado que lo mejor es que te adelantes con Ibai y os instaléis en casa de la tía con tranquilidad. Yo le daré una toma antes de iros y llegaré para la siguiente.

James se mordió el labio superior en un gesto que ella conocía bien y que él adoptaba cuando se sentía contrariado.

—Amaia, quería hablarte de eso...

Ella le miró en silencio.

—Creo que la esclavitud de horarios que supone seguir prolongando la lactancia... —se notaba que buscaba las palabras adecuadas— no es demasiado compatible con tu trabajo. Quizás ha llegado el momento de que te plantees en serio dejar de darle el pecho y cambiar definitivamente al biberón.

Amaia miró a su marido deseando poder dar forma a todo lo que bullía en su interior. Lo intentaba, lo intentaba con todas sus fuerzas, quería hacerlo y quería hacerlo bien, por Ibai, pero sobre todo por ella misma, por la niña que había sido, por la hija de la madre mala. Quería ser una buena madre, necesitaba ser una buena madre, debía serlo, porque si no, sería mala, una madre mala como su propia madre. Y de pronto se encontraba preguntándose cuánto de su madre había en ella. ¿No era aquella frustración, acaso, una señal de que algo no iba bien? ¿Dónde estaba la felicidad prometida en los libros de maternidad? ¿Dónde estaba el ideal de realización que debía sentir una madre? ¿Por qué sólo sentía cansancio y un sentimiento de fracaso?

Pero en lugar de todo eso, dijo:

—Ya tenía este trabajo cuando me conociste, James, sabías que era policía y que lo sería siempre, y aceptaste. Si creías que debido a mi trabajo no podía ser una buena esposa o una buena madre debiste pensártelo entonces. —Se levantó, dejó la taza en el fregadero y al pasar a su lado añadió—: Aunque ya lo sabes, esto es un matrimonio, no una cadena perpetua, si no estás a gusto... —Salió de la cocina.

En el rostro de James se dibujó una mueca de incredulidad ante lo que estaba oyendo.

—¡Por el amor de Dios, Amaia!, no seas melodramática —dijo poniéndose en pie y siguiéndola por el pasillo.

Ella se dio la vuelta con un dedo en los labios.

—Despertarás a Ibai. —Y se metió en el cuarto de baño dejando a James en mitad del pasillo, negando incrédulo con la cabeza.

No consiguió dormir y pasó las dos horas siguientes dando vueltas sobre la cama, intentando en vano relajarse lo suficiente como para al menos descansar, mientras oía el rumor del televisor que James miraba en la sala.

Estaba comportándose como una arpía, lo sabía, sabía que era injusta con James, pero no podía evitar la sensación de que de algún modo lo merecía, por no ser más... ¿qué?, ¿comprensivo?, ¿cariñoso? No sabía muy bien qué podía pedirle, sólo que se sentía mal por dentro, y de algún modo esperaba que él no simplificase tanto las cosas, que fuese capaz de aliviarla, de reconfortarla, pero sobre todo de entenderla. Habría dado su alma por que él la comprendiera, porque entendía que debía ser así. Estiró la mano hasta tocar la parte vacía de la cama y arrastró hacia sí la almohada, en la que hundió el rostro buscando el aroma de James. ¿Por qué lo hacía todo mal? Deseó ir hacia él..., decirle..., decirle..., no sabía muy bien qué, quizá que lo sentía.

Salió de la cama y caminó descalza por el suelo, que crujió en algunos lugares cuando pisó las largas tablas de roble francés. Se asomó a la puerta de la sala y vio que James dormía, apoyado de lado mientras en la televisión una sucesión de anuncios iluminaban la estancia en la que la luz natural se había extinguido hacía rato. Observó su rostro relajado, desde la pantalla. Avanzó hacia él y de pronto se detuvo. Siempre había envidiado su capacidad para dormirse en cualquier momento, en cualquier lugar, pero de pronto el hecho de que lo hubiera hecho cuando se suponía que debería estar preocupado, al menos tanto como ella...

Qué demonios, habían tenido una bronca, seguramente la más grave desde que se conocían, y él se echaba a dormir tan relajado como si acabase de salir de un *spa*. A dos millones de años luz. Miró su reloj: aún tenían que preparar un montón de cosas que Ibai necesitaría en Elizondo. Salió de la sala y llamó desde el pasillo mientras se alejaba.

—James.

Después de cargar el coche como si fuesen a emprender la escalada al Everest en lugar de un par de días a cincuenta kilómetros de casa, y de repetirle a James una docena de indicaciones sobre Ibai, su ropa, lo que debía ponerle, que vigilase que no tuviese frío y que no sudase, besó al niño, que la miró desde su sillita tranquilo, tras la toma. Había dormido toda la tarde y seguramente permanecería despierto todo el camino hasta Elizondo, pero no lloraría: le gustaba ir en coche, el suave ronroneo, y la música que James le ponía, quizás un poco alta, parecía gustarle sobremanera, y aunque no llegase a dormirse, haría todo el viaje relajado.

—Llegaré antes de la siguiente toma.

—... Y si no, le daré un biberón —contestó James, sentado tras el volante.

Estuvo a punto de replicar, pero no quería discutir más con él, no quería que se separaran estando enfadados, lo evitaba por cierta superstición. Era policía, había visto en demasiadas ocasiones cómo reaccionaban las familias cuando les comunicaban que uno de sus seres queridos había muerto, y cómo el dolor inicial se agravaba cuando ocurría que en el momento del fallecimiento estaban distanciados por un enfado, la mayoría de las veces sin importancia, pero que tomaba desde ese instante carácter de sentencia. Se inclinó sobre la ventanilla abierta y besó a James tímidamente en los labios.

—Te quiero, Amaia —dijo él, y lo dijo como una advertencia, mientras la miraba a los ojos y arrancaba el motor del coche.

«Ya lo sé —pensó, y retrocedió un paso—. Y sólo hago las paces porque no soportaría que murieras en un accidente estando enfadado conmigo.» Levantó la mano en un saludo que él no vio y, arrepentida, se abrazó la cintura intentando mitigar la desolación que sentía. Permaneció en la calzada hasta que perdió de vista los pilotos rojos del coche, que avanzó lentamente por la calle, que a aquella hora era peatonal excepto para los residentes.

Destemplada por el frío de Pamplona, entró en la casa echando una breve mirada al sobre que descansaba en el recibidor y que había traído un policía una hora antes, y deseando más que nunca el agua caliente de un largo baño. Frente al espejo observó las ojeras que circundaban sus ojos y el pelo rubio, que tenía un aspecto ajado con algunas puntas abiertas como paja seca; ni recordaba la última vez que había ido a la peluquería. Miró la hora y sintió crecer el enfado mientras postergaba para mejor ocasión el ansiado baño y se metía en la ducha. Dejó correr el agua caliente mientras la mampara se nublaba por efecto del vapor hasta que no pudo ver nada. Entonces comenzó a llorar y fue como si un dique se hubiera roto en su interior y una marea amenazase con ahogarla desde dentro. Las lágrimas se mezclaron con el agua, que resbalaba casi hirviendo por su rostro, y se sintió desdichada e incapaz a partes iguales.

El restaurante Rodero estaba bastante cerca de su casa. Cuando cenaba allí con James, solían ir andando para no tener que preocuparse del coche si tomaban vino, pero en esta ocasión condujo el coche hasta las cercanías para poder salir hacia Elizondo en cuanto acabase de hablar con el juez. Aparcó en batería frente al parque de la Media

Luna y cruzó la calle para meterse bajo los porches donde estaba el restaurante. Las grandes cristaleras iluminadas y la decoración sobria del exterior eran promesa de la excelente cocina que le había valido al Rodero una estrella en la guía Michelin. El suelo de madera oscura, como las sillas de cerezo de cómodo respaldo, contrastaban con los paneles de color beige que iban hasta el techo, y una impoluta mantelería blanca, como la vajilla, ponía junto a los espejos la nota de luz, acentuada por los adornos florales que flotaban en cuencos de cristal dispuestos sobre las mesas.

Una camarera la recibió en cuanto rebasó la puerta y se ofreció a tomar su abrigo. Ella rehusó.

—Buenas noches, he quedado aquí con uno de sus comensales, ¿podría avisarle?

—Sí, claro.

Dudó un instante, no sabía si el juez usaría su cargo fuera del ámbito jurídico.

—El señor Markina.

La chica sonrió.

—El juez Markina la está esperando, acompáñeme, por favor —dijo, guiándola hacia el fondo del local.

Rebasaron la salita donde Amaia había supuesto que hablarían y le indicó una de las mejores mesas junto a la librería del chef, con cinco sillas a su alrededor pero puesta para dos comensales. El juez Markina se puso en pie para recibirla, tendiéndole la mano.

—Buenas noches, Salazar —saludó, obviando el rango.

A Amaia no se le escapó la mirada apreciativa de la camarera al guapo juez.

—Siéntese, por favor —invitó él.

Amaia dudó un instante mirando la silla que él le indicaba. No le gustaba sentarse de espaldas a la puerta (una manía de poli), pero obedeció y se sentó frente a Markina.

—Señoría —comenzó—, lamento molestarle...

—No es ninguna molestia, siempre que acceda a

acompañarme. Ya he pedido, y sería para mí muy incómodo cenar mientras usted mira.

Su tono no admitía discusión, y Amaia se sintió desconcertada.

—Pero... —dijo, señalando el plato para un acompañante que había en la mesa.

—Es para usted. Ya le he dicho que aborrezco comer mientras alguien mira. Me tomé esa libertad. Espero que no le moleste —dijo, aunque su tono evidenciaba que le daba bastante igual si a ella le molestaba o no. Estudió sus gestos mientras sacudía la servilleta para ponérsela en las rodillas.

Así que de ahí provenía la hostilidad de la secretaria, podía imaginarla realizando la reserva aquella misma mañana con su voz meliflua y los labios tensos como el corte hecho con un hacha. Recordando las palabras de Inmaculada, cayó en la cuenta de que el juez le había encargado hacer la reserva antes de que ella le llamase con los resultados de la autopsia. Sabía que le llamaría en cuanto terminasen, y había preparado aquella cena con antelación. Se preguntó desde cuándo estaría reservada y si era cierto que el juez se encontraba fuera de la ciudad a mediodía. No podía probarlo. También podía ser que el juez tuviese reserva para él solo y que al llegar, hubiera pedido que añadieran un cubierto.

—No le molestaré mucho rato, señoría, así podrá cenar tranquilamente. De hecho, si me permite, empezaré ya.

Sacó de su bolso una carpeta de color marrón y la puso sobre la mesa, a la vez que un camarero se acercaba con una botella de Chardonnay navarro.

—¿Quién probará el vino?

—La señorita —contestó el juez.

—Señora —replicó ella—, y no tomaré vino, tengo que conducir.

El juez sonrió.

—Agua para la señora, y el vino para mí, me temo.

Cuando el camarero se alejó, Amaia abrió la carpeta.

—Nada de eso —dijo el juez, molesto—. Se lo ruego —añadió más conciliador—, no podría probar bocado después de ver eso. —Sonrió con cara de circunstancias—. Hay cosas a las que uno nunca se acostumbra.

—Señoría... —protestó.

El camarero colocó ante ellos sendos platos que contenían un paquetito dorado adornado con brotes y hojas en tonos verdes y rojizos.

—Trufas y hongos con velo de oro. Que aproveche, señores —dijo retirándose.

—Señoría... —protestó de nuevo.

—Llámeme Javier, se lo ruego.

El enfado de Amaia iba en aumento, mientras se sentía la víctima de una encerrona, una cita a ciegas planeada al detalle en la que aquel cretino se había permitido hasta pedir por ella, y ahora quería que lo llamase por su nombre.

Amaia apartó la silla en la que se sentaba.

—Señoría, he decidido que será mejor que hablemos más tarde cuando usted haya terminado de cenar. Mientras, esperaré fuera.

Él sonrió, y su sonrisa pareció sincera y culpable a un tiempo.

—Salazar, no se sienta incómoda, por favor, aún no conozco a mucha gente en Pamplona, adoro la buena cocina y vengo aquí a menudo. Nunca pido a la carta, dejo que Luis Rodero decida qué sacará a mi mesa, pero si su plato no le gusta, pediré que le traigan la carta. Somos dos profesionales en una reunión, pero eso no tiene por qué impedirnos disfrutar de una buena cena. ¿Se habría sentido más cómoda si hubiéramos quedado en un McDonald's frente a una hamburguesa? Yo no.

Amaia le miraba indecisa.

—Coma, por favor, y cuénteme mientras lo relativo al caso. Eso sí, deje las fotos para el final.

Tenía hambre, no había tomado nada sólido desde el desayuno, nunca lo hacía cuando debía asistir a una autopsia, y el aroma de los hongos y la trufa contenidos en la crujiente bolsita arrancaban quejosos gruñidos de su estómago.

—Está bien —aceptó. Si quería comer comerían, pero iban a hacerlo en tiempo récord. Comieron en silencio el primer plato mientras Amaia tomaba conciencia del hambre que tenía.

El camarero retiró los platos y los sustituyó por otros.

—Sopa nacarada con moluscos, crustáceos y algas —anunció, antes de retirarse.

—Uno de mis favoritos —dijo Markina.

—Y de los míos —comentó ella.

—¿Suele venir a este restaurante? —preguntó el juez, tratando de disimular su sorpresa.

«Cretino y engreído», pensó ella.

—Sí, aunque solemos elegir una mesa más discreta.

—Me gusta ésta, mirar...

«Y ser visto», pensó Amaia.

—Mirar la biblioteca —aclaró—. Luis Rodero tiene aquí algunos de los mejores títulos de la cocina mundial.

Amaia ojeó los lomos de los volúmenes entre los que distinguió *El desafío de la cocina española*, el grueso tomo oscuro de El Bulli o el hermoso libro de *La cocina española* de Cándido.

El camarero puso ante ellos un plato de pescado.

—Merluza con *velouté* y gel de nécora, toques de vainilla, pimienta y lima.

Amaia comió apreciando a medias los matices del plato, mientras miraba su reloj y escuchaba la charla trivial del juez.

Cuando por fin retiraron los platos, Amaia rechazó el postre y pidió un café. El juez hizo lo mismo, aunque con visible decepción. Esperó hasta que el camarero dispuso las tazas sobre la mesa y sacó de nuevo los documentos colocándolos frente al juez.

Vio su cara de disgusto, pero no le importó. Se irguió, sintiéndose inmediatamente segura, en su terreno. Ladeó un poco la silla para poder ver la entrada y se sintió cómoda por primera vez desde que había llegado.

—Durante la autopsia, hemos hallado indicios que señalan la posibilidad bastante fundada de que el caso Lucía Aguirre esté relacionado al menos con uno acaecido hace un año en la localidad de Lekaroz. —Señaló una de las carpetas, que abrió frente al juez—. Johana Márquez fue violada y estrangulada por su padrastro, que confesó el crimen en cuanto fue detenido, pero el cuerpo de la chica presentaba el mismo tipo de amputación que Lucía Aguirre: el antebrazo seccionado desde el codo. Tanto el asesino de Johana Márquez como el de Lucía Aguirre se suicidaron dejando mensajes similares. —Le mostró las fotos de la pared de la celda de Quiralte y la nota que Medina dejó para ella.

El juez asintió interesado.

—¿Cree que se conocían?

—Lo dudo, pero es algo que indagaríamos si autoriza la investigación.

El juez la miró dudando.

—Y algo más —dijo, negando con la cabeza— que quizá no signifique nada, pero sigo pistas que apuntan a similares amputaciones que se habrían llevado a cabo en, por lo menos, otro crimen que tuvo lugar en Logroño hace casi tres años, y que a pesar de haber sido cometido de modo bastante chapucero, cuenta, sin embargo, con el extra de una amputación de manual quirúrgico, y la posterior desaparición del miembro amputado, como en estos dos casos.

—¿En todos? —se alarmó Markina, revolviendo los papeles.

—Sí, de momento tres, pero tengo la sensación de que podría haber más.

—Acláreme algo: ¿qué estamos buscando? ¿Un extraño club de asesinos chapuceros que deciden imitar un comportamiento macabro que quizás han leído en la prensa?

—Podría ser, aunque dudo que la prensa diera detalles tan pormenorizados de la amputación como para que nadie los imitase con esa precisión. Al menos en el caso de Johana Márquez, fue un dato que nos reservamos. Lo que sí puedo confirmarle es que el fulano de Logroño se suicidó en su celda dejando el mismo mensaje escrito en la pared, y con idéntica grafía, algo bastante curioso porque la forma común de escribirlo es con una sola t. Todo esto me lleva a pensar que sus modus operandi están dotados de una peculiaridad que constituye en sí misma una seña de identidad inequívoca, la firma de un solo individuo. Las posibilidades de que unos bestias como ésos se alejasen tanto del comportamiento propio de los maltratadores que matan resultan, como poco, improbables. Los casos que he podido revisar reúnen todas las señas del perfil: parentesco con la víctima, maltrato prolongado en el tiempo, alcoholismo o drogas, carácter violento e irreflexivo. Lo único que desentonaba en las escenas era la amputación post mórtem del brazo, el mismo brazo, en todos los casos, y que el miembro no apareciese.

El juez sostenía en la mano uno de los informes mientras lo hojeaba.

—Yo misma —continuó Amaia— interrogué al padrastro de Johana Márquez, y cuando le pregunté por la amputación se desentendió por completo de ese acto, a pesar de haber admitido el acoso, el crimen, la violación, la profanación del cadáver al violarla después de muerta..., pero de la amputación dijo no saber nada.

Amaia observó al juez, que valoraba los datos con un gesto pensativo que le hacía parecer mayor y más atractivo, mientras se pasaba distraídamente la mano por la mandíbula dibujando la línea de la barba. Desde lejos, la camarera que le había acompañado a la mesa permanecía de pie junto al atril de la entrada y tampoco le quitaba ojo.

—Entonces, ¿usted qué sugiere?

—Creo que podríamos estar ante un cómplice, otra

persona que habría actuado, siendo el nexo entre, como mínimo, los tres crímenes y los tres criminales.

Markina permaneció en silencio alternando la mirada de los documentos al rostro de Amaia. Ella comenzaba a sentirse cómoda por primera vez en toda la velada. Al fin una expresión que no le era ajena; la había visto muchas veces en sus propios compañeros, la había visto en el comisario mientras le exponía su opinión, y la veía ahora en el juez Markina. Interés, el interés que suscitaba dudas y un minucioso análisis de los hechos y de las conjeturas que desencadenaría una investigación. La mirada de Markina se acercaba mientras pensaba, y su rostro, hermoso sin lugar a dudas, adquiría un matiz de inteligencia que lo hacía realmente atractivo. Se sorprendió mirando el dibujo perfecto de sus labios y pensando que no era de extrañar que la mitad de las funcionarias del juzgado se lo rifasen. Sonrió al pensarlo y su gesto sacó al juez de su concentración.

—¿Qué le hace gracia?

—Oh, nada —se disculpó volviendo a sonreír—. No es nada..., he recordado algo que... No tiene importancia.

Él la estudiaba con interés.

—Nunca la había visto sonreír.

—¿Cómo? —contestó ella, un poco desconcertada por la observación.

Él seguía mirándola, ahora serio de nuevo. Le sostuvo la mirada un par de segundos más y al fin la bajó hacia el informe de tapas marrones. Carraspeó.

—¿Y bien? —dijo, elevando la mirada, de nuevo dueña de sí.

Él asintió.

—Creo que puede haber algo... La voy a autorizar. Sea precavida y no haga demasiado ruido con esto, me refiero a la prensa. En teoría son casos cerrados y no queremos causar a las familias de las víctimas sufrimiento innecesario. Manténgame informado de los avances. Y pida cuanto necesite —añadió, mirándola de nuevo a los ojos.

No se dejó intimidar.

—Bueno, iré con calma, me ocupo junto a mi equipo de otra investigación y no creo que en unos días pueda darle novedades.

—Cuando quiera —invitó él.

Ella comenzó a recoger los informes extendidos sobre la mesa. El juez extendió una mano y tocó levemente la suya, durante un par de segundos.

—Al menos aceptará tomar otro café...

Ella dudó.

—Sí, tengo que conducir y me vendrá bien.

Él levantó la mano para pedir los cafés y ella se apresuró, recogiendo los papeles.

—Creí que vivía usted en el casco viejo.

«Está muy informado, señoría», pensó ella mientras el camarero disponía los cafés.

—Así es, pero debo trasladarme a Baztán por la investigación a la que me refería.

—Usted es de allí, ¿verdad?

—Sí —contestó.

—Me han dicho que se come muy bien, quizá podría recomendarme algún restaurante...

Cuatro o cinco nombres de distintos locales acudieron a su mente de inmediato.

—No puedo ayudarle, la verdad es que no voy mucho por allí —mintió—, y cuando lo hago, voy a casa de mi familia.

Él sonrió incrédulo, alzando una ceja. Amaia aprovechó para apurar el café y guardar las carpetas en su bolso.

—Ahora si me disculpa, señoría, debo irme —dijo apartando la silla.

Markina se puso en pie.

—¿Dónde tiene el coche?

—Oh, aquí mismo, he aparcado en la entrada.

—Espere —dijo cogiendo su abrigo—, la acompañaré.

—No es necesario.

—Insisto.

Se demoró un minuto mientras el camarero volvía con su tarjeta y tomó el abrigo de Amaia, sosteniéndolo para que se lo pusiera.

—Gracias —dijo ella arrebatándoselo—, no me lo pongo para conducir, me molesta.

Y por su tono, no quedó muy claro si se refería a conducir con una prenda tan gruesa o a que el juez le brindase tantas atenciones.

El rostro de Markina se ensombreció un poco mientras ella caminaba hacia la puerta. La abrió y la sostuvo hasta que él llegó a su altura. Fuera, la temperatura había descendido varios grados y la humedad se concentraba sobre la densa arboleda del parque, produciendo una sensación neblinosa que sólo se daba en aquel punto de la ciudad y que hacía que la luz anaranjada de las farolas se expandiese en círculos difuminados por el agua en suspensión.

Salieron de los porches y cruzaron la calle llena de vehículos aparcados, pero en la que apenas había tráfico a aquella hora. Amaia accionó la apertura del coche y se volvió hacia el juez.

—Gracias, señoría, le mantendré informado —dijo con tono profesional.

Pero él se adelantó un paso y abrió la portezuela del coche.

Ella suspiró, armándose de paciencia.

—Gracias.

Lanzó el abrigo al interior y se metió en el vehículo rápidamente. No era tonta, llevaba horas viendo venir a Markina y estaba decidida a interceptar todos sus avances.

—Buenas noches, señoría —dijo asiendo el tirador para cerrar la puerta mientras ponía el motor en marcha.

—Salazar... —susurró él—..., Amaia.

«Oh, oh», sonó una voz en su cabeza. Alzó la mirada y encontró sus ojos, en los que ardía una llama entre la súplica y la lujuria.

Markina extendió la mano hacia ella y con el dorso acarició el mechón de pelo que le caía por el hombro. Percibió claramente cómo ella se envaraba y retiró la mano, azorado.

—Inspectora Salazar —dijo ella, secamente.

—Perdón, ¿qué? —preguntó él, confuso.

—Así es como debe llamarme, inspectora Salazar, jefa Salazar o simplemente Salazar.

Él asintió y Amaia creyó distinguir que se sonrojaba. La luz era mala.

—Buenas noches, juez Markina. —Cerró la puerta del coche y salió marcha atrás a la carretera—. ¡Será imbécil! —soltó, mientras miraba por el espejo retrovisor al juez, que aún seguía parado en el mismo sitio.

No convenía granjearse la enemistad de un juez y esperaba de corazón que su aviso hubiese servido para establecer los parámetros de la relación, ciñéndola a lo profesional pero sin que el juez se sintiese herido en su hombría. Había en su modo de mirarla algo de cordero degollado que ya había visto en otros hombres y que siempre traía problemas, y los problemas podían dificultarle la investigación más de lo habitual. Esperaba que no se sintiese ofendido. Estaba claro que se había tomado algunas molestias para propiciar el encuentro y estaba segura de que un tío tan guapo no estaría acostumbrado al rechazo.

—Siempre hay una primera vez —dijo en voz alta.

Supuso que los esmeros de las funcionarias capitaneadas por la servil y abnegada Inmaculada Herranz llamarían su atención sobre otra fémina en menos que canta un gallo.

Se miró brevemente en el espejo retrovisor.

—¡Madre mía, con lo bueno que está! —rió, e inconsciente, llevó una mano hasta su pelo en el lugar donde él la había tocado, y sonrió. Encendió la radio del coche mientras tomaba la carretera hacia Baztán y canturreó una canción que sólo conocía de oírla en la radio.

El magnífico bosque de Baztán es inmenso en negrura durante la noche, y la sensación que produce es sólo comparable a la noche en alta mar, pero todo oscuro, sin estrellas. La exigua luz de la luna, apenas visible entre las nubes, no era de gran ayuda y sólo las potentes luces de los faros rasgaban la noche lanzando, al trazar las curvas, un haz luminoso hacia la espesura, que se extendía como un océano profundo y frío a los lados de la carretera. Redujo la velocidad; si un coche se salía en una de aquellas curvas sería imposible que alguien lo viese desde la carretera. El bosque se lo tragaría como una criatura centenaria de fauces negras. Aun durante el día, costaría encontrar entre la espesa vegetación un todoterreno negro como el suyo. Un escalofrío recorrió su espalda.

—Tan amado, tan temido —susurró.

Al rebasar el hotel Baztán, le dedicó una rápida mirada al aparcamiento apenas iluminado por cuatro farolas y la escasa luz que se derramaba desde las cristaleras de la cafetería, bastante frecuentada a pesar de la hora. Recordó sin proponérselo a Fermín con su arma reglamentaria en la mano apuntando, primero a Flora y alzándola después hasta su propia cabeza; la imagen de Montes tirado en el suelo, inmovilizado por el inspector Iriarte mientras sus lágrimas se mezclaban con el polvo del aparcamiento. Las palabras del comisario resonaron en su cabeza: «No pretendo influir en su decisión, sólo le informo».

Entró en el casco urbano de Elizondo, recorrió la calle Santiago, giró a la izquierda para bajar hacia el puente y sintió el suave traqueteo de las ruedas en el empedrado. Una vez rebasado el puente Muniartea, giró a la izquierda y aparcó el coche frente a la casa de su tía, la casa en la que había vivido desde los nueve años y hasta que se fue de Elizondo. Buscó la llave entre las de su llavero y abrió la puerta. La casa la recibió cálida y vibrante, cargada de la energía de su moradora y con la eterna cantinela del televisor sonando de fondo.

—Hola, Amaia —la saludó la tía desde el salón, sentada frente a la chimenea.

Amaia sintió una oleada de amor al verla, el pelo largo y blanco recogido en un moño suelto que le daba un aire de heroína romántica de novela inglesa, y la espalda recta con una postura tan elegante como si fuese a tomar el té con la reina.

—No te levantes, tía —rogó mientras se acercaba a ella, inclinándose para besarla—. ¿Cómo estás, guapa?

Engrasi rió.

—Sí, guapísima debo de estar con esta bata —dijo, agarrando la solapa de felpa.

—Para mí siempre serás la más guapa.

—Mi niña... —La abrazó.

Amaia miró alrededor reconociendo el lugar, lo hacía siempre que regresaba a casa y sabía que su gesto tenía mucho de constatación y de declaración. Parecía decir «Ya estoy aquí, ya he vuelto». No sabía bien a qué obedecía, pero ya no se preguntaba por qué allí se sentía así; se limitaba a disfrutarlo.

—¿Y mi pequeño?

—Dormidito. James le dio el biberón hará una media hora y se quedó dormido inmediatamente. Ha subido a acostarlo pero parece que se ha quedado dormido él también, hace un rato que no lo oigo —dijo, señalando el interfono de vigilancia infantil, que desentonaba con sus vivos colores sobre la mesa de madera de Engrasi.

Se quitó las botas al pie de la escalera y subió sintiendo la madera bajo los pies descalzos y reprimiendo el impulso de correr, como cuando era pequeña.

James había dejado encendida una lámpara que derramaba su luz azulada desde la mesilla, permitiéndole ver que había montado la cuna de viaje junto a la ventana, y que dormía de lado, con un brazo extendido apoyado sobre el borde de la cunita de Ibai. Rodeó la cama para comprobar que el niño descansaba plácidamente enfundado en un grueso pijama enterizo. Apagó el interfono, se quitó el jersey, deslizó los vaqueros por sus piernas hasta el suelo y se metió en la cama pegándose a la espalda de su marido y sonriendo maliciosa al notar el sobresalto de él al contacto con su cuerpo frío.

—Estás helada, amor —susurró medio dormido.

—¿Me darás calor? —preguntó mimosa, apretándose más contra él.

—Todo el que quieras —respondió algo más despierto.

—Lo quiero todo.

James se volvió y ella aprovechó para besarle, explorando su boca como muerta de sed.

Él retrocedió sorprendido.

—¿Estás segura? —preguntó, señalando la cuna.

Desde que tenían a Ibai, ella se había mostrado reticente a mantener relaciones en la misma habitación en la que estaba el niño.

—Estoy segura —respondió, volviendo a besarle.

Hicieron el amor muy despacio, mirándose incrédulos como si acabasen de conocerse aquella noche y el descubrimiento les resultase prodigioso, sonriendo con la satisfacción y el alivio del que sabe que acaba de recuperar algo muy preciado que durante un tiempo creyó perdido. Después, quedaron tendidos y silenciosos hasta que James tomó su mano y se volvió a mirarla.

—Me alegra que estés de vuelta, últimamente las cosas entre nosotros no han estado demasiado bien.

Un leve roce procedente de la cuna obligó a James a incorporarse para mirar al niño, que se movía inquieto emitiendo ruiditos que revelaban su frustración, justo antes de empezar a llorar.

—Tiene hambre —dijo, mirándola.

—He llegado a tiempo para darle su toma, pero la tía me ha dicho que le habías dado un biberón —dijo, tratando de que no pareciera un reproche.

—Estaba un poco inquieto. He leído que se debe alimentar al bebé a demanda, y si cuando tiene hambre aún no has llegado no veo nada de malo en darle un poco de biberón; además no ha tomado ni quince mililitros.

—Tampoco creo que sea bueno estar todo el día dándole de comer. Respetar los horarios es fundamental, ya oíste al pediatra.

—Si no se respetan los horarios no es por mi culpa... —respondió él.

—¿Insinúas que es por la mía?, ya te he dicho que he llegado a tiempo.

—Amaia, el niño no es un reloj, no sirve llegar a tiempo esta vez. ¿Y la anterior? ¿Y la siguiente? ¿Puedes garantizarme que estarás aquí a tiempo?

Ella guardó silencio. Tomó a Ibai en los brazos y se recostó en la cama con él para amamantarlo. James se tumbó a su lado, acariciando con un dedo la nuca del bebé, y cerró los ojos. Apenas dos minutos después, Amaia notó por su respiración acompasada que estaba dormido. A veces la sacaba de quicio, pensó mientras intentaba relajarse: había leído en alguna parte que el estado nervioso de la madre se transmitía al bebé causándole cólicos.

Cuando el niño terminó su toma lo incorporó sobre su hombro hasta que eructó y lo recostó de nuevo en sus brazos, sintiendo cómo su frágil cuerpecillo se relajaba y el sueño hacía presa en él. Se inclinó sobre el niño para oler el rico perfume que emanaba de su cabecita y sonrió. Antes de que Ibai naciera, antes incluso de tenerlo en su vientre, ya lo amaba, lo quería desde que ella misma era una niña pequeña que jugaba a ser mamá, una mamá buena, y ahora eso dolía, porque en algún lugar en lo más profundo de su alma sentía que todo su amor no era suficiente, que no lo estaba haciendo bien, y que no era digna de ser su madre, algo que quizás no estuviese en la naturaleza de las mujeres de su familia. Quizá, junto a los genes, se heredaba un legado más oscuro y cruel.

Tomó en la suya una de las manitas, abierta, ahora que estaba saciado, como una estrella de mar. Su niño del agua, su niño del río, que como el mismo río venía a reclamar sus dominios, inundando sus orillas, anegando su territorio como un soberano regresando de las cruzadas. Elevó su manita hasta sus labios y la besó con reverencia.

—Lo intento, Ibai —susurró, y el pequeño, dormido, le devolvió un suspiro profundo que perfumó el aire a su alrededor.

9

A las siete y media acababa de amanecer, y aunque no llovía, densas nubes parecían derramarse desde los montes que circundaban el valle, como espuma que rebosara de una bañera gigante. La vio descender por las laderas, tan densa y blanca que en apenas media hora dificultaría enormemente la conducción.

Condujo en segunda por las estrechas calles del barrio de Txokoto, decidida a tomar un café con Ros antes de ir a la comisaría. Pasó frente a los cristales polarizados y giró a la izquierda para aparcar detrás. Pisó el freno, sorprendida. Toda la pared principal del almacén aparecía cubierta con una gran pintada con espray negro. Ros, brocha en mano, se afanaba en cubrir los oscuros trazos en los que, a pesar de la primera capa de pintura, se podía leer «ZORRA ASESINA».

Amaia bajó del coche y lo observó a distancia.

—Vaya, parece que después de todo Flora no es una heroína para todo el pueblo —dijo, acercándose y sin dejar de mirar la pintada.

—Parece que no —sonrió Ros con cara de circunstancias—. Buenos días, hermanita. —Dejó la brocha apoyada en el cubo de pintura y se acercó para besar a Amaia.

—Me preguntaba si me invitarías a uno de esos maravillosos cafés de tu cafetera italiana.

—Por supuesto —dijo, entrando en el almacén tras ella.

Como había hecho siempre desde que tenía memoria, respiró profundamente al entrar en el obrador, y esa mañana le recibió el olor a esencia de anís.

—Hoy hacemos rosquillas —explicó Ros.

Amaia no contestó enseguida, el aroma que para siempre relacionaría con su madre había alterado su memoria, llevándola mucho tiempo atrás.

—Huele a...

Ros no dijo nada. Dispuso los platos y las tazas y accionó el molinillo eléctrico para obtener las dosis de café recién molido para las dos. Permanecieron en silencio hasta que Ros lo detuvo.

—Perdona que no te esperase levantada ayer, pero estaba agotada...

—No te preocupes. Al final la única que aguantó fue la tía; James e Ibai estaban como troncos cuando llegué.

Amaia lo notó enseguida. Ros apenas levantaba la cabeza de su taza, que mantenía sujeta con ambas manos y alzada frente al rostro como un parapeto tras el que esconderse, mientras bebía a pequeños sorbos.

—Ros, ¿estás bien? —preguntó, escrutando su rostro.

—Sí, claro, bien —respondió demasiado rápido.

—¿Estás segura? —insistió.

—No hagas eso.

—Que no haga ¿qué?

—Eso, Amaia, interrogarme.

Su reacción avivó aún más el interés de Amaia. Conocía a Ros, su hermana mayor, la mediana de las tres, la de corazón más tierno, la que siempre parecía llevar el peso del mundo a su espalda y la que gestionaba peor las preocupaciones, la que prefería callar y enterrar sus problemas bajo capas de silencio y maquillaje para tratar de disimular el rastro de la ansiedad.

Los operarios comenzaban a llegar y Ernesto, el encargado, se asomó a la puerta del despacho para saludar. Amaia vio cómo su hermana los recibía casi aliviada, emprendiendo conversaciones sobre las tareas del día con actitud propia del que evita una situación angustiosa. Dejó su taza en la fregadera y salió del obrador, aunque aún se entretuvo observando que bajo las capas de pintura blanca se adivinaban pintadas anteriores.

La comisaría de Elizondo no podía resultar más incongruente con la arquitectura del valle. Con sus modernas líneas rectas, más que desentonar, parecía un extraño artilugio olvidado por alguien de otro mundo. Aun así, debía reconocer la eficacia del edificio de grandes cristaleras que como una lupa pretendían atrapar el escaso sol del invierno baztanés. Subió en el ascensor planeando mentalmente la jornada, y cuando las puertas se abrieron en la segunda planta, le sorprendió el ambiente festivo de camaradería masculina con la que un grupo de policías charlaba junto a la máquina de café. El subinspector Zabalza y el inspector Iriarte parecían estar pasándolo muy bien gracias a Fermín Montes, que, por lo visto, contaba una anécdota acompañado de todo tipo de gestos. Pasó a su lado sin detenerse.

—Buenos días, señores.

La conversación cesó de pronto.

—Buenos días —contestaron al unísono, y Montes la siguió hasta la puerta del despacho.

—Salazar. —Ella se detuvo—. ¿Tiene un momento?

—Pues la verdad es que no, Montes, en un minuto debo salir para la investigación de un caso que llevamos —dijo, extendiendo la mirada a los otros dos policías, que se irguieron ante su gesto—. Quizá si me hubiera avisado antes...

Entró en el despacho y cerró la puerta dejando a Montes fuera con cara de pocos amigos. Dentro, el subinspector Jonan Etxaide trabajaba en su ordenador. Ella le saludó, jocosa.

—¿Qué pasa?, ¿no te unes a los vikingos en la máquina de café?

—No suelo tomar café, jefa, al menos no con ellos... Amaia le miró sorprendida.

—¿Os lleváis mal?

—No, no es eso, pero supongo que no se sienten del todo cómodos conmigo.

—¿Por qué? —inquirió Amaia—. ¿No será por...? Él sonrió.

—Bueno, que sea gay no facilita las cosas, pero no creo que sea por eso. De todos modos no se preocupe, yo no lo hago.

—«La lealtad tiene un corazón tranquilo» —citó.

—¿Lee a Shakespeare, jefa?

Ella resopló, fingiendo desaliento.

—Últimamente sólo leo libros de prestigiosos pediatras, educadores y psicólogos infantiles.

Iriarte y Zabalza entraron tras llamar a la puerta.

—Buenos días, señores —comenzó Amaia sin preámbulos—. Para la jornada de hoy, dos aspectos claros. El inspector y yo visitaremos al capellán y al párroco de Arizkun. Jonan continuará con las webs y foros anticatólicos y movimientos cercanos a los agotes en el valle. Zabalza, usted le ayudará.

Comenzaron a ponerse en pie.

—Una cosa más, les recuerdo que el inspector Fermín Montes está suspendido, su presencia en la comisaría sólo puede darse en calidad de visitante, y así mismo les recuerdo que está terminantemente prohibido que pase a áreas de uso profesional, archivos, armeros..., o que tenga acceso a cualquier información sobre el caso que nos ocupa. ¿Está claro?

—Sí —asintió Iriarte. Zabalza masculló un sí mientras enrojecía hasta la raíz del cabello.

—A trabajar, señores.

El capellán no les fue de gran ayuda. Afectado de una severa sordera, se santiguó una docena de veces mientras recorría el templo, con pasitos cortos y vacilantes, muy rápidos, sin embargo. Iriarte se volvió hacia Amaia sonriendo mientras seguían con dificultad las carrerillas del hombre, que se deshizo en aspavientos mientras les mostraba en la sacristía los restos de la pila bautismal y un banco en el que se apreciaba su ranciedad rezumando de las astillas, con el característico olor de la madera muy antigua que a Amaia le recordó el de los muebles de su abuela Juanita.

—Miren qué barbaridad —exclamó el hombre, mirando desolado los dos trozos en los que había quedado partida la pila.

Su rostro se arrugó con una absurda mueca, casi graciosa, que sostuvo hasta que las lágrimas anegaron sus ojos. Se remangó la sotana negra que le llegaba a los pies y buscó en los bolsillos del pantalón hasta que sacó un pañuelo blanco y almidonado con el que se enjugó el llanto.

—Perdónenme —rogó demasiado alto—, pero no me digan que no hay que ser un desalmado para hacer una cosa así.

Amaia miró a Iriarte y le hizo un gesto hacia la salida.

—Gracias —se despidió el inspector—, nos ha sido de gran ayuda.

—¿Qué? —preguntó el hombre, haciendo un gesto hacia su oreja.

—Que nos ha sido de gran ayuda, gracias —chilló Iriarte; su voz retumbó en el templo vacío.

El capellán asintió con grandes ademanes y Amaia se volvió a mirar al inspector, sonriendo mientras se encogía de hombros como abrumada por el estruendo.

Un viento de fuertes rachas había barrido cualquier vestigio de nubes en Arizkun, uno de esos lugares en los que el tiempo parece haberse detenido, y que situado sobre una colina se abre al cielo con la luz extraordinaria que tanto se añora en otros pueblos del valle. Los prados de color esmeralda brillan con el esplendor idílico de la perfección, y sus calles guardan bajo cada piedra mensajes de un pasado que aún está presente. Caminaron desde la iglesia hasta la casa del cura, que se encontraba justo en la calle contigua, y llamaron a la puerta. El eco de un carillón les llegó a través del portón.

Amaia observó que junto al escalón de la casa había quedado el cadáver aplastado y seco de un pajarillo casi irreconocible, y se preguntó si habría sido un coche o la fuerza del viento la que lo había estrellado contra el suelo.

—Este lugar es precioso —dijo Iriarte, mirando hacia los aleros tallados de las casas cercanas y que eran símbolo de Arizkun.

—Y cruel —musitó ella.

Una mujer de unos sesenta años les abrió la puerta y les condujo hasta el fondo de la casa por un largo pasillo que olía a cera y que les devolvió lustrosos reflejos provenientes del suelo. El padre Lokin les recibió en su despacho y Amaia comprobó que el color y aspecto de su rostro no habían mejorado desde la reunión con el obispo. Les ofreció una mano temblorosa y fría en la que era visible un horrible cardenal en la muñeca bastante inflamada.

—Oh, es hemartrosis, soy hemofílico y ésta es una de las molestias adicionales —dijo renunciando a la mesa del despacho y conduciéndoles a una salita adyacente de incómodos sillones de eskay.

Les ofreció un café, que ambos rechazaron, y se sentó.

Iriarte se sentó a su lado y Amaia esperó hasta que estuvieron colocados para hacerlo delante de él.

—Ustedes dirán —invitó el párroco, alzando las manos.

—Padre Lokin, ha declarado —dijo Iriarte fingiendo consultar sus notas— que el primer ataque, en el que se destruyó la pila bautismal, se produjo hace ahora diecisiete días...

El sacerdote asintió.

—Quiero que se remonte un par de semanas atrás,

quizás un mes, y me diga si había visto a personas extrañas, desconocidos o de algún modo sospechosos... merodeando por la iglesia.

—Bueno, como ustedes ya sabrán este pueblo recibe muchas visitas de turistas, senderistas, y por supuesto la mayoría se pasan a visitar la iglesia, que es un templo precioso —dijo, dejando traslucir su orgullo.

—¿Han realizado obras o arreglos recientemente en el templo?

—No, el último arreglo fue una cornisa del ala sur, pero de eso va a hacer dos años ya.

—¿Ha tenido alguna discusión, o diferencia de criterio, con alguno de sus feligreses?

—No.

—¿Y con sus vecinos?

—Tampoco. ¿Están pensando en una venganza personal?

—No podemos descartarla.

—Se equivocan —dijo, mirando fríamente a Amaia, a pesar de que ella había permanecido en silencio.

—¿Quién ayuda en las tareas de la iglesia?

—El capellán, dos monaguillos por turno cada domingo, suelen ser niños de los que van a comulgar la próxima primavera, un grupo de catequistas... —Se llevó una mano a la sien con gesto pensativo—. Carmen, la mujer que les ha abierto la puerta, realiza la limpieza aquí y en la iglesia, se ocupa de las flores, y a veces le ayuda alguna de las catequistas.

—¿Alguna de esas personas ocupa el puesto de otra que lo hiciera anteriormente y que haya dejado de hacerlo por la razón que sea?

—Me temo que excepto el capellán y los niños comulgantes, todas las demás son mujeres de Arizkun que llevan años al cuidado de esas tareas. Lo cierto —dijo sonriendo por primera vez— es que la iglesia le debe mucho a la mujer en general —miró conciliador a Amaia—. Si no fuera por ellas, en la mayoría de las parroquias no se podrían sacar los programas adelante. De hecho, aquí en Ariz...

Amaia le cortó, lanzando una pregunta al aire.

—¿Cuántos habitantes tiene Arizkun?

—No lo sé exactamente, unos seiscientos, seiscientos veinte, más o menos.

—Seguro que conoce a todos sus feligreses.

—Así es, en un pueblo tan pequeño el trato es muy personal —sonrió, ufano.

—¿Entonces lo habría notado si últimamente hubiera tenido nuevos feligreses?

La sonrisa se congeló en su rostro.

—Sí —respondió, sorprendido—, es cierto.

—¿Chicos jóvenes? —preguntó Amaia.

—Uno, un joven del pueblo, Beñat Zaldúa. Conozco a su familia, su padre no viene a misa, es un hombre un poco rudo, pero no le critico, cada uno tiene su manera de sobrellevar el dolor. La madre sí que solía venir, murió hace seis meses, de cáncer, muy triste.

—¿Y cuánto tiempo lleva viniendo el chico?

—Un par de meses, pero es un buen chico, formal, no se mete en problemas ni se mezcla con los..., ya me entiende, otros chicos más... Aunque antes no venía a la iglesia, desde la primera comunión, solía verle en la biblioteca. Saca buenas notas, una vez me dijo que quería estudiar historia...

—Apuesto a que siempre se queda en la parte de atrás, solo y un poco separado de los demás.

La cara del padre Lokin estaba más pálida de lo habitual.

—Es así, pero ¿cómo lo sabe?

—Y nunca comulga —añadió Amaia.

Cuando salieron de la casa parroquial, el viento había arreciado barriendo las calles y azotando las fachadas desde las que algunos vecinos les observaban tras los portillos entornados. Iriarte esperó a estar en el coche para preguntar.

—¿Qué tiene de relevante que el chico se quede en la parte de atrás de la iglesia? Yo mismo lo hago. Lo de no comulgar puede ser porque aún no se sienta preparado, incluso que le dé vergüenza. Cuando un cristiano ha estado tiempo sin acudir a la iglesia puede que al volver se sienta cohibido.

Amaia le escuchó atenta.

—Puede ser todo eso, o también puede ser que está recreando un momento histórico, un tiempo en el que los agotes no podían acercarse al altar, no comulgaban o si lo hacían no era del mismo sagrario que los demás feligreses y debían permanecer en la parte de atrás del templo tras una reja que les separaba de los demás, una reja simbólica que quizás este chico esté proyectando en su mente.

—Creía que no secundaba esa teoría de la venganza agote del subinspector Etxaide.

—No estoy convencida pero tampoco voy a descartarla hasta que tengamos otra mejor, y usted habría hecho bien en leerse el informe que preparó al respecto y así sabría de qué hablo.

Iriarte permaneció unos segundos en silencio mientras encajaba la bronca.

—¿El chico actúa como si fuera un agote?

—El chico cree que es un agote. Encaja perfectamente en el perfil. No tiene buenas relaciones con su padre, el padre Lokin ha dicho que es un poco rudo, y además no acompaña a su hijo a misa. Es un chico inteligente, culto e inquieto, hasta el interés por la historia encaja y la muerte de la madre pudo ser el detonante. Un pueblo pequeño como éste puede ser demasiado «pequeño» para los sueños de un chico con inquietudes. Lo sé por experiencia. La soledad y el dolor en un adolescente son como martillo y percutor en una pistola.

Iriarte pareció pensarlo.

—Aun así, no creo que lo hiciese un adolescente solo. Es demasiado visual, demasiada puesta en escena para un chico solo.

—Estoy de acuerdo, Beñat Zaldúa tiene que tener a alguien a quien impresionar.

—¿Y a quién quiere impresionar un adolescente?

—A una chica, a su padre o a toda la sociedad demostrando lo listo que es, aunque entonces estaríamos hablando de actitudes psicopáticas —dudó Amaia.

—¿Quiere que vayamos a verle ahora? —sugirió el inspector, introduciendo la llave en el contacto y arrancando el coche.

—¿Así?, ¿sin tener nada? Si es la mitad de listo de lo que creo sólo conseguiremos que se cierre en banda. Que Etxaide lo busque en la red, a ver qué encuentra.

Al pasar frente a la iglesia, Iriarte saludó con un gesto a los policías que vigilaban el templo desde el coche patrulla.

Comenzó a llover a mediodía, y lo hizo intensamente durante media hora antes de convertirse en *txirimiri*. Una lluvia suave y fría que caía lentamente, suspendida en el aire como polvo brillante, que quedaba sobre las prendas de abrigo, perlada como rocío, y que calaba hasta los huesos, trayendo el frío húmedo de las montañas y consiguiendo bajar la temperatura unos cuantos grados. La casa de tía Engrasi olía a sopa y pan caliente, y a pesar de que por el camino había pensado que no tenía hambre, su estomago rugió, estimulado por el aroma que llegaba desde de la cocina, llevándole la contraria. Después de alimentar a Ibai se sentaron a la mesa dispuesta bajo la ventana y comieron mientras comentaban las novedades políticas que eran noticia en los informativos.

Amaia notó el cansancio de James.

—¿Por qué no te acuestas un rato?, una siesta te vendrá bien.

—Si Ibai me deja.

—Acuéstate y no te preocupes por el niño, esta tarde no iré a la comisaría, creo que Ibai y yo iremos a dar un paseo, casi no llueve —dijo mirando el grisáceo exterior tras los cristales—. Además te necesito fresco para esta noche.

James sonrió sin resistencia y arrastró los pies en dirección a la escalera.

—Llévate un paraguas —dijo sin dejar de sonreír mientras subía—. No creo que aguante mucho sin llover más fuerte.

Enfundó a Ibai en un buzo acolchado y lo colocó en el carrito, cubriéndolo con un protector para la lluvia, cogió su abrigo y salió de casa, acompañada por Ros, que se dirigía al obrador. La impresión de que Ros estaba especialmente preocupada no se había mitigado. Durante toda la comida había rehuido su mirada, intentando mantener una sonrisa que se esfumaba de su rostro en cuanto se descuidaba. Se despidieron en el puente y Amaia permaneció allí parada hasta que perdió a su hermana de vista.

Atravesó el puente y subió a la calle Jaime Urrutia, desierta por la lluvia, y en la que sólo se veía a alguna persona bajo los *gorapes*, la zona porticada en la que había un par de bares, de los que escapaban, cuando abrían las puertas, calor y música. Relajó el paso mientras observaba la carita de Ibai, que pareció inicialmente sorprendido por el traqueteo de las ruedas en el empedrado y que ahora comenzaba a abandonarse, mirándola con unos ojitos que apenas podía mantener abiertos, hasta que se durmió. Amaia tocó con el envés de la mano la suave mejilla para comprobar que estuviera caliente y lo arropó. Caminaba sin prisa, a un paso al que no estaba acostumbrada, sorprendida al comprobar cuán agradable era moverse así, escuchando el ruido de los tacones de sus botas en el empedrado y dejándose acunar por el suave balanceo que sin querer adoptaba su cuerpo.

Cuando pasó frente a la plaza, se detuvo un minuto ante el palacio Arizkunenea, observando los restos de antiguas lápidas funerarias discoidales expuestas en el patio y que, caladas por la lluvia reciente, parecían más reales, como si mojadas obtuvieran su verdadera dimensión.

Continuó hasta el ayuntamiento y, después de mirar a ambos lados para comprobar que nadie la veía, pasó una mano por la *botil harri*, la piedra que simbolizaba el pasado de Elizondo y que dotaba de fuerza al que la tocaba, un gesto que incluso a ella, que despreciaba la superstición, la reconfortaba. Volvió hasta la plaza, pasó frente a la fuente de las lamias y se asomó a ver el río Baztán desde aquel punto en que las fachadas traseras de las casas se reflejan en la superficie espejada, como otro mundo húmedo y paralelo atrapado bajo las aguas, que en el aquel remanso aparecían engañosamente quietas. Algunos comensales rezagados que salían del restaurante Santxotena se acodaron en la barandilla para hacerse fotos. Cruzó la calle y entró en el local. La propietaria la saludó, reconociéndola. Aquél era el restaurante favorito de James y solían cenar allí a menudo. Reservó para dos y sonrió secretamente complacida cuando la mujer se inclinó sobre el carrito y admiró lo guapo que era Ibai. Sabía que eran frases hechas, pero aun así, no podía evitar sentir el orgullo maternal y la admiración ante los perfectos rasgos de su pequeño rey del río, su niño de agua.

Salió del restaurante y continuó paseando por la acera hacia la derecha, pero antes de llegar a la funeraria se detuvo. Le producía aprensión pasar frente a aquel lugar con Ibai, del mismo modo en que lógicamente se habría sentido intranquila al llevarlo a la sala de espera de un hospital o la casa donde hubiera un enfermo; consideraba que al pasar por allí exponía a su hijo, y que aunque ella debía tratar a diario con las más horribles formas del final de la vida humana, sabía dentro de sí que debía preservar al niño a toda costa de cualquier contacto, por leve que fuera, con la muerte. Bajó el carrito de la acera y cruzó la calle para continuar paralela al río, y mientras superaba la altura de la funeraria no pudo evitar mirar el tablón con las esquelas de los fallecidos recientes que ponían a diario en la puerta principal. Recordaba que cuando era pequeña siempre preguntaba al respecto a su tía cuando se detenían allí.

—¿Por qué siempre te paras a ver esto?

—Para saber quién ha muerto.

—¿Y por qué quieres saber quién ha muerto?

Ahora, desde la acera de enfrente, no podía quitar los ojos del tablón, que desde aquella distancia le resultaba ilegible. El teléfono sonó en el bolsillo de su abrigo sobresaltándola.

—Jonan.

—Hola, jefa, tengo algo. Esta mañana encontramos varios blogs que hablan de los agotes. La mayoría no son nada originales, se limitan a repetir los mismos datos, como compuestos de corta y pega. Y aunque el tono general al tratar el tema es de indignación ante la injusticia de la que fueron víctimas, tienen un carácter meramente histórico, nada que revele un odio o fanatismo actualizado... Excepto en un blog. Se llama «La hora de los perros» y relata las mismas injusticias que los demás pero difiere al extender sus consecuencias hasta nuestros días; está escrito en forma de diario y el protagonista es un joven agote que relata las vejaciones de las que su pueblo es objeto, como si viviese en el siglo XVII. Algunos detalles son realmente brillantes y aquí viene lo bueno: he rastreado el IP del autor, que firma como Juan Agote, y ha resultado que la dirección está en Arizkun y el titular es...

—Beñat Zaldúa —dijo Amaia—. Lo sabía.

—Es curioso, porque hoy por hoy no se puede afirmar que un apellido sea exclusivamente agote excepto quizás el propio Agote, pero Zaldúa era uno de los apellidos más comunes entre los agotes hace un par de siglos. ¿Quiere que lo traigamos para hablar con él?

—No. Llámale y cítale en comisaría mañana por la mañana a una hora razonable. Y el chico es menor, dile que venga con su padre.

Cuando colgó comprobó en la pantalla del móvil la hora, calculando que James ya estaría despierto y marcó el número.

—Ahora iba a llamarte —contestó él de inmediato—. ¿Dónde estáis?

—Ibai y yo hemos ido a Santxotena a reservar mesa.

—Ibai y tú tenéis muy buen gusto eligiendo restaurantes.

—Ya he hablado con Ros para que cuide del niño esta noche, y me pregunto si querrías cenar conmigo.

James rió.

—Será un placer, además hay algo de lo que quiero hablarte y creo que será el marco idóneo.

—Me tienes en ascuas —bromeó.

—Pues tendrás que esperar a la noche.

Ibai había tardado en dormirse, molesto como era habitual en las tomas de última hora de la tarde, que parecía digerir peor. Había anochecido y llovía de nuevo cuando salieron de casa, pero aun así optaron por ir caminando hasta el restaurante. Abrieron un paraguas y James la rodeó con el brazo, apretándola contra sí y sintiendo cómo temblaba bajo la tela del fino abrigo que había elegido.

—No me sorprendería que no llevases nada debajo de ese abrigo.

—Es algo que tendrás que descubrir tú mismo —contestó, coqueta.

Santxotena era muy acogedor con sus paredes pintadas de color frambuesa y un estilo rural cuidado y elegante que comenzaba en el exterior con las ventanas, que como en la casita de un cuento, lucían portillos pintados y jardineras plagadas de flores en todas las épocas del año.

Les dieron una mesa desde la que se podía ver parte de la cocina, desde donde llegaba amortiguado el murmullo y el aroma propios de la buena comida.

Bajo el abrigo, Amaia llevaba un vestido negro que no se había puesto desde antes de tener a Ibai. Sabía que le favorecía y que a James le encantaba, y volver a ponérselo le hizo sentirse bien. ¿Qué le parecería al juez Markina vestida así? Descartó el pensamiento amonestándose por permitírselo.

James sonrió al verla.

—Estás preciosa, Amaia.

Ella se sentó al comprobar que no era únicamente la de James la atención que captaba. La camarera les tomó nota. Espárragos calientes con crema de espinacas para los dos y merluza langostada para James, que siempre pedía allí aquel plato, mientras ella se decidió por un rape a la plancha con almejas. James levantó su copa de vino, mirando con disgusto la de agua de su mujer.

—Es una lástima que por estar amamantando no puedas tomar ni una copa.

Ella ignoró el comentario y dio un sorbo.

—Bueno, qué es eso que querías contarme, me tienes en vilo.

—Oh, sí —dijo dejando traslucir su entusiasmo—. Quería hablarte de algo que hace tiempo me ronda en la cabeza. Desde que te quedaste embarazada hemos venido a Elizondo cada vez con más frecuencia y creo que ahora que tenemos al niño aún lo haremos más. Ya sabes cuánto me gusta Baztán, y cuánto me gusta estar con tu familia, por eso creo que ha llegado el momento de que nos planteemos la posibilidad de tener una casa aquí, en Elizondo.

Amaia abrió los ojos sorprendida.

—Pues tienes razón, esto sí que no lo esperaba... ¿Estás hablando de vivir aquí?

—No, claro que no, Amaia, me gusta vivir en Pamplona, me encanta nuestra casa, y tanto para tu trabajo como para tener el taller de escultura Pamplona es perfecta. Y, además, ya sabes cuánto significa para mí la casa de Mercaderes.

Ella asintió más relajada.

—No, hablo de tener una segunda casa aquí, una que sea nuestra.

—Podemos venir a casa de la tía siempre que queramos, ya sabes que ella es como mi madre, y su casa, mi hogar.

—Lo sé, Amaia, sé lo que esa casa es para ti y lo que será siempre, pero una cosa no quita la otra. Si tuviéramos una casa aquí podríamos adecuarla a las necesidades de Ibai, montarle su propia habitación, tener sus cosas a mano, y no tener que andar de aquí a Pamplona cargando tantos cachivaches. Además, en cuanto crezca un poco necesitará sitio para sus juguetes...

—No sé, James, no sé si me apetece.

—He hablado con tu tía y le he contado mi idea, le parece muy buena.

—Eso sí que me sorprende —dijo dejando el tenedor sobre la mesa.

—De hecho —dijo él sonriendo—, ha sido ella la que ha terminado de convencerme cuando me ha hablado de Juanitaenea.

—La casa de mi abuela —susurró Amaia realmente sorprendida.

—Sí.

—Pero, James, lleva años cerrada, desde que mi abuela murió, y yo tenía entonces cinco años, imagino que estará en ruinas —rebatió ella.

—No, no lo está. Tu tía me ha dicho que por supuesto necesitaría una reforma total, pero que tanto la estructura como el tejado y las chimeneas están en perfecto estado; en estos años tu tía le ha procurado el mantenimiento mínimo.

Amaia, ensimismada, recorrió mentalmente las habitaciones, que recordaba enormes, la chimenea en la que cabía de pie cuando era niña, y casi pudo sentir en la punta de los dedos la lisura de los recios muebles pulidos con goma laca y de la colcha de satén de seda granate que cubría la cama de su abuela.

—Creo que sería bueno para Ibai pasar parte de su infancia aquí y creo que sería muy especial que lo hiciese en la casa que perteneció a su familia.

Amaia no sabía qué decir. En casa de su tía siempre se había sentido a salvo, pero tenía cuentas pendientes con Elizondo. Era cierto que desde hacía meses regresar a Baztán había perdido gran parte de la oscura carga que antes conllevaba, y sabía que no era únicamente por haberse sincerado con James respecto a lo que le ocurrió cuando tenía nueve años. Sabía que sobre todo regresaba a mantener vivo de alguna forma el vínculo que la había unido al señor del bosque, algo que palpitaba en el DVD que guardaba en su caja fuerte y que no había vuelto a visionar desde aquella primera vez junto a los expertos en osos en una habitación del hotel Baztán. A veces, cuando abría la caja fuerte para guardar su arma, acariciaba el disco con las yemas de los dedos, y la imagen de los ojos ambarinos de aquel ser volvían a materializarse ante ella con la nitidez de lo real. Y con sólo evocar aquel recuerdo, cualquier atisbo de duda o temor desaparecían como por ensalmo. Inconsciente, sonrió.

—Amaia, son cosas en las que uno no piensa hasta que no tiene un hijo. Sabes que soy feliz en Pamplona, y que nunca he querido regresar a Estados Unidos más que de visita, pero ahora que tengo a Ibai, sé que si viviese allí querría que conociese su raíz, el lugar de donde procede su familia, y si pudiera ligarlo lo más posible a esa esencia, lo haría.

Amaia le miró extasiada.

—No sabía que pensabas así, James, nunca me habías dicho nada semejante, pero si eso es lo que deseas podemos visitar tu tierra cuando el niño sea un poco mayor.

—Iremos, Amaia, pero no quiero vivir allí, ya te he dicho que quiero vivir donde vivo, pero tenemos la inmensa suerte de que tus raíces están a cincuenta kilómetros de Pamplona y sin embargo cualquiera diría que se trata de otro mundo... Y además, Amaia —dijo sonriendo—, un caserío... Sabes que me encanta la arquitectura de Baztán. Me gustaría tener una casa aquí; renovarla y decorarla puede ser una aventura maravillosa. Di que sí —rogó.

Ella le miró conmovida y encantada por su entusiasmo.

—Dime al menos que iremos a verla, la tía ha prometido acompañarnos mañana.

—¿Mañana? Eres un liante, ambos lo sois, mi tía y tú —dijo, fingiendo enfado.

—¿Iremos? —rogó él.

Ella asintió sonriendo.

—¡Liante!

Él se estiró sobre la mesa y la besó en la boca.

Cuando salieron del restaurante comprobaron que la fina lluvia que había estado cayendo sin pausa desde el mediodía parecía haberse instalado definitivamente sobre Elizondo, sin intención de dejar de caer. Amaia aspiró la humedad del aire y pensó en cuánto había odiado aquella lluvia en su infancia, cómo había añorado los cielos azules y limpios del verano, que siempre parecía muy breve y lejano en Baztán. Había llegado a detestar tanto aquella lluvia que podía rememorar tardes enteras observándola tras los cristales que se empañaban con su aliento y que limpiaba cubriéndose el puño con la manga del jersey, mientras soñaba con huir de allí, con escapar de aquel lugar.

—¡Qué frío! —exclamó James—. Vámonos a casa.

Amaia tiritó bajo su abrigo, pero en lugar de caminar hacia las calles interiores se detuvo un instante como inmovilizada por una llamada y echó a andar en dirección contraria.

—Espera un momento —rogó.

—Pero ¿se puede saber adónde vas ahora? —preguntó James caminando tras ella, mientras intentaba en vano taparla con el paraguas.

—No tardaré, sólo quiero ver una cosa —dijo, deteniéndose ante el tablón de obituarios de la funeraria Baztán, cerrada y completamente a oscuras.

Se apartó un poco para dejar que la luz de las farolas que había a su espalda iluminase la esquela que aquella tarde había llamado de lejos su atención. Ahora sabía por qué. Las hijas habían escogido para el obituario la misma fotografía que ella recordaba presidiendo el recibidor, aquella en la que Lucía Aguirre aparecía confiada y sonriente con el mismo jersey de rayas que vestía cuando murió. Sin duda, una prenda favorita, una de esas con las que te ves guapa y favorecida, la que eliges para posar en una foto de estudio, la que te pones para estar guapa para un hombre. Una prenda alegre y vistosa que no está pensada para morir con ella ni para ser el sudario con el que su fantasma se mostraba. La fotografía era inconfundible, aun así leyó los datos dos veces: Lucía Aguirre, cincuenta y dos años, sus hijas Marta y María, sus nietos y demás familia, hasta aparecía la parroquia de Pamplona a la que pertenecía. Entonces, ¿qué hacía una esquela de Lucía Aguirre en un pueblo de Baztán?

Palpó su móvil en el bolsillo del abrigo, sabía que tenía memorizado el teléfono de una de las hijas, nunca se acordaba de cuál de las dos. Miró la hora y pensó que era tarde. Aun así pulsó la tecla de llamada.

—¿Inspectora Salazar? —contestó una voz joven, que evidentemente también tenía su número memorizado.

—Buenas noches, Marta —arriesgó—. Siento llamarte tan tarde, pero debo hacerte una pregunta.

—No se preocupe, estaba viendo la tele. Dígame.

—Estoy en Elizondo, y he visto que en el panel de obituarios de la funeraria Baztán hay una esquela de vuestra madre. Me pregunto por qué.

—Bueno, aunque mi madre ha vivido desde pequeña en Pamplona, la verdad es que nació en Baztán, pero
creo que a los dos años ya se vino con mis abuelos a vivir
a la ciudad. Mi abuelo murió cuando ella era joven, mi
abuela es muy mayor y está en una residencia, y tuvo una
hermana que también vivió aquí y que falleció hace ocho
años. No tenemos más familia, pero aun así nos pareció lo
adecuado. Recuerdo que cuando murió su tía, mi madre
se ocupó de todo lo relativo al funeral y también contrató
una esquela en Baztán, ya sabe, costumbres de pueblo, por
si alguien recuerda a la familia.

—Gracias, Marta, da mis condolencias a tu hermana y
siento haberte molestado.

—No diga eso, estamos en deuda con usted.

10

Primavera de 1980

Juan observaba la masa untosa que daba vueltas arrastrada por la pala mecánica en el mezclador. Habían comprado aquella máquina hacía tan sólo un par de meses y como Rosario había pronosticado, la producción había aumentado hasta el punto de permitirles aceptar nuevos clientes a los que antes no habrían podido abastecer. Juan pensaba en otros tiempos. El tiempo en que su esposa había estado embarazada primero de Flora, después de Rosaura, y de cómo él en su ignorancia había deseado un hijo varón, suponía que por el hecho de que perpetuase el apellido Salazar; al fin y al cabo sólo tenía a su hermana Engrasi, y si no tenía un chico, el apellido Salazar quedaría relegado. Con Flora no le había importado tanto, pero cuando nació Rosaura se había sentido decepcionado, aunque por supuesto se lo había ocultado a Rosario. Un hijo varón, una tontería que sin embargo había llegado a ensombrecer su ánimo hasta el punto de que su propia madre le había avisado.

—Más te vale poner buena cara, hijo, si no quieres que esa mujer tuya coja a sus niñas y se vuelva a San Sebastián. En lugar de enfurruñarte deberías dar gracias; una mujer vale tanto como un hombre, y en algunos casos, más.

Aún guardaba en un cajón del obrador la lista de nombres de niña y de niño que Rosario y él habían confeccionado en los anteriores embarazos y de la que había elegido los de las niñas. Echó una ojeada a la masa que seguía dando vueltas y se acercó al cajón, de donde sacó la lista, que puso sobre la mesa. En el papel eran visibles las cuatro dobleces en las que había sido plegado durante años, y ahora las arrugas y la esquina rota que se habían producido al ser estrujado entre las manos de su esposa sólo un instante antes de que se lo arrojara a la cara y saliera corriendo del obrador.

Sin duda era un estúpido. ¿Por qué había tenido que insistir tanto en la tontería del nombre?

—Deberíamos ir pensando un nombre para el bebé.

—Es pronto aún —había replicado ella, cambiando de tema—. ¿Has preparado el pedido para los de Azkune?

—No es pronto, ¡pero si estás ya de cinco meses! Ahora el bebé será ya como mi mano, es hora de que pensemos nombres. Rosario, venga, que te dejo elegir a ti, mira la lista y dime cuál te gusta —había insistido poniendo el papel ante su rostro.

Ella se había vuelto, arrebatándole la lista de las manos y dejándolo petrificado por el asombro. Inclinó el rostro como si leyese y después, mirándolo oblicuamente, sin alzar la frente, había mascullado:

—Un nombre, un nombre. ¿Sabes qué es esto?

Él no pudo contestar.

—Una lista de muertos.

—Rosario...

—Una lista de muertos, pero los muertos no necesitan nombre, los muertos no necesitan nada —murmuraba a media voz, y mirándole entre los mechones de pelo que se habían soltado de su recogido.

—Rosario... ¿Qué estás diciendo? Me estás asustando.

—No te asustes —dijo, levantando la cabeza y recuperando el tono normal—, es sólo un juego.

Él la observaba intentando tragar la masa de miedo que se había formado en su garganta y que sabía tan ácida...

Hizo una bola con el papel y se lo arrojó a la cara antes de salir del obrador.

—Guárdala donde estaba —añadió—, también hay nombres para varón, y créeme, mucho mejor si es un chico, porque si es una zorrita no necesitará un nombre.

11

Se acostó junto a James convencida de que esa noche no dormiría; en su cabeza bullían los nuevos datos. Tres crímenes aparentemente inconexos llevados a cabo por tres torpes criminales en lugares distintos, y en todos se produjo una amputación idéntica, en todos el miembro amputado desapareció de la escena, los tres asesinos se suicidaron en prisión o bajo custodia y los tres dejaron el mismo mensaje, un mensaje escrito en las paredes, excepto en el caso de Medina, que iba dirigido a ella y se lo entregó personalmente. Aunque el modo en que Quiralte había reclamado la presencia de Amaia para revelar la ubicación del cadáver también podía considerarse una entrega personal. Y ahora, al descubrir que Lucía Aguirre había nacido en Baztán, una nueva puerta se abría, quizás el nexo entre los crímenes. Debía comprobar cuanto antes la procedencia de la víctima de Logroño. ¿Cómo se llamaba? No recordaba que en el informe que le pasó Padua se mencionase. Miró el reloj una vez más, casi la una y media. Calculaba que hacia las dos Ibai reclamaría su toma, entonces se levantaría y elaboraría una lista de cosas que quería comprobar. Comenzó a tomar apuntes mentales y mientras lo hacía se durmió.

Estaba cerca del río y escuchaba, aunque no podía verlas, los chapoteos acompasados que las lamias provocaban al golpear la superficie del agua con sus pies de pato. Lucía

Aguirre, con el rostro tan gris como si acabase de sacarlo de una hoguera apagada, se abrazaba la cintura con el brazo izquierdo y miraba aterrada el muñón que colgaba seccionado desde el codo. No soplaba el viento esta vez, y el chapoteo, que en el agua atronaba como lluvia, se detuvo en el instante en que los ojos pávidos de Lucía se encontraron con los suyos, y comenzó como en cada ocasión anterior a repetir su cantinela, sólo que esta vez pudo oír su voz, que le llegó seca y rasposa por la arena que llenaba su garganta, y pudo entenderla: no decía átalo, ni atrápalo, lo que dijo fue «tarttalo».

La suave llamada del bebé que despertaba fue suficiente para traerla de vuelta del sueño. Miró el reloj y se sorprendió al ver que eran las cuatro.

—Vaya, campeón, cada vez aguantas más. ¿Cuándo dormirás la noche entera? —le susurró mientras lo tomaba en brazos.

Después de la toma le cambió el pañal y volvió a acostarlo en su cuna.

—James —susurró.

—¿Sí?

—Me voy a trabajar. Ibai ya ha comido, dormirá hasta la mañana.

James murmuró algo y le lanzó un torpe beso.

La calefacción funcionaba al mínimo durante la noche y cuando entró en el despacho de la comisaría, agradeció haberse puesto un grueso jersey de lana y el plumífero que James le exigía que llevase. Encendió el ordenador y se preparó un café en la máquina del pasillo mientras repasaba la lista mental de acciones. Se sentó tras la mesa y comenzó a buscar, repasando todo lo que tenía respecto al caso de Logroño en las notas que Padua le había pasado. Tal y como recordaba, no había ninguna mención a la identidad de la víctima, que tan sólo aparecía con las iniciales I.L.O.

Entró en Google y buscó en las hemerotecas de los principales periódicos de La Rioja y encontró varias menciones en las que se hablaba del crimen y del agresor: Luis Cantero, pero nada más acerca de la víctima. Encontró un artículo referente al juicio en el que se hablaba de Izaskun L. O. y por fin otro que comentaba la sentencia del asesinato de I. López Ormazábal.

Izaskun López Ormazábal. Introdujo el nombre completo en el programa de la policía para la identificación de personas y al cabo de unos segundos estaba viendo los datos del DNI.

Izaskun López Ormazábal

Hija de Alfonso y Victoria.

Nacida en Berroeta, Navarra, el 28 de agosto de 1969. Fallecida...

Se quedó helada mientras releía una y otra vez los datos. Nacida en Berroeta, un pequeño pueblo de poco más de cien habitantes que estaba a escasos doce kilómetros de Elizondo y que desde luego pertenecía a Baztán. La certeza del descubrimiento casi la mareó. Suspiró, liberada de la presión que había acumulado en las últimas horas y miró alrededor buscando en el silencio de la sala vacía a alguien con quien compartir su hallazgo y su desasosiego, porque lejos de sentir alivio al ver su sospecha confirmada, era consciente de que el abismo que tanteaba había estado allí todo el tiempo, que no lo era menos cuando no sabía de su existencia, pero ahora cobraba visos de una realidad ardiente y palpitante que clamaba desde el suelo, mezclada con la sangre de las víctimas, y que no dejaría de hacerlo hasta que desentrañase la verdad. Sabía ya que no sería fácil, pero lo haría, aunque para ello tuviese que cavar en el mismo infierno y vérselas con el demonio, que como parte de un juego había llamado su atención escribiendo por las paredes el nombre de una bestia que se comía a los pastores, a las doncellas, a los corderos, carne de inocentes.

Como atendiendo a sus plegarias, el subinspector Etxaide entró en el despacho llevando un café en cada mano.

—El policía de la entrada me ha dicho que estaba aquí.

—Hola, Jonan, pero ¿qué hora es? —preguntó mirando el reloj.

—Algo más de las seis —contestó él, tendiéndole uno de los vasos de café.

—¿Qué haces aquí tan temprano?

—No podía dormir, en el hostal donde me alojo hay un grupo de unos veinte tíos de despedida de soltero —dijo como si eso lo explicase todo—. ¿Y usted?

Amaia sonrió y durante los siguientes veinte minutos le puso al tanto de sus hallazgos.

—¿Y cree que podría haber más?

Ella no contestó enseguida.

—Algo me dice que sí.

—Podríamos buscar víctimas de violencia de género que hayan sufrido amputaciones —sugirió Jonan abriendo su portátil.

—Demasiado general —objetó ella—. Por amputación, podrían interpretarse cortes o laceraciones, y eso por desgracia es muy común en estos casos. Además, estoy segura de que en la mayoría de los casos, de haber un miembro amputado desaparecido, sería información reservada.

—¿Y víctimas que hayan nacido o vivido en Baztán?

—Ya lo he comprobado, pero el lugar de nacimiento de las víctimas generalmente no es relevante y en la mayoría de los casos no se suele mencionar más que en el certificado de defunción.

—Podemos probar por ahí; las anotaciones de defunciones del Registro Civil tienen que tener un asiento donde figuren las muertes violentas —dijo tecleando datos en su ordenador mientras ella sorbía su nuevo café intentando calentarse las manos con el vaso de papel. «Tengo que traer mi taza», pensó mientras buscaba con los ojos la lejanía del exterior, pero la ventana sólo le devolvió su propio reflejo, proyectado en la negrura de la noche que aún era absoluta en Baztán.

—Las funerarias —se le ocurrió de pronto.

Jonan se volvió hacia ella, expectante.

—¿Cómo?

—La familia de Lucía Aguirre contrató una esquela en la funeraria Baztán. No sería extraño que tras los fallecimientos se pusieran esquelas, se celebrasen misas, incluso que alguna víctima, en caso de ser nacida en el valle, hubiese sido enterrada en su pueblo, aunque en el momento del fallecimiento ya no viviese aquí.

—¿A qué hora abrirán? —preguntó él mirando el reloj.

—No creo que antes de las nueve, aunque suelen tener un número de emergencias que funciona las veinticuatro horas —contestó mirando de nuevo hacia la ventana, donde un leve y lejano resplandor anunciaba las primeras luces del alba.

—Tengo que hacer un par de cosas esta mañana, pero si puedo, me gustaría acompañarte a las funerarias, creo que en Elizondo hay dos. Busca por si hay alguna en otros pueblos, y no les llames, prefiero preguntarles personalmente, quizá les refresquemos la memoria.

Subió al coche sin quitarse el plumífero, y condujo lentamente por las calles desiertas, con la ventanilla bajada para no perderse la escandalera que los pájaros organizaban al amanecer. Al pasar por Txokoto, giró para entrar a la parte trasera del obrador, que a aquella hora estaría cerrado, y detuvo el coche con los faros apuntando a la pared. Con gruesos trazos de aerosol alguien había escrito «PUTA TRAIDORA». Permaneció allí parada un minuto mientras miraba la pintada, que perdía sentido cuanto más la leía. Dio marcha atrás y se dirigió a casa.

Encontró a Ros poniéndose el abrigo en la entrada. Se despidió de ella sin mencionar la pintada del obrador, entró en el interior silencioso de la casa en la que aún dormían todos y notó cómo, en contraste con el resto de la vivienda en la que había calefacción de gas, la temperatura del salón había descendido varios grados durante la madrugada. Se arrodilló ante la chimenea y comenzó el siempre tranquilizador ritual de encender el fuego. Lo hizo mecánicamente, repitiendo la ceremonia que había aprendido de niña y que siempre le había procurado una paz inexplicable. Cuando las llamas comenzaron a lamer los troncos más gruesos se incorporó y miró su reloj calculando la hora en Luisiana. Sacó su teléfono, buscó el nombre del agente Dupree en su lista y marcó, sintiendo que su corazón se detenía y perdía un latido, atenazado por la aprensión, mientras una voz en su interior gritaba que colgase el teléfono, que no hiciese esa llamada, justo antes de que la cálida voz del agente Aloisius Dupree le contestara desde algún lugar de Nueva Orleans.

—Buenas noches, inspectora Salazar, ¿o debo decir buenos días?

Amaia suspiró antes de contestar.

—Hola, Aloisius. Está amaneciendo —contestó mientras intentaba contener el temblor que dominaba su cuerpo, a pesar de que el fuego ya ardía en la chimenea avivado por la madera seca.

—¿Cómo estás, inspectora? —Su voz le llegó tan cálida y comprensiva como la recordaba.

—Confusa, muchas cosas juntas, quizá demasiadas —confesó.

De nada habría servido tratar de engañar a Dupree, al fin y al cabo el sentido de aquellas llamadas de madrugada era ser absolutamente sincera, si no, ¿qué objeto tendrían?

—Estoy en Baztán investigando un caso que me ha traído hasta aquí, nada serio, un tema que debo llevar más por compromiso político de mis superiores que por otra cosa, pero hoy he descubierto que el otro caso que llevo puede tener su raíz en el valle. No sé cómo explicarlo aún, pero presiento que es uno de esos casos... Y de alguna manera parece que el asesino trata de establecer un vínculo conmigo. Como en casos similares que estudié en Quantico, el modus operandi encaja con un individuo tipo Jack, de los que contactan con la policía, sólo que éste lo hace de un modo sutil, y empiezo a sospechar que quizá se trate de una personalidad más complicada. —Se detuvo para ordenar sus pensamientos.

—¿Cuánto más complicada?

—Aún no me atrevo ni a plantearlo en esos términos. Lo que sabemos es que los ejecutores son criminales de medio pelo, pequeños hurtos, robos, estafas, y en común la violencia machista. Asesinaron a mujeres de su ámbito, que por lo que sé hasta ahora, tenían lazos con el valle, una de ellas vivía aquí, las demás eran nacidas en Baztán... —Se detuvo esta vez sin saber cómo continuar—. Ya sé que parece traído por los pelos, Dupree, pero siento en las tripas que hay más de lo que parece —se justificó—, lo malo es que no sé por dónde empezar.

—Sí que lo sabes, inspectora Salazar, debes empezar por...

—Por el principio —terminó ella la frase, con un tono que revelaba su hastío.

—¿Y el principio fue?

—El asesinato de Johana Márquez —contestó.

—No —interrumpió él, secamente.

—Ése fue el primer crimen en el que supe que hubo una amputación, puede que haya otros anteriores, pero... su padre..., su asesino, me dejó una nota antes de suicidarse y eso ha desencadenado la investigación.

—Pero cuál fue el principio —volvió a preguntar Dupree casi en un susurro.

Un escalofrío recorrió su espalda y casi sintió las espinas de las árgomas arañando su anorak mientras atravesaba el estrecho sendero hasta la cueva de Mari. El tintineo de sus pulseras de oro, los largos cabellos dorados que le llegaban hasta la cintura, la media sonrisa de reina o de bruja y su voz mientras decía: «Vi a un hombre que entró en una de esas cuevas llevando un paquete que no tenía cuando salió».

Y la obtusa respuesta a su pregunta: «¿Pudo verle la cara?», «Sólo le vi un ojo». Aloisius emitió al otro lado de la línea un suspiro que sonó lejano y acuoso.

—¿Ves como lo sabías? Ahora debes regresar a Baztán.

Amaia se sorprendió ante la observación.

—Aloisius, llevo aquí dos días.

—No, inspectora Salazar, aún no has regresado.

Colgó el teléfono y permaneció unos segundos mirando el mensaje que aparecía en la pantalla.

—No deberías hacer eso.

La voz de Engrasi, que la miraba, detenida en mitad de la escalera, la sobresaltó tanto que el teléfono salió despedido yendo a parar bajo uno de los sillones de orejas que había frente a la chimenea.

—Oh, tía, me has asustado —dijo mientras se agachaba y palpaba torpemente bajo el sillón.

La anciana descendió el siguiente tramo de escaleras sin dejar de mirarla con gesto adusto.

—¿Y no te asusta eso que haces?

Amaia se irguió con su teléfono en la mano y esperó hasta que su pulso se estabilizó antes de responder.

—Sé lo que hago, tía.

—¿De verdad? —se burló ella—. ¿De verdad sabes lo que haces?

—Necesito respuestas —se justificó.

—Y yo puedo ayudarte —replicó Engrasi, dirigiéndose a la alacena y tomando el paquetito envuelto en seda negra que contenía su baraja de tarot.

—Para eso, tía, tendría que saber cuáles son las preguntas, tú me lo enseñaste, y yo no lo sé, desconozco las preguntas. Hablar con él me ayuda con eso, no olvides su currículum, uno de los mejores expertos del FBI en trastornos de la conducta y comportamiento criminal, su opinión es muy valiosa.

—Juegas con cosas que están fuera de tu alcance, niña —dijo reprendiéndola.

—Confío en él.

—Por el amor de Dios, Amaia. ¿De verdad no ves lo antinatural de vuestra relación?

Amaia iba a contestar pero se detuvo al ver que James bajaba por la escalera llevando en brazos a Ibai vestido para salir.

Su tía le dedicó una última mirada de reproche, dejó la baraja en su sitio y entró en la cocina a preparar el desayuno.

12

Juanitaenea estaba detrás del hostal Trinkete, en una zona plana de tierra oscura y rodeada de huertos. Las casas más cercanas se encontraban a unos trescientos metros y componían un grupo en contraste con la casa solitaria de piedra oscura por el tiempo, los líquenes y la lluvia reciente, que parecía haber penetrado en la fachada tornándola de un color semejante a la galleta.

El ancho alero de madera tallada sobresalía más de metro y medio, preservando de la humedad la última planta, que en contraste se veía más clara. El acceso se encontraba en el primer piso, al que se accedía por una escalera exterior, estrecha y sin barandilla, que parecía surgir de la pared y que se veía demasiado angosta e irregular. En la planta baja, dos arcos de medio punto flanqueaban la fachada abriéndose en dos puertas que habían sido sustituidas por toscos tablones. En compensación, la enorme entrada cuadrada entre los arcos conservaba sus hojas de hierro, que aún estando oxidado mostraba la belleza del trabajo de herrería que algún artesano de la zona realizó en otro tiempo, en el que el esmero y el valor de lo bien hecho cobraban una importancia extraordinaria. El caserío estaba rodeado de terreno por todos sus lados. En la parte trasera se veía un grupo de viejos robles y hayas y un sauce llorón que Amaia ya recordaba soberbio desde su infancia. El ingreso al terreno se efectuaba por delante, y en uno de los costados se veía un huerto de unos mil metros cuadrados que aparecía labrado y plantado.

—Desde hace años, un hombre se ocupa del huerto. Me pasa algunas verduras y al menos lo mantiene limpio, no como el resto —dijo haciendo un amplio gesto hacia la parte delantera, donde se veían restos de tableros, cubos de plástico y despojos inidentificables de lo que parecían muebles viejos.

El entusiasmo de James se moderó cuando vio la puerta en lo alto de la singular escalera.

—¿Hay que subir por ahí? —preguntó mirando los escalones con desconfianza.

—Hay una escalera interior que accede a la segunda planta desde la cuadra —explicó Engrasi, cediéndole una llave con la que señaló el candado y las cadenas que cerraban uno de los arcos.

La vetusta puerta se trabó un poco cuando James la empujó hacia el interior. Engrasi accionó un interruptor y una polvorienta bombilla se encendió allá arriba, en alguna parte, arrojando una luz naranja e insignificante que se perdió entre las altas vigas.

—Por eso insistí en que viniésemos por la mañana, no hay mucha luz aquí —dijo dirigiéndose a las ventanas cerradas con maderas que aparecían cubiertas de polvo y telarañas—. James, si me ayudas quizá podamos abrir una de éstas.

Las manijas de cobre parecían trabadas, pero cedieron al fin ante la insistencia de James, abriéndose hacia dentro y dejando que la luz de la mañana entrase a raudales y dibujase en la oscuridad un trazo perfecto de polvo en suspensión.

James se volvió, incrédulo, contemplando todo el local.

—Madre mía, ¡esto es enorme!, y altísimo —dijo, fascinado con las gruesas vigas que cruzaban el techo de lado a lado de la estancia.

Engrasi sonrió mirando a Amaia:

—Venid por aquí —dijo señalando una escalera de madera oscura que se dividía en dos elegantes ramas que ascendían hasta perderse en la planta superior.

James estaba muy sorprendido.

—Es increíble que una escalera de estas características esté en la cuadra...

—No lo es tanto —explicó Amaia—. Durante siglos, la cuadra fue la estancia más importante de las casas, esta escalera era como tener un acceso a tu garaje.

—Subid con cuidado, no sé cómo estará la madera —advirtió la tía.

La segunda planta estaba dividida en cuatro grandes habitaciones, la cocina y un baño en el que todas las piezas habían sido arrancadas excepto una pesada bañera con patas de garra que Amaia recordaba. Pequeñas y profundas ventanas enclavadas en los gruesos muros y portillos de madera que actuaban como contraventanas. Las habitaciones estaban completamente vacías, y de la antigua cocina sólo quedaba la chimenea, que era el doble de grande que las de los demás cuartos, y estaba fabricada con la misma piedra de las paredes exteriores, ennegrecida por los años de uso.

—No sé por qué había esperado que los muebles estuviesen aquí —dijo Amaia.

Engrasi asintió sonriendo:

—Eran buenas piezas, la mayoría artesanales, y le correspondieron a tu padre en el reparto junto con el obrador. Yo recibí la casa, la tierra que la rodea y una buena cantidad de dinero. Ya sabes, él era el hombre y el que había mostrado interés por el obrador, yo me fui a estudiar, luego a vivir a París, y sólo regresé dos años antes de que muriera tu abuela. Al día siguiente de leer el testamento, tu madre mandó venir un camión de mudanzas y vació la casa.

Amaia asintió sin decir nada. No recordaba que ninguno de los muebles de Juanita hubiese ido a parar a la casa de sus padres.

—Seguramente los vendió —susurró.

—Sí, yo también lo creo.

Oyó a James, que recorría las habitaciones entusiasmado como un niño en una feria.

—Amaia, ¿has visto esto? —dijo abriendo una ventana que daba a la estrecha escalera de la fachada.

—Seguramente estaba pensada para cuando nevaba o había inundaciones, aunque no recuerdo que nunca la usásemos. Lo más prudente sería condenarla, incluso quitarla —sugirió Engrasi.

—De eso nada —dijo James, cerrando la ventana para dirigirse al estrecho tramo de escalera interior por el que se accedía al piso de arriba.

Amaia le siguió acunando a Ibai en su mochila portabebés y canturreando al niño, que parecía contagiado por el entusiasmo de su padre y pataleaba contento.

La planta superior mostraba una inclinación que apenas ocasionaba pérdida de espacio. Un par de portillos redondos se abrían en el tejado y la luz del sol invernal iluminaba una única estancia sin divisiones, en cuyo centro se encontraba la cunita de Ibai, o eso pensó al verla.

—Tía —llamó, acercándose a la cuna.

—Perdona, hija, son demasiadas escaleras para mis rodillas —dijo Engrasi mientras alcanzaba la planta.

Amaia se apartó para permitirle ver la cuna de madera oscura. La tía miró sorprendida la cuna y después a ella sin saber qué decir. James la inspeccionó de cerca.

—Es igual que la nuestra, idéntica. Si no fuera por la capa de barniz que le di, sería exacta.

—Tía, ¿de dónde sacaste la que había en tu casa? —preguntó Amaia.

—Me la regaló mi madre cuando regresé de París y compré mi casa. Recuerdo que la tenía en la cuadra tapada con una lona, y se la pedí para usarla como leñera. Me pareció bonita con esas tallas, pero no recuerdo que hubiese dos. Imagino que serían vuestras, tuya y de tus hermanas, seguro que Juanita se las trajo aquí cuando dejasteis de usarlas.

Amaia pasó una mano por la madera polvorienta, y al hacerlo sintió una laceración en el brazo similar a una descarga eléctrica. Saltó hacia atrás sobresaltada, e Ibai rompió a llorar, asustado por su grito.

—Amaia, ¿estás bien? —se alarmó James, acercándose a ella.

—Sí... —respondió ella, frotándose la mano, que había quedado entumecida.

—Pero ¿qué te ha pasado?

—No lo sé, creo que me he clavado una astilla o algo así.

—Déjame ver —insistió James.

Después de examinar su mano atentamente, sentenció sonriendo:

—No tienes nada, Amaia, habrá sido un tirón muscular al estirar el brazo.

—Sí —contestó ella sin convencimiento.

La tía les miraba desde la escalera con el ceño fruncido, en una expresión que Amaia conocía bien.

—Estoy bien, tía —dijo intentando que su voz sonase tranquilizadora—. En serio. Este ático es precioso.

—La casa es fantástica, Amaia, mucho mejor de lo que había imaginado —dijo James, que sonreía como un niño mirando a su alrededor.

Ella asintió, complaciente. Supo desde el mismo instante en que accedió a visitar Juanitaenea que James se enamoraría de la casa, aquella casa en la que ella había estado cientos de veces en su infancia, y que sin embargo en sus recuerdos era una sucesión de visiones sueltas, como viejas fotografías en las que siempre estaba su abuela en primer plano y la casa en segundo, como si fuese tan sólo un escenario por el que transcurría la vida de su *amatxi* Juanita. Bajó las escaleras hasta la planta media mientras escuchaba cómo James explicaba a su tía todo lo que se podría hacer en aquel lugar.

Recorrió las habitaciones abriendo los portillos y dejando que un sol de entre las nubes iluminase las estancias proclamando la vetustez del empapelado que cubría las paredes. Apoyada en el ancho vano de la ventana, miró a lo lejos hasta localizar las torres de la iglesia de Santiago sobresaliendo por encima de los tejados perlados por la lluvia nocturna, y mantenidos así por la humedad del río Baztán, que penetraba en las tejas y en los huesos, con una sensación que parecía robada al mar, y que el pobre sol que la templaba, proyectado por los cristales de la ventana, no podría secar en todo el día. Ibai, de nuevo tranquilo, entornó los ojos y apoyó la carita contra su pecho al sentir el calor del sol. Amaia besó su cabecita aspirando el olor que emanaba de su escaso cabello rubio.

—¿Tú qué dices, mi amor? ¿Qué debo contestarle a tu *aita* cuando me haga la pregunta? ¿Te gustaría vivir en la casa de la *amatxi* Juanita?

Miró a su hijo, que en ese instante, justo antes de entregarse al sueño, sonrió.

—Ahora iba a preguntártelo —dijo James, que la miraba embelesado desde la entrada de la habitación—. ¿Qué ha contestado Ibai?

Ella se volvió a mirarle.

—Ha contestado que sí.

James recorrió varias veces más Juanitaenea antes de acceder a salir de la casa.

—Voy a llamar ahora mismo a Manolo Azpiroz. Es un arquitecto amigo mío que vive en Pamplona. Vendrá encantado a ver la casa —explicó a Engrasi, mientras cerraba de nuevo el candado de la improvisada puerta.

—Puedes quedártela —contestó la tía cuando le tendió la llave—, la necesitarás si vas a enseñársela a ese arquitecto amigo tuyo. Además, por lo que a mí respecta ya es vuestra. Cuando tengamos un rato vamos al notario y hacemos los papeles.

Él sonrió y se la mostró a Amaia:

—La llave de nuestra nueva casa, cariño.

Amaia negó con la cabeza fingiendo desaprobar su entusiasmo, y se alejó unos pasos para apreciar la fachada. El nombre, Juanitaenea, tallado en piedra sobre la puerta y el escudo ajedrezado de Baztán colocado encima. Percibió un movimiento a su espalda y se volvió a tiempo de ver un rostro arrugado que intentaba en vano ocultarse entre las varas que sostenían los cultivos del huerto. La tía se colocó junto a Amaia y dijo a viva voz, dirigiéndose al hombre:

—Esteban, éstos son mis sobrinos.

Éste se irguió mirándoles con cierta hostilidad. Levantó una mano de anchos dedos y sin decir nada reanudó su trabajo.

—Es evidente que no le caemos muy bien.

—No se lo tengáis en cuenta, es mayor, ya está jubilado y lleva veinte años ocupándose del campo. Cuando ayer le llamé para decirle que ibais a ser los nuevos propietarios, ya noté la mala gana con que acogió la noticia. Imagino que le preocupa no poder seguir ocupándose del huerto.

—¿Y se lo dijiste ayer? ¿Antes de que viniésemos a ver la casa ya le dijiste que seríamos los nuevos propietarios? —preguntó, divertida, Amaia.

Ella se encogió de hombros, sonriendo, pícara.

—Una tiene sus fuentes.

James abrazó a la anciana.

—Eres una mujer fantástica, ¿lo sabes? Pero puedes decirle que por lo menos por mí no será, hay terreno de sobra para hacer un jardín alrededor de la casa, y tener huerto me parece una buenísima idea, sólo que a partir de ahora tendrá que traernos verdura también a nosotros.

—Ya hablaré yo con él —dijo Engrasi—, es un buen hombre, un poco cerrado, pero ya veréis como cuando sepa que puede seguir trabajando el huerto su actitud cambiará.

—No sé... —dijo Amaia, volviéndose a mirarlo, medio escondido, atisbando entre las ramas de los arbustos que limitaban el campo.

El viento, que soplaba en suaves rachas, estaba disipando los restos de niebla, y más claros se abrían paso entre las nubes oscuras. No llovería en las próximas horas. Se cerró el plumífero cubriendo a Ibai y protegiéndolo contra su pecho. Entonces su teléfono vibró en el bolsillo. Miró la pantalla y contestó.

—Dígame, Iriarte.

—Jefa, Beñat Zaldúa acaba de llegar con su padre.

Amaia volvió a mirar al cielo, que se despejaba por momentos.

—Está bien, interróguele.

—... Pensaba que iba a hacerlo usted —titubeó.

—Encárguese usted, por favor, yo tengo algo importante que hacer.

Iriarte no contestó.

—Lo hará bien —añadió Amaia.

Notó cómo Iriarte sonreía al otro lado de la línea cuando contestó:

—Como usted diga.

—Una cosa más, ¿ha llegado el informe forense de los huesos de la iglesia?

—No, de momento nada.

Colgó e inmediatamente marcó el número de Jonan.

—Jonan, tendrás que ir tú a las funerarias, a mí se me va a hacer tarde, tengo una cosa que hacer.

Las hojas caídas durante el otoño estaban reducidas a una pulpa marrón y amarilla que resultaba muy resbaladiza en las zonas más inclinadas, haciendo imposible avanzar por la pista forestal con el coche. Aparcó a un lado y caminó con dificultad hasta que llegó a la linde profusa de la arboleda. Al adentrarse en el bosque, comprobó que el suelo aparecía más compacto y seco, y el viento, que la había zarandeado por el camino, resultaba apenas perceptible entre los árboles y sólo delataba su fuerza al agitar las copas, que al moverse, provocaban que los rayos del sol que penetraban en la arboleda titilasen como estrellas en una noche fría. El rumor del riachuelo que descendía por la colina le indicó la dirección. Cruzó un paso de piedra sobre las aguas, aunque habría podido sortear el pequeño arroyo saltando sobre las rocas secas. Comprobó el plano que Padua le había pasado y ascendió entre el sotobosque unos cuantos metros hasta llegar a la gran roca tras la que se encontraba la cueva. El camino se veía bastante despejado desde allí; la maleza aún no había conseguido cerrar la vereda que los guardias civiles habían abierto trece meses antes, cuando se hallaron en aquella cueva huesos humanos pertenecientes al menos a doce individuos diferentes. Una duda se le planteó de pronto. Sacó el móvil para llamar y suspiró fastidiada al comprobar que no había cobertura.

—La naturaleza nos protege —susurró.

La entrada a la cueva era suficientemente amplia como para acceder sin agacharse. Sacó del bolsillo una potente linterna de led, y obedeciendo al instinto desenfundó también la Glock. Sujetando pistola y linterna con ambas manos penetró en el interior de la grieta, que giraba levemente hacia la derecha, dibujando una pequeña ese, antes de abrirse a una estancia de unos sesenta metros cuadrados de forma bastante rectangular y que se estrechaba hacia el fondo formando un embudo natural tallado en la roca. El techo, de altura irregular, alcanzaba los cuatro metros en su punto más alto y, en la zona más estrecha, la obligaba a caminar agachada. El interior estaba frío y seco, quizás un par de grados por debajo de la temperatura exterior, y olía a tierra y a algo más dulzón que le recordó la basura orgánica. Inspeccionó las paredes y el suelo, que se veían limpios, sin restos de ninguna clase, aunque la tierra en algunos puntos se notaba algo removida. En la zona más cercana a la entrada, donde el suelo estaba más húmedo, localizó algunas huellas de pisadas antiguas y nada más. Recorrió una vez más las paredes con la potente luz y salió de la cueva. Se guardó el arma y la linterna mientras notaba un temblor que recorría su espalda. Retrocedió hasta la gran roca que señalaba la entrada y alzándose sobre la piedra divisó el lugar desde el que Mari había visto al extraño. Bajó hasta la orilla del riachuelo, y siguiendo su curso rodeó la colina hasta distinguir el lugar por el que habían subido Ros, James y ella aquel día. Amaia recordaba el ascenso más abrupto, pero reconoció la planicie de hierba rala donde Ros había tenido que descansar. El sendero desde allí se veía despejado de árgomas y se abría invitador, como si hubiese sido transitado recientemente. Ascendió por la leve inclinación sintiéndose a cada paso más nerviosa y tensa, como si mil ojos la observasen y alguien hiciese esfuerzos por contener la risa. Cuando alcanzó la cima sintió un alivio extraordinario al comprobar que no había nadie allí. Se aproximó a la gran roca mesa y comprobó sorprendida que sobre ella había un importante montón de guijarros de distinta apariencia. Maldiciendo, se volvió hasta el camino, tomó una piedra alargada y la colocó junto a las demás mientras sus ojos recorrían el paisaje sobre las copas de los árboles. Todo estaba en paz. Después de un rato, echó un vistazo alrededor sintiéndose un poco imbécil y emprendió el descenso hacia el camino por el que había venido. Por un momento, tuvo la tentación de mirar atrás, pero la voz de Rosaura resonó en su mente. «Debes salir como has entrado, y si le das la espalda nunca debes volverte a mirar.» Recorrió el sendero de vuelta preguntándose qué había esperado encontrar y si era esto a lo que se refería Dupree.

Desanduvo el camino hasta llegar al paso de piedra sobre el arroyo, y entonces vio algo. Primero creyó que era una chica, pero cuando se fijó mejor comprobó que las rocas cubiertas de verdín y los reflejos del sol entre los árboles la habían confundido. Puso un pie sobre el puentecillo, volvió a mirar y allí estaba. Una joven de unos veinte años se sentaba a pocos metros del puente sobre una de las resbaladizas rocas del arroyo, tan cerca del agua, que parecía imposible que hubiese llegado hasta allí sin mojarse. Aunque se cubría la parte superior con una pelliza de lana, llevaba un vestido corto que dejaba ver sus largas piernas, y a pesar del frío sumergía los pies en el río. La visión le resultó bella e inquietante, y sin saber muy bien por qué se llevó la mano hasta la Glock. La chica levantó la mirada y sonrió, encantadora, alzando una mano para saludarla.

—Buenas tardes —dijo, y su voz sonó como si cantara.

—Buenas tardes —contestó Amaia, sintiéndose un poco ridícula. Sólo era una senderista que se había acercado al arroyo para meter los pies en el agua.

«Claro, ella sola, en mitad del bosque, con seis grados de temperatura y con los pies en el agua helada», se burló de sí misma. Apretó aún más la empuñadura de la pistola y la deslizó fuera de la funda.

—¿Ha venido a dejar una ofrenda? —preguntó la joven.

—¿Qué? —susurró, sorprendida.

—Ya sabe, a dejar una ofrenda para la dama.

Amaia no contestó enseguida. Observaba a la joven, que sin dejar de mirarla hacía particiones con un pequeño peine en su largo cabello, como si la presencia de Amaia en realidad no le importase.

—La dama prefiere que traiga la piedra desde la casa.

Amaia tragó saliva y se humedeció los labios antes de hablar.

—En reali..., en realidad no venía con esa intención. Yo... buscaba algo.

La joven no le prestaba mucha atención. Seguía peinándose con un cuidado y dedicación exasperantes, que al cabo de un rato resultaba hipnótico.

Una gota de sudor frío se deslizó por su nuca haciéndole cobrar conciencia de la realidad y de cómo la luz se perdía rápidamente tras los montes. A pesar de que sólo podían ser las tres o las cuatro, se preguntó cuánto tiempo llevaría allí mirando a la chica, y entonces un trueno sonó a lo lejos y el viento allá arriba sacudió las copas de los árboles.

—Ya viene...

La voz sonó tan cerca que le produjo un sobresalto y perdió el equilibrio, cayendo de rodillas. Alarmada, apuntó con el arma hacia el lugar del que provenía la voz justo a su lado.

—Pero no has encontrado lo que buscabas.

La joven se encontraba ahora a dos metros escasos de donde estaba Amaia, sonreía sentada en el orillo del pequeño puente y dejaba que sus pies acariciasen la superficie del agua en un chapoteo lento. Hizo una mueca de desprecio mirando la pistola que Amaia sostenía con ambas manos.

—No necesitarás eso, para ver necesitas luz.

Amaia no dejó de mirarla mientras en su mente se formaba la idea. «Necesito luz», pensó.

—Una nueva luz —añadió la chica, que sin volver a mirar a Amaia, se incorporó y recorrió descalza la distancia que la separaba de un pequeño bulto donde parecía que se amontonaban sus pertenencias.

Contraviniendo la orden que clamaba desde su interior, Amaia se inclinó hacia adelante para poder seguirla con los ojos por encima del nimio borde del puentecillo, pero ya no pudo verla, incluso le pareció que nunca había estado allí.

—¡Joder! —susurró casi sin aliento, mirando alrededor con la pistola todavía en la mano. Miró al cielo tomando conciencia de que la luz se extinguiría en una hora escasa. No llevaba reloj y el del móvil parpadeó mientras los dígitos bailaban enloquecidos sin mostrar nada. Se guardó el arma y echó a correr hasta la linde del bosque con el móvil en la mano, hasta que el indicador de cobertura le indicó que ya podía llamar.

—Hola, jefa, la he estado llamando. He logrado algunos avances en las funerarias con el tema de las mujeres originarias de Baztán muertas de forma violenta, y además me han contado un par de cosas bastante interesantes.

Amaia le dejó hablar mientras recuperaba el aliento.

—Luego me lo cuentas, Jonan, estoy en la pista de tierra que hay en el desvío hacia la derecha donde estuvimos hablando con los guardas forestales, ¿recuerdas?

Él pareció dudar.

—Está bien, saldré con el coche hasta la carretera para que me veas. Necesito que traigas tu equipo de campo, una lámpara azul y un espray de Luminol.

Colgó el teléfono y marcó de nuevo.

—Padua, soy Salazar —dijo atajando su saludo—. Tengo una pregunta. Cuando encontraron los huesos en la cueva de Arri Zahar, ¿procesaron el escenario?

—Sí, todos los restos fueron recogidos, etiquetados, fotografiados y procesados, sólo que sin ADN con qué comparar no se llegó a ninguna conclusión, excepto, como ya sabe, en el caso de Johana Márquez.

—No me refiero a los restos, sino al escenario.

—No había ningún escenario, en todo caso secundario. Los huesos habían sido arrojados allí sin ninguna ceremonia ni disposición reveladora de actividad humana. De hecho, en un primer momento se pensó en animales, por las marcas de mordeduras y la disposición de los restos, hasta que el estudio forense reveló que las marcas de mordeduras correspondían a dientes humanos, eso y el hecho de que todos los huesos fueran de brazos y de mujer. Por supuesto, la cueva fue registrada y fotografiada, pero nada indicaba que fuese el escenario principal. Se tomaron muestras de tierra para descartar enterramientos ocultos, o presencia de cadaverina, lo que hubiera probado la descomposición de un cadáver allí.

Habían sido minuciosos, pensó Amaia, pero no tanto como ella.

—Sólo una cosa más, teniente. En el caso de la mujer asesinada en Logroño, ¿sabe si tenía familia? ¿Qué pasó con el cadáver?

—Ya veo que me hizo caso —comentó, excitado.

—Sí, y ya empiezo a arrepentirme —bromeó a medias.

—No, no lo sé, pero voy a llamar a los policías con los que hablé en Logroño a ver qué pueden decirme. La llamaré en cuanto sepa algo.

El subinspector Zabalza consultó la hora en su reloj mientras miraba hacia fuera por las amplias cristaleras de la comisaría, y observó cómo una ranchera se acercaba por el camino de acceso tras haber traspasado la valla. El vehículo hizo algunas extrañas maniobras mientras avanzaba, y al encarar la pequeña inclinación del camino al aparcamiento el motor se caló e hicieron falta varios intentos antes de conseguir arrancarlo de nuevo y llevarlo hasta las plazas reservadas a los visitantes. La puerta del acompañante se abrió en cuanto el coche se detuvo, y de ella salió un chico delgado vestido con unos vaqueros y un plumífero rojo y negro. De la puerta del conductor salió con bastante trabajo un hombre tan delgado como el chico, un poco más alto y de unos cuarenta y cinco años. Caminaron hacia la puerta principal y Zabalza observó que mantenían una distancia constante, como si entre ellos hubiese una parcela invisible e infranqueable que los mantuviera separados a la distancia exacta. Entornó los ojos al reconocer la sensación de una lección aprendida mucho tiempo atrás, la de que no era la distancia lo que separaba a los padres y a los hijos. Aquí estaban Beñat Zaldúa y su padre, el único sospechoso que tenían hasta ahora en el caso, y la poli estrella tenía cosas más importantes que hacer que estar presente en el interrogatorio. Los perdió de vista en cuanto penetraron bajo el alero del edificio y esperó mirando el teléfono a que la llamada sonase.

—Subinspector Zabalza, están aquí el señor Zaldúa y su hijo, dicen que han quedado con usted.

—Ahora bajo.

De cerca, el chico era extraordinariamente guapo. El pelo negro en contraste con la piel muy pálida le caía sobre la frente, demasiado largo, tapando parcialmente sus ojos y haciendo más evidente el cardenal que circundaba su pómulo. Llevaba las manos en los bolsillos y miraba al fondo del pasillo. El padre le tendió una mano sudada y farfulló un saludo que le llegó mezclado con el inconfundible olor del alcohol.

—Vengan por aquí, por favor. —Zabalza abrió la puerta de una sala y les indicó que entrasen—. Esperen un momento —dijo, tocando levemente el hombro del chico, que tembló en un gesto de dolor.

La sangre le hervía en las venas, se sentía de pronto tan furioso que apenas podía contenerse. Subió las escaleras de dos en dos, demasiado encendido como para esperar el ascensor y entró sin llamar en el despacho de Iriarte.

—Están abajo Beñat Zaldúa y su padre, el padre apesta a alcohol, a duras penas ha podido aparcar, y el chico tiene un golpe en la cara y otro, por lo menos, en el hombro: le he tocado al pasar y casi se desmaya de dolor.

Iriarte le miró sin decir nada. Bajó la tapa de su ordenador, cogió la pistola que tenía sobre la mesa y se la colocó en la cintura.

—Buenas —dijo, sentándose tras la mesa y dirigiéndose sólo al chico—. Soy el inspector Iriarte, a mi compañero ya le conoces. Como te dijo ayer por teléfono, queremos hacerte unas preguntas sobre tu blog, el tema de los agotes...

Esperó la reacción del chico, pero él se mantuvo impertérrito con la mirada baja. Cuando Iriarte creyó que ya no contestaría, asintió.

—Te llamas Beñat..., Beñat Zaldúa, un apellido agote... —sugirió.

El chico levantó la cabeza desafiante. Mientras, el padre farfullaba una queja incomprensible.

—Y estoy orgulloso —dijo Beñat.

—Es lo normal, uno debe estarlo sea cual sea su apellido —contestó Iriarte, conciliador. El chico se relajó un poco.

—Y es sobre eso sobre lo que escribes en tu blog, sobre el orgullo de ser agote.

—Esa basura que escribe todos los días le ha metido en un lío, no hace más que perder el tiempo —dijo el padre.

—Deje hablar a su hijo —ordenó Iriarte.

—Es un menor —contestó el padre con voz gangosa— y hablará sólo si yo quiero que hable.

El chico se encogió en su silla hasta que el flequillo le tapó por completo los ojos.

Zabalza percibió el temblor en su mandíbula.

—Como quiera —dijo Iriarte fingiendo claudicar—. Vamos a cambiar de tema, dime por ejemplo qué te ha pasado en ese ojo.

Sin levantar la cabeza, el chico dedicó una mirada de odio a su padre antes de contestar:

—Me di con una puerta.

—Con una puerta, ¿eh? ¿Y en el hombro? ¿También una puerta?

—Me caí por las escaleras.

—Beñat, quiero que te pongas en pie, que te quites la cazadora y que te levantes la camiseta.

El padre se puso en pie atropelladamente, tropezando con las patas de la silla y trastabillando, a punto de caer.

—No tiene derecho, es un menor y me lo llevo de aquí ahora mismo —dijo poniéndole una mano sobre el hombro y provocando en el chico un aullido de dolor.

Zabalza se lanzó sobre él retorciéndole la muñeca y conduciéndole hasta la pared, donde quedó inmovilizado.

—De eso nada —le susurró—. Voy a decirle lo que va a pasar. Sospecho por su comportamiento y el olor que despide, que ha ingerido alcohol, y ha llegado hasta aquí conduciendo. Las cámaras de la entrada le han grabado, así que en este instante procedo a realizarle un control de alcoholemia. Si se niega le detendré, y si no permite que hablemos con su hijo está en su derecho, así que avisaremos a los servicios sociales, porque como usted ha dicho es menor. Ellos le trasladarán a un centro médico, le harán un examen completo y dará igual lo que el chico diga; un médico forense puede establecer si hay maltrato o no, y actuará de oficio aunque su chico no abra la boca. ¿Qué me dice?

El hombre ya se había rendido, sólo preguntó:

—¿Cómo volveré a casa sin coche?

Iriarte dejó pasar unos minutos y mandó traer una lata de coca-cola que puso ante el chico; esperó a que tomase un trago antes de continuar.

—Sabrás, como todo el mundo en Arizkun, lo que ha estado pasando en la iglesia.

El chico asintió.

—Como experto en el tema agote, ¿qué opinión te merece?

El chico pareció sorprendido, se irguió un poco en la silla y se apartó el flequillo de los ojos mientras se encogía de hombros.

—No sé...

—Es evidente que hay alguien que quiere llamar la atención sobre la historia de los agotes...

—La injusticia que sufrieron los agotes —puntualizó el chico.

—Sí —concedió Iriarte—, la injusticia. Fue una época terrible para la sociedad entera, marcada sobre todo por la injusticia..., pero hace mucho tiempo de eso.

—No deja de ser injusto por eso —dijo con seguridad—. ¿Sabe?, ése es el problema, no aprendemos de la historia, las noticias dejan de serlo apenas unos días después de producirse, en ocasiones en horas, y todo parece del pasado en poco tiempo, pero olvidamos que si no les damos importancia porque ya pasaron, la mismas injusticias vuelven a repetirse una y otra vez.

Iriarte miraba al chico admirado ante la locuacidad y vehemencia con que exponía sus argumentos. Había ojeado el blog por encima, pero el discurso de aquel chaval revelaba una mente organizada e inteligente. Se preguntó hasta qué punto combativa, hasta qué punto el dolor y la rabia de un adolescente podían lanzarse como un ariete contra los estamentos más abigarrados de la sociedad para clamar por una justicia que realmente necesitaba para sí mismo, porque Beñat Zaldúa vivía la injusticia más enconada, la del desprecio del padre, la de la muerte de la madre, la de la soledad de la mente brillante.

Y mientras le escuchaba narrar la historia de los agotes de Arizkun decidió que no, que Beñat Zaldúa tenía pasión como para arder por dentro, pero sólo era un niño asustado que buscaba amor, afecto, comprensión y, lo más importante, y que lo descartaba como sospechoso, estaba solo, tan solo que daba lástima mirarlo defendiendo ideales tan elevados con el cuerpo molido a palos.

Beñat habló sin parar durante veinte minutos e Iriarte le escuchó mirando de vez en cuando a Zabalza, que había entrado y se había quedado junto a la puerta mientras escuchaba, como temeroso de interrumpir. Cuando Beñat calló, Iriarte se dio cuenta de que apenas había tomado notas mientras le escuchaba; en lugar de eso había trazado sobre el papel una sucesión de garabatos que eran habituales en él cuando pensaba.

Zabalza avanzó hasta colocarse frente al chico.

—¿Tu padre te pega? —preguntó, conmovido, quizás arrastrado por la verborrea casi fanática del chico que parecía haber trazado puentes entre los presentes, que se desvanecieron con la pregunta.

Como una flor que se repliega ante el intenso frío, el chico volvió a encogerse.

—Si te pega, nosotros podemos ayudarte. ¿No tienes más familia, tíos, primos?

—Tengo un primo en Pamplona.

—¿Crees que podrías irte con él?

El chico se encogió de hombros.

—Beñat —siguió Iriarte—, a pesar de lo que el subinspector Zabalza le ha dicho a tu padre, la verdad es que si niegas el maltrato nadie podrá ayudarte. La única manera de que podamos hacer algo por ti es que admitas que te pega.

—Gracias —dijo con una voz apenas audible—, pero me caí.

Zabalza resopló sonoramente haciendo evidente su indignación, lo que le valió un gesto de reproche de Iriarte.

—Está bien, Beñat, te caíste, y aunque así fuera, eso tiene que verlo un médico.

—Ya he pedido hora para mañana en mi centro de salud.

Iriarte se puso en pie.

—De acuerdo, Beñat, ha sido un placer conocerte —dijo, tendiéndole la mano.

El chaval extendió con cuidado el brazo.

—Y si alguna vez cambias de opinión, llama y pregunta por mí o por el subinspector Zabalza. Voy a ver cómo está tu padre. Puedes esperarle aquí, no puede conducir, así que el subinspector Zabalza os llevará de vuelta a casa.

Iriarte entró en la sala de espera en la que el padre de Beñat dormía la mona sentado en el borde de la silla para poder apoyar la cabeza en la pared. Lo despertó sin ninguna ceremonia.

—Hemos terminado de hablar con su hijo, su colaboración nos ha sido de gran ayuda.

El hombre le miró incrédulo mientras se ponía en pie.

—¿Ha terminado ya?

—Sí —dijo el policía, pero inmediatamente pensó que no, que aquello no había terminado. Poniéndose ante el hombre le cortó el paso.

—Tiene un chico muy listo, un buen chaval, y si me entero de que vuelve a ponerle la mano encima se las tendrá que ver conmigo.

—No sé lo que les habrá dicho, es un mentiroso...

—¿Ha entendido lo que le he dicho? —insistió Iriarte.

El hombre bajó la cabeza; solían hacerlo. Los que golpeaban a mujeres y a chiquillos pocas veces se ponían chulos con tipos más grandes que ellos. Rodeó a Iriarte y salió de la sala, y cuando hubo salido el inspector pensó que no se sentía mejor, y sabía por qué, intuía que su advertencia era insuficiente.

Zabalza condujo hasta Arizkun en silencio escuchando tan sólo las respiraciones de los viajeros, que le acompañaban tan tensos como dos extraños, o como dos enemigos. Cuando llegaron a la entrada de un caserío a las afueras del pueblo, el hombre se bajó del coche y caminó hacia la entrada sin mirar atrás, pero el chaval se rezagó unos segundos y Zabalza pensó que quizá quería decirle algo. Esperó pero el chico no dijo nada; permaneció en el interior del coche mirando hacia la casa y sin decidirse a bajar.

Zabalza detuvo el motor del coche, encendió las luces interiores y se volvió hacia atrás para poder verle la cara.

—Cuando yo tenía tu edad también tuve problemas con mi padre, problemas como los que tú tienes.

Beñat le miró como si no entendiera lo que decía. Zabalza suspiró.

—Me daba unas palizas de pánico.

—¿Por ser gay?

Zabalza boqueó, incrédulo ante su perspicacia, y al final contestó:

—Digamos que mi padre no aceptaba mi manera de ser.

—No es mi caso, no soy gay.

—Eso es lo de menos, no importa la razón que ellos defiendan, te ven distinto y te machacan.

El chaval sonrió con amargura.

—Ya sé lo que va a decirme, que luchó, que se mantuvo firme, y que con el tiempo todo se solucionó.

—No, no luché, no me mantuve firme y con el tiempo todo sigue igual, él no me acepta —dijo; «yo tampoco», pensó.

—¿Cuál es la lección entonces? ¿Qué quiere decirme con esto?

—Lo que quiero decirte es que hay batallas que están perdidas antes de empezar, que a veces es mejor no luchar hoy para luchar mañana, que es muy valiente y loable pelear por lo que uno cree, por la justicia de cualquier clase, pero hay que saber distinguir, porque cuando te encuentras con la intolerancia, el fanatismo o la estupidez, lo mejor es retirarse, quitarse de en medio y guardar tus energías para una causa que lo merezca.

—Tengo diecisiete años —dijo el chico como si se tratase de una enfermedad o una condena.

—Aguanta y sal de ahí en cuanto puedas, sal de esa casa y vive tu vida.

—¿Eso es lo que usted hizo?

—Eso es precisamente lo que no hice.

13

Aunque el cielo, fuera del dosel del bosque, aún se veía bastante claro, en cuanto penetraron en la arboleda, el nivel de luz descendió considerablemente. Caminaron a buen paso con dos maletines rígidos que Amaia ayudó a llevar a Etxaide mientras se alumbraban con las potentes linternas del equipo. Una vez cruzado el puentecillo, subieron por la ladera de la colina hasta la gran roca.

—Es aquí detrás —anunció Amaia, apuntando el haz de la linterna hacia la entrada de la cueva.

Tardaron apenas quince minutos en llevar a cabo todo el proceso. Las fotografías previas, rociar la pared con aquel milagro llamado Luminol que había revolucionado la ciencia forense al permitir detectar trazas de sangre que reaccionaban catalizando la oxidación y volviéndose visibles a una luz con una longitud de onda diferente a la normal, algo tan simple como la bioluminiscencia que se observaba en las luciérnagas y algunos organismos marinos. Se colocaron las gafas naranjas, que neutralizarían la luz azul para permitirles ver una vez apagadas las linternas. Para encender «una nueva luz».

Amaia sintió un espasmo en la espalda, una sensación desagradable y eufórica a un tiempo ante la certeza de haber encontrado el extremo del hilo del que tirar. Retrocedió unos pasos, mientras indicaba a Jonan a qué altura sostener la luz que lo hacía visible, y fotografió una y otra vez el mensaje escrito en la roca de aquella cueva donde una bestia había escrito con sangre: «Tarttalo».

El subinspector Etxaide caminaba en silencio a su lado, mientras regresaban hasta el lugar donde estaban los coches. Bajo las copas de los árboles, había anochecido casi totalmente, y el viento batía las ramas, produciendo un ruido colosal plagado de crujidos y crepitaciones de la madera al retorcerse. El cielo se iluminaba de vez en cuando con el fulgor de un rayo que tras los montes anunciaba el regreso del genio de las cumbres. A pesar del estruendo, casi podía oír los pensamientos del subinspector, que a cada paso le dirigía miradas cargadas de interrogantes, que sin embargo se guardaba.

—Habla de una vez, Jonan, o explotarás.

—Johana Márquez fue asesinada hace trece meses a unos kilómetros de aquí, y su brazo amputado apareció en esta cueva en la que alguien ha escrito «Tarttalo», el mismo mensaje que Quiralte escribió en la pared de su celda, antes de seguir a Medina al infierno.

—Eso no es todo, Jonan —dijo ella, deteniendo su marcha para mirarle—. Es también el mismo mensaje que un preso dejó en la cárcel de Logroño cuando se suicidó después de asesinar a su mujer. A todas les amputaron un brazo que no apareció, a excepción del de Johana, que estaba entre los huesos que la Guardia Civil halló en esta cueva —dijo, emprendiendo de nuevo la marcha.

Tras unos segundos en silencio en los que pareció estar asimilando la información, Jonan preguntó:

—¿Usted cree que todos esos tipos estaban de acuerdo?

—No, no lo creo.

—¿Y cree que de algún modo todos trajeron los miembros que habían amputado hasta aquí?

—Alguien los trajo, pero no fueron ellos, y tampoco creo que fueran ellos los que llevaron a cabo las amputaciones. Estamos hablando de tipos agresivos, borrachos violentos, la clase de persona que se deja llevar por sus más bajos instintos, sin reparar en cuidado de ninguna clase.

—Está hablando de una tercera persona que habría intervenido en todos los crímenes, pero ¿como encubridor?

—No, Jonan, no como encubridor, sino como inductor, alguien con un control tal sobre ellos que les indujo primero al crimen y después al suicidio, llevándose un trofeo con cada una de esas muertes y firmando en todos los casos con su nombre, Tarttalo.

Jonan se paró en seco y Amaia se volvió para mirarle.

—Todos estábamos equivocados, cómo he podido ser tan necio, estaba claro...

Amaia esperó. Conocía a Jonan Etxaide, un policía con dos carreras, en antropología y arqueología..., un policía nada corriente, con puntos de vista nada corrientes, y desde luego, sabía que no era un necio.

—Trofeos, jefa, usted lo ha dicho, los brazos eran trofeos y los trofeos se guardan como símbolos de lo ganado, de los honores, de las presas que se han cobrado; por eso no me cuadraba que hubieran sido abandonados, tirados de cualquier modo en una cueva recóndita, no encaja, a menos que sean los trofeos del tarttalo. Jefa, según la leyenda, el tarttalo se comía a sus víctimas y después arrojaba los huesos a la puerta de su cueva como muestra de su crueldad y aviso para todo el que osase acercarse a su guarida. Los huesos no habían sido tirados ni abandonados, sino dispuestos con el máximo cuidado para transmitir un mensaje.

Ella asintió.

—Y eso no es lo más alucinante, Jonan: nuestro tarttalo se ajusta a la descripción hasta límites insospechados. Los huesos presentaban trazos planos y paralelos que se identificaron como marcas de dientes. Dientes humanos, Jonan.

Él abrió los ojos, sorprendido.

—Un caníbal.

Ella asintió.

—Compararon las huellas del mordisco con las del padrastro de Johana y con las de Víctor, por si acaso, pero no hubo coincidencia.

—¿A cuántos cadáveres pertenecían los huesos que encontraron?

—A una docena, Jonan.

—Y sólo se estableció relación con Johana Márquez.

—Eran los más recientes.

—¿Y qué se hizo con los demás?

—Se procesaron, pero sin ADN con que comparar...

—Por eso me ha hecho buscar a mujeres de Baztán víctimas de violencia machista...

—Las tres que tenemos hasta ahora eran de aquí o vivían aquí desde pequeñas, como Johana.

—Es increíble que nadie relacionase el hallazgo de antebrazos con mujeres asesinadas a las que les faltaba un miembro. ¿Cómo es posible?

—Los asesinos confesaron los crímenes voluntariamente: es verdad que al menos en dos de los casos los fulanos se desentendieron de la parte de la amputación, pero quién iba a creerles. Los datos no se cruzaron, y esto seguirá así mientras no se cree un equipo especial de crimen que recoja y unifique toda la información, mientras nos tengamos que mover entre competencias de los distintos cuerpos de policía. Tú mismo has podido comprobar lo difícil que es indagar en este tipo de asesinatos. Los crímenes machistas apenas tienen repercusión, se cierran y se archivan rápidamente, más si el autor confiesa y se suicida. Entonces es un caso cerrado y la vergüenza que sienten las familias sólo contribuye a silenciarlo.

—He encontrado dos mujeres más nacidas en el valle que murieron a manos de sus parejas. Tengo los nombres y las direcciones donde vivían cuando sucedió, una en Bilbao y la otra en Burgos. Era lo que iba a decirle cuando me llamó antes a comisaría, se pusieron esquelas por ambas en las funerarias del valle.

—¿Sabemos si sufrieron amputaciones?

—No, no se menciona nada...

—¿Y de los agresores?

—Los dos muertos: uno se suicidó en el mismo domicilio antes de que llegase la policía y el otro huyó y lo encontraron horas más tarde, se había colgado de un árbol en un huerto cercano.

—Tenemos que localizar a algún familiar. Es importantísimo.

—Me pondré a ello en cuanto regresemos.

—Y, Jonan, ni una palabra de esto, es una investigación autorizada, pero no queremos hacer ruido, de cara a la galería nos ocupamos de la profanación de la iglesia.

—Le agradezco que confíe en mí.

—Antes dijiste que además de haber localizado a dos nuevas víctimas, tenías alguna novedad más respecto a las funerarias.

—Sí, casi se me olvida con todo este follón. Bueno, más que nada es una anécdota curiosa, pero en la funeraria Baztandarra me contaron que hace unas semanas una mujer entró en el establecimiento arrastrando a otra mientras le gritaba y le obligaba a caminar a empujones. Preguntó por los ataúdes, y cuando el propietario le indicó el lugar de la exposición, arrastró hasta allí a la otra mujer y le dijo algo así como que era mejor que fuese eligiendo uno, ya que iba a morir pronto. El de la funeraria dice que la mujer estaba aterrorizada, que no dejaba de llorar mientras repetía que no quería morir.

—Sí que es curioso —admitió Amaia—. ¿Y no sabe quiénes eran? Me extraña...

—Dice que no —dijo, poniendo cara de circunstancias.

—Éste debe de ser el único lugar del mundo en el que todos saben lo que hacen sus vecinos y nadie quiere contarlo —dijo encogiéndose de hombros.

Amaia sacó su móvil y comprobó la cobertura y la hora, sorprendida de lo temprano que era a pesar de la escasa luz y recordando cómo la señal horaria se había evaporado de la pantalla mientras hablaba con aquella joven en el río.

—Vamos —dijo emprendiendo de nuevo la marcha—, tengo que hacer una llamada.

Pero no tuvo tiempo; cuando alcanzaban su coche, el teléfono sonó. Era Padua.

—Lo siento, inspectora, la mujer de Logroño no tenía familia, así que fueron los familiares del marido los que se ocuparon de sus restos; los incineraron.

—¿Y no hay nadie? ¿Ni padres, ni hermanos, ni hijos?

—No, nadie, y no tenía hijos, pero había una amiga íntima. Si quiere hablar con ella puedo conseguirle su teléfono.

—No será necesario, no pensaba en hablar, sino más bien en comparar ADN.

Colgó tras darle las gracias. Y se entretuvo un rato mirando la tormenta, que seguía atronando tras los montes y cuyo perfil se dibujaba con cada rayo en un cielo que por lo demás se veía limpio de nubes.

«Ya viene», resonó la voz de la joven en su cabeza. Un escalofrío recorrió su cuerpo y subió al coche.

La comisaría iluminada en la noche precoz de febrero se veía extraña, como un crucero fantasmal que hubiera equivocado su rumbo yendo a parar allí por error. Aparcó su coche junto al de Jonan, y cuando entraban por la puerta se cruzaron con Zabalza, que salía acompañando a unos civiles. Beñat Zaldúa y su padre, supuso. El subinspector la saludó brevemente, evitando mirarla, y continuó su camino sin detenerse.

Amaia dejó a Jonan trabajando y se acercó al despacho de Iriarte.

—He visto a Zabalza saliendo con el chico y su padre. ¿Qué ha sacado en limpio?

—Nada —dijo, negando con la cabeza—, es un caso

muy triste. Un chico listo, muy inteligente para ser justos. Deprimido por la muerte de su madre, padre alcohólico que le maltrata. Traía la cara y el cuerpo marcados, pero aunque hemos insistido, dice que se cayó por las escaleras. El blog constituye su vía de escape y el medio con que llenar sus inquietudes culturales. Es un adolescente enfadado, como casi todos, sólo que éste tiene motivos para estarlo. Me ha hecho una exposición sobre los agotes y su vida en el valle que me ha dejado con la boca abierta. Diría que simplemente los utiliza como fuga para su frustración, pero no creo que haya tenido nada que ver con las profanaciones, de verdad que no me lo imagino destrozando la pila bautismal a hachazos. Es..., cómo le diría, frágil.

Ella se quedó pensando en cuántos perfiles de asesinos frágiles, con aspecto de no haber roto un plato en su vida, había estudiado. Observó a Iriarte y decidió darle un voto de confianza; era inspector, no se llegaba a serlo sin buen ojo, y al fin y al cabo, ella había tomado la decisión de delegar en él.

—Está bien, si descarta al chico, ¿por dónde sugiere que continuemos?

—Pues no hay mucho, la verdad, aún no han llegado los informes forenses de los mairu-beso, tenemos una patrulla permanentemente frente a la iglesia y no ha vuelto a producirse ningún incidente.

—Yo interrogaría a las catequistas, a todas, de una en una y en sus casas. A pesar de que el párroco dijo no haber tenido problemas con nadie, quizá las señoras recuerden algo que a él se le escapó, o que por alguna razón prefiera reservarse, y debería ir usted con Zabalza. He notado que cae bien a las mujeres de cierta edad —dijo, sonriendo—, si les tira de la lengua quizá consiga que le cuenten algo, además de invitarle a merendar.

Dando un rodeo, Amaia condujo hasta la plaza del mercado y cruzó el río por Giltxaurdi. Atravesó el barrio lentamente, moviéndose con cuidado entre los coches aparcados, cuando un grupo de tres chavales en bici la adelantaron cruzándose ante el coche y dándole un buen susto. Giraron a la derecha y se metieron en la parte de atrás del obrador. Subió el coche a la acera para que no interrumpiera el paso, y los siguió a pie llevando en la mano la linterna apagada. Desde lejos, ya pudo distinguir sus risas, y que ellos también llevaban linternas. Caminó pegada a la pared hasta que estuvo a su altura y entonces encendió la potente luz y apuntó con ella, a la vez que se identificaba.

—Policía. ¿Qué hacéis aquí?

Uno de los chicos se dio tal susto que perdió el equilibrio, precipitándose con bici y todo contra sus compañeros. Mientras luchaban por no caerse, uno de ellos hizo visera con la mano para mirarla.

—No hacemos nada —dijo nervioso.

—¿Cómo que no? ¿Qué hacéis aquí entonces? Ésta es la entrada trasera de un almacén, aquí no se os ha perdido nada.

Los otros dos chicos habían enderezado sus bicis y contestaron:

—No hacíamos nada malo, sólo venimos a mirar.

—¿A mirar qué?

—Las pintadas.

—¿Las habéis hecho vosotros?

—No, de verdad que no.

—No mintáis.

—No mentimos.

—Pero sabéis quién las ha hecho.

Los tres chicos se miraron, pero permanecieron en silencio.

—Voy a hacer una cosa, voy a pedir que venga un coche patrulla, voy a deteneros por vandalismo, voy a avisar a vuestros padres y quizá entonces se os refresque la memoria.

—Es una vieja —soltó uno.

—Sí, una vieja... —le secundaron los otros.

—Viene todas las noches y escribe insultos, ya sabe, puta, zorra, esas cosas. Un día la vimos meterse aquí, y cuando se fue vinimos a ver...

—Viene todas las noches, para mí que está loca —sentenció el otro.

—Sí, una vieja grafitera, loca —dijo el primero. A los otros les hizo gracia y se rieron.

14

Había leído en alguna parte que no se debe volver al lugar donde se fue feliz, porque ésa es la manera de comenzar a perderlo, y suponía que el autor de aquella frase tenía razón. Los lugares, reales o imaginarios, idealizados entre la rosada niebla de la imaginación, podían resultar escabrosamente reales, y tan decepcionantes como para acabar de un plumazo con nuestro sueño. Era un buen consejo para quien tenía más de un lugar al que volver. Para Amaia era aquella casa, la casa que parecía tener vida propia y se ceñía en torno a ella, cobijándola con sus muros y dándole calor. Sabía que era la presencia visible o invisible de su tía lo que dotaba de alma a la casa, a pesar de que en sus sueños siempre estaba vacía y ella siempre era pequeña. Usaba la llave escondida en la entrada y corría al interior, enloquecida por el miedo y la rabia, y era al traspasar el umbral cuando notaba las mil presencias que la acogían, acunándola en una paz casi uterina, que conseguía que la niña que debía velar toda la noche para que su madre no se la comiera pudiera al fin abandonarse frente al fuego y dormir.

Entró en la casa y mientras se quitaba el abrigo, escuchó el magnífico jolgorio que las chicas de la alegre pandilla formaban en el salón. Sentadas alrededor de la preciosa mesa de póquer hexagonal, no parecían tener sin embargo ningún interés por las cartas, que estaban desperdigadas por la superficie verde del tapete, y se dedicaban a hacer muecas y gracietas al pequeño Ibai, que iba de brazo en brazo con visible alborozo, tanto de las ancianas como del bebé.

—Amaia, ¡por el amor de Dios!, es el niño más guapo del mundo —exclamó Miren al verla.

Amaia rió ante la exagerada adoración de las chicas, que se deshacían en besos y carantoñas con Ibai.

—Me lo vais a echar a perder con tantos mimos —fingió reñirlas.

—Oh, hija, por Dios, déjanos disfrutar, si es la cosa más preciosa —dijo otra de las ancianas, inclinándose sobre el niño, que sonreía encantado.

James se acercó para besarla y se disculpó dirigiéndose a las chicas.

—Lo siento, cariño, no he podido hacer nada, son muchas y están armadas con agujas de calceta.

La mención hizo que todas corrieran a sus bolsos para sacar las chaquetitas, gorros y patucos que habían tejido para el niño.

Amaia tomó a Ibai en brazos mientras admiraba las primorosas piezas que las ancianas tejían para su hijo. Lo acunó en sus brazos y sintió la ansiedad que su presencia causaba en el bebé, que inmediatamente comenzó a lloriquear, reclamando su alimento.

Se retiró al dormitorio, se tendió en la cama y colocó al niño a su lado para amamantarlo. James los siguió y se tumbó a su lado, abrazándola por la espalda.

—¡Qué glotón! —dijo—, es imposible que tenga hambre, hace una hora que ha comido, sin embargo en cuanto te huele ...

—Pobrecito, me echa de menos, y yo a él —susurró ella, acariciándolo.

—Esta tarde ha estado aquí Manolo Azpiroz.

—¿Quién? —preguntó, distraída, mirando a su hijo.

—Manolo, mi amigo el arquitecto. Hemos estado de nuevo en Juanitaenea y le ha encantado, tiene cantidad de ideas para restaurar la casa conservando sus características principales. Volverá en los próximos días ya para medir e ir adelantando el proyecto. Estoy tan ilusionado...

Ella sonrió.

—Me alegro, cariño —dijo, inclinándose hacia atrás para besarle en la boca.

Él se quedó pensativo.

—Amaia, hoy a mediodía he ido con Ibai hasta el obrador a buscar a tu hermana y cuando hemos llegado, Ernesto me ha dicho que había salido ya y que iba a su casa. Como está cerca, me he metido hacia las calles de atrás y he ido paseando al sol hasta allí...

Amaia incorporó a Ibai para que eructase y se sentó más erguida en la cama para mirar a su marido.

—Ros estaba limpiando pintura de la puerta. Le he preguntado y me ha dicho que sería una gamberrada de algunos chavales..., y yo he fingido que no me enteraba pero no era un grafiti, era un insulto, Amaia. Ya había quitado la mayor parte, pero aún se notaba lo que ponía.

—¿Qué era?

—Asesina.

El aroma del pescado al horno invadía la casa cuando bajaron a cenar. Ros ayudaba a la tía a poner la mesa y Amaia colocó a Ibai en una hamaquita para que estuviera cerca mientras cenaban. Comió con apetito el *txitxarro* con refrito y patatas, tan simple y bueno que siempre le sorprendía, mientras pensaba que era normal que tuviera hambre; apenas había tenido tiempo de echar un par de bocados en todo el día. Después de cenar, mientras los demás recogían la mesa, acostó a Ibai y regresó al comedor a tiempo de retener a Ros antes de que se fuese a la cama.

—Rosaura, ¿puedes echarme las cartas?

Captó la atención de inmediato de la tía, que se detuvo con unas tazas en la mano para escuchar.

Ros miró hacia otro lado, evasiva.

—Oh, Amaia, hoy estoy cansadísima, ¿por qué no se lo pides a la tía? Me consta que hace días que quiere hacerlo. ¿Verdad, tía? —dijo entrando en la cocina.

Engrasi cruzó con Amaia una mirada de entendimiento, mientras le hacía un gesto interrogativo y contestaba hacia la cocina:

—Claro que sí, tú ve a acostarte, cariño.

Cuando Ros y James se hubieron ido, ambas se sentaron frente a frente y permanecieron en silencio mientras Engrasi se entregaba a la ceremonia lenta de desenvolver el hatillo de seda que contenía la baraja de tarot, para después mezclar las cartas lentamente entre sus dedos blancos y huesudos.

—Me alegra que al fin te decidas a afrontar esto, hija. Hace semanas que cada vez que cojo las cartas noto la energía que fluye hacia ti.

Amaia sonrió con cara de circunstancias. La petición a Ros sólo era la excusa perfecta para poder hablar con ella de lo que pasaba en el obrador.

—Por eso me ha sorprendido que se lo pidieras a Ros, aunque imagino que alguna razón tendrás.

—Ros tiene un problema.

La anciana rió sin ganas.

—Amaia, sabes que os quiero mucho a las tres, que haría cualquier cosa por vosotras, pero creo que deberías empezar a admitir que tu hermana no sólo es mayor que tú, también es una adulta, y Ros tiene un carácter y una manera de ser por naturaleza problemáticos. Es una de esas personas que sufre como si llevara una cruz invisible a sus espaldas, pero ay de ti si te acercas a intentar aligerar su carga. Puedes ofrecerle tu ayuda, pero no te metas porque lo interpretará como una falta de respeto.

Amaia lo pensó y asintió.

—Creo que es un buen consejo.

—Que no seguirás... —añadió Engrasi.

La anciana colocó la baraja frente a su sobrina y esperó a que la cortase; después tomó ambos montones y los mezcló de nuevo antes de disponerlos frente a ella, mientras la veía elegir los naipes.

Amaia no los tocaba, ponía suavemente su dedo sobre ellos como si fuese a dejar plasmada su huella dactilar y sin llegar a rozarlos, esperaba a que Engrasi los retirase antes de elegir el siguiente, hasta un total de doce que la tía dispuso en una rueda como si fuesen dígitos de un reloj o marcas cardinales de una brújula. Mientras iba volviendo las cartas para mostrarlas, su rostro había mudado de la sorpresa inicial a la más absoluta reverencia.

—¡Oh, mi niña!, cómo has crecido, mira en qué mujer te has convertido —dijo, señalando el naipe de la emperatriz que dominaba la echada—. Siempre has sido fuerte, si no cómo podrías haber soportado las duras pruebas que tuviste que pasar, pero desde el último año una nueva faceta se ha abierto dentro de ti —dijo señalando otra carta—: una puerta que abriste desesperada y tras la que te esperaba algo insólito, algo que te ha cambiado la mirada.

Amaia viajó en el tiempo y en el espacio hasta aquellos ojos ambarinos que la habían mirado entre la espesura del bosque, y sin proponérselo sonrió.

—Las cosas no pasan porque sí, Amaia; no fue el azar ni la casualidad. —Engrasi tocó una carta con el dedo y lo apartó como si hubiese recibido una pequeña descarga eléctrica. Levantó la mirada, sorprendida—. Esto no lo sabía, nunca me había sido mostrado.

Amaia se interesó aún más y escrutó los trazos coloridos de las cartas con avidez.

—La condena que se cernía sobre ti estaba presente desde antes de tu nacimiento.

—Pero...

—No me interrumpas —cortó Engrasi—. Yo sabía que siempre habías sido distinta, que la experiencia con la muerte marca para siempre a las personas, pero de forma muy distinta. Puede convertirte en una sombra llorosa de lo que podías haber llegado a ser, o puede, como en tu caso, imprimirte una fuerza colosal, una capacidad y un discernimiento por encima de lo común. Pero creo que tú ya eras así antes, creo que la *amatxi* Juanita lo sabía, tu padre lo sabía, tu madre lo sabía y yo lo supe cuando te conocí a mi regreso de París. La niña de mirada de guerrillero que se movía alrededor de su madre como dispuesta a hacer cuerpo a tierra en cualquier momento, guardando una distancia prudente, evitando el roce y la mirada y conteniendo la respiración mientras se sentía escrutada. La niña que no dormía para no ser devorada.

»Amaia, has cambiado y eso es bueno, porque era inevitable, pero también es peligroso. Grandes fuerzas se ciernen sobre ti y tiran de tus miembros, cada una en una dirección. Aquí está —dijo señalando un naipe—. El guardián que te protege, que te ama de un modo puro y no se apartará de ti, porque su designio es protegerte. Aquí —dijo señalando la siguiente—, la exigente sacerdotisa que te empuja a la batalla, reclamándote una pleitesía y entrega descomunales. Te admira y te utilizará como ariete contra sus enemigos, pues para ella no eres más que un arma, un soldado que manda contra el mal y que está a su servicio en su lucha ancestral por recuperar el equilibrio. Un equilibrio que se rompió con un acto abominable que desencadenó el despertar de bestias, de poderes que durante siglos durmieron en las simas del valle, y que ahora debes ayudar a someter.

—Pero ella ¿es buena? —Amaia sonrió a su tía; tomara la forma que tomase, el amor y cuidado de Engrasi era total y genuino.

—No es buena ni mala, es la fuerza de la naturaleza, el equilibrio justo, y puede ser tan cruel y despiadada como la misma madre tierra.

Amaia miró entonces con atención los naipes, y volviendo atrás señaló uno.

—Has dicho que alguien rompió el equilibrio con un

acto abominable. Dupree me dijo que buscara en el primer acto, lo que desencadenó el mal.

—¡Oh, Dupree! —exclamó su tía componiendo un gesto de horror—. ¿Por qué te empeñas en continuar con eso? Amaia, puede dañarte de verdad, no es una broma.

—Él nunca me haría daño.

—Quizá no el Dupree que conociste, pero ¿cómo puedes estar segura de que está de tu lado después de lo que pasó?

—Porque le conozco, tía, y me da igual hasta qué punto hayan cambiado sus circunstancias. Sigue siendo el mejor analista que he conocido, un policía íntegro y cabal, tan ecuánime que es por esta y no por otra razón por la que se ve en la circunstancia actual. No es asunto mío juzgarle, porque él no me juzga a mí, me ha apoyado en todo momento y ha sido y sigue siendo el mejor consejero que un policía puede tener. Y no me detendré a analizar su actuación porque es algo que se me escapa, sólo sé que responde siempre a mi llamada.

La tía permanecía muy seria, mirándola en silencio. Apretó los labios y dijo:

—Prométeme que no intervendrás en esa investigación de ningún modo.

—Es un caso del FBI al otro lado del mundo, no sé cómo podría intervenir.

—No intervendrás de ningún modo —insistió Engrasi.

—No lo haré..., a menos que él me lo pida.

—No lo hará, si es tan buen amigo como dices.

Amaia miró las cartas en silencio, tomó una y la arrastró sobre la mesa empujando las demás hasta formar un montón.

—Olvidas que a mí me habla, atiende mis requerimientos cada vez que le llamo. ¿No crees que eso en sí mismo ya me distingue, colocándome en una situación de privilegio?

—Dudo que sea un privilegio, más bien me parece una maldición.

—Pues, en todo caso, es la misma maldición que supuestamente me eligió antes de nacer —dijo, señalando las cartas—. La misma que puebla mis sueños con muertos que se inclinan sobre mi cama, con guardianes del bosque o señoras de la tormenta —dijo enfadada, elevando un poco la voz.

»Tía, todo esto es una pérdida de tiempo —dijo cansada de pronto.

Engrasi se cubrió la boca, cruzando ambas manos sobre sus labios mientras con creciente alarma miraba a su sobrina.

—No, no, no, calla, Amaia. No hay que creer...

Amaia se detuvo y terminó la fórmula antigua que miles de baztaneses habían recitado durante cientos de años.

—... que existen, no se debe decir que no existen.

Permanecieron en silencio durante unos segundos, mientras recuperaban el aliento y Engrasi miraba los naipes revueltos.

—No hemos terminado —dijo señalando la baraja.

—Me temo que sí, tía, ahora tengo algo que hacer.

—Pero... —protestó la tía.

—Continuaremos, te lo prometo —dijo levantándose y poniéndose el abrigo. Se inclinó y besó a su tía—. Ve a acostarte, que no te encuentre aquí cuando regrese.

Pero la tía no se movió, continuaba allí sentada cuando Amaia salió de la casa.

Notó de inmediato cómo la humedad del río, mezclada con la niebla que había descendido por las laderas de los montes al oscurecer, se pegaba a su abrigo de lana negra haciéndolo parecer gris, con miles de microscópicas gotas de agua. Caminó por la calle desierta hacia el puente y se entretuvo unos segundos, consultando la hora en su móvil mientras dedicaba una mirada al río oscuro donde la presa atronaba en el silencio de la noche. La taberna Txokoto y el Trinkete ya estaban cerrados y no se veía ninguna luz en el interior. Penetró entre las casas, caminando pegada a las paredes hasta alcanzar la puerta principal del obrador. Cuando llegó a la esquina se detuvo unos segundos para escuchar y sólo cuando estuvo segura, avanzó por el aparcamiento a oscuras hasta la parte trasera, se escondió tras los contenedores de basura y comprobó la linterna, el móvil de nuevo e, instintivamente, palpó el arma en su cintura y sonrió. Transcurrió casi media hora hasta que percibió el crujido en la gravilla de los pasos que se acercaban. Una sola persona, no muy alta y vestida completamente de negro, avanzó decidida hasta la puerta del almacén. Amaia esperó hasta que oyó cómo las canicas de plástico se batían en el interior del bote mientras el visitante agitaba el espray y el siseo del gas anunciaba la inminente pintada. Un par de trazos, agitar un poco más, otro siseo... Salió de detrás del contenedor y apuntó con la linterna al pintor mientras con la otra mano lo enfocaba con la cámara del móvil.

—Alto, policía —dijo, utilizando la fórmula clásica, mientras encendía la interna y disparaba varias veces la cámara.

La mujer dio un grito corto y agudo a la vez que soltaba el bote de pintura y salía a la carrera.

Amaia no se molestó en perseguirla; no sólo la había reconocido, sino que además tenía un par de buenas fotos en las que podía verse a la mujer con el pelo canoso, brillando como una orla alrededor de su cabeza por efecto de la potente luz de la linterna, con el espray en la mano, un insulto arrabalero pintado tras ella y una cara de susto impagable. Se inclinó para meter el bote de espray en una bolsa y echó a andar hacia la casa de la pintora nocturna.

La suegra de su hermana abrió la puerta. Le había dado tiempo a ponerse una bata de florecillas moradas sobre la ropa de calle, pero su respiración aún agitada evidenciaba el esfuerzo que había hecho al regresar a casa corriendo. Amaia estaba segura de que no había podido verla, aunque sí que había escuchado su voz cuando le dio el alto. Aquella mujer no era tonta; si tenía alguna duda sobre la identidad de la persona que la había sorprendido, quedó disipada cuando la vio en su puerta. Aun así tuvo redaños para ponerse chula.

—¿Qué haces tú aquí? Las de tu familia no sois bienvenidas en esta casa, y menos a estas horas —dijo, haciéndose la digna mientras fingía mirar el reloj.

—Oh, no vengo a verla a usted, vengo a ver a Freddy.

—Pues él no quiere verte —contestó, envalentonada.

Desde dentro llegó una voz ronca que apenas reconoció.

—¿Eres tú, Amaia?

—Sí, Freddy, vengo a verte —dijo, alzando la voz desde la entrada.

—Déjala entrar, *ama*.

—No creo que sea conveniente —replicó la mujer con menos fuerza.

—*Ama*, he dicho que la dejes entrar. —Su voz denotaba cansancio.

La mujer no replicó, pero se mantuvo cruzada frente a la entrada, mirándola impertérrita.

Amaia extendió el brazo hasta tocar su hombro y la apartó con firmeza, empujándola hacia atrás mientras la sostenía para evitar que perdiera el equilibrio. Avanzó hasta la salita, que había sido reordenada para permitir que la silla de ruedas de Freddy cupiese entre los sillones frente al televisor, que permanecía encendido aunque sin volumen.

La postura con la que se sentaba en la silla era bastante natural y no evidenciaba el hecho de que estaba paralizado de cuello para abajo, pero no había rastro del cuerpo atlético del que siempre se había sentido orgulloso, y en su lugar, apenas quedaba un esqueleto cubierto de carne, que la gruesa ropa sólo lograba acentuar. Pero su rostro permanecía hermoso, quizá más que nunca, pues había en él una serenidad melancólica, que combinada con la palidez, sólo desmentida por la rojez de los ojos, le hacía parecer más bondadoso y templado de lo que había sido jamás.

—Hola, Amaia —saludó sonriendo.

—Hola, Freddy.

—¿Vienes sola? —dijo mirando hacia la entrada—. Pensé que quizá... Ros...

—No, Freddy, he venido yo sola, tengo que hablar contigo.

Él no pareció escucharla.

—¿Ros está bien?... No viene a verme, y me gustaría tanto..., pero es normal que no quiera verme.

La madre, que había permanecido apoyada en la puerta mirándola con hostilidad, intervino, enfurecida.

—¡Normal!, no es normal para nada, a menos que no se tenga corazón, como en su caso.

Amaia ni siquiera la miró. Empujó uno de los sillones hasta colocarlo frente a la silla de ruedas y se sentó mirando a su ex cuñado.

—Mi hermana está bien, Freddy, pero quizá deberías explicarle a tu madre por qué es normal que Ros no quiera verte.

—No hace falta que me diga nada —arremetió la mujer—. Yo sé lo que pasa, después de lo que le hizo a mi pobre hijo no tiene valor para aparecer por aquí a dar la cara. Y te digo una cosa: hace bien, porque si apareciera por la puerta, por Dios que no respondo de mis actos.

Amaia la ignoró de nuevo.

—Freddy, creo que se impone una conversación con tu madre.

Él tragó saliva con cierta dificultad antes de responder:

—Amaia, eso es algo entre Ros y yo, y no creo que mi madre...

—Te he dicho que Ros está bien, pero no es del todo cierto; hay algún problemilla que últimamente le preocupa —dijo poniendo la pantalla del móvil frente a sus ojos y mostrándole la foto de su madre mientras realizaba la pintada.

Se sorprendió de veras.

—¿Qué es esto?

—Pues es tu madre hace veinte minutos, escribiendo insultos en la puerta del obrador, y esto es a lo que se ha venido dedicando en los últimos meses, a acosar a Ros, a amenazarla, y a escribir «puta asesina» en el obrador y en la puerta de su casa.

—¿*Ama*?

Ella permaneció en silencio mirando el suelo y componiendo una mueca de desdén.

—¡*Ama*! —gritó Freddy con una fuerza inimaginable—. ¿Qué es todo esto?

Ella comenzó a respirar muy rápido, casi hasta llegar al jadeo, y de pronto se abalanzó sobre él, abrazándolo.

—¿Y qué querías que hiciera? Hice lo que tenía que hacer, lo mínimo para una madre. Cada vez que la veo por la calle tengo ganas de matarla por lo mucho que te ha hecho sufrir.

—Ella no hizo nada, *ama*, fui yo.

—Pero por su culpa, por ser una ingrata, porque te abandonó y el dolor te enloqueció, pobre hijo mío —dijo, llorando de pura rabia mientras se abrazaba a sus piernas inertes—. ¡Mírate! —exclamó, levantando la cabeza—. ¡Mira cómo estás por culpa de esa zorra!

Freddy lloraba en silencio.

—Díselo, Freddy —instó Amaia—. Dile por qué fuiste sospechoso de la muerte de Anne Arbizu, dile por qué Ros se había ido de la casa, y dile por qué intentaste acabar con tu vida.

La madre negó.

—Ya sé por qué.

—No, no lo sabe.

Él lloraba mientras contemplaba a su madre.

—Ya es hora, Freddy, tu silencio está causando sufrimiento a muchos, y viendo la tendencia natural que tu familia tiene a cometer actos irreflexivos, no me extrañaría que tu madre terminara haciendo una barbaridad. Se lo debes a ella, pero sobre todo se lo debes a Ros.

Dejó de llorar y su rostro adquirió de nuevo el aspecto sereno que tanto le había sorprendido al verle.

—Tienes razón, se lo debo.

—No le debes nada a esa desgraciada —espetó su madre.

—No la insultes, *ama*, no lo merece. Ros me quiso, cuidó de mí y me fue fiel. Cuando se fue de casa lo hizo porque descubrió que yo me veía con otra mujer.

—No es verdad —contestó la madre, decidida a seguir discutiendo—. ¿Qué mujer?

—Anne Arbizu. —Susurró el nombre, y a pesar de los meses transcurridos, Amaia notó cómo le dolía.

La madre abrió la boca, incrédula.

—Me enamoré de ella como un crío, no pensé en nada ni en nadie más que en mí. Ros lo sospechaba y cuando no pudo aguantar más, se fue. Y el día que supe que Anne había sido asesinada, no pude soportarlo y..., bueno, ya sabes lo que hice.

La madre se puso en pie y antes de salir de la sala sólo le dijo:

—Debiste decírmelo, hijo. —Se arregló la ropa y salió hacia la cocina enjugándose las lágrimas.

Amaia permaneció frente a él, componiendo un gesto de circunstancias mientras miraba el pasillo por el que acababa de irse la mujer.

—No te preocupes por ella —dijo él, serenamente—, se le pasará. Al fin y al cabo, siempre me lo ha consentido todo, y esto no será una excepción. Sólo lo siento por Ros, espero que ella no pensase que yo, bueno, que yo tenía algo que ver en esto.

—No creo que lo pensase...

—Le he hecho mucho daño por irreflexivo, por idiota, pero también conscientemente, es sólo que, Amaia, Anne me nubló el juicio, me volvió loco. Yo estaba bien con Ros, la quería, te lo juro, pero esa chica, Anne..., con Anne era otra cosa. Se metió en mi cabeza y no pude evitarlo. Si te elegía, no podías hacer nada porque ella era poderosa.

Amaia le miraba alucinada mientras él hablaba como si bebiese el discurso del aire, hechizado.

—Ella me eligió y movió los hilos, manejándome como a un muñeco. Estoy seguro de que provocó a Víctor, pero también de que se entendía con tu hermana.

—Ros juró que sólo la conocía de vista —se extrañó Amaia.

—No digo Ros, no, sino Flora. Un día que fui a por algo al almacén las vi juntas: Anne salió por la puerta de atrás, hablaron unos segundos y se despidieron con un abrazo muy afectuoso. El domingo siguiente, cuando estábamos tomando el vermut en los *gorapes*, Flora se paró a saludarnos, nos dijo que venía de misa. Entonces pasó Anne por la calle y yo disimulé. Ros no se dio cuenta de nada, pero Flora aún disimuló más que yo, y eso me llamó mucho la atención después de lo que había visto. La siguiente vez que estuve con Anne le pregunté y lo negó, me dijo que me equivocaba y hasta se enfadó, así que lo dejé correr. Al fin y al cabo, a mí me daba igual.

—¿Estás seguro de eso, Freddy?

—Sí, lo estoy.

Amaia se quedó pensando.

—A veces viene a verme.

—¿Quién?

—Anne. Una vez en el hospital, y dos desde que estoy aquí.

Amaia le miró sin saber qué decir.

—Si pudiera moverme, acabaría con mi vida. ¿Sabes?, las brujas no descansan cuando mueren y los suicidas tampoco.

Mientras hablaba con Freddy, había sentido vibrar el móvil, pero había decidido ignorarlo en vista de cómo se ponían las cosas. Al salir de la casa comprobó que tenía dos llamadas perdidas de Jonan. Marcó y esperó a oír su voz.

—Jefa, tengo a dos familiares de las mujeres asesinadas: la hermana de una y la tía de otra, una en Bilbao y la otra en Burgos, y las dos están dispuestas a recibirla.

Consultó su reloj y vio que eran más de las doce.

—Es un poco tarde para llamar ahora... Llámalas mañana a primera hora y diles que voy a visitarlas. Mándame las direcciones por SMS.

—¿No quiere que la acompañe, jefa? —preguntó Jonan, un poco decepcionado.

Lo pensó un instante y decidió que no; aquello era algo de lo que tenía que ocuparse ella sola.

—Quiero aprovechar el viaje para visitar a mi hermana Flora en Zarautz y tratar algunos asuntos familiares. Quédate y descansa. En los últimos días apenas has sacado la nariz del ordenador, y parece que las cosas en Arizkun se han calmado, así que tómate el día con tranquilidad y hablaremos cuando regrese.

Al acercarse a la casa de su tía, percibió la figura de alguien que le esperaba en las sombras entre dos farolas, e instintivamente se llevó la mano al arma, hasta que el hombre dio un paso y salió de la penumbra. Fermín Montes, con evidentes síntomas de haber bebido, esperó hasta que estuvo a su altura.

—Amaia...

—¿Cómo se atreve a venir hasta aquí? —le atajó, indignada—. Ésta es mi casa, ¿lo comprende?, mi casa. No tiene ningún derecho.

—Quiero hablar con usted —explicó él.

—Pues pida una cita. Siéntese ante mí en mi despacho y exponga lo que quiere decir, pero no puede esperarme por los pasillos en comisaría o a la puerta de mi casa, no olvide que estoy en medio de una investigación y usted está suspendido.

—¿Que pida una cita? Pensé que éramos amigos...

—Esa frase me suena —dijo con ironía—. ¿No era mía? ¿Y cuál fue la respuesta que usted me dio? Ah, sí, «siga pensando».

—Las evaluaciones son esta semana.

—Pues no parecen preocuparle mucho, dado su comportamiento.

—¿Qué va a decir?

Amaia se volvió hacia él sin dar crédito a su desfachatez.

—Usted no se entera, ¿verdad?

—¿Qué va a decir? —insistió.

Ella le miró, estudiando su rostro. Grandes bolsas líquidas se habían formado bajo los ojos y algunas arrugas que no recordaba aparecían en su rostro, bastante ceniciento, y alrededor de la boca, en la que se dibujaba el desdén y la contrariedad.

—¿Qué voy a decir? Que es usted el mismo que casi se vuela la cabeza el año pasado.

—Vamos, Salazar, sabe que eso no es así —protestó.

—Pida una cita —dijo, sacando la llave y dirigiéndose a la puerta—. No pienso seguir hablando con usted.

Él se quedó mirándola mientras fruncía la boca antes de decir:

—No creo que me sirviese de mucho pedir una cita. Según he oído pasa más tiempo fuera que dentro de la comisaría, y deja el trabajo para los demás. ¿Verdad, Salazar?

Ella se volvió y le sonrió abiertamente y al instante, borró la sonrisa y le dijo secamente:

—Jefa Salazar. Para usted, ése es el nombre al que debe ir la solicitud de la cita.

Montes se envaró un segundo y su rostro enrojeció de modo visible, incluso con aquella escasa luz. Amaia pensó que replicaría, pero en lugar de eso, se volvió y se fue.

Se quitó las botas antes de subir las escaleras y agradeció, como siempre, la lamparita que ya por costumbre dejaban encendida en el dormitorio. Observó durante un minuto a Ibai, que dormía con los brazos extendidos y las manos abiertas como estrellas de mar que apuntaban al norte y al sur, y el suave latido que sólo era perceptible en las venas de su cuello pálido. Se quitó la ropa y se metió tiritando en la cama. James se movió un poco al sentirla y la abrazó apretándola contra su cuerpo y sonriendo sin abrir los ojos.

—Tienes los pies helados —susurró, envolviéndolos con los suyos.

—No sólo los pies...

—¿Dónde más? —preguntó él, medio dormido.

—Aquí —indicó ella conduciendo su mano hasta sus pechos.

James abrió los ojos en los que el sueño se disipaba velozmente y se incorporó de lado, sin dejar de acariciarla.

—¿Algún sitio más?

Ella sonrió mimosa, fingiendo disgusto y asintiendo apesadumbrada.

—¿Dónde? —preguntó, cortés, James, colocándose sobre ella—. ¿Aquí? —indicó besándole el cuello.

Ella negó.

—¿Aquí? —preguntó, descendiendo por su pecho mientras iba depositando en su piel pequeños besos.

Ella negó.

—Dame una pista —pidió sonriendo—. ¿Más abajo?

Ella asintió, simulando timidez.

Él descendió bajo el edredón, besando la línea del pubis hasta alcanzar su sexo.

—Creo que he encontrado el lugar —dijo besándola también allí. Ascendió de pronto entre las sábanas, fingiendo indignación.

—Pero... me has engañado —dijo—, este lugar no está frío en absoluto, de hecho está ardiendo.

Ella sonrió maliciosa y lo empujó de nuevo bajo el edredón.

—Vuelve al trabajo, esclavo.

Y él obedeció.

El bebé lloraba, lo oía desde muy lejos, como si estuviera en otra habitación, así que abrió los ojos, se incorporó y fue a buscarlo. Los pies descalzos transmitieron la calidez de la madera templada por las chimeneas que caldeaban la casa. Y los haces de luz solar que entraban a través de los cristales dibujaron senderos de polvo en suspensión que se rompían cuando ella los atravesaba.

Comenzó a ascender por la escalera mientras escuchaba el llanto lejano que, sin embargo, no le provocaba ahora ninguna premura, tan sólo una curiosidad que satisfacer en una niña de nueve años. Miró sus manos, que se deslizaban por la baranda y sus pies pequeños, que asomaban bajo el camisón blanco que la *amatxi* Juanita le había cosido y bordado, y el pasacintas de encaje por el que asomaba un lazo rosa pálido que ella misma había escogido entre todos los que Juanita le mostró. Un sonido rítmico acompañaba ahora la llantina de Ibai, tac, tac, como la cadencia de las olas, como el mecanismo de un reloj. Tac, tac y el llanto fue cediendo suavemente hasta cesar por completo. Y entonces oyó la llamada.

—Amaia. —Sonó dulce y muy lejana, como antes el llanto del niño.

Ella continuó su ascenso, confiada, segura, estaba en la casa de su *amatxi* y nada malo podía pasarle allí.

—Amaia —llamó de nuevo la voz.

—Ya voy —contestó ella, y al oírse pensó en cuánto se parecían las dos voces, la que llamaba y la que contestaba.

Llegó al descansillo y permaneció quieta unos segundos para escuchar en la quietud de la casa el crepitar de los troncos en las chimeneas, los crujidos del suelo bajo su peso y la cadencia del tac, tac que, casi estuvo segura, provenía de arriba.

—Amaia —llamó la voz de niña triste.

Estiró su mano pequeña hasta tocar el pasamanos y emprendió el ascenso del último tramo mientras escuchaba cada vez con mayor claridad el tac, tac. Un paso, otro, casi al ritmo que marcaban los golpecitos hasta que llegó arriba. Entonces Ibai comenzó a llorar de nuevo y ella vio que su llanto procedía de la cuna, que en medio de la amplia habitación se balanceaba de un lado a otro, como si una mano invisible la meciera con fuerza hasta llegar al tope de madera que la frenaba. Tac, tac, tac, tac. Corrió hacia allí extendiendo los brazos para intentar frenar el balanceo de la cunita y entonces la vio. Era una niña, llevaba un camisón que era el suyo, se sentaba en un rincón del ático, el pelo rubio le caía por los hombros hasta la mitad del pecho y lloraba en silencio lágrimas tan densas y oscuras como aceite de motor, que se derramaban sobre su regazo empapando el camisón y tiñéndolo de negro. Amaia sintió un dolor profundo en el pecho al reconocer a la niña que era ella misma, muerta de miedo y abandono. Quiso decirle que no llorase más, que todo pasaría, pero la voz se quebró a mitad de su garganta cuando la niña alzó el muñón que quedaba del brazo que le faltaba y señaló la cuna en la que Ibai lloraba enloquecido.

—No dejes que la *ama* se lo coma como a mí.

Amaia se volvió hacia la cunita, y tomando al bebé corrió escaleras abajo mientras oía a la niña repetir su aviso.

—No dejes que la *ama* se lo coma.

Y mientras descendía a trompicones con Ibai apretado contra su pecho vio a los otros niños, todos muy pequeños y tristes que, alineados haciendo un pasillo, la esperaban a los lados de la escalera, y sin decir nada alzaban entre lágrimas sus brazos amputados mirándola con desolación. Gritó, y su grito atravesó el sueño y la sacó, sudada y temblorosa, de aquel trance con las manos apretadas contra el pecho como si aún portase a su hijo, con la voz de la niña clamando desde el inframundo.

James dormía, pero Ibai se movía inquieto en su cunita. Lo tomó en brazos sintiendo aún las reminiscencias del sueño y, aprensiva, encendió también la luz de la mesilla para conseguir disipar definitivamente los restos de la pesadilla. Miró el reloj y vio que pronto amanecería. Acostó al niño a su lado en la cama y le dio el pecho mientras él la miraba con ojos abiertos y le sonreía tanto que en más de una ocasión perdía el ritmo de succión, pero después de unos minutos comenzó a protestar demandando alimento. Amaia lo cambió al otro pecho pero pronto comprobó que sería insuficiente. Miró a su hijo con gran tristeza, suspiró y bajó a la cocina a hacerle un biberón. Al fin, la naturaleza estaba siguiendo su curso y la cantidad de alimento que podía darle a Ibai se había reducido debido a la disminución de las tomas; su cuerpo simplemente se estaba regulando. Ya casi no amamantaba al niño, ¿a quién quería engañar? A la naturaleza desde luego no. Regresó a la habitación, donde James ya se había despertado y atendía al pequeño. La miró sorprendido cuando tomó a Ibai en brazos, y mientras las lágrimas resbalaban por su rostro Amaia le dio el biberón.

15

Zarautz era el lugar donde quería vivir cuando era pequeña. La carretera guarecida de árboles que custodiaban la
avenida, las elegantes casas en primera línea junto al mar,
su agradable parte vieja con sus tiendas y sus bares, la gente
en la calle aunque lloviese, el aroma del mar bravo, salvaje,
atomizando el aire con agua en suspensión, y la luz, que
frente al mar es tan distinta de la de un valle entre montes,
como unos ojos azules lo son de unos negros. Ahora no
estaba tan segura, porque aunque hasta hacía muy poco
estuvo convencida de no amar a su pueblo, de no querer
volver a Elizondo, en el último año las tornas habían realizado un giro completo y nada de lo que había creído a
pies juntillas, nada de lo que creía estar segura permanecía
igual. La raíz clamaba, pedía el regreso de los que habían
nacido allí, en la curva del río, y ella oía la llamada pero
aún tenía fuerzas para ignorarla. Era la llamada de los
muertos la que no podía desatender, y lo sabía, entendía
que existía un pacto sobre su cabeza, una fuerza que la im-
pelía a enfrentarse una y otra vez a aquellos que querían
mancillar el valle. Pero allí, las convicciones flaqueaban.
Gruesos cúmulos blancos flotaban en el cielo sobre un mar
no del todo azul que se rompía en olas blancas y perfectas,
que atronaban con su cadencia la mañana invernal y luminosa en Zarautz. Unos surferos caminaban hacia la orilla,
lejana por la marea baja, portando sus tablas para unirse

al numeroso grupo que ya estaba en el agua. Dos hermosos caballos cruzaron ante sus ojos trotando por la arena compacta de la orilla. Elevó la mirada hacia las cristaleras de los edificios que ocupaban la primera línea frente al mar y pensó que debía de ser maravilloso despertar cada día viendo aquel furioso Cantábrico, poder permitírselo. Una breve ojeada al escaparate de una inmobiliaria de la zona dejaba constancia de que, como hacía ciento cincuenta años, cuando los primeros empresarios vascos y madrileños comenzaron a ubicar sus magníficas mansiones en aquella costa, aquél seguía siendo un lugar exclusivo para ricos. Buscó el edificio y ascendió por el acceso lateral hasta llegar al jardín urbano que rodeaba la entrada. Un portero con librea anunció su llegada y le indicó el piso. Salió del ascensor y vio la puerta abierta. Del interior, llegó flotando en las notas de una suave música la voz de su hermana.

—Entra, Amaia, y ponte un café, estoy terminando de arreglarme.

Si la intención de Flora era impresionarla, lo consiguió. Desde la misma entrada, que se abría a un inmenso salón, ya podía verse el mar. La cristalera exterior, levemente tintada de color naranja, cubría todo el frontal del piso del suelo al techo y la sensación era magnífica. Amaia se detuvo en medio del salón, abrumada por la belleza y la luz. La clase de lujo por la que valía la pena pagar dinero.

Flora entró en la estancia y sonrió al verla.

—Impresionante, ¿verdad? Lo mismo pensé yo la primera vez que entré aquí. Después me enseñaron otros pisos, pero ya no pude quitarme esta imagen de la cabeza en toda la noche. Al día siguiente lo compré.

Amaia consiguió despegar los ojos del ventanal para mirar a su hermana, que se había detenido a una distancia prudente y no parecía por la labor de acercarse más.

—Estás guapísima, Flora —dijo sinceramente.

Llevaba un traje rojo y estaba demasiado maquillada, pero el efecto era elegante y con clase.

Dio una vuelta entera para permitirle ver su atuendo por detrás.

—No puedo besarte, voy maquillada para televisión, rodaré dentro de hora y media.

«Seguro que es por eso», pensó Amaia.

Liberada de la obligación afectiva, Flora cruzó el salón sobre sus tacones y pasó a su lado dejando una huella invisible de caro perfume.

—Veo que las cosas te van muy bien, Flora; tu casa es preciosa —dijo prestando atención al lujoso interior en el que no había reparado aún—, y tú estás estupenda.

Flora regresó con una bandeja y dos tazas de café.

—No puedo decir lo mismo, estás delgadísima. Pensaba que todas las madres engordaban con el primer embarazo, no te vendrían mal un par de kilos.

Amaia sonrió.

—Ser madre es agotador, Flora, pero vale la pena. —No lo dijo con intención, pero pudo ver cómo Flora torcía el gesto—. ¿Cómo te va con el programa? —preguntó para cambiar de tema.

Su rostro se iluminó.

—Pues llevamos cuarenta programas emitidos en la televisión autonómica, y cuando íbamos por el décimo ya recibimos ofertas de las televisiones nacionales. La semana pasada firmamos el acuerdo para que se emita a partir de primavera y ya han adquirido por adelantado dos temporadas, así que ahora tengo que rodar a diario algunos días dos y tres programas, mucho trabajo, pero muy gratificante.

—A Ros también le va muy bien en el obrador, hasta han aumentado las ventas.

—Sí, ya —dijo con desdén—. Ros recoge el fruto de mi trabajo. ¿O crees que las cosas funcionan así de la noche a la mañana?

—No, por supuesto, sólo te digo que le va bien.

—Pues ya era hora de que espabilase.

Amaia se quedó en silencio durante algo más de un minuto mientras saboreaba el café y admiraba la característica forma de ratón que la costa dibujaba en Guetaria, mientras sentía crecer la incomodidad de Flora, que, sentada frente a ella, había terminado su café y se estiraba una y otra vez la falda de su impecable traje.

—¿Y a qué debo el honor de tu visita? —dijo por fin.

Amaia dejó la taza en la bandeja y miró a su hermana.

—Una investigación —soltó.

La sonrisa de Flora se torció un poco.

—Háblame de Anne Arbizu —dijo Amaia sin dejar de observar su rostro.

Flora se contuvo, aunque un leve temblor en la mandíbula la traicionó. Amaia pensó que lo negaría, pero una vez más su hermana la sorprendió.

—¿Qué quieres saber?

—¿Por qué no me dijiste que la conocías?

—No me lo preguntaste, hermanita, y por otro lado es perfectamente normal. He vivido toda mi vida en Elizondo, conozco a casi todo el mundo, por lo menos de vista, de hecho conocía a todas las chicas, excepto a esa chica dominicana. ¿Cómo se llamaba?

—Pero a Anne Arbizu la conocías más que de vista, tenías trato con ella.

Flora guardó silencio mientras calibraba cuánto sabía su hermana. Amaia se lo concedió.

—Alguien me contó que la vio salir del obrador por la puerta del almacén.

—Pudo venir a ver a algún empleado —propuso Flora.

—No, Flora, fue a verte a ti, os despedisteis efusivamente en la entrada.

Flora se puso en pie y caminó hacia el ventanal, impidiéndole ver su rostro.

—No sé qué importancia podría tener eso en el caso de ser así.

Amaia también se puso en pie, aunque no se movió.

—Flora, Anne Arbizu murió violentamente; Anne Arbizu mantenía una relación con tu cuñado Freddy; Anne Arbizu era la causante de todo el dolor que sufría Ros; Anne Arbizu mantenía algún tipo de relación contigo tan amistosa como para despediros con besos y abrazos. Anne Arbizu murió en el río a manos de tu ex esposo. Tú, Flora, mataste al hombre que había sido tu marido durante veinte años, y yo, independientemente de tu declaración y tu paripé, no me creo que lo hicieras en legítima defensa, porque si de algo estoy segura es de que Víctor hacía lo que hacía porque era incapaz de enfrentarse a ti, y habría caído muerto antes que osar amenazarte.

Flora apretaba la mandíbula y miraba al exterior, resuelta a no contestar.

—Te conozco, Flora, sé lo que pensabas sobre las víctimas y el modo en que terminan las chicas perdidas. Aún recuerdo palabra por palabra cómo defendías al guardián purificador que castigaba la insolencia de aquellas putillas. Sé que las chicas te importaban una mierda, y que si decidiste parar a Víctor no fue porque estuviera sembrando el valle de niñas muertas. Yo creo que fue porque tocó a Anne y ése fue su error.

Flora se dio la vuelta muy despacio, todos sus gestos evidenciaban el esfuerzo que hacía por contenerse.

—No digas tonterías, todo lo que dije fue para provocarle. Sospechaba de él, yo le conocía, como bien has dicho estuve veinte años casada con él, y claro que me amenazó, tú estabas allí, me gritó y dijo que me mataría.

Amaia rió a carcajadas.

—Ni de coña, Flora, no es verdad. Si Víctor era como era, fue en buena parte por estar sometido a tu yugo. Él te adoraba, te veneraba y te respetaba, a ti, únicamente a ti, y tienes razón, yo estaba allí y no vi nada de eso. Oí el primer disparo, que estoy segura de que tuvo que derribarlo, y cuando llegué te vi disparar de nuevo... Creo que realmente te vi rematarlo.

—No tienes pruebas —gritó enfurecida, volviéndose de nuevo hacia la cristalera.

Amaia sonrió.

—Tienes razón, no las tengo, pero de lo que sí tengo pruebas es de que Anne Arbizu era bastante más oscura y complicada de lo que podía parecer viendo su carita de ángel. Una maquinadora casi psicopática que ejercía su influencia sobre todos los que la conocieron. Quiero saber qué relación tenías con ella, quiero saber qué influencia ejercía sobre ti, y si la amabas tanto como para vengar su muerte.

Flora apoyó su cabeza contra el cristal y se quedó inmóvil unos segundos, después emitió un sonido gutural y gimió mientras apoyaba también las manos para sostenerse. Cuando se volvió, su rostro estaba arrasado de lágrimas que habían arruinado por completo el elaborado maquillaje. Caminó a trompicones hasta el sofá y se dejó caer desmayadamente, sin dejar de llorar. El llanto brotaba de lo más profundo de su pecho, arrancándole suspiros ahogados con una desesperación tal que parecía que jamás dejaría de llorar. La amargura y el dolor la desolaban y se abandonaba al llanto de un modo que a Amaia le conmovió. Se dio cuenta de que era la primera vez que veía llorar a Flora; ni siquiera cuando era pequeña la había visto nunca soltar una lágrima. Y se preguntó si no se habría equivocado. Las personas como Flora van por el mundo con una armadura de acero que las hace parecer insensibles, pero dentro, bajo todo el peso del metal, no deja de haber piel y carne, sangre y corazón. Quizá se equivocaba, quizá su ofensa provenía del dolor que le había causado tener que disparar contra Víctor, un hombre al que quizás había amado a su manera.

—... Flora..., lo siento.

Flora levantó la cabeza y Amaia pudo ver su rostro demudado; en sus ojos no había rastro de conmiseración o agravio, sino de ira y rencor. Sin embargo, cuando habló lo hizo fría y lentamente, y su tono resultó absurdo y amenazador de un modo que le provocó escalofríos.

—Amaia Salazar, deja de meter tus narices en esto, deja de perseguir a Anne Arbizu, olvídala, porque esto te viene grande, hermanita, no sabes dónde te metes ni de lo que estás hablando, todo tu método criminalístico es inservible en este caso. Déjalo ahora, que aún estás a tiempo.

Después se levantó y se dirigió al baño.

—Estarás contenta —dijo, y luego añadió—: Cierra la puerta al salir.

Cuando caminaba hacia la puerta reparó en una fotografía de Ibai que le miraba desde un precioso marco de plata antigua. Se detuvo un instante a observarlo y mientras salía pensó que su hermana era la persona más extraña que conocía.

Zuriñe Zabaleta vivía en la Alameda Mazarredo, desde donde se obtenía una vista inmejorable del museo Guggenheim. La entrada de mármol blanco y negro ya evidenciaba la solera de un edificio de estilo francés y cuidados detalles que se habían mantenido en el interior: puertas francesas que llegaban hasta el alto techo, con molduras de pecho de paloma y paredes paneladas en madera. Reconoció obras de algunos conocidos pintores y en una esquina del salón una escultura de James Wexford que le hizo sonreír, llamando la atención de la propietaria, que salió a su encuentro diciendo:

—Oh, es una obra de un escultor norteamericano, tiene carácter, ¿verdad?

—Es magnífica —respondió, consiguiendo de inmediato la simpatía de la mujer.

Vestía de modo sobrio, con prendas evidentemente caras que la hacían parecer más mayor de lo que realmente era. La condujo hasta un grupo de sillones dispuestos de manera que se obtuviese la mejor vista del Guggenheim, cuyas planchas refulgían con su extraño brillo mate. La invitó a sentarse.

—El policía con el que hablé ayer me dijo que quería hacerme algunas preguntas sobre el asesinato de mi hermana. —La voz se notaba educada y contenida pero se quebró un poco al mencionar el crimen—. No imaginaba que después de tanto tiempo...

—Su familia es originaria de Baztán, ¿verdad?

—Mi madre era de Ziga; mi padre pertenece a una familia de empresarios muy conocida en Neguri. Mi madre venía a Getxo de vacaciones y así se conocieron.

—Pero ¿su hermana nació en Baztán?

—Eran otros tiempos y mi madre quiso ir a dar a luz a su casa. Siempre contaba lo mal que lo pasó, imagínese un parto de primeriza en casa. Cuando me tuvo a mí ya lo hizo aquí, en el hospital.

—Necesito que me cuente cómo era la relación entre su hermana y su cuñado.

—Mi cuñado era un directivo de Telefónica, en mi opinión un tipo bastante aburrido, pero mi hermana se enamoró de él y se casaron. Vivían en Deusto, en una zona muy bonita.

—¿Trabajaba, su hermana?

—Nuestros padres fallecieron cuando yo tenía diecinueve años, al poco de casarse Edurne, y nos dejaron bastantes propiedades, además de un fondo en fideicomiso que nos permite dedicarnos a lo que nos gusta; en el caso de Edurne, era presidenta de Unicef en el País Vasco.

—No había denuncias por malos tratos anteriores, pero quizás usted presenciase algún tipo de situación...

—Nunca, ya le he dicho que él era un tipo bastante gris, un soso que sólo hablaba de trabajo. No tenían hijos, así que salían bastante pero en plan tranquilo, teatro, ópera, cenas con otras parejas, en ocasiones conmigo y con mi esposo, uno de esos matrimonios que parece que siguen juntos por costumbre pero en el que ninguno de los dos da el paso... Y nunca vi señal alguna de que pudiera hacer algo así, excepto porque unos meses antes mi hermana me comentó que cada vez pasaba más tiempo fuera, llegaba tarde por las noches y un par de veces lo pilló en mentiras sobre dónde y con quién había estado. Mi hermana sospechaba que se veía con otra mujer, aunque no tenía pruebas; de cualquier modo ella no estaba dispuesta a soportarlo. Por supuesto, yo la interrogué sobre si alguna vez le había puesto la mano encima. Me dijo que no, aunque a veces cuando lo irritaba demasiado con sus preguntas, la emprendía a golpes con los muebles, o en el transcurso de alguna de las broncas arrojaba lo que tenía más a mano. Un día, mientras tomábamos café, de pronto comenzó a hablar de divorcio, más como una idea que se estuviera planteando que como una decisión tomada. Por supuesto la apoyé, le dije que estaría a su lado si se decidía y ésa fue la última vez que la vi con vida; la siguiente fue en el depósito de cadáveres y tenía el rostro tan desfigurado que tuvo un velatorio con el ataúd cerrado. —Se detuvo un instante mientras evocaba la imagen—. El forense dijo que murió a consecuencia de los traumatismos, la mató a golpes, ¿se imagina lo salvaje que tiene que ser alguien para golpear a una mujer hasta matarla?

Amaia la miraba en silencio.

—Después de matarla, destrozó todo el piso, redujo los muebles a astillas, rasgó toda la ropa de mi hermana e intentó prender fuego a la casa, en un pequeño incendio que se autoextinguió. En su hazaña destructiva, se fracturó casi todos los dedos de las manos y alguno de los pies. Había tanta sangre de él como de mi hermana y cuando acabó, se tiró por la ventana del octavo piso. Murió antes de que llegara la ambulancia.

—¿Los vecinos no oyeron nada?

—Es un edificio muy exclusivo, parecido a éste. Ocupaban toda una planta y por lo visto a esa hora no había nadie, ni arriba ni abajo.

Se detuvo un instante antes de formular la pregunta crucial:

—¿Le amputó un miembro?

—El forense dijo que fue después, cuando ya estaba muerta. No tiene sentido —gimió—. ¿Por qué tenía que hacer eso?

Cerró los ojos un par de segundos y continuó:

—No apareció, lo buscaron hasta con perros de la Ertzaintza por todo el edificio, porque tenían la seguridad de que no había salido del bloque. Hay portero, y juró que no se había movido de su sitio y era imposible que hubiera pasado por alto verle salir y entrar de nuevo completamente ensangrentado. Además, había cámaras y aunque existía un ángulo muerto por el que pudo haber pasado, sirvieron para constatar que el portero no se movió de su puesto. No había huellas en el portal, en el ascensor o en la escalera, y era imposible que no las dejase, teniendo en cuenta que las había dejado a miles por toda la casa y sus zapatos estaban anegados en sangre.

Suspiró y se inclinó hacia atrás, apoyándose en un cojín. Parecía exhausta, pero añadió:

—No sé de dónde le salió la sangre al gusano ese, ni en un millón de años habría imaginado que un carácter tan pusilánime tuviera redaños para hacer lo que le hizo.

—Sólo un par de cosas más y la dejaré descansar.

—Claro.

—¿Dejó una nota, un mensaje?

—¿Uno? Dejó más de una docena escritos por las paredes con su propia sangre.

—Tarttalo —afirmó Amaia.

La mujer asintió.

Amaia se adelantó en su asiento inclinándose hacia la chica.

—Debe comprender que esto forma parte de una investigación y no puedo revelarle más, pero creo que su ayuda podría arrojar algo de luz sobre este caso y contribuir a localizar los restos de su hermana que no aparecieron.

Ella sonrió para intentar contener la mueca de dolor que crispaba su rostro y Amaia le tendió un *stick* con un bastoncillo en su interior.

—Si lo frota por la cara interna de la mejilla será suficiente.

El navegador indicaba que Entrambasaguas pertenecía a Burgos y estaba a 43 kilómetros y 50 minutos en coche desde Bilbao, y en Google encontró una página en la que decía que tenía 37 habitantes. Resopló; los pueblos pequeños le causaban una sensación de claustrofobia que no podía explicar. Sin lugar a dudas, el maltrato y el machismo no estaban ligados de ningún modo al ámbito rural, por lo menos no más de lo que lo estaban a cualquier otro grupo o lugar, pero siempre acudía a su mente el recuerdo de su infancia de sentirse atrapada en el lugar donde había nacido. Era absurdo, no habría sido distinto de haber vivido en una gran ciudad, no lo había sido para Edurne en Bilbao, hermanada para siempre con aquella otra mujer de Entrambasaguas con la que jamás había cruzado una palabra. Condujo atenta a la carretera, que iba complicándose según avanzaba con una constante lluvia de aguanieve que se transformó en gruesos copos cuando cruzó el puente y entró en Entrambasaguas. Frenó en la pequeña plazuela tratando de ubicarse y se sorprendió con la estampa navideña que ofrecía un viejo lavadero de piedra en muy buen estado que reinaba en mitad de la plaza, junto a un abrevadero y una fuente de un solo caño.

—¡Agua para todos! —exclamó mientras emprendía la búsqueda de la casa.

Rodeada de una gran pradera y bastante iluminada, la casa era más bien un chalet, con tejado a cuatro aguas y unas escaleras de acceso custodiadas por enormes maceteros que contenían arbolitos ornamentales. La nieve aumentaba el efecto de postal navideña que ya le había cautivado en el lavadero de piedra. Dejó el coche en el límite de la pradera, y caminó por un sendero de lajas rojizas que ya comenzaba a desaparecer bajo la fuerza de la nevada.

La mujer que le abrió la puerta podía tener la edad de su tía, pero los parecidos terminaban ahí. Era muy alta, casi tanto como Amaia, y bastante gruesa; aun así se movió con seguridad mientras la guiaba hasta el salón, donde un buen fuego ardía en la chimenea.

—Las dos sabíamos que al final la mataría —dijo serenamente.

Amaia se relajó. Era difícil interrogar a los familiares de una víctima sin exponerse a las explosiones emocionales. En la mayoría de los casos, optaba por mantener las distancias y una postura profesional que invitase a la confidencia sin llegar a establecer un vínculo afectivo. Como en el caso de Bilbao, lo mejor era comenzar enseguida, con preguntas directas y concisas, evitar la mención de aspectos escabrosos siempre que fuera posible, soslayar conceptos como cadáver, sangre, cortes, heridas o cualquier otro tipo de acepciones que evocaran aspectos muy visuales y llevaran a los familiares a situaciones de gran sufrimiento, pérdida de los nervios y consiguiente retraso en la investigación. Pero de vez en cuando tenía suerte y se encontraba con un testigo como éste. Había comprobado que, a menudo, eran personas solitarias muy cercanas a la víctima y que se caracterizaban por haber tenido mucho tiempo para pensar. Sólo había que dejarles hablar. La mujer le tendió una taza de té y continuó.

—Él era un hombre malo, un lobo que llevó piel de cordero sólo hasta el día en que se casó con mi sobrina, desde ese momento ya sólo fue lobo. Celoso y posesivo, nunca le permitió trabajar fuera de casa, a pesar de que ella había estudiado secretariado y de soltera trabajaba en Burgos como administrativa en un almacén. Poco a poco, fue obligándole a cortar la relación con sus amigas y alguna vecina cercana. Yo era la única persona con la que tenía trato, y si lo permitía era más porque así la tenía vigilada que por otra cosa, y bueno, yo era su tía, hermana de su padre y el único familiar que le quedaba vivo, excepto una tía abuela por parte de la madre en Navarra, pero que falleció hace dos años. Ese hombre no la golpeaba, pero la obligaba a vestir como una campesina, no llevaba tacones ni maquillaje, ni siquiera la dejaba ir a la peluquería, llevó el pelo largo recogido en una trenza hasta el día en que murió. No le permitía ir sola a ningún lado y cuando era imprescindible que saliera, yo tenía que acompañarla, al mercado, a la farmacia o al médico. La pobre siempre estuvo muy delicada de salud. Era diabética, ¿sabe? Durante años, traté de convencerla para que lo abandonase, pero ella sabía, y yo tuve que admitirlo, que si lo dejaba no pararía hasta encontrarla y acabar con ella.

Se detuvo y miró a un punto perdido en el interior de la chimenea. Cuando habló de nuevo, su voz delató el remordimiento.

—Así que lo único que hice fue seguir aquí, a su lado, intentando que las cosas fueran lo menos malas posibles. Ahora me arrepiento cada día, tendría que haberla obligado. Hay grupos que ayudan a las mujeres a huir..., lo vi el otro día en la televisión...

Una lágrima resbaló por su rostro y se apresuró a secarla con el envés de su mano, mientras le indicaba un portarretratos encima de la mesita auxiliar. Una mujer pálida y ojerosa sonreía feliz a la cámara, mientras sostenía por las patas delanteras a un perrito simulando bailar con él.

—Ésa es María con el perrito... Todo fue por el perrito, ¿sabe? Ese chucho apareció por aquí a finales de un verano y ella se volvió loca de contenta, imagino que en parte porque no habían tenido hijos y el chucho era muy cariñoso. Él no dijo nada y ella..., bueno, yo nunca la había visto tan feliz y, claro, él no podía dejar que eso ocurriera. Le dejó encariñarse con el perro durante tres o cuatro meses y un día lo ahorcó, colgándolo por el cuello en ese árbol de la entrada. Cuando ella lo vio, pensé que iba a volverse loca de cómo chillaba. Él se sentó a la mesa y pidió su comida, pero ella fue al cajón y cogió un cuchillo. Él le gritó, pero ella le miró a los ojos con una furia que le hizo tomar conciencia de que esta vez se había pasado. Salió fuera y cortó la cuerda, abrazó al perrito muerto y estuvo llorando hasta que se cansó. Después fue al garaje, cogió una pala, cavó una tumba al pie del árbol y enterró al animal. Cuando terminó tenía las manos en carne viva. Él seguía sentado, muy serio, sin decir nada. Ella entró, arrojó la cuerda encima de la mesa y se fue a la cama. El disgusto la tuvo dos días postrada. Desde entonces, María cambió, perdió toda la alegría, la pobrecita, estaba seria todo el tiempo, pensativa, y a veces lo miraba como sin verlo, como si lo traspasase con los ojos, y él ni levantaba la cabeza. Eso sí, huraño como siempre, pero no se atrevía a mirarla. Nunca estuve tan segura como entonces de que lo abandonaría, hasta le dije que podía venir a casa, o que podía darle algo de dinero para que fuese a otro lugar, pero ella estaba serena como nunca. Me dijo que no me pondría en peligro yendo a mi casa y que si alguien tenía que irse de esta casa era él. Esta casa era de ella, su padre se la compró cuando se prometió y estaba sólo a su nombre. A los pocos días, vine una mañana y me extrañó que no se hubiera levantado, pero como estaba tan delicada... Yo tenía llave, así que entré. Todo estaba en orden, fui a la habitación. Al principio creí que dormía. Estaba acostada boca arriba, los ojos cerrados y la boca entreabierta, pero no dormía, estaba muerta. Dijeron que se había colocado sobre ella y la había asfixiado con una almohada mientras dormía. No tenía más heridas, excepto lo del brazo. No lo vimos hasta que los policías la destaparon.

Amaia contuvo el aliento, mientras la mujer se explicaba.

—Dijeron que se lo había hecho después de muerta. Ya ve usted, ¿para qué? También le cortó el pelo, ni siquiera me di cuenta cuando entré, pero cuando la movieron vi que tenía una calva en la nuca —dijo la mujer, pasándose una mano por su propio cuello.

—A él lo encontraron ahorcado en un huerto propiedad de su familia, a dos kilómetros de aquí. Ya ve qué ironía, colgado de un árbol, igual que el perrito.

La mujer quedó en silencio y hasta sonrió amargamente, mientras miraba la foto. Amaia echó un vistazo alrededor.

—¿Le dejó la casa?

La mujer asintió.

—Y me atrevo a pensar que ha conservado sus cosas...

—Tal como las dejó.

—¿Quizá guarde un cepillo de dientes o del pelo?

—Es para el ADN, ¿verdad? Yo veo esas series de la televisión de forenses. Ya lo había pensado y creo que tengo algo que puede servirle. —Tomó de la superficie de la mesa un cofre de madera y se lo tendió.

Al abrirlo, no pudo evitar que su mente viajara hasta el día en que, sentada en una banqueta de la cocina, su madre le había rapado la cabeza después de trenzarle el largo cabello. Instintivamente, se llevó la mano a la cabeza y al darse cuenta la bajó, mientras intentaba recuperar el control. En el fondo del cofre, una trenza de pelo castaño aparecía enroscada como un animalito dormido. Amaia bajó la tapa para no tener que verla.

—Me temo que no servirá, no se puede extraer ADN del cabello cortado, ha de tener folículo.

No era del todo cierto, había nuevas y caras técnicas capaces de extraer ADN también del cabello cortado, pero era más costoso y complicado, y los folículos pilosos facilitaban el proceso.

—Fíjese bien —contestó la mujer—, parte del pelo está cortado, pero ya le he dicho que tenía una calva en la nuca, parte se los arrancó con raíz. Lo dejó junto a una nota al pie del árbol donde se colgó.

Amaia abrió de nuevo el cofre y miró, aprensiva, el pelo.

—¿Dejó una nota? —preguntó, sin dejar de mirar la gruesa trenza.

—Sí, pero algo absurdo, sin sentido. La policía se la quedó y yo no consigo recordar lo que ponía, era una sola palabra, algo como el nombre de un pastel.

—Tarttalo.

—Sí, eso es, Tarttalo.

Nevaba profusamente cuando salió de Entrambasaguas, se detuvo un instante junto al lavadero y programó el GPS hasta Elizondo. Doscientos kilómetros por delante, así que se entregó a la tarea de conducir bajo la nevada, mientras miraba de soslayo la bolsa que contenía las dos muestras de ADN: la cápsula con la saliva de la hermana de Edurne Zabaleta y la trenza de María Abásolo. Tenía que establecer cuanto antes la relación: si podía probar que en efecto existía correspondencia entre las víctimas y los huesos hallados en la cueva, tendrían al menos la prueba de que él existía. La sola idea de un asesino tan poderoso y manipulador como para convencer a alguien, aunque ese alguien fuese un ser violento, sin demasiado control de sus impulsos, de llevar a cabo un crimen en el momento en que al manipulador le convenía, era extraordinaria; sin embargo, no tan rara. El tipo de asesino inductor estaba siendo investigado en los últimos años por el FBI como elemento prioritario, en un país en el que, al contrario que aquí, se condenaba con tanta dureza a los inductores y los cómplices como a los ejecutores. La figura del inductor cobraba relevancia cuando se había probado que este tipo de asesino es capaz de hacer formar parte de su plan maestro a personas de toda índole, que actuaban como sus más fieles servidores. Era más conocido el caso de inducción al suicidio en sectas seudorreligiosas, y el poder y la capacidad de gobierno sobre los demás que mostraban era espeluznante. Sonó el teléfono y la sacó de sus cavilaciones. Puso el manos libres y contestó al doctor San Martín.

—Buenas tardes, inspectora. ¿La pillo en buen momento?

—Voy conduciendo, pero tranquilo, llevo el manos libres.

—Tenemos ya los resultados de los análisis de los huesos de la profanación de Arizkun, y querría comentarlos con usted.

—Claro, dígame.

—Por teléfono no, será mejor que venga a Pamplona. He quedado con su comisario en su despacho a las siete, ¿podrá estar aquí?

Amaia consultó la hora en el panel.

—Quizás a las siete y media, está nevando por el camino.

—A las siete y media entonces, yo se lo comunicaré al comisario.

Amaia colgó, molesta por la perspectiva de tener que detenerse en Pamplona. Llevaba todo el día fuera de casa y ya suponía sobre qué iba a versar la reunión. Aquella bobada de la profanación tenía a todo el mundo alterado. El alcalde, el arzobispo, el agregado del Vaticano y por supuesto el comisario, que los tenía que oír a todos, y de rebote ella, y la verdad es que no sabía qué iba a decirle. Las pistas en el pueblo no habían conducido a nada, las profanaciones no habían vuelto a producirse desde que había vigilancia. Seguramente los autores pertenecían a algún grupo de jóvenes seudosatanistas, disuadidos definitivamente por la presencia policial, algo que perfectamente podía solucionar el arzobispo poniendo unas cámaras o contratando seguridad privada. Si esperaban que les proporcionase a alguien a quien crucificar, iban a sentirse muy decepcionados.

Aparcó en la comisaría y se estiró, sintiéndose entumecida y un poco mareada de conducir tan atenta bajo la nevada. Subió a la segunda planta, y sin anunciarse llamó a la puerta del despacho de su superior.

—Pase, Salazar. ¿Cómo está?

—Bien, gracias.

San Martín, que ya ocupaba una de las dos sillas de confidente, se levantó para tenderle la mano.

—Siéntense —invitó el comisario haciendo lo mismo.

Sobre la mesa, varias carpetas de informes científicos delataban que ya habían estado discutiendo el tema. Amaia repasó mentalmente los puntos del informe que expondría y esperó a que el comisario hablase.

—Inspectora, la he mandado llamar porque el caso de las profanaciones ha dado un giro inesperado y sorprendente con el resultado de los análisis de los huesos hallados en la iglesia de Arizkun. Habrá notado que han tardado un poco más de lo normal, y esto es así porque cuando el doctor San Martín me comunicó los resultados, le pedí que repitiese las pruebas, que se han realizado hasta un total de tres veces.

Amaia comenzaba a sentirse confusa. La reunión no iba en absoluto en la dirección que había esperado. Los ojos se le iban a las carpetas con los resultados, ardía en deseos de ver de una vez lo que ponían. En lugar de eso se mantuvo serena, escuchando y esperando ver adónde conducía todo aquello.

San Martín se volvió un poco en la silla, dirigiéndose a ella.

—Salazar, quiero constatar que yo mismo me ocupé de custodiar y comprobar el resultado del segundo y tercer análisis, y puedo garantizar la veracidad de los resultados.

Amaia comenzaba a inquietarse.

—Confío en su profesionalidad, doctor —dijo, apremiante.

San Martín miró al comisario, que a su vez la miró a ella antes de asentir, autorizándole a hablar.

—Los huesos se hallaban en buen estado de conservación y aunque habían sido quemados por un extremo, no hubo dificultad para realizar las pruebas. Llegamos a la conclusión de que pertenecían a un varón de unos nueve meses prenatales o un mes de vida. Un recién nacido, y tienen una antigüedad de ciento cincuenta años aproximadamente, con un error de cinco años.

—Coincide bastante con la idea que expuso el subinspector Etxaide sobre que fuese un mairu-beso, un brazo de mairu.

—Como le he dicho, el interior del hueso estaba bastante bien conservado, por lo que no hubo problemas para realizar un análisis de ADN rutinario como parte de las pruebas. Ya sabe que cuando tenemos ADN desconocido, por defecto se comprueba la base de datos de ADN, el CODIS. —El doctor se detuvo y suspiró—. Aquí viene la parte sorprendente. Al realizar la comprobación rutinaria se halló correspondencia.

—¿Se correspondía con alguien que está en la base de datos? Pero eso es imposible, me acaba de decir que los huesos tenían ciento cincuenta años y además pertenecían a un recién nacido... Es imposible que su ADN esté en el CODIS.

—No el del feto, pero si el de un familiar. Hemos encontrado correspondencia en un veinticinco por ciento con usted.

Amaia miró, interrogante, al comisario.

—Así es —corroboró él—. El doctor me lo comunicó de inmediato y le ordené repetir el proceso desde el principio y con la mayor discreción. Las primeras pruebas habían sido realizadas en Nasertic, el laboratorio con el que habitualmente trabajamos; en vista de los resultados, lo enviamos al laboratorio de Zaragoza y al de San Sebastián, con idéntico resultado.

—Eso significa...

—Eso significa que los huesos que aparecieron en la profanación de la iglesia de Arizkun pertenecían a un familiar suyo, que esa criatura es su antepasado en cuarto o quinto grado.

Amaia abrió las tapas de los informes y leyó con avidez. Tanto el enviado desde Zaragoza como el de San Sebastián estaban firmados por forenses que eran una autoridad en la materia.

Su mente funcionaba a pleno rendimiento, asimilando datos y estableciendo nuevos criterios que florecían sobre los anteriores, mientras el comisario y el forense continuaban hablando y ella apenas podía prestar atención a otra cosa que no fuera la voz que en su cabeza aseveraba «No existen las casualidades», «nada es porque sí».

«La elección de la víctima nunca es casual», «¿cuál fue el inicio?», casi oyó a Dupree.

—Necesito hacer una llamada —dijo, interrumpiendo a San Martín.

El comisario la miró extrañado, sin disimular su sorpresa. Ella le miró decidida, sin mostrar vacilación.

—Señor, continuaremos hablando, pero primero tengo que hacer una llamada.

El comisario asintió, autorizándola. Se puso en pie, cogió su móvil y salió al pasillo. Etxaide respondió al momento.

—Qué tal, jefa, ¿cómo ha ido?

—Bien, Jonan. Necesito que respondas a una pregunta. Si tienes que consultarlo o necesitas más tiempo dímelo, pero tenemos que estar seguros.

—Claro —contestó él muy serio.

—Es sobre los mairu-beso, me dijiste que son huesos de niños muertos antes de bautizarse. ¿Existe algún dato sobre la utilización de brazos de adultos? ¿Hombres o mujeres?

—No tengo que consultarlo. Categóricamente, no. Es imposible, porque la naturaleza místico-mágica del mairu-beso le viene otorgada precisamente por las circunstancias. Por un lado, estar sin bautizar. Esto podría darse también en un adulto, aunque es poco probable en aquellos tiempos en los que el bautismo era una imposición religiosa, pero también social y cultural, ya que evidenciaba pertenencia a un grupo. Si no se era cristiano es porque se era judío o musulmán, que es de donde procede la palabra mairu, o moro, una manera despectiva de llamar a los musulmanes, y que significa no cristiano. Pero, por otro lado, está la edad, tenía que ser un feto, una criatura abortiva, o un muerto al nacer o durante los primeros meses de vida. La Iglesia tenía un protocolo establecido para esto, y no bautizaba a los enfermos o moribundos, así que los niños solían ser bautizados cuanto antes para evitar que debido a la altísima mortandad infantil acabasen enterrados al pie de un crucero o fuera del muro del cementerio, junto a los suicidas y los asesinos. Pero desde luego no podía ser un adulto. La creencia decía que el alma de un recién nacido está en tránsito, y este período en el que permanece entre los dos mundos es lo que despierta las cualidades mágicas de mairu-beso. Esto aplicado a la profanación del cadáver y el uso de su brazo, pero en condiciones normales, también se les adjudicaban poderes especiales. Se creía que los espíritus de los niños muertos sin bautizar no podían ir al cielo ni al infierno, ni regresar al limbo de donde habían salido, así que se quedaban en la casa de los padres como entidades protectoras del hogar. Está documentado que en algunos casos las familias continuaban preservando su cuna o le asignaban un sitio en la mesa, llegando a ponerle su plato de comida. No se le ponía su ropa o su nombre a un nuevo hermano porque si no el dueño original reclamaba su propiedad, llevándose al nuevo hermano a la muerte; sin embargo, si se le trataba con respeto, el mairu era muy beneficioso en la casa, llenándola de alegría y acompañando en el juego a sus hermanos, que según la creencia popular podían verle mientras ellos mismos estuvieran en tránsito, desde el nacimiento hasta más o menos los dos años de vida. Esto explicaría los juegos, parloteos y sonrisas que a veces los bebés dedican a alguien que parecen ver sólo ellos.

Amaia suspiró.

—Vaya...

—La aparición en distintas culturas de estos espíritus infantiles en el hogar es más frecuente de lo que parece. En Japón, por ejemplo, los llaman *zashiki warashi*, el espíritu del salón, y afirman que es una presencia beneficiosa que llenará de alegría la casa donde esté... Espero haberle servido de ayuda —dijo Jonan.

—Siempre eres de ayuda, es sólo que tenía una idea y..., bueno, ahora no puedo explicártelo, pero te llamo en media hora.

Colgó y entró de nuevo en el despacho, donde los dos hombres, que habían estado hablando, se interrumpieron.

—Siéntese —le dijo el comisario—. Doctor, dígale eso que me explicaba...

—Sí, le decía al comisario que hay algunos aspectos que tener en cuenta. Usted es de una localidad de pocos habitantes. No sé cuántos tendría hace ciento cincuenta años, pero seguro que no eran muchos, ni la sociedad era tan móvil como hoy. A lo que voy es que es normal que en una pequeña comunidad se dieran coincidencias parciales de alelos comunes en varias familias, porque es fácil que de alguna manera, en el presente o en el pasado, las distintas familias estuvieran emparentadas.

Amaia lo valoró y lo descartó.

—No creo en las casualidades —afirmó rotunda.

El comisario la secundó.

—Yo tampoco.

—Lo puso allí para mí, para provocarme, sabía que hallaríamos la coincidencia, y con esto me manda un mensaje.

—Salazar, por Dios —se lamentó el comisario—, siento que se vea involucrada de este modo; la provocación por parte de un delincuente siempre supone un reto para un policía..., pero ¿en qué está pensando usted?

Amaia se tomó unos segundos para ordenar su mente y respondió:

—Creo que no hay nada casual en todo esto, creo que las profanaciones en la iglesia de Arizkun están orquestadas con el único fin de llamar mi atención. Si el caso no me hubiese sido asignado, lo sería ahora con el hallazgo de la coincidencia del ADN de los huesos. Llama mi atención porque soy la jefa de homicidios y llevé el caso del basajaun; eso me dio una popularidad que a este individuo le interesa. Se cree muy listo y busca a alguien que esté a la altura de sus perspectivas para batirse en una especie de duelo o juego del gato y el ratón. Existen amplios expedientes documentados de criminales que se comunicaron de un modo u otro con distintos jefes de policía o que incluso eligieron a quién poner al frente de la investigación con su empeño en dirigirse a ellos, como en el caso de Jack el destripador... Necesito un poco más de tiempo para asimilar esto y elaborar un perfil a la vista de los nuevos datos.

El comisario asintió.

—Voy a informar al comisario de Baztán y al inspector Iriarte. Abriremos una investigación paralela para localizar el origen de los huesos y la tumba o tumbas de su familia de las que fueron extraídos.

—No se moleste, es un mairu-beso, el brazo de un niño muerto sin bautizar, y los niños muertos sin bautizar no se enterraban oficialmente en los cementerios en aquel entonces.

Esperó a estar fuera de la comisaría para volver a llamar. Consultó su reloj, eran casi las ocho. Echaba de menos a James y a Ibai; llevaba todo el día fuera de casa y aún tendría que conducir algo más de media hora hasta Elizondo. Ya no nevaba, y el frío de la tarde, que se había convertido en noche hacía horas, la estimuló haciéndola temblar y contribuyendo a aclarar su mente, a cerrar en un departamento estanco lo que acababa de oír en la comisaría y a trazar un plan de trabajo. Se detuvo junto a la puerta del coche, marcó el número del teniente Padua de la Guardia Civil y le explicó lo que necesitaba.

—He obtenido unas muestras de ADN de víctimas de casos idénticos al de Johana Márquez, Lucía Aguirre y el de Logroño. Necesito acceso a los huesos hallados en la cueva para compararlos.

—Sabe que si no lo recogió alguien del laboratorio criminalístico no tendrá valor judicial.

—No me preocupa el valor judicial, oficialmente no tengo ningún caso, y obtendré más si es necesario; tengo a familiares directos. Lo que necesito ahora es poder compararlo con los huesos hallados en la cueva: si hubiera coincidencia estaría estableciendo una serie y no tendría dificultades para obtener una orden de exhumación de los cadáveres. Ahora mismo son los maridos los que aparecen como responsables de las amputaciones. Si no logro establecer la relación entre las víctimas y los huesos de Baztán, no tengo nada.

—Inspectora, sabe que quiero ayudarla, yo la metí en esto, pero de sobra conoce el problema de competencias entre los cuerpos de policía; si no obtiene una orden judicial, no se los darán.

Colgó y se quedó mirando el teléfono como si se debatiese entre marcar o arrojarlo lejos de sí.

—Maldita sea —dijo marcando el número personal del juez Markina.

La voz masculina y educada del juez le respondió al otro lado.

—Buenas tardes, inspectora —saludó.

Al oír su voz, se sintió de pronto turbada y se sorprendió pensando en su boca, en la línea definida que dibujaba sus labios húmedos y llenos. Como una adolescente, tuvo el impulso de colgar el teléfono, abrumada por la vergüenza.

—Buenas tardes —acertó a contestar.

El juez permaneció en silencio pero pudo oír su respiración al otro lado de la línea, y sin proponérselo imaginó cómo sería la calidez de su aliento en la piel. A pesar del intenso frío, enrojeció hasta la raíz del pelo.

—Señoría, la investigación del caso que le expuse ha avanzado en la dirección que esperaba. He obtenido muestras de ADN de dos víctimas más y necesitaría poder compararlas con los huesos que aparecieron en Baztán y que están bajo la custodia de la Guardia Civil.

—¿Está en Pamplona?

—Sí.

—Está bien, en media hora en el restaurante Europa.

—Señoría —protestó—. Creo que fui muy clara en nuestra última entrevista respecto al interés que me mueve en este caso.

Pareció dolido cuando contestó:

—Me quedó claro, inspectora, acabo de llegar de viaje y voy a cenar en el Europa, es lo más pronto que puedo recibirla. Pero, si lo prefiere, puede venir a mi despacho mañana a partir de las ocho de la mañana. Llame a mi secretaria y ella lo arreglará.

De pronto se sintió estúpida y pretenciosa.

—No, no, lo siento, en media hora estaré allí.

Colgó el teléfono, recriminándose su torpeza.

«Habrá creído que soy una imbécil», pensó mientras se metía en el coche.

Antes de arrancar hizo otra llamada al subinspector Etxaide y le contó las novedades sobre su viaje a Bilbao y Burgos, y la reunión con el comisario. Al fin y al cabo, a Jonan se lo debía.

Al bar del Europa se accedía por la fachada adyacente al restaurante, junto a la puerta del hotel del mismo nombre, y a pesar de que durante la tarde habían caído unos copos que ya habían desaparecido, algunos clientes del bar charlaban junto a la entrada, apoyando sus copas de vino en un par de altas mesas que custodiaban la entrada del local.

Vio a Markina en cuanto traspasó la puerta. Se sentaba solo al final de la barra y habría sido difícil no fijarse en él. El traje gris con camisa blanca y sin corbata le daba el tono serio que desmentía el corte de pelo, que le caía sobre la frente en mechones castaños. Se sentaba en la banqueta tan relajado y elegante como salido de una revista de moda.

Un animado grupo de amigas, que ya habían dejado atrás su tierna juventud, prodigaban miradas y comentarios apreciativos al juez, que, impasible, hojeaba el manoseado periódico y que sonrió un poco al verla entrar provocando que al menos la mitad de las féminas se volviese para ver el objeto de interés y centrar en ella sus maldiciones.

—¿Le apetece vino? —dijo a modo de saludo, indicando su propia copa y haciendo un gesto al camarero.

—No, creo que tomaré una coca-cola —contestó.

—Hace demasiado frío para beber coca-cola. Tome un vino. Le recomiendo éste, un Rioja excelente.

—Está bien —accedió.

Mientras el camarero servía el vino se preguntó por qué no era más firme, por qué siempre terminaba aceptando las invitaciones de Markina. Él le cedió su banqueta e hizo una incursión hasta el grupo de mujeres que bebían de pie y le cedieron encantadas otro taburete. Lo colocó a su lado y se sentó frente a ella y de espaldas a las mujeres, que no le quitaban ojo. Markina la miró durante cinco eternos segundos y bajó la mirada, azorado.

—Espero que se sienta más cómoda aquí que en el restaurante.

No contestó, y ahora fue ella la que bajó la mirada, confusa y sintiéndose absurdamente injusta.

—Entonces, ¿ha estado en Bilbao? —preguntó él, recuperando el tono profesional.

—Y en Burgos, en un pequeño pueblo de cuarenta habitantes. Las dos víctimas murieron hace dos y dos años y medio respectivamente, ambas a manos de sus esposos, que se suicidaron tras cometer el crimen. Las dos eran originarias de Baztán, aunque se habían criado fuera, y en los dos crímenes hubo una amputación completa del antebrazo, que no apareció en el posterior registro.

El juez la escuchaba con atención, mientras bebía pequeños sorbos de su copa. Tuvo que hacer serios esfuerzos por concentrarse en no mirar su boca ni el modo en que se humedecía los labios con la lengua.

—... Y en ambos casos la misma firma, «Tarttalo», escrita con sangre en las paredes o en una carta de suicida, esa sola palabra.

—¿Qué necesita para continuar?

—Es imprescindible que pueda establecer la relación que sospecho, y para eso necesito acceder al menos a las muestras de los huesos que halló la Guardia Civil en la cueva de Baztán. Si hubiera coincidencia, podríamos abrir una investigación oficial y pedir los huesos originales para efectuar una reconstrucción o una segunda autopsia de los cadáveres, que nos daría un cien por cien de seguridad.

—¿Está hablando de exhumar los cadáveres? —quiso aclarar él.

Ya sabía que la idea no le iba a gustar; a ningún juez le gustaba. Solían encontrarse con la oposición frontal de las familias, unida a la desagradable parafernalia que conllevaba. Por eso, cuando un juez concedía una orden para efectuar la exhumación de un cadáver, lo hacía in extremis, y esto, en más de una ocasión, complicaba la labor del investigador, que se las tenía que ver con muestras de ADN que no podía llegar a comparar para establecer pertenencias sin lugar a ningún tipo de duda. Y todos los abogados del mundo sabían que si había duda razonable su cliente tenía la libertad asegurada.

—Sólo en el caso de que hubiese coincidencia entre

las muestras de los huesos y las cinco víctimas que hasta ahora tenemos.

Recalcó «tenemos» con intención. Si le hacía sentir parte de la investigación y el juez era por lo menos la mitad de honesto de lo que se decía por los juzgados, se sentiría responsable de administrar justicia para aquellas víctimas, y eso era lo que importaba.

—¿Recogió usted las muestras que tiene?

—Sí.

—¿Observó el procedimiento?

—Sí, con todo cuidado. De todos modos no tendremos problemas con esto, la hermana y la tía de las víctimas entregaron las muestras de forma potestativa y les hice firmar el documento de cesión voluntaria.

—No quisiera levantar un revuelo innecesario con esto hasta que no tengamos algo más firme; no es un secreto que la discreción en los juzgados brilla por su ausencia.

Amaia sonrió, había dicho «tengamos»; estaba segura de que la autorizaría.

—Le garantizo que estoy siendo extremadamente prudente; sólo uno de mis colaboradores de más confianza está al tanto, y tengo previsto recurrir a un laboratorio ajeno al sistema para realizar los análisis.

El juez lo pensó unos segundos, mientras dibujaba con sus dedos distraídamente la línea de la mandíbula, en un gesto que a Amaia le pareció masculino e increíblemente sensual.

—Cursaré la orden mañana a primera hora —dijo—. Continúe así, está haciendo un buen trabajo. Manténgame informado de cada paso que dé, es importante si tengo que respaldar sus avances... y...

Se detuvo un instante mientras la miraba de nuevo de aquel modo.

—Por favor, cene conmigo —rogó en un susurro.

Ella lo miró sorprendida porque era una experta en trazar perfiles de comportamiento, en interpretar el lenguaje no verbal, en distinguir cuándo alguien mentía o estaba nervioso, y en ese instante supo con certeza que no tenía delante a un juez, sino a un hombre enamorado.

Su teléfono móvil sonó en ese momento. Lo sacó de su bolso y vio que en la pantalla aparecía el nombre de Flora, y eso en sí mismo ya constituía una rareza. Flora jamás la llamaba, ni siquiera en Navidad o en su cumpleaños; prefería enviar tarjetas, tan correctas y formales como ella misma.

Miró desconcertada a Markina, que esperaba, expectante, su respuesta.

—Perdóneme, tengo que contestar —dijo, poniéndose en pie y saliendo a la calle para poder oír algo entre el bullicio creciente del bar—. ¿Flora?

—Amaia, han llamado de la clínica, es la *ama*. Por lo visto ha pasado algo grave.

Amaia permaneció en silencio.

—¿Estás ahí?

—Sí.

—El director dice que ha tenido un ataque y ha herido a un celador.

—¿Por qué me llamas, Flora?

—Oh, créeme que no lo haría si esos estúpidos no hubieran llamado a la Policía Foral.

—¿Han llamado a la policía? ¿Cómo de grave ha sido la agresión? —preguntó, mientras acudían a su mente imágenes que creía desterradas.

—No lo sé, Amaia —dijo con el tono que empleaba para los que abusaban de su paciencia—. Sólo me han dicho que estaba allí la policía y que fuésemos cuanto antes. Yo salgo ahora para allá, pero por más que corra no llegaré antes de dos horas.

Suspiró vencida.

—De acuerdo, me pongo en camino. Avísales de que llegaré en algo más de media hora.

Entró de nuevo en el local, que en el último cuarto de hora se había llenado, y sorteó a los clientes hasta llegar junto al juez.

—Señoría —dijo acercándose para conseguir hacerse oír—, debo irme, ha surgido una urgencia —explicó.

De pronto le pareció que estaban demasiado cerca y retrocedió un paso tomando su abrigo del respaldo del taburete.

—La acompaño.

—No es necesario, tengo el coche muy cerca —explicó.

Pero él ya se había puesto en pie y caminaba hacia la puerta. Ella le siguió y mientras salían, observó cómo las mujeres del grupo la miraban. Inclinó la cabeza y apurando el paso alcanzó al juez.

—¿Dónde tiene el coche?

—Aquí mismo, en la calle principal —respondió.

Sonriendo levemente le quitó el abrigo de las manos y lo sostuvo para que ella se lo pusiera.

—Me lo quitaré enseguida para conducir.

Él se lo colocó sobre los hombros y quizá dejó que sus manos reposasen en ellos un poco más de lo necesario. No dijo una palabra hasta que llegaron al coche. Amaia abrió la puerta, lanzó dentro el abrigo y se metió en el interior.

—Buenas noches, señoría, gracias por todo, le mantendré informado.

Él se inclinó junto a la puerta abierta y dijo:

—Dígame, si no llega a ser por esa llamada, ¿habría aceptado?

Tardó dos segundos en contestar.

—No.

—Buenas noches, inspectora Salazar —dijo, empujando la puerta.

Arrancó el motor, salió hacia la carretera y se volvió a mirar. Markina ya no estaba allí, y eso le hizo sentir un vacío inexplicable.

16

La clínica psiquiátrica Santa María de las Nieves estaba
ubicada en un paraje alejado de la población, en una zona
alta, despejada de árboles y rodeada de medidas de seguridad. Comenzaban con el alto muro cuyo estilo carcelario no lograban disimular los arbolillos ornamentales, la
puerta enrejada, la cabina del guarda, la valla en el acceso
para coches, las cámaras de vigilancia. Un lugar que parecía destinado a custodiar un gran tesoro y que únicamente contenía tras sus muros las mentes desquiciadas de sus
pacientes.

En la entrada, un coche patrulla alertaba de la presencia policial. Bajó la ventanilla lo suficiente para enseñar su
placa. El policía la saludó nervioso y ella le sonrió dándole
las buenas noches.

—¿Quién está al mando?

—El inspector Ayegui, inspectora.

Estaba de suerte. No conocía a muchos de los policías
de la comisaría de Estella, a cuya jurisdicción pertenecía la
clínica, pero había coincidido con el inspector Ayegui hacía años y era un buen policía, un poco de la vieja escuela,
pero justo y correcto.

Era la primera vez que visitaba Santa María de las
Nieves. La orden judicial había sido clara, su madre debía
ingresar en un centro psiquiátrico de alta seguridad. Flora
se había encargado de todo, y tuvo que reconocer que la

institución estaba a la altura de lo que se podía esperar de
Flora y no encajaba en absoluto con la idea preconcebida
que Amaia tenía de lo que podía ser un centro psiquiátrico
de alta seguridad; suponía que era lo mejor que el dinero
podía pagar. Después de franquear la entrada, a la que se
accedía tras atravesar un jardín de estilo francés, se encontró en un amplio recibidor muy similar al de un hotel, con
la diferencia de que la recepcionista había sido sustituida
por un enfermero ataviado con un uniforme blanco. Se
acercó al mostrador y cuando iba a identificarse, un policía de uniforme llegó casi corriendo por un pasillo lateral.

—¿Inspectora Salazar?

Ella asintió.

—Acompáñeme.

Nada más entrar, comprobó que el inspector Ayegui se
había hecho con el dominio del lujoso despacho y se sentaba tras la mesa mientras hablaba por teléfono. Al fondo, un
caballero de mediana edad se apoyaba contra el artesonado
de la chimenea, con gesto de gran abatimiento; el director
desterrado, supuso. Al verla entrar, se acercó solícito hacia
ella, mientras se presentaba.

—Señorita Salazar, lamento que tengamos que co-
nocernos en estas circunstancias —dijo, tendiéndole una
mano que no esperaba tan fuerte.

—Inspectora Salazar —corrigió ella, mientras le saludaba—, de la Policía Foral.

No se le escapó la mirada de disgusto que el director dirigió al inspector Ayegui, ni la tensión que pareció recorrer
su cuerpo.

Tras el saludo retrocedió un paso, y todo su ímpetu
explicativo pareció reducirse a sola intención. Se quedó
silencioso, mirándola y retorciéndose una mano dentro de
la otra en un claro gesto de autoprotección.

El inspector Ayegui colgó el teléfono y salió de detrás
de la mesa.

—Inspectora, acompáñeme —dijo, poniendo una

mano amigable en su brazo y guiándola hacia el pasillo sin olvidar cerrar la puerta a su espalda ante la aliviada mirada del director—. ¿Cómo se encuentra, inspectora? —la saludó—. Este hombre está en estado de *shock*, imagino, porque con más frecuencia de lo que quisiera tengo que hablar con psiquiatras y siempre me quedo con la impresión de que están un poco desequilibrados —dijo, sonriendo.

La guió a recepción y hasta la puerta del ascensor, sin dejar de hablar.

—Los hechos se produjeron, según él, hacia las siete y media de la tarde. La paciente había estado viendo la televisión y después de cenar en su habitación, mientras un celador la ayudaba a meterse en la cama, ya que necesita ayuda, sacó de debajo de la almohada un objeto afilado y pinchó al celador en el bajo vientre, produciéndole de inmediato una gran hemorragia. Suerte que los celadores aquí llevan una pulsera de alerta, parecida a la que llevan las víctimas de violencia machista para alertar de que están siendo atacadas. Pulsó el botón y sus compañeros tardaron unos segundos en aparecer. Le aplicaron curas de urgencia. Afortunadamente, los loqueros también estudian medicina y aunque está grave, salvará la vida.

Amaia le miraba sin pestañear, mientras subían en el ascensor hasta la tercera planta.

—Por aquí —indicó él, señalando un pasillo ancho y bien iluminado.

Dos policías de uniforme hablaban frente a una habitación sin distintivo alguno, a no ser la cinta roja y blanca que limitaba el paso. El inspector Ayegui se detuvo unos metros antes de llegar.

—La paciente fue inmovilizada, sedada y trasladada a un área de seguridad. Le daremos diez minutos más al director para que se reponga, y él mismo le explicará lo que tiene que ver con el tratamiento que han aplicado y los aspectos médicos de su acción —dijo como disculpándose—. De momento, no podemos entrar en la habitación. Aún la están procesando, pero puedo adelantarle que éste es un centro de máxima seguridad a pesar de los pasillos enmoquetados y los médicos trajeados, y el objeto que utilizó no es de fabricación artesanal como los que se ven en las cárceles. Ese objeto vino de fuera, alguien tuvo que dárselo, y cuando se le proporciona un arma a un enfermo mental peligroso se hace con una intención.

Amaia miraba hacia la puerta abierta como si el vacío la atrajese.

—¿Qué clase de objeto es?

—Aún no estamos seguros, una especie de punzón cortante, parecido a un picahielos o a un buril, pero con una hoja corta y afilada. —Hizo un gesto a uno de los policías que estaba en la puerta—. Tráigame el arma de la agresión.

El policía regresó al momento con un maletín de recogida de pruebas, del que extrajo una bolsa que contenía lo que a primera vista parecía un cuchillo pequeño. Amaia sacó su móvil y le hizo una foto, pero el flash reflejaba en el plástico impidiendo verlo con detalle.

—¿Puede sacarlo de la bolsa? —pidió.

El policía miró a su jefe, que asintió. Abrió el cierre y lo sostuvo en la mano enguantada para que ella lo fotografiase, poniendo especial atención en el mango amarillento y craquelado por el tiempo. Envió la fotografía acompañada de un mensaje corto, y esperó unos segundos antes de que su teléfono sonara. Puso el altavoz para que Ayegui pudiera oír.

—No me cabe ninguna duda —dijo el doctor San Martín al otro lado de la línea—. De hecho he visto muchos parecidos a ése. Un cardiólogo amigo mío los colecciona, es un bisturí antiguo, probablemente europeo, del siglo XVIII. Y ese precioso mango es de marfil, un material que fue descartado más tarde por su porosidad. Por las manchas de sangre, deduzco que ha sido empleado como arma, y el metal está demasiado sucio como para distinguirlo.

Dio las gracias a San Martín y colgó.

—Si es un bisturí, quizá no tuvieron que traerlo, quizá ya estaba aquí —sugirió Ayegui.

—Inspectora —avisó un policía desde el ascensor—, su familia acaba de llegar.

—Vaya a ver —la disculpó Ayegui—; me reuniré con ustedes en unos minutos.

Rosaura acababa de entrar al despacho y Flora lo hizo un instante después, acompañada por un elegante caballero que presentó a todos de modo general.

—Me acompaña el padre Sarasola, en calidad de psiquiatra y amigo de la familia.

—El doctor Sarasola y yo ya nos conocemos —dijo el director de la clínica, tendiéndole una mano mientras le miraba, intimidado.

Amaia no dijo nada, esperó hasta que las presentaciones estuvieron hechas y el sacerdote se acercó.

—Inspectora Salazar.

Ella estrechó su mano, sin dejar traslucir su sorpresa, y esperó a que todos se sentaran antes de dirigirse al director de Santa María de las Nieves.

—¿Cómo estaba la paciente en los últimos días?

—Animada. La rehabilitación está dando sus frutos, camina con más soltura, aunque en el aspecto de la comunicación no hemos obtenido avances y no habla mucho. En estas enfermedades, a veces el deterioro físico y el mental van por sendas distintas.

—¿Me está diciendo que ha tenido una recuperación física notable?

—Nuestro avanzado sistema de rehabilitación, basado en técnicas conjuntas de masajes, ejercicios y electroestimulación, está dando grandes resultados —dijo, ufano—. Camina mejor, sólo utiliza el andador por seguridad, ha ganado algo de peso y masa muscular, está más fuerte.

—Su rostro se ensombreció un poco—. Bueno, Gabriel, el celador al que atacó, es un hombre muy fuerte, muy, muy fuerte, y ella lo derribó.

El inspector Ayegui entró sin llamar, y sin presentarse preguntó a bocajarro:

—¿Qué tratamiento químico seguía la paciente?

—No puedo revelarlo, forma parte del secreto médico-paciente —dijo, mirando suspicaz al sacerdote, que, siguiendo su costumbre, permanecía en pie mirando por la ventana y sin prestar en apariencia atención a cuanto ocurría en el despacho.

—Creo que dadas las circunstancias el secreto médico queda en suspenso, pero da igual, yo ya lo sé —dijo Ayegui sonriendo—. ¿Son unas cápsulas blancas, otras amarillas y granates y unas pequeñas pastillas azules y otras rosas, como éstas? —dijo abriendo la mano y mostrando un surtido al doctor, que las miró, incrédulo.

—¿Cómo? ¿De dónde...?

—Estamos registrando la habitación en busca de otras armas, si las hubiera, y hemos detectado que uno de los tubos huecos de las patas de la cama había sido manipulado, y el tapón plástico que lo remata puede ser retirado con facilidad. Su interior está repleto de más como éstas.

—¡Imposible! —exclamó el director—. Rosario sufre una grave enfermedad. Si no hubiera sido por el tratamiento no habría alcanzado las cotas de evolución hacia la normalidad que viene presentando en los últimos meses —dijo mirando a Flora y a Ros como si esperase más comprensión de su parte—. Su tratamiento ha sido meticulosamente documentado. Esta institución se caracteriza por los modernos cuidados que proporciona a sus pacientes y por los constantes controles de sus avances, retrocesos o variaciones en el comportamiento. El mínimo cambio se evalúa y una comisión de nueve expertos y yo mismo decidimos cada cambio en el tratamiento, cada cambio en la terapia. Una suspensión de la medicación sería gravísima y no se nos pasaría por alto. Rosario se ha mostrado tranquila, sonriente, colaboradora; ya les he dicho que tenía más apetito, había ganado peso y dormía muy bien. Es imposible —dijo, recalcando las palabras— que un paciente con su patología pudiera presentar una mejoría semejante si no estuviera sometida a tratamiento, o si por alguna razón el tratamiento se suspendiese. Aquí, mi colega —dijo, haciendo un gesto hacia el padre Sarasola— podrá decirles que el equilibrio químico en estos tratamientos es clave, y la suspensión de todas o parte, aunque sólo fuera una de las pastillas, haría que la paciente se desequilibrase por completo.

—Pues la paciente no se lo ha tomado desde hace meses, a juzgar por la cantidad que hay en ese tubo. Algunas están un poco descoloridas, quizá por efecto de la saliva. Simplemente, debía fingir tragárselas y después las escupía —dijo Ayegui.

—Le digo que no puede ser, ya le dij...

—Lo que por otra parte explica que atacase al celador —cortó el inspector.

—Usted no lo entiende. Rosario no puede estar sin tratamiento, es imposible fingir normalidad, y ayer mismo uno de sus médicos la evaluó en terapia. —Resopló, abriendo un cajón del que sacó un grueso informe.

—Insisto en que los informes se hagan también en papel —explicó—, no podemos arriesgarnos a que un virus informático dé al traste con los historiales de pacientes tan delicados. —Lo puso sobre la mesa—. No pueden llevárselo, pero mírenlo si quieren, aunque puede resultar bastante confuso para un lego en la materia... Quizás el doctor... —dijo, sentándose abatido en su caro sillón.

Amaia se acercó más a la mesa y se inclinó un poco para mostrarle la foto en la pantalla de su móvil.

—Un experto ha señalado que el objeto que utilizó es un bisturí muy antiguo, probablemente procedente de una colección. ¿Tienen algo similar aquí?

El director miró, aprensivo, la foto.

—No, por supuesto que no.

—No sería tan raro. Por lo visto, a algunos médicos les gusta coleccionarlos, puede que alguno de los doctores tenga algo así en su despacho...

—No que yo sepa; lo dudo, somos muy estrictos en cuanto a las normas de seguridad. No se permite ni llevar bolígrafos en el bolsillo de la bata. Está prohibido todo lo que es susceptible de ser utilizado como arma. Los objetos afilados, pesados, zapatos con cordones, cinturones, y no sólo en los pacientes, también en el personal, incluidos los médicos. Por supuesto que tenemos material médico, pero sólo en la enfermería, bajo custodia en un armario de seguridad, y es un material de lo más moderno, nada que ver con eso.

—Entonces está claro que si el bisturí no procede del mismo centro, debió de venir de fuera —dijo mirándole, suspicaz.

—Imposible —se defendió él—. Ya han visto nuestro sistema de seguridad, cada visitante ha de pasar por un arco detector de metales y los bolsos se dejan consignados en la entrada. Los pacientes del área azul no reciben visitas, y los demás sólo las autorizadas. En el caso de Rosario, únicamente sus hermanos. Los visitantes pasan todas las pruebas de seguridad sin excepción, y se les informa de que no pueden entregar ningún objeto, alimento, lectura, lo que sea, sin informar primero a los enfermeros. Los visitantes permanecen todo el tiempo en la habitación del paciente y no pueden salir a los pasillos ni tener contacto con otros internos, cosa que por otro lado sería imposible, ya que estos enfermos permanecen aislados la mayor parte del tiempo y siempre durante las visitas. Usted no lo sabe porque nunca ha venido a visitar a su madre —dijo, malicioso—. Pero sus hermanos podrán confirmarle lo que le digo.

—Hermanas —corrigió Amaia.

—¿Qué? —contestó, confuso.

—Es la segunda vez que dice hermanos; yo sólo tengo dos hermanas —dijo tendiendo la mano hacia ellas.

El director palideció.

—Será una broma... Su hermano ha visitado a su madre con frecuencia —dijo, mirando a las otras buscando confirmación.

—No tenemos ningún hermano —dijo Rosaura a un anonadado doctor cuyo rostro se descomponía por momentos.

—Doctor —gritó Amaia, llamando de nuevo su atención y obligándole a mirarla—. ¿Con qué frecuencia recibió esas visitas?

—No lo sé, tendría que mirar el registro, pero un par de veces al mes, al menos...

—¿Por qué no fui informada? —intervino Flora.

—Forma parte de la confidencialidad médico-paciente. Sólo reciben las visitas que reclaman ellos mismos, para evitar que con la mejor de las intenciones una visita indeseada cause más daño que bien.

—¿Quiere decir que esa visita la autorizó ella?

Él consultó la pantalla de su ordenador.

—Sí, hay cuatro personas en la lista: Flora, Rosaura, Javier y Amaia Salazar.

—Estoy en la lista —susurró Amaia, incrédula.

—Javier Salazar no existe, nunca ha existido, no es nuestro hermano —bramó Flora, furiosa—. ¿Cómo ha consentido que un desconocido se cuele aquí? ¡Es una vergüenza!

—¿Olvida que Rosario solicitó esa visita?

Amaia miró al inspector Ayegui, que negaba con la cabeza, y se acercó a la mesa hasta ponerse a su lado.

—¿Cuándo fue la última vez que la visitó?

El hombre tragó saliva con gran esfuerzo, intentando controlar la náusea que se evidenciaba en su rostro crispado.

—Esta misma mañana —contestó, humillado.

Un murmullo de indignación se extendió entre los presentes. El director se puso en pie, tambaleándose, y extendió las manos ante sí pidiendo calma.

—Pasó todos los controles, se identificó debidamente, dejó su DNI en depósito como es costumbre, y rellenó, como en cada ocasión, el formulario. Siempre se comprueban los datos de forma rutinaria; no somos la policía, pero tenemos un sistema de seguridad muy bueno.

—No tan bueno —rebatió Amaia.

Ayegui le apuntó con un dedo inquisidor.

—Deberá proporcionarnos todas las grabaciones en las que aparezca el individuo, así como los formularios que rellenó, a ver si tenemos suerte y podemos sacar alguna huella.

Un policía de uniforme entró y dijo algo al oído a Ayegui, que asintió.

—Venga conmigo, inspectora —dijo, mientras se dirigía a la salida, no sin antes volverse para decirle al director:

—Reúna todo ese material, ahora.

—Por supuesto —contestó el hombre, levantando el teléfono casi aliviado al tener algo que hacer que le librase de la mirada de reproche de Flora.

La blancura generalizada de la habitación aparecía sólo alterada por la mancha de sangre en el suelo, que casi permitía averiguar la forma de las caderas del celador. Los policías de la científica, con sus monos blancos con capucha y los escarpines que cubrían sus zapatos, resultaban casi invisibles en la estancia, hasta que uno de ellos se volvió y les salió al paso.

—Un placer verla de nuevo, inspectora —saludó.

Al fijarse mejor, reconoció a una de las técnicas que habían colaborado en el rescate del cadáver de Lucía Aguirre.

—Perdone —dijo, tratando de recordar su nombre—. No la había reconocido con el buzo.

—Igualitos que los CSI de las pelis, ¿verdad? —dijo, bromeando—, bien guapos y con la melena suelta en el escenario del crimen.

—¿Qué tienen? —apremió Ayegui.

—Algo muy interesante —dijo, volviéndose hacia la habitación—. Había unas huellas sangrientas en la barra de la cama que indican que tiró con fuerza de ella. Al moverla hemos hallado una inscripción que quedaba oculta por el cabecero y que no vimos antes. Pueden pasar —dijo, invitadora—, está procesado.

Las voces comenzaron a atronar en la cabeza de Amaia, procedentes de un lugar en su mente que sólo visitaba en sueños. Sus manos se perlaron de gotitas de sudor, el corazón se aceleró, obligándola a respirar más rápido, pero era consciente de que debía disimular para que los demás no lo notasen. Las voces de las lamias se aclararon para gritar al unísono. «Páralo, páralo, páralo.»

Rodeó la cama y miró: brillando bajo la luz hospitalaria que iluminaba la pared por encima del cabecero, pudo ver la cuidada caligrafía de su madre, que con la sangre del celador había escrito: «TARTTALO».

Cerró los ojos, y un suspiro que resultó audible subió hasta sus labios. Cuando volvió a abrirlos, un segundo más tarde, las voces habían cesado, pero el mensaje seguía allí.

17

La sala de seguridad de Santa María de las Nieves no desentonaría en cualquier penal del país. Había pantallas que controlaban el interior, los pasillos, los ascensores, todas las zonas comunes, algunas habitaciones, los controles de enfermería y los despachos. El jefe de seguridad era un hombre de unos cincuenta años que les mostró, casi con orgullo de propietario, todo el sistema.

—¿Hay cámaras en la habitación de los pacientes? —quiso saber Ayegui.

—No —contestó a su espalda el director—, los pacientes de seguridad moderada tienen derecho a su intimidad en los dormitorios. Las puertas tienen unas mirillas desde donde se controla que estén bien; sólo a los del área azul se les graba las veinticuatro horas, pero todos permanecen cerrados en sus respectivas habitaciones, con excepción del tiempo de rehabilitación, el de terapia y el de jardín. En el caso de Rosario, siempre en solitario.

Amaia echó una ojeada a las pantallas, en las que apenas se observaba algún movimiento.

—Es muy tarde —explicó el director—, la mayoría están durmiendo, y los que no, están inmovilizados en sus camas.

El jefe de seguridad les indicó una pantalla.

—He reunido todo el material que tengo en el que aparece el visitante. Ha sido fácil; con mirar el registro, tengo el día y la hora exactos; eso sí, sólo se remontan a cuarenta días atrás. Excepto las grabaciones de pacientes que se conservan para su valoración psiquiátrica, las demás, según la rutina de seguridad, se borran automáticamente a los cuarenta días, si no ha habido ninguna incidencia; y eso no ha sucedido en los doce años que llevo aquí, jamás en relación con visitantes o intentos de penetrar desde el exterior por la fuerza. Con los pacientes es otra cosa, como supondrá. —Y bajando el tono de su voz para que el director no pudiera oírle añadió—: No puede imaginarse las cosas que llegan a hacer.

Amaia asintió, mientras un escalofrío recorría su espalda. Sí, sí que podía imaginarlo.

—Empezaremos por las más antiguas, unos cuarenta días atrás, por si ven algo que les interese antes de que se borren.

—Ya les adelanto que no deben borrar ninguna grabación en la que aparezca ese tipo —dijo Ayegui.

El vigilante miró al director, que se apoyaba en la pared, como si fuese a desplomarse en cualquier momento, y que desde las sombras susurró:

—Por supuesto.

Ayegui atendió una llamada brevemente y tras colgar el móvil, explicó:

—Me confirman que el DNI que utilizó es falso. No me sorprende, hay mafias que por un precio ajustado consiguen desde un DNI falso hasta una nueva identidad completa. Es relativamente fácil.

Desde las sombras del cuarto de cámaras, el director resopló resignado.

—Veamos esas imágenes.

Era evidente que las cámaras estaban colocadas con el fin de obtener una visión amplia de la clínica. Planos muy abiertos, grandes enfoques y mucha zona por cubrir. Las cámaras de las entradas estaban destinadas a vigilar que nadie saliera. Era lógico que nunca tuviesen incidencias de seguridad desde el exterior, ¿quién querría entrar en un lugar con una placa que reza «Centro Psiquiátrico de Alta Seguridad»? En la pantalla, un varón joven, de no más de cuarenta años, delgado, con vaqueros y jersey de cuello alto, gafas, gorra y perilla, aparecía en la entrada, pasando por el arco detector, en el control principal, entregando su documentación falsa y recorriendo junto al celador el pasillo con sus tres puertas de seguridad hasta la habitación de Rosario. Había un total de tres visitas grabadas, en todas idéntico atuendo, en todas había evitado levantar la cabeza hacia las cámaras, excepto en la más reciente, la de aquella misma mañana, en la que en el último control, antes de la salida, se había quitado la gorra durante unos segundos, antes de volver a colocársela.

—Parece que nos enseñe la cara aposta —dijo Ayegui.

—No servirá de mucho —se lamentó el vigilante—, es una de las cámaras del aparcamiento, está colocada muy alta, ya que su cometido no es vigilar personas, así que me temo que la calidad no es muy buena: la imagen ya está aumentada al máximo y no se distingue gran cosa.

—Nosotros contamos con más medios —dijo Ayegui—, veremos qué se puede hacer. —Se volvió hacia el director—: Dígame, ¿necesitaré una orden judicial para llevarme esto?

—No, por supuesto que no —contestó, abatido.

Flora esperaba en pie, en medio del amplio despacho, y abordó al director en cuanto entraron.

—Dígame, ¿dónde está mi madre ahora?

—Oh, no tiene que preocuparse de eso. Rosario está perfectamente, la hemos sedado y en estos momentos descansa. Está en máxima seguridad y por supuesto no puede recibir visitas hasta que la evaluemos de nuevo y reiniciemos el tratamiento.

Flora pareció satisfecha, se estiró la chaqueta, sonrió levemente y miró al director. Amaia supo que se preparaba para atacar.

—Doctor Franz, prepárelo todo para trasladar a mi madre. Dadas las circunstancias, no permanecerá ni un minuto más de lo necesario en esta institución, y sepa que, en cuanto concluya la investigación, exigiré que se depuren responsabilidades: pienso demandarle a usted y a Santa María de las Nieves.

El director enrojeció.

—Por favor, no puede... —balbuceó—... Es un error trasladarla ahora, la puede desequilibrar gravemente.

—¿Ah, sí? ¿Más que estar sin tratamiento durante semanas? ¿Más que recibir visitas de desconocidos que ponen armas en su mano? No lo creo, doctor.

—Lamento mucho lo que ha ocurrido, pero deben entender que fuimos engañados. Creímos que era su hermano; la policía lo ha dicho, la documentación era falsa. Ella pidió la visita y se mostraba feliz cuando él la visitaba. ¿Cómo íbamos a sospechar?

—¿Me está diciendo que el criterio por el que se rigen es el de una mujer con sus facultades mentales perturbadas? —respondió Flora—. ¿Y qué me dice del hecho de que no se tomase la medicación?

—Eso no puedo explicarlo —reconoció—. Es médicamente imposible que pudiese controlarse..., a menos..., —El director pareció pensar algo que descartó por ridículo y volvió a la carga con sus ruegos—. Por Dios, no la trasladen, van a causar un terrible daño a Santa María de las Nieves —dijo, temblando levemente.

Amaia sintió lástima por el hombre, completamente sobrepasado, perdiendo todo control sobre la situación: parecía que en cualquier momento le podía dar un ataque de apoplejía. Miró a sus hermanas y se volvió hacia los demás.

—¿Podrían dejarnos a solas un momento?

—Por supuesto —dijeron el doctor Franz y Ayegui, encaminándose hacia el pasillo.

—Sólo la familia —dijo Amaia, dirigiéndose al sacerdote, que no se había movido de su lugar próximo a la ventana.

Cuando hubieron salido, Amaia se sentó junto a sus hermanas.

—Estoy de acuerdo en trasladarla, Flora.

Su hermana pareció sorprendida, como si hubiera esperado que Amaia le llevase la contraria.

—Pero antes quiero que me expliques adónde, aunque ya lo supongo, y qué hace el padre Sarasola aquí.

—Por supuesto —concedió Flora—. Se puso en contacto conmigo hace cosa de tres meses. El padre Sarasola es médico y una autoridad en psiquiatría, uno de los mejores del mundo, según tengo entendido. Me dijo que conocía la circunstancia de nuestra madre porque su caso se ponía como ejemplo en muchos congresos de psiquiatría. Que estaba muy interesado en su evolución y que tenía algunas ideas novedosas para su tratamiento. Me ofreció el traslado y atención gratuita en su clínica del Opus Dei, en Pamplona. Ni que decir tiene que esa clínica es carísima pero eso no fue suficiente para convencerme. Me pareció interesante, y hasta quizás una oportunidad para la *ama*, el empleo de nuevas técnicas, nuevos avances, pero ella parecía muy feliz aquí y para mí eso es lo primero, o lo era hasta ahora, en que por supuesto su seguridad pasa a ser lo primero. Si cualquiera puede entrar aquí y ni siquiera se tomaba la medicación, ya me diréis.

Ros asintió.

—Estoy de acuerdo, eso sin mencionar que casi mata a ese pobre hombre...

—Bueno, eso también —concedió Flora.

Amaia se puso en pie.

—Está bien, pero antes de aceptar quiero hablar con el padre Sarasola.

Consiguió que el doctor Franz les dejase un despacho en el que hablar. El padre Sarasola no pareció en absoluto sorprendido ante su petición y hasta hizo un comentario al respecto mientras ella cerraba la puerta.

—Inspectora Salazar, sabía que con usted las cosas no

serían tan sencillas como con sus hermanas y esperaba ansioso que llegara este momento.

—¿Y por qué? —se interesó ella.

—Porque a usted no le valen las explicaciones, usted quiere la verdad.

—Pues no me decepcione y démela. ¿Por qué quiere llevarse a mi madre?

—Podría hablarle durante horas del interés clínico que tiene un caso como el de su madre, pero ésa no es toda la verdad. Creo que hay que sacarla de aquí para alejarla del mal que vino a por ella.

Amaia abrió la boca asombrada y sonrió levemente.

—Veo que cumple su palabra.

—Creo que es urgente apartarla de su camino, mantenerla aislada, impedir que lleve a cabo su cometido.

Amaia no salía de su asombro.

—Ya hace algún tiempo que estamos interesados en el caso de su madre, un comportamiento muy peculiar que se da en casos muy concretos, el tipo de casos que nos interesan por su matiz especial, y el caso de su madre lo tiene.

—¿Y cuál es?

—El matiz que diferencia su caso de otros de trastorno mental es el mal.

—El mal —repitió ella.

—La Iglesia católica lleva siglos investigando el origen del mal. En los últimos tiempos, la psiquiatría ha realizado grandes avances en materia de trastornos del comportamiento, pero hay un grupo de enfermedades que apenas han experimentado progresos desde el Medievo, que es cuando aparecen las primeras documentaciones. No es una novedad para usted que existen personas malvadas; no locos, ni trastornados, sólo personas crueles, despiadadas, que disfrutan causando dolor a sus semejantes. El mal influye en estas personas y su comportamiento, y sus enfermedades mentales no son tan sólo enfermedades como en los demás, sino el caldo de cultivo perfecto para el mal.

En estos individuos es el mal lo que causa la enfermedad mental y no al revés.

Amaia le había escuchado con atención y sacudió la cabeza como para salir de un sueño. El doctor Sarasola estaba verbalizando una doctrina en la que había creído desde siempre, sin atreverse a ponerle nombre, sin atreverse a llamarla por el nombre que él no tenía reparos en utilizar. Desde que era muy pequeña, había sabido que había algo que no iba del todo bien en la cabeza de Rosario, del mismo modo que sabía que su madre lo controlaba lo suficiente como para mantener la distancia con aquella tierra de nadie que las separaba y que únicamente rebasaba durante la noche, cuando se inclinaba sobre su lecho, tan loca como para amenazarla con comérsela, tan malvada como para disfrutar de su pánico, tan cuerda como para hacerlo cuando nadie la veía.

—No puedo estar de acuerdo con usted —mintió, con intención de ver hasta dónde llegaba Sarasola—. Sé que el ser humano es capaz de muchas cosas, es verdad que algunos hombres llevan a cabo los peores horrores, pero el mal... Puede ser la educación, la falta de afecto, la enfermedad mental, las drogas o las malas compañías..., pero me niego a que los individuos sean influenciados desde fuera por el mal. Creo que ustedes hablan de libre albedrío, ¿no es así? Simplemente es la naturaleza humana, ¿cómo explica si no la bondad?

—Es cierto que el ser humano decide, es libre, pero hay una frontera, un límite, un momento en el que uno da el paso y se abandona al puro mal. No me refiero al hombre que comete un acto violento en un momento de acaloramiento. Cuando se calma y se da cuenta de lo que ha hecho, enloquece de dolor y arrepentimiento; hablo de comportamientos aberrantes, alguien que comete un acto abominable, como el hombre que llega a su casa de madrugada y destroza a martillazos el cráneo de su esposa, de dos niños gemelos de dos años y de su bebé de tres meses, mientras dormían. O la mujer que ahorcó a sus cuatro hijos con el cable del cargador de su móvil. Los mató uno por uno y le llevó más de una hora perpetrar todos los crímenes... Y, sí, estaba drogada, pero he conocido a miles de drogadictos que empujan a su madre para que les dé dinero y luego se mueren de pena por haberlo hecho, y nunca han cometido ni cometerán un acto tan repugnante. No voy a negar que en ciertas circunstancias o situaciones el consumo de drogas no termine actuando como la ola que rompe la compuerta, pero lo que entra por esa brecha es otro tema, y lo que uno permite que entre por ella también es otro tema. No necesito hablar mucho más, todo esto usted ya lo sabe.

Amaia le miró, alarmada, sintiéndose totalmente expuesta como sólo se había sentido con Dupree, que casualmente también sabía un par de cosas sobre el mal, el comportamiento aberrante y lo que no resulta tan evidente.

—El mal existe y está en el mundo, usted sabe distinguirlo del mismo modo en que lo hago yo. Es cierto que la sociedad en general se siente un poco confusa con este tema, y en buena parte su confusión procede de haberse alejado del camino de Dios y de la Iglesia.

Amaia puso cara de circunstancias.

—No me mire así. Hace un siglo, cualquier hombre o mujer sabía identificar los siete pecados capitales, como sabía el padrenuestro. Estos pecados tiene la particularidad de ser los que condenan al pecador, destruyendo su alma y también su cuerpo. La soberbia, la avaricia, la envidia, la ira, la lujuria, la gula y la pereza, siete pecados que siguen tan vigentes en el mundo como hace un siglo, aunque difícilmente encontraría hoy en la calle a un par de personas que supieran identificarlos. Soy psiquiatra, pero debo decir que la psiquiatría moderna, Freud con su psicoanálisis y todas esas tonterías, ha dejado a la sociedad confusa, perdida, convencida de que todos los males radican en no haber recibido amor maternal en la infancia, como si eso lo justificase todo. Y como consecuencia de esta incapacidad para distinguir el mal, le ponen la etiqueta de locura a cualquier aberración: «Tiene que estar loco para haber hecho algo así»...; he oído un millón de veces cómo la sociedad se erige en autoridad en psiquiatría y emite su diagnóstico exculpatorio. Pero el mal existe, está ahí y usted sabe como yo que su madre no está únicamente enferma en su mente.

Amaia lo miró, calibrando a aquel hombre cargado de razones que ella no se atrevía a verbalizar, y que a la vez le inspiraba una desconfianza instintiva. Tenía que tomar una decisión y tenía que hacerlo ya.

—¿Qué sugiere?

—Nosotros le proporcionaremos tratamiento para su enfermedad mental y tratamiento para su alma. Contamos con un equipo compuesto por los mejores expertos del mundo.

—¿No irán a practicarle un exorcismo? —preguntó.

El padre Sarasola rió, divertido.

—Me temo que no serviría de nada; su madre no está poseída. Es malvada, su alma es tan oscura como la noche.

Amaia perdió un latido y el pecho le oprimió mientras la angustia encerrada allí durante años se liberaba, escuchando a aquel sacerdote decir lo que ella sabía desde que tenía uso de razón.

—¿Cree que el mal la ha trastornado?

—No, creo que se mezcló con cosas que no debía y esas cosas siempre se cobran su precio.

Amaia pensó en las consecuencias de lo que iba a decir.

—El hombre que ha estado visitándola puede que indujera a otras personas a suicidarse.

—No creo que sea el caso de su madre. Ella no ha terminado el trabajo.

Amaia estaba casi mareada: aquel hombre estaba dotado de una clarividencia extraordinaria, leía en su mente como en un libro.

—No debe recibir visitas, no debe ver a nadie, ni siquiera a mis hermanas.

—Ése es nuestro protocolo. Dadas las circunstancias, es lo mejor para todos.

Reconoció a la joven técnica que se despojaba del mono blanco frente a la puerta de la habitación.

—Hola de nuevo —saludó, acercándose—. ¿Han terminado ya?

—Hola, inspectora. Sí, tenemos todo lo que se puede extraer: huellas, fotos, muestras... Nosotros hemos terminado.

Amaia se asomó a la puerta y observó el rastro del paso de los técnicos. La cama, ahora en el medio de la habitación, tapaba parcialmente la mancha de sangre del suelo y aparecía completamente deshecha. La colcha, las sábanas, la funda de la almohada y la del colchón estaban cuidadosamente dobladas sobre una silla de cuero que desentonaba con la blancura de la habitación, y que evidentemente habían traído de un despacho. No había cortinas en la ventana, y tanto la mesilla como la silla que había a su lado estaban atornilladas a la pared y al suelo. En la pared opuesta, dos puertas cerradas. La almohada presentaba un corte longitudinal en la espuma, que evidenciaba el lugar donde se había ocultado el bisturí. Todas las superficies susceptibles de ser tocadas habían sido cubiertas por el graso polvo negro que se usaba para extraer huellas.

—¿Qué hay tras esas puertas? —preguntó a la joven.

—Un armario para la ropa y un servicio, tan sólo el váter, sin tapa, y un lavabo que se acciona con un pedal. Ya los hemos revisado. El armario permanece cerrado con llave y sólo se abre para sacar ropa limpia, poca cosa; los pacientes visten con el camisón, la bata y las zapatillas de la clínica.

Amaia revisó su bolso, buscando unos guantes que se puso mientras observaba la habitación desde la entrada, como si una barrera invisible le impidiese el paso.

—¿Podría dejarme uno de esos monos blancos?

—¡Oh, claro! —dijo la técnica, inclinándose sobre una bolsa de deporte de la que extrajo un buzo nuevo—. Pero no es necesario, la habitación ya está procesada, puede entrar tranquilamente.

Lo sabía, ya no había cuidado de contaminar el escenario pero aun así cogió el buzo.

—No quiero mancharme —respondió, rasgando el plástico que lo cubría.

La joven técnica hizo un gesto de extrañeza a su compañero.

—Nosotros ya nos vamos. ¿Necesita algo más?

—No, gracias.

Esperó hasta que las puertas del ascensor se cerraron para calzarse los escarpines sobre sus botas, se subió la capucha y la ajustó, sacó un pañuelo de papel de su bolso y lo dejó en el lugar que había ocupado el material de los técnicos, y aún permaneció unos segundos eternos frente a la puerta abierta, sin llegar a franquearla. Tragó saliva con dificultad y dio un paso hacia el interior de la estancia, mientras se cubría la nariz y la boca con el pañuelo.

Lo primero que percibió fue el olor de la sangre del pobre celador, mezclado con otro más sutil de heces y jugos intestinales. Casi agradeció la intensidad de aquellos efluvios que impedían que el otro olor se manifestase con más fuerza. Pero a medida que penetraba en la estancia, su aroma se iba haciendo más intenso, hasta concentrarse en la habitación como la esencia mareante del miedo. No hay memoria tan precisa, tan vívida y evocadora como la que se recupera a través del olfato, y va tan unida a las sensaciones que se experimentaron junto al olor, que es sobrecogedor lo que se llega a recordar, incitada la mente por unas pocas notas de aroma.

La olió, y una sacudida recorrió su cuerpo, mientras los ojos se le llenaban de lágrimas que reprimió obligándose a respirar profundamente. Las memorias sobreviven porque los axones de las neuronas olfativas siempre van al mismo lugar, al mismo archivo, para guardar el mismo olor. «El olor de tu asesina debe ocupar un lugar de honor en tu registro», se dijo, medio histérica, casi con rabia. Intentaba controlar el pánico que se adueñaba de ella de fuera hacia dentro, oscureciendo los límites de su visión y dejándola casi a oscuras, como la protagonista de una siniestra obra de teatro que tirita bajo un poderoso foco central, mientras el resto del mundo se sume en las tinieblas.

«No —se dijo—. No.» Y apretó los ojos con fuerza para no ver la ola de negrura que se abalanzaba sobre ella y la haría caer en un abismo que conocía bien.

La voz de la niña le llegó con claridad. Padrenuestroqueestasenloscieloss antificadoseatunombre... La niña tenía tanto miedo, y era tan pequeña...

—Ya no soy una niña —susurró, mientras se llevaba la mano a la cintura instintivamente. Palpó la suavidad de la Glock bajo el buzo aséptico y la luz volvió a iluminar la habitación. Permaneció inmóvil, mientras se tomaba unos segundos para calmarse. Cerró los ojos y cuando los volvió a abrir tan sólo vio un escenario procesado por los técnicos de la científica. Abrió la puerta del pequeño servicio y comprobó la del armario. Tocó las barras metálicas de la cama y sintió el frío del metal a través de los guantes. Acercándose hasta la silla que formaba parte del mobiliario de la habitación, la estudió como si conservase una impronta invisible, que sin embargo fuera palpable. Lo pensó un instante y descartó sentarse allí. Retiró la ropa de cama doblada sobre la silla de despacho que habían traído los técnicos y la colocó sobre la cama, procurando mantenerla lo más alejada posible de sí, mientras con la otra mano mantenía el pañuelo apretado contra la boca y la nariz, resuelta a no respirar su aroma, a no dejar que el olor del miedo entrase de nuevo en ella. Con una sola mano, arrastró la silla hasta colocarla frente a la pared, donde la sangre aún brillaba bajo la luz blanca del fluorescente que iluminaba la cabecera de la cama.

Se sentó y observó la obra que clamaba desde la pared como lo habría hecho en un museo, un macabro museo de los horrores en el que los artistas, invitados por un mecenas demoníaco, expusieran sus obras con un único tema central. Era un tema dedicado a ella, un tema que con esta última obra establecía inequívocamente una relación entre una panda de asesinos caóticos, y en teoría inconexos al servicio de un monstruo inductor que amputaba y coleccionaba brazos de mujeres, y... su madre. Se rió con este último pensamiento, con tanta fuerza que su risa resonó en la habitación, y al oírla se asustó, porque no era risa, era un aullido gutural e histérico, que le llevó a pensar que, después de todo, en aquel ambiente no desentonaba nada. ¿Era de locos?

«Hasta los locos tienen un perfil de comportamiento.» Casi pudo oír la voz de su agente instructor en Quantico. Pero... no creía que éste estuviera loco, no podía estarlo para dominar el comportamiento de tantos individuos. De todas las clases de asesinos que cataloga la unidad de estudios de la conducta, el más misterioso, el más novedoso y del que menos se sabía era, con mucho, el asesino inductor.

El control de sus propias necesidades y el control implacable que era capaz de ejercer sobre sus servidores era propio de un dios. Y en eso consistía su juego, en dejarse adorar y servir, como una deidad benefactora para sus adeptos, y tan cruel y vengativo que nadie se atrevía a provocar su ira. Dejándose amar, pidiendo como si otorgara, sometiendo como si cuidara, dominando desde la sombra y ejerciendo una omnipotencia invisible sobre sus criaturas. Para los investigadores de perfiles constituía un desafío el análisis de cómo elegía a sus servidores, cómo lograba seducirlos y convencerlos hasta crear en ellos la necesidad de servirle.

De que era una persona paciente no cabía la menor duda: sabía por Padua que algunos de los huesos hallados en la cueva tenían varios años, tantos como los que llevaba actuando, tantos como víctimas, tantos como servidores. Hacía cuatro años del asesinato de Edurne Zabaleta en Bilbao; casi tres del de Izaskun López, la mujer de Logroño; dos y medio desde que el marido de María Abásolo los mató, a su perro y a ella, con pocos días de margen; algo más de un año desde el caso de Johana Márquez; y calculaba unos seis meses del de Lucía Aguirre, contando el tiempo que se dio por desaparecida y los cuatro meses que transcurrieron hasta que Amaia se reincorporó al trabajo y Quiralte le dijo dónde estaba su cadáver. En todos los casos, los maridos o parejas fueron los asesinos; en todos los casos, se suicidaron después de cometer el acto o en prisión; en todos dejaron el mismo mensaje; a todas las víctimas les amputaron un brazo desde el codo, post mórtem, y con una precisión que sus asesinos no habían mostrado en el resto de sus modus operandi. En ningún caso se localizó el paradero del miembro amputado. Excepto en el de Johana Márquez, dado que el hallazgo de los huesos en la cueva de Arri Zahar permitió comparar su ADN con los restos, y se obtuvo coincidencia, pero con los demás había sido imposible. España contaba con un registro de ADN poco menos que en pañales. En él aparecían los miembros de fuerzas y cuerpos de seguridad, militares, personal médico, unos pocos delincuentes y un puñado de víctimas, pero era insuficiente para resultar útil; por eso se accedía al CODIS internacional, que había dado muy buenos resultados comparando ADN recogido en crímenes pasados, y permitiendo detener a asesinos que durante años habían estado libres, como el célebre caso de Toni King. Pero, una vez más, el tema de las competencias entre cuerpos de policía dificultaba las cosas.

Necesitaba los resultados de las analíticas de ADN: si podía establecer que los huesos de la cueva correspondían a aquellas mujeres, tendría pista libre. Las cosas habían mejorado bastante desde que podían pedir los análisis a Nasertic, un laboratorio navarro que había agilizado los procesos al no tener que enviar las analíticas a Zaragoza o a San Sebastián; pero eso no iba a evitar que una analítica como aquélla, que no era urgente, tardase al menos quince días. Se abrió la cremallera del buzo y sacó su teléfono móvil, consultó la hora, buscó un número en su agenda, marcó y sin quitar los ojos de la pared, esperó.

—Buenas noches, inspectora. ¿Aún trabajando? —contestó al otro lado una mujer con un marcado acento ruso.

—Parece que igual que usted, doctora —replicó Amaia.

Fiel a su concepto de eficacia, la doctora Takchenko no se entretuvo en cortesías hueras.

—Ya sabe que prefiero la noche. ¿Qué puedo hacer por usted, inspectora?

—Mañana recibiré unas muestras de ADN extraídas de hueso, y procesadas por la Guardia Civil. Querría compararlas con otras dos, una de saliva y otra de cabello con el fin de establecer correspondencia.

—¿Cuántas muestras con las que comparar?

—Doce...

—Procuren llegar temprano, el análisis nos llevará unas ocho horas: con la saliva será más fácil, pero tardaremos bastante en extraer ADN del cabello. —Y colgó.

Permaneció quieta, en silencio, mirando la pintada en la pared durante unos minutos más. Estaba concentrada en una especie de vacío primigenio en el que se sumergía mientras vaciaba su mente de cualquier pensamiento, dejando entonces que los datos y las preguntas surgiesen en una tormenta de ideas. Eran el instinto y la percepción los que tomaban las riendas de la lógica para conseguir dar el primer paso y descubrir qué quería contar aquel asesino. Tarttalo. Firmando como el monstruoso cíclope de las leyendas, hablaba de su condición inhumana, cruel, caníbal, y tan osado que exponía los huesos que delataban su crimen en la puerta de su cueva; pero este tarttalo necesitaba firmar los crímenes de otros para que quedase constancia de quién era el auténtico protagonista del acto. La manipulación y el dominio que ejercía sobre sus servidores culminaban con la firma, en la que no importaba cuántas manos la escribiesen, pues había un único autor. Apuntó a la pintada en la pared e hizo una foto que envió a Jonan Etxaide. El teléfono tardó diez segundos en sonar. Escuchar la voz de Jonan en aquel ambiente le supuso un alivio que le hizo sonreír.

—¿Qué lugar es ése? —preguntó, en cuanto ella descolgó.

—Es la clínica donde estaba ingresada mi madre. Esta noche ha herido a un celador con una especie de punzón cortante que el sospechoso introdujo haciéndose pasar por su hijo. Hemos descubierto que le visitó en repetidas ocasiones durante los últimos meses.

—¿Ella está bien?, quiero decir que no...

—No, está bien... Jonan, he conseguido una orden del juez para que la Guardia Civil nos ceda muestras de los huesos hallados en Arri Zahar. Acabo de llamar a la doctora Takchenko y nos recibirá mañana por la noche. Prepárate.

Jonan permaneció unos segundos en silencio.

—Jefa, esto lo cambia todo. Con la implicación de su madre, el caso toma un cariz personal de provocación y reto hacia usted que se ha visto pocas veces en la historia criminal. Ahora mismo se me ocurre Jack el destripador, que dirigía sus cartas al detective que llevaba el caso, y un par de asesinos como Ted Bundy o el asesino del zodíaco..., que mandaron cartas a algunos periódicos. Éste es más sutil, y sin embargo más directo: el hecho de que se haya acercado tanto a su madre es una clara muestra de su soberbia y arrogancia. Se hace pasar por su hermano, igualándose a usted. Le reta.

Amaia lo pensó. Sí que había una clara provocación. Repasó mentalmente el proceso que le había llevado hasta aquel punto. Un imitador que irrumpió durante la investigación del caso Basajaun. La nota dirigida a ella que Jasón Medina portaba en el momento de su muerte. El interés de Quiralte en que fuese ella y no otro quien le interrogase, hasta el punto de postergar durante toda su baja por maternidad el momento de confesar dónde estaba el cuerpo de Lucía Aguirre, y de esperar hasta entonces para suicidarse. El modo en que el teniente Padua le había introducido en el caso... Un proceso orquestado desde las sombras con un único fin, llamar su atención. Y ahora Rosario; acercarse a ella había sido la mayor de sus osadías y sin embargo había algo que no encajaba.

—Tengo que pensarlo —fue su respuesta.

—¿Informará al comisario?

—No, hasta que no tengamos los resultados de los análisis. En cuanto tengamos coincidencia le informaré y abriremos oficialmente la investigación. De momento, este episodio pertenece al ámbito de lo privado: una enferma mental que agrede a un celador y escribe algo sin sentido en la pared. Las imágenes del sospechoso con las que contamos son bastante malas, no sé si obtendremos algo, y el hecho de que se cuele aquí sólo pone en evidencia la seguridad de la clínica.

—¿Y al juez?

—Al juez... —Odiaba la sola idea de tener que contárselo, pero sabía que se lo debía; al fin y al cabo era él quien firmaba las órdenes—. Esperaremos a mañana, cuando la orden para las muestras se haga efectiva.

Jonan percibió el cansancio en su voz.

—¿Dónde está esa clínica, jefa?, ¿quiere que vaya a recogerla?

—Gracias, Jonan, no será necesario. He venido en mi coche y aquí ya he terminado. Nos vemos mañana en comisaría.

Miró una vez más a su alrededor mientras se dirigía hacia la puerta, y la carga ominosa de la presencia ausente de su madre cobraba de nuevo cuerpo en torno a ella. Cruzó el umbral y la figura doliente del doctor Franz, que la esperaba, la sobresaltó.

Su rostro tenía el color de la ceniza, a juego con el elegante traje que vestía, que evidenciaba más su desespero en el modo en que la corbata y la camisa se habían retorcido y arrugado en torno a su cuello. Sin embargo, su voz había recuperado la calma, y el tono pausado y crítico del que razona.

—A usted tampoco le cuadra, ¿verdad?

Amaia lo miró, esperando a que siguiera: su lenguaje corporal le decía que quería contar algo.

—Lleva dándome vueltas en la cabeza desde el momento en que ocurrió o, mejor dicho, desde el momento en que supe en qué circunstancias ocurrió. La atención se centra sin duda en el ataque al celador, y de rebote en el hecho de que tuviese un arma y de que alguien haya podido hacerse pasar por un familiar con el fin de dársela; pero hay algo más importante, más relevante y que me desconcierta profundamente, y es el hecho de que durante semanas no tomase su medicación.

Amaia lo miraba, sin atreverse a moverse, de pie, con el mono blanco de la científica, que olía a miedo y que estaba deseando más que nada arrancarse de encima.

—Su madre fue diagnosticada hace años de esquizofrenia. Y lo cierto es que los episodios violentos y la obsesión que presentaba hacia usted en los momentos de mayor virulencia apuntaban claramente a este diagnóstico con el que todos los profesionales que la hemos tratado, en este centro, en el hospital en el que se produjo el primer episodio agresivo contra aquella enfermera, y anteriormente su médico de cabecera, todos, hemos estado de acuerdo. Esquizofrenia combinada con alzheimer, o demencia senil; resulta difícil, en pacientes tan complicados y que muestran tantos altibajos, establecer la línea en la que termina una y comienzan los síntomas de la otra... Y ahora lo de esta noche... No tendría mayor relevancia a nivel médico, ya que este tipo de enfermos son muy violentos cuando no toman la medicación. Lo que no deja de darme vueltas en la cabeza es cómo pudo comportarse con serenidad sin el tratamiento, porque la normalidad en un esquizofrénico agresivo no puede fingirse ni con la más férrea de las disciplinas. ¿Cómo pudo aparentar el equilibrio que proporcionan las drogas?

Amaia estudiaba su rostro, en el que se mezclaban la auténtica perplejidad y la sombra de la sospecha.

—He visto la bolsa de pastillas que se llevaban y hay medicación correspondiente a unos cuatro meses. Faltan algunas: relajantes musculares, tranquilizantes, pastillas para dormir, y básicamente la medicación para otras dolencias que padece, pero no se ha tomado el tratamiento para su enfermedad mental.

—Puede que, como sugirió el inspector Ayegui, el hecho de que no se las tomara constituya la explicación de la agresión —dijo ella.

Él la miró sorprendido y dejó escapar una amarga risa.

—No tiene ni idea —dijo, mientras su sonrisa se volvía mueca—. Oficialmente, su madre está completamente loca, y es una loca peligrosa, a la que por medios químicos podemos mantener bajo control; pero sin medicación, su ira es poco menos que la de una furia del infierno, y eso es lo que nos hemos encontrado al acudir a la llamada de auxilio del celador. Una furia enloquecida, lamiéndose la sangre de las manos mientras lo veía desangrarse.

«Manos llenas de sangre con la que había escrito en la pared, ocultándolo con la cama, antes de que ellos llegaran», pensó Amaia.

—No comprendo adónde quiere llegar. Por un lado, admite que no tomó la medicación, cosa de la que ustedes son enteramente responsables, y que sin la medicación se torna violenta. No entiendo entonces de qué se sorprende.

—Lo que me sorprende es que ha controlado su ira; debió de perder el control a los pocos días de dejar de tomar las pastillas, y lo que no puedo explicarme es cómo lo ha hecho..., a menos que fingiese.

—Acaba de decirme que es imposible para un enfermo de estas características fingir normalidad, ni con el más férreo de los esfuerzos.

—Ya... —dijo Franz, y suspiró—, pero no hablo de fingir cordura, sino de todo lo contrario, de fingir locura.

Ella se arrancó el buzo blanco, los escarpines y por último los guantes, arrojando todo al interior de la habitación. Cogió su bolso, y pasando por delante del director se dirigió al ascensor.

—Llevársela ha sido un error —dijo él a su espalda—, y causará un grave perjuicio a Santa María de las Nieves.

Amaia entró en el ascensor, y al volverse vio el rostro del director, en el que ahora sólo había determinación.

—No pararé hasta que se aclare lo que ha pasado aquí —pudo oír, antes de que se cerraran las puertas en su cara.

18

Cuando llegó a Elizondo eran las cinco de la madrugada, y el cielo permanecía tan oscuro como si nunca fuese a amanecer. No se veían la luna ni las estrellas, e imaginó una densa capa de nubes negras que absorbían cualquier vestigio de luz, contribuyendo también a que la noche no fuese tan fría. Las ruedas de su coche traquetearon en el empedrado del puente, y el rumor de la presa de Txokoto la recibió con su canción eterna de agua viva. Bajó un poco la ventanilla para sentir la humedad del río, que, por lo demás, resultaba invisible en la oscuridad y sólo se adivinaba como una mancha de seda negra.

Aparcó frente al arco que formaba la entrada de la casa de su tía y buscó casi a tientas la cerradura. El camino hasta Baztán había sido largo y poblado de un vacío que le impedía pensar con fluidez. Parecían haber transcurrido varios días en lugar de unas horas desde que salió de casa, y ahora el cansancio y la tensión le pasaban cuenta, traducida en una terrible debilidad que nada tenía que ver con el sueño. Se sintió reconfortada en cuanto cruzó el umbral y pudo aspirar los aromas de leña, de cera para muebles, flores y hasta el olor dulce a galletas y mantequilla que desprendía Ibai. Tuvo que contenerse para no correr escaleras arriba a abrazarlo; antes tenía que hacer algo. Se dirigió hasta la parte de atrás de la casa y entró en un garaje que Engrasi usaba como leñera, lavadero y almacén. Se metió en el pequeño servicio, se despojó de toda la ropa introduciéndola en una bolsa de basura, abrió el grifo de la ducha y se colocó bajo el chorro de agua mientras se frotaba la piel con un trozo de jabón que encontró en el lavadero. Cuando terminó, se secó con vehemencia con una toalla pequeña, que introdujo también en la bolsa y, completamente desnuda, volvió hasta el recibidor, de donde tomó una gruesa bata de lana de su tía. Así vestida, abrió la puerta de la calle y caminó descalza sobre el suelo helado los veinte metros que había hasta el contenedor de basura, donde, tras anudarla, arrojó la bolsa en su interior y cerró la tapa. Cuando volvió a entrar en la casa, James la esperaba sentado en la escalera.

—Pero ¿qué haces? —dijo, sonriendo divertido al ver su atuendo.

Ella aseguró la puerta y respondió un poco avergonzada:

—He ido a tirar algo a la basura.

—Vas descalza, y hace dos grados ahí fuera —dijo, poniéndose en pie y abriendo los brazos en un gesto que era como un ritual entre ellos.

Ella se acercó hasta quedar pegada a él y lo abrazó, aspirando el olor cálido de su pecho. Después, levantó la cara y James la besó.

—Oh, James, ha sido horrible —dijo, sin poder evitar ese tono de niña pequeña que se reservaba para hablar con él.

—Ya pasó, cariño, ya estás en casa, yo te cuidaré.

Amaia se ciñó aún más a su cuerpo.

—No lo esperaba, James, no creía que tuviera que enfrentarme a esto de nuevo.

—Ros me lo contó cuando regresó. Lo siento, Amaia, ya sé que es muy difícil, especialmente para ti.

—James, hay mucho más, cosas que pertenecen a lo que no puedo contar y todo es...

Él tomó su rostro con las manos y le levantó la cara para besarla de nuevo.

—Vamos a la cama, Amaia, estás agotada y helada —dijo, pasándole una mano por el cabello mojado.

Se dejó conducir como sonámbula y, desnuda, se introdujo entre las sábanas tibias, pegada contra el cuerpo de su marido. Siempre bastaba con el olor de su piel, la firmeza de sus brazos, la eterna sonrisa de niño malo para que lo desease con locura. Hicieron el amor sin ruido, de un modo profundo e intenso, con una fuerza que parecía reservada para vengarse de la muerte, para resarcirse de sus ultrajes. El sexo de después de los funerales, el sexo tras la muerte de un amigo, el sexo que afirma que sigues vivo a pesar de los daños, el sexo intenso y soberbio del desagravio, que está destinado a borrar la sordidez del mundo, y lo consigue.

Se despertó con la sensación de haber dormido tan sólo unos minutos, pero comprobó en su reloj que había pasado casi una hora: ni siquiera había sido consciente de que se dormía. Escuchó la respiración cadenciosa de James y se incorporó, inclinándose un poco sobre él, para ver al niño. Dormía boca arriba, la boca entreabierta y los brazos en cruz con las manitas abiertas y relajadas. Se puso el pijama de James, que había quedado olvidado en el suelo, y tapó a su marido con el edredón, antes de salir, sigilosa, de la habitación.

Las cenizas de la chimenea estaban completamente frías. Las removió un poco para hacer cama a la nueva remesa de leña, que fue colocando, como los palitos de un juego de construcción, mientras pensaba. El fuego prendió enseguida, avivado por las ramitas pequeñas con las que había formado un nido central, y retrocedió al sentir el calor en la cara, quedándose sentada en uno de los dos sillones de orejas que había frente a la chimenea. Palpó en el bolsillo del pijama su teléfono móvil y consultó la hora, calculando la diferencia con Nueva Orleans, mientras buscaba el número en su agenda.

Aloisius Dupree. «Vuestra relación es enfermiza.» El

recuerdo de tía Engrasi la molestó. Dupree, además de su amigo, era el mejor agente que había conocido: intuitivo, sagaz, inteligente... Dios sabía que ella necesitaba ayuda. Aquello a lo que se enfrentaba no era de índole normal, y ella tampoco era lo que se podía llamar una poli normal. En el último año, la colección de cosas extraordinarias que le habían ocurrido no parecía tener fin. Podía resolverlo, estaba segura, pero necesitaba alguna guía, ayuda, porque los caminos que debía recorrer eran demasiado intrincados y confusos.

«Por favor, te pido que no vuelvas a llamarle.»

—Maldita sea, tía —masculló guardando el teléfono entre la tela del pijama.

Como atraída por una música que sólo ella escuchase se puso en pie y recorrió la distancia hasta el aparador sin quitar los ojos del paquetito de seda negra que reposaba tras las puertas de cristal. Se dirigió hacia la escalera, subió al primer piso y apenas llegó a rozar la puerta del dormitorio de su tía.

—Bajo en un minuto —dijo la anciana desde la oscuridad.

Para cuando lo hizo, Amaia ya había tomado el paquetito entre sus manos deshaciendo los nudos que lo contenían. Cuando cogió la baraja, la notó cálida, como algo vivo, y se debatió un instante entre las dudas que aquel acto le suscitaba. Durante un rato, mezcló las cartas sin mirarlas apenas, mientras repasaba mentalmente las evidencias, las líneas de su investigación, las hipótesis aún apenas esbozadas.

—¿Qué es lo que debo saber? —preguntó tendiéndoselas a su tía, que sentada frente a ella la observaba en silencio.

—Barájalas —ordenó Engrasi.

Las sensaciones del presente le trajeron recuerdos del pasado. El tacto suave de los naipes deslizándose entre sus dedos de niña, el olor característico que emanaba desde las cartas cuando las movía, mezclándolas, el modo intuitivo en que las elegía y la ceremonia, que su tía le había enseñado y ella repetía con toda seriedad, con que les daba la vuelta, sabiendo mucho antes de girarlas lo que había al otro lado; y el misterio resuelto en un instante, cuando la ruta que seguir se dibujaba en su mente, estableciendo las relaciones entre los naipes. Abreviando el método, como había hecho de niña, optó por la parte superior de la baraja. Engrasi las fue disponiendo, formando una cruz mientras Amaia claudicaba a la tiranía de los recuerdos de tantas otras veces; una a una, las fue volteando mientras el más profundo desasosiego la invadía en la medida en que iba reconociendo las cartas que iban saliendo, como si entre aquel día en que Ros se las echó y hoy no hubiera pasado un año.

La posibilidad de que una tirada se repitiese carta por carta era remota, pero que además llevasen aquel lóbrego mensaje resultaba aterrador. Y mientras una asombrada Engrasi las iba girando y una nueva figura aparecía ante sus ojos, la voz trémula de Ros le llegó como un oscuro eco del pasado.

«—Has abierto otra puerta. Haz la pregunta —ordenó Ros, con firmeza.

»—¿Qué es lo que debo saber?

»—Dame tres.

»Amaia se las dio.

Su hermana las había colocado en el lugar en que su tía lo hacía ahora, y las imágenes coloristas del tarot de Marsella se repetían ante sus ojos, como calcadas de las de un año atrás.

—Lo que debes saber es que hay otro elemento en la partida infinitamente más peligroso. Y éste es tu enemigo, viene a por ti y a por tu familia, ya ha aparecido en escena, y continuará llamando tu atención hasta que accedas a su juego.

—Pero ¿qué quiere de mí, de mi familia?

Volvió la carta, y sobre la mesa, el esqueleto descarnado la miró, como aquel día, desde sus cuencas vacías.

«—Quiere tus huesos —dijo Ros desde el pasado.»

—Quiere tus huesos —dijo Engrasi.

Amaia la miró, furiosa. Temblando de pura rabia recogió los naipes, apretándolos en el mazo, y en un impulso lo lanzó con fuerza lejos de sí. Las cartas volaron en bloque por encima del sillón de orejas y fueron a estrellarse contra la repisa de la chimenea, donde se desplegaron con un golpe sordo, cayendo al suelo sin ruido, desperdigadas frente al hogar.

Durante un minuto permaneció quieta, mientras asimilaba lo que había sucedido. Desde donde estaba podía ver que algunos de los naipes habían quedado boca arriba, mostrando su faz de vivos colores que atraían su mirada como un imán, mientras en su interior crecía la repugnancia y la rabia, y se recriminaba la torpeza que le había llevado a caer en la vieja trampa que supone adelantarse un paso al destino.

Las enseñanzas de Engrasi se repetían hasta formar parte de esas letanías que inconscientemente se reproducían en su mente y lo harían siempre:

«Las cartas son una puerta, y una puerta no debes abrirla porque sí, ni dejarla abierta después. Las puertas, Amaia, no hacen daño, pero lo que puede entrar a través de ellas, sí. Recuerda que debes cerrarla cuando termines tu consulta, que te será revelado lo que debas saber, y que lo que permanece a oscuras es de la oscuridad».

Engrasi permanecía quieta observándola, y cuando la miró habría jurado que tenía miedo.

—Lo siento, tía, ahora las recojo —dijo, huyendo de sus ojos pávidos.

Se agachó junto a la chimenea y comenzó a recoger las cartas, formando de nuevo un mazo. Tomó el lienzo de seda que le tendía su tía y se sentó frente al fuego a contarlas, para asegurarse de que estaban todas: cincuenta y seis arcanos menores y veintidós arcanos mayores; sin embargo contó veintiuno. Se inclinó hacia un costado buscando la carta que faltaba, y vio que se había quedado de canto en el borde interior de la chimenea. La altura del fuego se había reducido considerablemente, y el naipe pegado a la pared interior no corría peligro alguno de quemarse. Tomó las pinzas que colgaban de la pared y cogió la carta por un extremo, sacándola de la chimenea y dejándola boca abajo en el suelo. Puso las pinzas de nuevo en su sitio y tomó el naipe para unirlo a los demás. El dolor recorrió su brazo como una descarga eléctrica que le atravesó el pecho, haciéndole perder el equilibrio. Quedó sentada en el suelo apoyada contra el sillón. Era un infarto, estaba segura. El dolor que le recorrió el brazo, encogiéndolo, como si todos los tendones que lo sostenían se hubieran roto a la vez, una laceración que le atravesó el pecho, y el pensamiento que, a pesar del pánico, o debido a él, se había formado claro en su mente: «Voy a morir».

En una ocasión, se lo había dicho un médico: «Sabes que es un infarto porque piensas que te mueres».

Concentrada en no gritar, fue consciente de pronto de los sollozos de su tía, que se inclinaba sobre ella diciéndole algo que apenas podía escuchar, y de algo más, del lugar en el que se generaba el dolor, y el lugar estaba al extremo de su brazo, en las puntas de los dedos pulgar e índice. Miró sorprendida la carta que aún sostenía, a pesar de que sus dedos se habían crispado en una postura de defensa. Poniendo todo el cuidado en controlar su impulso de arrancar la carta de entre sus dedos, tiró suavemente de ella con la otra mano, llevándose parte de la piel, que quedó adherida al brillante cartoné de la cubierta con dos huellas indelebles. El dolor cedió en el acto. Miró, aprensiva, la carta que había quedado boca arriba tirada entre sus piernas, y no se atrevió a tocarla. Parecía increíble que un trozo de cartón hubiese podido guardar tanto calor como para provocarle semejante quemadura. Cuando un rato después sacó la mano de debajo del chorro de agua fría, la piel pareció estar en buenas condiciones, y del dolor sólo quedaba un leve hormigueo en la punta de los dedos, como cuando se calientan rápidamente las manos muy frías.

Engrasi le tendió una toalla, con la que insistió en secarle las manos mientras inspeccionaba con ojo clínico los dedos.

—¿Qué crees que ha pasado ahí, Amaia?

—No estoy segura.

—Es la segunda vez que veo algo así y la primera fue el otro día cuando en Juanitaenea tocaste la cunita del desván.

Amaia recordó el episodio, el modo en que sus tendones se habían contraído como si hubieran sido cortados todos a la vez.

Amaia sonrió de pronto.

—Ya lo sé —exclamó, aliviada—. Tenía una molestia en el hombro, el fisioterapeuta me dijo que seguramente era una leve tendinitis de tener a Ibai en brazos, pero la semana pasada tuve la reválida de tiro y para prepararme estuve yendo a la galería todos los días. Es eso, tía. La última tarde que fui, hasta el instructor me comentó que tenía que tener el hombro destrozado. En el momento no noté nada más que un hormigueo, pero es evidente que el esfuerzo ha empeorado la lesión.

En los ojos de Engrasi la duda no daba tregua.

—Si tú lo dices...

19

No había ni rastro de la lesión cuando despertó por la mañana pero se sentía demasiado furiosa como para conducir, así que optó por caminar a buen paso hasta la comisaría, después de calarse un gorro hasta las cejas y levantar la solapa del abrigo. Soplaba ese día un viento del sur que terminaría por arrastrar las nubes preñadas de agua lejos del valle, evitando la lluvia, y que sacudía su cuerpo como el de un pelele, obligándola a caminar inclinada hacia delante. Odiaba el viento que forzaba a los caminantes a no pensar en nada más que en mantenerse en pie, una escena que siempre le hacía recordar el pasaje del infierno de Dante donde los condenados caminaban contra el viento eternamente. Una fuerte racha sacudió las faldas de su abrigo contribuyendo a aumentar su enfado. Que el monstruo hubiera tenido la desfachatez de llegar hasta Rosario era una afrenta personal que con la luz de la mañana, y superado el *shock* inicial de enfrentarse de nuevo a la presencia de su madre, suponía un nuevo agravio que la enfurecía de un modo que la aterraba. No era bueno que un policía se implicase así; si no lograba controlar la ira que la provocación le causaba, perdería la perspectiva y quedaría inutilizada para llevar la investigación. Lo sabía y eso aún la enfurecía más. Apuró el paso hasta casi correr intentando que el esfuerzo calmase su ímpetu.

Los desvelos de la noche anterior habían dejado huellas oscuras bajo sus ojos, y aunque eran casi las nueve cuando llegó a la comisaría, el tiempo de sueño extra apenas le había servido de nada. Ibai se había despertado lloriqueando y tras un intento infructuoso de darle el pecho, James lo había calmado con un biberón, dejándole una sensación de incompetencia, que sumada a su enfado, sólo servía para estresar al bebé. Lo sabía, joder, lo sabía todo. Era una madre de mierda, incapaz de asistir a su hijo en lo más básico, y una poli de mierda, con la que los monstruos jugaban al escondite.

Antes de llegar al despacho del inspector Iriarte ya reconoció la voz de Montes, que inmediatamente le hizo recordar la conversación que habían tenido frente a su casa. Dio los buenos días sin detenerse y sin mirar al interior del despacho, mientras un coro de respuestas le llegaba desde allí. Lo último que necesitaba aquella mañana era que el inspector Montes hubiera decidido seguir su consejo y presentarse en comisaría para hablar con ella.

Entró en la sala de reuniones que utilizaba como despacho y cerró la puerta a su espalda. Aún se estaba quitando el abrigo cuando entró el subinspector Etxaide.

—Buenos días, jefa.

Amaia notó que la observaba atentamente fijándose quizás en las oscuras ojeras, y dudando entre su impulso natural de hacerle un comentario de índole personal o ir directo al trabajo. El subinspector era un magnífico investigador, sabía que a juicio de algunos le faltaban tablas y dureza, y que la parte humana aún pesaba más que la parte policial, pero qué hostias, al fin y al cabo, lo prefería a la frialdad de Zabalza o la chulería de Montes. Sonrió con cara de circunstancias, como si eso justificase su aspecto, y él optó por el trabajo.

—Parece que el juez Markina ha madrugado. Hace una hora llamó el teniente Padua para decir que les había llegado la orden y que tendremos las muestras esta misma mañana.

—Perfecto —contestó ella, mientras tomaba nota.

—Y también han llamado de Estella: no se puede hacer nada con las imágenes del aparcamiento de Santa María de las Nieves, lo han aumentado hasta donde pueden pero la imagen se desenfoca y resulta inservible. Han enviado esto —dijo, poniendo una serie de borrones grises y negros sobre la mesa.

Ella los miró, disgustada. Consultó su reloj y calculó que en Virginia apenas serían las cuatro de la madrugada. Quizá más tarde.

Jonan pareció dudar.

—... Respecto a lo que sucedió ayer en la clínica...

—Jonan, no es más que un hecho aislado y así debemos tratarlo. De momento no tiene más relevancia en la investigación, hay que esperar a tener los resultados de las analíticas para establecer el orden y poder comenzar a desarrollar un perfil, así que por ahora lo dejaremos estar.

No pareció que la propuesta le satisficiera del todo, pero aun así, asintió.

—Quiero que te vayas a casa y te tomes el resto del día libre. —Pareció que iba a protestar—. Lo que necesito que hagas puedes hacerlo desde allí. Sigue buscando similitudes en otros casos de crímenes machistas, y descansa un poco. Esta tarde a última hora salimos para Huesca, los doctores de los osos van a echarnos una mano para acelerar un poco las cosas. Yo te recogeré hacia las siete en Pamplona con las muestras, seguramente nos llevará toda la noche.

—Me encantará volver a verlos —dijo Jonan, sonriendo mientras se dirigía a la puerta. Puso la mano en el picaporte y se volvió como si hubiera recordado algo.

—Jefa... Cuando he llegado esta mañana, tenía un *e-mail* en el correo... —dudó.

—¿Sí?

—Un *e-mail* muy raro, estaba en mi bandeja, aunque creo que iba dirigido a usted.

—Y bien, ¿de quién era?

—Bueno, eso es lo curioso. Procede de..., mejor se lo enseño —dijo, adelantándose hasta llegar al ordenador y trayendo a la pantalla la bandeja de entrada.

—El Peine dorado —leyó Jonan—. No es que sea exactamente anónimo, pero es una de esas direcciones raras y firman con ese símbolo; yo diría que es como una sirena.

—Una lamia —dijo ella, mirando el pequeño logo al pie de la página.

Él se la quedó mirando.

—Perdón, jefa, ¿ha dicho una lamia? Pensaba que la mitología me estaba reservada por completo.

—Bueno, es evidente que es una lamia: si te fijas no es una cola de pez lo que tiene en el extremo de las piernas, sino unos pies de pato.

—Yo creo que no es tan evidente, la mayoría lo habrían confundido con una sirena, y hace un año este tipo de observaciones eran de mi jurisdicción y usted se limitaba a burlarse.

Ella sonrió; guardó silencio mientras leía el mensaje y Jonan continuaba:

—No sé si es un error o una broma, no le encuentro demasiado sentido.

Amaia lo imprimió y puso la hoja sobre la mesa.

—Si llega alguno más, pásamelo.

Esperó a que él saliera para leerlo de nuevo.

Una piedra que deberás portar desde tu casa
es la ofrenda que exige la señora
ofrenda a la tormenta para obtener la gracia
y cumplir el designio que te marcó en la cuna.

Miró con aprensión el teléfono mientras ensayaba mentalmente sus palabras, hasta que encontró el tono suficientemente despegado y profesional que era imprescindible para explicar aquello.

—Buenos días, Inmaculada, soy la inspectora Salazar, querría hablar con el juez.

Hubo una pausa como de un segundo en la que casi la oyó coger aire antes de contestar con empalagosa voz:

—El juez está muy ocupado esta mañana, deje el recado, yo se lo haré llegar.

—¡Oh, claro, por supuesto! —dijo Amaia, imitando su voz—, y ahora, Inma, pásame con el juez o me harás ir hasta ahí, y si tengo que hacerlo te meteré la pistola por el culo.

Sonrió maliciosa al imaginar la expresión sorprendida que acompañaría al respingo que sí oyó. En lugar de contestar, oyó el tono de llamada y la voz del juez al otro lado del teléfono:

—¿Inspectora?

—Buenos días, señoría.

—Buenos días. Espero que la emergencia no fuera tal.

—¿Qué?

—La emergencia por la que tuvo que irse anoche.

—Precisamente de eso es de lo que quiero hablarle.

Durante quince minutos relató los hechos del modo más imparcial posible. Él escuchó atentamente sin interrumpirla. Cuando terminó, Amaia tuvo dudas de que siguiese al otro lado de la línea.

—Esto lo cambia todo —afirmó el juez Markina.

—No estoy de acuerdo —protestó ella—. Es un matiz, sí, pero en lo que se refiere a la investigación, estamos en el mismo lugar. Hasta que no tengamos la confirmación de que los huesos hallados en la cueva pertenecen a las víctimas de esos crímenes, el resto de elementos, incluidas las firmas, no dejan de ser eventos casuales.

—Inspectora, el mero hecho de que un asesino se ponga en contacto con usted ya es bastante inquietante.

—Olvida que soy inspectora de homicidios. Trato con asesinos, y aunque sea poco frecuente, que un criminal contacte con el policía que lleva su caso está suficientemente documentado —dijo, mientras pensaba rápidamente—. Es sólo un aspecto del comportamiento presuntuoso y chulo de estos personajes.

—Creo que en el hecho de que se ponga en contacto con su familia hay algo más que chulería; hay intimidación.

Markina tenía razón pero Amaia no lo admitiría.

—Nunca he conocido un caso así —afirmó él.

—Quizá no tan directo, pero no es inhabitual que el autor de los crímenes deje pistas o mensajes encubiertos, sobre todo en los casos de asesinos múltiples o en serie.

—¿Cree que estamos ante una serie?

—Estoy segura de ello.

Él permaneció en silencio unos segundos.

—¿Cómo se encuentra?

—¿A qué se refiere?

—A cómo se siente a nivel personal.

—Si lo que está preguntando es si puedo tomar distancia con el caso, la respuesta es sí.

—Lo que estoy preguntando, exactamente lo que le he preguntado, inspectora, es cómo le afecta a nivel personal.

—Pues eso es personal, señoría, y mientras no tenga indicios de que el modo en que me afecta tiene repercusión sobre la investigación, no tiene derecho a preguntármelo.

Se arrepintió de su tono en cuanto lo hubo dicho. Lo último que le hacía falta era perder la confianza y el apoyo del juez. Cuando él habló, su tono era más frío, pero no había perdido su natural dominio.

—¿Cuándo y dónde tiene previsto realizar las analíticas?

—En un laboratorio independiente de Huesca. La bióloga molecular colaboró con nosotros en otro caso y sus conclusiones fueron entonces de gran ayuda. Ha accedido a realizar los análisis esta noche, así que mi ayudante y yo viajaremos hasta Aínsa para custodiar las muestras. Calculo que tendremos los resultados mañana por la mañana.

—De acuerdo, les acompañaré —dijo.

—Oh, no será necesario, señoría, no dormiremos en toda la noche y...

—Inspectora. Si los resultados de sus análisis son los que esperamos, mañana mismo abriremos el caso, y creo que no se le escapa la importancia y la repercusión que puede alcanzar.

No respondió. Mordiéndose la lengua, se despidió hasta la noche. Aquello no le gustaba, no quería tener al juez pegado a sus talones por más de una razón.

Cuando colgó el teléfono se lamentó de que la conversación no hubiera ido como ella había planeado. Markina la intimidaba; reconocerlo no le hacía sentirse mejor, pero al menos era un paso hacia la solución, y de momento, la única que se le ocurría era alejarse de él.

—No seas histérica —se reconvino en voz alta.

Sin embargo, la voz repetía en su interior que tomar distancia era lo más prudente. Volvió al mensaje firmado con el símbolo de la lamia y dedicó la siguiente hora a dibujar en la pizarra una sucesión de diagramas que fue rellenando con nombres.

Retrocedió unos pasos hasta la mitad de la sala y lo observó con ojo crítico. Unos leves golpes en la puerta la sacaron de su concentración:

—¿Interrumpo, jefa?

—No. Pase, Iriarte, y siéntese.

Él lo hizo orientando la silla hacia la pizarra. Amaia se volvió interponiéndose entre la pizarra y él, avanzó unos pasos, y tocando levemente la parte inferior la giró dejando ocultas las inscripciones.

—¿Alguna novedad en Arizkun? —preguntó, volviendo a la mesa y sentándose frente a él. No se le escapó el gesto perplejo con que Iriarte acogió su decisión de ocultar el diagrama.

—No, calma total. No ha vuelto a producirse ningún incidente, pero tampoco hemos obtenido avances en la investigación.

—Bueno, por una parte era de esperar. Ya sabemos que en el arzobispado querían una cabeza pinchada en un palo, pero como expuse, en la mayoría de los casos de profanaciones no se detiene al autor o autores. El mero hecho de tomar alguna medida ya resulta suficientemente disuasorio.

—Eso parece —contestó él, distraído.

—¿Está todavía el inspector Montes?

—No, ya se ha ido.

Le sorprendió, aunque, en efecto, prefería no hablar con él ese día. Había esperado que al fin claudicase y le mostrase respeto.

—Quería hablar de eso, de él.

—¿De Montes?

—Como sabe, el viernes se celebra en Pamplona el auto con el tribunal para decidir si Montes vuelve al servicio o continúa suspendido. Teniendo en cuenta que ahora es usted la jefa, su opinión tendrá un gran peso.

Amaia continuó en silencio un par de segundos y al fin contestó, impaciente:

—Sí, inspector Iriarte, estoy al tanto de todo eso. ¿Quiere decirme de una vez adónde quiere llegar?

Él llenó los pulmones de aire, y los vació lentamente antes de hablar.

—A donde quiero llegar es que mi declaración será favorable a la incorporación de Montes.

—Me parece correcto que actúe de acuerdo con su criterio.

—¡Oh, por Dios, jefa! ¿No cree que ha sido suficiente castigo para él?

—¿Castigo? No es un castigo, inspector, es un correctivo. ¿Acaso olvida lo que hizo?, ¿lo que estuvo a punto de hacer?

—No, no lo he olvidado, he pensado en lo que ocurrió aquel día miles de veces, y creo que se dieron un cúmulo de circunstancias que lo propiciaron. Montes acababa de pasar por un divorcio traumático, bebía bastante, estaba descentrado, y la relación frustrada con... Bueno, ya sabe, darse cuenta de que había sido utilizado...; la suma fue demasiado.

—Creo que no hace falta que le recuerde que los policías trabajamos bajo presión extrema, no podemos permitir que otros aspectos de nuestra vida invadan la labor policial; claro que somos humanos, y hay veces en que es imposible evitarlo, pero existe una línea que no podemos cruzar, y él lo hizo.

—Sí —admitió él—. Lo hizo, pero ha pasado un año, las circunstancias han cambiado, está centrado, ha ido a terapia, no bebe.

—Ja.

—Bueno, bebe menos, y tiene que reconocer que es un buen policía, el equipo está cojo sin él.

—Lo sé de sobra, ¿por qué piensa que aún no le he buscado sustituto? Pero no creo que esté preparado para volver, y la razón es que no estoy segura de que se pueda confiar en él. Y eso en homicidios, cuando nos jugamos la vida y comprometemos las investigaciones, es fundamental.

—La confianza es un camino de dos direcciones —dijo él con dureza.

—¿Qué insinúa?

—Que no se puede exigir confianza cuando no se otorga —dijo, e hizo un gesto hacia la pizarra que ella había ocultado.

Ella se puso en pie.

—En primer lugar, no le oculto información. Lo que hay en esa pizarra pertenece a otro caso en el que trabajo a título personal y que no se ha abierto aún; si eso llegara a ocurrir, informaría al equipo y asignaría esa investigación a las personas que me parecieran más adecuadas. Debo decidir si esa información es pertinente al caso que nos ocupa, o si, por el contrario, mezclarlos podría ir en detrimento de ambas investigaciones. Pero si cuestiona mi capacidad, puede dirigir sus quejas al comisario general.

Él se miraba las manos.

—No tengo nada que decirle al comisario general; no la cuestiono, pero duele ver que sí confía en otras personas.

—Confío en quien puedo confiar. ¿Cómo podría hacerlo en quien va diciendo por ahí que delego todo el trabajo en los demás y estoy todo el día de paseo? Y deberá reconocer que Montes no tenía por qué saber esto si lo que pasa aquí se quedase aquí.

—Jefa, sabe de sobra que Montes tiene su propio criterio y su propia manera de expresarlo, no necesita que nadie le dé ideas, y es verdad que está un poco picajoso, pero es normal en sus circunstancias, y puedo garantizarle que por mi parte, independientemente de las simpatías que le tenga a Montes, no sale una palabra ni un comentario de aquí.

Ella lo miraba con gesto adusto.

—Respecto a Montes, puede que muchas cosas hayan cambiado en él, pero no las suficientes.

—¿Y respecto a eso? —dijo él, señalando la pizarra.

—¿Qué es lo que quiere, inspector?

—Que confíe en mí y me cuente qué es lo que hay tras esa pizarra.

Ella le miró fijamente durante unos segundos, después caminó hasta la pizarra y, empujando suavemente el borde inferior, la volteó, y durante la siguiente hora confió en Iriarte.

Entró en casa y sonrió al escuchar el tintineo característico de los platos y las copas que su tía disponía sobre la mesa y que indicaba que llegaba a tiempo.

—Oh, mirad lo que ha traído el gato —exclamó la tía—. Ros, pon un plato más.

—Contigo quería hablar yo —dijo su hermana saliendo de la cocina—. Hoy me ha ocurrido una cosa muy curiosa —dijo mirando a Amaia fijamente y atrayendo la atención de James y la tía—. Esta mañana, cuando he llegado al obrador, había allí un equipo de restauración y limpieza de fachadas de Pamplona pintando la pared y la puerta del almacén.

—¿Y? —animó Amaia.

—Y después han ido a la fachada de mi casa. Por más que he insistido no han querido decirme quién les había contratado, sólo que habían recibido el encargo y el pago de forma anónima.

—Mira qué bien —dijo Amaia.

—¿Eso es todo lo que tienes que decir?

—Pues no sé..., ¿que espero que lo dejen bien?

Ros la miró, sonriendo y negando con la cabeza.

—Tiene gracia...

—¿El qué?

—Que durante años pensamos que la hermana mayor era Flora, y lo que es más absurdo, que tú eras la pequeña.

—Soy la pequeña, sois más viejas que yo —dijo Amaia.

—Gracias —dijo Ros, besándola en la mejilla.

—No sé de qué hablas, pero de nada.

Comieron y charlaron animados, aunque la tía estaba más silenciosa y pensativa que de costumbre, y cuando terminaron, mientras Amaia jugaba con Ibai, la tía se sentó a su lado.

—¿Así que sales para Huesca esta noche?

—Sí.

—Incluso antes de ir ya sabes lo que resultará —afirmó.

Amaia la miró muy seria.

—¿Cómo está tu hombro?

—Está bien —respondió a la defensiva.

—Tengo miedo, Amaia, toda tu vida he estado temiendo por ti, por lo evidente y por lo que no lo era tanto. Recuerdo como si fuera hoy el día en que con nueve años entraste aquí y echaste las cartas, como si llevaras toda la vida haciéndolo. Un mal terrible se cernía sobre ti en aquel momento, y unido al agravio y la humillación a los que acababas de ser sometida, las puertas se abrieron como pocas veces lo hacen; de hecho, sólo he vuelto a verlo una vez y fue cuando Víctor... Bueno, entonces... Hay algo en ti, Amaia, que invita a las fuerzas más crueles. Tu instinto para rastrear el mal es aterrador, y tu trabajo..., bueno, imagino que era inevitable.

—¿Quieres decir que estoy maldita? —dijo sonriendo, con menos convencimiento del que habría deseado.

—Todo lo contrario, ángel mío... Todo lo contrario. A veces las personas que han tenido experiencias cercanas a la muerte presentan estas peculiaridades, pero... Lo tuyo, lo que te distingue, es diferente. Eres especial, eso lo he sabido siempre, pero ¿cuánto, de qué forma? Ten cuidado, Amaia. Tantas son las fuerzas que te protegen como las que te atacan.

Amaia se levantó y abrazó a su tía, sintiendo la fragilidad de sus pequeños huesos entre sus brazos; la besó en la cabeza, en la suavidad de sus cabellos blancos.

—No te preocupes por mí, tía, tendré cuidado —dijo sonriendo—. Además, tengo una pistola y soy una tiradora letal...

—Deja de decir payasadas —la riñó de broma, desentendiéndose del abrazo y secando con el dorso de su mano las lágrimas que rodaban por su rostro.

Por fin se dejaba ver el sol del invierno, después de que el fuerte viento de la mañana hubiera barrido las nubes. Ibai dormía, acunado por el traqueteo de las ruedas del carrito en el empedrado de las calles de Elizondo, y, mientras apuraban la luz de la tarde con el paseo, Amaia escuchaba a James, que la puso al día de los avances en el proyecto de Juanitaenea, totalmente entusiasmado. Cuando estaban ya cerca de casa, él se detuvo y ella lo hizo a su lado.

—Amaia, ¿va todo bien?

—Sí, claro.

—Es que te he oído hablar con la tía...

—Oh, James, ya sabes cómo es. Es mayor y muy sensible, se preocupa, pero tú no debes hacerlo; no puedo trabajar si estoy pensando que estáis preocupados.

Él emprendió de nuevo la marcha, aunque por su gesto no parecía convencido. Volvió a detenerse.

—¿Y entre nosotros?

Ella tragó saliva y se humedeció los labios, nerviosa.

—¿A qué te refieres?

—¿Están las cosas bien entre nosotros?

Le miró a los ojos, intentando transmitirle toda la convicción que era capaz de generar.

—Sí.

—Está bien —contestó él más relajado, y avanzó de nuevo.

—Siento que esta noche también tenga que estar fuera.

—Lo comprendo, es tu trabajo.

—Voy con Jonan. —Lo pensó un instante y añadió—: Y el juez Markina nos acompaña para custodiar y valorar las analíticas. Es muy importante; si obtenemos el resultado que esperamos, podríamos destapar uno de los casos más graves de la historia criminal de este país.

James la miró un poco extrañado, y ella supo de inmediato por qué: estaba hablando demasiado, nunca se extendía en explicaciones sobre su trabajo, aquello simplemente pertenecía a «eso de lo que no puedo hablar», y también supo por qué lo estaba haciendo. Había sentido la necesidad de ser sincera de un modo encubierto, así que había mencionado a Markina y a la vez había intentado quitarle importancia, abrumándolo con más información de la que solía dar. Miró a James, que seguía caminando mientras empujaba el carrito, y de pronto se sintió mezquina. Suspiró sonoramente y él se dio cuenta.

—¿Qué pasa?

—Nada —mintió—, que acabo de recordar que tenía que hacer una llamada importantísima a Estados Unidos. Adelántate —dijo a su marido—, aún tengo tiempo de bañar a Ibai antes de irme.

Sin esperar a llegar a casa, sacó el teléfono, buscó el número y sentándose en el murete del río llamó. Al otro lado un hombre contestó en inglés.

—Buenos días —dijo, a pesar de que en Elizondo ya había anochecido—. ¿Agente Johnson? Soy la inspectora Amaia Salazar, de la Policía Foral de Navarra. El inspector Dupree me dio su número, espero que pueda ayudarme.

Su interlocutor permaneció unos segundos en silencio, antes de contestar.

—Oh, sí, la recuerdo, estuvo aquí hace dos años, ¿no es cierto? Espero que venga a visitarnos en la próxima convocatoria. Y dígame, ¿Dupree le dio mi número?

—Sí, me dijo que si necesitaba ayuda quizás usted me la podría prestar.

—Si Dupree le dijo eso, estoy a su servicio. ¿En qué puedo ayudarla?

—Tengo unas imágenes de muy mala calidad del rostro de un sospechoso. Hemos hecho todo lo posible, pero no conseguimos más que borrones grises. Me consta que ustedes trabajan con un nuevo sistema de recuperación de imágenes y reconstrucción de rostros que podría ser nuestra única posibilidad.

—Envíemelas, haré lo que pueda —respondió el hombre.

Ella apuntó su dirección de correo y colgó.

20

Eran las ocho cuando aparcó frente al portal del subinspector Etxaide. Hizo una llamada perdida y esperó, mientras observaba lo animada que estaba la calle a aquella hora en comparación con Elizondo, donde a las ocho sólo se veían algunos rezagados que regresaban a casa.

Echaba de menos estar en Pamplona. Las luces, la gente, su casa en el casco viejo, pero James parecía encantado en Baztán y más desde que habían decidido quedarse con Juanitaenea. Sabía que él adoraba Elizondo y aquella casa, pero no estaba del todo segura de que a pesar de que cada vez se sentía más a gusto allí, pudiese nunca sentir la libertad que le daba vivir en Pamplona. Se preguntó si se habría precipitado al aceptar comprar la casa.

En cuanto vio salir a Jonan del portal, se deslizó al asiento del acompañante. Tenía mucho en que pensar y a Jonan le gustaba conducir. Él echó su grueso plumífero a los asientos traseros y encendió el motor.

—¿A Aínsa, entonces?

—Sí, pero antes pararemos en la gasolinera que hay a la salida de Pamplona. Hemos quedado allí con el juez Markina, que insistió en acompañarnos para garantizar que se observan los procedimientos.

Jonan no dijo nada, pero a Amaia no le pasó inadvertido el gesto de extrañeza que intentó disimular con su habitual corrección. Permaneció silencioso hasta que llegaron a la gasolinera, aparcó y bajaron al ver las luces que les avisaban desde otro coche.

Markina salió y caminó hacia ellos; vestido con vaqueros y un grueso jersey azul, apenas aparentaba treinta años. Amaia notó cómo Jonan observaba su reacción.

—Buenas noches, inspectora Salazar —dijo el juez, tendiéndole la mano.

Ella se la estrechó, ofreciéndole tan sólo la punta de sus dedos ateridos y evitando mirarle a la cara.

—Señoría, éste es mi ayudante, el subinspector Etxaide.

El juez le saludó del mismo modo.

—Podemos ir en mi coche, si quieren.

Amaia vio cómo Jonan miraba apreciativamente el BMW del juez, mientras ella negaba con la cabeza.

—Siempre voy en mi coche, es por si hay un aviso —explicó—. No puedo exponerme a depender de que alguien me lleve.

—Lo comprendo —dijo el juez—, pero si el subinspector lleva su coche usted puede acompañarme en el mío.

Amaia miró a Jonan y de nuevo a Markina, desconcertada.

—Es que... El subinspector y yo tenemos trabajo pendiente y aprovecharemos durante el viaje para ir solventándolo. Ya sabe.

El juez la miró a los ojos y ella supo que él sabía que mentía.

—Querría que de camino a Aínsa me pusiera al día de cómo va la investigación. Si como usted cree los resultados son positivos, se abrirá oficialmente este caso y debo estar al tanto de los pormenores.

Amaia asintió, bajando la mirada.

—Está bien —claudicó, molesta—. Jonan, te seguiremos.

Subió al coche del juez y se sintió incómoda mientras esperaba a que él se abrochase el cinturón. Estar en aquel espacio tan reducido con él la violentaba de un modo que rayaba en lo ridículo. Disimuló su desconcierto revisando los mensajes de su móvil, incluso releyó alguno, resuelta a mostrarse indiferente a su cercanía, al modo en que sus manos rodeaban el volante, al gesto suave con el que cambiaba las marchas o a las miradas cortas e intensas que le dedicaba, como si fuese la primera vez que la veía, mientras golpeaba rítmicamente el volante con el índice, al ritmo de la música. Disfrutaba del viaje, se notaba en el modo en que apoyaba la espalda y en la leve y constante sonrisa que se dibujaba en su rostro. Condujo en silencio durante una hora. Al principio, ella se había sentido aliviada al no tener que hablar, pero el silencio prolongado entre ellos establecía un nivel de intimidad que la asustaba.

Después de pensárselo dijo:

—Creía que quería que hablásemos del caso.

Él la miró durante un segundo antes de volver a poner los ojos en la carretera.

—Mentí —admitió—, sólo quería estar con usted.

—Pero... —protestó ella, desconcertada.

—No tiene que hablar si no quiere, sólo déjeme disfrutar de su compañía.

Permanecieron en silencio el resto del viaje, él conduciendo con su elegante indolencia y dedicándole aquellas miradas lo suficientemente breves como para no intimidarla, lo suficientemente intensas para hacerlo. Mientras, el enfado de Amaia crecía en su interior, obligándola a concentrarse en repasar mentalmente los pasos del caso, intentaba infructuosamente atisbar algo más allá de los bordes de la carretera en la negrura de la noche. Las calles en Aínsa parecían animadas, seguramente por la cercanía del fin de semana, y a pesar de que los termómetros de los comercios anunciaban dos grados bajo cero, nada más cruzar el puente podían verse grupos de gente frente a los bares y algunas tiendas abiertas, que habían alargado su horario alentadas por la presencia de los turistas. Jonan condujo hasta la empinada cuesta que bordeaba la colina donde se erigía el casco medieval de Aínsa. El juez lo siguió, mientras miraba asombrado las casas, que suspendidas de la ladera parecían retar al vacío.

—Nunca había estado aquí, tengo que decir que es sorprendente.

—Pues espere a llegar arriba —contestó ella, al ver su expresión.

Aínsa era un túnel temporal, y al llegar a su plaza, a pesar de los coches aparcados y las luces de los restaurantes, se experimenta un viaje al pasado que hace contener el aliento durante un segundo. Markina no fue la excepción; siguió a Jonan hasta el lugar donde aparcaron, sin dejar de sonreír.

—Es extraordinario —dijo.

Amaia le miró, divertida. Recordaba sus propias sensaciones la primera vez que estuvo allí.

Al bajar del coche comprobaron que, unida a la baja temperatura propia de los 580 metros a los que se encontraba, la humedad de los ríos Cinca y Ara que confluían allí había contribuido a cubrir el empedrado de la plaza con una capa de hielo escarchado que brillaba como nácar con la romántica luz de las farolas de la plaza.

Jonan se acercó, agitando los brazos para entrar en calor.

—Y creíamos que en Elizondo hacía frío... —dijo, risueño.

Amaia se abrochó el abrigo y sacó del bolsillo un gorro de lana.

A Markina, sin embargo, no parecía afectarle la baja temperatura. Salió del coche y sin ponerse el abrigo miró alrededor, encantado.

—Este lugar es increíble...

Jonan tomó del maletero el contenedor con las muestras, y junto a Amaia echó a andar hacia el paredón de la fortaleza, donde se ubicaba el centro de interpretación de la naturaleza y el laboratorio de Estudios Plantígrados del Pirineo, que dirigían los doctores. El juez aceleró el paso hasta alcanzarlos casi en la entrada, y Amaia observó su sorpresa cuando, tras recorrer en compañía del bedel las amplias salas donde las aves heridas se recuperaban, llegaron a la discreta puerta del laboratorio. El doctor González les salió al encuentro, abrazó a Jonan, sonriendo, y tendió la mano a Amaia. La doctora, unos pasos más atrás, saludó cortés.

—Buenas noches, inspectora, me alegro de verla.

Amaia sonrió ante su ya habitual comedimiento.

—Doctores, quiero presentarles a su señoría, el juez Markina.

El doctor González extendió una mano, mientras Takchenko se acercaba alzando una ceja y sin dejar de mirar a Amaia.

—Espero que no les moleste mi presencia —dijo Markina a modo de saludo—. El resultado de estos análisis podría abrir un caso muy importante y es necesario tomar todas las medidas para garantizar que no se rompe la custodia.

La doctora le tendió la mano mientras le observaba de cerca, y después, giró sobre sus talones, haciendo gala de su natural disposición al trabajo.

—Vamos, vamos, las muestras.

Formando un grupo, la siguieron atravesando las tres salas de las que se componía el laboratorio. Al fondo, la doctora se situó tras un mostrador e indicó la superficie. Jonan colocó sobre la misma el maletín, que abrió mientras Takchenko se enfundaba unos guantes.

—Déjeme ver —dijo, inclinándose para tomar las

muestras—. Bien, saliva... —dijo tomando el envoltorio que contenía el hisopo con la muestra.

—Hay que ponerla en digestión con proteínas —dijo, dirigiéndose a su marido—. Nos llevará toda la noche, después añadiremos fenol-cloroformo para extraer el ADN, precipitar, secar y precipitar en agua. La muestra estará lista para analizar mañana por la mañana. El termociclador PCR tarda entre tres y ocho horas, luego dos más con el gel de agarosa para la electroforesis que nos permite ver el resultado. Calculo que a mediodía estará listo.

Amaia resopló.

—¿Le parece mucho? Pues el pelo nos llevará más —anunció la doctora—. Las posibilidades de obtener ADN de la saliva son de un noventa y nueve por ciento, mientras que con el pelo se reducen a un sesenta y seis por ciento —dijo, tomando la trenza de cabello de María Abásolo—, aunque aquí hay buenas muestras.

Amaia se sobrecogió al ver de nuevo los extremos blanquecinos de los cabellos que habían sido arrancados de la cabeza.

—Y éstas son las de hueso —dijo la doctora—. ¡Dios mío! ¿Cuántas me dijo que eran?

—Hay doce diferentes.

—Lo que he dicho, mañana a mediodía. Yo me pondré ahora mismo con esto. ¿Doctor? —dijo, dirigiéndose a su marido—, ¿me ayuda?

—Por supuesto —respondió él, solícito.

—Ustedes pónganse cómodos, pueden dejar los abrigos en los colgadores del *office* y, bueno, hay taburetes por todo el laboratorio, sírvanse.

Amaia miró la hora en su reloj y se dirigió al subinspector Etxaide.

—Son más de las diez; vete a cenar, después iré yo.

—¿Alguien se apunta? —preguntó Jonan.

—Nosotros ya hemos cenado —contestó el doctor González—. Cuando ustedes regresen tomaremos un café.

—Yo le acompañaré, si a usted no le importa —dijo Markina, dirigiéndose a Amaia.

Ella asintió y ambos se encaminaron a la salida.

Amaia se sentó en un taburete y durante la siguiente media hora observó las idas y venidas de los doctores, que, concentrados, apenas hablaron, esmerados en verificar los pasos y repasar el procedimiento.

—Ya imagino que no puede decirme en qué andan ahora... —lanzó al aire la doctora.

—No tengo inconveniente en contárselo. Tratamos de establecer la relación entre estas muestras y las de hueso, que ya procesó la Guardia Civil. Si hay coincidencia, estaremos estableciendo una serie de crímenes que se han prolongado en el tiempo y se han extendido por la geografía de todo el norte del estado. Huelga decir que esta información es reservada.

Ambos asintieron.

—Por supuesto. ¿Tiene algo que ver con los huesos que aparecieron en aquella cueva de Baztán?

—Así es.

—En su momento nos enviaron fotos de los restos y por el modo en que estaban dispuestos, descartamos inmediatamente la participación de depredadores: ningún animal amontona los restos de sus presas de ese modo, parecían como... colocados adrede para obtener un efecto.

—Estoy de acuerdo —dijo Amaia, pensativa.

Permanecieron unos minutos en silencio, concentrados en su trabajo, repasando una y otra vez la lista del procedimiento, y al fin dieron por concluida aquella fase.

—Ahora toca esperar —anunció Takchenko.

Su esposo se quitó los guantes y los arrojó a un contenedor, sin dejar de mirar a Amaia con un gesto que delataba la intensa actividad de su mente y que la inspectora conocía bien.

—Lo he pensado muchas veces, ¿sabe? La doctora y yo lo hemos hablado y coincidimos en ello. Es lamentable lo que ocurre en su valle.

—¿Mi valle? —respondió Amaia, sonriendo con una mezcla de confusión y disimulo.

—Sí, ya sabe a lo que me refiero. Usted nació allí, hay un vínculo de pertenencia. Es uno de los lugares más bellos que conozco, uno de esos sitios en los que se puede sentir la comunión entre la naturaleza y el ser humano, un lugar donde encontrar razones de peso para recuperar cierta fe. —Al decir esto último alzó la mirada hasta los ojos de Amaia, que supo de inmediato a qué se refería, y asintió—... Y sin embargo, o quizá por eso mismo, pareciera que algo obsceno se refugia allí, algo sucio y maligno.

Amaia lo escuchaba sin perderse detalle.

—Hay lugares —añadió Takchenko— en los que ocurre esto, como si fueran espejos o puertas entre dos mundos, o quizá como amplificadores de energía; casi parece que el universo debiera compensar tanta perfección. Conozco un par de sitios así, incluso alguna ciudad; Jerusalén es un buen ejemplo de lo que intento decir. Podría decirse que algo desniveló los equilibrios de su valle y ahora suceden allí demasiadas cosas, horribles, y también maravillosas, ¿no cree? No parece casual.

Amaia sopesó sus palabras. No, ella no creía en casualidades. Los crímenes cometidos contra las niñas en las orillas del río Baztán poseían el grado de obscenidad y sacrilegio propios de una profanación. Pensó en lo que había ocurrido recientemente en Arizkun y en la historia pasada del valle, en el esfuerzo que había supuesto para los primeros pobladores establecerse allí, la dureza de la vida, la lucha para vencer enfermedades, plagas, las cosechas arruinadas, el clima hostil y, además, la brujería, y la Inquisición procesando a cientos de temerosos vecinos que se autoinculpaban a cambio de piedad. Y también pensó en aquel otro Salazar, el inquisidor que durante un año había viajado por Baztán, estableciéndose entre la población para investigar si había o no algo demoníaco en aquel valle. Un inquisidor que de motu proprio había decidido desentrañar el misterio de aquel lugar y que obtuvo, sin presión ni tortura, más de mil confesiones voluntarias en las que se admitían hechos de brujería, y otras tres mil denuncias contra los vecinos por prácticas maléficas. El inquisidor Salazar era un moderno detective, un hombre brillante y con la mente tan abierta que, con todo el material que había recabado durante un año, regresó a Logroño y explicó a los miembros del Santo Oficio que no había encontrado pruebas de que hubiese brujos en Baztán, que lo que ocurría allí era de una naturaleza distinta. El sagaz inquisidor Salazar se había dado cuenta, y el doctor tenía razón, que Baztán se prestaba a lo prodigioso, para bien y para mal.

Quizá sí que era uno de esos lugares que el universo no puede dejar en paz.

Jonan regresó media hora después, satisfecho y con algo más de calor en las mejillas.

—Ha resultado que su señoría es todo un *gourmet*; ha encontrado sin salir de la plaza un restaurante buenísimo y ha insistido en pagar la cuenta. La espera allí. Está justo en el segundo edificio, según se sale de la fortificación, a la derecha.

Amaia tomó su abrigo y salió al frío de Aínsa. El viento del norte le golpeó el rostro nada más atravesar la explanada que se extendía frente a la fortaleza, por lo que estiró las mangas del jersey en un intento de cubrir sus manos, mientras lamentaba haber olvidado los guantes. Pudo ver que el número de coches había aumentado, atraídos sin duda por los muchos bares que abrían sus puertas a la plaza. Localizó el restaurante y caminó entre los coches aparcados, maldiciendo la suela plana de sus botas, que resbalaba sobre el empedrado helado. El restaurante tenía una pequeña barra, bastante concurrida, desde la que se veía un comedor pequeño y acogedor, dispuesto en torno a un hogar central. El juez Markina le hizo una seña desde una mesa cerca del fuego.

—He pensado que ésta le gustaría —dijo, cuando ella llegó a su altura—. Es agradable sentarse junto al fuego.

Amaia no contestó pero reconoció que el juez tenía razón; la presencia del fuego y los aromas del comedor le hicieron sentir hambrienta de pronto. Se decidió por un entrecot con guarnición de setas, y se sorprendió al ver que él pedía lo mismo.

—Creía que había cenado con el subinspector Etxaide.

—No me concede usted muchas oportunidades de compartir una cena, no pensaría que iba a renunciar a ésta, aunque no sea como me habría gustado. ¿Tomará vino? —dijo, acercando la botella de excelente vino a su copa.

—Me temo que no; a los efectos estoy de servicio.

—Claro —estuvo de acuerdo él.

Amaia se apresuró en acabar y agradeció el silencio del juez, que apenas dijo nada durante la cena, aunque en varias ocasiones noto cómo la miraba de aquel modo sereno y curiosamente triste, a pesar de la leve sonrisa que se dibujaba en sus labios.

Cuando salieron, y en contraste con el calor del hogar, le pareció que el frío del exterior era más intenso. Se ajustó el gorro y el abrigo, y estiró las mangas de su jersey como había hecho antes.

—¿No tiene guantes? —preguntó Markina a su lado.

—Los he olvidado.

—Tome los míos, le irán grandes pero al menos...

Amaia suspiró acabando con su paciencia, y se volvió hacia él.

—Deje de hacer eso —dijo, firmemente.

—¿Que deje de hacer qué? —contestó él, confuso.

—Lo que sea que hace. Todas esas miradas, esperarme para cenar, cuidar de mí, deje de hacerlo.

Él se adelantó un paso hasta quedar frente a ella. Durante dos segundos miró a un punto de la plaza a lo lejos para clavar de nuevo los ojos en ella. Todo atisbo de sonrisa había desaparecido de su rostro.

—No puede pedirme eso. Puede pedírmelo, sí, pero no puedo concedérselo. No puedo negar lo que siento y no lo haré porque no hay nada malo en ello. No volveré a mirarla, no cuidaré de usted si le molesta, pero eso no cambiará lo que hay.

Amaia cerró los ojos un segundo, tratando de encontrar argumentos para rebatir aquello. Encontró uno.

—¿Sabe que estoy casada? —dijo, y mientras lo decía supo que era un argumento débil.

—Lo sé —respondió él, paciente.

—¿Y eso no significa nada para usted?

Él se inclinó hacia Amaia, tomó una de sus manos y puso en ella los guantes.

—Significa lo mismo que signifique para usted.

Takchenko había dispuesto las muestras de hueso proporcionadas por la Guardia Civil en los pequeños tubitos Eppendorf, similares a balas huecas de plástico, que se agrupaban en el interior del termociclador.

—Bueno, al menos esto ya casi está. Una hora más aquí y otras dos para reposar.

—Creía que la Guardia Civil ya había realizado los análisis de ADN de los huesos —dijo el juez.

—Así es, vienen acompañados del informe correspondiente, pero contando con muestras suficientes, como es el caso, hemos preferido repetir todo el procedimiento para asegurarnos.

Markina asintió y se alejó hacia el otro extremo del

laboratorio para unirse a Jonan y al doctor González, que le reclamaban para tomar café.

—Un hombre muy guapo —dijo Takchenko cuando se hubo alejado.

Amaia la miró sorprendida.

—Guapísimo —aseveró la doctora.

Amaia se volvió hacia donde estaba el juez, después miró a Takchenko y asintió.

—... Y toda una tentación. ¿Me equivoco, inspectora? —añadió la doctora.

Un poco alarmada, Amaia se puso a la defensiva.

—¿Por qué dice eso?

—Es evidente, a usted le tienta.

Amaia abrió la boca para rebatir aquello, pero por segunda vez en esa noche se quedó sin argumentos. Alarmada, se preguntó si algo en su actitud había dejado entrever su confusión.

La doctora la miró compasiva y sonrió.

—¡Pero por Dios! No es para tanto, inspectora, no se torture, todos nos sentimos tentados alguna vez.

Amaia puso cara de circunstancias.

—... Y cuando a la tentación le sientan tan bien los vaqueros, es normal dudar —añadió maliciosa.

—Es eso lo que me desconcierta —admitió Amaia—, la duda; el hecho de que la duda aparezca es suficiente para hacer que me replantee cosas, que surjan las preguntas.

—Pero las dudas son normales.

—Yo creía que no. Amo a mi marido. Soy feliz con él. No quiero estar con otro hombre.

La doctora sonrió.

—No sea ñoña, inspectora —dijo Takchenko deteniendo su trabajo y mirándola con una sonrisa pícara—. Amo a mi marido, pero ese juez tiene un revolcón, hasta puede que un par de ellos.

Amaia abrió los ojos sorprendida ante la salida de aquella mujer habitualmente comedida.

—¡Doctora, por Dios! —fingió escandalizarse—, un revolcón. Se ve que el trato con los osos la ha asalvajado. Un revolcón, yo creo que por lo menos hay para un par de días sin salir de la cama.

Ambas rieron provocando que los hombres se volvieran a mirarlas desde el otro lado del laboratorio.

—Ya veo que lo ha pensado —susurró la doctora sin dejar de mirar hacia el grupo.

Amaia bajó de su banqueta y se acercó más al mostrador que la separaba de la mujer.

—Quizá sí, pero pensar es una cosa y hacerlo otra muy distinta. No es lo que quiero.

—¿Está segura?

—Completamente, pero él no me lo pone nada fácil.

—Mitjail Kotch —dijo la doctora.

—¿Quién es?

—Fue mi compañero en la facultad de medicina y después trabajó en el mismo instituto que yo durante tres años. Era uno de esos hombres convencidos de que el que la sigue la consigue. Cada día en la universidad, y después cada día que trabajó conmigo, se me insinuó, me invitó a salir, me trajo flores o me dedicó una mirada subida de tono.

—¿Y?

—Que Mitjail Kotch tampoco me lo puso fácil, pero ni una sola vez me planteé la posibilidad de darle un revolcón.

—Entonces, ¿cree que el mero hecho de que haya podido pensarlo, ya indica que algo no anda bien? ¿El hecho de que usted misma admita que tiene un revolcón indica que quiere ser infiel al doctor? —dijo haciendo un gesto hacia el grupo de hombres.

—¡Oh, Dios mío, parece usted rusa, ¡qué absoluta es en todo! La tentación es eso, inspectora, ni ciegos ni invisibles.

Amaia la miró, demandando una explicación.

—Cuando uno decide que ama a otro tanto que renuncia a todos los demás no se queda ciego ni se vuelve invisible, sigue viendo y le siguen viendo. No tiene ningún mérito ser fiel cuando lo que vemos no nos tienta o cuando nadie nos mira. La verdadera prueba se presenta cuando aparece alguien de quien nos enamoraríamos de no tener pareja, alguien que sí da la talla, que nos gusta y nos atrae. Alguien que sería la persona perfecta de no ser porque ya hemos elegido a otra persona perfecta. Ésa es la fidelidad, inspectora. No se preocupe, lo está haciendo muy bien.

La madrugada les alcanzó lenta y destemplada. Repitieron la ronda de cafés y el doctor González sacó de alguna parte una baraja con la que los tres hombres se entretuvieron en una partida silenciosa. La doctora optó por leer uno de aquellos gruesos manuales técnicos que parecían resultarle de lo más distraído, y Amaia, sentada cerca de ella, repasó mentalmente su caso, dedicando largas miradas al termociclador, que ronroneaba sobre un mostrador de acero como un gato malcriado. El instinto le decía que sí, que en aquellas muestras se ocultaba la esencia misma de la vida robada por el tándem de monstruos más diabólicos que conocía. La mente fría y poderosa de un inductor y la obediencia de la bestialidad, ciegamente a su servicio. El PCR detuvo su ronroneo y emitió un largo pitido que sobresaltó a Amaia, casi al mismo tiempo que una señal de mensaje sonaba en el teléfono de Jonan y una llamada entraba en el de ella. Se miraron, alarmados, antes de responder a la llamada del inspector Iriarte.

—Jefa, se ha producido un nuevo ataque contra la iglesia de Arizkun.

Amaia se puso en pie y se dirigió al fondo del laboratorio.

—Explíquemelo —susurró.

—Bueno, han lanzado una carretilla elevadora contra la fachada, abriendo un boquete y... —titubeó.

—¿Han dejado restos?

—Sí... Otro bracito... Muy pequeño, un poco distinto, no está quemado...

Amaia percibió el modo en que aquello afectaba a Iriarte: había dicho «bracito». Él tenía niños pequeños, seguro que sus brazos no eran mucho más grandes.

—Está bien, inspector, ponga en marcha todo el procedimiento, avise a San Martín y no toquen nada hasta que yo llegue. Tardaré algo más de dos horas. Que todo el mundo espere fuera, cierre el perímetro y aguárdeme, salgo para allá. Le llamo desde el coche en un minuto.

Tomó su abrigo y se dirigió a la salida, donde Jonan ya esperaba.

—He recibido un aviso y debo irme —dijo, dirigiéndose a los demás—. Jonan, tú te quedas, te necesito aquí, esto es muy importante. Doctores, gracias por todo. Señoría, le llamaré por la mañana.

Él tomó su abrigo y la siguió en silencio. No dijo nada, mientras atravesaban la zona de las enormes pajareras ni mientras caminaban cruzando el patio de armas de la fortaleza.

Amaia accionó el mando del coche antes de llegar y él la retuvo junto a la puerta, tomándola por el brazo.

—Amaia...

Ella suspiró profundamente y dejó salir el aire con lentitud.

—Inspectora Salazar —contestó, armándose de paciencia.

—Está bien, como quiera, inspectora Salazar —admitió de mala gana. Se inclinó sobre ella, la besó brevemente en la mejilla y susurró—: conduzca con cuidado, inspectora, a mí me importa.

Ella retrocedió con el corazón acelerado y negando con la cabeza.

—No debe hacer esto, no debe hacerlo —dijo, metiéndose en el coche y encendiendo el motor.

21

Condujo intentando contener el impulso de acelerar y concentrando la poca atención que el juez le había dejado intacta en no salirse en una curva. La carretera aparecía cubierta de una película blanca de escarcha, que era hielo negro en algunas zonas, haciendo la conducción nocturna más pesada y peligrosa. Los habitantes de la comarca del Sobrarbe lo sabían bien y evitaban conducir de noche; incluso los colegios comenzaban las clases a media mañana para evitar el traicionero hielo en las carreteras de montaña. Cuando llegó al enlace con la autopista echó el coche a un lado y llamó a Iriarte.

—Informe —dijo, cuando contestó.

—Sobre las tres de la madrugada algunos vecinos oyeron el estruendo del choque de la Bobcat contra el muro de la iglesia, se asomaron pero no vieron a nadie. Cuando llegamos, encontramos el boquete abierto y en el interior, sobre el altar...

—Los restos óseos —atajó Amaia.

—Sí, los restos óseos.

—Ha tenido que costarles bastante derribar el muro de la iglesia.

—No por donde lo hicieron: la elevadora se lanzó exactamente sobre el lugar donde estaba la puerta de los agotes, la entrada que ellos debían utilizar y que había sido clausurada. En esa zona, el muro es de ladrillo, y las «uñas» de la carretilla lo han traspasado de lado a lado.

—¿Y la patrulla que debía vigilar la iglesia?

—Quince minutos antes había recibido en el 112 un aviso de incendio en el palacio de Ursua. La patrulla de la iglesia era, por supuesto, la más cercana, y los mandaron allí.

—¿Un incendio?

—Realmente poca cosa, un poco de gasolina sobre la puerta de entrada del palacio, pero era de madera y ardió como yesca. La patrulla la apagó con los extintores del coche.

—El palacio de Ursua también está ligado a la historia de los agotes.

—Sí. Hay una teoría al respecto de que fue el señor de Ursua el que trajo a los agotes como mano de obra y servidumbre.

Colgó el teléfono y buscó bajo el asiento la sirena portátil que rara vez utilizaba, abrió la ventanilla y la pegó al techo. En cuanto entró en la autopista accionó la sirena y aceleró, recuperando de pronto una sensación de velocidad que no experimentaba desde sus tiempos en la academia. El velocímetro marcaba más de ciento ochenta kilómetros por hora y condujo así durante un rato, adelantando a los escasos vehículos que encontró a aquella hora. Pensó en Iriarte, uno de los policías más correctos que conocía. Era impecable en su aspecto y meticuloso en sus informes, quizás un poco corporativista. Siempre sereno y sin salidas de tono. Arraigado a Elizondo, lo mismo que le aportaba equilibrio constituía su punto débil. Recordaba que en una ocasión, al hallar el cuerpo sin vida de una adolescente del pueblo, había perdido el control durante un instante, y ahora esa forma de decirlo, «el bracito»... De pronto se sorprendió pensando en su propio hijo. Miró de nuevo el cuentakilómetros, que marcaba casi ciento noventa, y sin pensarlo soltó el pie del acelerador. «Ser padre no es fácil», le había dicho una vez

Iriarte, y no es que no fuera fácil, es que era una maldita responsabilidad. ¿Hasta qué punto ser padre o madre incidía sobre sus acciones? Siempre había tenido cuidado, ¡qué hostias!, era policía, claro que tenía cuidado, pero la responsabilidad hacia Ibai, la responsabilidad de no dejarle solo, viviendo una infancia sin madre, ¿iba eso a limitar su vida, su trabajo, lo mucho o poco que pisara el acelerador? Otro pensamiento se unió al primero, trayendo una visión recreada de los pequeños huesos que alguien había dejado sobre el altar de la iglesia, los huesos de su familia, huesos que llevaban dentro la misma esencia que los suyos, la misma esencia que los de su hijo, unos huesos que eran su raíz y su legado.

—La *ama* tendrá cuidado —susurró, mientras aceleraba y el coche volaba por la autopista hacia Pamplona.

A las seis de la madrugada, el cielo de Arizkun aún estaba muy lejos de vislumbrar siquiera el amanecer. La iglesia se veía iluminada desde el interior; y fuera, dos coches patrulla y media docena de coches particulares rodeaban su perímetro, bordeado por un muro de medio metro que impedía que los vehículos llegasen a la puerta.

La carretilla eléctrica empotrada en la pared lateral, una pequeña Bobcat, había entrado a duras penas por el hueco que se abría en el muro circundante, abriendo un boquete irregular de un metro de alto por lo mismo de ancho. Los dientes de la pala se veían incrustados en la piedra y cubiertos de escombro oscuro. Amaia rodeó toda la iglesia, inspeccionando la valla del jardín trasero y el pequeño sendero de atrás, antes de entrar.

Iriarte y Zabalza la seguían con sendas linternas.

—Ya hemos revisado todo el perímetro —le recordó Zabalza.

—Pues lo revisamos de nuevo —contestó ella, cortante.

El doctor San Martín les esperaba en el interior.

—Hola, Salazar —dijo mirándola a ella y al pequeño bulto que, cubierto con una manta metálica, aparecía sobre el altar. Se adelantó y descubrió los huesos.

Amaia fue consciente de que tanto Iriarte como San Martín no miraban los restos sino a ella, e hizo todos los esfuerzos por permanecer impasible mientras observaba con detenimiento.

—Tienen un aspecto diferente a los anteriores, ¿verdad, doctor?

—En efecto, éstos no han sido quemados por el extremo y la articulación se distingue perfectamente, pero sobre todo es por el color: éstos están mucho más blancos, y la razón es que no han estado en contacto con la tierra, sino en el interior de un ataúd, bien cerrado y con unas condiciones de humedad mínimas; hasta las falanges de los dedos están perfectamente conservadas.

Amaia miró unos segundos más aquellos huesos con los que tal vez tenía un vínculo y los cubrió, quizá con demasiado cuidado, como si los arropase. Se dirigió a San Martín para hacer la pregunta que flotaba entre los dos desde que había entrado.

—¿Cree que...?

—No puedo saberlo, inspectora. Puedo decirle, eso sí, que no proceden del mismo lugar; es fácil viendo el estado en que se encuentran. Yo los llevaré, me ocuparé personalmente. En veinticuatro horas, quizás algo menos, tendremos una respuesta.

Ella asintió, se dio la vuelta y se dirigió al lugar en el que la máquina había derribado parte del muro. Desde el interior, los daños parecían mayores; a través de la pared podían verse las uñas metálicas de la carretilla asomando entre el escombro.

—¿Éste es el lugar donde estaba la antigua puerta de los agotes?

—Sí —contestó Zabalza a su espalda—, eso nos ha dicho el párroco.

—Por cierto, ¿dónde está?

—Les mandamos a casa, a él y al capellán; estaban bastante afectados.

—Ha hecho bien. Supongo que ya habrán tomado huellas —dijo, señalando la excavadora.

—Sí.

—¿De dónde la sacaron?

—De un almacén de bebidas que hay aquí al lado; la usan para mover los palés.

Consultó la hora y caminó al encuentro de Iriarte, seguida por Zabalza.

—Nos vemos en comisaría, vamos a repasar todo lo que tenemos sobre las profanaciones, y traigan cuanto antes al chico del blog, quiero hablar con él.

—¿Ahora? —preguntó alarmado Zabalza dejando traslucir su incredulidad.

—Sí, ahora. ¿Algún problema, subinspector?

—Ya interrogamos a ese chaval y llegamos a la conclusión de que no tenía nada que ver.

—A la vista de los nuevos acontecimientos estimo necesario volver a interrogarle. Estoy segura por más de una razón de que la persona o personas que están haciendo esto están ligadas al valle, y me inclino por más de uno. No creo que un chico solo pudiera hacerlo todo, abrir el boquete, disponer los huesos; alguien tuvo que ayudarle —explicó ella caminando hacia la entrada.

—Puede ser, pero el chaval no tiene nada que ver.

Ella se detuvo y le observó. Iriarte se volvió a su vez y le miró, alarmado.

—¿Tiene otra teoría, subinspector? —preguntó Amaia, pausadamente—. ¿Por qué está tan seguro?

Su voz delataba la tensión cuando contestó:

—Lo sé.

—Zabalza —reconvino Iriarte—, quizá te estás adelantando.

—No —interrumpió ella—, deje que se explique, si

tiene una visión distinta quiero escuchar su opinión. Para eso tenemos un equipo, para observar los hechos desde distintas perspectivas.

Zabalza se pasó una mano nerviosa por la cara, y como si no supiera qué hacer con ellas las enlazó primero y terminó por sepultarlas en los bolsillos de su plumífero.

—Ese chaval es una víctima, su padre le da unas palizas de pánico desde que la madre falleció. El chico es listo, saca muy buenas notas y el interés por la historia y los orígenes de su pueblo son lo que lo mantienen cuerdo en esa casa. Hablé con él, y créame, a pesar de lo brillante que es, tiene un serio problema de autoestima, ninguna seguridad en sí mismo, no la que se necesitaría para atreverse a hacer esto ni nada parecido. Está sometido por su padre y sufre mucho.

Amaia lo sopesó.

—Los adolescentes son capaces de una ira inusitada. El hecho de estar o mostrarse sometido podría alimentar una ira contenida a la que diese salida ocasionalmente con llamadas de atención de este tipo que, por otra parte, si no estuviese usted implicado emocionalmente, podría ver que casi llevan su firma.

—¿Qué? —dijo incrédulo, sacando las manos de los bolsillos y dirigiendo alternativamente la mirada de ella a Iriarte—. ¿Qué quiere decir eso?

—Quiero decir que creo que se siente identificado con el chico y eso le hace perder perspectiva.

Su rostro se encendió como si ardiese por dentro y el labio inferior le tembló un poco.

—¿Cómo se atreve?, poli estrella de los cojones —bramó.

—Tenga cuidado —avisó Iriarte.

—No me intimida —dijo ella, adelantándose hasta ponerse frente al subinspector—. No me intimida, pero será mejor que observe las normas mínimas de cortesía, como yo lo hago con usted, a pesar de que es desleal, a pesar de que fue usted el que le proporcionó a Montes el informe del laboratorio que le metió en el lío en el que está, a pesar de que es usted una rata que pone en riesgo su seguridad y la de sus compañeros hablando con civiles ajenos a la investigación, a pesar de que no es usted capaz de discernir los límites.

De los ojos de Zabalza saltaban chispas y su rostro se veía contraído por la rabia, pero aun así le sostuvo la mirada, retándola. Ella bajó el tono y le habló de nuevo.

—Si no está de acuerdo con mis exposiciones, puede hacer las suyas, pero no vuelva a hablarme así. Sentirse identificado con una víctima sólo habla de nuestra parte humana, eso que muchos creen que no tenemos por ser policías. Y la parte humana proporciona conocimiento y ayuda a obtener información que algunos individuos no nos darían voluntariamente. Pero sin abandonar la humanidad, un investigador debe tomar distancia para no involucrarse personalmente. Y ahora le reitero mi impresión de que se siente identificado con la víctima. Dígame, ¿es así?

El subinspector Zabalza bajó la mirada, pero contestó:

—Creo que no hay necesidad de sacarlo de la cama, son las seis de la mañana y es un menor.

—Si espera más tendrá que sacarlo del instituto, ¿no cree que eso será peor?

—Estará en casa, no va al instituto mientras tiene marcas en la cara.

Amaia permaneció dos segundos en silencio.

—De acuerdo, a las nueve en comisaría, corre de su cuenta.

Zabalza musitó algo inaudible y salió de la iglesia.

Llevaba tan sólo diez minutos leyendo los informes relativos a las profanaciones y los ojos ya le ardían, como si los tuviese llenos de arena. Se giró en su silla y miró hacia el exterior en un intento de relajar la vista. Comenzaba a amanecer pero la fina lluvia empujada por el viento contra los cristales apenas le permitió mirar un poco más allá. Las horas sin dormir sumadas a la conducción nocturna comenzaban a pasarle factura. No tenía sueño, pero los ojos iban por libre. Se volvió de nuevo hacia la pantalla y abrió su bandeja de correo. Había dos entradas. La primera, un lacrimógeno correo del director del Santa María de las Nieves, aunque su técnica lastimera había virado desde el tremendo daño a la institución al tremendo daño a la paciente. Exponía de nuevo su teoría de la conspiración para dañar su imagen, y su hipótesis iba más allá, insinuando que el doctor Sarasola había estado demasiado dispuesto a trasladar a Rosario. Reiteraba además las dudas que en todo su equipo suscitaba el hecho de que la paciente hubiese podido controlarse sin tratamiento. Lo envió a la papelera.

El segundo le venía reenviado desde el correo de Jonan. Lo abrió con curiosidad. «La dama espera su ofrenda.»

Lo seleccionó para borrarlo, pero en el último momento lo movió a una nueva carpeta que llamó «Dama».

Iriarte entró en la sala, empujando torpemente la puerta, y sujetando una taza de loza en cada mano se acercó a Amaia y le tendió una. Ella la miró sorprendida y leyó la inscripción: *Zorionak, aita*.

—Oh, muy bonitas —dijo ella, sonriendo.

—Son las únicas que tengo, pero al menos no es papel.

—Se lo agradezco, menuda diferencia —dijo, abarcándola con las dos manos.

—Zabalza ya viene hacia aquí con el chico y su padre. Ella asintió.

—No es mal tipo, me refiero a Zabalza; yo llevo años trabajando con él y me lo ha demostrado.

Ella le miraba, escuchándole con interés mientras sorbía el café.

—Es verdad que lleva una temporada difícil, imagino que por asuntos privados, y no le justifico, y menos la salida de tono de esta mañana, pero...

—Inspector Iriarte —interrumpió ella—. ¿Está usted seguro de que no equivoca su vocación? En menos de cuarenta y ocho horas es la segunda vez que me expone un alegato de defensa para un compañero. Haría usted una excelente labor en el sindicato.

—No pretendía molestarla.

—Y no lo hace, pero deje que cada uno libre sus batallas. El pulso entre Zabalza y yo aún no ha terminado, es algo que a algunos les cuesta asumir, pero en este equipo, el macho alfa es una mujer.

Sonó el teléfono de Iriarte y se apresuró a cogerlo.

—Es Zabalza, está abajo con el chico y el padre.

—¿Dónde los tiene?

—En un despacho de la primera planta.

—Que los traslade a una sala de interrogatorios, que un policía de uniforme custodie la puerta desde el interior y que no les hable.

Iriarte transmitió las indicaciones y colgó.

—¿Vamos? —dijo, posando la taza sobre la mesa.

—Aún no —contestó ella—, creo que antes me tomaré otro café.

Tres cuartos de hora más tarde, Amaia entraba en la sala de interrogatorios evitando las fieras miradas de Zabalza, que esperaba en el exterior, visiblemente contrariado. Dentro olía a sudor y a nervios. La espera y la presencia del agente armado habían logrado el efecto deseado.

—Buenos días, soy la inspectora Salazar de homicidios de la Policía Foral —se presentó. Les mostró su placa y se sentó frente a ellos.

—Oiga... —comenzó el padre—, me parece un abuso que nos traigan aquí tan temprano para luego hacernos esperar casi una hora.

Amaia se fijó en sus legañas y un rastro blanquecino de baba seca que iba desde su boca hasta la oreja izquierda.

—Cállese —atajó ella—. He citado a su hijo porque es el principal sospechoso de un grave delito —dijo mirando al chico, que se irguió y miró a su padre—. Esperar una hora es el menor de sus problemas, créame, porque si no colabora, va a pasar mucho tiempo en lugares peores que éste, y si quiere que hablemos de abusos, podemos tener una conversación después, usted y yo. Voy a interrogar a su hijo; puede permanecer callado o llamar a un abogado, pero no vuelva a interrumpirme.

Miró al chico; en efecto, tenía un golpe bastante feo en un pómulo y un par más que ya amarilleaban en la mandíbula. Se sentaba erguido y la ropa le colgaba de un cuerpo escuálido.

—Beñat, Beñat Zaldúa, ¿verdad?

El chico asintió, y un mechón del flequillo cayó sobre su frente. Amaia lo observó. Estaba preocupado, se mordía el labio inferior y tenía los brazos cruzados sobre el pecho a modo de defensa; de vez en cuando, se pasaba una mano nerviosa por la boca, como si la limpiase. Sí, estaba en actitud de defensa, pero la verdad le pesaba y sus gestos delataban la necesidad de ahogar con las manos las palabras que pugnaban por salir de su boca, para liberarse de la carga. Quería hablar, tenía miedo, y ella tenía que resolverle ambas cosas.

—Beñat, aunque aún eres menor, tienes edad suficiente como para tener responsabilidad civil. Hablaré con el juez para que sea compasivo con tu situación —dijo, mirando brevemente al padre—. Yo quiero ayudarte, y puedo hacerlo, pero para eso tienes que ser sincero conmigo. Si me mientes o me ocultas algo, te dejaré a tu suerte, y tu suerte no es buena. —Dejó que sus palabras calaran en el chico durante unos segundos—. ¿Dejarás que te ayude, Beñat?

Él asintió vehemente.

El interrogatorio fue más bien una declaración compulsiva del chaval en la que explicaba cómo aquel hombre se había puesto en contacto con él a través del blog; cómo al principio estuvo seguro de haber encontrado a alguien que pensaba y defendía las mismas teorías que él; cómo, con cada nuevo ataque a la iglesia, las cosas habían comenzado a írsele de las manos, sobre todo cuando supo que junto al altar se abandonaban huesos humanos. Eso no tenía nada que ver con las teorías que él defendía. Dio una descripción del hombre al que sólo había visto cara a cara durante las profanaciones: se hacía llamar «Cagot» y le faltaban la mitad de los dedos de la mano derecha. Cuando terminó de hablar, suspiró tan profundamente que Amaia no pudo evitar sonreír.

—Mucho mejor, ¿a que sí?

Amaia salió de la sala y se dirigió a Zabalza, que esperaba junto a la puerta.

—Dé un aviso con la descripción del fulano ese de los dedos.

Él asintió, bajando la cabeza. Iriarte se le acercó.

—Ha llamado su marido. Dice que le llame enseguida, que es urgente.

Se alarmó, era la primera vez que James le dejaba un mensaje en comisaría y tenía que ser realmente grave para que no pudiese esperar a que su teléfono silenciado durante el interrogatorio estuviese operativo de nuevo. Subió las escaleras de dos en dos para dirigirse a la sala que usaba como despacho.

—¿James?

—Amaia, Jonan me dijo que ya estabas en Elizondo.

—Sí, no he tenido tiempo de llamarte. ¿Qué pasa?

—Amaia, creo que deberías venir ahora mismo.

—Es Ibai, ¿le pasa algo?

—No, Amaia, Ibai está bien, todos estamos bien, no te preocupes, pero ven enseguida.

—¡Oh, James, por Dios, dímelo ya, voy a volverme loca!

—Esta mañana ha venido Manolo Azpiroz, el arquitecto, y mientras yo terminaba de preparar a Ibai, le he dado la llave y él se ha adelantado a Juanitaenea. Al cabo de un rato me ha llamado y me ha dicho que no era una buena idea comenzar con los trabajos en el jardín porque con la obra y los materiales todo lo que hiciésemos se iba a dañar. Le he asegurado que no estamos haciendo nada en el jardín y me ha dicho que la tierra estaba excavada y removida en varios puntos alrededor de la casa, como si se hubiese plantado algo allí. Amaia, ahora estoy en la casa. El arquitecto tiene razón. En efecto, hay agujeros y hay algo dentro, hay algo aquí...

—¿Qué es?

—Creo que son huesos.

Cogió su maletín de campo y bajó las escaleras sin esperar al ascensor. En el pasillo, al fondo en la planta baja, Iriarte y Zabalza hablaban en voz baja, pero por sus gestos adivinó que discutían.

—Inspector Iriarte, acompáñeme, por favor.

Iriarte tardó un minuto en coger su abrigo y salió a su lado sin preguntar nada. Recorrieron en el coche la corta distancia desde la comisaría a Juanitaenea, mientras un millón de reproches resonaban en la cabeza de Amaia. Debería haberse dado cuenta antes. Ninguna tumba, ningún osario. Los niños muertos sin bautizar en Baztán no se enterraban junto a los cruceros, ni junto al muro del cementerio; tenían un lugar destinado. Se enterraban en el *itxusuria*, el corredor de las almas, el espacio del suelo que delimitaba el tejado de la casa donde goteaba el alero, definiendo una línea entre lo de dentro y lo de fuera de la casa. ¿Por qué había estado tan ciega? Su familia había vivido siempre en Baztán. ¿Por qué no había pensado que la suya, al igual que tantas familias del valle, había enterrado a sus niños allí mismo?

James la esperaba con el carrito de Ibai en el borde del huerto, y en su actitud inusualmente seria había un tinte de agravio cercano a la ofensa que sorprendió a Amaia. Su James, con su concepto limpio y plácido de la vida, se sentía insultado cuando la sordidez le llegaba por sorpresa. Amaia besó en una mano a Ibai, que dormía relajado, y se apartó a un lado para hablar con James.

—Es... Es... Vaya, no sé si es horrible o sorprendente. No sé siquiera si son humanos, puede que sean mascotas.

Ella le miró con ternura.

—Yo me ocupo, James. Llévate al niño a casa y no les digas nada a Ros ni a mi tía hasta que sepamos algo más. —Se acercó un paso, besó a su marido y se volvió hacia Iriarte, que la esperaba en el camino de entrada sosteniendo el paraguas.

Se acercaron hasta las puertas de las cuadras y dejaron el maletín en la escalera que adornaba la fachada. Se puso un par de guantes y le tendió otro a Iriarte. La lluvia suave y lenta de las últimas horas había ablandado la tierra, que se pegaba a las suelas planas de sus botas dificultándole el caminar; recordó lo mucho que se había resbalado en los adoquines de Aínsa y decidió que las tiraría en cuanto se las quitase. Recorrió el perímetro de la casa, observando los montículos de tierra removida que eran visibles a simple vista. Se detuvo ante el más cercano e indicó a Iriarte el perfil de una huella de bota cuyos bordes comenzaban a desdibujarse por efecto de la lluvia. Iriarte se agachó y cubrió el montículo con el paraguas para poder fotografiar las huellas, tras colocar al lado una referencia. Avanzaron hasta el siguiente montículo; la superficie se veía abierta como si desde el interior una enorme semilla hubiese eclosionado, desgajando los terrones. Fotografiaron la superficie y después Amaia comenzó a separar montones húmedos que mancharon sus guantes con la oscura tierra de Baztán. Usando sus dedos como pala, separó la tierra a los lados hasta descubrir un cráneo no más grande que una manzana pequeña. Unos metros más allá, había otro agujero rellenado con prisas en el que no hallaron nada, y justo en el extremo de la casa donde la esquina del alero dejaba su rastro en el suelo, estaba el enterramiento al que se refería James y del que asomaban entre el barro unos huesecillos oscuros, que a primera vista y debido al color podrían pasar por raíces. Se incorporó para dejar que Iriarte lo fotografiase todo, extendió su mirada hacia la parte trasera de la casa y comprobó que sólo en aquel tramo había al menos nueve catas y otras tantas en el otro lado.

La línea marcaba el lugar. El lento goteo durante más de doscientos años había dibujado una hendidura en el suelo, y el profanador no había tenido más que seguirla. Buscó en sus bolsillos la llave que James le había dado, abrió el candado de la cuadra y llamó a Iriarte. Él entró, sacudiéndose el agua de la ropa.

—¿Ésta es la casa de su abuela?

—Sí, ha pertenecido a mi familia durante generaciones. Él miró alrededor.

—Inspector, quiero que hablemos de lo que hay ahí fuera.

Iriarte asintió, muy serio.

—Creo que sabe lo que es, se trata de un *itxusuria*, el cementerio familiar tradicional de Baztán. Las criaturas enterradas aquí son miembros de mi familia. Éste es el modo en que sus madres los honraban, dejándolos en su hogar como centinelas que guardaban la casa. Si llamamos a San Martín, se instalará aquí con su equipo y desenterrarán todos los cuerpecillos. Usted es de Baztán y creo que entenderá lo que voy a pedirle. Éste es el cementerio de mi familia y quiero que continúe así. Un hallazgo de esta índole atraería a la prensa, reporteros, fotos. No quiero que esto se convierta en un circo. Porque además creo que el profanador de la iglesia de Arizkun, y no me refiero a ese pobre chico, ha estado expoliando estas tumbas, y hacerlo público lo espantaría. ¿Qué me dice?

—Que no dejaría que levantasen el cementerio de mi familia.

Ella asintió, conmovida, incapaz de decir nada. Se dirigió a la puerta mientras cubría de nuevo su pelo con la capucha.

—Ahora continuemos.

Retomó la inspección a partir del último agujero que había revisado y hallaron tres esqueletos más en dos de ellos. Los huesecillos aparecían rotos y muy deteriorados, apenas se distinguía su naturaleza, pero en el tercero asomaba una fibra deshilachada como estopa sucia. La visión de los restos de la mantita de cuna la conmocionó. Arrodillándose en la tierra mojada, apartó capas de barro hasta descubrir el hatillo amoroso que una madre había hecho para su bebé. Un paño encerado cubría el enterramiento, pero era la mantita lo que le rompía el corazón, en la que Amaia cifraba el dolor de la madre que había puesto a su niño a dormir en la tierra, sin olvidar cubrirlo para protegerlo. Sintió el frío del agua empapando sus vaqueros y los ojos se le nublaron con un llanto que resbaló, cayendo sobre los huesos de aquella criatura amada tal vez en el mismo lugar donde cayó, años atrás, el de una madre; ¿su bisabuela?

¿Tatarabuela? Una joven mujer rota de dolor que al anochecer acostó a su hijo en la tierra y lo arropó con una manta. Separó la tela por el lugar donde había sido rasgada, y los pequeños huesos, sorprendentemente enteros, clamaron desde su pequeña tumba, evidenciando el expolio del que habían sido víctimas. Cubrió el esqueleto con la mantita y cerró el hatillo, colocando tierra encima.

Iriarte, que había permanecido en silencio a su lado haciendo vanos intentos por resguardarla bajo el paraguas, le tendió una mano que ella aceptó para ponerse en pie. Retrocedieron hasta el costado de la casa y Amaia se volvió a mirar las pequeñas huellas de las tumbas removidas, que la lluvia contribuiría a igualar. Mirando los insignificantes montoncitos de tierra, sintió sobre sus hombros el dolor de generaciones de mujeres de su familia, las lágrimas que habían vertido sobre aquel pasillo de tierra reservado para ser corredor de almas, y traicionada por su imaginación, se vio a sí misma teniendo que acostar a Ibai entre el barro, y en ese instante todo el aire de sus pulmones salió despedido a la vez, mientras palidecía y sentía que las fuerzas la abandonaban.

—¿Jefa? ¿Se encuentra bien?

—Sí —dijo, avanzando mientras recuperaba el control—. Discúlpeme —musitó.

Iriarte colocó el maletín en el maletero y abrió para ella la puerta del acompañante. Por un instante, Amaia pensó en la posibilidad de caminar hasta la casa de su tía, ya que la calle Braulio Iriarte estaba al otro lado del Trinkete, pero reparó en sus pantalones sucios y mojados y el dolor que se extendía por sus miembros como si estuviese enferma, y subió al coche. Le pareció ver que entre los emparrados un rostro se ocultaba, y pudo reconocer la mirada hostil del hombre que cuidaba del huerto.

Al dar la curva junto a Txokoto vieron a Fermín Montes, que a pesar de la lluvia permanecía en el exterior del bar, fumando apenas cobijado por el alero del tejado. Iriarte respondió a su saludo, levantando un poco una mano, y continuó calle arriba hasta la casa de Engrasi.

Antes de bajar del coche, Amaia se volvió hacia Iriarte.

—¿Tengo su palabra?

—La tiene.

Ella le miró fijamente, sin sonreír, y asintió.

Apenas había puesto un pie fuera del coche cuando Fermín, que les había seguido a buen paso, se acercó a la puerta abierta, sosteniendo un paraguas.

—Inspectora Salazar, me gustaría hablar con usted.

Amaia le miró casi sin verle, presa de un agotamiento que a cada momento se hacía más evidente.

—Ahora no, Montes.

—Pero ¿por qué no? Podemos ir hasta el bar si quiere y hablar un momento.

—Ahora no... —repitió, mientras se inclinaba a recoger sus cosas del asiento.

—¿Hasta cuándo va a darme largas?

—Pida una cita —dijo sin mirarle.

—No entiendo por qué me hace esto... —protestó.

Iriarte se bajó del coche y, rodeándolo, caminó hacia él, interponiéndose entre ambos.

—Ahora no, inspector Montes —dijo con firmeza—, a-ho-ra-no —repitió vocalizando como si hablase a un niño pequeño.

Montes asintió, nada convencido.

Amaia se dirigió hacia la entrada y dejó a los dos hombres frente a frente bajo la lluvia.

Entró en la casa arrastrando los pies. Se sentía físicamente enferma, y en contraste con la humedad exterior, el calor seco y perfumado que se expandía desde la chimenea le provocó escalofríos tan fuertes que su cuerpo tembló visiblemente. James le dio el niño a la tía, alarmado por su estado.

—¡Cómo vienes! ¿Estás enferma, Amaia?

—Sólo cansada —replicó, sentándose en la escalera para quitarse las botas manchadas de barro.

James se inclinó para besarla y retrocedió, alarmado.

—De eso nada, tienes fiebre.

—No —protestó, sabiendo a la vez que era cierto; tenía fiebre.

—Sube a quitarte esa ropa mojada y date una ducha caliente —ordenó la tía, acostando al niño en su carrito—. En diez minutos subo a verte.

—Ibai —susurró Amaia, extendiendo una mano hacia el niño.

—Amaia, será mejor que no lo cojas hasta que sepamos qué te pasa, no querrás contagiarle.

James le ayudó a quitarse la ropa pegada al cuerpo por la lluvia y a meterse en la ducha. Al notar el chorro caliente sobre su piel, Amaia supo lo que le pasaba. Su cuerpo estaba reaccionando, hacía días que no amamantaba a Ibai en condiciones. La piel de su pecho aparecía tirante, caliente y muy dolorida. Salió de la ducha, se tomó dos antiinflamatorios, y buscó en su bolso la cajita con dos dosis de aquellas pastillas que acabarían definitivamente con la posibilidad de amamantar a su hijo, y que no había querido tomar días atrás. Se metió las dos en la boca y se las tragó junto a sus lágrimas de madre fracasada. Vencida y desorientada, se sentó en la cama y no supo ni que se dormía. James regresó con la botella de agua que ella ya no necesitaba y al verla así, desnuda y dormida, completamente agotada, se quedó parado, mirándola, mientras se preguntaba si había sido buena idea regresar a Baztán. La cubrió con un edredón, se tumbó a su lado y con mucho cuidado pasó un brazo por encima de su cuerpo, que ardía por la fiebre, sintiéndose como el polizón que se cuela en un crucero.

22

El reloj marcaba las cuatro y media cuando James la despertó, depositando docenas de pequeños besos en su cabeza. Ella sonrió al reconocer el aroma del café que le traía siempre a la cama.

—Despierta, bella durmiente, ya no tienes fiebre. ¿Cómo te encuentras?

Se lo pensó. Notaba los labios secos y acartonados y el pelo pegado a la cabeza como si aún estuviese mojado, las piernas todavía le hormigueaban un poco, pero por lo demás se sentía bien. Dio mentalmente las gracias por un sueño vacío del que no se había traído ningún recuerdo y sonrió.

—Estoy bien, ya te dije que sólo era cansancio.

James la miró considerándolo y se contuvo; sabía que no debía decir nada, ella odiaba que le pidiera más cuidado, más descanso, más horas de sueño. Suspiró, paciente, y le tendió el café.

—Ha llamado Jonan.

—¿Qué? ¿Por qué no me has despertado?

—¡Lo acabo de hacer! Ha dicho que llamará en diez minutos.

Se sentó en la cama apoyando la espalda en el cabecero de madera, que se le clavó en la espalda a pesar de los almohadones que utilizó para ello. Tomó el vaso de café que él le tendía y bebió un sorbo mientras buscaba en su teléfono el número de su ayudante.

—Jefa, le paso con la doctora —dijo en cuanto descolgó.

—Inspectora Salazar, hemos obtenido coincidencia del pelo y la saliva con las muestras seis y once de la Guardia Civil. En el caso de la seis, la coincidencia es del cien por cien, por lo que puedo afirmar que el pelo y el hueso pertenecieron a la misma persona. En el caso de la muestra número once, la coincidencia apunta a que el hueso y la saliva pertenecen a dos hermanos, por la cantidad de alelos en común. Esperamos haberle servido de ayuda —dijo, y sin darle tiempo a contestar, pasó el teléfono de nuevo a Jonan.

—Jefa, ya lo ha oído, tenemos coincidencia. El juez ya está llamando al comisario general para informarle. Voy a Pamplona con él. Imagino que en cuanto cuelgue la llamará a usted.

—Buen trabajo, Jonan. Nos vemos en Pamplona... —dijo mientras oía la señal de estar recibiendo otra llamada.

—Señor.

—Inspectora, el juez acaba de informarme de su descubrimiento. Hemos quedado en comisaría en cuanto Markina llegue a Pamplona dentro de unas dos horas y media.

—Allí estaré.

—Inspectora... Hay un asunto que quisiera tratar con usted, ¿podría venir antes?

—Claro, estaré ahí en una hora.

Repasó mentalmente los datos que poseía, ya que imaginaba que el comisario general querría estar preparado antes de que el juez Markina le comunicase su intención de abrir oficialmente el caso. El resultado de los análisis arrojaba una nueva luz sobre el caso: dos nuevas mujeres asesinadas por sus maridos, en crímenes de corte machista y aparentemente sin conexión; ambas habían sufrido una amputación idéntica y los huesos de las dos habían aparecido limpios y descarnados en una cueva de Arri Zahar. Ambos agresores habían muerto; de hecho, ellos mismos

habían acabado con sus vidas tras asesinarlas, como solía
ser frecuente. Alguien se había llevado aquellos miembros amputados de los dos escenarios, alguien que había
dejado rastros de dientes en alguno de ellos, como en el
caso de Johana Márquez; alguien también que apilaba los
restos de sus víctimas en la puerta de una cueva, como un
monstruo de leyenda, y no tenía reparo en firmar con su
nombre y con la sangre de las víctimas que sus servidores
sacrificaban para él. «Tarttalo», clamaba desde las paredes, impúdico y descarado. Su osadía había llegado hasta
el punto de enviarles un mensaje con un emisario como
Medina, o a forzar a Quiralte a esperar su regreso de la
baja para confesar dónde estaba el cuerpo de Lucía Aguirre. Y en un último paso más arriesgado y provocativo,
se había acercado hasta su madre. Imaginarlos juntos la
hizo estremecerse. ¿Hablaban? No estaba segura de que
Rosario pudiera comunicarse con fluidez, aunque sí lo
suficiente para poder desarrollar una lista de visitas de-
seadas, o para pedir aquella visita en particular. Lo pensó
y se dio cuenta de que el visitante debía de conocerla de
antes de ingresar en Santa María de las Nieves, porque
desde que por orden judicial ingresó en aquel centro hacía siete años, no había tenido relación con nadie que no
perteneciese al equipo médico de la clínica o que no estuviese ingresado allí.

Un empleado o exempleado de la clínica quedaría
prácticamente descartado; era imposible que alguien, otro
trabajador del centro, no le hubiese reconocido con un
disfraz que no iba destinado a procurar un gran cambio,
tan sólo a dificultar una identificación. No, tenía que ser
alguien ajeno a la institución o no se habría arriesgado tanto, alguien que conocía a Rosario desde antes. Pero ¿desde
cuánto antes? ¿Desde que Rosario enfermó y comenzó su
periplo por los hospitales? ¿Desde antes? ¿Desde Baztán?
La elección de la cueva delataba conocimiento de la zona,
pero había cientos de excursionistas que recorrían los bos-

ques cada verano; cualquiera pudo haber dado con la cueva por casualidad, o incluso guiados por las docenas de rutas señalizadas que aparecían en distintas webs del valle y hasta del Ayuntamiento de Baztán.

Sin embargo, había algo en su puesta en escena, en la firma de sus crímenes, en la elección de su nombre, que hablaba de una enfermiza cercanía con el valle. Al principio había pensado como Padua, que «tarttalo» era solamente una manera de llamar la atención sobre sus prácticas, al nombrarse a sí mismo como otro ser mitológico siguiendo la estela del basajaun. Se incomodó al pensar en que nunca comprendería por qué los periodistas bautizaban a los asesinos con aquellos nombres absurdos, que además en el caso del basajaun no podía haber sido menos acertado; e imaginaba que lo mismo pensarían de los policías por cómo bautizaban los casos policiales. Pero es que basajaun no sólo era inadecuado, era un error. El bosque vino a su mente con una claridad y una fuerza que casi le permitían volver a sentir la presencia serena y majestuosa de su guardián. Sonrió. Siempre lo hacía cuando evocaba esa imagen; siempre conseguía devolverle la paz.

Saludó a un par de conocidos en la entrada y subió directamente al despacho del comisario general. Esperó un segundo mientras un policía de uniforme la anunciaba y le daba paso. Como en su última visita a aquellas dependencias, el doctor San Martín acompañaba al jefe, y su presencia, que esta vez no esperaba, hizo que las alarmas se disparasen en la cabeza de la inspectora. Saludó a su superior, estrechó la mano del doctor y se sentó donde le indicó el comisario.

—Inspectora, estamos a la espera de que llegue el juez Markina para exponer lo que ya sabemos, que los análisis establecen que los huesos hallados en aquella cueva de Baztán pertenecen a dos de las víctimas de crímenes machistas, en los que apareció la misma firma. —El comisario se puso unas gafas y se inclinó para leer—: «TARTTALO». El juez me ha comunicado por teléfono que tiene intención de abrir el caso. La felicito, ha sido un trabajo brillante, más teniendo en cuenta las limitaciones que entraña investigar casos cerrados sin provocar desavenencias.

Hizo una pausa y Amaia pensó «Pero...». Era la pausa que precedía, un «pero», estaba segura, aunque por más que pensaba no podía imaginar qué podía ser. Como había dicho el comisario, el juez iba a abrir el caso, ella era la jefa de homicidios, así que nadie podía apartarla de la investigación, y las pruebas tenían la suficiente relevancia e importancia, de hecho eran abrumadoras. Las familias querrían justicia, «pero...».

—Inspectora... —El comisario dudó—. Hay otra cosa, otro aspecto ajeno al caso.

—¿Ajeno? —esperó, impaciente.

San Martín carraspeó y lo entendió de pronto.

—¿Es relativo a los huesos hallados en las profanaciones de Arizkun?

—Sí —contestó San Martín.

—¿Los últimos también pertenecen a mi familia? —preguntó, mientras a su cabeza acudía la imagen de los pequeños agujeros con la superficie revuelta.

—Inspectora, antes de nada, quiero señalar que dadas las circunstancias del anterior grupo de huesos, la analítica de los presentes la he realizado yo personalmente; he sido riguroso y respetuoso en el procedimiento.

Amaia asintió, agradecida.

—¿Pertenecen a mi familia?

San Martín miró al comisario antes de continuar.

—Inspectora, ¿usted está familiarizada con los porcentajes de ADN que establecen por ejemplo nuestra pertenencia a una familia y en qué grado, quiero decir, si el familiar lo es en primer, segundo o tercer grado?

Ella se encogió de hombros.

—Sí, bueno, creo que sí, los alelos comunes van al cincuenta por ciento con los padres, al veinticinco con los abuelos y así sucesivamente...

San Martín asintió.

—Así es, y cada ser humano es único en su ADN. Aunque los ADN consanguíneos resultan genéticamente muy parecidos, hay muchos aspectos que nos definen como individuos.

Amaia suspiró: ¿adónde quería ir a parar?

—Salazar, el resultado de la analítica de ADN realizada a los huesos hallados ayer en Arizkun coinciden al cien por cien con usted.

Ella se le quedó mirando, sorprendida.

—Pero eso es imposible —pensó rápidamente—. No pude contaminar las muestras, ni siquiera las toqué.

—No estoy hablando de ADN transferido, Salazar, estoy hablando de la esencia misma de los huesos.

—Tiene que ser un error, alguien se ha equivocado.

—Ya le he dicho que yo mismo hice la analítica y la repetí a la vista de los resultados con idéntico resultado. Es su ADN.

—Pero... —Amaia sonrió, incrédula—. Es evidente que ese brazo no es mío —dijo, casi divertida.

—¿Sabe si tuvo antes una hermana?

—Tengo dos hermanas y a ninguna le falta un brazo. Pero además acaba de decirme que cada individuo es único, puede ser que se pareciese a mí, pero no sería como yo.

—Únicamente si fuese su hermana gemela.

Amaia fue a replicar pero se detuvo a la mitad; luego, muy lentamente, dijo:

—No tengo ninguna hermana gemela.

Y mientras lo decía, notó cómo todo a su alrededor se licuaba hasta convertirse en denso aceite negro que resbaló por las paredes, se comió la luz y cubriendo todas las superficies cayó desde sus ojos a sus manos, abiertas en el regazo. Una niña que lloraba.

Una niña que lloraba lágrimas densas de miedo y levantaba un brazo amputado desde el hombro mientras decía «No dejes que mamá te coma». La cuna idéntica en Juanitaenea, la niña sin brazo que la mecía, la niña que nunca dejaba de llorar.

A su mente acudieron mil recuerdos que se había traído de los sueños, en los que la niña, que siempre había creído que era ella misma, permanecía silenciosa a su lado, idéntica como un reflejo en el espejo oscuro de lo onírico. Una versión de ella misma más triste que la real, porque en Amaia, bajo la capa gris del dolor, pugnaba la supervivencia, y una rebeldía contra el destino que brillaba como una luna de invierno en el fondo de sus ojos azules. En la otra niña, no. En sus ojos, el único brillo procedía del llanto constante, tan negro que se derramaba a su alrededor como un fascinante charco de azabache. Casi siempre, su visión era descorazonadora por la desolación y la aceptada condena que transmitía su muda pasividad, pero el llanto se redoblaba a veces desesperado y entonces, parecía incapaz de poder soportarlo más. En una ocasión, la niña lloraba con convulsos suspiros que brotaban desde lo más hondo de su cuerpecillo, y en el regazo, sostenía la Glock de Amaia, su pistola reglamentaria, su ancla a la seguridad. La elevó apuntando a su propia cabeza, como si morir fuese una suerte de liberación. «No lo hagas», le había gritado a la niña que creía que era ella misma, y el fantasma que llevaba en sus huesos había levantado su brazo amputado, mostrándoselo: «No puedo dejar que mamá me coma».

Tomó conciencia del despacho, de la presencia de los dos hombres que la observaban, y durante un segundo le preocupó haberse mostrado afectada, que todo aquello que rondaba su mente hubiera tenido reflejo en su rostro. Recuperó de inmediato el hilo de la conversación del doctor San Martín, que apuntaba con un bolígrafo a un gráfico sobre la mesa.

—No hay lugar a error. Como ve, todos los puntos se han analizados dos veces, y a petición del comisario, se ha enviado de nuevo a Nasertic. Tendremos los resultados mañana, pero es un puro trámite para corroborarlo; no arrojarán resultados distintos, se lo garantizo.

—Inspectora, que usted no conociese el hecho de haber tenido una hermana que falleciese al nacer, no significa nada: quizá fue un hecho tan doloroso para sus padres que decidieron no mencionarlo, o quizá no querían trastornarla con la idea de que su hermana gemela hubiese muerto. Por otro lado, hasta 1979 no se estableció la obligatoriedad de registrar los fallecimientos de los nonatos, y teniendo en cuenta que los asientos de los cementerios se hacían a mano, la mayoría de las veces aparecen con la alusión «Criatura abortiva», sin especificar sexo ni edad estimada del feto. En algunos cementerios, y en más de una parroquia, el hecho de que la criatura no estuviese bautizada era un impedimento que solía soslayarse con un entierro privado y una buena propina al enterrador. Es obvio que el individuo que está haciendo esto la conoce a usted y a su familia, y que tiene información de primera mano. Como le ha dicho el doctor, el estado de los huesos apunta a que no estuvieron en contacto directo con la tierra y es probable que provengan de un lugar estanco y seco. Debería usted indicarnos en qué cementerio o cementerios están enterrados los miembros de su familia, para que podamos avanzar con esto.

Ella escuchaba como anonadada. Lo pensó durante un par de segundos y después asintió lentamente.

Un policía de uniforme anunció la llegada del juez y como tomando una decisión silenciosa y tácita, el comisario y el doctor recogieron los informes que había sobre la mesa y le dieron paso. La reunión duró apenas quince minutos. Markina expuso los resultados de las analíticas, que por supuesto había que repetir por el canal oficial, y les mostró su intención de abrir el caso. Felicitó al comisario jefe por la discreción y el cuidado puestos en la investigación, y a una taciturna Amaia, que asintió por toda respuesta. Cuando la reunión se dio por terminada, Amaia salió apresuradamente agradeciendo que Markina no le hubiera dedicado una de aquellas miradas suyas. Jonan la esperaba en el pasillo y comenzó a hablar entusiasmado en cuanto la vio.

—Jefa, es una pasada, lo hemos logrado, van a abrir el caso...

Ella asintió un par de veces, distraída, y él detectó su preocupación.

—Ha ido todo bien ahí dentro, ¿verdad?

—Sí, no te preocupes, es otra cosa.

Él tardó unos segundos en contestar.

—¿Quiere que lo hablemos?

Llegaron junto al coche y ella se volvió a mirarle. Jonan era seguramente una de las mejores personas que conocía; su preocupación por ella era auténtica y trascendía al puro aspecto policial. Intentó sonreírle pero la mueca se quedó en su boca y no llegó a subir hasta los ojos.

—Primero tengo que pensar, Jonan, pero te lo contaré.

Él asintió.

—¿Quiere que la lleve a casa? No es necesario que hablemos si no le apetece, puedo quedarme en el hostal Trinkete, no creo que sea prudente que conduzca: ha estado nevando, y la carretera no está en buen estado a la altura del puerto de Belate.

—Gracias, Jonan, pero será mejor que te vayas a casa, tú también llevas muchas horas sin dormir. Tendré cuidado y conducir me vendrá bien.

Cuando salió del aparcamiento aún pudo ver a Jonan detenido en el mismo lugar.

La nieve se amontonaba a los lados en la carretera, justo hasta la entrada del túnel de Belate. Al otro lado, sólo oscuridad y el repiqueteo constante de la sal contra los bajos del coche. En su mente seguía la presencia de los montones de tierra removidos en torno a la casa, los restos de una mantita podrida, la cuna idéntica a la de Ibai y que estaba en la buhardilla de Juanitaenea, la blancura de aquellos huesos que llevaban su mismo ADN y que delataba que no habían estado en la tierra. ¿Cómo podía borrarse el rastro de una persona? ¿Cómo podía ser que jamás le hubiera llegado ni la más mínima mención de su existencia? El doctor hablaba de una recién nacida a término. ¿Había muerto al nacer? ¿Probaba el brazo su muerte? ¿Podía haber sido amputado por alguna enfermedad al nacer? ¿Podía estar viva? Tomó conciencia de que entraba en la calle Santiago y se dio cuenta de que había conducido como una autómata, de modo inconsciente. Redujo la velocidad para descender hacia el puente por las calles desiertas. Al llegar a Muniartea detuvo el coche, y escuchó el rumor atronador de la presa. La lluvia no había dejado de caer en todo el día, y una presencia húmeda, como una tumba de Baztán, se coló en el coche haciéndole sentir de pronto una rabia incontenible hacia aquel maldito lugar. El agua, el río, el empedrado medieval, y todo el dolor sobre el que se había edificado. Aparcó, y por una vez no reparó en la calidez de la bienvenida que la casa entera parecía ofrecerle cuando entraba, arropándola en su amoroso regazo.

Todos se habían acostado ya. Tomó su portátil y se concentró tecleando su clave. Durante varios minutos, consultó diferentes registros de datos, y al fin, cerró la pantalla con frustración, dejó el ordenador y subió las escaleras; al reparar en el ruido que sus botas hacían en la madera, volvió atrás, se descalzó y subió de nuevo. Dudó un instante ante la puerta del dormitorio de su tía pero finalmente llamó. La suave voz de Engrasi le contestó al otro lado.

—Tía, ¿puedes bajar? Necesito hablar contigo.

—Claro, hija —respondió preocupada—, ahora voy.

Dudó también ante la puerta del dormitorio de Ros, pero decidió que su hermana no debía de saber más que ella.

Mientras esperaba a que su tía bajase, Amaia permanecía de pie, en medio del salón, con la mirada perdida en el interior de la chimenea, como si en ella ardiese un fuego que sólo ella podía ver, incapaz por una vez de rendirse a la ceremonia de encenderlo.

Esperó a que la tía se sentase a su espalda antes de volverse y hablar.

—Tía, ¿qué recuerdas de la época en que nací?

—Tengo muy buena memoria, pero respecto a Elizondo, no gran cosa. Yo vivía entonces en París y no mantenía apenas contacto con nadie de aquí. Cuando regresé, tú tenías unos cuatro años.

—Pero quizá la *amatxi* Juanita te contara algo de lo que había sucedido mientras estabas fuera.

—Sí, claro, me contó muchas cosas, la mayoría cotilleos del pueblo para ponerme al día de quién se había casado, quién había tenido hijos o quién había muerto.

—¿Cuántas hermanas tengo, tía?

Engrasi se encogió de hombros, haciendo un gesto de obviedad.

—Flora y Ros...

—¿Te contó la *amatxi* Juanita algo respecto a que hubiese nacido junto a otra niña?

—¿Una melliza?

—Una gemela.

—No, jamás me dijo nada, ¿por qué crees eso?

Amaia no contestó y siguió preguntando.

—¿Y de que quizá mi madre hubiese tenido un aborto, una criatura que naciera muerta?

—No lo sé, Amaia, pero tampoco me parecería raro. En aquellos tiempos, el aborto se trataba como algo casi vergonzoso y las mujeres lo ocultaban o no hablaban de ello, como si nunca hubiese pasado.

—¿Recuerdas la cuna idéntica a la de Ibai que está en Juanitaenea? Esa niña llegó a existir, tía, y murió al nacer o nació muerta.

—Amaia, no sé quién te ha dicho eso...

—Tía, tengo pruebas irrefutables. No puedo explicártelo todo porque pertenece a «lo que no puedo contar», pero sé que esa niña existió, que nació al mismo tiempo que yo, que era mi gemela y que algo le ocurrió.

Los ojos de la tía delataban sus dudas.

—No sé, Amaia, creo que si hubieses tenido una hermana, aunque naciese muerta, yo lo habría sabido, tu abuela lo habría sabido, porque no hablamos de un aborto sino de un recién nacido muerto, y eso supondría un certificado de defunción y un entierro.

—Es lo primero que he comprobado, pero no consta ningún certificado de defunción.

—Bueno, tú naciste en la casa de tus padres, como tus hermanas. Era lo normal en aquel tiempo, casi ninguna mujer iba al hospital, y todos los partos los atendía el médico del pueblo; seguro que le recuerdas, don Manuel Hidalgo, ya falleció. Solía ayudarle su hermana, que era enfermera y bastante más joven que él. Que yo sepa, aún vive aquí en el valle. Hace un par de meses la vi en la iglesia cuando se celebró el aniversario del coro. Cuando ella era joven cantaba bastante bien.

—¿Recuerdas cómo se llama?

—Sí. Fina, Fina Hidalgo.

Amaia suspiró y fue como si se pulverizasen en ese gesto los cimientos que la sostenían: cayó junto a su tía, agotada.

—Siempre he soñado con ella, tía, desde que era pequeña, y aún lo hago. Creía que esa niña era yo, pero ahora sé que es mi hermana, la niña con la que nací. Dicen que los gemelos son casi la misma persona, que están unidos por un vínculo especial que hasta les permite ver y sentir las mismas cosas; tía, yo llevo toda mi vida sintiendo su dolor.

—Oh, Amaia —exclamó Engrasi, cubriéndose la boca con las manos finas y arrugadas. Después las extendió hacia ella y Amaia se inclinó en su regazo, dejando que su cabeza descansase en las rodillas de su tía.

—Ella me habla, tía, habla en mis sueños, y me dice cosas terribles.

Engrasi acarició su cabeza pasando la mano por el pelo suave, como hizo tantas veces cuando era una niña. Un minuto después, se dio cuenta de que Amaia dormía, pero no dejó de acariciarla; siguió deslizando la mano por su cabello notando con la yema de los dedos la pequeña hendidura y el dibujo de la cicatriz que el cabello ocultaba pero que ella habría sido capaz de encontrar aunque estuviese ciega.

—¿Qué te han hecho? ¿Qué te han hecho, mi niña?

Y su voz se quebró una vez más con el dolor y la rabia, mientras las manos temblaban y los ojos se nublaban un poco más.

23

23 de junio de 1980

La tormenta se abatía furiosa sobre Elizondo. Alumbrado por una vela, Juan rezaba arrodillado en el cuarto de baño. Se daba cuenta de que no era el lugar más adecuado para dirigirse a Dios, pero él era un hombre chapado a la antigua y sentía pudor de que le viesen en aquel estado. Humillado, muerto de miedo, y con los ojos arrasados en lágrimas.

Hacia las nueve de la noche, Rosario le había pedido que llevase a las pequeñas a casa de su madre. Las niñas se habían rezagado fascinadas por las hogueras que los chicos mayores comenzaban a prender en las calles. Ella misma se había encargado de llamar al doctor Hidalgo. Habían transcurrido más de tres horas desde entonces. Sólo habían salido de la habitación para pedir unas velas cuando la luz se fue, y de eso hacía más de una hora, y él ya no soportaba el ominoso silencio de la casa tras los espantosos gritos de su esposa. Exiliado en el baño, se había rendido por fin y ahora con las manos enlazadas rezaba pidiendo a Dios con todas sus fuerzas que todo saliese bien. Rosario había estado tan rara, no había querido ir al hospital a pesar de las recomendaciones del doctor Hidalgo, ni para hacerse una ecografía, a pesar del riesgo que entrañaba un embarazo doble. Había decidido dar a luz en casa como en los embarazos anteriores y ni siquiera había permitido que le contase a su familia que esperaban dos criaturas.

Oyó un rumor al otro lado de la puerta y la voz del doctor Hidalgo que acompañó a los suaves toques.

—Juan, ¿estás ahí?

Se incorporó rápidamente, descubriendo en el espejo los ojos enrojecidos y el rostro deformado por las sombras que proyectaba la luz de la vela.

—Sí, enseguida voy —dijo abriendo el grifo para enjugarse el rostro. Salió llevando la toalla aún en las manos—. ¿Está bien Rosario?

—Sí, tranquilo, ella está bien y las criaturas también. Dos niñas sanas y fuertes, Juan, enhorabuena —dijo, tendiéndole una mano que olía a desinfectante.

Juan la tomó entre las suyas, sonriente.

—¿Puedo verlas?

—Espera un poco, mi hermana está con ella terminando de limpiarla y prepararla, en un rato podrás pasar.

—Dos hijas más, se ve que sólo sé hacer niñas. —Juan no podía dejar de sonreír—. Acéptame una copa —propuso.

El doctor Hidalgo sonrió.

—Una sola; tengo otras dos embarazadas a punto de parir, no vaya a ser que se pongan todas de acuerdo para hacerlo justamente esta noche, que si la luna mueve el mar, las tormentas mueven el río...

Juan dispuso dos vasos y vertió en cada uno un dedo de whisky.

Fina Hidalgo se asomó al salón y Juan, al verla, hizo el gesto de dejar el vaso.

—Tranquilo, tómatelo con calma y espera unos minutos: está agotada y no irá a ninguna parte...

Pero Juan apuró el vaso de un trago y salió hacia el pasillo.

—Espera —le detuvo ella, interponiéndose—, aún no está lista; iba a cambiarse el camisón, dale un minuto.

Pero él no podía esperar. Qué pensaba esa tía solterona, él había visto desnuda a su mujer miles de veces, ¿cómo se imaginaba Fina Hidalgo que la había dejado embarazada?

La rebasó sonriendo. Pero ella le sujetó por el brazo, reteniéndolo.

—Dale un minuto —rogó.

La sonrisa de Juan se esfumó, al tiempo que el doctor Hidalgo se acercaba.

—Fina, ¿estás tonta? Deja que vaya junto a su mujer.

En el dormitorio flotaba un olor intenso y caliente, sangre y sudor mezclados con otro agudo y picante del alcohol desinfectante. Rosario en pie, con un camisón limpio, se inclinaba sobre las gemelas. Juan sonrió desconcertado al ver el gesto que se dibujaba en el rostro de su mujer al verle. Rosario sostenía en las manos un pequeño cojín de raso que solía adornar su cama y lo apretaba contra la carita del bebé.

—¡Rosario, Dios mío! ¿Qué haces? —le gritó, mientras la apartaba de la cunita dándole un manotazo que la derribó.

Rosario era una mujer fuerte, pero debilitada como estaba por el parto quedó postrada sobre la cama mirándolo muy seria, sin emitir un quejido o decir una palabra.

Juan apartó el cojín del rostro de su hija, que al verse liberada rompió a llorar de inmediato.

—¡Oh, Dios mío, oh, Dios mío! —gritaba, desesperado.

El doctor Hidalgo le arrebató a la niña de los brazos, palpando su naricita e introduciendo el meñique en su boca para comprobar que no había nada allí. La criatura lloraba a voz en grito contrayendo el rostro en furiosas muecas.

—Está bien, Juan, está bien, la niña está bien.

Pero él parecía no escucharle, miraba el rostro de su hija mientras negaba con la cabeza. El doctor Hidalgo puso una mano a cada lado de su rostro y le obligó a mirarle.

—Está bien, Juan, escucha cómo llora, está bien, no le ha pasado nada. Cuando un recién nacido llora así es la mejor señal de que todo va bien.

Por fin parecía entenderle. Su rostro se relajó un instante, pero soltándose de sus manos se volvió hacia la otra cunita. La otra niña no lloraba. Estaba inmóvil, con los puños entreabiertos a ambos lados de su carita y los ojos cerrados. Juan extendió su mano hacia ella y antes de tocarla ya supo que estaba muerta.

24

El intenso frío de aquella mañana venía acompañado de una pesada niebla que se aplastaba contra el suelo debido a la carga de agua que llevaba, y que parecía iluminada desde dentro por un sol intenso, desconocido en los últimos días, que ahora la tornaba hiriente a los ojos, como si la niebla estuviese hecha de microscópicos trozos de cristal. Amaia condujo manteniéndose en la carretera, tan sólo guiada por la línea blanca que apenas era visible por la ventana lateral. Los ojos le ardían por el esfuerzo constante de intentar ver y el fastidio se sumaba a la frustración que sentía. Ya de madrugada había despertado de un sueño plagado de voces, de gente que hablaba y discursos indescifrables que le llegaban en la oscuridad, como la emisión de una radio del inframundo mal sintonizada en la que los mensajes y las palabras venían mezclados con apremios, llantos y exigencias que no alcanzaba a entender, y que le dejaron al despertar una sensación de incompetencia y confusión de la que no conseguía deshacerse. Había despertado en el sofá donde se había quedado dormida, cubierta con una manta y apoyada en un cojín, que la tía le había colocado, y se había arrastrado hasta su dormitorio donde Ibai descansaba completamente estirado en la cama, relegando a James a una porción mínima del colchón.

—Duermes como tu padre —había susurrado, tumbándose junto al niño durante unos minutos.

La placidez golosa del sueño de Ibai le hizo recuperar el equilibrio, la fe y la sensación de que todo iba bien. Absolutamente inmóvil, el niño dormía confiado, los brazos extendidos como aspas de molino y una tranquilidad reservada a los justos. La boca entreabierta y tan quieto que, a menudo acercaba el oído para percibir la respiración. Se había inclinado para aspirar el aroma dulce de su piel y como obedeciendo a una llamada, el bebé se había despertado. La sonrisa perfecta dibujada en el rostro de su hijo se contagió al suyo, pero la magia sólo duró unos segundos, hasta que el niño comenzó a reclamar su comida lanzando sus pequeñas manitas torpes hacia su pecho, que ya no podía alimentarle. Le había cedido el niño a James, que se lo llevó abajo mientras ella pensaba una vez más que era una madre de mierda.

Entró en la sala de reuniones y comprobó que Jonan aún no había llegado. Encendió su ordenador y en cuanto abrió el correo se topó con dos llamadas de atención. El mensaje del doctor Franz, que parecía haberse vuelto habitual, y otro reenviado desde el correo de Jonan, del Peine dorado. Abrió el segundo.

«La dama espera su ofrenda.»

—Pues la dama puede esperar sentada —dijo, mandándolo a la papelera.

El del doctor Franz también parecía una copia extendida del anterior, con excepción de una parte que le llamó la atención. «Quizá debería investigar cómo es que el doctor Sarasola tenía tantos conocimientos sobre el caso de su madre, detalles de su tratamiento, y sobre todo de su comportamiento, que están sujetos a la privacidad médico-paciente y que es cuando menos "curioso" que él conozca, teniendo en cuenta que nunca la ha tratado, y lo sé porque lo he comprobado.»

Releyó dos veces el mensaje y por primera vez desde que había comenzado a recibirlos no lo eliminó. Tenía claro que el tarttalo conocía a su madre desde antes de su ingreso en Santa María de las Nieves. Barajó la posibilidad de que el padre Sarasola y el visitante que aparecía en la grabación del psiquiátrico fuesen la misma persona, y la descartó. El sacerdote y el director Franz se conocían muy bien, lo suficiente para no despistarle con unas gafas y una perilla falsa. Además, su aspecto y talla no encajaban con los cálculos que habían realizado a partir de las grabaciones. Aun así la duda quedó dando vueltas en su cabeza.

Salió al pasillo y se asomó a la oficina general. Zabalza trabajaba medio oculto por la pantalla de su ordenador y no se percató de su presencia hasta que estuvo a su lado. En un rápido gesto apagó el monitor. Amaia esperó unos segundos a que él recuperase el control antes de hablar.

—Buenos días, subinspector.

—Buenos días, jefa.

Amaia percibió cómo al decir jefa el tono de su voz había descendido hasta ser casi inaudible.

—Tengo trabajo para usted. Apunte este nombre: Rosario Iturzaeta Belarrain. Quiero que busque en los registros del hospital Virgen del Camino, en el hospital Comarcal de Irún, en la clínica Santa María de las Nieves y en el hospital Universitario. Necesito una lista de todo el personal que la trató o tuvo relación con ella en el tiempo en que estuvo ingresada o visitó las urgencias de estos hospitales.

Zabalza terminó de escribir y levantó la mirada:

—... Es mucha información.

—Lo sé, y cuando la tenga quiero que cruce las listas y me diga si hay alguien que aparece en más de un listado.

—Me llevará días —replicó él.

—Pues no debería perder tiempo.

Se volvió y salió de la oficina sonriendo un poco mientras sentía a su espalda la mirada hostil de Zabalza.

—Ah, otra cosa —dijo, volviéndose de pronto.

A punto estuvo de estallar en carcajadas al ver la reacción de alumno pillado con que Zabalza bajó la mirada.

—Búsqueme la dirección de Fina Hidalgo; no sé si procede de Rufina o Josefina, toda la información que tengo es que vive en el valle, consulte en el padrón del ayuntamiento. Esto último es urgente.

Él asintió sin levantar la mirada.

—¿Lo tiene todo? —insistió ella, maliciosa.

—Sí —susurró.

—¿Cómo?

—Sí, lo tengo todo, jefa. —Y ella sonrió de nuevo al oír cómo la palabra se le atascaba como si masticase tierra.

Al salir se cruzó en el pasillo con Jonan, que llegaba charlando con Iriarte.

Fina Hidalgo vivía en una buena casa de piedra de lo que se podía considerar el centro urbano de Irurita, la segunda población más grande de Baztán. Tenía dos plantas en las que destacaba el mirador acristalado que se había puesto tan de moda a finales del siglo XVIII; pero lo que sin duda la hacía peculiar era su inesperado jardín. Un sauce llorón a cada lado custodiaba el acceso por un camino de lajas rojas, bordeado de prímulas y enormes lavandas perfectamente recortadas. Llamaba la atención la variedad de plantas en distintos tonos que iban desde el verde ajado hasta el granate, consiguiendo un efecto de color realzado por los ciclámenes rojos que adornaban las ventanas. Un invernadero de cristal adosado a la casa, y de unos doce por doce metros, se veía perlado desde el interior con millones de microscópicas gotas de agua. Una mujer la saludó desde la puerta.

—Hola, venga por aquí, seguro que le gusta verlo —dijo, metiéndose de nuevo en el invernadero.

A pesar de estar atestado de plantas y de la enorme humedad, era un lugar agradable, en el que flotaba un intenso aroma mentolado en un ambiente más cálido que el exterior.

—Una es esclava de sus costumbres —dijo la mujer, dirigiéndose a ella mientras se inclinaba a cortar los brotes nuevos de unas plantas. Los cercenaba usando su propia uña, un poco sucia y teñida del jugo verde que brotaba de las plantas, y los iba arrojando a un tiesto vacío.

Amaia la observó. Calzaba unas botas de goma con intrincados dibujos de cachemira, unos pantalones de montar y una blusa rosa, y llevaba el pelo de un ajado pelirrojo que debía de ser natural recogido en la nuca con un pasador. Cuando levantó la mirada para hablarle, Amaia pudo ver que llevaba los labios pintados de un rosa muy suave. Aún era muy bella. Le calculó unos sesenta y cinco años. Zabalza le había dicho que acababa de jubilarse y el estado de su jardín apuntaba a que ésa era su mayor afición.

—La estaba esperando, su compañero me dijo que vendría. Acabo con esto y entramos a tomar un té; si no les quito estos brotes nuevos ahora, se comerán toda la energía de la planta —dijo casi enfadada.

El interior de la casa no desmerecía el jardín. De marcada inspiración victoriana, la profusión de adornos, sobre todo de porcelanas, era a la vez hermosa y mareante. Fina le ofreció un té en un juego de piezas muy delicadas, y se sentó frente a ella.

—Mi hermano falleció hace tiempo, él compró esta casa, aunque afortunadamente me dejó decorarla a mí. Lo del invernadero también fue idea suya. A mí al principio no me hizo gracia, pero la jardinería es como una droga, una vez que empiezas...

—Tengo entendido que usted era su enfermera.

—Lo cierto es que no tuve otra opción. Mi hermano era un buen hombre, pero un poco chapado a la antigua. Era casi veinte años mayor que yo, mis padres me tuvieron cuando parecía que no podía ser. Los pobres fallecieron con poco tiempo de diferencia cuando yo tenía catorce años, y antes de morir le hicieron prometer a mi hermano que siempre cuidaría de mí. Ya ve usted, como si las mujeres no supiésemos cuidar de nosotras mismas. Imagino que lo harían con buena intención, pero él se lo tomó al pie de la letra, así que estudié enfermería, fíjese bien que no digo medicina sino enfermería, y me convertí en su ayudante.

—Ya comprendo —dijo Amaia.

—Y lo fui hasta que se jubiló, cuando al fin pude salir a trabajar fuera del valle, en hospitales, con otros médicos. Pero ahora soy yo la que estoy jubilada, ¡y qué cosas! Ahora descubro que me apetece estar aquí.

Amaia sonrió, sabía de qué hablaba.

—¿Asistía usted a su hermano en los partos?

—Sí, desde luego; entre mis títulos está el de comadrona.

—El nacimiento del que necesito información ocurrió en junio de 1980.

—Oh, pues seguro que está en los ficheros; acompáñeme —dijo poniéndose en pie.

—¿Guarda aquí los ficheros?

—Sí, mi hermano tenía una consulta en Elizondo y otra aquí en casa, es típico de los médicos rurales. Cuando se jubiló y cerró la consulta de Elizondo lo trajo todo aquí.

Entraron en un despacho que bien podría haber salido de un club inglés de fumadores: una magnífica colección de pipas ocupaba toda una pared, compitiendo con otra de estetoscopios y trompetillas antiguas. Recordó la mención del doctor San Martín respecto a la costumbre extendida entre los médicos de coleccionar material propio de su profesión.

Fina apuntó la fecha en un papel.

—¿Ha dicho 1980?

—Sí.

—¿El nombre de la paciente?

—Rosario Iturzaeta.

Levantó la mirada, sorprendida.

—Recuerdo a esa paciente, estaba mal de los nervios, así era como se llamaba entonces a estar neurótico.

Sin saber exactamente por qué, se sintió incómoda.

—No quiero su expediente médico, sólo información relativa a los partos. ¿Necesitará una orden judicial?

—Por lo que a mí respecta, no. Mi hermano ha muerto, y es probable que la paciente también. Usted es policía, seguramente podrá obtener esa orden, ¿para qué vamos a complicar tanto las cosas? —dijo, encogiéndose de hombros.

—Gracias.

La mujer sonrió antes de volver a inclinarse sobre los ficheros y Amaia pensó de nuevo que debió de ser muy guapa.

—Aquí está —dijo, levantando una carpeta—, y menudo expediente tiene. Vamos a ver los partos. Sí... Aparece primero en 1973 un parto natural, sin complicaciones, una niña aparentemente sana, nombre Flora. Segundo parto en 1975, parto natural, sin complicaciones, una niña aparentemente sana, nombre Rosaura. Tercer parto, 1980, parto natural, gemelar, sin complicaciones, dos niñas, aparentemente sanas, no constan nombres.

El corazón se le aceleró ante la facilidad con que aquella mujer acababa de decirle que tuvo otra hermana. Le arrebató la hoja amarillenta de las manos.

—¿Aparentemente sanas?... ¿Si una de las niñas estuviese enferma o hubiera muerto aparecería aquí?

—No. En aquellos tiempos, para los partos en casa no se contaba con muchos medios: observará que ni siquiera aparece el peso ni la estatura; se les realizaba el test Apgar, y una inspección rutinaria. «Aparentemente sanos» es un concepto sin más; si uno de los bebés hubiese sufrido, por ejemplo, una cardiopatía, habría sido indetectable, a menos que en el mismo instante del nacimiento ya mostrase síntomas evidentes.

—¿Y si por ejemplo, a uno de los bebés se le hubiera practicado una cirugía, una amputación de un miembro?

—Eso se habría hecho en un hospital. Tenga en cuenta que como mucho se practicaba en consulta pequeña cirugía y curas.

—¿Y si uno de los bebés hubiera muerto?

—Si hubiese muerto aquí, en el valle, seguro que tengo una copia del certificado de defunción. Mi hermano firmaba todos los certificados en esa época, siempre que falleciese en el valle y no en un hospital de Pamplona.

—¿Podría buscarlo, por favor?

—Claro; será un poco más complicado porque no aparece el nombre de las criaturas.

Amaia repasó el expediente reparando en que en efecto no aparecía ningún nombre para ninguna de las dos niñas, y recordó lo que a ella misma le costó elegir uno para Ibai, hasta que hubo nacido. ¿Tenía eso en común con su madre?

Fina se dirigió a otro armario y sacó un fichero de cartón en el que aparecía la fecha del año.

—¿Se supone que falleció en el mismo año?

—Sí, creemos que fue recién nacida.

Apenas un minuto después, la mujer extrajo un pliego de entre los otros.

—Aquí la tenemos: hija recién nacida de Juan Salazar y Rosario Iturzaeta. Causa de la muerte, ¡oh, vaya!, muerte de cuna.

Amaia la interrogó con la mirada.

—«Muerte de cuna» es como se llamaba comúnmente al síndrome de muerte súbita del lactante —dijo, tendiéndole la hoja a Amaia—, lo que nos lleva a pensar que seguramente la niña venía mal.

—¿Estaba enferma?

—Bueno, enferma exactamente no, pero a veces hay

cosas que no se detectan inmediatamente al nacer y que comienzan a ser evidentes a las pocas horas.

—No le entiendo.

—Algún retraso, por ejemplo, o alguna tara. Casi todos los recién nacidos tienen la cabeza abombada, el rostro aplastado por la estancia en el canal del parto y presentan un leve estrabismo, pero hasta transcurridas algunas horas, hay cosas que no son evidentes.

—Ya... —respondió Amaia, lentamente—... Pero no tienen por qué causar la muerte...

La mujer se la quedó mirando con las manos apoyadas a cada lado de la caja, y en su boca se formó una sonrisa torcida.

—¿Así que es usted una de ésas?...

Los pelos de la nuca se le erizaron e identificó de inmediato la desagradable sensación semejante a la de descubrir que una hermosa maceta de geranios está infestada de larvas de gusanos.

—Una ¿de cuáles? —preguntó, sabiendo que la respuesta no le gustaría.

—Una de esas que pone el grito en el cielo sin saber ni de qué habla. Seguro que en cambio sí está a favor del aborto cuando el feto presenta daños neurológicos.

—Pero un recién nacido no es un feto.

—¿No? Pues yo soy partera, he visto miles de recién nacidos y cientos de abortos, y no veo que se puedan establecer tantas diferencias.

—Pues las hay, y la principal estriba en que una criatura recién nacida es autónoma de su madre, y la ley así lo establece.

—Ja, la ley —dijo, pasándose una mano por el pelo—. Me río yo de la ley. ¿Tiene idea de lo que supone para una familia con tres o cuatro niños lidiar con uno más, y peor todavía si tuviera alguna tara?

—Espere un momento, ¿me está diciendo que usted y su hermano... mataban recién nacidos con deficiencias?

—Oh, mi hermano no. Él era como usted, un meapilas moralista que no tenía ni idea. Y sí, no tengo problema en admitirlo: esas faltas ya han prescrito. En la mayoría de los casos fueron los propios familiares, sólo en algunos tuve que ayudarles porque no tenían valor para hacerlo por toda esa memez del fruto de tu vientre, pero ellos lo negarán como yo, y oficialmente son muertes de cuna. Además, el médico que firmó los certificados, en este caso mi hermano, era un hombre intachable, y está muerto.

—¿Faltas? —se indignó Amaia—. ¿Lo llama faltas? Son asesinatos.

—¡Oh, por Dios! —exclamó la mujer, fingiendo una gran afectación que se transformó de pronto en el más absoluto desdén—. ¡No me joda!

Amaia la estudió atentamente. Con su blusa rosa y sus botas de goma, aquella encantadora señora que había dedicado su vida a criar azaleas y a traer niños al mundo era una sociópata sin ningún tipo de remordimiento. Sintió la ira creciendo, ocupando en su interior el espacio que cedía al desconcierto. Repasó mentalmente las opciones legales que tenían para detenerla y se daba cuenta de que ella tenía razón, sería imposible probar los delitos que ya habían prescrito, y con sólo negarlos cualquier abogado mediocre la dejaría limpia.

—Me llevo este certificado —dijo, mirándola fijamente.

La mujer se encogió de hombros.

—Llévese lo que quiera, me encanta colaborar con la policía.

Sin esperar a su anfitriona salió al jardín y agradeció el aire frío, que le ayudó a combatir la sensación de ahogo del interior de esa casa. Mientras caminaba resuelta hacia la entrada, la mujer habló a su espalda. Su tono era de burla:

—¿No quiere llevarse un ramo de flores, inspectora?

Amaia se volvió para mirarla.

—¡Sola vayas! —dijo sin saber muy bien por qué.

La sonrisa se heló en el rostro de la mujer y comenzó a temblar como si un frío ártico la envolviese de pronto. Intentó una vez más un amago de sonrisa, pero sus labios se contrajeron en un rictus canino que le hizo mostrar los dientes hasta las encías, y cualquier atisbo de belleza pasada quedó olvidado.

Amaia aceleró el paso al ritmo de su corazón, se metió en el coche y condujo hasta que salió del pueblo, y reparó en que aún sostenía entre el volante y los dedos el pliego de papel amarillento.

—«Sola vayas» —repitió incrédula.

Era una defensa mágica, una especie de fórmula de protección contra las brujas, y hacía casi treinta años que no la oía. A su mente acudió el recuerdo vívido de su *amatxi* Juanita diciéndoselo: «Cuando sepas que estás ante una bruja cruza los dedos así —le decía pasando el pulgar entre el índice y el corazón—, y si te habla contéstale "Sola vayas". Ésa es la maldición de las brujas, van solas y nunca, nunca descansan, ni después de muertas». Sonrió ante la frescura del recuerdo, sepultado en el olvido durante años, y ante la perplejidad que le causaba haberlo recreado, que aquella horrible mujer le hubiese hecho recordarlo. Detuvo el coche a un lado e hizo una llamada al Ayuntamiento de Baztán para preguntar por el enterrador; después condujo hasta el cementerio de Elizondo.

La oficina del enterrador en el cementerio era realmente un cubículo de cemento que desde lejos pasaba desapercibido entre los panteones aportalados de la parte alta que tanto le recordaban a los de Nueva Orleans. En el interior, una pequeña mesa y una silla rodeadas de cuerdas, escobas, cubos, andamios desmontados, puntales y tacos, palas y una carretilla. En un rincón, un par de ficheros metálicos con cerradura, y en la pared, un calendario de gatitos en un cesto que resultaba allí del todo incongruente.

Inclinado sobre la mesa había un hombre mayor vestido con un buzo de mahón, que se incorporó cuando la oyó a su espalda. Amaia pudo ver que sobre el tablero tenía un transistor de radio y un par de pilas sueltas.

—Ah, hola, usted es la que ha llamado para ver los ficheros.

Ella asintió.

—Si son del año 1980 están aquí —dijo, poniéndose en pie y palmeando el armario metálico—. Lo más moderno lo van metiendo en los ordenadores, pero eso lleva tiempo, y total... —Se encogió de hombros con un gesto que lo decía todo.

El hombre sacó del interior un tomo encuadernado en el que figuraba la fecha y lo puso sobre la mesa. Con sumo cuidado, extendió el certificado que Amaia le tendía, y guiándose con el dedo fue recorriendo los nombres escritos a mano del libro.

—No está aquí —dijo, levantando la cabeza.

—¿El que no tuviera nombre puede complicar las cosas?

—Pero por fecha y causa de la muerte lo tendríamos que encontrar; no está.

—¿No es posible que esté en otro libro?

—No hay otro libro, uno por año, y nunca lo terminamos —dijo, pasando con el dedo las hojas del final que estaban en blanco—. ¿Está segura de que el entierro fue en este cementerio?

—¿En qué otro podría ser? Esta familia es de Elizondo.

—Bueno, puede que sean de Elizondo ahora, pero quizás uno de los abuelos era de otro pueblo; pudieron enterrar a la criatura allí...

Salió de la pequeña oficina doblando el pliego, que guardó en el bolsillo interior de su abrigo, y se dirigió a la tumba de Juanita. Ahí estaban la pequeña cruz de hierro, encerrando en su interior el nombre; a su izquierda, la del abuelo que no llegó a conocer y justo detrás aquella que durante años evitó ni siquiera mirar, la de su padre. Era curioso cómo recordaba cada detalle del día en que la tía la llamó para decirle que su padre había muerto, aunque ella ya lo sabía; lo había sabido sólo un instante antes de que sonara el teléfono y en ese segundo toda la frialdad, todo el silencio que les había distanciado como padre e hija, se abatió sobre ella como una condena sin tiempo, porque el tiempo se había acabado. Miró de soslayo su nombre escrito en la cruz y el dolor la golpeó, acompañando a la vieja pregunta: ¿por qué lo permitiste?

Dio un paso atrás y observó con ojo crítico la superficie de la tierra, que aparecía cubierta de césped y que no presentaba signos de haber sido tocada. Subió casi hasta el final, pasando cerca de la tumba de Ainhoa Elizasu, la niña cuyo crimen la motivó en su regreso a Baztán para investigar el peor caso de su vida. Vio flores y una muñequita de trapo que alguien había dejado allí. Casi al fondo localizó el panteón antiguo en el que estaban enterrados sus propios bisabuelos y algún tío o tía muertos antes de que ella naciera. Las argollas de hierro que lo adornaban habían dibujado rastros herrumbrosos formando un reguero por donde la lluvia había arrastrado durante años su tinte anaranjado. La pesada losa estaba intacta.

Dio la vuelta para bajar por el centro del camposanto, y al acercarse al crucero que lo custodiaba vio a Flora, que, con la cabeza un poco inclinada, permanecía inmóvil frente a la tumba de Anne Arbizu. Sorprendida, la llamó:

—Flora.

Su hermana se volvió, y al hacerlo pudo ver que tenía los ojos húmedos.

—Hola, Amaia, ¿qué haces aquí?

—Dando un paseo —mintió, acercándose hasta quedar frente a ella.

—Yo también —dijo Flora, dando un paso hacia el camino y evitando mirarla.

La siguió y durante un par de metros ambas caminaron despacio sin hablar y sin mirarse.

—Flora, ¿sabes si nuestra familia tiene algún otro panteón o tumba en este o en otro cementerio del valle aparte del de los bisabuelos y las tumbas de tierra?

—No, y déjame que te diga que es una vergüenza. Los bisabuelos arriba, los abuelos y el *aita* abajo. Todos desperdigados por el cementerio, como los pobres.

—Es curioso que nuestros padres no compraran un panteón, parece algo propio de la *ama*. Me llama la atención que no lo tuviera pensado, y que esté dispuesta a que la entierren junto a la *amatxi* Juanita.

—Te equivocas, dejó que enterrasen al *aita* junto a la *amatxi* porque él lo quería así, pero la *ama* nunca perteneció del todo a este lugar. Ella tiene dispuesto que la entierren en San Sebastián, en el panteón que su familia tiene en el cementerio de Polloe.

Amaia se detuvo en seco.

—¿Estás segura de eso?

—Sí. Tengo desde hace años una carta de su puño y letra con las indicaciones para su funeral y entierro.

Amaia lo pensó unos segundos y después preguntó:

—Flora, tú tenías siete años cuando yo nací, ¿qué recuerdas de entonces?

—Vaya pregunta, ¿cómo quieres que me acuerde?

—No sé, no eras tan pequeña, algún recuerdo tendrás.

Flora lo pensó un instante.

—Recuerdo que te daba el biberón y Ros también; el *aita* nos dejaba. Él lo preparaba, te colocaba en nuestros brazos sentaditas en el sofá y te dábamos el biberón por turnos. Supongo que nos parecía divertido.

—¿Y la *ama*?

—Bueno, en aquella época ya estaba mal de los nervios, la pobre siempre ha sufrido tanto...

—Sí —contestó Amaia con frialdad.

Flora se volvió como alcanzada por un rayo.

—Mira, si quieres hablar, hablamos, pero si vas a empezar así yo me voy —dijo, caminando hacia la salida.

—Flora, espera.

—No, no espero.

—Es importante para mí saber qué pasaba en esa época.

Sin volverse, Flora levantó una mano como despedida, llegó a la verja y salió del cementerio.

Amaia suspiró, vencida. Regresó atrás hasta la tumba de Anne Arbizu y tomó en la mano el pequeño objeto que había creído ver. Una nuez. Su superficie aparecía brillante y Amaia supo que su hermana la tenía en la mano un instante antes de que la llamara. Una nuez. La colocó donde estaba y siguió el camino de Flora hacia la salida. Sonó el teléfono. Miró la pantalla extrañada; era Flora.

—La *ama* tenía una amiga, se llama Elena Ochoa y vive en la primera casa blanca que hay junto al mercado. No sé si querrá hablar contigo, hace muchos años la *ama* y ella discutieron, dejaron de hablarse y no han vuelto a hacerlo. Yo creo que es la persona que mejor la conocía en esa época. Sólo espero que tengas respeto y no hables mal de nuestra madre, que no tenga que arrepentirme de esta llamada.

Colgó sin esperar más.

—Sé quién eres —dijo la mujer al verla—. Tu madre y yo éramos amigas, pero hace muchos años de eso. —La mujer se echó a un lado para franquearle el paso—. ¿Quieres entrar?

El pasillo era muy estrecho pero aun así había en él un enorme aparador que dificultaba el paso. Amaia se detuvo esperando a que la mujer le indicase hacia dónde dirigirse.

—En la cocina —susurró.

Amaia entró por la primera puerta a la izquierda y esperó a la mujer; ella la siguió indicándole que se sentara en una silla apoyada contra la pared.

—¿Quieres un café?; iba a ponerme uno.

Amaia aceptó, aunque no le apetecía. La mujer parecía muy incómoda a pesar de los esfuerzos evidentes por mostrarse amable. Aun así había en su comportamiento una especie de histeria contenida que la hacía parecer sumamente inestable y frágil. Dispuso los cafés en una bandeja sobre la mesa de la cocina y se sentó al otro extremo. Al servirse el azúcar, derramó parte sobre el mantel.

—¡Vaya por Dios! —exclamó, quizá demasiado afectada.

Amaia esperó a que la mujer lo limpiase y a que se sentara de nuevo mientras fingía concentrar toda su atención en el café.

—Está bueno —comentó.

—Sí —respondió la mujer, como si pensara en otra cosa, y alzó los ojos para mirarla de frente—. Tú eres Amaia, ¿verdad? La pequeña.

Ella asintió.

—Para cuando tú naciste, nosotras ya nos habíamos distanciado. Yo lo pasé muy mal porque quería mucho a tu madre. —Hizo una pausa—. La quería de verdad, y me dolió mucho terminar con nuestra amistad. Yo no tenía otras amigas y cuando tu madre llegó aquí nos hicimos inseparables. Hacíamos todo juntas, pasear, cuidar de las niñas; yo también tengo una hija, de la edad de tu hermana mayor. Íbamos a comprar, al parque, pero sobre todo hablábamos. Está bien tener a alguien con quien hablar.

Amaia asintió, animándola a continuar.

—Así que cuando nos distanciamos, bueno, fue muy triste para mí. Yo creía que con el tiempo ella cambiaría de parecer y quizá... Pero ya sabes que eso nunca ocurrió.

La mujer levantó la taza y casi se ocultó tras ella.

—¿Qué razón lleva a dos buenas amigas a distanciarse?

—Lo único que puede interponerse entre dos mujeres. —La miró y asintió.

—Un hombre.

Amaia repasó mentalmente el perfil del comportamiento de su madre desde que podía recordarlo. ¿Había estado tan ciega?, ¿su visión sesgada de hija le había impedido ver a su madre como una mujer con necesidades de mujer? ¿Había sido un hombre lo que había desequilibrado a Rosario, quizá por el hecho de no ser libre para irse con él en una sociedad costumbrista y cerrada como la baztanesa?

—¿Mi madre tenía un amante?

La mujer abrió los ojos, sorprendida.

—Oh, no, claro que no, ¿de dónde has sacado esa idea? No, no era esa clase de relación...

Amaia levantó ambas manos, demandando respuestas.

—Se suponía que era un grupo de expresión corporal y emocional, una de esas milongas tan de moda en los años setenta, ya sabes, relajación, tantras, yoga y meditación, todo unido. Nos reuníamos en un caserío. El propietario era un hombre muy atractivo, bien vestido y con mucha labia, un psicólogo o algo así; ni siquiera sé si tenía algún tipo de titulación. Al principio fue divertido. Hablábamos de avistamientos ovni, de abducciones, viajes astrales y esas tonterías, y poco a poco, comenzaron a dejar esos temas para centrarse tan sólo en la brujería, la magia, los símbolos mágicos, el pasado de brujería en el valle. A mí esto me divertía menos, pero tu madre estaba fascinada, y tengo que reconocer que tenía su atractivo y su interés. A ella le gustaba todo eso de las reuniones clandestinas, pertenecer a un grupo secreto...

Bajó la mirada y se quedó en silencio. Amaia esperó unos segundos hasta que se dio cuenta de que la mujer se había ido muy lejos.

—Elena —la llamó suavemente. Ella levantó la mirada y sonrió un poco—. ¿Qué ocurrió?, ¿que le hizo abandonar?

—Los sacrificios.

—¿Sacrificios?

—Gallos, gatos, corderos...

—Mataban animales.

—No, los sacrificaban... De distintas maneras, y la sangre tenía una importancia demencial. La recogían en unas escudillas de madera y luego la guardaban en botellas con algún componente que la mantenía líquida. Yo no podía con eso, no, no me parecía bien... Mire, me crié en un caserío, claro que matábamos gallinas, conejos, cerdos incluso, pero no así. Entonces fue cuando conocimos al otro grupo. Nuestro maestro, así lo llamábamos, nos hablaba de que había más grupos como aquél por toda Navarra; a menudo se ausentaba durante días para visitarlos. Nos anunció que vendría un grupo de Lesaka del que se sentía especialmente orgulloso, y que ellos nos ayudarían a completar nuestra formación y a alcanzar el siguiente grado. Serían una docena de personas, hombres y mujeres; hablaban todo el tiempo de «el Sacrificio» como si fuese algo muy especial. Nosotros ya los habíamos hecho, ¡Dios me perdone!, con animalitos pequeños, y yo ya estaba aterrada, así que lo pregunté claramente. Uno de los hombres me miró como si se sintiese lleno de gracia: «El Sacrificio es el Sacrificio, un gato o un cordero son "un sacrificio", pero "el Sacrificio" sólo puede ser humano». No soy ninguna mojigata, yo había oído contar a mis abuelos historias sobre los asesinatos de niños que las brujas cometían como sacrificio antes de comer su carne, y siempre pensé que eran cuentos de viejas. El caso es que a las pocas semanas, el maestro llegó sonriendo y nos dijo que los miembros de Lesaka habían realizado «el Sacrificio». Yo pensé que lo decía como parte del misticismo del que se rodeaba; vaya, que no llegaba a creérmelo del todo, pero por otra parte busqué en los periódicos por ver si encontraba algo, noticias de niños muertos o desaparecidos; no encontré nada, pero aquello no me gustaba. Lo hablé con tu madre y le dije lo que pensaba y que debíamos dejarlo, pero ella se puso hecha una furia. Me dijo que yo no entendía la importancia de lo que hacíamos, el poder del que hablábamos. Vaya, que me di cuenta de que le habían lavado el cerebro. Me acusó de ser una traidora y acabamos mal. Yo no volví a reunirme con el grupo, pero durante meses recibí sus recordatorios.

—¿Recordatorios?

—Cosas que pasarían inadvertidas para otros, pero que yo sabía bien lo que eran.

—¿Como qué?

—Cosas... Unas gotas de sangre junto a la entrada de mi casa, una cajita que contenía hierbas atadas junto a pelos de animal. Un día, mi hijita volvió del colegio y traía en la mano unas nueces que una mujer le había dado por el camino.

—¿Nueces? ¿Qué significado tiene eso? —preguntó, pensando en el solitario fruto que Flora había colocado sobre la tumba de Anne Arbizu.

—La nuez simboliza el poder de la belagile. En su pequeño cerebro interior, la bruja concentra su deseo maléfico. Si se la da a un niño y éste se la come, enfermará gravemente.

Amaia observó que la mujer se retorcía las manos sobre el regazo, presa de una gran agitación.

—¿Por qué cree que le enviaban esos «recordatorios»?

—Para recordarme que no debía hablar del grupo.

—¿Y mi madre continuó asistiendo a las reuniones?

—Estoy segura de que sí, aunque por supuesto yo no la vi, pero el hecho de que nunca más me dirigiera la palabra lo prueba.

—¿Podría hacer una lista con los nombres de las personas que participaban?

—No —dijo, serenamente—. No voy a hacer eso.

—¿Sabe si continúan reuniéndose?

—No.

—¿Puede darme la dirección del lugar donde se reunían?

—No me ha escuchado. Si lo hiciera, algo horrible le pasaría a mi familia.

Amaia estudió su expresión y llegó a la conclusión de que la mujer lo creía realmente.

—Está bien, Elena, no se preocupe, me ha ayudado mucho —dijo, poniéndose en pie y percibiendo de inmediato el alivio de ella—. Sólo una cosa más.

La mujer se envaró de nuevo, mientras esperaba la pregunta.

—¿Llegaron a proponer en su grupo sacrificios humanos?

La mujer se santiguó.

—Por favor, váyase —dijo, empujándola literalmente por el estrecho pasillo—. Váyase. —Abrió la puerta y casi la sacó al exterior.

25

Era casi mediodía. Condujo tranquilamente hasta la casa de la tía, agradeciendo los tímidos rayos de sol que se colaban entre las nubes y que en el interior del coche proporcionaban una agradable temperatura.

—Aquí está Amaia —oyó decir a su hermana, nada más cruzar la puerta.

Se sentó en las escaleras para quitarse las botas y caminó en calcetines al encuentro de James, que de pie en medio del salón sostenía a Ibai, apoyándolo en su hombro, meciéndolo como si bailaran. Amaia se acercó y besó al niño dormido.

—James, eres un bailarín maravilloso, has conseguido aburrir a tu hijo hasta dormirlo.

Él sonrió.

—Bueno, porque nos has pillado en un momento tranquilo, pero también bailamos salsa, samba y hasta tangos.

La tía Engrasi, que salía de la cocina llevando una barra de pan, asintió.

—Puedo dar fe, estos chicos te han salido bailones.

De pronto recordó algo y siguió a la tía hasta la cocina.

—Tía, ¿recuerdas al hombre que se encarga del huerto de Juanitaenea, ese tal Esteban?... Me dijiste que hablarías con él respecto a si podría seguir encargándose de su cuidado.

—Y lo hice. Se quedó más tranquilo.

—Pues el otro día, al verme, se medio escondió entre los arbustos y me miró como a un bicho. Casi lo había olvidado porque fue el día en que regresé con fiebre, pero la verdad es que no parecía nada amigable.

—Bueno, me temo que en ese aspecto no puede hacerse nada, hija, él es un hombre huraño y de trato difícil. Antes no era así, pero la vida le ha dado duro. Su mujer estuvo muchos años enferma, con depresiones, apenas salía de casa. Un día, cuando él regresó de trabajar la encontró muerta. Parece ser que lo hizo delante del hijo que tenían, que entonces debía de tener once o doce años. Decían que el chaval estaba muy unido a la madre y que eso le dejó hecho polvo. Se lo llevaron a un colegio, creo que a Suiza. Se sacrificó un montón para darle estudios, y el chaval, en cuanto salió del pueblo, ya no volvió. Al principio hablaba mucho de él, que era un superdotado, que estaba en Estados Unidos, que era un fuera de serie, pero con el tiempo también dejó de hablar del hijo. Ahora ya casi no habla de nada, sólo de lo que da el huerto. Incluso eso, si puede, lo evita. Creo que es probable que él mismo sufra depresión, como tanta gente por estos lares.

James dejó a Ibai en su cunita y se dispusieron a comer.

—Da gusto teneros a todos a la mesa —dijo Engrasi, mientras se sentaban.

Amaia puso cara de circunstancias.

—Ya sabéis cómo es el trabajo... De hecho, esta tarde me voy a San Sebastián.

James no ocultó su decepción.

—¿Volverás a dormir?

—Si encuentro lo que espero, puede que no.

Él no dijo nada, pero permaneció inusualmente silencioso el resto de la comida.

—A San Sebastián... —repitió la tía, pensativa.

—Volveré en cuanto me sea posible.

—Dentro de unos días tengo lo de la exposición en el Guggenheim, espero que entonces puedas venir.

—Todavía falta para eso —respondió ella.

—¿Esta vez también te acompaña el juez? —preguntó James, mirándola fijamente.

La tía y Ros dejaron de comer y la miraron.

—No, James, esta vez no me acompaña, aunque quizá me vendría bien. Voy a buscar el cadáver de un bebé a un cementerio, seguramente tendré que pedir una orden para exhumarlo y va a ser todo muy bonito y agradable, así que un juez entra perfectamente en mis planes —dijo, sarcástica.

Él bajó la mirada, arrepentido, mientras ella sentía crecer el enfado que sabía que en el fondo era un mecanismo de defensa contra sus sospechas ¿justificadas? Su teléfono vibró sobre la mesa, con un desagradable ruido de insecto moribundo. Contestó sin dejar de mirar a James.

—Salazar —respondió bruscamente.

Si Iriarte percibió su enfado, lo disimuló perfectamente.

—Jefa, tenemos disparos en un domicilio, una casa baja cerca de Giltxaurdi.

—¿Hay muertos, heridos?

—No; una mujer asegura que disparó contra un intruso.

Amaia iba a replicar que ellos podrían encargarse de eso perfectamente.

—Jonan opina que es mejor que venga usted, es un caso de violencia machista un poco peculiar.

La casa de una sola planta estaba rodeada de un jardín descuidado en el que alguien había cortado todos los arbustos y plantas a ras del suelo, dándole el aspecto desolado de un campo de batalla. Traspasó la cerca metálica y se quedó mirando el patio y el camino empedrado, en el que se veían varias gotas de sangre.

—No son buenos con la jardinería —comentó Iriarte.

—Visión despejada, se ha eliminado cualquier lugar donde un merodeador pudiera ocultarse. Algo paranoico, pero efectivo —apuntó Jonan.

Una mujer rubia de aspecto decidido les abrió la puerta.

—Pasen por aquí —dijo llevándoles a la cocina.

—Soy Ana Otaño, y la que ha disparado es mi hermana Nuria, pero antes de que hablen con ella creo que hay algunas cosas que deberían saber.

—Está bien, díganos —dijo Amaia haciendo un gesto a Jonan, que salió de la cocina hacia el salón.

—Ésta es la casa de nuestros padres; la *ama* murió, el *aita* está en la residencia. Aquí vive mi hermana desde que volvió a casa y el tío contra el que ha disparado es su exmarido. Se llama Antonio Garrido y tiene una orden de alejamiento contra él. Nos cayó mal desde la primera vez que lo vimos, pero ella estaba como loca con él, y a los pocos meses de casarse, la convenció para ir a vivir a Murcia con la excusa del trabajo. Las llamadas se fueron distanciando y cuando hablábamos con ella siempre estaba rara.

»Poco a poco consiguió que nos enfadásemos y rompieron toda relación con la familia. Estuvimos dos años sin saber nada de ella. Todo ese tiempo la tuvo encerrada en su casa, encadenada como un animal hasta que un día logró huir y pedir ayuda. Pesaba cuarenta kilos y cojeaba a causa de una fractura que le provocó, y que tuvo que soldarse sola porque no la llevó al hospital. La piel seca, el pelo como estopa, y la cabeza llena de calvas. Pasó cuatro meses en el hospital y cuando salió me la traje aquí. Padece agorafobia, no puede salir más allá del cercado del jardín, pero se está recuperando: comienzan a brillarle los ojos y bajo ese gorro de lana que siempre lleva, el pelo vuelve a crecer, como el de un niño. Entonces, hace un mes, ese cerdo salió de la cárcel porque un juez le concedió un permiso, y lo primero que hizo fue llamarla por teléfono para decirle que vendría a por ella.

Hizo una pausa y suspiró.

—Pasé horas llamando por teléfono y a la puerta; al final forzamos una ventana de atrás y entré. La busqué por toda la casa, llamándola sin respuesta. Yo sabía que no podía salir, apenas logro sacarla de casa para ir al médico, y la puerta estaba cerrada por dentro. Registré de nuevo toda la casa, y ¿saben dónde la encontré? Encogida, hecha un ovillo dentro de la secadora. Todavía no me lo creo, estaba allí sorbiéndose los mocos y conteniendo el llanto. Cuando la encontré, comenzó a chillar como una rata y se meó encima. Me costó más de un cuarto de hora convencerla para que saliera de allí. Le di un baño, la vestí y la metí a empujones en el coche. Ambas sabíamos que este día llegaría y que el cabrón ese vendría a por ella, pero también sabía que no podía hacer nada más por mi hermana. Yo me había jurado que si me cruzaba a ese desgraciado uno de los dos acabaría en la cárcel, pero Nuria acabaría en el cementerio, seguro, y el día que la saqué de la secadora sabía que, o hacía algo, o no tardarían en enterrar a mi hermana. Todo el camino en coche chillaba «Me va a matar, no se puede hacer nada, me va a matar». Así que primero la llevé a la funeraria, entramos y le dije: «Elige un ataúd; si ya has decidido morir, al menos que te guste». Se quedó mirando las cajas y dejó de llorar. «No quiero morir», me dijo. La volví a meter en el coche y la llevé al bosque. La tuve allí disparando hasta que se nos acabó la munición. Al principio gimoteaba y temblaba tanto que no le habría acertado a un colchón de matrimonio a medio metro, pero volvimos al día siguiente y al otro, y al otro, y al otro... Disparó contra todo tipo de botes, latas y botellas. Durante el último mes hemos disparado contra todo el reciclaje de mi casa. Y a medida que iban pasando los días, Nuria ha ido acertando y mejorando su puntería, y también ha comenzado a cambiar su actitud. Por primera vez en toda su vida la he visto fuerte, y quiero decir en toda su vida, porque Nuria siempre había actuado así, como si fuese una marioneta, una muñequita frágil y desmadejada siempre a punto de saltar por los aires. A pesar de que insistí para que se viniera a casa, ella quiso quedarse aquí y yo pensé que al fin y al cabo lo importante era que se sintiera capaz. —Suspiró profundamente—. Y ahora, si quieren, pueden hablar con Nuria.

Un reguero de sangre marcaba el camino hasta el salón. Una salpicadura que manchaba la puerta en abanico, y en el suelo, un policía judicial se inclinaba sobre un resto sanguinolento.

Jonan se acercó y habló en susurros mientras deslizaba en las manos de Amaia la fotocopia borrosa de los antecedentes de un hombre de treinta y cinco años, para evitar que le oyese la mujer que se sentaba junto a la ventana. Extremadamente delgada, llevaba un chándal demasiado grande que aún parecía poner más de manifiesto su delgadez. Unos cabellos rizados y rubios escapaban del gorro de lana con el que se cubría la cabeza. Todo su aspecto era frágil, en contraste con la sonrisa serena y la mirada soñadora con la que observaba a los policías que trabajaban en el salón.

—El intruso forzó la ventana del dormitorio y llegó hasta aquí, llamándola. Ella le esperó justo donde está ahora y cuando él entró, le disparó. Le alcanzó en la oreja derecha. Lo del suelo es un trozo de cartílago, en la puerta se ve perfectamente la salpicadura de alta velocidad y el lugar del impacto; el cartucho está bajo el sofá. Sangró como un cerdo, ha dejado un rastro hasta la puerta y desde allí hasta el camino de acceso; imagino que tendría un vehículo.

Amaia e Iriarte miraron alrededor.

—Avisaremos a los hospitales, farmacias, puestos de socorro; en algún sitio tiene que curarse.

—Por no mencionar que tiene que estar sordo de ese oído.

—¿A qué huele? —dijo Amaia, arrugando la nariz.

—A heces, jefa —respondió Jonan, sonriendo—. El tío se lo hizo encima cuando ella le disparó, diarrea para ser más exactos; hay gotas por todo el recorrido.

—¿Lo has oído, Nuria? —dijo Ana, sentándose junto a su hermana—. Tenía tanto miedo que se lo ha hecho encima.

—Hola, Nuria —dijo Amaia poniéndose frente a ella—. ¿Te encuentras bien? ¿Podrás contestar a unas preguntas?

—Sí —respondió tranquila.

—¿Puedes contarnos lo que ha pasado?

—Yo estaba aquí, leyendo —dijo haciendo un gesto hacia un libro que estaba sobre la mesa—, y entonces oí ruido en la habitación y supe que era él.

—¿Cómo lo supiste?

—¿Quién más iba a entrar rompiendo la ventana? Ana sabe que la del baño tiene el cierre roto; además me llamó hace días para decirme que vendría, y me llamó por mi nombre cuando entró.

—¿Qué dijo?

—Dijo: «Nuria, estoy aquí, no te escondas».

—¿Qué hiciste tú?

—Intenté llamar por teléfono, pero no funciona.

Iriarte levantó el auricular sobre el mueble de la televisión.

—No hay línea, la cortaría desde fuera.

Amaia continuó.

—¿Qué pasó entonces?

—Cogí la escopeta y esperé.

—¿Tenías la escopeta aquí?

—Siempre la tengo a mi lado, hasta duermo con ella.

—Continúa.

—Él llegó a la puerta y se me quedó mirando. Me dijo algo de mandarme al hospital y comenzó a reírse, entonces yo le pedí que se fuera. «Vete», le dije, «o te dispararé». Él se rió y entró... y yo disparé.

—¿Te dijo que iba a mandarte al hospital?

—Sí, algo así...

—¿Cuántas veces disparaste?

—Una.

—Está bien. ¿Crees que podrías venir a comisaría a hacer una declaración?

La hermana comenzó a protestar, pero ella atajó:

—Sí, iré.

—No es necesario que sea hoy. Si no te encuentras bien, puedes hacerlo mañana, cuando te sientas mejor.

—Me encuentro muy bien.

—¿Vas a quedarte aquí o te irás con tu hermana?

—Estaré aquí, ésta es mi casa.

—Pondremos una patrulla en la puerta, pero sería mejor que fueses a casa de tu hermana.

—No se preocupe por mí, no va a volver, ahora sabe que no le tengo miedo.

Amaia miró a Iriarte y asintió.

—Bien, hemos terminado —dijo Amaia, poniéndose en pie y dirigiéndose a la salida.

—Inspectora —la detuvo Nuria—. ¿Es verdad que se lo hizo encima?

—Sí, eso parece —dijo Amaia mirando hacia las sospechosas gotas.

La mujer irguió la cabeza y los hombros, y abrió un poco la boca en un gesto lleno de encanto infantil, propio de una sorpresa de cumpleaños.

—Sólo una cosa más, Nuria: ¿tiene Antonio algún rasgo físico característico?

—Oh, sí —dijo, levantando una mano—, le faltan las tres primeras falanges de los dedos índice, anular y corazón de la mano derecha; los perdió con una guillotina metálica trabajando hace muchos años.

Estaban ya en la puerta cuando la mujer les alcanzó.

—«Voy a llevarte al hospital», eso es lo que dijo, «Voy a llevarte al hospital», estoy segura.

—¿«Voy a llevarte»? ¿No a «mandarte»?

—Estoy segura, eso fue lo que dijo.

26

23 de junio de 1980

No podía dejar de llorar. Hacía rato que las convulsiones del llanto intenso, los estertores y ahogos habían cedido paso a una calma que clamaba desde su estómago como un siniestro abismo donde habían ido a parar la desesperación y el horror inicial.

Sentado en el salón de su casa, la casa que había sido su hogar y el de su esposa hasta aquel día, sostenía entre sus brazos a su hija recién nacida, mientras lloraba inconsolablemente, como si alguien hubiera abierto el grifo de todos los llantos, allá dentro, en alguna parte, donde nunca habría imaginado que tenía tanto.

El doctor Manuel Hidalgo, con el rostro pálido y demudado, se sentaba frente a él, repartiendo miradas entre la pequeña, que ahora dormía en los brazos de su amigo, y las lágrimas que resbalaban por su rostro y caían sobre la mantita que abrigaba al bebé.

—¿Qué ha pasado ahí dentro? —acertó a decir Juan.

—Ha sido por mi culpa, Juan, ya te dije que estaba deprimida, que Rosario lo estaba pasando mal, pero no hice lo suficiente. Debí insistir en que fuese a dar a luz a un hospital cuando ella dijo que no; soy su médico.

—¿Y ahora qué, Manuel? ¿Qué vas a hacer ahora?

—No lo sé —respondió el médico, aturdido.

La hermana del médico, que había permanecido de pie apoyada en la pared, intervino.

—Lo cierto es que no sabemos bien lo que ha pasado.

Juan se irguió como si hubiese recibido una descarga.

—¿Cómo puedes decir eso, Fina? Vosotros visteis como yo lo que Rosario estaba haciendo cuando entramos en la habitación.

—Lo que crees que estaba haciendo... Yo sólo vi a una mujer que podía estar tratando de poner un cojín bajo la cabecita de la niña.

—Fina, el cojín estaba sobre su cara, no bajo su cabeza.

—Pudo caérsele cuando tú la empujaste...

Juan negó con la cabeza, pero fue Manuel el que intervino.

—Fina, ¿adónde quieres llegar?

—He examinado el cadáver y no presenta signos de violencia. Es cierto que parece que se ha asfixiado, pero podría ser muerte de cuna, es muy común en los recién nacidos. Y las primeras horas tras el nacimiento es cuando se producen la mayoría.

—Fina, no es muerte de cuna —rebatió su hermano.

—¿Y qué queréis? —preguntó ella, alzando la voz—. ¿Llamar a la policía? ¿Montar un escándalo que salga en los periódicos? ¿Encerrar a una mujer que es una buena madre y que está sufriendo porque tú, hermano mío, cometiste el error de no tratar los síntomas que viste? ¿Le dirás eso a la policía? ¿Que podrías haber evitado esto con un tratamiento? Destrozarás a esta familia y tu carrera, ¿lo has pensado?

El doctor Hidalgo cerró los ojos y pareció hundirse más en el sofá.

—¿Es verdad eso? —preguntó Juan—. ¿Rosario podría estar normal con unas pastillas?

—No estoy seguro, Juan, pero desde luego podría estar mejor.

Juan había dejado de llorar.

—¿Qué vas a hacer? —preguntó.

El doctor se puso en pie y se dirigió a la cocina. Fina se había mostrado extraordinariamente eficaz. El cuerpecillo amortajado y envuelto descansaba sobre la mesa de la cocina cubierto con un paño que ocultaba su rostro. Se acercó hasta él pensando en cómo le recordaba al modo en que su madre dejaba reposar la masa del pan mientras fermentaba con la levadura.

Retiró el paño y estudió el rostro. Pequeño e inmóvil, presentaba el color amoratado característico de la asfixia, que no era suficiente para ocultar la rojez en la pequeña nariz, señal inequívoca de haber recibido presión.

Abrió su maletín y arrojó sobre la mesa una libreta de formularios en la que rezaba «Certificados de defunción». Dobló con cuidado la primera hoja y con su pulcra letra escribió «Síndrome de muerte súbita del lactante (muerte de cuna)». Lo firmó. Miró de nuevo el rostro de la niña muerta y sólo tuvo tiempo de volverse para vomitar en el fregadero.

27

—Buenos días —dijo, dirigiéndose al hombre que atendía la recepción—. Quisiera hablar con el doctor Sarasola. ¿Puede avisarle?

En el rostro del recepcionista se dibujó un casi imperceptible gesto de sorpresa antes de recobrar la absoluta calma y decir:

—Lo lamento. No me consta ningún doctor Sarasola en nuestro centro.

La sorpresa de Amaia fue mucho más evidente.

—¿Cómo que no? El doctor Sarasola. Padre Sarasola, de psiquiatría.

El recepcionista negó.

Amaia miró a Jonan desconcertada y sacó su placa, colocándola frente a los ojos del hombre mientras decía:

—Dígale que la inspectora Salazar está aquí.

Él cogió el teléfono y marcó un número mientras hacía grandes esfuerzos por disimular lo que le intimidaba su placa. Una amable sonrisa se dibujó en su rostro mientras colgaba.

—Ha de disculparme, tenemos un estricto protocolo de privacidad para proteger a eminencias como el padre Sarasola. De saberse que está aquí tendría la recepción llena de personas que desean hablar con él. Les recibirá ahora. Cuarta planta. Alguien les esperará junto al ascensor, y disculpen las molestias.

Amaia se volvió hacia los ascensores sin contestar. Cuando las puertas se abrieron en la cuarta planta, una joven monja les esperaba para guiarles por el pasillo hasta un despacho junto al control de enfermería; les invitó a sentarse y salió, silenciosa. Un minuto después, el padre Sarasola entraba en el despacho.

—Es un placer verla de nuevo, inspectora. Veo que viene acompañada —dijo tendiendo la mano al subinspector Etxaide—, así que deduzco que se trata de una visita policial y no médica.

—Un poco de ambas, pero primero vamos con la parte policial.

Sarasola se sentó y cruzó las manos.

—Como ya sabrá, se ha producido una nueva profanación en la iglesia de Arizkun. Provocaron un incendio en un antiguo palacio medieval de la zona, se distrajo la atención de la patrulla y aprovecharon para cometer el acto, en esta ocasión con algunos daños en la fachada del edificio, además del abandono de restos óseos. A estas alturas ya habíamos interrogado a un joven de Arizkun que, en efecto, muestra rencor hacia la iglesia por una enfermiza obsesión por los agotes y su historia. Es un adolescente bastante brillante, en pleno proceso de duelo por la muerte de su madre, que quizás ha equivocado su camino; pero tenemos el convencimiento de que aunque haya podido dar facilidades y posibilitar los hechos, desde luego no es el profanador. Aún no hemos concluido, pero creo que en breve podremos detener al individuo y será gracias a la colaboración del chaval, que nos ha proporcionado toda la ayuda para dar con el culpable.

—Ya... —sopesó Sarasola—, un dechado de virtudes. Imagino que ese angelito estará detenido. La diócesis presentará cargos contra él.

—Ya le he dicho que ha colaborado...

—Pero él es el responsable.

Amaia estudió a Sarasola mientras pensaba si realmente querían al responsable o sólo una cabeza de turco.

—No, es sólo un adolescente confuso, manipulado por un delincuente. Nosotros no vemos razón alguna para presentar cargos.

Sarasola la miró duramente como si fuese a replicar, pero en el último instante relajó el gesto y sonrió levemente.

—Bueno, pues si ustedes no la ven, seguiremos a la espera de esa detención.

Sabía distinguir una concesión, la maniobra de negociación por la que se daba algo siempre a cambio de algo. Esperó.

—Y ahora, me imagino que viene la parte médica.

Amaia sonrió; así que era eso.

—¿No prefiere que hablemos en privado? —dijo Sarasola mirando a Jonan—. Discúlpeme, pero son temas tan sensibles...

—Puede quedarse —contestó Amaia.

—Preferiría que no —dijo Sarasola, cortante.

—La espero junto al control de enfermería —dijo Jonan, saliendo.

Sarasola esperó hasta que la puerta estuvo cerrada para volver a hablar.

—Somos muy reservados en lo relativo a la información médica. Tenga en cuenta que usted es la hija, pero para el resto del mundo, todo lo relativo al tratamiento de su madre pertenece al secreto médico-paciente.

—El otro día, en la clínica Santa María de las Nieves, dijo que conocía el caso de Rosario. Me consta que usted nunca la había tratado, ¿cómo llegó a conocerlo e interesarse por él?

—Ya le expliqué que entre todos los casos psiquiátricos buscamos los que presentan el matiz concreto que presenta el de su madre.

—¿El matiz del mal?

—El matiz del mal. En los congresos de psiquiatría se exponen casos que son interesantes para obtener progresos. No se menciona el nombre del paciente, aunque sí su edad y todo lo relativo a su historia personal y familiar relacionado con su enfermedad.

—¿Y fue así como tuvo conocimiento de la enfermedad de Rosario?

—Sí, estoy bastante seguro de que la primera vez que oí hablar de su caso fue en un congreso, hasta puede que fuese el doctor Franz el que lo mencionase.

—¿El doctor Franz de Santa María de las Nieves?

—No sería raro, y no debe molestarla. Como digo, es una práctica habitual que permite poner en común aspectos y tratamientos. Eso, unido a los artículos profesionales que se publican en las revistas médicas especializadas, constituye un aporte fundamental en nuestro trabajo. ¿Quiere verla?

Amaia se sobresaltó.

—¿Qué?

—¿Quiere ver a su madre? Está muy tranquila, y su aspecto es bueno.

—No —respondió ella.

—Ella no la verá; está en observación tras unos cristales de espejo como los que ustedes usan en las comisarías. Creo que viéndola se podrá hacer una idea de su estado actual y dejar así de hacer suposiciones.

El doctor Sarasola estaba en pie y se dirigía a la puerta. Lo siguió mientras sentía en su interior crecer la confusión. No quería verla, pero él tenía razón, tenía que saber hasta qué punto la evolución de la que hablaba el doctor Franz era auténtica, hasta qué punto era manipulable.

El cuarto contiguo a la habitación en la que estaba Rosario era, en efecto, muy parecido al que había en comisaría junto a la sala de interrogatorios. Siguió al doctor Sarasola, que al entrar saludó al técnico de vídeo que grababa a través de los espejos todo lo que sucedía en la habitación. Rosario estaba de espaldas, vuelta hacia la ventana sin cortinas por la que entraba una intensa luz, que contribuía a desdibujar su perfil. Amaia entró tras Sarasola y se asomó con cautela, acercándose al cristal. Como si hubiera gritado su nombre, como si un rayo que partiera de ella la alcanzase, como un tiburón que huele la sangre, Rosario se volvió lentamente hacia el espejo y, mientras lo hacía, en su rostro se dibujaba una mueca de horrible satisfacción que Amaia llegó a ver sólo de refilón, ya que instintivamente se retiró de la ventana, escondiéndose tras la pared.

—Puede verme —dijo, aterrorizada.

—No, no puede verla ni oírla; esta habitación está completamente incomunicada.

—Puede verme —repitió—; cierre las cortinas.

Sarasola la observaba clínicamente, con un interés que se dibujaba en su rostro mientras la estudiaba.

—He dicho que cierre las cortinas —dijo, sacando su arma.

Sarasola avanzó hasta el cristal y accionó el botón para bajar automáticamente una persiana.

Sólo cuando sonó el clic, Amaia se despegó lo suficiente de la pared como para comprobar que en efecto estaba cerrada. Guardó su arma y salió de la habitación. Sarasola la siguió, pero antes se volvió hacia el técnico y le preguntó:

—¿Lo has grabado todo?

Amaia avanzaba furiosa por el pasillo, seguida por Sarasola.

—Usted sabía lo que iba a pasar.

—No sabía lo que iba a pasar —contestó él.

—Pero sabía que pasaría algo, sabía que habría una reacción —dijo, volviéndose levemente para mirarle.

Él no respondió.

—No debería haberlo hecho, no sin consultarme.

—Espere, por favor, lo que ha pasado es importante, tengo que hablar con usted.

—Pues lo lamento, doctor Sarasola —dijo sin detenerse—, ahora tengo que irme, será en otro momento.

Alcanzaron el control de enfermería a la vez que un grupo de seis médicos ataviados con sus batas blancas, que avanzaban en curiosa formación y se detuvieron, respetuosos, al ver al sacerdote. Sarasola hizo un gesto hacia ellos y dirigiéndose a Amaia:

—Qué feliz coincidencia. Mire, inspectora, éste es el equipo médico que trata a su madre, precisamente el doctor Berasategui es la persona...

—En otro momento —interrumpió Amaia cortante. Miró al sonriente grupo de médicos y continuó hacia los ascensores mientras musitaba un «Si me disculpan».

Esperó a que las puertas se cerrasen antes de decir:

—Maldita sea, Jonan, creo que he cometido un error trayendo a mi madre aquí. En ningún momento llegué a estar convencida del todo, pero ahora de verdad tengo serias dudas sobre la decisión de trasladarla, y no porque no crea que recibirá los mejores cuidados... Es otra cosa.

—¿Sarasola?

—Sí, imagino que es el padre Sarasola, tiene algo, no sé qué es, pero es de una prepotencia... Y sin embargo, sé que de algún modo tiene razón.

—Cuando yo era pequeño se rumoreaba que en la planta psiquiátrica del hospital del Opus se practicaban exorcismos, que cuando en cualquier lugar del país o del mundo se detectaba un caso sospechoso de posesión demoníaca, los sacerdotes los llamaban y ellos se hacían cargo de los gastos, los traslados y por supuesto el «tratamiento». —Jonan no sonreía mientras lo decía.

Ella tampoco lo hizo cuando contestó:

—Cuando Sarasola me propuso trasladarla aquí le pregunté medio en broma si iban a practicarle un exorcismo. —Se quedó pensativa.

Jonan esperó unos segundos, dándole tiempo antes de preguntar:

—¿Y qué le respondió?

—Que en el caso de mi madre no era necesario, y no bromeaba.

28

El portal olía a cera y a limpiametales utilizado para pulir los numerosos adornos de latón dorado que se repetían desde la puerta hasta el antiguo ascensor de madera con asiento tapizado y botones de marfil, que ambos admiraron mientras lo rebasaban en favor de la escalera.

El piso contaba con puertas principal y de servicio, y tras llamar a las dos, un hombre de unos setenta años que les sonrió asomó por la última.

—¿Eres Amaia?

Ella asintió, y antes de que tuviera tiempo de decir nada, el hombre la abrazó y la besó en ambas mejillas.

—Soy tu tío Ignacio, cuánto me alegra conocerte.

El hombre les condujo por un oscuro pasillo que resultaba aún más umbrío en comparación con la luminosa estancia a la que conducía. Dos mujeres y un hombre esperaban allí.

—Amaia, te presento a tus tíos, Ángela, Miren y su marido Samuel.

Las mujeres se pusieron en pie, no sin cierto trabajo, y la rodearon.

—Querida Amaia, qué alegría tuvimos cuando nos llamaste, es horrible que no nos conociéramos.

Tomándola cada una por una mano la condujeron al sofá y se sentaron a su lado.

—¿Así que eres policía?

—Policía Foral —contestó ella.

—¡Madre mía, e inspectora nada menos!

Amaia miró abrumada a Jonan, que se había sentado frente a ella y sonreía encantado. Se sentía rara. Más allá de su *amatxi* Juanita y su tía Engrasi, nunca había experimentado la sensación de orgullo de pertenencia de la que sus tíos hacían gala a pesar de que hacía diez minutos que los conocía y unas horas desde que a través de una llamada ellos habían sabido de su existencia. Los tíos de San Sebastián, a los que en ocasiones su madre había hecho alusión cuando hablaba de su infancia, y que protagonizaban tantas preguntas que ella atajaba con un «No nos hablamos, son cosas de mayores», cuando las niñas preguntaban.

Ignacio y Miren eran mellizos y tendrían unos setenta años, pero Ángela, que era mayor, guardaba un asombroso parecido con su madre que resultaba muy chocante por las diferencias entre ambas.

Ángela poseía la misma elegancia que siempre había admirado en su propia madre, pero carente de la soberbia altiva de Rosario. Aparecía relajada y permanentemente sonriente, y era en sus ojos donde estribaba la mayor diferencia. Los de Ángela viajaban sobre el mar Cantábrico, que se veía majestuoso desde la ventana de su salón, y regresaban a pasearse serenos sobre el juego de porcelana del que bebían café, para mirar de nuevo a Amaia, mientras en sus labios afloraba una sonrisa sincera, sin la tensión que había dominado siempre los gestos de su hermana. Su rostro se ensombreció de pronto.

—¿Cómo está tu madre?, no habrá...

—No, está viva, en un centro especializado. Está... delicada.

—Ni siquiera sabíamos de tu existencia, Amaia; de las dos mayores sí, Flora y Rosaura, ¿verdad? Pero no sabíamos que hubiese tenido una tercera hija. Ella se fue distanciando cada vez más. Cuando la llamábamos, siempre era muy fría y cortante. Un día, simplemente nos dijo que la dejásemos en paz, que ya sólo tenía una familia, que era la que había formado junto a su marido en Baztán y que no quería saber nada de nosotros.

—Sí, mi madre siempre ha sido muy difícil para las relaciones.

—No siempre —dijo Ángela—. Cuando era pequeña era un solete, siempre contenta, siempre cantando; fue más tarde cuando comenzó a volverse rara.

—¿Cuando se fue a vivir a Baztán?

—No, qué va, al principio todo continuó bien entre nosotros. Solía venir en verano con tus hermanas mayores, y nosotros también la visitamos allí unas cuantas veces.

Ignacio intervino:

—Creo que fue a partir de que se le muriera la niña.

Amaia se irguió en su asiento.

—¿Vosotros lo sabíais?

—Bueno, saberlo, saberlo... Lo supimos cuando ocurrió. Ni siquiera nos había contado que estuviera esperando un bebé. Un día llamó y nos dijo que había tenido una nena y que había nacido muerta.

—¿Nacido muerta?

—Sí.

—¿Recordáis en qué fecha fue eso?

—Bueno, era verano, y mi hijo acababa de hacer la comunión ese año, en mayo, así que calculo que sería el año 1980; sí, 1980.

Amaia dejó escapar todo el aire de sus pulmones antes de hablar.

—Ése es el año en que yo nací. —Sus tíos la miraron, perplejos—. Hace muy poco he sabido que nací junto a otra niña, una gemela, que según el certificado de defunción nació viva y murió posteriormente de síndrome de muerte súbita del lactante.

—Oh, Dios mío —se estremeció Miren—, entonces aquella niña...

—No es tan raro —terció Ángela—. Rosario siempre fue un poco mentirosa, evitaba dar explicaciones sobre lo que no le convenía, y si lo hacía, a menudo eran mentiras.

—¿Por qué creéis entonces que os contó que la niña había nacido muerta y en cambio no os dijo que había otra niña?

—Está claro, no le quedó más remedio que contárnoslo para poder enterrar a la niña aquí.

Amaia sintió que el corazón se detenía un instante.

—¿Está enterrada aquí?

—Sí, en nuestro panteón familiar. Nuestros padres nos lo legaron y ahora es de los hermanos, todos podemos usarlo y tenemos derecho a ser enterrados en él, pero al ser copropietarios debe comunicarse a todos cada vez que se abre. Ella lo sabía, y por eso nos llamó; de no haber sido así, creo que no nos habría dicho nada. Recuerdo que no quería ni que asistiéramos al entierro. Al final fuimos porque yo insistí, pero no porque ella lo deseara.

—¿Y mi padre?

—Nos dijo que tu padre se había quedado en casa con las niñas y al frente del negocio, que no podían permitirse cerrar ni un día.

—Fue un entierro muy triste —dijo Ignacio.

—Ni un cura, ni amigos. Solos, ella y el enterrador... Y aquella cajita tan pequeña; por no tener no tenía ni cruz. Yo se lo comenté: «¿Cómo es que no lleva una cruz el ataúd?». Y ella me dijo: «No tiene por qué, está sin bautizar».

Amaia se mordió el labio mientras escuchaba.

—Nosotras llevamos un ramo de flores, que fue la única huella que quedó sobre la lápida cuando la cerraron. Le pregunté cómo se llamaba la niña para pedirle al marmolista que lo grabara en la lápida, pero nos dijo que no tenía nombre, así que en la lápida no pone nada, pero allí está. Por suerte no se ha abierto desde entonces, no ha fallecido nadie de la familia en estos años, y toquemos madera —dijo, haciendo un gesto de superstición.

Amaia sopesó la información.

—¿Alguno de vosotros llegó a ver el cuerpo?

—¿La criatura? No, el ataúd estaba cerrado y tampoco insistimos: ver a un recién nacido muerto es algo de lo que podemos prescindir perfectamente.

Amaia miró a sus tíos, pensativa.

—Aparte de las contradicciones en lo relativo a la causa de la muerte, el fallecimiento de esta niña está rodeado de misterios. Mi madre le ocultó a toda la familia su nacimiento, ni mis hermanas ni yo lo sabíamos, hay irregularidades en el certificado de nacimiento y la aparición de unos restos óseos en extrañas circunstancias apuntan a que pertenecieron a esa hermana mía y hacen más sospechosas las circunstancias de su nacimiento y su muerte.

—Pero nosotros vimos cómo la enterraban...

—No visteis el... —fue pensar en la palabra cadáver y de pronto considerar que tenía connotaciones que le iban demasiado grandes a una recién nacida muerta— ... el cuerpo —dijo.

—¡Pero por el amor de Dios! ¿Qué estás insinuando? —se espantó Ángela—, ¿que quizá allí no había un cuerpo?

—Al menos, no uno entero...

Sus tíos se quedaron en silencio mirándose unos a otros con gesto preocupado. Cuando Ángela volvió a hablar estaba muy seria.

—¿Qué quieres hacer ahora?

—Comprobarlo.

—Oh, pero eso significa... —dijo ella, tapándose la boca como si se negase a dar forma con palabras a aquel horror.

—Sí —asintió Amaia—, no os lo pediría si no creyese que es la única manera de estar seguros.

Miren le tomó la mano antes de decirle:

—No tienes que pedirnos nada, Amaia, tú también eres una heredera, y por lo tanto tienes derecho a ordenar abrirlo.

—Voy a llamar al cementerio —dijo Ignacio levantándose. Regresó al cabo de unos instantes—. Habrá que esperar a última hora, después del cierre, hacia las ocho. No quieren abrir la tumba en horario de visitas.

—Por supuesto —musitó Amaia.

—Te acompañaremos —dijo Ángela; los demás asintieron—, pero comprenderás que no miremos dentro; estamos un poco mayores para estos trances.

—No es necesario, siento las molestias, ya habéis sido muy amables, además no será agradable.

—Por eso no miraremos dentro —rió su tío—, pero estaremos contigo.

—Gracias —respondió, un poco emocionada.

—Jefa, ¿podemos hablar un momento? —pidió Jonan. Se puso en pie y ella le siguió hasta el pasillo.

—Puede que no tenga problemas con el panteón, pero si quiere abrir el ataúd necesitará una orden. Sus tíos no lo cuestionarán, y yo no pienso decir nada, pero si encontramos algo raro tendremos que explicar por qué lo abrimos.

—Jonan, no puedo contarle esto al juez, es demasiado... No puedo contárselo a un juez, aún no tengo nada, no sé nada y lo que pienso es demasiado terrible. Sólo quiero saber si está allí, sólo quiero ver ese pequeño ataúd.

Él asintió; ya sabía que no se conformaría, no la inspectora Salazar que él conocía. Mientras hablaban en el pasillo, el marido de su tía pasó a su lado.

—Os quedáis a comer —anunció.

El cementerio de Polloe se alza sobre una colina del barrio de Egia, en San Sebastián. Horadado por debajo por uno de los túneles de la variante, se extienden por más de

64.000 metros cuadrados, 7.500 panteones y 3.500 nichos, la mayoría grandes panteones de mármol y piedra, que evidencian el pasado señorial de la ciudad. El de su familia tenía tres alturas, dos más bajas a los lados y una central más elevada cubierta con una inmensa cruz que ocupaba toda la superficie. Tres funcionarios del ayuntamiento les esperaban fumando y charlando junto a la sepultura. Tras levantar la losa con una polea que montaron sobre la tumba, introdujeron debajo dos gruesas barras de acero sobre las que deslizaron la pesada lápida.

Sus tíos permanecían a los pies de la sepultura y retrocedieron un poco cuando quedó abierta. Amaia y Etxaide se acercaron a mirar. En todo el borde exterior se había formado un orillo de tierra y musgo seco que delataba que la tumba no había sido abierta en años, y el interior olía a cerrado y se veía seco. En el lado derecho, dos viejos ataúdes se apilaban en un armazón metálico. Nada más.

—No se ve nada —dijo Amaia—, necesitaré una escalera.

Uno de los funcionarios se la acercó.

—Señora, si va a entrar ahí necesitará...

—Sí —dijo ella, mostrándole su placa.

Él echó una rápida ojeada y retrocedió. Colocaron la escalera y tras ponerse unos guantes, Amaia descendió al interior.

—Ten cuidado —le pidió su tía desde el borde.

Jonan bajó tras ella. El panteón tenía más fondo del que representaba su cubierta, y en un rincón donde el techo era más bajo, vieron la cajita. Tal y como su tía había recordado, era blanca, pequeña, y sobre la tapa aún podía apreciarse, perfilado, el lugar donde estuvo la cruz antes de ser arrancada.

Se detuvo de pronto, indecisa. ¿Qué estaba haciendo? ¿De verdad iba a abrir el ataúd de una hermana que hasta hacía unos días no sabía que tenía? ¿Quería hacer realmente aquello?

Y entonces le vino a la mente el rostro idéntico al suyo, vestido de dolor y una pena eterna, y ese llanto oscuro y denso, inagotable. Sintió una mano en su hombro.

—¿Quiere que lo haga yo, jefa?

—No —dijo, volviéndose a mirarle; qué bien la conocía—. Lo haré yo, pero tendrás que ayudarme, vamos a traerlo a la luz.

Lo sujetaron cada uno por un lado, y al alzarlo pudieron percibir el peso de su interior. Jonan suspiró sonoramente y Amaia le miró, agradecida por su presencia, por su aliento.

—Páseme la palanca —pidió al enterrador, asomándose a la fosa.

Pasó una mano por el orillo de la tapa buscando el borde, colocó la palanca, y la tapa se desclavó con el chirrido del metal contra la madera. Introdujo un poco más el extremo de la barra y con una suave maniobra la tapa quedó suelta. Jonan la sujetó con ambas manos y miró a Amaia, que asintió antes de apartarla. Lo que parecía una toalla blanca formaba un envoltorio abultado. Amaia lo miró durante un par de segundos. Tomó con los dedos uno de los extremos de la toalla y la destapó, dejando a la vista los restos de una bolsa de plástico hecha jirones y una buena cantidad de lo que parecía ser gravilla.

Jonan abrió la boca, sorprendido, y miró a su jefa. Ella introdujo la mano en el interior del ataúd y tomó un puñado de piedrecillas que dejó caer lentamente sin dejar de mirarlo, sabiendo que aquel resto de polvo que se escurría entre sus dedos era todo lo que obtendría de aquella búsqueda.

29

24 de junio de 1980

Amanecía un brillante día de verano mientras Juan preparaba un biberón en su cocina. La noche anterior, la hermana del doctor Hidalgo le había proporcionado lo que necesitaba y le había enseñado cómo hacerlo. Sería su primera vez. Rosario había amamantado a Flora y Rosaura, pero no podría hacerlo con aquella niña, ya que el doctor le había recetado un fuerte tratamiento incompatible con la lactancia, y además le había avisado de que lo mejor era que ella no tuviera que tocar a la niña. Había trasladado su cunita al salón y desde allí la oyó reclamar su alimento. La tomó en sus brazos y sonrió un poco al ver la fuerza con que la niña succionaba la tetina. Se inclinó sobre ella y la besó en la frente mientras su mirada vagaba, inconsciente, hasta la otra cunita, que en un rincón del salón guardaba el cadáver de su otra hija, formando un pequeño bulto inmóvil.

Rosario salió del dormitorio, y al verla tan hermosa, el corazón se le rompió un poco más. Se había vestido con un traje de chaqueta cruzada y raya diplomática. Maquillada y peinada, nadie diría que hacía menos de doce horas estaba dando a luz.

—Rosario..., déjame ir contigo —le rogó una vez más.

Ella no se acercó. Detenida en mitad del salón, dedicó una mirada a la niña que él sostenía en los brazos y se volvió hacia la ventana.

—Ya está decidido, Juan, esto es lo mejor. Tú tienes que quedarte aquí para cuidar de las niñas y atender el obrador; yo iré a San Sebastián, me encargaré del entierro. Ya he llamado a mis hermanos y me están esperando. Mañana estaré de vuelta.

Él cerró los ojos un segundo, reuniendo fuerzas.

—Sé que quieres enterrarla allí, y no me parece mal, pero... ¿tienes que llevártela así?

—Ya lo hemos hablado. No quiero que nadie lo sepa, y tienes que prometerme que no se lo dirás a nadie, ni a tu madre. Ha nacido una niña, y ahí la tienes para mostrarla. Si alguien me viera salir, diremos que fui al hospital con el bebé porque tosía un poco. Mañana cuando regrese diremos que ya está bien.

Rosario miró por la ventana.

—El taxi ya está aquí.

Juan se asomó a mirar. Era un taxi de Pamplona. Como siempre, Rosario había pensado en todo. Se volvió a tiempo de ver cómo ella tomaba su bolso y se inclinaba sobre la cuna de la niña muerta, la tomaba en brazos y con destreza experta envolvía el cuerpecillo en una primorosa toquilla colocándola en sus brazos como a un bebé vivo.

—Regresaré mañana —dijo ella, sujetando, casi amorosa, la carga.

Él la miró extasiado durante unos segundos. Su aspecto no distaba mucho del que tuvo cuando llevó a sus otras hijas a la iglesia el día de su bautismo. Bajó la mirada, apretó a su pequeña en sus brazos y por primera vez en su vida se volvió para no ver a su mujer.

30

Tras despedirse de sus tíos subió al coche y dejó que Jonan condujera.

—No está todo perdido, jefa.

Ella suspiró.

—Sí que lo está.

—Bueno, el hecho de que el cuerpo no aparezca también podría significar que está viva.

—No, Jonan, está muerta.

—No puede saberlo. —Ella guardó silencio—. Quizá sea uno de esos niños robados de los que habla la prensa; por lo visto hubo muchos casos.

—A mi madre no le robaron a su hija.

—Perdóneme, pero podría proceder de una relación extramatrimonial, o pudo ser por dinero; la gente paga fortunas por un recién nacido.

—¿Un recién nacido sin un brazo?

—Quizá la dio en adopción por eso, por tener un defecto físico.

Amaia lo pensó. ¿Habría aceptado Rosario a una niña con una tara, o le habría resultado vergonzoso que su hija tuviese una minusvalía? No le parecía tan descabellado.

—¿Qué sugieres?

—Me parece que lo más rápido es empezar por lo que ya sabemos, que le falta un brazo, por lo tanto llevaría una prótesis. Existe un registro nacional en la Seguridad

Social con los nombres de todas las personas que llevan prótesis y los números de serie de éstas; tenemos la edad y hasta la fecha de nacimiento.

—Pero si la idea hubiera sido darla en adopción, no existiría un certificado de defunción.

—Puede ser falso, si contaba con la cooperación del médico que lo firmó.

Amaia recordó el rostro de Fina Hidalgo mientras le decía: «Así que es usted una de ésas».

—Sí, puede ser —admitió.

Si las cosas eran como Jonan sugería, el único objetivo de todo aquello habría sido engañar a su padre. «Ay, *aita*, cómo pudiste estar tan ciego.»

Anochecía rápidamente mientras atravesaban la autovía sobre el valle de Leitzaran. La luz se esfumaba fundiéndose a negro con un último fulgor plateado que parecía flotar sobre los árboles extendiéndose hasta el horizonte, como si la tarde se resistiese a dejar paso a la oscuridad, rebelándose en aquel último acto de luz y belleza que sólo contribuyó a entristecer más a Amaia.

El teléfono la sacó de su ensimismamiento.

—Hola, inspectora —saludó, alegre, el doctor San Martín.

Y por su tono supo que tenía buenas noticias.

—Tenemos los resultados de los análisis de metales... y... —dijo conteniendo la información; Amaia odiaba que hiciese aquello—... el bisturí que enviaron desde el sanatorio de Estella es en efecto antiguo, concretamente del siglo XVII, tal como le dije. La datación se basa en las aleaciones que se utilizaban en aquel tiempo y en el modo de fundir y fraguar los metales que le proporciona una identidad inconfundible. Y aquí viene lo que le va a sorprender.

En su tono Amaia notaba que sonreía mientras hablaba.

—El diente de metal incrustado en el hueso de Lucía Aguirre y el metal del bisturí presentan la misma aleación y forja.

Amaia se irguió, interesada. San Martín había conseguido toda su atención.

—Y sólo hay una explicación, y es que hubiesen sido forjados a la vez. Estaríamos hablando de un trabajo totalmente artesanal, probablemente de un encargo, lo que me lleva a pensar en un mismo juego de herramientas médicas elaboradas para un cirujano.

—¿Me dice que el bisturí y el diente de metal son del mismo juego?

—Sí, señora, y ahora que sé esto, puedo suponer que el diente pertenecía a una antigua sierra de amputar, de las que utilizaban los cirujanos, una herramienta que se usaba mucho. Tenga en cuenta que ante una gran infección y sin antibióticos, la amputación era la solución más socorrida.

—¿Fue lo que usaron para cortar el brazo a Lucía?

—Probablemente... Como le expliqué, tendríamos que usar el diente para hacer un molde con el que probarlo pero estoy casi seguro; además, es la única razón que explica su presencia incrustado en el hueso.

—¿Y podría ser la misma sierra con la que se amputó a Johana?

—Tengo que recrear el molde...

—Pero ¿podría ser?

—Viendo la precisión que se logró en el corte realizado al hueso de Lucía... Sí, podría ser, ya le dije que la similitud era visible a simple vista.

Colgó y se quedó mirando a Jonan, que conducía apretando tanto las manos sobre el volante que sus nudillos se veían blancos.

—Bueno, esto prueba que tal y como pensábamos el tarttalo es la persona que visitaba a su madre, y que él y el profanador de Arizkun podrían ser la misma persona, puesto que dispuso para usted los huesos de los mairus de su propia familia, lo que nos acerca a alguien de Elizondo que supiese que alrededor de la casa de su abuela existían esos enterramientos. Estoy casi seguro de que el hecho de que dejase para usted los huesos del brazo de su hermana establece, más allá de toda duda, la relación con la única persona que podía saber dónde estaban... No olvide que en este caso no estaban en la tierra como los otros. Para recuperarlos tuvo que tener acceso a esa información, una información que sólo tenía su madre. Lo que nos lleva a que el profanador y el tarttalo son la misma persona.

Amaia resopló, aturdida, como si fuese incapaz de asimilar todo aquello. Después de unos segundos susurró:

—Entonces, las profanaciones habrían tenido el único objetivo de llamar mi atención sobre ¿qué?, ¿los crímenes del tarttalo?... ¿Qué es lo que quiere decirnos? ¿Qué tiene que ver mi hermana con todo esto? ¿Fue una víctima del tarttalo? —Se detuvo un instante antes de comenzar a reírse—. ¿Es mi madre el tarttalo? —dijo, cansadamente.

Jonan sonrió divertido ante la sugerencia.

—Jefa, su madre no es el tarttalo. No puede serlo. Algunos de los huesos hallados en la cueva llevan allí más de diez años, y creo que hace diez años su madre ya estaba bastante enferma, incluso quizás ingresada. ¿Cuánto hace? Pero otros, sin duda, fueron abandonados cuando ella ya estaba en la clínica.

—No, aún no estaba ingresada, pero sí suficientemente impedida como para poder participar de nada semejante... Pero ella le conoce.

—Eso sí —admitió Jonan—, aunque es probable que no sepa ni quién es, ni desde luego a qué se dedica.

Amaia se quedó pensativa.

—Tenemos una buena baza con el marido de Nuria, el tío de los dedos cortados.

—Sí, pero estaba en prisión cuando mataron a Johana —respondió ella.

—Y sin embargo, es el profanador que ha identificado el chaval de Arizkun.

—Joder, la cabeza me va estallar —dijo ella de pronto—. Necesito pensar todo esto con calma. Lo necesito...

Había anochecido por completo cuando llegaron a Elizondo.

—Déjame aquí —dijo Amaia cuando entraron en la calle Santiago—, me vendrá bien un poco de aire.

Él echó el coche a un lado y lo detuvo.

Amaia descendió del vehículo y se entretuvo unos segundos con la puerta abierta mientras se ponía los guantes y se subía la cremallera del abrigo. La lluvia caída por la tarde había dejado una huella húmeda en el suelo, pero ahora el cielo despejado permitía ver alguna temblorosa estrella. Una vez perdidas de vista las luces del coche de Jonan, la calle Santiago quedó silenciosa y vacía. Amaia caminó tranquilamente mientras pensaba en la fuerza del silencio que imperaba en la noche baztanesa, un silencio sólo posible allí y que resultaba a la vez plácido y ensordecedor, con su mensaje de soledad y vacío que le hizo añorar Pamplona y la calle de Mercaderes donde vivían, una calle rara vez silenciosa, poblada y viva, que no engañaba a nadie.

Aquel silencio de Elizondo proclamaba una paz que no existía, una calma que hervía bajo su superficie, como si un río subterráneo de lava candente lo recorriese, a la par que el río Baztán, transmitiendo a los pobladores de aquel lugar una energía telúrica y emergente, llegada desde el mismo averno.

Oyó un rumor de música y se volvió a mirar. Un par de parejas de los fieles parroquianos del Saioa entraban en el bar. La calle volvió a su estado en cuanto se cerró la puerta. Hacía frío, pero la ausencia de viento hacía que la noche fuese casi agradable. Descendió hacia Muniartea dejando que el rumor atronador de la presa rompiera la quietud, y quitándose un guante apoyó la mano en la piedra helada, donde estaba labrado el nombre del puente.

—Muniartea.

Leyó como lo hizo un millón de veces en su infancia. La voz, apenas un susurro, quedó silenciada por el constante murmullo y la brisa suave que allí sí corría cabalgando el río. Añoró de pronto las noches de verano en que las luces que iluminaban la presa solían estar encendidas, proporcionándole el aspecto casi idílico de postal que se veía en las fotos turísticas. Pero en las noches de invierno, la oscuridad llegaba a Baztán con todo su poder, y los vecinos del valle apenas se atrevían a arrebatarle su espacio en los estrechos límites que ocupaban sus casas. Retrocedió un paso mirando la negrura del agua que se deslizaba bajo sus pies, en dirección a un mar furioso que lo aguardaba muchos kilómetros abajo. Se puso de nuevo el guante y mientras se internaba en Txokoto las gruesas paredes de las casas amortiguaron el rumor de la presa, que llegaba como un recuerdo, colándose por el acceso de los huertos de la señora Nati.

La luz naranja de las farolas iluminaba apenas las esquinas donde estaban ubicadas, derramando su influencia en pequeños círculos que casi no se tocaban, lo que confería a Txokoto un aspecto muy parecido al que debió de tener en la época medieval, cuando aquellas casas de vigas vistas se levantaron construyendo uno de los primeros barrios de Elizondo. Rebasó los portones de madera que durante la noche cubrían las cristaleras de Mantecadas Salazar y giró a la izquierda. El aparcamiento estaba vacío y oscuro, y echó de menos una linterna para poder admirar la blancura de la fachada que, a pesar de la escasa luz, se percibía limpia de pintadas. No la necesitaba para nada más, como tantas veces en su infancia encontraría la cerradura sin necesidad de luz. Se quitó los guantes y apretó con furia la llave que llevaba en el bolsillo del abrigo y de la que aún colgaba el cordel que su padre había puesto para que pudiera llevarla al cuello. Buscó con el dedo la hendidura en la cerradura e introdujo la llave, que giró en su interior con suavidad. Empujó la puerta y accionó el interruptor a su derecha antes de cerrarla a su espalda. El obrador olía a almíbar; era un aroma fresco y dulce que le traía recuerdos de los días buenos. Le gustaba aquel olor que conseguía aplacar el vegetal y crudo de la harina. Cerró los ojos un instante mientras anulaba las imágenes que, llamadas por la poderosa memoria olfativa, acudían como congregadas a una pesadilla. Volvió hasta el panel de interruptores y encendió todas las luces. La potente iluminación consiguió alejar a los fantasmas del pasado, que huyeron a los ángulos oscuros, donde la luz no llegaba con tanta fuerza. La última hornada de la tarde había contribuido a caldear el obrador y la temperatura aún era muy agradable. Amaia se quitó el abrigo y lo dobló, colocándolo cuidadosamente sobre una mesa de acero, se apoyó en ella y alzándose se sentó en su superficie.

Sabía que el caos se había desatado allí, que aquella noche en que su madre la esperó en el obrador y la golpeó para después enterrarla en la artesa, dándola por muerta, el infierno se había abierto bajo sus pies, pero aquél no había sido el principio. Miró con aprensión la artesa llena de harina y cubierta por una capa de metacrilato que permitía ver su interior, suave y blanco, como el de un ataúd, y se obligó a descartar aquel pensamiento. Miró alrededor buscando aquellas garrafas de esencias que ahora aparecían ordenadas en una estantería metálica. Había ido allí a buscar su dinero, el dinero que su padre le había regalado por su cumpleaños y que debía esconder para que la *ama* no lo supiera... Pero ella lo sabía todo. Presentía la presencia de Amaia aunque no estuviese en la misma habitación, y entonces, lanzaba hacia ella una soga invisible con la que la mantenía sujeta aunque nunca sometida. Una soga como la que había lanzado en el hospital, una tela que sólo ellas veían y que era el vínculo que unía a la araña con su presa. Desde que tenía uso de razón, podía recordar esa presencia como un segmento invisible interpuesto entre ambas, un segmento rígido que impedía a su madre tocarla, acariciarla o cuidar de ella. Era la razón por la que quienes la ayudaban a vestirse o a peinarse eran su padre o sus hermanas; la razón por la que era su padre quien la llevaba al médico o le tomaba la temperatura cuando estaba enferma; la razón por la que Rosario jamás la tocó o le dio la mano. Un segmento invisible que las mantenía separadas y unidas como dos potencias a los extremos de un cable, un segmento de perfecta distancia inapelable, que su madre traspasaba algunas noches mientras los demás dormían, y se inclinaba sobre su cama para recordarle..., ¿qué era? Amaia lo pensó mientras sus ojos reposaban de nuevo en la artesa... Para recordarle que sobre su cabeza pendía una sentencia de muerte, que ella no iba a dejar de repetírselo, como a los condenados se les recuerda no sólo que van a morir sino que cada nuevo día es uno menos en la cuenta atrás hacia la muerte «Duerme, pequeña zorra, la *ama* no te comerá hoy.» «Pero lo hará —decía otra voz sin dueño—, pero lo hará.» Amaia lo había sabido siempre. Por eso no dormía, por eso vigilaba hasta estar segura de que su verdugo descansaba, por eso se colaba con ruegos y promesas de servidumbre en las camas de sus hermanas, y aquella noche sólo había sido la noche en la que finalmente debió cumplirse su sentencia.

«Pero ¿cuándo comenzó, inspectora?» Volvía a oír la voz de Dupree. «Reset, inspectora.»

«Si ésta era la sentencia, debió de haber una condena. ¿Cuándo me condenó? ¿Y por qué?»

Ella sabía que era desde siempre, y ahora empezaba a pensar que quizá desde el mismo instante en que nació junto a aquella otra niña idéntica a ella que lloraba en sus sueños desde que podía recordar. Jonan se equivocaba. Podía entender su fe, su esperanza y optimismo, que se negaba a aceptar lo sórdido y a pensar en lo peor. No habría luz sobre aquel caso, no encontraría en los registros de prótesis una mujer de su edad, había cosas que Iriarte y Jonan no sabían, y sin embargo comenzaban a percibir. No sabían que la amenaza de Rosario aumentaba según se aproximaba la fecha de su cumpleaños. Podía recordar cómo cada año la actitud habitualmente distante de su madre se tornaba hostil según se aproximaba el día. Sentía a su espalda las miradas con las que calculaba la resistencia de su presa y la distancia que las separaba, miradas que, aun sin verla, le erizaban los cabellos en la nuca y le transmitían la perentoria amenaza que en los días sucesivos la mantendría en vela toda la noche. Podía recordar cómo la inminencia de la sentencia que pendía sobre su cabeza cobraba fuerza, convirtiéndose en algo oscuro y palpable que se cernía en torno a ella, ahogándola con su inevitabilidad. Después, la fecha pasaba y la relación entre ambas regresaba a esa extraña forma de evitarse y vigilarse, en una calma tensa que había sido lo más parecido a la normalidad durante su infancia. Aquella fecha. Aquel cumpleaños que debía haber sido de celebración como para cualquier niño, como lo era para sus hermanas, era para ella el período más tenso del año, una fecha marcada en el calendario interno como fatídica. Se podía teorizar acerca de lo mucho que su madre habría sufrido con la muerte de aquella otra niña, y de cómo esto la habría traumatizado, un horrible recuerdo que el cumpleaños de Amaia le hacía revivir. Pero ella sabía que no, que no era el dolor de una madre ni el duelo lo que veía en Rosario, sino la determinación aplazada de cumplir con un designio que llegaba a su punto álgido en torno a la fecha del nacimiento de las dos niñas iguales. «Un mairu pertenece siempre a un niño muerto», ésa es su naturaleza.

«La elección de la víctima nunca es casual.»

No, no creía que la niña con la que soñaba fuese ahora una mujer, que viviera en otro lugar, con otra familia, con otro apellido; y a pesar del ataúd vacío y del certificado de defunción falso, no creía que su madre hubiese dado a la niña en adopción. Nadie parecía saber que junto a ella nació otro bebé, y si consiguió ocultarlo hasta el parto, podría haberla dado fácilmente en adopción sin fingir su muerte; al fin y al cabo tenía otra niña para mostrar al mundo. Nadie, excepto su padre, podía obviar el hecho de que había dos cunitas gemelas. Sin duda esperaban dos bebés que nacieron en casa, el certificado médico del parto lo demostraba; entonces, si la muerte se había producido de modo natural y contaba con un certificado firmado por un médico, ¿por qué toda aquella puesta en escena? Si montó toda aquella parafernalia de certificados falsos y de falso entierro fue porque había un cadáver, un cadáver real al que había que dar salida, un cadáver sin un brazo que no constaba en ningún registro hospitalario de la época, y que por lo menos a nivel óseo no presentaba malformaciones que pudieran justificar la amputación. Y si no había sido operada, entonces se le había amputado tras el fallecimiento, o el hueso había sido expoliado de una tumba, como la de los mairus que custodiaban Juanitaenea. De pronto, el recuerdo de algo que había soñado se hizo tan presente como una imagen real.

Una niña que era ella misma, encogida en un rincón, alzaba un brazo que era un muñón hacia ella y susurraba. Amaia corría escaleras abajo, apretando algo contra su pecho mientras media docena de niños pequeños y sucios de barro alzaban sus brazos amputados hacia ella. ¿Qué era lo que decían? No lograba recordarlo y la seguridad de que era importante la llevó a esforzarse, entrecerrando los ojos mientras trataba de atrapar el recuerdo de aquel sueño. Como la niebla, se deshilachaba en jirones cuanto más intentaba retenerlo, y un intenso dolor de cabeza comenzaba a martillear sus sienes. Sin dejar de mirar la artesa que parecía ejercer un poder hipnótico sobre ella, buscó a tientas el abrigo y extrajo el teléfono. Con la mirada fija en la blancura de la harina, se debatía entre llamar o no; al fin cerró los ojos y musitó:

—A la mierda.

Miró la hora, 00.03 horas, las seis de la tarde en Luisiana. Tan mala hora como cualquier otra. Buscó el número y apretó la tecla. Al principio no pasó nada; el auricular siguió tan silencioso como antes de marcar, tanto que al cabo de unos instantes retiró el teléfono para mirar la pantalla. El mensaje era inconfundible: «Agente especial Dupree, llamando». Volvió a elevarlo mientras escuchaba atentamente la línea, que seguía sin emitir señal alguna, hasta que oyó el chasquido, como el de una ramita seca al romperse.

—¿Agente Dupree? —preguntó insegura.

—¿Ya es de noche en Baztán, inspectora Salazar?

—Aloisius... —musitó.

—Contésteme, ¿ya es de noche?

—Sí.

—Siempre me llama de noche.

Permaneció en silencio; la observación le sonó tan extraña como probable. Es curiosa la sensación de saber que se habla con alguien, alguien a quien se conoce, saber con certeza quién es y a la vez no saberlo.

—¿Qué puedo hacer por usted, Salazar?

—Aloisius... —dijo con el tono del que trata de convencerse, de establecer contacto con la realidad difusa—, hay algo que necesito saber —susurró—; he buscado la solución y sólo he conseguido estar más confusa. He seguido el procedimiento, he buscado en el origen pero la respuesta me esquiva.

El silencio en la línea sólo aparecía alterado por un rumor constante como de agua corriendo. Amaia apretó los labios tratando de no pensar, tratando de evitar la imagen mental que sugería el sonido.

—Aloisius, he sabido que tuve una hermana, una niña que nació a la vez que yo.

Al otro lado de la línea, el agente Dupree pareció tomar aire, y el sonido fue como el de un sumidero atascado.

—Algunas pistas apuntan hacia la posibilidad de que esté viva...

Un acceso de tos gutural y mucosa llegó desde el otro lado de la línea.

—Oh, Aloisius —exclamó, mientras se llevaba la mano a la boca para contener la pregunta que afloraba en sus labios: «¿Estás bien?».

Al otro lado de la línea, los jadeos cesaron, dejando tan sólo el silencio ominoso que era señal de una línea vacía, o quizá de todo lo contrario.

Esperó.

—No hace la pregunta adecuada —dijo Dupree, recuperando la claridad que solía tener su voz.

Amaia casi sonrió al reconocer a su amigo.

—No es tan fácil —protestó ella.

—Sí que lo es, por eso me ha llamado.

Amaia tragó saliva mientras sus ojos se clavaban de nuevo en la artesa.

—Lo que quiero saber es si mi hermana...

—No —interrumpió él. Su voz sonó ahora como si se hallase en el fondo de una cueva húmeda.

Ella comenzó a llorar y continuó:

—... Si mi hermana está viva —terminó con la voz quebrada por el llanto.

Pasaron unos segundos antes de que él contestara.

—Está muerta.

Ella redobló el llanto.

—¿Cómo lo sabes?

—No, ¿cómo lo sabes tú? Porque sueñas con ella, porque sueñas con muertos, inspectora Salazar, y porque ya te lo ha dicho.

—Pero ¿cómo puedes saberlo tú?

—Ya sabes por qué, Salazar.

Apartó el aparato de su rostro y mientras abría los ojos

desmesuradamente comprobó que el teléfono estaba apagado. No sólo no había ninguna luz en la pantalla, sino que al manipularlo comprobó que estaba apagado del todo. Apretó la tecla de encendido y sintió en las manos el zumbido con el que se activaba, el mensaje de inicio y la foto de Ibai que llenaba la pantalla. Retrocedió con las flechas buscando las llamadas realizadas y no encontró nada; la última era la que había hecho a Iriarte desde el coche. Tampoco en el registro general de todas las llamadas entrantes y salientes perdidas encontró ni rastro de la que acababa de mantener con Dupree. El teléfono sonó de pronto y el sobresalto hizo que se le escapara de las manos, yendo a parar bajo la mesa, con el consiguiente sonido plástico al desmontarse. La llamada cesó. Bajó de la mesa, se agachó para recuperar los tres trozos en los que había quedado, carcasa, pantalla y batería, y con dedos torpes lo montó de nuevo, encendiéndolo justo en el instante en que volvía a sonar. Miró la pantalla sin reconocer el número y contestó.

—¿Dupree?

—Inspectora Salazar —respondió una voz cauta al otro lado—. Soy el agente Johnson del FBI. Usted me llamó, ¿me recuerda?

—Claro, sí, agente Johnson —respondió, tratando de aparentar normalidad—. No he reconocido el número.

—Es que llamo desde mi teléfono particular. Tenemos los resultados de la imagen que me envió, parecía que era urgente.

—Sí, agente Johnson, gracias.

—Acabo de enviárselo en un correo electrónico, con los datos del informe del experto adjuntos. Le he echado una ojeada y parece que la imagen está parcialmente dañada; aun así, en el resto se ha obtenido un resultado notable. Revíselo y si puedo hacer algo más por usted no dude en pedírmelo, pero llame a este número. Aprecio personalmente al agente Dupree, pero desde su desaparición las cosas han ido cambiando por aquí. Al principio todo se gestionó según el procedimiento cuando un agente desaparece, pero días atrás la información ha cedido el paso al silencio. Esto es así, inspectora, aquí se puede pasar de ser un héroe a ser un bastardo sólo por un par de insinuaciones. Soy amigo de Aloisius Dupree; además es uno de los mejores agentes que he conocido y si actúa como lo hace, alguna razón tendrá. Sólo espero que aparezca para que todo esto se aclare, porque aquí el silencio es una condena. Mientras tanto, para cualquier cosa que necesite diríjase a mí; estoy a su disposición.

31

Cuando colgó, vio que en efecto aparecía en su teléfono el aviso de un correo entrante, y a pesar de la urgente necesidad de ver lo que el experto y su novedoso programa habían podido hacer con el rostro del visitante de Santa María de las Nieves, contuvo su curiosidad; al fin y al cabo, en el teléfono no tendría la calidad de imagen del ordenador. Se puso el abrigo y sólo cuando tuvo la puerta del obrador abierta apagó las luces y cerró. El aparcamiento resultó ahora más oscuro, en contraste con las brillantes luces del interior. Esperó unos segundos inmóvil mientras se abrochaba el abrigo y sepultaba de nuevo la llave en su bolsillo. Salió hacia Braulio Iriarte. Al pasar frente a la puerta del Trinkete vio que aún había luz en el interior, aunque el bar se veía vacío y parecía cerrado; seguramente un par de parejas jugaban a pala en el frontón. La afición en Baztán no decaía y las nuevas generaciones parecían seguir la tradición. Aunque algunos no opinaban así. En una ocasión, el pelotari Oskar Lasa, Lasa III, le había dicho que «la mano» ya no volvería a ser lo que había sido, porque los jóvenes ahora no tenían cultura del dolor. «He intentado enseñar a muchos jóvenes, algunos bastante buenos, pero en cuanto les duele se rajan como damiselas. "Me duele mucho", dicen y yo les digo: "Si no duele, no lo estás haciendo bien".»

Cultura del dolor, aceptar que dolerá, saber que la mano se hinchará hasta que los dedos parezcan salchichas, que el dolor, ese ardor salvaje con que la mano parece asarse entre brasas, trepará por el brazo como veneno hasta el hombro, que la piel en la palma de la mano se cuarteará con el próximo golpe y comenzarás a sangrar, no mucho. Aunque a veces uno de esos terribles golpes contra la pelota producía la ruptura de una vena que sangraba sin salida, formando un cúmulo duro y terriblemente doloroso que no drenaría la sangre ni pinchándolo y que habría que operar por su peligrosidad.

Cultura del dolor, saber que dolería, y sin embargo... Pensó en Dupree y en lo que Johnson le había dicho: «El silencio aquí es una condena».

—También aquí —susurró.

Percibió las volutas azules de humo de su cigarrillo antes de verle, y le reconoció por sus zapatos de firma, incluso antes de que diera un paso adelante saliendo de la oscuridad, pues mientras esperó apoyado en el muro, había ocultado su rostro.

—Hola, Salazar —dijo Montes.

Había bebido un poco. No estaba borracho, pero el brillo en sus ojos y el modo en que sostuvo su mirada le hicieron estar segura.

—¿Qué hace aquí? —Fue su respuesta.

—La esperaba.

—¿En el camino a mi casa? —contestó ella, mirando alrededor para poner de manifiesto lo inadecuado de sus actos.

—No me ha dejado más remedio, lleva días evitándome.

—Llevo días esperando que siga el procedimiento y pida una cita en mi despacho.

Él ladeó un poco el rostro en una mueca.

—Joder, Amaia, pensaba que éramos amigos.

Ella le miró incrédula, casi sonriendo.

—No puedo creerlo —dijo, y siguió caminando hacia la casa de la tía.

Montes tiró el cigarrillo al suelo y la siguió hasta ponerse a su altura.

—Sé que aquello no estuvo bien, pero debe comprender que era un momento muy difícil en mi vida, supongo que no reaccioné bien.

—Me sobra saberlo —cortó ella.

Él la adelantó y se detuvo ante ella, forzándola a detenerse.

—Pasado mañana es la vista para mi reincorporación, ¿qué va a decir?

—Pida una cita y venga a verme a mi despacho. —Le rodeó y continuó su camino.

—Usted me conoce.

—¿Ve?, en eso me equivocaba, yo pensaba que le conocía, pero la verdad es que no sé quién es usted.

Él se quedó parado en el mismo lugar y se volvió hacia ella.

—Vas a joderme, ¿verdad?

Ella no contestó.

—Sí, vas a joderme, maldita zorra de mierda. Como todas las zorras de tu familia, no podéis resistiros ante el placer de destruir a un hombre, atándolo a una silla de ruedas o volándole la cabeza, qué más da. Me pregunto cuánto tardarás en destruir a ese calzonazos de James.

Amaia se detuvo en seco mientras escuchaba el veneno que desde el interior de Montes brotaba denso y oscuro. Hizo una llamada a la prudencia porque entendía que el objeto de todo aquello era tan sólo provocarla, pero una voz en su interior contestó «Sí, lo sé, sé lo que intenta hacer, pero ¿por qué no darle lo que pide?».

Desanduvo el camino con paso decidido y se detuvo a escasos centímetros de Montes. Podía oler la cerveza en su aliento y el perfume de marca que era su seña de identidad.

—No necesito mover un dedo, Montes, no necesito

hacer nada contra ti —le tuteó dejando a un lado los formalismos—. Es verdad que estás jodido, pero te has jodido tú solito. Te saltaste las normas y los procedimientos, abandonaste una investigación en curso, con la falta de respeto que eso supone para tus compañeros, las víctimas y sus familias. Desobedeciste órdenes directas, comprometiste la investigación sacando pruebas de comisaría y, además, usaste tu arma apuntando a un civil y por último estuviste a punto de volarte los pocos sesos que tienes. Y si Iriarte y yo no lo hubiésemos impedido, a estas horas llevarías un año pudriéndote en un nicho al que nadie llevaría flores. Dime, ¿qué ha cambiado en este año?

—Tengo informes psiquiátricos positivos recomendando mi reincorporación.

—¿Y cómo los obtuviste, Montes? Nada, no ha cambiado nada, habría dado lo mismo que hubieras muerto, te has convertido en una especie de zombi, un muerto viviente. No has avanzado un paso desde aquel día. No has ido a terapia, sigues sin reconocer mi autoridad, y sigues siendo un capullo en el que no se puede confiar y que sólo pretende justificarse: «Oh, es que era un momento muy difícil para mí» —dijo burlándose con voz de niña—, «El profe me tiene manía», «Nadie me quiere».

El rostro de Montes había ido adquiriendo una tonalidad grisácea. Mientras ella hablaba, él apretó los labios como si en lugar de boca hubiese allí un tajo recto y oscuro.

—¡Por el amor de Dios, es usted un policía! Apriétese los machos, haga lo que tiene que hacer y deje de gimotear como una niña, me pone enferma.

Sujetándola de pronto por la pechera del abrigo, Montes elevó la mano cerrada en un puño. Ella se asustó, estuvo segura de que la golpearía, pero aun así no se contuvo:

—¿Va a pegarme, Montes?, ¿le apetece cerrarme la boca para no escuchar la verdad?

La miraba a los ojos y Amaia pudo ver la intensa ira que había en ellos; sin embargo, de pronto sonrió, aflojando la presión sobre su ropa y abriendo la mano que había mantenido alzada.

—No, claro que no —dijo parodiando una especie de sonrisa insana—. Sé lo que pretende. Sabe Dios que le partiría la cara bien a gusto, pero no lo haré, no lo haré, inspectora, usted lleva placa y pistola. Sería cavar mi propia tumba. No le seguiré el juego.

Ella le miró negando con la cabeza.

—Montes, estás peor de lo que pensaba, ¿es eso lo que opinas de mí? Sigues con tu teoría del mundo entero conspira contra mí...

Amaia se abrió la cremallera del abrigo y sacó su placa y su pistola, rebasó a Montes y penetró en el callejón entre dos casas al que no daban ventanas y en el que había un viejo barril, un cabecero de cama antiguo que cualquier anticuario se habría llevado y un viejo arado. Puso su placa y su arma sobre el barril y se quedó allí parada, mirando a Montes.

Él se acercó sonriendo, y esta vez su sonrisa era auténtica, pero al llegar a la entrada del callejón se detuvo.

—¿Sin represalias? ¿Sin consecuencias? —preguntó.

—Te doy mi palabra, y sabes que la mía vale.

Aun así dudó.

Pero Amaia no tenía dudas, ya no, estaba hasta los cojones de ese tío. Una parte de ella que le resultaba desconocida quería patearle, darle unas buenas hostias. Sonrió un poco al pensarlo, y a pesar de que Montes pesaba al menos cuarenta kilos más que ella, en ese momento le dio igual. Algunas se llevaría, eso seguro, pero él también. Lo miró y vio la indecisión en sus ojos. Casi se sintió decepcionada.

—Venga, niña llorona, ¿te vas a rajar ahora? ¿No querías partirme la cara? Pues venga, es tu oportunidad y no tendrás otra.

Causó efecto. Él entró en el callejón como un toro furioso; incluso cuando lo recordó más tarde pensó en un toro. La cabeza un poco inclinada hacia delante, con los puños crispados y los ojos entrecerrados queriendo hacer valer su fuerza. Ella le esperó hasta el último segundo y entonces se apartó lanzando a la vez un golpe lateral que alcanzó a Montes en un costado haciéndole variar el rumbo hacia la pared, donde se golpeó el hombro contrario.

—Maldita puta —bramó.

Ella sonrió; era un viejo chiste de chicas que solían contar las policías en la academia: «Cuando un idiota te llama puta es precisamente porque no te ha podido joder».

El hombro debía de dolerle bastante pero se irguió como el toro que era y dijo:

—Me gustaría saber qué pensaría su amigo el marica si supiera que usted insulta en femenino.

Ella sonrió a su vez con cara de «Oh, oh, te has equivocado de camino».

—El subinspector Etxaide te da mil vueltas como policía, pero además es más valiente, más honrado y más hombre de lo que serás tú en toda tu vida. Nenaza.

Él embistió de nuevo, pero esta vez no cerró los ojos; había menos distancia entre ellos que en el primer ataque, y eso era malo para Amaia. El puño de Montes vino hacia ella como un rayo y apenas le rozó en la mejilla, pero fue suficiente para volverle la cabeza hacia la pared golpeándose el cráneo. Durante un segundo, todo fue oscuridad pero el intenso dolor en el pómulo la trajo de vuelta a la realidad. Montes estaba casi encima y aprovechó para golpearle en el estómago con todas sus fuerzas; lo encontró más blando de lo que había esperado. Elevó la rodilla, que como en una perfecta coreografía fue al encuentro de la boca de Montes en el momento en que él se encogía sobre sí mismo, agarrándose el estómago. Sus labios resecos se agrietaron tiñéndose de rojo mientras la miraba, de nuevo sorprendido. Lo empujó, tocándole apenas en el hombro, y él quedó contra la pared. Estuvieron así unos segundos, mirándose y jadeando hasta que Montes dobló las rodillas y escurriéndose pegado a la pared, se sentó en el suelo. Ella hizo lo mismo.

Oyeron voces que se aproximaban. Los chicos que salían de jugar del Trinkete con bolsas de deporte avanzaban por la calle comentando el partido. Cuando hubieron rebasado el callejón, Amaia sacó un paquete de pañuelos de papel y se lo lanzó a Montes. Él usó unos cuantos para comprimir el corte en el labio y dijo:

—Pega usted como una chica. —Y comenzó a reírse.

—Bueno, usted también.

—Sí, pensaba que estaba en mejor forma —admitió Montes; bajó la mirada antes de continuar hablando—. Es verdad, fui un capullo, pero... Bueno, no quiero justificarme, sólo quiero explicárselo.

Ella asintió.

—Flora... Bueno, supongo que me enamoré... —Pareció pensarlo mejor—. ¡Qué cojones! La amaba. Nunca he conocido a nadie como ella, ¿y sabe qué es lo peor? Creo que a pesar de todo aún la amo.

Amaia suspiró. ¿El amor lo justificaba todo? Imaginaba que sí. A lo largo de su vida como policía había visto esa clase de amor podrido en más de una ocasión. Sabía que no era amor, un amor de muertos vivientes incapaces de entender que están muertos, «los muertos hacen lo que pueden». Se preguntó qué opinaría Lasa III de la cultura del dolor en el amor, quizás, el único marco en el que la sociedad seguía justificando el sufrimiento.

—Jonan me cae bien —dijo Montes de pronto—. No sé por qué he dicho eso, yo también creo que es un buen poli y además es buena persona... Hace dos meses coincidimos en un bar, yo estaba bastante en... Bueno, había bebido un poco. Me puse a hablar con él y es un tío que sabe escuchar, así que seguí bebiendo. Cuando salimos del bar, bueno, yo no podía conducir y acabé durmiendo en su sofá... Imagino que no le habrá dicho una palabra de esto.

—No, por supuesto que no, y luego le ve en comisaría y no es capaz ni de pagarle un café de la máquina.

—Joder, ya sabe cómo son esas cosas, él es... Bueno, y los demás tíos no se sienten cómodos.

—Debería revisar su agenda, Montes, algunos de los machotes con los que baila la danza de los guerreros en torno a la máquina del café también se irían con usted antes que conmigo.

Él abrió los ojos como platos.

—¿Iriarte?

Ella rompió a reír hasta las lágrimas, que bajaron por la ardiente piel que cubría el pómulo inflamado. Cuando pudo volver a hablar, dijo:

—Dejemos esta conversación, no le he dicho nada.

Él se puso en pie a duras penas y le tendió una mano que ella aceptó. Después, recogió su placa y su pistola de la superficie del barril y las guardó.

—Me encantaría seguir charlando con usted —dijo—, pero aún tengo trabajo al llegar a casa.

Salieron del callejón y caminaron hasta la entrada de la casa. Amaia sacó las llaves y se acercó a la puerta.

—Buenas noches, Montes —dijo, cansada.

—Jefa.

Ella se volvió, sorprendida. Montes, en posición de firmes, había elevado su mano hasta la frente, saludándola.

—Montes, esto no es necesario.

—Yo creo que sí lo es —contestó con convencimiento.

Y supo que aquello sería lo más parecido a una disculpa que recibiría de un hombre como Montes, así que lo aceptó. Se colocó frente a él y levantó su mano, saludándole.

Cuando cerró la puerta a su espalda, una sonrisa inmensa se dibujaba en su rostro.

Advirtió la presencia silenciosa de la tía Engrasi, que sentada frente al fuego la esperaba como cuando era una adolescente. Se descalzó junto a la puerta y entró en el salón, comprobando de inmediato que se había quedado dormida. Una oleada de intenso amor sacudió su pecho; se inclinó sobre ella y depositó un pequeño beso en su frente.

—¿Qué horas son éstas de llegar a casa, jovencita?

Amaia se apartó, sonriendo.

—Pensaba que dormías.

—El ansia no duerme, y mientras tú andes por ahí, yo no dormiré.

—Pero tía... —la riñó mientras se dejaba caer en el otro sillón.

—Lo digo en serio, Amaia. Sé que tu trabajo es difícil y que por alguna razón lo que te toca escapa a lo que algunos consideran normal, pero... Has vuelto a hacerlo.

Amaia bajó la mirada.

—Estás comprando problemas, Amaia Salazar.

—Sólo él puede ayudarme.

—No es verdad.

—Sí que lo es, tía, tú no lo entiendes. Fui a San Sebastián, la tumba está vacía, necesito saber.

—Y dime, Amaia, ¿te dijo algo que no supieras ya? Piénsalo —dijo, poniéndose en pie trabajosamente—. Ahora me voy a dormir, pero piénsalo.

Tras haber estado un largo rato sentada, sus pasos eran algo inseguros. Amaia la acompañó escaleras arriba hasta su habitación. Cuando Engrasi la besó en la mejilla advirtió el golpe.

—¿Qué se supone que te ha pasado?

—Me embistió un toro —dijo riendo.

—Bueno, si te ríes supongo que no es grave. Buenas noches, cariño.

Amaia dudó un instante.

—Tía, ¿los muertos...?

—¿Sí? —se interesó la tía.

—¿Ellos... pueden... hacer algo?

—Los muertos hacen lo que pueden.

32

Amaia entró en su dormitorio. La suave luz de la lamparita iluminaba a James, que dormía boca arriba.

—Hola, mi amor —susurró.

Ella se inclinó para besarle y para ver a Ibai, que dormía ladeado con el chupete puesto por primera vez, pues nunca lo quiso mientras tomaba leche materna.

James hizo un gesto hacia el bebé:

—Es muy bueno, no sabes lo bien que se porta. Y claro, a falta de teta, chupete —dijo sonriendo—; estoy por comprarme un par para mí —dijo poniendo las manos sobre sus pechos.

—Pues no es mala idea —dijo ella, apartándole—, aún tengo que trabajar un rato.

—¿Mucho?

—No, mucho no.

—Te esperaré despierto.

Ella sonrió, cogió su portátil y salió de la habitación.

En el correo aparecían al menos cuatro mensajes del doctor Franz. Aquello comenzaba a resultarle pesado, pero no se decidía ni a contestar sus mensajes ni a tirarlos a la papelera sin leer, pues aunque a primera vista sugerían la mera rabieta del rechazo, había en ellos un fondo razonable que le hacía pensar. Los dejó para después y abrió el correo de Johnson.

Que el FBI contaba con el mejor programa de identificación facial del mundo no era un secreto. Realizaban la más precisa verificación biométrica multimodal, que incluía zonas de certidumbre e incertidumbre del rostro. Sus avances se habían adaptado a nuevos programas similares al Indra que se utilizaba en los aeropuertos europeos, pero que tenía la pega de que sólo funcionaba con rostros reales o imágenes muy claras.

El gobierno estadounidense había invertido más de mil millones de dólares en el desarrollo de un programa que podía identificar rostros por la calle, en un campo de fútbol o en las grabaciones de cualquier cámara media de seguridad. Acompañando a la nota del agente Johnson, que decía que tras pasarlo por su sistema no habían obtenido identificación alguna, aparecía un exhaustivo informe del experto lleno de matices, consideraciones y una minuciosa explicación del procedimiento a base de capas de luz. Concluyendo, que se habían conseguido iluminar y aclarar zonas de incertidumbre en la foto que evidenciaban un trabajado disfraz. Eso impedía ser más precisos en la reconstrucción, y apuntaba también a que la lente de la cámara debía de estar dañada o bien un elemento extraño se había colado en la exposición. Adjuntaba dos imágenes, una con lo que el experto llamó la «araña» y otra en que se había procedido al borrado de forma digital.

Abrió los archivos fotográficos y se encontró ante un rostro caucásico, joven y de facciones equilibradas. La gorra, la barba y las gafas habían sido eliminadas por el programa, y la recreación de mirada vacía no le transmitía la más mínima información. Abrió la de la «araña» y miró sorprendida la imagen. En ésta, aún sin tratar, se veía el rostro con gorra, gafas y barba, y en mitad de la frente aparecía un ojo oscuro de largas pestañas que el experto había llamado «araña» para curarse en salud. Estudió atentamente la imagen durante unos segundos y después reenvió el mensaje a Jonan y a Iriarte.

Los correos del director de Santa María de las Nieves eran justo lo que esperaba. Una suerte de lamentos que iban desde el ruego hasta el puro lloriqueo por su amada clínica, pero en los dos últimos, añadía además acusaciones sin fundamento contra Sarasola del tipo: «Ese hombre oculta algo, no es trigo limpio, aún no tengo pruebas». No, claro que no las tenía. Adjuntaba por otro lado sendos informes de otros médicos (del centro) y varios artículos extraídos de prestigiosas revistas médicas que corroboraban su convicción de que era imposible que la paciente hubiese podido aparentar normalidad sin estar sometida a tratamiento. Amaia los ojeó por encima admitiendo que la jerga médica le resultaba agotadora. Comprobó la hora, cerró su portátil y se preguntó si James la estaría esperando, como había prometido. Sonrió mientras subía la escalera: James siempre cumplía sus promesas.

Por primera vez en muchos días despertó plácidamente cuando James le colocó a Ibai a su lado. Dedicó los siguientes minutos a besar la cabecita y las manos del niño, que se despertaba con una dulzura y una sonrisa que le alegraban el corazón de un modo que nunca había podido imaginar antes. Tomando las pequeñas manos entre las suyas, pensó en Iriarte y en el modo en que había dicho «un bracito», y de inmediato vinieron a su mente las imágenes de aquel pequeño cráneo con las fontanelas aún abiertas y las tumbas de los mairu que había en torno a Juanitaenea. «Supongo que es usted una de ésas.» «Los muertos hacen lo que pueden.»

James entró trayendo el biberón para Ibai y el café para ella. Al abrir los portillos de las ventanas se la quedó mirando.

—Amaia, ¿qué te ha pasado?

Recordó el puñetazo y al tocarse la cara sintió un agudo dolor. Salió de la cama y estudió su rostro frente al espejo. No se veía especialmente hinchado, pero desde el pómulo hasta la oreja se extendía un cardenal azulado que tomaría distintas tonalidades de marrón, negro y amarillo en los próximos días. Aplicó una capa de maquillaje que sólo consiguió que le escociese terriblemente. Al fin se rindió mientras resonaba en su cabeza la voz de Zabalza diciendo que Beñat Zaldúa no iba al instituto cuando tenía morados en la cara.

—Vale, yo tampoco iré hoy al instituto —le dijo a su imagen en el espejo.

Dedicó el resto de la mañana a hacer llamadas que le produjeron la sensación de no ir a ninguna parte. No había rastro del paradero del marido de Nuria. Tenían un coche frente a la casa y otro frente a la iglesia y no se habían producido más profanaciones, aunque ¿para qué? El tarttalo ya tenía toda su atención, y toda aquella puesta en escena parecía tan sólo fuegos de artificio destinados a obtenerla; ahora que ya la había captado, no tenía sentido seguir por ese camino.

Aunque había revisado el correo por la noche, volvió a hacerlo y mantuvo una conversación telefónica con Etxaide e Iriarte a propósito de los resultados de la foto.

Según Iriarte, era evidente que la lente o la grabación estaban dañadas, hasta era probable que una araña auténtica se hubiese colado en la lente de la cámara que estaba en el exterior de Santa María de las Nieves y que fuese eso lo que se veía. O cabía la posibilidad más remota, apuntó Jonan, de que fuese lo que parecía, un ojo, un aderezo extra que el visitante se añadía para completar la imagen que quería mostrar; al fin y al cabo, el tarttalo era un cíclope de un solo ojo. En todas las grabaciones durante semanas sólo habían podido ver la parte superior de la cabeza del individuo, pero el último día elevó el rostro hacia la cámara y lo mantuvo así el tiempo suficiente como para poder obtener una imagen de su rostro.

—No creo que fuera casual —dijo Etxaide.

Ella tampoco lo creía.

—A mediodía esperamos que lleguen los resultados que establecen con más precisión la fecha de fabricación de las herramientas médicas, y de momento los registros hospitalarios de personas amputadas o con prótesis no han arrojado ninguna luz, aunque aún nos queda mucho por mirar...

Antes de colgar, Jonan le avisó.

—Ah, jefa, ha llegado otro de esos correos. Se lo envío.

Aún no había colgado cuando lo vio aparecer en su bandeja de entrada. Breve y exigente como los anteriores. «La dama espera su ofrenda.» El sello con la lamia aparecía abajo, a la derecha. De pronto se sintió exasperada por aquel maldito juego. Se cubrió el rostro con las manos y las mantuvo sobre él como si así pudiese arrancarse el hastío. Sólo consiguió levantar la piel del pómulo y sentirse más enfadada. Volvió a llamar a Jonan.

—Imagino que no habrás tenido tiempo, pero, por casualidad, ¿no tendrás algo más del origen de esos correos?

—Bueno, pues la verdad es que sí, aunque no hayamos obtenido un gran resultado. Los correos se han recibido desde una cuenta gratuita, no aparece nombre alguno y en su lugar se usa un apelativo: servidorasdeladama@hotmail.com. Analizando las cabeceras de los correos, se ve que son remitidos desde una IP dinámica, y rastreando esa IP y tirando del hilo conexión por conexión, se llega a la conclusión de que fueron enviados desde un punto gratuito de internet de los que a veces hay en aeropuertos o estaciones de autobuses... Es prácticamente imposible dar con la persona que envía los correos... Se podría rastrear únicamente mientras estuviera conectado; ya se ha hecho en algún caso de terrorismo internacional, pero... Bueno, yo de momento sigo buscando, pero es probable que para cuando demos con el origen, allí ya no haya ni rastro de quien lo envió...

—Ya, no te preocupes, gracias. —Colgó.

Tras el desayuno y el juego de la mañana, Ibai comenzaba a estar adormilado y James se ocupó de él. Amaia los besó, se despidió de la tía y cogiendo su plumífero salió de la casa. Se metió en el coche, accionó el contacto y recordando algo de pronto, lo paró. Salió del coche y regresó a la entrada de la casa, donde dedicó unos segundos a observar con detenimiento el empedrado hasta que localizó en uno de los bordes dos o tres cantos rodados que parecían sueltos. Tomó uno, se lo metió en el bolsillo y regresó al coche.

Intentó concentrarse en la conducción, mientras salía de Elizondo. Cuando estuvo en la carretera, suspiró de pronto dejando salir el aire de sus pulmones mientras se daba cuenta de lo tensa que estaba. Las manos crispadas sobre el volante blanqueaban los nudillos y a pesar de la baja temperatura de ese invierno que, como todos en Baztán, parecía eternizarse, sus manos transpiraban. Se las frotó alternativamente en las perneras de los pantalones. Maldita sea. Tenía miedo y eso no le gustaba nada. No era una necia, sabía que el miedo mantenía vivos, vigilantes y prudentes a los policías, pero el que sentía no era de esa clase que acelera el corazón cuando se detiene a alguien armado; era el otro, el miedo antiguo e íntimo, el que huele a orina y sudor, el viejo miedo en el alma que durante el último año había podido mantener a raya y que ahora reclamaba su territorio. El territorio del miedo. Ya había pasado por esto, ya sabía desde el principio que no se lo puede ganar, y que lo único que nos mantiene cuerdos es plantarle cara, una y otra vez. La certeza de que la brecha de luz que había conseguido abrir volvía a cerrarse la entristecía profundamente, por ella y por la otra niña. La furia creció en su interior como una marea viva. ¿Por qué debería soportar aquello? No lo iba a hacer: puede que en el pasado, cuando eran unas niñas, todas las fuerzas del universo se hubieran conjurado contra ellas; puede que el miedo hubiera vivido en su pecho durante años; pero no estaba dispuesta a seguir en el juego, ahora ya no era una niña y no permitiría que siguieran manejándola. Condujo durante kilómetros por una carretera vecinal que parecía en buen estado, hasta que se topó con una manada de hermosas *pottokas*, los caballos y yeguas que pastan libres por Baztán. Detuvo el coche a un lado y esperó. Las habitualmente tímidas *pottokas* no se movieron del camino y durante un rato se dedicó sólo a observarlas. Una pequeña yegua se acercó, curiosa, y Amaia le ofreció su mano abierta, que el animal olisqueó, indagador. En vista de que las yeguas no tenían intención de moverse, Amaia se dirigió a la trasera del coche y se calzó las botas de goma, que siempre llevaba por si acaso. Cogió también una linterna y descendió el primer tramo de la ladera, colocándose de lado para no resbalar en la hierba alta y mojada que bordeaba la inclinación, y que se volvía rala, como cortada por una máquina, en las dos márgenes del río que corría encajonado en aquel tramo casi silencioso. Lo siguió hasta llegar a un puente de cemento con barandillas de hierro que evitó tocar, pues aparecía oxidado en la base, donde las varillas se hundían en la piedra. En el otro extremo, rebasó una valla rudimentaria, sin duda pensada para impedir el paso a los animales, cerciorándose de volver a dejarla bien cerrada, y caminó campo a través hacia un gran caserío que parecía abandonado, aunque en buen estado, y perfectamente cerrado con contraventanas de madera que se veían clavadas a los marcos. Al acercarse, captó el olor inconfundible de un rebaño y de las numerosas bolitas oscuras que explicaban el perfecto corte y mantenimiento de la hierba de aquel prado. Tras rodear la casa, comenzó a reconocer la zona: si caminaba unos metros más llegaría a la linde del bosque, donde aparcó en la ocasión anterior. Comprobó la cobertura del móvil y observó cómo la señal se debilitaba a medida que penetraba en la arboleda, mientras el corazón se le aceleraba y los latidos llegaban a su oído interno como rápidos latigazos. Zas, zas, zas. Tomó aire intentando tranquilizarse, aunque, inconscientemente, apuró el paso con la mirada puesta en el claro de luz que al fondo del sendero indicaba la salida del bosque. Caminó hacia allí intentando controlar el infantil impulso de echar a correr y la sensación paranoica de que alguien la seguía. Se llevó la mano al arma, mientras su voz, una voz burlona, le decía en su cabeza: «Claro, guapa, una pistola, ¿y eso de qué te servirá?».

Cuando tenía once años había jugado, como todos los niños de su edad, a entrar al cementerio cuando ya había oscurecido. Era un juego estúpido que consistía en colocar varios objetos sobre las tumbas de la parte más alta del camposanto, y en cuanto anochecía, sortear el orden en el que, de uno en uno, debían entrar a recuperarlos. Había que ir hasta el final y salir tranquilamente mientras los demás esperaban en la verja. A menudo, cuando estaban ya cerca de la salida, alguien gritaba: «¡Dios!, detrás de ti», y eso era suficiente para provocar que el valiente de turno corriese como si le persiguiese el mismo demonio. Pánico. Recordaba cómo casi siempre el miedo del que corría provocaba las risas de los otros, que, sin embargo, no dejaban de vigilar el camino, por si había otra razón para correr así que no fueran sus gritos... Y a pesar de que sabían que los chavales gritarían la próxima vez, todos corrían. Corrían por si acaso.

Alcanzó la linde y llegó a un claro que se extendía hasta la maravillosa regata de agua donde aquella joven la había abordado, y que ahora aparecía ocupada por un numeroso rebaño de ovejas. Caminó entre ellas por el desfiladero que los animales abrían a su paso. A lo lejos, sentado en una roca, divisó al pastor. Levantó una mano a modo de saludo y él le correspondió con el mismo gesto. Reconfortada por la presencia lejana del hombre que la observaba, cruzó el puentecillo que era apenas un promontorio sobre el riachuelo, y un escalofrío recorrió su espalda. Siguió su camino hacia la zona de helechos que bordeaba la colina y comenzó a ascender por la ladera, apoyándose en aquellas antiguas piedras que formando una escalera natural permitían llegar hasta el lugar al que se dirigía. Se detuvo primero en la tosca planicie donde James y su hermana la esperaron la primera vez, y observó que el sendero que continuaba ascendiendo parecía ahora aún más abierto, como si alguien acabase de pasar por allí. Aun así, había bastantes zarzas y árgomas como para dejarse la piel. Se metió las manos en los bolsillos y penetró en el sendero. La sensación de que alguien lo había transitado recientemente creció al encontrarlo más abierto según avanzaba hasta llegar al lugar. No había nadie allí y eso la sorprendió un poco y la alivió más. Dedicó unos segundos a reconocer el lugar. La entrada de la cueva, como una torva sonrisa de la montaña, abierta a ras de suelo; la magnífica roca «dama» erguida tres metros con sus voluptuosas formas femeninas que miraban al valle, y en la roca mesa, más de una docena de piedras pequeñas colocadas como las piezas de un damero primitivo. Se acercó y las observó.

No eran piedras del camino, alguien las había llevado hasta allí como ofrenda a la dama. Negó, incrédula, mientras se sorprendía al darse cuenta de que ella misma lo estaba haciendo. Sacó la piedra que había tomado de la puerta de la casa y la sostuvo en la mano, dudando: «Una piedra que deberás traer desde tu casa», «la dama prefiere que la traigas desde tu casa».

Se preguntó cuánta gente estaría recibiendo aquellos *e-mails* en todo el valle y si no sería más que una de esas cadenas de la suerte en las que debes reenviar los mensajes para atraer la fortuna o, en todo caso, verte libre de una maldición.

Ella no iba a reenviar nada, pero dejar una piedra allí no podía hacer daño a nadie. Miró alrededor como si esperase descubrir entre las ramas las cámaras de un *reality show* o a media docena de *paparazzi* que luego titularían: «Crédula inspectora recurre a rituales mágicos». Apretó el canto en la mano y trató, sin éxito, de quitar con la uña un resto de cemento que llevaba adherido, con el que estuvo sujeto en la puerta de la casa. Colocó la piedra completando una de las hileras y se volvió hacia la cueva. Caminó en línea recta y al llegar sacó la linterna, se inclinó e iluminó el interior. Un aroma dulce de flores brotaba de allí, pero no vio nada que pudiese producirlo. La cueva estaba vacía con excepción de una escudilla que contenía manzanas frescas y unas cuantas monedas que alguien había arrojado al interior. Apagó la linterna y comenzó el descenso. Al pasar junto a la roca mesa comprobó que las piedras seguían allí. «¿Y qué esperabas?», se dijo mientras penetraba en el sendero. Las botas de goma eran buenas para los campos húmedos y un poco reblandecidos, pero se le escapaban de los pies, dificultando el descenso por la escalera de roca. Atravesó el sotobosque y llegó a la idílica regata, que, como incrustada en la colina, se rompía en borbotones de agua, rocas verdes, helechos y espuma blanca. No vio al pastor, pero el rebaño seguía allí y su presencia pacífica contribuyó a resaltar la belleza del lugar y a disipar cualquier posibilidad de que una joven enigmática apareciese por allí. Miró de nuevo hacia la colina de Mari y sonrió un poco decepcionada. Pero ¿qué había esperado? Echó una última mirada al rebaño y en ese instante, los animales dejaron de beber y de pastar, y levantaron a la vez sus cabezas como si presintiesen un peligro o hubiesen oído algo que Amaia no oyó. Sorprendida por el extraño comportamiento de las ovejas, se quedó inmóvil escuchando; entonces, al unísono, todos los animales ladearon la cabeza haciendo sonar sus cencerros con un solo toque, que sonó como un gong inmenso, más sobrecogedor aún al ir seguido de un intenso silencio, sólo roto por el fuerte silbido que, como el silbato de un factor, cruzó el campo. Amaia abrió la boca y tomó tanto aire como pudo mientras miraba atónita a los animales, que parecían haber vuelto a su rutina de pasto y agua.

Sintió un intenso frío por la espalda, como si alguien hubiese pegado a su piel una sábana mojada. Lo había oído con toda claridad y también lo había visto. A su mente acudieron palabra por palabra las citas del antropólogo Barandiarán, al que había estudiado cuando investigaba el caso del basajaun un año atrás: «El basajaun delata a los humanos su presencia con fuertes silbidos que cruzan el valle, pero los animales no los necesitan; ellos saben que el señor del bosque ha hecho acto de presencia y los rebaños le saludan haciendo sonar sus cencerros al unísono y con un solo toque».

—¡Joder! —susurró.

Echó a correr entre los árboles, abandonada al pánico, mientras una voz en algún lugar de su cabeza le pedía que parase, que dejase de correr así, y contestaba que le daba igual, que, como cuando era niña y jugaba en el cementerio, corría porque era lo único que podía hacer. Atravesó el sendero por el bosque con el arma en la mano. Cuando llegó al otro extremo, cerca del caserío cerrado, miró atrás mientras todas las alarmas de la prudencia le decían que no lo hiciese. No había nadie. Escuchó y oyó tan sólo sus jadeos tras la alocada carrera. Tocó la frente mojada de sudor y al ver el arma en su mano pensó en la pinta de loca que tendría, por lo que abrió el plumífero y ocultó la mano en el interior, aún sin decidirse a guardarla. Atravesó el campo y cruzó por el puente mientras el susto iba cediendo espacio al enfado, que era monumental cuando llegó al coche.

Las *pottokas* habían desaparecido dejando humeantes montones de excrementos en la carretera. Subió al coche, arrancó y aceleró con el corazón aún alterado. Pero ¿qué cojones estaba pasando, qué era todo aquello, qué querían de ella...? Joder, no estaba loca. ¿Por qué tenía que pasar aquello? Tenía problemas de sobra en su vida privada, además era policía de homicidios, ¿quién cojones en el reparto de mierdas raras por persona había decidido que le tocasen tantas a ella?

—¡Joder!, ¡joder! —repitió, golpeando el volante.

Ella no era la persona adecuada para ese rollo místico. La tía Engrasi, Ros, lo habrían vivido como una verdadera bendición. Ella era policía, ¡por el amor de Dios!, una investigadora, una mente metódica cuya inteligencia práctica destacaba en las puntuaciones de los test. Una mente racional para resolver problemas de pura lógica y sentido común, no para hacer ofrendas a diosas de las tormentas ni hadas con pies de pato. No. Las ovejas no saludaban al señor del bosque y los huesos de los mairu no eran narcotizantes.

—Joder. —Volvió a golpear el volante y lo repitió una y otra vez—: Joder, joder, joder.

Y toda la culpa la tenía aquel maldito lugar de mierda. Uno de esos lugares donde pasan las cosas. Uno de esos lugares que el puto universo con todas sus normas, vacíos y estrellas, no puede dejar en paz, haciendo que allí todo escociese como una puta úlcera.

—¡Joder! —gritó, esta vez manoteando el volante.

En algún lugar a mitad del camino había surgido una mujer con uno de esos abrigos marrones con capucha bordeada de pelo. Amaia frenó de golpe y el coche se deslizó unos metros antes de detenerse junto a la mujer, que se había vuelto en el último instante y la miró con ojos como platos y el rostro pálido. Bajó del coche y se dirigió a ella.

—¡Oh, Dios mío! ¿Se encuentra bien? —La mujer la miró y sonrió tímidamente.

—Sí, sí, no se preocupe, sólo ha sido el susto.

Amaia se acercó más para comprobarlo y vio que la mujer del abrigo de esquimal tenía un abultado vientre.

—¿Está usted embarazada?

La mujer rió, poniendo cara de circunstancias.

—Embarazadísima, diría yo...

—¡Oh, Dios mío! ¿Está segura de que se encuentra bien?

—Todo lo bien que una puede encontrarse a estas alturas.

Amaia seguía mirándola con una cara que delataba su preocupación. La otra pareció percibirlo.

—Sólo bromeo, me encuentro bien, en serio, sólo ha sido el susto y ha sido por mi culpa, no debería ir por el medio de la carretera y supongo que debería llevar reflectantes o algo así —dijo tocando las mangas de su abrigo marrón—. Con esto no es que se me distinga muy bien, pero voy tan cómoda con él...

Sabía de qué hablaba: en la última fase de su propio embarazo casi había llevado las mismas prendas todos los días.

—No, yo iba un poco despistada, pensaba en otras cosas, y lo siento. Deje al menos que la lleve. ¿Adónde va?

—Bueno, a ningún sitio en particular, sólo estaba paseando, me viene bien andar —dijo mirando el coche—, pero le acepto el ofrecimiento; la verdad es que hoy estoy especialmente cansada.

—Claro, por supuesto —dijo Amaia, satisfecha de poder hacer algo por ella.

La condujo hacia la puerta del acompañante y la abrió para ella mientras la chica se acomodaba. Observó que era muy joven, no le calculaba más de veinte años. Bajo el abrigo pardo, llevaba unas mallas marrones y un jersey largo del mismo tono. El cabello trenzado le caía por la espalda, y una diadema de carey contrastaba con la palidez de su rostro, que inicialmente había atribuido al susto. Jugueteaba con un objeto pequeño que sostenía en la mano; parecía haber recobrado la calma. Regresó a su lugar y emprendió de nuevo la marcha.

—¿Sale a caminar a menudo?

—Siempre que puedo, hacia el final del embarazo es el mejor ejercicio.

—Sí, lo sé, no hace tanto estaba como usted, tengo un bebé de cuatro meses y medio.

—¿Un niño o una niña?

—Pues iba a ser una niña hasta que en el momento del parto supe que era un niño —dijo, pensativa.

—¿Habría preferido una niña?

—No, no es eso, es sólo que fue un poco raro; desconcertante es la palabra.

—Si ha tenido un niño será porque tenía que ser así.

—Sí —dijo Amaia—. Imagino que así es como tenía que ser.

—¡Es maravilloso! —exclamó la chica mirándola—, usted ya tiene a su bebé, no sabe las ganas que tengo.

—Sí —admitió Amaia, sonriendo—, es maravilloso, pero tan complicado... A veces echo de menos el embarazo, ya sabe, tenerlo ahí, seguro y tranquilo, llevarlo conmigo... —dijo un poco melancólica.

—Ya la entiendo, pero yo estoy deseando verle la carita y acabar con esto —dijo tocándose la tripa—; estoy horrible.

—No es verdad —contestó Amaia.

Y no lo era, a pesar de sus quejas de cansancio, su rostro no delataba el más mínimo rastro. Todo su aspecto era lozano y saludable, y en estos tiempos en que las mujeres retrasaban más y más su maternidad, una madre tan joven resultaba refrescante.

—No me malinterprete, soy feliz cada vez que veo a mi hijo, es sólo que la maternidad no es tan ideal como pueda parecerlo en las revistas especializadas.

—Oh, eso lo sé —afirmó la joven—. Éste no es el primero.

Amaia la miró sorprendida.

—No se engañe por mi aspecto, soy mayor de lo que parezco, y si hago memoria casi no recuerdo no estar embarazada.

Amaia evitó volver a mirarla para que no pudiese ver su asombro. Se le ocurrían docenas de preguntas y todas inadecuadas para una mujer a la que acababa de conocer tras casi atropellarla. Aun así lanzó una:

—¿Y cómo se las arregla para encajar maternidad y embarazo? Se lo pregunto porque a mí me está resultando muy difícil conjugar mi trabajo con ser una buena madre.

Notó cómo la chica la observaba con detenimiento.

—Ya veo, ¿así que es usted una de ésas?

Había escuchado aquella frase hacía muy poco, proveniente de aquella arpía que cultivaba flores, y le vino a la memoria su imagen decapitando con la uña los brotes tiernos de las plantas.

Se puso a la defensiva:

—No sé a qué se refiere.

—Pues a una de esas mujeres que dejan que otros decidan cómo se es madre. Antes ha nombrado una de esas revistas sobre maternidad. Mire, la maternidad es algo bastante más instintivo y natural, y a menudo tantas normas, controles y consejos sólo abruman a las madres.

—Es normal preocuparse por hacerlo bien —contestó.

—Claro, pero esa preocupación no quedará eliminada por más libros que lea. Hágame caso, Amaia, usted es la mejor madre para su pequeño y él es el hijo que usted debía tener —dijo ella manoseando el objeto que portaba en su mano como si lo amasase entre los dedos.

No recordaba haberle dicho su nombre, pero se centró en contestar.

—Pero tengo muchísimas dudas y no sé nada, no quisiera hacer algo que le perjudicase a corto o largo plazo.

—La única manera en la que una madre puede dañar a sus hijos es con su falta de amor. Ya puede darle todos los cuidados, nutrirle y vestirle, proporcionarle educación; si el pequeño no recibe amor, amor bueno y generoso de madre, crecerá emocionalmente disminuido y con un concepto del amor enfermizo que no le permitirá ser feliz.

Amaia pensó en su propia madre.

—Pero... —replicó— hay cosas que está comprobado que son mejores, como darle el pecho...

—Lo que es mejor es relacionarse con el niño sin normas ni tensiones. Si quiere darle el pecho, hágalo, si quiere darle el biberón, hágalo...

—¿Y si no se puede hacer lo que una quiere?

—Hay que adaptarse y vivirlo sin tensión, como no siempre es verano y no por eso el otoño es malo.

Amaia se quedó callada unos segundos.

—Parece que eres una experta.

—Lo soy —admitió ella sin sonrojo—, igual que tú. Creo que deberías hacer un montón con esos libros, vídeos y revistas y prenderles fuego. Te sentirás mejor y así podrás ocuparte de cumplir tu cometido. —Dijo la última frase como si hiciera referencia a una obligación concreta.

Amaia se volvió a mirarla, curiosa.

—Para aquí, por favor —dijo ella de pronto, indicando un lugar en la carretera que se bifurcaba hacia una pista forestal—. Seguiré caminando un rato más.

Detuvo el coche y la chica se bajó, después se inclinó para que Amaia pudiera verle la cara.

—Y no te preocupes tanto, lo estás haciendo muy bien.

Amaia iba a replicar, pero ella cerró la puerta y echó a andar por el camino de tierra. Cuando emprendió de nuevo la marcha, se percató de que la mujer había olvidado algo sobre el asiento y al mirarlo con atención lo reconoció, frenó el coche echándose a un lado y permaneció unos segundos mirando el objeto sin tocarlo. Incrédula, con dedos temblorosos, levantó el canto redondeado y le dio la vuelta para ver el resto de cemento que durante mucho tiempo mantuvo aquella piedra unida a la puerta de su casa.

33

Amaneció un extraño día de sol. Quedaban restos de niebla que desaparecerían en poco rato si el astro seguía calentando así. Casi se sintió agradecida, siempre lo estaba por el sol, pero hoy además le brindaba el amparo perfecto para esconder el morado de su pómulo tras unas gafas bien grandes y oscuras.

Iriarte la había llevado hasta Pamplona, pero excepto por un par de comentarios sobre las novedades del caso, había permanecido taciturno y silencioso, concentrado tan sólo en la conducción. Había visto a Montes al entrar. Él la había saludado con un tímido buenos días, y casi se alegró al comprobar que no tenía mejor cara que ella. El labio inferior se veía hinchado y el oscuro corte en el medio parecía un extraño *piercing*.

Un policía salió a llamarles desde el despacho del comisario. Todos vestían de uniforme con la excepción de Montes, que llevaba un elegante, y seguramente caro, traje azul marino.

Además del comisario, en la larga mesa de juntas se sentaban los policías de asuntos internos que ya habían tomado declaración cuando se produjo el suceso. A Amaia no se le escapó la mirada que ambos dedicaron a la moradura en su cara, apenas disimulada por el maquillaje, y al labio de Montes.

—Como saben, ha transcurrido un año desde que el

inspector Montes fuera suspendido por los hechos acaecidos en febrero en el parking del hotel Baztán de Elizondo. En este tiempo, el inspector Montes ha debido someterse a terapia recomendada. Tengo aquí los informes y son favorables a su reincorporación. Jefa Salazar, inspector Iriarte, ustedes fueron las personas que acompañaban al inspector Montes cuando se produjeron los hechos. Nos gustaría escuchar cuál es su opinión al respecto. ¿Creen que el inspector está listo para reincorporarse?

Iriarte dirigió una breve mirada a Amaia antes de hablar.

—Estuve presente el día en que se produjeron los hechos y durante los meses que ha durado la suspensión, he coincidido con el inspector en unas cuantas ocasiones en las que se ha pasado por la comisaría para saludar a los compañeros. Su comportamiento... —titubeó lo suficiente como para que Amaia lo percibiese, aunque los demás no dieron muestras de ello— ha sido en todo momento adecuado, y a mi juicio está listo para reincorporarse al trabajo.

Amaia suspiró.

—Inspectora —dijo el comisario, cediéndole la palabra.

—La baja del inspector Montes ha requerido ajustes que todo el equipo ha tenido que afrontar con sacrificios y esfuerzo personal. Creo que sería adecuado que se reincorporase cuanto antes.

Mientras hablaba, fue consciente de la sorpresa que sus palabras suponían para todos.

—Inspector Montes —invitó el comisario.

—Quiero agradecer la confianza que tanto el inspector Iriarte como la jefa Salazar depositan en mí. Hace una semana habría aceptado encantado; sin embargo, tras una conversación con una persona cercana, he decidido que lo más prudente sería que prolongase unos meses más la terapia.

Amaia lo interrumpió.

—Con su permiso, jefe. Entiendo que el inspector quiera seguir su terapia, pero no veo impedimento para que lo haga tras reincorporarse. El equipo está cojo, la gente está trabajando mucho, horas, guardias...

—Está bien —asintió el comisario—, opino como usted. Montes, se reincorporará a partir de mañana. Bienvenido —dijo, tendiéndole la mano.

Amaia salió sin esperar y se inclinó sobre la fuente del pasillo haciendo tiempo. Montes se entretuvo hablando con Iriarte en la puerta del despacho, pero cuando la vio se despidió de los demás y se acercó a ella.

—Gracias, yo...

—De mañana nada —cortó ella—. Me consta que está alojado en Elizondo, así que se va ahora, y de paso sube a Iriarte, y más vale que venga con ganas de trabajar. Tenemos un sospechoso huido que no aparece, dos coches haciendo guardia en un domicilio y una iglesia, un profanador y algo bastante peor. Así que ya puede ponerse las pilas.

Montes la miró sonriendo:

—Gracias.

—A ver si dice lo mismo dentro de una semana.

El panorama nada halagüeño que le había descrito a Montes no distaba de la verdad. Estaba bastante segura de que no habría más profanaciones, pero tras su negativa a entregar a Beñat Zaldúa como responsable de los ataques, debía seguir «compensando» a Sarasola. Manteniendo el coche patrulla junto al templo, contenía las aguas en su cauce, y al comisario tranquilo, después del trago de tener que dar explicaciones de por qué la patrulla se había ausentado la última vez. En el caso de Nuria, el empeño era suyo. Si todo seguía la pauta de los anteriores crímenes, el objetivo de aquel hombre era matarla para cumplir su extraño voto de obediencia. Sabía que las cosas habían cambiado sustancialmente en el momento en que la mujer había dejado de comportarse como una víctima y se había defendido, provocando un giro en su destino que sin duda era acabar muerta. Tenía que haber sido una desagradable sorpresa para un bestia que únicamente podía enfrentarse a alguien indefenso. Por otro lado, seguían con los registros de agresiones y crímenes machistas que se repartían por todo el país, con el extra de dificultad que las competencias entre cuerpos policiales añadían. Pasó la siguiente media hora conduciendo por Pamplona, primero hacia las afueras y de vuelta al centro haciendo tiempo para el encuentro con Markina. Cuando se acercaba la hora, aparcó en el subterráneo de la plaza del Castillo y mirándose en el espejo retrovisor se ajustó la boina roja y se estiró la chaqueta, también roja, del uniforme, que lucía en el pecho el escudo de Navarra y que hoy se había puesto para la vista.

El restaurante del hotel Europa era uno de los mejores de Pamplona, y conociendo los gustos de Markina no le sorprendió que lo eligiera. Su cocina era más purista, más tradicional, uno de esos restaurantes que había sabido modernizar sus platos con la presentación que tanto se valoraba actualmente sin dejar de poner una buena *tajada* de carne o de pescado en el plato.

Notó cómo todas las miradas se volvían hacia ella cuando entró en el comedor. Un policía de uniforme en un restaurante elegante desentonaba como una cucaracha en un pastel de boda.

—Me están esperando —murmuró, rebasando a la *maître*, que le salió al encuentro, y dirigiéndose a la mesa donde la esperaba el juez, que se puso en pie para recibirla mientras intentaba disimular su sorpresa. Ella le tendió una mano enguantada antes de que tuviese tiempo de reaccionar.

—Juez Markina —saludó.

Sólo cuando estuvo sentada se quitó los guantes.

—Viene de uniforme —dijo Markina, con gesto de desconcierto.

—Sí, he tenido una reunión importante, y su naturaleza exigía uniforme. Acabo de salir ahora —mintió.

—... Y armada —dijo, haciendo un gesto hacia la pistola que colgaba en su cintura.

—Siempre voy armada, señoría.

—Sí, pero no a la vista...

—Oh, lamento que le moleste, me siento orgullosa de este uniforme.

A pesar de la evidencia, él se apresuró a negar:

—No, no me molesta. —Y para demostrarlo le sonrió con aquella sonrisa suya—. Es sólo que me ha sorprendido.

Ella alzó las cejas.

—Usted insistió en que fuese hoy, ya le dije que tenía una reunión muy importante en comisaría. —Parecía que el juez se estaba enfadando, pero no le importaba.

Él la miró durante unos largos segundos, de aquel modo.

—Es cierto, tiene razón, yo se lo pedí, y usted aceptó.

—Quiero agradecerle el apoyo recibido y el hecho de que haya decidido abrir el caso del tarttalo.

—Usted no me ha dejado más remedio.

—Bueno, eso unido a las pruebas —puntualizó ella.

—Por supuesto, pero primero confié en usted. ¿Ha conseguido avances?

—Hemos localizado algún caso más que parece encajar en la victimología, y tenemos identificado a un sospechoso; creemos que es un colaborador. Torturó durante dos años a su esposa, una mujer nacida en Baztán y que entonces vivía en Murcia; ha estado en la cárcel pero en cuanto ha salido ha venido a por ella. Creemos que encaja en el perfil que buscamos. Hemos emitido una orden de arresto contra él. Creemos que el inductor los elige por su perfil, aún no sabemos cómo establece una relación con ellos, pero sí que se prolonga algún tiempo hasta que están preparados y su forma de vida a punto de desbocarse; entonces sólo tiene que hacer una señal y ellos le obedecen.

El camarero trajo una botella de vino que seguramente Markina había elegido antes y que Amaia rechazó.

—Agua, por favor —dijo, atajando las protestas del juez.

Cuando el camarero se alejó le preguntó de nuevo:

—¿Tiene alguna pista del sospechoso que visitó a su madre en el sanatorio?

Se sentía incómoda hablando de aquel tema con Markina; habría dado cualquier cosa para no tener que hacerlo.

—Bueno, le mandé las fotos y el informe del FBI.

—Sí, las he visto. Es muy interesante que esté tan bien relacionada, pero parece que ni con tecnología punta puede subsanarse una calidad tan deficiente de la imagen.

—Así es.

—¿Sabe si alguien ha intentado visitarla de nuevo o ponerse en contacto con ella de algún modo?

—No hay posibilidad. La hemos trasladado y está completamente aislada. El responsable del nuevo centro conoce la situación y confío en su criterio.

Se preguntó hasta qué punto era verdad, hasta qué punto confiaba en Sarasola; desde luego, no total y absolutamente. También se preguntó si estaría sucumbiendo a la paranoia del doctor Franz.

Por supuesto evitó hablar de sus sospechas de que el tarttalo estuviese también detrás del caso de las profanaciones, del hecho de que los restos utilizados para la profanación pertenecieron a miembros de su familia y que concretamente los últimos fueran de su hermana muerta en la cuna y velada en la historia familiar como si nunca hubiera existido. Se preguntó cuánto tiempo más podría ocultarle aquello al juez sin comprometer la investigación. «Hasta que tenga una prueba que lo relacione —se dijo—, hasta entonces.»

Sí le puso al día de las analíticas de las esquirlas de

metal halladas en el cadáver de Lucía Aguirre y el antiguo bisturí entregado por el visitante a su madre.

Un nuevo grupo de comensales entró en el restaurante y se dirigió a ocupar una mesa reservada cerca de la suya. Algunos la miraban extrañados, y a Amaia no se le escapó el gesto de incomodidad del juez.

Lo aprovechó.

—Así que con esto, creo que ya le he contado todo lo que tenemos hasta ahora. Estrecharemos el cerco sobre el sospechoso y esperamos detenerle en las próximas horas. Le mantendré informado.

Él asintió, distraído.

—Y ahora me voy y le dejo cenar a gusto.

Le pareció que iba a replicar, pero no lo hizo.

—Está bien, como quiera —contestó, fingiendo rendirse cuando en realidad estaba aliviado.

«Si una policía vestida de rojo no logra intimidarte, nada lo hará», pensó Amaia, poniéndose de pie y tendiéndole la mano.

Salió del restaurante mientras todas las cabezas se volvían a mirarla, y ella recordó cuando conoció a James en la galería donde él exponía. Aquel día también llevaba uniforme. James se había acercado a ella, y tendiéndole un catálogo la había invitado a visitar la exposición.

Antes de arrancar el motor de su coche, Amaia sacó su teléfono y marcó.

—Espérame para cenar, amor. Voy para allá.

—Por supuesto —contestó él.

A menudo pensaba en el modo en que una investigación avanzaba en una u otra dirección y cómo había un momento, un instante, que no parecía distinto de otro, y que sin embargo lo cambiaba todo.

En un caso criminal, el investigador trata de montar un puzle del que desconoce el número de piezas y la imagen que será visible tras ensamblarlo. Y había puzles a los que les faltaban piezas, que quedarían como agujeros negros en la investigación, espacios de absoluta oscuridad en los que nunca se sabría qué hubo en realidad.

La gente mentía, no en lo grande, pero sí en lo importante, en los detalles. La gente mentía en sus declaraciones y no para ocultar un asesinato, sino para esconder insignificantes aspectos de su vida que les resultaban vergonzosos. Muchas personas terminaban pareciendo sospechosas por no admitir la verdad. El investigador lo notaba. «Miente», pero el noventa y nueve por ciento de las veces la razón por la que mentían era la pura vergüenza y el temor de que sus esposas, maridos, jefes o padres se enterasen de lo que habían estado haciendo realmente. En otras ocasiones, los dos únicos testigos jamás hablarían. El asesino por razones obvias, y la víctima porque había sido silenciada a la fuerza y nunca podría contar lo que realmente pasó. Las técnicas de la más alta investigación en los últimos años habían virado en esta dirección, estableciendo toda una nueva ciencia forense basada precisamente en este testigo mudo que era la víctima y que durante mucho tiempo tuvo una importancia secundaria en la resolución del caso.

La victimología establecía muchas líneas que seguir basadas en la personalidad, los gustos y los comportamientos de la víctima, y a nivel forense, en reconstrucciones faciales a partir de restos óseos, identificación por ADN y odontología forense. Y cuando la presunta víctima no aparecía, cuando se sospechaba su muerte como en el caso de Lucía Aguirre pero aún no se había hallado el cuerpo, el estudio exhaustivo de su comportamiento, de su intimidad, podía arrojar mucha luz sobre el caso. Eso, o que se te apareciese a los pies de la cama susurrando el nombre de su asesino.

Pero existe otra pieza, la pieza que los investigadores buscaban todo el tiempo: la pieza maestra que podía iluminar toda la escena, haciendo que todo encajase y se explicase perfectamente. A veces, esa pieza servía para dar al traste con una línea de la investigación y el trabajo de docenas de personas durante meses. Y otras, era un detalle, un pequeño y brillante detalle que podía presentarse de múltiples formas: un testigo que se decidía a hablar, la grabación de un cajero, los resultados de un análisis, un registro de llamadas telefónicas o una no tan pequeña mentira que quedaba al descubierto. Dar con esa pequeña pieza en el gran puzle le daba sentido a todo. Y de pronto lo que había sido oscuridad se iluminaba.

Eso podía ocurrir en un instante. La diferencia entre no tener nada y tenerlo todo reside en un detalle y cuando se coloca esa pieza, el investigador sabe que ya lo tiene, que ha atrapado a un asesino. A veces, esta mágica percepción llega antes que la prueba que lo confirma; a veces, esa prueba no llega nunca.

34

No había ni rastro del sol que la mañana anterior había contribuido a templarle el ánimo y a disipar la niebla. Llovía de ese modo que los baztaneses conocen tan bien y que era inequívoca señal de que lo haría durante todo el día.

Era temprano, así que condujo su coche hacia Txokoto y lo detuvo en la puerta de atrás del obrador. Su hermana ya estaba trabajando; era una tradición panadera y pastelera levantarse bien temprano. Empujó la puerta, que no estaba cerrada, y penetró en el interior fuertemente iluminado y en el que algunos operarios ya habían comenzado a trabajar. Les saludó mientras se dirigía a la parte de atrás. Rosaura sonrió al verla.

—Buenos días, madrugadora, ¿qué eres, policía o pastelera?

—Una policía que quiere un café y una pasta.

Mientras Ros preparaba los cafés, Amaia se asomó a la cristalera y miró pensativa la sala del obrador.

—Anoche vine aquí.

Ros se detuvo con un platillo en la mano y la miró muy seria.

—Espero que no te moleste, necesitaba pensar, o recordar, no sé muy bien cuál de las dos cosas...

—A veces olvido que este lugar tiene que ser horrible para ti.

Amaia no contestó, no podía decir nada. Se quedó mirando a su hermana y después de unos segundos se encogió de hombros.

Ros dispuso los cafés y las pastas en la mesa baja frente al sofá, se sentó e hizo un gesto a su hermana para que la acompañara. Esperó a que se sentara, pero no hizo ademán alguno de tomar su café.

—Yo lo sabía.

Amaia la miró, confusa, sin saber de qué hablaba.

—Yo sabía lo que pasaba —repitió Ros, con voz trémula.

—¿A qué... te refieres?

—A lo que hacía la *ama*.

Amaia se inclinó más hacia ella y puso una mano sobre la suya.

—No podíais hacer nada, Ros, erais demasiado pequeñas. Claro que lo veíais, pero todo era tan confuso en ella... Para unas niñas era fácil estar confundidas.

—No me refiero a cuando te cortó el pelo, a cuando no quería bailar contigo, o a los regalos horribles que te hacía. Una noche de tantas en las que insistías en dormir conmigo, tan pegada a mí que me hacías sudar, esperé a que estuvieras dormida y me cambié a tu cama.

Amaia se detuvo con la taza a mitad de camino. Sus manos comenzaron a temblar, no mucho, pero tuvo que dejar la taza sobre la mesa. Inconscientemente, contuvo el aliento.

—La *ama* vino a verme, está claro que creía que eras tú, yo ya estaba casi dormida y de pronto la oí, muy cerca, oí perfectamente lo que dijo, dijo: «Duerme, pequeña zorra, la *ama* no te comerá esta noche». ¿Y sabes qué hice cuando se fue, Amaia? Me levanté y regresé a acostarme a tu lado, muerta de miedo. Desde ese día lo supe. Por eso siempre te dejaba dormir conmigo, y sé que de alguna manera ella también lo sabía, quizá porque se dio cuenta de que comencé a vigilarla, de que la observaba mientras te observaba. Nunca se lo he contado a nadie. Lo siento, Amaia.

Permanecieron así en silencio durante unos segundos que parecieron una eternidad.

—No te atormentes, no podías hacer nada. El único que pudo haber hecho algo fue el *aita*. Él era el adulto responsable, él era el que tenía que haberme defendido, y no lo hizo.

—El *aita* era bueno, Amaia, él sólo quería que todo funcionase.

—Pero se equivocó; no es así como se hace funcionar una familia. La protegió a ella y obligó a una niña de nueve años a salir de su casa, a no vivir con su padre y sus hermanas. Me mandó al destierro.

—Lo hizo para protegerte.

—Eso es lo que estuve repitiéndome durante años. Pero ahora soy madre, y hay una cosa que sé, y es que protegería a mi hijo por encima de James y por encima de mí misma, y espero que James esté dispuesto a lo mismo.

Amaia se puso en pie, y dirigiéndose hacia la puerta tomó su abrigo.

—¿No te acabas el café?

—No, hoy no.

Llovía más que antes, los limpiaparabrisas de su coche iban a toda velocidad y aun así resultaban insuficientes para arrastrar el agua que caía sobre los cristales. Condujo hacia la comisaria y observó cómo el agua bajaba en riadas por la empinada cuesta que bordeaba el edificio y caía al canal que, con este fin y como un pequeño foso, bordeaba el edificio. En lugar de dirigirse a la entrada principal rodeó la construcción y aparcó en la parte de arriba, entre los coches rojos con el logo de la Policía Foral en el costado. Al llegar a la sala que había venido utilizando como despacho, vio que Fermín Montes ya estaba allí. Remangado hasta los codos, dibujaba un diagrama en una nueva pizarra que habían llevado hasta allí. Etxaide y Zabalza le acompañaban.

—Buenos días, jefa —saludó, festivo, al verla.

—Buenos días —contestó ella mientras observaba la sorpresa de los otros dos hombres.

Jonan sonrió un poco, alzando las cejas mientras la saludaba, y Zabalza frunció el ceño a la vez que farfullaba algo que podría ser un saludo. Tenía sobre la mesa la abundante documentación que se había ido recabando durante la investigación. Por el grado de desorden y el número de trazos en la pizarra, calculó que llevaban al menos dos horas allí.

—¿Y esa pizarra?

—Estaba abajo, creo que apenas se utilizaba, pero aquí la necesitamos —dijo Fermín volviéndose a mirarla—. Trataba de ponerme un poco al día antes de que llegase.

—Continúen —dijo ella—. Empezaremos en cuanto llegue el inspector Iriarte.

Abrió su correo y encontró los habituales. El doctor Franz, que había aumentado su nivel de histerismo y amenazaba con «hacer algo», y otro del Peine dorado.

«Qué mejor lugar para esconder arena que una playa.

Qué mejor lugar para esconder un canto que el lecho del río.

El mal está dominado por su propia naturaleza.»

Iriarte entró trayendo una de aquellas tazas que sus hijos le habían regalado el día del padre y la colocó ante ella.

—Buenos días, y gracias —saludó ella.

—Bueno, señores —dijo Iriarte—, cuando les parezca empezamos.

Amaia dio un buen trago a su café y se acercó a las pizarras.

—Hoy se nos une de nuevo el inspector Montes, así que vamos a refrescar lo que tenemos hasta ahora y ya que ustedes han comenzado por esta línea —dijo, indicando la pizarra con el título «profanaciones»—, seguiremos por aquí. Como veo que ya le han puesto al día de los inicios del caso, iremos a lo que sabemos ahora. Interrogamos a Beñat Zaldúa, un chaval de Arizkun, autor del blog reivindicativo de la historia de los agotes, y finalmente —dijo reposando un segundo sus ojos en Zabalza— admitió tener un cómplice, un adulto que se puso en contacto con él con intercambio de correos y que le animó a pasar a la acción. Al principio le pareció que así obtendría visibilidad sobre sus reivindicaciones, pero comenzó a asustarse cuando aparecieron los huesos. Aunque esto no se divulgó en la prensa, en Arizkun todo el mundo lo sabía, era algo que se comentaba en la calle. Zaldúa dijo no tener nada que ver con los huesos y tampoco participó en la última profanación, la que acabó con una carretilla eléctrica empotrada contra la pared de la iglesia. El chico estaba bastante asustado e identificó sin lugar a dudas a Antonio Garrido —dijo, señalando las fotocopias con sus antecedentes que Zabalza tendía a Montes—, que resultó ser el exmarido de Nuria, la mujer que disparó en su casa contra un agresor que penetró por la fuerza en el domicilio y que resultó ser el fulano que la había torturado y retenido durante dos años, que venía a matarla. Esto nos lleva —dijo Amaia volteando la otra pizarra— al tarttalo. Desde Johana Márquez se estableció relación al menos con otros cuatro asesinatos, todos cometidos por maridos o parejas, agresores cercanos a las víctimas, típicos crímenes de género con una particularidad, y es que en todos los casos las mujeres eran de Baztán y vivían fuera de aquí.

—Excepto Johana —apuntó Jonan.

—Sí, excepto Johana, que vivía aquí. En todos los casos las víctimas sufrieron la misma amputación post mórtem; en todos, sus asesinos se suicidaron y en todos dejaron la misma firma. Tarttalo.

»Todas las amputaciones fueron llevadas a cabo por un objeto dentado que inicialmente se supuso que podía ser una sierra de calar o un cuchillo eléctrico, pero el hallazgo de un diente metálico en el cadáver de Lucía Aguirre nos ha permitido establecer que se trata de una antigua herramienta de cirujano, una sierra manual de amputar.

Fermín alzó una ceja.

—El doctor San Martín trata de hacer un molde que reproduzca el diente metálico hallado para comprobar esto, pero todo apunta a que ésa es la herramienta, lo que tendría sentido, porque en el caso de Johana Márquez, el lugar donde se produjo la amputación, la borda donde se encontró el cuerpo, no tenía electricidad, y un cuchillo eléctrico o una sierra caladora habrían sido allí inútiles, a menos que funcionasen con batería. Y hay una cosa más. —Miró brevemente a Jonan y a Iriarte, que ya lo sabían—. Se ha demostrado que los huesos que se abandonaron en Arizkun en las sucesivas profanaciones pertenecieron a miembros de mi familia y fueron colocados allí con toda intención —explicó, aunque evitó decir de dónde se habían obtenido aquellos huesos. De momento era suficiente.

—Joder, Salazar —exclamó Montes volviéndose hacia los demás como buscando confirmación—. Pero esto lo convierte en algo personal —afirmó.

—Pienso igual —continuó ella—, sobre todo porque sabemos cómo obtuvo la información para encontrarlos. Visitó a mi madre en el sanatorio donde estaba ingresada, haciéndose pasar por uno de mis hermanos.

—Pero... usted no tiene...

—No, Montes, tengo las hermanas que usted conoce, lo que demuestra hasta qué punto llega su atrevimiento.

—Sonsacó a su anciana madre y dejó los huesos para provocarla.

Dicho así, «su anciana madre», parecía referido a una pobre viejecita cándida, utilizada por un maquiavélico monstruo; casi sonrió.

—¿Y cree que es el fulano de los dedos cortados?

Iriarte tomó la palabra.

—No es él. Tenemos las imágenes del sanatorio que lo descartan como visitante, pero todo apunta a que estos agresores violentos y desorganizados eran meros servidores de alguien mucho más listo, un instigador, alguien que maneja a su antojo la ira de estos hombres dirigiéndola contra las mujeres de su alrededor y que los domina hasta el punto de inducirles al suicidio, cuando ya no le son de utilidad.

—Yo diría que lo primero sería establecer quién pudo tener acceso a su madre mientras estuvo ingresada —propuso Montes.

—El subinspector Zabalza ya trabaja en ello.

Montes tomaba notas interesado.

—¿Qué más tenemos?

Jonan miró a Amaia interrogándola, ella negó con la cabeza. El hecho de que los últimos huesos pertenecieran a su hermana gemela era irrelevante para el caso, daba igual que fueran de un familiar que de otro. Aunque ya sabía que no, que no daba igual, que el hecho de que fueran de su hermana constituía una provocación especial y una afrenta que la tenía mortificada, pero no había compartido esa información con el juez y no veía razón para compartirla con Montes y Zabalza. De momento no eran más que otros huesos aparecidos en la profanación, y para su gusto ya lo sabía demasiada gente.

—Pues con este perfil —apuntó Montes— sólo falta que se ponga en contacto con usted directamente para ser de manual.

—Los correos —dijo Jonan.

—Sí, bueno... —dijo ella, evasiva.

—La inspectora ha estado recibiendo a diario unos correos bastante raros. Hemos rastreado la IP, una IP dinámica, y tras seguirla por media Europa aún no tenemos el lugar de origen, pero todo apunta a que sea un punto wi-fi público.

—Imagino que todo eso significa que no se puede rastrear —comentó Montes.

—Eso —sonrió Etxaide.

—Pues dilo en cristiano, joder —protestó Montes, pero lo hizo sonriendo.

—Perfil del inductor —dijo Amaia escribiendo en la pizarra—. Varón, de alguna manera relacionado con Baztán. Quizá naciese aquí o puede que él mismo hubiera tenido una mujer de aquí a la que habría matado o querido matar, esto habría desencadenado su odio hacia estas mujeres. Como bien ha dicho Montes —dijo mirándole—, es evidente que en sus actos hay una provocación personal hacia mí, y de alguna manera ya se ha puesto en contacto conmigo al usar para las profanaciones restos de mis antepasados. Esto nos lleva a una idea bastante clara: por un lado soy mujer, y a los individuos misóginos no les gusto un pelo, y sin embargo sus acciones han sido orquestadas para provocar que yo me hiciera cargo del caso, así que ansía medirse conmigo. Los perfiles similares del estudio de la conducta criminal del FBI apuntan a que tendrá cinco años más o menos que yo, lo que nos lleva a una horquilla de entre veintiocho y treinta y ocho años. Un hombre joven, con una formación superior. Algunos de sus acólitos eran patanes, pero al menos en un par de casos, el de Burgos y el de Bilbao, eran directivos de multinacionales con estudios universitarios, y en el caso del de Bilbao, con un alto nivel de vida, además. No es posible que un individuo cualquiera fuese admitido en sus círculos. Con gran atractivo físico pero sin resultar demasiado guapo, personalidad seductora, carismática, capaz de transmitir seguridad, aplomo y ejercer así su dominio. No sabemos de qué modo los capta, pero hay algo que sí sabemos de los inductores: el acólito no se siente identificado con él, no es una relación de igualdad sino de servidumbre. El inductor nunca obliga ni obtiene nada a la fuerza, pero es capaz de crear en su servidor el deseo de complacerle a cualquier precio, hasta con su propia vida.

Un silencio denso planeó sobre los asistentes, hasta que Montes lo rompió.

—¿Y tenemos a uno de ésos suelto por aquí?

—Todo apunta a que sí.

—¿Y el acólito?

—Ahí tiene la ficha. Da el perfil de maltratador violento, no tan caótico como los otros, quizá por eso el inductor lo eligió para llevar a cabo las profanaciones. Hay que tener en cuenta que tuvo a su mujer secuestrada durante dos años en su propia casa y nadie sospechó; si no hubiera logrado huir, aún estaría allí. Antes del secuestro, ya había conseguido romper cualquier tipo de relación con su familia y con la de ella, y por supuesto no tenía trato con vecinos ni amigos. Según sus compañeros de trabajo, era amable, servicial y muy trabajador, pero no intimaba más allá de la oficina.

—Jefa, ¿me deja ocuparme de éste? Me gustaría hablar con la mujer, seguro que tiene alguna idea de dónde puede estar. Si no conoce mucho la zona y con los controles puestos en la carretera lo tiene difícil; seguro que está escondido porque si se hubiese suicidado ya lo habríamos encontrado.

Amaia asintió.

—Está bien, ocúpese usted.

Montes tomó de la mesa el informe de Antonio Garrido y lo hojeó unos segundos.

—Está escondido, ahora estoy seguro —dijo mostrando una foto—. Mire en qué estercolero vivía mientras retuvo a su mujer. —La foto mostraba una casa repleta de basura, de suciedad, y un jergón del que colgaban las cadenas que ataron a Nuria durante dos años—. Este tipo no necesita gran cosa, puede subsistir en una borda o en una cuadra sin problemas. ¿Me deja echar una ojeada a esos correos que recibe?

—Sí, Jonan, imprímeselos, por favor.

Jonan volvió con los correos y Montes leyó en voz alta.

—«Piedras en el río y arena en la playa.» Nunca he sido muy bueno para estas cosas poéticas, mi ex decía que me faltaba sensibilidad. ¿Qué cree que significa?

Amaia miró al inspector sorprendida, era la primera vez que le veía bromear sobre su divorcio; quizás era verdad que estaba avanzando.

—Habla de esconder a la vista, en un lugar tan evidente que por eso mismo pasa inadvertido. Hace referencia a un poema: piedras en el lecho del río y arena en una playa, algo oculto en el lugar más evidente.

—¿Cree que se refiere al fulano que buscamos? Sería el colmo que nos mandase pistas de dónde está.

Amaia se encogió de hombros.

—Muy bien, entonces Montes se centra en buscar a Antonio Garrido. Etxaide, tú continúa con lo tuyo —dijo sin entrar en detalles—. Si quieres, puedes acompañar al inspector Montes cuando visite a Nuria. Iriarte, usted vendrá conmigo; llame al teniente Padua de la Guardia Civil y pregúntele si puede acompañarnos. Zabalza, ¿qué tiene usted?

—Tengo algunos resultados, aunque aún me queda mucha lista por cotejar y hay bastantes coincidencias. Una empresa de limpieza tuvo contratas en los tres hospitales, estoy cruzando las listas de personal. Entre sustituciones y temporales son muchos, me llevará tiempo. También hay celadores que trabajaron en los tres centros y médicos que visitan en más de uno de ellos; lo mismo ocurre con el personal de enfermería en prácticas.

Ella le miró, pensativa.

—¿Y el doctor Sarasola?

—No, él no la había atendido antes. ¿Quiere que lo mire más a fondo?

—No, continúe con las listas; el subinspector Etxaide lo hará.

Vio el gesto de fastidio. Aquel hombre nunca estaba satisfecho.

Jonan se rezagó un poco, y por su expresión supo que quería decirle algo.

—Quédate, Etxaide —dijo cuando los otros hubieron salido.

Él sonrió antes de comenzar a hablar.

—Bueno, en realidad es una tontería acerca de los correos que recibe, pero no he querido comentarlo delante de los demás antes de que usted lo supiera...

Ella lo miraba, expectante.

—En el rastreo de la dirección, la señal dio un salto a un servidor de Estados Unidos en Virginia, y desde allí al lugar de origen de los mensajes.

—¿Y bien?

—El origen está en Baton Rouge, Luisiana, y mi búsqueda fue detectada por el FBI. Me instaron a abandonarla de inmediato sin darme ningún tipo de explicación, pero el recorrido de la dirección me lleva a pensar en un sospechoso o en un infiltrado.

—Está bien. Gracias, Jonan, has hecho bien en contármelo primero.

35

Odiaba llevar paraguas, pero la intensidad con que la lluvia caía la habría empapado en cuanto hubiese salido del coche. De mala gana lo abrió y esperó a que Iriarte rodease el vehículo antes de empezar a caminar hacia la pista. La borda resultaba invisible entre la vegetación; si un año atrás ya casi la ocultaba por completo, ahora la encerraba totalmente. Padua esperaba dentro del Patrol de la Guardia Civil con el que había avanzado por la pista casi hasta la puerta de la borda. Bajó del vehículo cuando los vio aproximarse y entraron juntos. La enredadera que hacía un año entraba tímidamente por el agujero en el techo, se había adueñado de las vigas, a las que llegaba más luz, contribuyendo en parte a crear un tejado natural que impedía que el agua entrase a mares por el boquete.

No había ni rastro del viejo sofá ni del colchón con el que se cubrió el cuerpo de Johana; también habían desaparecido la mesa y el banco corrido. Lamentó esto último. Las bordas son lugares amables, refugios sin cerradura pensados para que todos los puedan usar, lugares para que pastores, cazadores o senderistas puedan guarecerse de la lluvia, de la noche o simplemente detenerse a descansar. Pero la muerte de Johana había marcado aquel lugar y ya no era un refugio más que para los animales. El suelo se veía cubierto de pequeñas bolitas negras y en el rincón más alejado, un fardo de paja, además del inconfundible olor de las ovejas, delataba cuál era ahora el uso de la borda.

Amaia penetró hasta el fondo de la construcción y se detuvo a observar el sitio donde un año antes se encontrara el cuerpo de Johana, como si pudiera percibir de algún modo la huella de aquella vida segada.

—Gracias por venir, Padua —dijo volviéndose hacia él.

El guardia civil hizo un gesto como restándole importancia.

—¿Qué le ronda por la cabeza?

—¿Recuerda lo que Jasón Medina declaró cuando le detuvieron?

Él asintió.

—Sí, se derrumbó y confesó llorando lo que le había hecho a su hijastra.

—Es eso precisamente. Medina no tenía el perfil agresivo o de intensa frustración de los demás asesinos. Para la esposa, la razón de sospecha que tenía contra él era el modo vicioso con que le sorprendió mirando a la niña y el excesivo celo que en los últimos meses ponía en los horarios, las salidas y la ropa de la chiquilla. En la comisión del crimen no se diferenció de los demás excepto en la violación, pero eso tampoco es raro; muchos agresores de género agreden sexualmente a sus víctimas.

—Entonces, ¿qué es lo que no le cuadra? Yo vi las coincidencias enseguida.

—Y yo también, pero del mismo modo veo las diferencias. En los otros casos, las mujeres eran nacidas en el valle y por circunstancias no vivían aquí, ya fuera porque una generación anterior se había establecido en otra provincia, por matrimonio o, como en el caso de Nuria..., porque el mismo maltratador la alejó de su familia como parte de la estrategia de anulación que idean para sus víctimas. En todos los casos, los asesinos tenían antecedentes de violencia o violencia contenida, un tipo de temperamento que funciona como una olla a presión. Con Johana nos saltamos dos de estos aspectos; por un lado no sólo no había nacido aquí, sino que es la única que estaba viviendo en el valle en el momento de su muerte. El padre no tenía antecedentes de violencia y no encaja en el perfil. El tipo de pervertido sexual que era Jasón Medina sólo es capaz de desarrollar violencia durante el acto sexual, y sólo si la víctima se resiste, como nos consta que se resistió Johana.

—Bueno —explicó Padua—, imagino que usted también ha establecido que alguna relación con el valle tiene que tener el inductor.

—Sí, desde luego, pero hay algo más que lo diferencia de los demás; con Johana no firmó el crimen.

Padua lo pensó:

—Escribió «Tarttalo» en su celda y dejó una nota dirigida a usted.

—Pero no en el escenario del crimen, y bueno, esto podría ser secundario; en otros de los casos, la firma apareció sólo en las celdas, pero en todos ellos formaba parte de una estrategia visual. Además, Jasón Medina tardó casi un año en suicidarse en prisión cuando todos sus predecesores lo hicieron inmediatamente; y los cuatro meses que se demoró Quiralte fueron exactamente los que yo tardé en reincorporarme a la investigación. Muéstreselo, Iriarte —pidió.

El inspector abrió una carpeta que llevaba bajo el brazo y la sostuvo con ambas manos para que pudieran verla.

—Todos los asesinos mataron a las mujeres y se suicidaron, algunos en el propio escenario como el de Bilbao, ¿ve la firma? —dijo indicando la foto—. El de Burgos salió de la casa y se colgó de un árbol, aquí la firma. El de Logroño, en prisión, aquí la firma. Quiralte, en prisión, justo después de mostrarnos dónde estaba el cadáver de Lucía Aguirre, la firma...

—Y Medina, en prisión, con la firma —dijo Padua, observando la documentación.

—Sí, pero un año después.

—Podría ser debido a su carácter, era un poco... «flojo».

—Podría ser, pero si hubiera sido captado como sus «primos», lo habría hecho igual, y el modo en que se suicidó denota una gran convicción, la convicción necesaria para cortarse el cuello; yo no lo llamaría flojo.

—¿Adónde quiere llegar? El brazo de Johana apareció en Arri Zahar junto a los demás...

—Sí, sí, en eso no tengo dudas. Estamos bastante seguros de que se utilizó el mismo objeto para amputar a todas.

—Entonces...

—No sé —dudó, mirando alrededor—. Usted interrogó a Medina; ¿cree que mentía?

—No, creo que el desgraciado decía la verdad.

Ella lo recordaba llorando todo el tiempo, dejando que las lágrimas y el moco le chorreasen por toda la cara. El patetismo puro. Confesó haber forzado a su hija, haberla matado estrangulándola con sus propias manos y haberla violado después de muerta, pero cuando le preguntaron por la amputación, por la razón por la que le había cortado un brazo al cadáver, se mostró perplejo, no sabía cómo había ocurrido. Después de matarla impulsivamente, regresó a su domicilio a buscar una cuerda para ponerla alrededor del cuello de la niña e imitar así uno de los crímenes del basajaun que había leído en la prensa. Cuando regresó a la borda, Johana ya no tenía el brazo.

—¿Recuerda lo que dijo sobre que sintió una presencia?

—Creía que alguien le observaba, hasta pensó que era el fantasma de Johana que le rondaba —dijo Padua, explicándoselo a Iriarte.

—Después de colocar el cordel se fue a casa a esperar a que su mujer regresase de trabajar y a fingir normalidad. Le pregunté si quizás había decidido amputar a la niña para dificultar su identificación y pareció que era la primera vez que una idea así circulaba por su cabeza, hasta explicó que creía que la había mordido un animal.

—El tío era un idiota, tendría que haber sido un depredador enorme para arrancar un brazo de cuajo.

—Eso es lo de menos. Lo que importa es por qué lo pensó, y lo hizo porque el brazo estaba mordido, faltaba un trozo de carne y hasta un imbécil como él lo identificó con un mordisco.

—Es cierto, había un mordisco en el tejido —admitió Padua.

—Eso también es único; en ninguno de los otros casos hay constancia de que los cuerpos presentasen desgarramientos por incisivos, y menos por incisivos humanos. Y luego está el tema de la borda; no está en el sendero, para llegar hasta ella hay que saber que está aquí, la conocen cazadores, pastores, los chavales que encontraron el cuerpo, gente de la zona.

—Sí; de hecho, si Jasón la conocía era porque había trabajado como pastor durante un tiempo.

—Además era febrero, y el año pasado llovió casi tanto como éste.

—Bueno, creo que este año haremos récord, pero sí, llovió mucho y los senderos estaban embarrados. Sólo vendría aquí alguien que conociese el lugar.

—Entonces, o fue casual que el tarttalo coincidiese con él, o siguió a Medina. Yo apuesto por lo segundo; puede que le vigilara.

—¿Cree que aún no se conocían?

—Creo que el tarttalo conocía a Jasón. De lo que tengo dudas es de que en aquel momento tuviese control sobre él; con este tipo tuvo que tenerlo bastante más difícil, todo su comportamiento se sale del perfil.

Iriarte intervino.

—¿Cree que lo conoció primero y lo captó después?

Ella levantó un dedo.

—Ésa es la discordancia —dijo—. Me parece que Jasón Medina cometió un crimen impulsado por sus deseos, obró atolondradamente y sin planearlo; la prueba es que tuvo que regresar a casa a por la cuerda para imitar los otros crímenes. El asesinato de Johana fue un crimen de oportunidad. Dijo que la niña le acompañaba a llevar el coche a un lavadero, y a mitad de camino tuvo el impulso de violarla. No lo pensó, ni la ocasión, ni la conveniencia, ni las consecuencias; obró poseído por sus deseos, y sólo cuando recuperó la calma después de hacerlo comenzó a planificar: la trajo aquí, regresó a casa a por la cuerda y después intentó convencer a su mujer de que la niña se había ido como otras veces. Incluso días después, aprovechando la ausencia de la mujer, escondió ropa, dinero y documentación de Johana, diciendo que la niña había vuelto a por sus cosas. Lo fue pensando sobre la marcha, no tenía un plan.

—... Ya, y eso nos lleva...

—A que si él no tenía un plan, si el crimen de Johana no estaba planificado, decidido, si obró impulsivamente, ¿cómo es que el tarttalo apareció en el momento exacto para llevarse el trofeo?

—Lo conocía. Para conseguir captar adeptos tiene que ser un experto en distinguir asesinos, un especialista en realizar perfiles criminales. Seguramente lo había conocido ya, pero Jasón era impredecible, por lo tanto sólo hay un modo de que hubiera podido estar aquí en el momento oportuno...

—Lo seguía.

—Lo seguía muy de cerca.

—Pues no es fácil seguir a alguien en el valle sin que se dé cuenta —opinó Iriarte.

—A menos que no desentones, que formes parte del paisaje habitual, que seas del valle.

36

Amaia llevaba veinte minutos apostada junto a la ventana. Cualquiera habría dicho que miraba hacia lo lejos, pero la lluvia que caía torrencialmente limitaba la visión a unos pocos metros, lo más lejos que podía llegar a ver era el agua bajando en riadas por la carretera. Había un coche detenido en el acceso; le llamó la atención que no hubiera aparcado bajo el saliente del edificio, que era donde lo solían hacer los que acudían a la oficina de atención al ciudadano, que estaba en la entrada principal. El conductor paró el motor pero mantuvo los limpiaparabrisas en marcha y permaneció en el interior. Vio cómo un policía de uniforme se acercaba al vehículo a preguntar, y cómo al cabo de unos minutos el subinspector Zabalza salía del edificio y se acercaba al coche. Con gesto airado, abrió la puerta del conductor y durante un minuto sostuvo una discusión que era evidente por sus gestos. Cerró la puerta de golpe y regresó al edificio. El coche todavía permaneció allí un par de minutos; después arrancó, giró y se fue.

La comisaría estaba silenciosa. La mayoría de los policías habían acabado su jornada y ya se habían marchado, y aunque en la planta baja la actividad jamás cesaba, arriba sólo quedaban ella, el subinspector Zabalza dos puertas más allá, y el siseo de la máquina del café en el pasillo.

La visita a la borda junto a Padua e Iriarte sólo había servido para aumentar su desazón y hacer más vívida la sensación de que se le escapaba algo que la muerte de Johana ponía de manifiesto, pero ¿el qué? Sólo se le ocurría que era algo obsceno.

Johana Márquez había sido la nota discordante en la composición del inductor, y la causa no había sido únicamente el comportamiento aberrante y menos previsible de Jasón Medina. Debió de conocerlo, y estaba segura de que desde el primer momento lo catalogó como un candidato que ingresar en su lista de servidores. Pero Medina no era previsible; los depredadores sexuales nunca lo son, obran impulsivamente cuando el deseo se manifiesta, incapaces de contenerse.

El inductor era un experto en comportamiento, debió de verlo con toda claridad.

Entonces, ¿por qué se arriesgó con él?, ¿por qué no lo descartó simplemente? No reunía las condiciones mentales, su pecado no era la ira, sino la lujuria y su probable víctima no había nacido en el valle aunque viviera allí. Amaia estaba segura de que su discordancia tenía un significado, que no era casual y que por lo tanto podía constituir la clave para desentrañar el comportamiento del inductor y conocer su identidad. ¿Por qué había elegido a Medina? Estaba casi segura de la razón; tenía que ser por codicia. Afán sin límite por conseguir lo que se anhela, en cuyo germen está el deseo, desear lo que vemos y no es nuestro, pero que se pervierte en el anhelo de privar al otro de aquello que queremos. En su poema del Purgatorio, Dante lo describe: «Amor por los propios bienes pervertido al deseo de privar a otros de los suyos». El castigo infernal de los envidiosos era coserles los ojos, cerrándoselos para siempre para privarles del placer de ver el mal de los demás.

Tan segura estaba de que el inductor conocía a Johana como de que no conocía a las demás víctimas, pero vio a la pequeña y dulce Johana, vio al monstruo que la acechaba y tuvo una razón para saltarse sus propias normas. La codició, codició su dulzura, su ternura, y querer saciar ese deseo le acercó a un ser impredecible a punto de explotar en cualquier momento. Así que se mantuvo cerca, muy cerca hasta que llegó la hora de obtener lo que codiciaba.

Amaia abandonó su lugar junto a la ventana, cogió su bolso y antes de salir se dirigió hasta la pizarra y escribió: «El tarttalo conocía a Johana».

Al pasar frente al puesto de Zabalza pensó en detenerse y mandarlo a casa; ya era tarde y era evidente que comprobar los nombres que se repetían de las listas aún le llevaría días, pero justo cuando iba a entrar percibió que hablaba por teléfono. Por el tono confidencial y la abundancia de monosílabos, supo de inmediato qué clase de conversación era. James y ella solían bromear sobre el tono más dulce y sugerente que adoptaba para hablar con él. «Me hablas con mimos», le decía, y sabía que era verdad.

El subinspector Zabalza usaba una versión masculina de aquel tono reservado para hablar con los amantes. Pasó ante la puerta sin detenerse y de refilón lo vio junto a la ventana con el móvil en la mano. Aun de espaldas, el lenguaje corporal evidenciaba la placentera relajación tan poco habitual en un hombre que siempre parecía tenso. Mientras esperaba el ascensor, lo oyó reír y pensó que aquélla era la primera vez.

Se detuvo en la puerta, acobardada por la lluvia. El policía de guardia la miró con cara de circunstancias.

—Dicen que hoy el Baztán se desbordará.

—No me extrañaría —respondió, mientras se ponía la capucha de su abrigo.

—¿Quién ha venido a ver al subinspector Zabalza?

—Su novia —respondió el policía—. Ya le he dicho que esperase dentro, pero ha contestado que no, que le avisase —dijo, encogiéndose de hombros.

Condujo descendiendo la cuesta, y al tomar la curva

vio el coche de antes detenido junto a un zarzal. Al pasar a su lado percibió en el interior a una mujer joven que miraba fijamente hacia la comisaría y que era evidente que no hablaba con su novio.

Antes de ir a casa se detuvo en Juanitaenea, se puso las botas de goma que ya había dejado delante, y bajo el paraguas recorrió el perímetro de la casa, observando que el barro removido sobre las tumbas se veía liso, igualado por la ingente cantidad de agua caída en las últimas horas. No había nuevas catas. Regresó al coche y desde dentro observó el huerto, recordando el modo hostil en que aquel hombre la había mirado.

Las chicas de la alegre pandilla reían formando un alboroto que era audible desde el exterior.

—Chicas, qué escándalo es éste, los vecinos han avisado a la policía, dicen que hay un aquelarre aquí —dijo entrando.

—Tu sobrina viene a detenernos, Engrasi —rió Josepa.

—Pues podía mandar a uno de esos mozos jóvenes y guapos que suelo ver yo en los controles.

—¡Ay, fresca! —rió Engrasi—, que ya sé que al verles haces eses con el coche para ver si te paran, ¡bandida!

Amaia las observó. Reían sonrojadas como adolescentes pícaras y pensó que aquellas reuniones no debían de ser muy distintas de las que durante cientos de años congregaron a las mujeres de Baztán en el caserío de alguna de ellas para pasar la tarde cosiendo el ajuar de la boda, o la canastilla de sus hijos. Las reuniones de mujeres que relataba José Miguel de Barandiarán y en las que las *etxeko andreak*, las amas de casa, intercambiaban recetas, consejos, rezaban el rosario o contaban aquellas historias de brujas que tanto habían marcado el valle y que aterrorizaban a las jovencitas que luego debían volver a sus caseríos, a veces a un par de kilómetros de distancia, muertas de miedo. Tampoco debían de ser muy distintas, al menos inicialmente, de aquellas a las que acudieron Elena y su madre. Su rostro se ensombreció al recordar a Elena diciendo «el Sacrificio».

James bajó por las escaleras trayendo a Ibai. Al verla se colocó al niño en un brazo y extendió el otro, envolviéndola.

—Hola, amor —susurró ella—. Hola, mi vida —dijo tomando al niño en brazos sin soltar a James—. ¿Cómo habéis pasado el día?

Él la besó antes de responder.

—Por la mañana he estado en el taller, en Pamplona, preparando el envío y hablando con los de la empresa de transportes. Está todo listo.

—¡Oh, claro!

Al día siguiente se efectuaría el traslado de la colección de James al Guggenheim, y ella lo había olvidado.

—Te acordabas, ¿verdad? —preguntó él, malicioso.

—Sí, sí claro. Tía, te ocuparás mañana de Ibai, ¿o nos lo llevamos?

—De eso nada, lo dejáis aquí. Tu hermana ya ha hablado con Ernesto para que se encargue de todo en el obrador y así ella estará aquí ayudándome. Vosotros id a Bilbao y pasadlo bien.

Amaia repasó mentalmente las llamadas que debía hacer si quería dejar todo en orden para el día siguiente. Las cosas estaban bastante paradas, así que suponía que no iba a pasar nada si se iba un día. Consultó su reloj y alzó a Ibai hasta ponerlo a la altura de su rostro, provocando la risa del niño.

—Hora del baño, *ttikitto*.

37

Nuria llevaba un vestido azul y una chaqueta del mismo tono. Había sustituido el gorro de lana por una cinta ancha que lucía como una diadema sobre el cabello muy corto. No se había puesto maquillaje, pero Jonan vio que se había pintado las uñas de oscuro. Abrió la puerta antes de que llegaran al sendero. Les recibió con una tímida sonrisa que no se borró de su rostro mientras les acompañaba a la sala, y les ofreció un café que ambos aceptaron. El inspector Montes le preguntó por los hechos y por si recordaba algo más. Ella repitió básicamente lo mismo, pero había en el modo de narrarlo una fuerza desconocida en su primera versión. Relataba los hechos tomando distancia, como si le hubiesen ocurrido a otra persona, una mujer distinta, y Jonan supo que en el fondo era así. Mientras Montes le preguntaba por el conocimiento de la zona que podía tener Antonio Garrido, él se fijó en que el agujero en la puerta estaba cubierto por un melindroso póster de flores que aún permitía ver por los lados los residuos del disparo, produciendo una extraña sensación. Un nuevo modelo de escopeta, de cañones paralelos, aparecía apoyado contra la ventana.

—Debería tenerla guardada en un armero —advirtió Montes, antes de salir.

—Sí, lo iba a hacer justo cuando llegaron ustedes.

—Seguro... —contestó Montes.

476

Llovía con más fuerza cuando salieron de la casa.

—¿Qué le parece? —preguntó Jonan, cuando alcanzaron la cancela.

—Me parece que ese fulano haría bien en dedicarse a otra cosa en lugar de venir a por su mujer, porque si viene se lo cargará, y bueno... Un cabrón menos.

Él también lo creía. Había visto los cambios en su actitud, en su ropa. Las cortinas del salón seguían abiertas de par en par para poder ver quién se aproximaba, había variado un poco la distribución de los muebles, tenía cerca una cafetera, galletas y un arma junto a la ventana; era probable que durmiese en el sofá para vigilar. Había descartado el chándal gigante en favor de un vestido, mostraba sin recato su pelo corto y lo adornaba con aquella cinta brillante, había cubierto las huellas del disparo con una foto de flores y se había pintado las uñas. Era una francotiradora.

Etxaide negó con la cabeza sosteniendo un paraguas, que con la intensidad del aguacero resultaba casi inservible. La lluvia había calado la tela del paraguas y el agua chorreaba por el mástil central hasta su mano y caía pulverizada sobre sus rostros. Caminaron hacia el centro sobre calles anegadas en las que las alcantarillas resultaban insuficientes, y se producía el curioso fenómeno de lluvia inversa al caer el agua con fuerza sobre una superficie lisa proyectando una salpicadura hacia arriba. El efecto era que llovía desde el suelo y no había paraguas en el mundo que te librara de esa mojadura.

Al pasar por la calle Pedro Axular, se dirigieron hasta la barandilla, como atraídos por un imán, en el lugar donde se curva el río. El agua alcanzaba casi el borde del paseo.

—Tenían razón con las previsiones, si sigue lloviendo así en media hora se desbordará.

—¿Y no se puede hacer nada?

—Estar preparados —dijo Jonan, sin gran convencimiento.

—Pero ¿se saldrá por todo el pueblo?

—No. Por ejemplo, en la zona donde vive la tía de la inspectora nunca se sale, sólo por aquí; es la curva del río lo que causa los desbordamientos, y la presa de Txokoto no ayuda.

—Pero es necesaria, ¿o no?

—Ya no. Se construyó como la mayoría para obtener energía eléctrica, uno de los primeros edificios que hay al otro extremo de la calle Jaime Urrutia frente a los *gorapes* es el antiguo molino de Elizondo reedificado en el siglo XIX y reconstruido como central eléctrica a mediados del XX. Si se fija verá que al otro lado hay construido un remonte para peces; se habló de destruir la presa y dejar que el río bajase sin contenciones pero los vecinos no quieren ni oír hablar de esto.

—¿Por qué no?

—Porque se han acostumbrado a la presa, a verla, a su sonido, los turistas se hacen fotos en el puente...

—Pero si les causa tantos problemas...

—No tantos, una vez al año como mucho. A veces no ocurre durante años, es una de esas cosas que compensan.

Montes extendió la mirada sobre el río cada vez más lleno.

—Son muy suyos, estos de Elizondo —dijo, mientras emprendían la marcha hacia la calle Jaime Urrutia—. Hace años hubo una gran inundación, no sé si de no haber estado la presa habría sido menos grave. Mire —dijo indicando la casa de la Serora—, en esa placa se indica el nivel que alcanzaron las aguas en la antigua casa de la Serora, algo así como la sirvienta del cura; la antigua iglesia estaba aquí mismo —dijo haciendo un gesto hacia una plaza en la que sólo había una fuente—. Una riada la destruyó.

—¿Y dice que la presa les compensa?

—En esa ocasión el agua se contuvo río arriba por un tapón que se formó con troncos y piedras, y cuando reventó, bajó con tanta fuerza que se llevó todo por delante.

No creo que hubiese sido muy diferente sin la presa, estoy convencido de que el problema es la curva que forma el río, es lógico que el agua se salga por aquí.

Montes observó que la mayoría de los comerciantes habían sellado las puertas de sus tiendas con tablones y espuma de poliuretano; incluso algunos habían colocado sacos terreros, preparándose para la inminente inundación. La mayoría de los comercios se veían cerrados, pero en la parte de la calle que daba al río, algunas entradas estaban sin proteger.

—Es una pena que nadie se cuide de estos edificios —comentó.

—Algunos están deshabitados, y sí que es una pena, tienen gran valor histórico; esta casa por ejemplo —dijo Jonan, señalando un vetusto edificio—. Se llama Hospitalenea; durante siglos fue hospital de peregrinos, especialmente los del camino de Santiago, que llegaban aquí hechos polvo: pasar los Pirineos era una dura prueba que muchos no superaban.

Montes alzó la mirada para verlo mejor. Las contraventanas cerradas habían adquirido el color cercano al gris que toma la madera muy vieja; el balcón corrido de la última planta parecía colgar de la fachada sostenido por tres postes, y sobre el del primer piso había una inscripción que resultaba ilegible por la lluvia.

—¿Qué pone?

—El año en que fue comprado y restaurado, 1811, creo.

Siguieron caminando y Montes se detuvo de pronto, cediéndole el paraguas a Jonan.

—Espéreme aquí —dijo, volviendo sobre sus pasos.

El subinspector quedó parado en mitad de la calle, sosteniendo el paraguas mientras veía a Montes apresurarse hasta desaparecer de su vista hacia la curva del río tras el palacio Arizkunenea.

Montes regresó al lugar donde se había asomado a ver el río. La lluvia cayendo sobre su superficie le había hecho perder su cualidad de espejo y las luces se reflejaban en el agua como manchas móviles. Puso ambas manos sobre la barandilla y mentalmente contó las fachadas que daban al río. Volvió a contar y observó. La lluvia caía torrencialmente, su ropa y su pelo estaban totalmente empapados y el agua le chorreaba por los ojos dificultándole la visión. Se puso una mano como visera, volvió a contar y esperó hasta que lo vio. El resplandor oscilaba como suele hacerlo cuando la luz proviene de una vela, una sombra informe se proyectó contra la ventana sin portillos que daba al río y la luz se apagó. Sintió entonces cómo el agua anegaba sus zapatos y al mirar comprobó que el río había superado el muro y el agua avanzaba como una pequeña ola hacia la calle. Echó a correr hasta doblar la esquina del palacio Arizkunenea y avanzó a toda prisa hacia Jonan, mientras contaba de nuevo las fachadas y sacaba su pistola.

Jonan miró desconcertado a ambos lados de la calle desierta.

—Pero ¿qué hace?

Montes le alcanzó y entre jadeos se lo explicó, mientras lo arrastraba hacia la puerta de la casa abandonada.

—Está aquí. ¿Cómo has dicho que se llama la casa?

—Hospitalenea —dijo Jonan asintiendo mientras comprendía lo que Montes sospechaba—, y era un antiguo hospital de peregrinos. «Te voy a llevar al hospital», eso es lo que le dijo.

—¿Llevas pistola?

—Claro —dijo Jonan, dejando en el suelo el paraguas y sacando su Glock y una linterna.

—Creía que los arqueólogos llevabais una piqueta y una brocha —dijo sonriendo.

—Voy a pedir refuerzos.

Montes puso una mano sobre su hombro.

—No podemos esperar, Jonan, si está vigilando, y es lo más probable, ya nos habrá visto detenidos frente al edificio. Creo que tenía una vela y creo que me ha visto, la ha apagado. Si esperamos a los refuerzos lo encontraremos muerto, y es muy importante que podamos interrogarle. Está arriba, primera puerta, en la habitación de la izquierda.

Montes puso la mano sobre el pomo roñoso de la puerta y lo giró.

—Está cerrado —susurró—. A la de tres. Una. Dos.

Embistió la puerta con el hombro, y la hoja hinchada por la humedad se abrió un poco y quedó trabada dejando una abertura de unos veinte centímetros. Montes introdujo un brazo por ella y haciendo presión consiguió abrirla un poco más. Etxaide le siguió. Corrieron escaleras arriba sintiendo cómo la madera crujía y la barandilla se tambaleaba como sacudida por un terremoto cuando el cuerpo cayó por el hueco con un crujido espantoso. Dirigieron hacia allí los haces de sus linternas.

—La madre que lo parió —gritó Montes volviendo atrás por la escalera—. Se ha colgado.

Llegó abajo, y abrazando al hombre por las piernas lo levantó en un intento de disminuir la tensión que la cuerda ejercía en su cuello.

—Sube, Etxaide, corta la cuerda, corta la cuerda —gritó.

Jonan subió las escaleras de dos en dos buscando con su linterna el lugar donde estaba sujeta la soga. La localizó atada a la barandilla rota que había provocado el crujido que habían oído. La soga era muy gruesa, buena cosa; con una más fina se habría cortado el cuello. El gran diámetro de aquella cuerda le privaría de oxígeno pero era poco probable que le partiese el cuello o que le cortase la tráquea. Oyó a Montes gritando desde abajo, se metió el arma en la cintura mirando con aprensión hacia las habitaciones oscuras que no había llegado a comprobar. Montes gritaba como un loco. Intentó introducir los dedos entre la cuerda y la barandilla para deshacer el nudo, pero la tensión provocada por el peso se lo impedía. Miró alrededor buscando algo con que cortarla mientras desde abajo Fermín seguía gritando:

—Córtala, córtala, joder.

Sacó su arma, apuntó a la soga y disparó. La cuerda saltó como una serpiente, y libre de tensión cayó por el hueco. Se precipitó escaleras abajo y al llegar vio a Montes inclinado sobre el hombre, intentando liberarle de la soga. Triunfante, el inspector se puso en pie.

—Está vivo, el cabronazo. —Y como para corroborarlo, el tipo tosió y se quejó, emitiendo un sonido entrecortado y desagradable.

—¿Qué cojones hacías ahí arriba? Has tardado una eternidad. —Separando ambas manos señaló su ropa con gesto de asco—. Será mejor que llames tú, este hijo puta se me ha meado encima.

El teléfono sonó mientras comenzaban a cenar.

—Jefa, tenemos a Garrido. Se escondía en el antiguo hospital de peregrinos, se ha colgado por el cuello justo cuando entrábamos. No ha muerto, Montes lo ha impedido, pero está mal. Ya hemos avisado a la ambulancia.

La imagen de Freddy intubado e inmovilizado en la cama del hospital un año atrás vino a su mente con fuerza.

—Voy para allá. Si la ambulancia llega antes que yo, no os separéis de él ni un segundo, no dejéis que nadie se le acerque, que no hable con nadie y que no se quede a solas en ningún momento —dijo antes de colgar.

Quizá debido a la torrencial lluvia que caía, las urgencias del hospital Virgen del Camino estaban inusualmente vacías. Parecía que todo el mundo hubiese decidido dejar la visita al médico para el día siguiente, y sólo media docena de personas esperaban en la sala.

Se acercó con Iriarte al mostrador y enseñaron sus placas a la recepcionista.

—Antonio Garrido, venía en una ambulancia desde Baztán.

—Sala tres. Los médicos están con él ahora, pueden esperar en la sala.

Sin hacerle caso penetraron en el pasillo donde se ubicaban las salas y antes de encontrar la número tres, Jonan les salió al encuentro.

—No se preocupen, Montes ha entrado con él.

—¿Cómo está?

—Consciente, respira bien, tiene una quemadura por fricción bastante fea en el cuello y no puede hablar. Imagino que se ha aplastado la tráquea, pero no morirá y puede mover las piernas; no dejaba de patalear mientras Montes lo sostenía y después ya en el suelo.

—¿Qué hacen ahí dentro?

—Le han hecho radiografías del cuello nada más llegar y ahora está con los médicos.

La puerta se abrió y los médicos, un hombre y una mujer, salieron del interior seguidos por una enfermera.

—No pueden estar aquí —dijo la última nada más verles.

—Policía Foral —dijo Amaia—. Custodiamos al detenido, Antonio Garrido. ¿Cómo está?

Los médicos se pararon ante ella.

—Pues está vivo de milagro, le debe la vida a su colega. Si no llega a ser porque alivió la presión sobre la tráquea habría muerto asfixiado. Ha tenido suerte, no saltó de mucha altura, la barandilla cedió y por lo visto la soga era bastante gruesa y eso le sostuvo las vértebras en su sitio aunque, como le he dicho, la tráquea está bastante dañada.

—¿Puede hablar?

—Con dificultades, pero lo suficiente para pedir el alta voluntaria, así que...

—¿Que ha pedido el alta?

—La enfermera está preparando los papeles para que los firme —dijo el médico, incómodo—. Mire, nosotros ya le hemos avisado de la gravedad de la lesión y de que aunque ahora se encuentra bien puede empeorar en las próximas horas. Es consciente de ello, lo ha comprendido, ha pedido calmantes y el alta voluntaria. Le he puesto un collarín y también le hemos hecho la cura en lo que le queda de oreja. En nuestra opinión necesita cirugía, pero ha dicho que ni hablar, así que en cuanto firme es todo suyo.

Amaia miró a Iriarte, perpleja.

—¿Qué se propone este tipo?

Iriarte la miró negando.

—No lo sé.

—Voy a llamar al juez, nos lo llevamos a la central.

La sala de interrogatorios de la comisaría de Pamplona era idéntica a la de Elizondo. Una pared espejada, una mesa, cuatro sillas y una cámara en el techo. Un policía de uniforme custodiaba la puerta.

Observaban a Garrido tras la ventana de espejo. Tenía algunas manchas rojas alrededor de los ojos, y la cara se veía congestionada por la presión del collarín. Un aparatoso vendaje le cubría la oreja y el lado de la cabeza donde faltaba el pelo, y le habían aplicado un ungüento graso en las pequeñas quemaduras blanquecinas que salpicaban aquel lado del rostro causadas por los residuos de pólvora del disparo. Más allá de eso, el tipo permanecía tranquilo; dejaba descansar la vista sobre la mesa y jugueteaba con el botellín de agua y con el tubo de calmantes efervescentes que le habían dado en el hospital. Si tenía molestias o se encontraba incómodo no lo dejaba traslucir, y su aspecto era el del que espera pacientemente, sabiendo que nada de lo que haga hará que el tiempo pase más rápido.

Montes e Iriarte entraron en la sala. Iriarte se sentó ante él y le miró fijamente. Montes se quedó en pie. Garrido no dio muestras de que se hubiese producido ningún cambio a su alrededor.

—Antonio Garrido, ¿verdad? —preguntó Iriarte.

El hombre le miró.

—¿Qué hora es?

—¿Es usted Antonio Garrido?

—Ya sabe que sí —contestó con un hilo de voz—. ¿Qué hora es?

—¿Por qué quiere saberlo?

—Tengo que tomarme la medicación.

—Son las seis de la madrugada.

Garrido sonrió y su rostro se congestionó aún más.

—Pierden el tiempo.

—¿Ah, sí? ¿Por qué?

—Porque sólo hablaré con la poli estrella —dijo soltando una risita estúpida.

Tras los cristales, Amaia miró a Jonan y resopló con la creciente sensación de un *déjà vu*, la experiencia calcada a la detención de Quiralte. Era evidente el aleccionamiento común que habían recibido.

—No sé a quién se refiere —contestó Iriarte.

—Me refiero a ella —dijo apuntando hacia el espejo, con uno de aquellos dedos cortados.

—¿Hablará con la inspectora Salazar?

—Sí, pero no ahora, aún no.

—¿Cuándo?

—Más tarde, pero sólo con ella, con la poli estrella. —Y volvió a reírse de aquella manera estúpida.

Montes intervino:

—Igual te doy una hostia y te saltó los dientes y así se te quitan las ganas de reírte.

—No vas a darme una hostia porque eres mi puto ángel de la guarda, te debo la vida, ahora soy tu responsabilidad, ¿lo sabías? Según algunas culturas, tendrías que cuidar de mí el resto de mi vida.

Montes sonrió.

—¿Así que soy tu responsable porque evité que murieras? ¿Y cómo es que eres tan rata como para suicidarte sin haber terminado tu trabajo? Tu amo no debe de estar muy contento con tus servicios.

Todos los músculos del hombre se tensaron bajo su camisa.

—Le he servido bien —susurró.

—Oh, sí, se me olvidaba, utilizando a un pobre crío para destrozar una iglesia por las noches. —Garrido miró fijamente hacia los espejos y Amaia supo por qué lo hacía—. Un pobre crío maltratado, debería darte vergüenza.

—Créeme, a él le gustó, es más de lo que nunca hará, le faltan huevos para hacer lo que debe.

—¿Y qué debería hacer según tú?

—Matar a su padre.

Amaia sacó el móvil y marcó.

—Zabalza, ve con una patrulla a casa de Beñat Zaldúa y saca al chico de allí. Garrido acaba de decir que debería matar a su padre pero que le ha faltado valor, no vaya a ser que lo reúna.

—Gracias —contestó Zabalza.

Le pareció una curiosa respuesta, pero Zabalza era un tipo especial. Montes siguió.

—Ya veo, críos asustados y mujeres desvalidas, estás hecho un campeón, o estabas, porque la verdad es que te ha salido como el culo, no lograste acojonar al chico, que te delató en cuanto le preguntamos, pero lo de tu mujer clama al cielo, bueno, ya ves cómo te ha puesto la cara.

—Cállate —masculló Garrido.

Montes sonrió poniéndose a su espalda.

—La he visto, ¿sabes? Muy guapa, un poco delgaducha, ¿cuánto pesará?, ¿cuarenta y cinco kilos? No sé si llegará, pero esa pobre chica te arrancó una oreja y te arrancaría los huevos si le damos la oportunidad. Te dio lo tuyo, ya lo creo.

Un gruñido gutural escapó de la garganta del hombre, y Amaia estuvo segura de que saltaría, pero Garrido comenzó a balancearse rítmicamente, como si se meciese mientras murmuraba una letanía incoherente. Repitió el movimiento una docena de veces y paró. Cuando lo hizo sonreía de nuevo.

—Hablaré más tarde.

Montes hizo un gesto a Iriarte y salieron. Antes de cerrar la puerta, Garrido llamó.

—Inspector.

Montes se volvió a mirarle.

—Siento haberme meado sobre usted —dijo, riéndose.

Montes hizo ademán de volver atrás pero Iriarte le empujó fuera.

Disimularon las sonrisas, mientras Montes entraba.

—Ha conseguido cabrearle bastante con lo de la mujer —dijo Jonan.

—Claro, ¿qué puede avergonzar más a un tío como ése que el hecho de que una mujer le pegue?

Amaia sonrió, aquello no le era tan ajeno.

—... Pero no ha sido suficiente —se lamentó Montes.

—¿A qué cree que espera? ¿Cree que hablará con usted? —preguntó Iriarte.

—No lo sé, pero es evidente que está haciendo tiempo. Creo que intentó suicidarse porque eso era lo que debía hacer si le capturábamos, pero su misión ha cambiado. Como ha dicho, ha servido bien a su amo llevando a cabo las profanaciones, pero creo que esto es el plan B.

—¿El plan B?

—La otra opción por si, tal como ha sucedido, no conseguía llevar a cabo el plan original. Si el tarttalo se arriesga a que le saquemos algo es porque aún lo necesita.

—Podemos volver a intentarlo —propuso Iriarte—. Ha habido un momento en que ha conseguido hacerle perder el control —dijo, dirigiéndose a Montes.

—Sí, pero ¿qué ha sido eso que ha hecho? ¿Y qué era lo que murmuraba? —preguntó Amaia.

—Yo le he oído —dijo Iriarte—, decía «Ella no importa».

—Jefa, venga un momento —pidió Montes saliendo

al pasillo y llevándola a un rincón—. Es una técnica de control de la ira. Son trucos que se aprenden en la terapia para controlar los impulsos violentos, y suele ser una de las alternativas que les ofrecen en la cárcel. Restan condena, así que todos estos tarados van a terapia. Pero la verdad es que si no se está firmemente convencido, no sirve para nada; aprendes a controlarte, a aparentar normalidad, pero sólo de cara a la galería, por dentro estás igual. Lo que no se saca se queda dentro y te va pudriendo, así de simple. A pesar de que no lo pareciera yo sí que asistí a terapia, y le aseguro que sólo conseguí sentirme peor, por eso lo dejé. Recuerdo que ya llevaba seis sesiones y aún la habría matado.

Amaia lo miró, sorprendida por su sinceridad.

—O yo a usted...

—Eso también —dijo, conciliador—, pero el caso es que yo me sentía furioso contra... Contra muchas cosas, pero sobre todo contra usted, y esas terapias de control de la ira, bueno, por lo menos según mi experiencia, sólo sirven para que finjas que no estás cabreado.

38

La intensidad de la lluvia había disminuido en las últimas horas. La mañana en Pamplona había llegado ruidosa y desapacible, con tráfico y gente presurosa bajo los paraguas, que resultaban a veces invisibles entre las ramas de los grandes árboles que rodeaban la comisaría y que eran señal inequívoca de identidad de aquella ciudad verde y piedra. Miraba a través de las ventanas de la comisaría, que a aquella hora de la mañana olía a café y a loción para después del afeitado, y añoró su casa de Pamplona. Eso le hizo pensar en James, sacó el teléfono y marcó.

—Hola, Amaia, buenos días, iba a llamarte...

—Lo siento, James, las cosas se complicaron anoche.

—¿Pero llegarás a tiempo?

Suspiró vencida antes de contestar:

—James, no voy a poder acompañarte. El sospechoso que detuvimos ayer es el autor de las profanaciones de Arizkun, esta semana ha intentado matar en Elizondo a una mujer a la que tuvo retenida dos años y probablemente sea quien levantó las tumbas de Juanitaenea. Va a declarar y tengo que estar... ¿Lo entiendes?

Él tardó dos segundos en responder.

—Lo entiendo, Amaia, es sólo que... Bueno, ya sabes lo importante que es esto. Llevamos tanto tiempo esperándolo. Creía que estarías conmigo.

—Oh, James, lo siento, amor mío. Ve a montar la exposición, yo acabaré con esto y te prometo que iré en cuanto pueda.

Se sintió casi una traidora. Una exposición en el Guggenheim era uno de los acontecimientos más importantes en la vida de un artista, y el momento de montarla, uno de los más apasionantes para James. La colocación e iluminación de las piezas, la concentración con que observaba desde todos los ángulos, el cuidado con que usando ambas manos variaba la posición de una pieza hasta que la luz incidía en ella del modo deseado. Sus gestos tenían una carga de sensualidad y erotismo que él alimentaba mirándola intensamente a los ojos mientras lo hacía.

—¿Cómo está Ibai?

—Despierto desde hace una hora. Tu tía le está dando un biberón y ya tiene los ojitos medio cerrados.

—¿Y Elizondo?

—Yo no he salido aún, pero tu hermana ha dicho que hay un palmo de agua en la calle Jaime Urrutia y en la plaza. No llueve mucho ahora, pero no tiene pinta de parar. Si sigue así, al menos no irá a más.

—James, lo siento. Habría dado cualquier cosa por poder cambiar esto.

De nuevo un silencio demasiado largo.

—No te preocupes, lo entiendo. Hablamos más tarde.

Colgó y se quedó mirando el teléfono añorando su voz, deseando poder decirle algo más. Habían esperado mucho aquel momento. Sería la primera vez que estarían solos desde que había nacido Ibai con excepción de algunas salidas para cenar. ¿Cómo iba a compensarle? ¿Y cómo iba a compensarse ella misma?

El teléfono vibró en su mano y vio que tenía nuevos correos en su bandeja de entrada. El doctor Franz acusaba a Sarasola sin cortapisas. Volvía a exponer sus argumentos, unas razones que resultaban, curiosamente, más verosímiles y desesperadas a un tiempo. Buscó su teléfono y marcó.

La sorpresa inicial del doctor Franz al recibir su llamada duró el tiempo justo para calibrar si la inspectora comenzaba a tomarlo en serio o todo lo contrario. Apostó por lo primero; ¿por qué iba a hablar con él si no le creía?

—Cuánto me alegra que se decida a escucharme. Sarasola es un manipulador, es así como se ha labrado su fama. Me cuesta creer que una mujer de pensamiento lógico como usted se deje seducir por ese parloteo místico de exorcista vaticano.

Amaia valoró el halago mientras pensaba que seguramente las tácticas de ambos no diferían tanto.

—Él está detrás de todo esto, no me cabe la menor duda. Piénselo. No cuadra nada, ni lo del visitante, ni lo de la medicación oculta tanto tiempo en la pata de la cama, ni su oportuna aparición como salvador que se lleva a su madre. A mí no me engaña. Lo único que no alcanzo a comprender es con qué fin lo hace. Es verdad que a nivel médico el caso de Rosario es muy interesante, pero no tanto como para armar a una enferma peligrosa que habría acabado con la vida del celador si no llega a ser por las alarmas, así que sólo se me ocurre que esté desequilibrado, o que la ambición de notoriedad haya nublado su juicio hasta el punto de cometer esta atrocidad.

Amaia se armó de paciencia.

—Doctor Franz, no hay manera de establecer una relación entre Sarasola y su clínica. Usted lo conoce muy bien, no habría podido colarse. Y bueno, toda esa historia está un poco traída por los pelos.

—A mí no me lo parece. Estoy seguro de que está detrás de todo esto, y como le dije, no me voy a detener.

—No sé qué significa eso, pero no se meta en líos. De momento el único que profiere amenazas contra Sarasola es usted. No quisiera que se buscase problemas. Déjenos hacer a nosotros, le prometo que lo investigaremos.

—Ya... —No estaba convencido, ni mucho menos—. Hágame caso, ese hombre es un demonio, por raro que pueda parecerle que un psiquiatra diga esto.

Regresó al cuarto oscuro y observó a Garrido. A pesar del deplorable aspecto de su rostro no presentaba síntomas de cansancio, se sentaba relajado y se entretenía arrancando con la uña la etiqueta del botellín de agua. Un policía de uniforme le había traído un café en un vaso de papel y una pieza de bollería cubierta con celofán, seguramente procedente de la máquina del primer piso. Garrido masticaba pacientemente cada pedacito antes de tragarlo. Tenía que dolerle horriblemente, pero no emitía ninguna queja. Cultura del dolor, pensó Amaia. Quizá después de todo estaba más extendida de lo que Lasa III pensaba. Vio que Garrido se dirigió al policía que hacía guardia en la sala. Amaia activó el altavoz, pero para entonces Garrido volvía a estar en silencio. Se asomó al pasillo y llamó a otro policía.

—Sustituya a su compañero en la sala.

Cuando el primero salió, Amaia preguntó.

—¿Qué le ha dicho?

—Quería saber la hora, y después ha dicho que quiere hacer su llamada.

Amaia se volvió hacia Iriarte y Montes, que regresaban de desayunar.

—Ha pedido llamar.

Iriarte se extrañó.

—Había dicho que no quería abogado.

—Ya, pues ahora quiere llamar. Sáquenle al pasillo esposado, y no le quiten ojo.

—Perdón, inspectora —interrumpió el policía que había acompañado a Garrido—. Me ha dicho que quiere llamar a su psiquiatra.

—¿Su psiquiatra?

—Sí, eso ha dicho.

Regresó a su despacho mientras una nueva señal le indicaba otro correo entrante y una llamada hacía vibrar su teléfono, casi a la vez. Era Zabalza.

—Buenos días, jefa —dijo, y sonó como si aspirase la palabra—. Hemos sacado a Beñat Zaldúa de su casa con los servicios sociales. Acabo de hablar con un primo que tiene en Pamplona que parece que se hará cargo de él.

—Bien.

—He terminado con las listas, las he cotejado y hay unos cuantos nombres que se repiten. Acabo de enviárselos.

—Perfecto. ¿Algo más?

—Sí, esta mañana hemos efectuado un registro exhaustivo del antiguo hospital de peregrinos donde se escondía el sospechoso. Parece que llevaba bastante tiempo escondido, supongo que esperando. Hemos encontrado restos de alimentos y provisiones que indican que llevaba allí al menos quince días y que tenía intención de continuar algún tiempo más. Pero lo más interesante es que en la planta superior del edificio hemos encontrado almacenados muchos de los antiguos enseres del hospital. Había camas, lámparas, mesitas y vitrinas con instrumental médico muy parecido al bisturí que analizó el doctor San Martín, yo diría que idénticos; le envío ahora las fotos.

—Joder, claro, el antiguo hospital de peregrinos, de ahí obtuvieron las herramientas médicas. Garrido le dijo a Nuria Otaño que la iba a «llevar al hospital», algo que inicialmente carecía de sentido... Buen trabajo, subinspector, le felicito. Envíeselas a San Martín para que las compare y..., Zabalza, venga a Pamplona, le necesito aquí.

—Sí, jefa —respondió.

Amaia sonrió. Era la primera vez que sonaba claro.

Tras colgar, abrió el correo. La lista de nombres que se repetían era más larga de lo que había pensado. La leyó tratando de hacer memoria. Algunos de los nombres le resultaban familiares, pero era normal; en los últimos años sus hermanas y ella habían oído docenas de ellos, mientras estrechaban las manos de médicos en pasillos de hospitales, salas de urgencia y consultas psiquiátricas. Incluso el doctor Franz aparecía un par de veces. Pero no Sarasola. Releyó la lista para ver si alguno de los nombres le resultaba más llamativo. Casi todos eran apellidos navarros o vascos. Muy comunes. La cerró y pensó de nuevo en Garrido y en lo que Montes le había dicho sobre las terapias de control de la ira. Buscó el número de Padua.

—Buenos días, inspectora, iba a llamarla para felicitarla. Hoy es la noticia en el valle, ha detenido al profanador.

—Gracias, Padua, pero este tío es sólo un fantoche. No hemos hecho más que empezar.

—¿En qué puedo ayudarla?

—Es algo que se me ha ocurrido. Me interesaría mucho saber si el preso de Logroño que se suicidó había recibido terapia antes o mientras estuvo en la cárcel, y he pensado que como usted tiene buenas relaciones con los de la Policía Nacional de allí... En el caso de Medina ya sé que no recibió terapia antes, pero me interesaría saber si estuvo en tratamiento psiquiátrico en la cárcel.

—¿Algo más?

—Pues ya que va a llamar, podría preguntar también por Quiralte; estuvo como Medina en Pamplona. A ver qué le dicen.

—Seguramente sí, muchos presos se acogen a terapia para reducir la pena y en todas las cárceles hay psiquiatra en el centro, y en algunas hasta visitan ONG de médicos voluntarios.

Buscó en su agenda otro par de números y llamó. La tía de María creía que sí.

—Bueno, no creo que se le pueda llamar asistir a terapia; fue después de una conversación muy seria que tuve con él. Me prometió que iría, pero a la segunda sesión lo abandonó.

La hermana de Zuriñe lo recordó al mencionárselo.

—Lo había olvidado, pero es verdad, no sé si llegó a ir, pero mi hermana me dijo que él juró que asistiría a terapia cuando ella le comunicó que quería divorciarse. No sé por qué lo había olvidado, supongo que por la evidencia de que nunca fue —dijo con tristeza.

—O quizá sí... —susurró Amaia, tras colgar.

Era mediodía cuando Padua contestó.

—Inspectora, de Logroño me dicen que sí, que el preso habló con un psiquiatra. Consta en un informe, no tienen el nombre; simplemente aparece como servicio de psiquiatría, y la firma es ilegible. Se me ocurre que podríamos llamar a la cárcel. Aunque ha pasado bastante tiempo, allí tienen que saberlo. En Pamplona ha sido más fácil: tanto Medina como Quiralte asistieron a terapia. En este caso, la tutoría la tiene la clínica universitaria. Siempre mandan a alguien de allí.

Todos los pelos de su nuca se erizaron al oír la mención de la clínica. Quizás el doctor Franz no iba tan desencaminado.

—¿Especifica algún nombre?

—No, sólo servicio de psiquiatría de la clínica universitaria de Navarra.

Amaia salió de su despacho, se dirigió a la cristalera y durante un par de minutos observó a Garrido. Iriarte y Montes estaban inmóviles a su lado junto al cristal.

—Ha preguntado la hora dos veces. No va a decirnos nada. No va a haber declaración, sólo nos entretiene —sentenció Iriarte.

Amaia le escuchó atentamente.

—Aún no sé para qué, pero pregunta por la hora constantemente; para él es importante que pase el tiempo. Ya ha oído lo que ha dicho. Nos tiene pendientes de la promesa de que declarará más tarde, pero no lo hará. Su trabajo terminó en el momento en que su mujer dejó de comportarse como se esperaba, en ese instante dejó de ser un objetivo; y con Beñat Zaldúa interrogado, la profanación también ha terminado. Debía suicidarse antes de permitir que lo detuviésemos, pero al no conseguirlo, se activa el plan del que usted habla, y este plan consiste en entretenernos aquí hasta el momento oportuno, mientras en otro lugar alguien actúa.

—Es imposible saber en qué lugar —repuso Montes.

—Pero el momento tiene que estar relacionado con usted —dijo Zabalza, que acababa de llegar.

Ella le miró sin verle mientras valoraba su teoría.

—Quizá sí —admitió, saliendo al pasillo. Los demás la siguieron—. ¿Desde qué teléfono ha llamado Garrido?

Montes hizo un gesto hacia un terminal sobre un mostrador. Ella lo descolgó.

—¿Quién más ha llamado desde aquí después de hacerlo él?

—Pues cualquiera... Pero puede que tengamos suerte, esos teléfonos guardan las diez últimas llamadas.

Apretó una tecla, miró la pantalla y resopló mirando los prefijos.

—Son todos de Pamplona. Jonan, compruébalos, por favor.

—¿Por qué cree que el momento que espera Garrido tiene relación conmigo? —dijo volviéndose hacia Zabalza mientras regresaban a la ventana.

—Porque todo lo tiene en este caso, con usted y con Baztán, pero sobre todo con usted. El momento que espera tiene por fuerza que estar relacionado con usted.

Amaia lo miró muy seria. Si se quitaba la mitad de las tonterías que tenía en la cabeza, Zabalza podía llegar a ser un buen policía.

Jonan volvió corriendo y visiblemente excitado.

—Jefa, no se lo va a creer. La mayoría son de trabajo, y

hay un par de llamadas particulares, gente que ha llama-do a casa y esas cosas, pero mire éste. —Jonan lo marcó en su móvil y se lo cedió.

La voz impersonal le llegó clara:

—Clínica universitaria, psiquiatría. ¿Dígame?

39

Inma Herranz le dedicó una severa mirada que acompañaba el gesto de contrariedad en el que los labios casi desaparecían en el feo corte que era su boca. Amaia comprobó su reloj: o la secretaria del juez hacía horas extras, o había prolongado su jornada para estar presente cuando llegase. Ya cuando había llamado para hablar con él, pasó la llamada sin replicar y sin contestar a su saludo, y ahora permanecía tras su mesa fingiendo repasar el mismo expediente del que no había pasado la página en los últimos diez minutos.

Markina llegó apresurado. Traía puesto un abrigo largo de lana en el que las gotas de lluvia no lograban calar, quedándose en la superficie como extraños objetos mates.

—Lamento haberla hecho esperar —se disculpó, mientras reparaba en la presencia de la secretaria.

—Inma, ¿aún está aquí? —dijo haciendo un gesto hacia el reloj.

—Estaba terminando con estos expedientes —contestó ella con su voz meliflua.

—Pero ¿ha visto qué hora es? Déjelos para mañana.

Ella se resistió.

—Quería terminar hoy, si no le importa, mañana tenemos bastantes cosas...

Él sonrió mostrándole su dentadura perfecta y se acercó a ella.

—De eso nada —dijo cerrando la carpeta—, no lo consentiré, váyase a casa y descanse.

Ella le miró embelesada durante un par de segundos, antes de recordar la presencia de Amaia.

—Como quiera —contestó un poco defraudada.

Solucionados los asuntos domésticos, el juez se dirigió a su despacho sin volver a mirarla.

—Venga, inspectora —pidió.

Amaia le siguió sintiendo en su espalda los cuchillos que Inma le lanzaba en forma de miradas. Se volvió para ver un rostro que se había oscurecido como si la luz se hubiese apagado ante ella; los labios más rectos que nunca, y, en la mirada, un odio antiguo y reservado a las mujeres celosas.

Le sacó la lengua.

El odio mutó en sorpresa y profunda indignación. Arrancó su abrigo del perchero y salió apresuradamente. Todavía le duraba la sonrisa cuando se sentó ante el juez. Él la miró un poco confuso sin saber muy bien a qué venía aquello.

—Imagino que hay novedades en el caso, si no, no vendría a verme —dijo él, amable.

—Así es, ya le informé anoche de que habíamos detenido al sospechoso. Lo tenemos en la comisaría, pero no es de eso de lo que quiero hablarle.

En la siguiente media hora le puso al día de los avances logrados las últimas horas y las dudas y sospechas que esto le planteaba. Markina la escuchaba atentamente apuntando algunos datos mientras ella iba exponiendo sus ideas. Cuando terminó, ambos quedaron en silencio durante unos segundos. El juez frunció un poco el ceño y ladeó la cabeza.

—¿Quiere detener a un sacerdote agregado del Vaticano para la defensa de la fe, y que además es uno de los más altos cargos de la curia, bajo la sospecha de ser un asesino en serie, caníbal e inductor de criminales?

Amaia dejó salir todo el aire por la nariz mientras cerraba los ojos.

—No voy a acusarle de nada, sólo quiero interrogarle. Es el jefe de psiquiatría y de la clínica universitaria, es el responsable de asignar psiquiatras a esos servicios carcelarios.

—Un servicio que prestan de modo altruista.

—Me da igual su altruismo, si el servicio que prestan está dirigido a incitar a tipos violentos a más violencia o al suicidio.

—Eso será difícil de probar.

—Sí, pero de momento tengo una serie de informes fantasma de las prisiones en las que aparece la firma de Sarasola y ningún nombre en la casilla del psiquiatra asignado.

—Una irregularidad que se pasó por alto en las instituciones penitenciarias —recordó el juez.

—Venían firmados por un jefe de psiquiatría, no tenían por qué dudar.

—¿Y cree que él firmaría las asignaciones con su nombre si luego iba a ser él el que visitase a los presos?

—Sería una buena coartada. Seguro que su abogado diría lo mismo.

—No creo que ningún abogado se vaya a ver en esa tesitura, porque lo que me pide es imposible. Es un alto cargo del Vaticano y sólo con eso ya entraríamos en conflicto con la Santa Sede. Pero es que además estamos hablando de una prestigiosísima clínica del Opus Dei. Usted es de aquí, no hace falta que diga quiénes son.

—Sé perfectamente quiénes son, y sólo quiero hacerle unas preguntas.

Markina negó con la cabeza.

—Tendría que pensarlo, las acusaciones de un psiquiatra dolido en su honor médico y seguramente en su cuenta corriente no son suficientes como para interrogar a una personalidad como Sarasola.

—El responsable de las profanaciones, que intentó matar a una mujer, ha llamado a esa clínica, concretamente al área de psiquiatría, esta mañana. Todos los asesinos recibieron terapia y al menos dos de ellos la recibían de esa clínica. Tienen relación con tres de los asesinos y estoy segura de que podría probar que la tuvieron con los otros, y las razones de ese psiquiatra dolido, como usted lo llama, no son tan descabelladas, están argumentadas y razonadas, y lo cierto es que la implicación de Sarasola no parece casual. Él mismo pidió que fuese yo quien me hiciese cargo de la investigación de las profanaciones de Arizkun y apareció milagrosamente cuando hubo que trasladar a mi madre.

Markina negó con la cabeza.

—Tengo las manos atadas.

Ella le miró a los ojos.

—Sí, para esto haría falta mucho valor.

Él levantó ambas manos.

—No me hagas esto, Amaia, no lo hagas —rogó.

Ella alzó la cabeza con desdén.

—No tienes derecho a hacerme esto.

—No sé de qué habla, señoría.

—Sabes perfectamente de qué hablo.

El teléfono de Amaia comenzó a sonar. Miró brevemente la pantalla; era Iriarte. Contestó sin dejar de sostener, retadora, la mirada de Markina, escuchó lo que le decía y colgó en el momento en que el teléfono del juez comenzaba a sonar.

—Está usted de guardia, ¿verdad? Pues no se moleste en cogerlo, yo le diré para qué es. El psiquiatra paranoico herido en su honor ahora está herido también en su cuerpo, tan herido que está muerto, y qué casualidad, está en el aparcamiento de la clínica universitaria, después de que esta misma mañana advirtiese que no dejaría las cosas así con Sarasola.

Oscurecía rápidamente y las nubes negras sobre Pamplona no ayudaban. Por fin había dejado de llover, aunque por el aspecto del cielo aquello era sólo una tregua. Sobre el motor de los coches de policía detenidos flotaba una capa de vaho fantasmal, y el suelo del aparcamiento estaba plagado de charcos que Amaia sorteó para llegar hasta el cuerpo, seguida por el taciturno juez. El doctor San Martín la saludó al verla.

—Inspectora Salazar, qué alegría verla, aunque sea aquí.

—Hola, doctor —saludó ella.

Iriarte se acercó y le mostró una cartera ensangrentada en la que era visible la documentación. Ella asintió; era Aldo Franz, el doctor Franz.

El cuerpo estaba semiapoyado contra un coche. La sangre había chorreado desde el cuello, desde un corte profundo y no demasiado grande. La camisa se veía rota donde había recibido varias puñaladas y la corbata aparecía incrustada en el estómago como si se la hubiera tragado la herida.

—Las puñaladas del abdomen fueron las primeras; así, sin mover el cuerpo, cuento ocho; lo del cuello fue posterior, seguramente para evitar que gritara. Tuvo el tiempo justo de llevarse la mano a la herida para contener la hemorragia, ¿ve? —dijo San Martín mostrando la mano y el puño de la camisa ensangrentados—. Se debilitaría muy rápidamente con esta hemorragia.

Amaia miró al juez, que parecía muy abatido mientras contemplaba el reguero de sangre que había corrido por el suelo mojado hasta llegar a un charco cercano, donde había formado caprichosas flores rojas sobre la superficie del agua.

Los constantes y descarados intentos del doctor Franz para manipular su opinión no le habían granjeado su amistad, pero ahora, viendo su cadáver desmadejado y cosido a puñaladas tirado entre los charcos, Amaia se preguntaba hasta qué punto era responsable de su muerte por no haber sido más diligente. Era verdad que le había advertido que no se involucrase, pero sabía también que para él era algo personal, y que por naturaleza el ser humano se sentía legitimado y casi impelido a solventar por su cuenta este tipo de ofensas.

Montes hablaba a un lado con Zabalza, y el subinspector Etxaide sonreía con cara de circunstancias mientras el doctor San Martín le adoctrinaba, incapaz de resistirse al placer de poner a prueba la resistencia de su estómago. Inclinado sobre el cadáver y valiéndose de un bolígrafo, separaba la gabardina y la chaqueta del muerto para que Jonan pudiese ver la trayectoria de las cuchilladas.

—Si pone atención, podrá observar que aunque todas están muy juntas entre sí es fácil establecer un orden. Es evidente que el atacante estaba enfrente, vino hacia él con el arma oculta; es probable que lo abrazase o lo sostuviese mientras lo apuñalaba, seguramente la primera sea ésta, la más baja. El agresor esperó hasta estar muy cerca, y con la mano derecha hundió el cuchillo en sus intestinos. —Miró a Jonan para decir—: Muy doloroso, pero no mortal. —Sostuvo dos segundos la mirada del policía y volvió al cadáver—. Las siguientes son pura saña, se ve cómo fue subiendo en su trayectoria, como dibujando una escalera, seguramente debido a que la víctima se iba encogiendo sobre sí misma; según avanzaba, alcanzó hígado, estómago y... Ayúdeme —dijo inclinando el cadáver hacia adelante y palpando su espalda.

Amaia observó cómo el subinspector Etxaide cerraba los ojos mientras con ambas manos sujetaba por un hombro el cuerpo inerte.

—Sí —dijo triunfante San Martín—, lo que pensaba; algunas van de delante atrás.

—Se necesita mucha fuerza —apuntó Etxaide, aliviado al poder soltar el cadáver.

—O un gran odio —dijo Iriarte—. Se ve que es algo personal, la mayoría de las puñaladas no van destinadas a matarle, sólo a infligir un gran dolor.

Amaia les escuchaba, repartiendo su atención entre el cadáver y el juez, que unos pasos más atrás dictaba el texto para el informe al secretario judicial, sin levantar la mirada del hipnótico reguero de sangre y las caprichosas estelas que dibujaba sin llegar a disolverse en el agua. Fue hacia él y se detuvo pisando deliberadamente el charco, que se enturbió bajo sus pies, devolviéndole la atención del juez. Él la miró a los ojos dos segundos, desvió la vista hacia la fachada de la clínica y asintió.

Amaia se volvió hacia su equipo.

—Iriarte, conmigo. Montes, reparta a la gente en todas las salidas principales, urgencias, cocinas, todas. Buscamos al doctor Sarasola. —De pronto reparó en que no sabía su nombre de pila—. Un sacerdote, el padre Sarasola, suele vestir como un cura, de negro y con alzacuellos, aunque en la clínica llevaba una bata de médico. Si le localizan pídanle amablemente que espere, díganle que quiero hablar con él y no permitan que se vaya, pero sin detenerle; invéntense cualquier excusa.

La recepción de la clínica estaba tranquila a aquella hora. Amaia e Iriarte se dirigieron al ascensor y Zabalza se quedó en la entrada principal. La recepcionista les habló desde el mostrador.

—Disculpen, ¿a qué planta van? El horario de visita ha terminado.

Amaia se volvió por completo, dándole la espalda.

—¡Disculpen! —insistió la chica—. No se puede subir a las plantas fuera del horario de visita, a menos que tengan una cita concertada.

Su tono alertó al guardia de seguridad, que varió la ruta de su paseo hacia el mostrador. Las puertas del ascensor se abrieron ante ellos y entraron en el interior sin contestar.

—Ya estará avisando —dijo Iriarte, mientras se cerraban las puertas.

La alarma no debía de haber llegado aún a la cuarta planta. Rebasaron el control de enfermería caminando decididos hacia el despacho de Sarasola. Una enfermera, que no habían visto, salió de alguna parte de detrás del mostrador.

—Disculpen, no se puede estar aquí.

Amaia le mostró su placa estirando el brazo, hasta casi tocar con ella la nariz de la mujer, que quedó frenada en seco.

Dio dos toques rápidos a la puerta antes de abrirla. El doctor Sarasola, sentado tras su mesa, no pareció sorprenderse al verlos.

—Pasen, pasen y siéntense. Imaginaba que vendrían a verme. Es terrible lo que ha ocurrido en el aparcamiento de nuestra clínica, en pleno centro de Pamplona, es terrible que en una ciudad tan tranquila ocurran cosas así.

—¿No sabe quién es la víctima? —preguntó Iriarte.

Aunque Sarasola no hubiera tenido nada que ver, Amaia no se creía que el poderoso sacerdote no tuviese ya aquella información de algo ocurrido en las puertas de su clínica.

—Bueno, corren rumores, ya sabe, pero quién puede fiarse; esperaba que ustedes me lo confirmasen.

—La víctima es su colega, el doctor Franz —dijo Iriarte.

Amaia no se perdió su expresión, y él, consciente de cómo lo observaba, optó por no fingir sorpresa.

—Sí, eso me habían dicho, confiaba en que fuese un error.

—¿Había quedado con él? —preguntó Amaia.

—¿Quedar con él? No, no sé por qué piensa eso, no...

Respuesta demasiado larga, pensó Amaia; un no habría bastado.

—Le consta que el doctor Franz no estaba de acuerdo con el procedimiento por el que Rosario fue trasladada a este centro, y esta misma mañana comunicó a varias personas su intención de resolver algunas cuestiones con usted.

—No sabía nada —dijo Sarasola.

—Será muy fácil comprobar las últimas llamadas del doctor Franz —dijo Iriarte, levantando su móvil.

Sarasola apretó los labios como si formara un beso y permaneció así un par de segundos.

—Quizá sí que llamó, pero no lo tuve en cuenta, había llamado varias veces desde el traslado...

—¿Se ha cambiado de ropa en las últimas horas, doctor? —preguntó Amaia, observando su impecable aspecto.

—¿A qué viene eso?

—Yo diría que acaba de ducharse.

—No entiendo qué importancia puede tener eso.

—La persona que apuñaló al doctor Franz tuvo que mancharse de sangre.

—¿No estarán insinuando...?

—El doctor Franz pensaba que usted tenía algo que ver en lo que había sucedido en su clínica, en el extraño comportamiento de Rosario, y que de algún modo había orquestado su traslado aquí.

—Eso es ridículo. El doctor Franz estaba devorado por los celos profesionales.

—¿Por qué pidió que yo me ocupase del caso de las profanaciones?

—¿Qué tiene eso que ver?

—Responda, por favor —instó Iriarte.

Sarasola sonrió mirando a Amaia.

—Su fama la precede. Creí, acertadamente, que usted tenía la profesionalidad y sensibilidad precisas para un caso tan especial; no hace falta que le diga que para la Igle...

Amaia le cortó.

—¿Dónde estaba hace una hora?

—¿Me está acusando?

—Le estoy preguntando —respondió ella, paciente.

—Pues parece que me está acusando.

—Se ha cometido un asesinato en su clínica, la víctima

venía a verle, y entre ustedes las relaciones no eran precisamente cordiales.

—Si las relaciones no eran cordiales, era por su parte; el crimen se ha cometido en el aparcamiento, y ésta no es mi clínica, yo sólo soy el director de psiquiatría.

—Lo sé —dijo Amaia sonriendo—. El director de psiquiatría es el que autoriza los tratamientos externos, como los que se administran en prisiones.

—Así es —concedió él.

—Al menos dos pacientes que habían asesinado a mujeres y que usted trató en prisión se suicidaron dejando la misma firma.

—¿Qué? —Su sorpresa era auténtica.

—Jasón Medina, Ramón Quiralte, y ahora Antonio Garrido, que esta misma mañana aprovechaba su derecho a una llamada para llamar aquí.

—No conozco a esas personas, jamás había oído sus nombres, pueden comprobar cuantos registros telefónicos quieran. Esta mañana la he pasado entera en el arzobispado, recibiendo a un prelado vaticano que nos visita.

—En los certificados de tratamiento de sus pacientes aparece su firma.

—Eso no significa nada, firmo muchos documentos. Y desde luego, siempre firmo las asignaciones. Pero nunca visito a presos en prisión, es algo que se hace voluntariamente. Varios médicos de esta clínica participan en esa actividad, pero le puedo dar mi palabra de que ninguno ha tenido nada que ver en algo tan sórdido.

—¿No se asignó como médico visitante en ninguna prisión?

Sarasola negó con la cabeza; se notaba su confusión.

—¿Dónde está Rosario?

—¿Qué? ¿Su madre?

—Quiero verla.

—Eso es imposible. Rosario recibe un tratamiento en el que el aislamiento tiene un importantísimo papel.

—Lléveme a verla.

—Si hacemos eso estaremos echando al traste el trabajo de los últimos días, y la mente de alguien como su madre no funciona como algo que uno pueda parar y volver a comenzar más tarde. Si detenemos el tratamiento ahora, los daños pueden ser muy graves.

—Lo asumo; además, poco le importó eso el otro día.

—Tendrá que firmar una renuncia, la clínica declina cualquier responsabilidad...

—Firmaré lo que quiera, pero después; ahora lléveme a ver a Rosario.

Sarasola se puso en pie, y Amaia e Iriarte le siguieron por un corredor flanqueado por varias puertas que el doctor iba abriendo, introduciendo su tarjeta y una clave personal, hasta llegar junto a una habitación. Sarasola se volvió hacia Amaia; parecía haber recobrado su natural confianza.

—¿Está segura de esto? No lo digo por Rosario, a ella le encantará verla, estoy seguro, pero ¿y usted?, ¿está preparada?

«No», gritó una niña en su interior.

—Abra la puerta.

Sarasola introdujo la clave, abrió la puerta y la empujó suavemente hacia el interior.

—Pase —invitó, cediendo su lugar a Amaia.

El inspector Iriarte cruzó ante ella y sacando su arma penetró en la estancia.

—¡Por el amor de Dios! Eso no es necesario —protestó el padre Sarasola.

—Aquí no hay nadie —se volvió Iriarte—. ¿Nos toma el pelo?

El psiquiatra entró en la habitación y pareció de veras sorprendido. La cama se veía revuelta y dos pares de correas acolchadas colgaban a los lados.

—¿Y en el baño? —sugirió Amaia, colocándose la mano sobre la nariz y la boca para no respirar el olor de su madre.

—Estaba sondada para mantenerla completamente inmóvil, no tiene que ir al baño —dijo, mientras observaba con gesto clínico la reacción de Amaia—. No soporta su olor...; es increíble. Yo no noto nada más que el detergente que usan aquí, pero usted...

—¿Dónde está? —atajó ella, furiosa.

Él asintió saliendo hacia el control de enfermería. La fama de Sarasola debía de ser terrible. La enfermera, de unos cincuenta años, se irguió mientras alisaba su uniforme con las manos. Le temía.

—¿Por qué no está Rosario Iturzaeta en su habitación?

—¡Oh!, doctor Sarasola, buenas tardes. La han trasladado para un TAC.

—¿Un TAC?

—Sí, doctor Sarasola, estaba programado.

—No he pedido un TAC para Rosario Iturzaeta, estoy seguro.

—Lo pidió el doctor Berasategui.

—Esto es completamente irregular —dijo, sacando su teléfono.

La enfermera enrojeció y tembló levemente. Amaia se volvió asqueada. Si había algo que odiaba más que el servilismo de personas como Inmaculada Herranz era la sumisión cimentada en el miedo.

El doctor marcó, se llevó el teléfono a la oreja y esperó mientras su gesto de contrariedad iba en aumento.

—No lo coge. —Se volvió hacia la enfermera—. Busque al doctor por megafonía por toda la clínica, que me llame inmediatamente.

—¿Dónde se hacen los TAC?

—En la planta baja —contestó Sarasola caminando hacia el ascensor.

—¿Quién es ese médico?

—Un brillante doctor, no puedo comprender de dónde sale esta decisión. Rosario no debía salir de su aislamiento bajo ninguna circunstancia en esta fase del tratamiento, y él lo sabe, así que confío en que habrá una razón. El doctor Berasategui es un psiquiatra destacado, uno de los mejores médicos de mi equipo, si no el mejor. Ha recibido una formación excelente y está muy vinculado al caso de Rosario. —Hizo un gesto como de recordar algo—. Usted ya le conoce —dijo—, aunque no formalmente. Iba a presentarles el día del incidente con su madre en la cámara de espejos. ¿Recuerda? Era uno de los médicos del grupo que se cruzó en el pasillo. Precisamente al verle recordé que había sido él el primero en interesarse por Rosario y su caso, iba a decírselo, pero usted, bueno, comprendo que quizá no era el momento más adecuado.

El recuerdo de la pavorosa sensación de aquel momento volvió a su mente y la descartó, mientras intentaba razonar.

—¿El doctor Berasategui fue el que le habló del caso? ¿Fue así como comenzó a interesarle?

—Sí, usted lo preguntó, ¿recuerda? Y yo le dije que se había tratado en varios congresos y que no recordaba la primera vez que alguien lo mencionó, pero al verle lo recordé.

—Su nombre me resulta familiar.

—Ya le digo que es un prestigioso psiquiatra.

—No, no es de eso —descartó Amaia, mientras se esforzaba en hacer memoria y sólo conseguía la desagradable sensación que produce estar a punto de recordar algo que se pierde de nuevo entre las tinieblas de la mente.

Llegaron al control de la zona de rayos y el doctor preguntó de nuevo a otra temblorosa enfermera mientras la megafonía repetía el mensaje de búsqueda. En efecto, había programado un TAC hacía dos horas, pero no se había realizado.

—¿Puede explicarme por qué?

—Yo acabo de entrar en mi turno, pero el estadillo pone que el doctor Berasategui lo anuló a última hora.

—No entiendo nada —exclamó Sarasola.

El tono de su piel, que iba tornándose más ceniciento a cada minuto, y el tono exasperado con el que lo dijo ponía de manifiesto que no estaba acostumbrado a que las cosas escapasen a su control. Hizo una nueva e infructuosa llamada al médico y seguidamente llamó a seguridad.

—Localicen al doctor Berasategui y a una paciente de psiquiatría, Rosario Iturzaeta. Es muy peligrosa.

—Imagino que tienen cámaras —dijo Iriarte.

—Claro —respondió Sarasola con cierto alivio.

Para cuando llegaron, el revuelo en la sala de control interno era notable. Al verles, el jefe de seguridad se dirigió a Sarasola y Amaia percibió que casi se puso firme, como si en lugar de con un médico o un sacerdote hablase con un general.

—Doctor Sarasola, hemos revisado las imágenes y, en efecto, el doctor bajó con la paciente hasta la planta baja y después salieron por la puerta de atrás.

Sarasola se quedó estupefacto.

—Lo que me dice es imposible.

En sendos monitores el guardia reprodujo una secuencia. Un médico con bata blanca acompañaba al celador que empujaba una camilla en la que un paciente irreconocible aparecía oculto bajo una sábana. La siguiente secuencia era del ascensor. En la planta baja se les veía por un pasillo. En el siguiente plano, el celador ya no estaba y el médico de la bata blanca ayudaba a caminar a alguien que llevaba un plumífero acolchado que le llegaba hasta los tobillos y cubría su cabeza con una capucha rematada con pelo.

—¡Se la lleva andando! —exclamó el doctor, incrédulo.

El *walki* del jefe de seguridad crepitó y alguien al otro lado le comunicó algo que nubló su rostro antes de que volviese a hablar.

—Han encontrado al celador en un almacén de limpieza, está muy grave, le han apuñalado.

Sarasola cerró los ojos, y Amaia supo que estaba a punto de bloquearse.

—Doctor, ¿adónde da esa salida?

—Al aparcamiento —respondió, pesaroso—. No puedo entender esta imprudencia por parte del doctor, sólo se me ocurre que ella le esté amenazando, ya sabemos que es muy peligrosa.

—Mire otra vez, doctor, va de modo voluntario, y es ella la que lo acompaña a él.

Sarasola observó las pantallas en las que se veía cómo el doctor cedía su brazo a su acompañante, a la vez que indicaba con un gesto hacia dónde debía ir.

—Necesitamos una fotografía del doctor Berasategui.

El jefe de seguridad le tendió una ficha en la que estaba prendido un pase impreso en una tarjeta. Amaia lo estudió. Con unas gafas y una perilla era sin duda el visitante misterioso de Santa María de las Nieves.

No hay miedo como el que ya se ha probado, del que se conoce el sabor, el olor y el tacto. Un viejo y mohoso vampiro que duerme sepultado bajo cotidianeidad y orden, y que mantenemos alejado, fingiendo una calma tan falsa como las sonrisas sincronizadas. No hay miedo como el que conocimos un día y que permanecía inmóvil, respirando con un jadeo húmedo en algún lugar de nuestra mente. No hay miedo como el que produce la sola posibilidad de que el miedo regrese. Durante los sueños vislumbramos la luz roja que sigue encendida, recordándonos que no está vencido, que sólo duerme, y que si tienes suerte no volverá. Porque sabes que si regresara, no lo resistirías; si volviese, acabaría contigo y con tu cordura.

A pesar de haber estado inmovilizada en los últimos días, Rosario caminaba con seguridad, algo entumecida pero estable. Bajo el plumífero, se vislumbraban unas piernas demasiado blancas y los pies enfundados en unas zapatillas que arrastraba sin apenas despegarlas del suelo. A la mente de Amaia acudió el recuerdo de la tía Engrasi arrastrando unas similares que le quedaban grandes, y se preguntó si sería ésa la causa. Verla así, en pie, caminando, era una especie de aberración que atentaba contra la imagen mental que durante años había alimentado. El miedo campaba libre y en algún lugar, en el fondo de su alma, una niña gritaba «Viene a por ti, viene a por ti».

Un escalofrío recorrió su espalda como una sacudida eléctrica. Tragó saliva, que de pronto se había vuelto muy densa, y tomó todo el aire que pudo para compensar el tiempo que había contenido la respiración.

—¿Tendremos su colaboración? —preguntó, dirigiéndose al padre Sarasola.

—La ha tenido desde el primer momento —respondió él.

Había en su voz un reproche que Amaia ignoró. Sabía que no era plato de gusto ser tratado como sospechoso por la policía, pero aquél era su trabajo y el doctor no había sido del todo sincero. Se acercó a él hasta estar segura de que sus palabras resultarían inaudibles para los demás.

—Me cuesta creer que al todopoderoso doctor Sarasola se le haya descarriado una oveja mientras dormía bajo el olivo. No le acuso de nada, hasta creo que es probable que usted no supiera lo que su chico hacía por su cuenta —remarcó el concepto «su chico» para poner de manifiesto su responsabilidad—, pero estoy segura de que si interrogo a todos sus muchachos, cosa que sería muy penosa para la imagen de la clínica, declararían que se veían abocados por la política del jefe de psiquiatría a buscar esos casos tan especiales en los que ustedes son expertos, esos con un matiz extra, el matiz del mal, y que el hecho de que esta clínica lleve a cabo tantas acciones de voluntariado en las prisiones no obedece a un sentimiento altruista, sino al interés por captar a ese tipo concreto de pacientes que en las cárceles deben proliferar, ¿no es cierto? El doctor Berasategui le habló del caso de Rosario, pero su rastreo de pacientes «especiales» no había concluido y me atrevo a afirmar que tenía carta blanca para seguir con su búsqueda.

Sarasola la miraba, impertérrito, pero era evidente que sus insinuaciones sobre que su personal pudiera estar desmandado habían tocado nervio.

—La política de esta clínica en cuanto a la elección de pacientes psiquiátricos es públicamente conocida, así como lo son la generosidad y el altruismo que muestra atendiendo a presos en las cárceles, y como bien ha dicho el personal es instruido para la elección de los casos que nos pueden resultar más interesantes, siempre en aras de la investigación y los avances que puedan procurar una mejor calidad de vida a nuestros pacientes y sus familias.

Amaia negó, impaciente.

—No es una rueda de prensa, doctor Sarasola, ¿conocía y alentaba la captación de presos con enfermedades mentales que presentasen «el matiz», o Berasategi era el verdadero jefe de psiquiatría?

Sus ojos ardieron, pero su tono no varió.

—Firmé las visitas, lo hago con todos los miembros de mi equipo, pero desconocía las acciones que el doctor Berasategi realizaba paralelamente. Desvinculo mi nombre y el de la clínica y declinamos cualquier responsabilidad en los actos delictivos que hayan podido derivar de las acciones del doctor Berasategi.

Amaia sonrió; el gestor corporativista e implacable hasta el final, ¿o era el gran inquisidor ladino? Daba igual, le había hecho una concesión; a cambio, decidió ser conciliadora.

—Ya sé que no podemos verlas, pero sería interesante que repasase las últimas sesiones con Rosario para ver si algo de lo que dijo nos sirve como pista. Y necesitaré también la ayuda de su jefe de seguridad.

Sarasola hizo un gesto al guardia, que asintió adoptando aquella postura cercana al firmes.

Amaia se dirigió al hombre.

—Proporciónele al inspector Montes modelo y matrícula del coche del doctor Berasategui para emitir una orden de búsqueda. Necesitaré ver toda la documentación relativa a Berasategui que tenga, currículum, credenciales, titulaciones, la ficha con sus datos y su solicitud de trabajo o cartas de presentación, si las hubiera. Por supuesto, su número de teléfono, su dirección y los de sus familiares.

Sarasola asintió sacando el móvil.

—Llamaré a mi secretaria.

Iriarte intervino.

—Si pudiera dejarnos una mesa donde trabajar.

—Pueden utilizar el despacho del jefe de seguridad.

Montes entró con las ampliaciones de las fotos de Berasategui en la mano y miró a Amaia con gesto preocupado.

—Zabalza dice que el nombre del fulano este aparece en la lista al menos dos veces. —Se la quedó mirando como si no saliese de su asombro—. Manda cojones, jefa; este tío, el doctor Berasategui, fue mi terapeuta durante mi baja. Él impartía la terapia de control de la ira.

Ella lo miró, asombrada.

—Consuélese, inspector, no es extraño que tuviera ganas de matarme.

Usando la clave de Sarasola, Amaia accedió a toda la documentación sobre el doctor Berasategui. Un currículum brillantísimo, estudios en Suiza, Francia, Inglaterra. Nacido en Navarra, no especificaba el lugar; tampoco aparecía el nombre de los padres o su dirección.

—Parece que el doctor haya roto toda relación con su

familia, aunque sí aparece su domicilio aquí, en Pamplona; según esto, no está casado y vive solo.

—Está bien, de camino llamaré al juez, pero antes envíe por correo electrónico la foto de Berasategui a las cárceles de Pamplona y Logroño, a ver si alguien le reconoce. Diga que es urgente, si es necesario localice a los directores, tengo que saberlo cuanto antes, y envíela también a Elizondo, que una patrulla visite a Nuria y a la madre de Johana Márquez y les muestren la foto.

40

Las calles en Pamplona se veían ocupadas por gente aún de compras, a pesar de que por la hora los comercios debían de estar a punto de cerrar. Mientras iban de camino, había llamado Markina, que pareció respirar algo aliviado al saber que parecía que Sarasola no tenía implicaciones en el caso, y que todo apuntaba a que aquel médico, Berasategui, actuaba por su cuenta.

—Vamos hacia su casa, pero necesitaré una orden para entrar y registrar el domicilio, esté allí o no.

—Cuente con ella.

—... Y otra cosa.

—Lo que precise.

—Gracias por autorizarme antes.

—No hay por qué darlas, usted tenía razón; aunque no fuese Sarasola, allí estaba la clave.

Montes y Amaia subieron en el ascensor acompañados por el portero, mientras Etxaide e Iriarte lo hacían por las escaleras. Amaia esperó a que todos estuvieran situados a ambos lados de la puerta y Montes la aporreó.

—Policía, abra —dijo retirándose a un lado.

No hubo respuesta ni se percibió movimiento alguno en el interior.

—Ya les he dicho que no estaba —dijo el portero a

su espalda—. Pasa largas temporadas en el extranjero y ahora debe de estar de viaje; hace al menos una semana que no veo al señor Berasategui.

Amaia hizo un gesto a Iriarte, que tomando la llave que el portero le tendía la introdujo en el bombillo, giró las dos vueltas de la cerradura y dejó la puerta abierta. Montes la empujó y entró apuntando su arma, seguido por los demás.

—Policía —gritaron.

—Nadie —gritó Iriarte desde el fondo del piso.

—Nadie —repitió Montes desde el dormitorio.

—Está bien, vamos a registrar la casa, todo el mundo con guantes —avisó Amaia.

El piso se componía de un salón, una cocina, una *suite* con baño, un gimnasio y una gran terraza; en total, unos doscientos metros en los que imperaba la sensación de orden, que la decoración casi monacal en blanco y negro contribuía a aumentar.

—Los armarios están prácticamente vacíos —dijo Iriarte—. Casi no hay ropa ni enseres de ningún tipo, tampoco he visto ordenador ni teléfono fijo.

Jonan se asomó a la puerta de la cocina.

—Los armarios están vacíos también, en el frigorífico sólo hay botellas de agua, pero oculto bajo la encimera hemos encontrado un pequeño arcón congelador. Será mejor que venga a verlo.

Era un modelo bastante moderno de acero inoxidable que quedaba perfectamente disimulado entre los paneles de la cocina y la encimera que lo cubría. Guardaba algún parecido con un armario para vino, con un par de cajones extraíbles que el subinspector abrió ante ella, para que pudiera ver que al menos en uno de ellos no había nada. El interior estaba limpio de escarcha y parecía tan pulcro como si acabasen de traerlo de la tienda. En la bandeja superior había dispuestos doce paquetes de distintos tamaños que en ningún caso superaban el de un teléfono móvil. En riguroso orden, cubrían toda la bandeja, y llamaba la atención el cuidado con el que habían sido colocados y envueltos, en grueso y rígido papel encerado de color crema, y atados con un cordel de algodón rematado con una lazada que les habría dado el aire de pequeños presentes, si no hubiera sido por la etiqueta de cartón que colgaba de cada uno y que todos reconocieron de inmediato: las habían visto cientos de veces colgando de los pies o las muñecas de los cadáveres en el depósito. En las líneas destinadas a poner los datos aparecían, escritas a mano y con lo que Amaia creyó que era carboncillo, distintas series de números que identificó como fechas.

—¿Has traído el equipo de campo? —preguntó, volviéndose hacia Jonan.

—Lo tengo en el coche; voy a por él —dijo saliendo.

—Quiero fotos de todo, no toquen nada hasta que el subinspector Etxaide haya terminado de procesarlo.

—¿Qué cree que hay en esos paquetes? —preguntó alguien a su espalda.

Al volverse vio al juez Markina, que había entrado en silencio, y a todos los policías presentes en la casa rodeando el congelador abierto. Éste desprendía cíclicas olas de vaho helado que caían pesadamente sobre el suelo impoluto, y desaparecían dejando tan sólo una sensación de frío que se concentraba en torno a sus pies.

No iba a responder a aquella pregunta. Se negaba a ceder ni un ápice de espacio a las suposiciones. En un momento lo comprobaría.

—Por favor, señores, necesitamos espacio para trabajar —dijo indicando al subinspector Etxaide, que regresaba—. Montes, ¿tiene aquí las notas de todos los crímenes? —Él sacó su BlackBerry y la alzó, mostrándosela.

—Creo que las inscripciones son fechas. Esta del 31 de agosto del pasado año coincide con la fecha de desaparición de Lucía Aguirre; la del 15 de noviembre del año anterior creo que es la de María en Burgos, y justo seis meses antes, el 2 de mayo, Edurne..., en Bilbao.

El inspector Montes asintió.

Jonan había colocado una referencia junto a los paquetes y hacía fotos desde varios ángulos. Ella paseó su mirada sobre algunas etiquetas cuya inscripción no le decía nada, hasta que reparó en un paquete. Era el más pequeño, no abultaba mucho más que un encendedor, en el papel se apreciaban marcas de antiguas dobleces y el cordel de la etiqueta colgaba medio suelto, como si se hubiese puesto allí de forma apresurada dejando de ejercer cualquier tipo de sujeción sobre el rígido papel encerado. Comprobó la fecha, febrero del pasado año; coincidía con el asesinato de Johana Márquez. Suspiró profundamente.

—Jonan, haz fotos de éste, la atadura está más floja y por el estado del papel, se nota que lo abrió y lo cerró en varias ocasiones.

Esperó a que él terminase con las fotos, y con dos pinzas sacó el paquetito de la bandeja del congelador y lo colocó sobre el lienzo que a tal efecto habían dispuesto sobre la encimera. Con cuidado de no deshacer el nudo retiró el cordel y valiéndose de las pinzas separó el papel, que quedó abierto y rígido como los pétalos de una extraña flor. En su interior, una fina lámina de plástico transparente cubría una porción de carne. Era fácil identificarla por los filamentos alargados que habían formado el músculo y que en los extremos de la pieza se veían deshilachados y blanquecinos, como cuando se ha roto la cadena de frío y algo ha sido congelado y descongelado en repetidas ocasiones.

—Joder, jefa —dijo Montes—. ¿Cree que es carne humana?

—Sí, creo que sí. Habrá que esperar a las analíticas, pero se parece a algunas muestras que vi en Quantico.

Se acuclilló para ver la sección del extremo a la misma altura.

—¿Ven esto? Son marcas de dientes. Lo mordisqueó, y por la coloración blanquecina que indica quemadura por el frío, y que es distinta en diferentes zonas, yo diría que la descongelaba para morder un trozo y la volvía a congelar.

—Como si fuese un manjar que se desea conservar y al que a la vez uno no puede resistirse —dijo Jonan.

Amaia le miró con orgullo.

—Muy bien, Jonan. Envuélvelo de nuevo y déjalo en su sitio hasta que los de la científica lo trasladen —dijo levantándose y saliendo de la cocina.

Recorrió todo el piso intentando captar el mensaje de aquella casa y regresó a la cocina.

—Creo que esto es un decorado.

Todos se volvieron a mirarla.

—Todo, el gimnasio, los muebles, este piso magnífico en el que, como dice el portero, casi nunca está. Es sólo un decorado. Parte de la máscara tras la que se oculta, necesaria para ofrecer una imagen que se corresponda con un exitoso joven psiquiatra. Una dirección, un lugar al que traer alguna vez a sus colegas a tomar una copa, estoy segura que hasta alguna mujer casual, no muchas, las suficientes para contribuir a darle aire de normalidad. Sólo hay una cosa que habla de él, los paquetes del congelador, y algo que no se ve pero se aprecia: no hay desorden ni caos, ni suciedad, está inmaculado y eso sí que es auténtico. Un gran manipulador debe regirse por una disciplina férrea.

—¿Entonces?...

—Ésta no es su casa. No es aquí donde vive, pero necesita este lugar como parte de la identidad que muestra; por eso pasa tan poco tiempo aquí, lo mínimo para guardar las apariencias pero suficiente para añorar su casa, sus cosas, sus objetos y sus trofeos. Estar aquí le supondrá un fastidio que minimiza trayéndose un poco de su hogar, de su ancla con su mundo auténtico, con la persona que en realidad es; y por eso se ha traído unas muestras, unos pequeños fetiches que le ayuden a sobrellevar el fingimiento de su doble vida.

—Inspectora —la interrumpió Iriarte—, llaman de Elizondo; Nuria... Dice que no ha visto a ese hombre en su vida, pero ahora mismo están con la madre de Johana Márquez y dice que quiere hablar con usted.

—Sí que le conozco, inspectora, era un cliente del taller donde trabajaba... Bueno, ese demonio, perdóneme, pero aún no puedo nombrarlo después de lo que nos hizo, espero que esté en el infierno. Ese hombre tenía un coche lujoso, un Mercedes, creo; no soy buena para las marcas, pero ése lo distingo por la estrella. Lo trajo un día al taller y después vino varias veces, pero no por el coche, sólo a tomar café con..., bueno, con él. Me llamó la atención un día que les vi al pasar ante el bar. Vestía muy elegante y se notaba la educación y el dinero. Me pareció raro que un hombre tan fino viniera hasta aquí para tomar café con un mecánico sin estudios. Hasta le pregunté, pero me dijo que no era asunto mío. Volví a verle un par de veces.

—Gracias, Inés, nos has ayudado mucho.

Colgó y se quedó mirando en el teléfono la foto de Berasategui que les habían proporcionado en el hospital. Hizo desaparecer la imagen antes de marcar el teléfono de la tía Engrasi. Escuchó los tonos de llamada pero nadie contestó. Consultó la hora, casi las nueve; era imposible que hubiera salido a aquella hora. Llamó al móvil de Ros, que cogió a la primera.

—Ros, me estaba preocupando, he llamado a casa y no lo coge nadie.

—El teléfono no funciona. Está cayendo una tormenta terrible sobre Elizondo y la luz se fue hace tres cuartos de hora. Yo estoy en el obrador con Ernesto, no te puedes imaginar la que tenemos liada aquí. Estábamos preparando un pedido enorme para una gran superficie francesa que debería salir pasado mañana. Ernesto y dos operarios se habían quedado para vigilar el horneado pero al irse la luz, los hornos se han detenido y hemos perdido todo lo que estaba dentro. La masa se ha derretido y está toda pegada a las placas, y encima el sistema de limpieza de los hornos no funciona sin electricidad, así que estamos rascando y despegando la masa con espátulas debajo del grifo, alumbrados por velas y rezando para que vuelva pronto la luz. Tengo aquí para rato, pero tú tranquila, la tía ha llenado la sala de velas perfumadas y la casa está preciosa; si quieres puedes llamarla a su móvil.

—¿La tía tiene móvil?

—Sí, ¿no te lo ha dicho? Es porque no le gusta nada. Se lo compré hace poco, me daba miedo que le pasase algo cuando se va sola a andar: hace poco, una mujer de Erratzu se cayó en un camino y estuvo tirada dos horas antes de que pasase alguien, así que me vino de perlas para convencerla, aunque siempre se olvida de ponerlo a cargar —dijo riendo, y le dio el número.

Marcó el teléfono de su tía.

—Engrasi Salazar al aparato.

Amaia rió durante un rato antes de poder contestar.

—Tía, soy yo.

—Hija, qué alegría, al menos sirve para algo bueno este trasto.

—¿Cómo estáis?

—Pues estupendamente, a la luz de las velas y al calorcito de la chimenea. La luz se fue al terminar de bañar a Ibai y tu hermana ha tenido que ir al obrador; Ernesto la llamó, estaban horneando y se les ha echado todo a perder. Está cayendo una buena, dicen que hay dos palmos de agua en la plaza y en la calle Jaime Urrutia. Los bomberos están de un lado para otro y truena con fuerza, pero a tu hijo le ha dado igual, se ha tomado el biberón y duerme como un angelito.

—Tía, quiero preguntarte una cosa.

—Claro, dime.

—El hombre que cuida el huerto de Juanitaenea.

—Sí, Esteban Yáñez.

—Sí, me dijiste que tuvo un hijo, ¿recuerdas si se parecía a él?

—Como dos gotas de agua, al menos cuando era pequeño.

—¿No sabrás cómo se llamaba?

—Eso no, cariño. En esos años yo no estaba aquí, no sé si lo oí mencionar alguna vez, es más probable que le conocieras tú que yo. Debía de tener un par de años más que tú, tres a lo sumo.

Amaia lo pensó. No, prácticamente imposible. Dos años son un mundo a esas edades.

—Y bueno, ya te dije que al pobre lo mandaron a un internado en cuanto murió la madre. Tendría diez años como mucho, ya sabes, colegios caros en Suiza pero poco cariño.

—Vale, tía, gracias, y una cosa más, ¿tienes el teléfono cargado?

—No sé mirar eso.

—Mira en la pantalla, salen unas rayitas en la parte de arriba, ¿cuántas rayitas hay?

—Espera que me ponga las gafas.

Amaia sonrió divertida mientras la oía trastear.

—Una rayita.

—Casi no tienes batería y ahora no lo puedes cargar.

—Tu hermana siempre me riñe, pero es que no me acuerdo, ¿no ves que no lo uso?

Ya iba a colgar cuando se le ocurrió algo.

—Tía, y la mujer que se suicidó, la madre del chaval, ¿recuerdas su nombre?

—Oh, sí, por supuesto. Margarita Berasategui, una mujer muy dulce, una pena.

Tenía otra llamada, se despidió de Engrasi y respondió al padre Sarasola.

—Inspectora Salazar, he estado repasando lo poquísimo que Rosario dijo en el transcurso de las sesiones.

Quizá lo más llamativo es que parecía ilusionada con la posibilidad de conocer a su nieta.

—Rosario no tiene ninguna nieta —respondió ella.

—Bueno, usted tuvo familia hace poco, ¿verdad?

—Sí, pero es un niño, y además no creo que ella lo supiera... No hay modo.

—Pues lo único que se me ocurre es que se refiriese a su hijo.

Colgó y marcó de nuevo, mientras miraba, febril, alrededor de aquella decoración monacal que un asesino había elegido para su casa.

—¿Amaia? Vaya sorpresa. ¿A qué debo el honor? —contestó Flora.

—Flora, ¿le dijiste a la *ama* que había tenido un niño?

Cuando Flora contestó su tono había cambiado totalmente.

—No... Bueno...

—¿Se lo dijiste o no?

—Sí, le dije que iba a ser abuela. Entonces aún pensábamos que sería una niña, pero al ver cómo reaccionó no volví a mencionárselo.

—¿Qué respondió?

—¿Qué?

—Has dicho que reaccionó mal, ¿qué dijo?

—Al principio preguntó cómo iba a llamarse y yo le dije que aún no habías elegido su nombre... Te juro que parecía ilusionada, pero entonces dijo algo, no sé, comenzó a reírse y dijo cosas horribles...

—¿Qué dijo, Flora? —insistió.

—Amaia, creo que es mejor que no lo sepas, ya sabes que está muy enferma, a veces dice cosas horribles.

—¡Flora! —gritó.

Al otro lado de la línea, la voz de Flora tembló al decir:

—«Me comeré a esa pequeña zorra.»

El pánico produce una súbita aceleración del corazón, y la producción de adrenalina se dispara contribuyendo a acelerarlo más todavía, la boca se crispa en una parodia de sonrisa, la sonrisa primitiva que la evolución nos enseñó a mostrar a nuestros enemigos como signo conciliador. La respiración se acelera por la exigencia del corazón, la adrenalina proyecta los ojos hacia fuera, produciendo la sensación de que se abren desmesuradamente, y se pierde casi por completo la visión lateral.

—Amaia, ¿qué pasa? —preguntó Markina, acercándose.

Ella se llevó la mano a la Glock instintivamente.

—Va a matar a mi hijo, van a Elizondo, para eso la ha liberado. Van a matar a mi hijo. A eso esperaba Garrido. James está en Bilbao, y nosotros estamos aquí, entretenidos en este circo. Nos ha estado liando, ocupándonos con esta mierda, y ahora va a matar a mi hijo, van a matar a Ibai. ¡Oh, Dios! Está solo con mi tía —dijo, mientras sentía cómo lágrimas calientes y densas arrasaban sus ojos.

Los demás salieron de la cocina al oírla.

—¿Ha llamado a su casa? —preguntó Iriarte.

Ella le miró sorprendida. ¿Cómo era posible? El pánico no la dejaba pensar. Sacó su teléfono y marcó el de la tía. Oyó la señal de llamada pero justo cuando lo cogía la llamada se cortó. Una pesadilla vívida se reprodujo ante sus ojos y vio cómo Rosario se inclinaba sobre la cuna de Ibai, como lo había hecho tantas veces sobre su propia cama. Un pensamiento lógico la sacó de la pesadilla. No tiene batería, tenía una raya en el indicador, la energía consumida para hacer sonar la llamada la había agotado, casi podía imaginar a Engrasi maldiciendo aquel aparato inútil.

—El móvil de mi tía no tiene batería, y el fijo no funciona, la luz se fue hace una hora en Elizondo.

—Vámonos, inspectora, movilizaremos a todo el mundo, les detendremos.

No esperaron al ascensor, bajaron las escaleras corriendo mientras Iriarte y Montes hablaban por teléfono. Al llegar al coche había recuperado lo suficiente el control, pero Jonan le arrebató las llaves y ella no protestó: tenía la cabeza muy cargada, como si estuviese bajo el agua o llevase puesto un casco que le impedía percibir la realidad al cien por cien. Reparó en que el juez estaba a su lado.

—Voy contigo —dijo él.

—No —acertó a decir—. No puede venir.

Él la tomó por las manos.

—Amaia, no voy a dejar que vayas sola.

—He dicho que no —dijo, soltándose de sus manos.

Él volvió a tomarlas con más fuerza.

—Voy a ir contigo, iré donde tú vayas.

Ella lo miró un segundo, mientras intentaba pensar.

—Vale, pero en otro coche.

Él asintió y corrió hacia el coche de Montes.

El teléfono de Jonan sonó en cuanto arrancó. Puso el manos libres. La voz del inspector Iriarte les llegó clara.

—Inspectora, tengo a todas las patrullas en la calle, ya sabe que el río Baztán se desbordó ayer y hoy está creciendo con la tormenta. Más de la mitad del valle está sin luz, un árbol alcanzado por un rayo se ha caído sobre el tendido y tardarán horas en arreglarlo, y además, debido a las lluvias, se ha producido un desprendimiento en el túnel de Belate. La N-121 está cortada, esto puede ir a nuestro favor. Si han tenido que dar la vuelta para ir por la NA-1210 después de llegar hasta allí, habrán perdido bastante tiempo; me han dicho que había una retención importante. He llamado también a los bomberos de Oronoz; han tenido muchas salidas por las inundaciones y me ha sido imposible contactar con ellos. Voy a probar con los números personales, de todos modos una patrulla va para su casa ahora mismo.

Mi hermana, pensó de pronto, y marcó su número.

—Es peor de lo que pensaba, hermanita —dijo Ros, al contestar.

Ella le interrumpió.

—Ros, tienes que ir a casa. Un médico ha ayudado a la *ama* a escapar de la clínica y le dijo a Flora que mataría a la pequeña zorra que yo iba a tener. —Mientras lo decía el llanto volvió a agolparse en sus ojos. Hizo un esfuerzo y se lo tragó—. Ros, va a matarlo porque no pudo matarme a mí.

Cuando Ros contestó, percibió en su voz que corría.

—Voy para allí, Amaia.

—Ros, no vayas sola, que Ernesto vaya contigo.

El sonido de un potente trueno le llegó a través del teléfono; la llamada se cortó o Ros colgó. Quedó desolada.

La carretera NA-1210 era una de las vías más hermosas por las que se podía conducir en Navarra. Rodeada de un bosque verde y bucólico, la luz del sol se filtraba entre las ramas más altas creando haces luminosos que llegaban hasta el suelo. Muy transitada por camiones, la antigua carretera nacional era sin embargo muy peligrosa. Carriles estrechos, el firme en mal estado, baches y charcos y, a veces, ramas caídas que dificultaban la conducción o animales que se cruzaban. Cuando a esto se le sumaba la noche cerrada sólo iluminada por los rayos que cruzaban el cielo, la lluvia y todo el tráfico que normalmente se repartía en las dos vías, se convertía en un infierno.

Amaia no prestaba atención a la carretera. Decidida a no dejarse arrastrar hacia las pesadillas que su mente proyectaba, se concentró en desarrollar un perfil, el perfil de un psicópata. Los psicópatas no pueden empatizar, ésa es su tara de fábrica, son incapaces de sentimientos que surjan de la experiencia que supone ponerse en la piel de otro. No pueden sentir piedad o lástima, solidaridad o simpatía hacia otros; pero sí son capaces de sentir emociones, las que producen la música o el arte, la envidia o la codicia, las que producen la ira o la satisfacción. Dioses absolutos de un mundo unipersonal, se mueven en sociedad fingiendo, perfectamente conscientes de que no son como los demás, y sintiéndose elegidos, al mismo tiempo que privados de un honor.

Un hombre inteligente y con una excelente formación. Un niño arrancado de su hogar tras perder a su madre y rechazado por la única persona que le quedaba en el mundo. Fraguó, quizá durante años, la venganza de un adulto que regresa. Su posición de psiquiatra le había dado acceso al tipo de individuo que necesitaba. Experto manipulador, había dirigido a aquellos hombres como maestro de títeres, tensando y aflojando cuerdas, hasta llevarles donde quería. Un genio del horror, impecable hasta los mínimos detalles, capaz de someter la ira ciega de aquellas bestias y dirigirla como un arma de precisión, convenciéndoles de segar su propia vida, disponiendo la provocación de una profanación y manipulando a su propio padre. Soberbio.

Pensó desde cuándo conocería la existencia del *itxusuria*: ¿lo habría hallado casualmente mientras cavaba? ¿O lo había buscado con la sospecha de que debía de haber uno en una casa tan antigua? En cualquier caso, había supuesto un golpe de efecto magnífico, uno más que sumar a su lista de brillantes horrores. Pero había cometido un error y, curiosamente, a él le había traicionado la pequeña parte humana que quedaba en su interior. Era probable que hubiera sido una avería accidental lo que le llevó al taller donde trabajaba Jasón Medina, y seguramente también fue fortuito que Johana se cruzase en su camino; estaba segura de que desde el primer momento había descartado a Jasón Medina, resulta imposible ejercer ningún tipo de control sobre individuos como él. Los agresores sexuales reincidían, a pesar de condenas y terapias, jamás se rehabilitaban, porque el puro deseo de satisfacer su necesidad les dominaba, fueran cuales fuesen las consecuencias.

Berasategui debía de saberlo. Él era el experto, pero la codicia por Johana le pudo. Aquella niña inocente y pura, su carne prieta y morena, provocó en él emociones nuevas. Un regalo de sensaciones que afloraron desde un lugar desconocido con la excitación propia de un enamoramiento. Johana se convirtió en su obsesión y este descubrimiento fue tan irresistible que cometió por ella el único error que podía cometer una mente como la suya: dejarse llevar por la voracidad, rompiendo su patrón de actuación y dejando a la vista la pieza clave que todo investigador espera. La discordancia. Somos esclavos de nuestras costumbres.

Un manipulador magistral, sí, cuyos caprichos de dios caníbal palidecían junto a Rosario. Se había dado cuenta cuando veía con Sarasola las imágenes del vídeo de seguridad. El tarttalo iba voluntariamente con ella, y podía ser un maestro de la manipulación con bestias iracundas; pero si creía por un instante que iba a dominar a Rosario, se equivocaba de parte a parte. Ella tenía un objetivo desde el día en que sus hijas idénticas llegaron a este mundo, y durante más de treinta años, nadie la había apartado de su camino.

41

La tormenta parecía instalada sobre el valle. Aunque la lluvia no era tan intensa ahora, no había cesado en todo el día, y el retumbar de los truenos apenas se alejaba para dar paso a otra andanada aún más potente. Elizondo sin luz parecía totalmente devorado por el monte, y sólo el fugaz resplandor de los rayos y el baile frenético de las linternas permitían reconocer que seguía allí.

Ros corría por las calles, con una de aquellas lámparas, con el pelo pegado a la cabeza por la lluvia. El corazón latía en su oído interno como un enorme tambor que no le impedía oír los pasos de Ernesto corriendo tras ella. Llegó a la entrada de la casa y vio que la puerta estaba entornada. Toda la energía que la había sostenido mientras iba hacia allí la abandonó de golpe, haciendo que sus rodillas se doblaran. Agarró el quicio de la puerta, y al tocar la piedra fría y rugosa tuvo la seguridad de que algo terrible había ocurrido, de que aquel lugar que había sido el refugio contra todo mal, contra el frío, la lluvia, la soledad, el dolor y los gaueko, los espíritus nocturnos del Baztán, había sido finalmente mancillado.

Ernesto la alcanzó, le arrebató la linterna y entró. La casa seguía estando templada a pesar de la puerta abierta. Completamente a oscuras, flotaba en el aire el olor acre que producen las velas recién apagadas. El leve resplandor anaranjado de las brasas de la chimenea permitía vislumbrar el desorden. Ernesto barrió el salón con el haz de la linterna. Había una silla volcada junto a la mesa, y los restos del jarrón de flores frescas que Engrasi siempre tenía sobre ella estaban desperdigados por el suelo; uno de los sillones de orejas estaba volcado hacia la chimenea, de forma que de haber habido un fuego más alto habría ardido.

—Tía —llamó Ros, y al hacerlo no reconoció su voz.

La linterna alumbró las piernas de la anciana tendida en el suelo, que habían quedado expuestas al desplazarse la bata hacia arriba. La parte superior del cuerpo estaba oculta por el sillón orejero. Ernesto se acercó hasta ella y apartó el mueble.

—¡Oh, Dios mío! —Ernesto dio un paso atrás al verla.

Ros no quiso hacerlo. Desde que entró en la casa lo había sabido, la tía estaba muerta.

—Está muerta —dijo—, está muerta, ¿verdad?

Ernesto se inclinó sobre ella.

—Está viva, pero tiene un golpe enorme en la cabeza, Ros, hay que llamar a un médico.

Sonó el teléfono en el bolsillo de su abrigo. Temblando, lo cogió y miró la pantalla aunque no pudo ver nada. El llanto había cegado sus ojos pero aun así supo quién era.

—Amaia, la tía... —rompió a llorar amargamente—. Casi la ha matado, le ha roto la cabeza, se está desangrando y Ernesto está llamando a la ambulancia, pero todas están fuera con el desbordamiento. Ni siquiera los bomberos saben si podrán llegar —casi gritó, mientras recorría el salón incapaz de contener su pánico—, la casa está destrozada, ha luchado como una leona, pero Ibai no está, se lo han llevado, se han llevado al niño —gritó completamente fuera de sí.

«Sabes que es un infarto porque sientes que vas a morir.»

Todo su organismo se colapsó. Amaia sentía la presión de un océano sobre el pecho, la conciencia del latido que no se ha producido, la certeza de que iba a morir, y el alivio de saber que será un segundo, que después cesará el dolor.

Tomó aire, con el intenso olor a ozono de la tormenta, entrando a raudales, insuflado, quizá, por un *inguma* benévolo, por una criatura invisible sobre su boca y su nariz, rescatándola de aquel mar quieto y espeso que casi había aceptado.

Tomó aire, una y otra vez, jadeando.

—Para el coche —gritó a Jonan.

Lo echó a un lado y Amaia casi bajó antes de que llegase a detenerlo del todo. Fue hasta la parte delantera del vehículo, y apoyándose en sus propias rodillas se inclinó sin dejar de jadear, hiperventilando, mientras miraba a la negrura del bosque e intentaba calmarse y pensar.

Oyó el coche de Iriarte, que se detenía tras el suyo y se acercaba corriendo.

—¿Se encuentra bien? —preguntó, dirigiéndose a Jonan.

—Casi ha matado a mi tía, y se han llevado a mi hijo.

Iriarte abrió la boca y negó, incapaz de decir nada, Markina se detuvo a su lado sin saber qué hacer. Jonan se llevó ambas manos a la cabeza, incluso Zabalza levantó una mano con la que se cubrió la boca. Sólo Montes habló.

—Por delante no pueden salir, si cerramos esta carretera lo tendrán difícil.

—Él es de aquí, conoce las carreteras, podrían estar ya en Francia.

—De eso nada —insistió Montes—. Voy a dar el aviso y llamaré también a Padua y a la Ertzaintza por si van hacia Irún, y a los gendarmes, por si como usted dice van hacia Francia, pero yo no lo creo, no han tenido tiempo, jefa; si es de aquí, como dice, no irá a ninguna parte con esta tormenta, se esconderá en un lugar conocido. Va con una anciana y un bebé, es lo más lógico.

—La casa del padre —respondió ella inmediatamente—, es hijo de... Esteban Yáñez, de Elizondo; si no está allí, mirad también en Juanitaenea, su padre tiene la llave —dijo, eufórica de pronto, mirando a Montes, agradecida por su entereza.

Volvieron al coche.

—Déjame conducir, Jonan —pidió a su ayudante.

—¿Está segura?

Se sentó tras el volante y permaneció unos segundos inmóvil mientras los otros coches les rebasaban y se perdían en la oscuridad. Puso el motor en marcha y dio media vuelta. Jonan la miraba, apretando los labios en un gesto de preocupación y control que ella conocía bien. Volvió a la carretera y unos metros más adelante tomó el desvío.

La presencia del río clamaba desde la margen derecha y a pesar de la intensa oscuridad su fuerza resultaba palpable como una criatura viva. Condujo a gran velocidad entre los jirones de niebla, que parecían dibujar otra carretera sobre la existente, como un camino para criaturas etéreas que siguiendo aquella senda se dirigían al mismo lugar que ella. Era una suerte que fuese de noche. Las ovejas y las *pottokas* estarían recogidas, porque si chocaba contra una a aquella velocidad se matarían seguro. Identificar un lugar del monte en plena noche es muy difícil, más cuando las referencias visuales están alteradas por una tormenta. Detuvo el coche en el camino y bajó iluminando el borde con su linterna. Todo parecía igual, pero al dirigir la luz a lo lejos pudo distinguir la pared del caserío cerrado en mitad del campo, al otro lado del río. Regresó al coche.

—Jonan, tengo que irme, no puedo pedirte que vengas porque me guía una corazonada. Si van donde creo que van, lo harán por la carretera y después por la pista, pero yo llegaré antes por aquí, es mi única oportunidad.

—Voy con usted —contestó él bajando del coche—. Por esto no quería que el juez viniera con nosotros, usted ya sabía que quizá tendría que hacer algo así.

Ella le miró, preguntándose cuánto de la conversación entre ella y Markina había escuchado. Decidió que no importaba; eso ahora daba igual.

La ladera resultaba bastante resbaladiza, pero la tierra reblandecida resultó de ayuda al permitirles hundir los pies hasta alcanzar la orilla del río. El agua pasaba suavemente por entre las herrumbrosas barandillas del puente, que se balanceaban a punto de caer. La construcción por debajo resultaba invisible y en el lado izquierdo, una gran cantidad de ramas y hojas se amontonaba contra el costado y la barandilla, formando una pequeña presa. Apuntaron hacia allí sus linternas, conscientes de que en cualquier momento cedería. Se miraron y echaron a correr. Llegar al otro lado no alivió la sensación de caminar en el agua. El río había penetrado casi un palmo en toda la pradera. Por suerte, el terreno había permanecido firme, debido a la hierba rala que lo tapizaba, pero, sin embargo, resultó extraordinariamente resbaladizo dificultando cada paso. Llegaron al caserío, y al rebasarlo vieron la linde del bosque. Amaia miró con una mezcla de aprensión y decisión, que era lo único que la dirigía. Y sin embargo, el bosque supuso un alivio. Las copas de los árboles habían actuado como un paraguas natural y el suelo apenas delataba las intensas lluvias de los últimos días. Corrieron entre la espesura apuntando sus linternas e intentando vislumbrar con los flashes de los relámpagos el final de aquel laberinto. Corrieron un buen rato escuchando tan sólo el crujir de la hojarasca y sus propias respiraciones, hasta que ella se detuvo de pronto; Jonan lo hizo a su lado, jadeando.

—Ya tedríamos que haber salido. Nos hemos perdido.

Jonan apuntó el haz de su linterna alrededor sin que el bosque les ofreciese una pista de hacia dónde se encontraba la salida. Amaia se volvió hacia la oscuridad.

—¡Ayúdame! —gritó a la oscuridad.

Jonan la miró, confuso.

—Creo que tiene que estar unos metros más allá...

—¡Ayúdame! —gritó de nuevo a la oscuridad, ignorando a su compañero.

Jonan no dijo nada. Permaneció en silencio mirándola mientras apuntaba su linterna al suelo. Ella permaneció inmóvil con los ojos cerrados como si rezase.

El silbido sonó tan fuerte, tan cerca, que el sobresalto hizo que Jonan perdiese la linterna. Se agachó a recogerla y cuando se irguió, ella había cambiado. La desesperación había desaparecido y la resolución la sustituía.

—Vamos —indicó, y emprendieron la marcha.

Un nuevo silbido un poco hacia la derecha les hizo variar el camino, y uno más largo y fuerte sonó frente a ellos cuando salieron del bosque. La llanura donde días atrás pastaban las ovejas estaba desaparecida bajo el agua, y enfrente, la pequeña regata de las lamias que se unía allí al río descendía por la ladera atronadora como una gran lengua de agua que impedía ver las rocas y los helechos que la formaban. Buscaron el pequeño puentecillo de cemento sobre el río furioso. Aun así era el mejor lugar para cruzar. Cogidos de la mano comenzaron a atravesarlo, y ya casi lo habían logrado cuando una gruesa rama de las muchas arrastradas por el río golpeó a Jonan en el tobillo haciéndole perder el equilibrio. Quedó de rodillas en el puente y el agua le pasó por encima. Amaia no le soltó. Afianzando su peso tiró de él, que se incorporó y salió del cauce.

—¿Estás bien?

—Sí —respondió—, pero he perdido la linterna.

—Ya estamos cerca —dijo ella corriendo hacia la ladera.

Atravesaron el sotobosque y comenzaron a subir por el costado de la montaña. Cuando Amaia notó que Jonan se rezagaba, se volvió a mirar y al apuntarle con su linterna vio la causa: el tronco que lo había derribado había abierto un profundo corte en su tobillo, los vaqueros estaban empapados de sangre que también cubría parte del zapato.

Volvió atrás.

—Oh, Jonan...

—Estoy bien, vamos —dijo él—. Siga, yo la alcanzaré.

Ella asintió. Odiaba la idea de dejarle atrás, herido, sin linterna y en pleno monte, pero siguió avanzando a toda prisa hasta que unos metros más adelante notó que él ya no estaba a su lado. No podía detenerse. Ambos lo sabían. Alcanzó la altura media de la ladera y rodeó la roca que tapaba la entrada de la cueva, y desde fuera percibió la luz. Sacó su Glock y apagó la linterna.

—Ayúdame, Dios —pidió en susurros—, y ayúdame tú también, maldita reina de las tormentas —dijo con rabia.

Sinuosa, se deslizó por la pequeña ese que dibujaba la entrada y que actuaba como barrera natural. No se oía nada. Escuchó atenta y percibió el roce de ropa y pisadas sobre el suelo, y de pronto, uno de aquellos ruiditos adorables que hacía Ibai. Los ojos se le llenaron de lágrimas. Se sentía tan agradecida de que su pequeño estuviese con vida, que habría caído de rodillas allí mismo ante el dios que velaba por los niños. Pero en lugar de eso se pasó una mano furiosa por la cara, arrastrando cualquier resto de llanto. Giró hacia el interior, apuntando con su arma, y lo que vio le heló la sangre. Ibai estaba tendido en el suelo, en el centro de un intrincado dibujo que parecía trazado con sal o cenizas blancas, y rodeado de velas que habían templado el ambiente, consiguiendo que el niño no llorase de frío a pesar de que sólo llevaba puesto el pañal.

A su lado vio una escudilla de madera y otro recipiente de cristal junto a un embudo metálico, y las escenas que Elena le había narrado vinieron a su mente con fuerza. Ajeno a todo, Ibai jugaba intentando coger sus propios pies. Rosario, de rodillas en el suelo, blandía un puñal sobre la tripita del niño como si trazase dibujos invisibles sobre él. Llevaba el mismo plumífero enorme ahora abierto, y bajo él pudo ver que se había vestido con un jersey negro, un pantalón del mismo color, unas deportivas, y el pelo recogido hacia atrás en un moño... El doctor Berasategui, aquí más tarttalo que nunca, inclinado a su lado, sonreía fascinado por el acto, mientras recitaba algo parecido a una canción que Amaia no reconoció.

El corazón le latía desbocado y sintió el sudor chorreando por sus manos hasta formar una gruesa gota que se deslizó por su muñeca, con un suave cosquilleo, cuando alzó el arma. Ya sabía que sentía miedo, lo sabía antes de entrar en la cueva, y que cuando estuviese ante ella el terror regresaría. Pero también sabía que continuaría, sin embargo.

Él la vio primero, la miró con interés, como si fuese un invitado inesperado, pero en absoluto desagradable.

Rosario alzó la mirada y cuando clavó sus ojos oscuros en ella, Amaia volvió a tener nueve años. Sintió cómo sin decir nada lanzaba hacia ella la soga, la tela de araña de su control, y durante un instante la dominó de nuevo, trasladándola a su cama de niña, hasta la artesa de la harina, hasta su tumba.

Ibai emitió un suave quejido, como si fuese a empezar a llorar, y eso fue suficiente para traerla de vuelta y para romper la esclusa que había contenido su furia. No había esperado la ira, bestial y racional a un tiempo, que tensó su cuerpo y clamó en su cerebro, con una sola orden que anulaba la alerta roja del miedo y que le rogaba: «Acaba con ella».

—Tira el cuchillo, y apártate de mi hijo —dijo con firmeza.

Rosario comenzó a sonreír, pero se detuvo en mitad del gesto como si algo hubiera llamado su atención.

—Continúa —instó Berasategui, ignorando la presencia de Amaia.

Pero Rosario ya se había detenido y miraba a Amaia con la atención que se presta a un enemigo antes de su próximo movimiento.

—Juro por Dios que os volaré la cabeza si no os apartáis del niño.

El rostro de Rosario se contrajo mientras todo el aire de sus pulmones escapaba en un quejido. Dejó el cuchillo en el suelo, a su lado, y se inclinó sobre el niño abriendo los adhesivos de su pañal.

—Arggggg —gimió al verlo.

Tendiendo una mano al doctor se apoyó en él para alzarse.

—¿Dónde está la niña? —gritó—. ¿Dónde está la niña? Me habéis engañado. —Clavó de nuevo sus ojos en Amaia y preguntó—: ¿Dónde está tu hija?

Ibai rompió a llorar, asustado por los gritos.

—Ibai es mi hijo —respondió ella con firmeza, y mientras lo hacía supo que aquella afirmación era toda una declaración de intenciones. Ibai, el niño del río, «el niño que iba a ser niña y cambió de opinión en el último momento», «si has tenido un niño, será porque tiene que ser así».

—Pero era una niña, Flora me lo dijo —protestó, confusa—. Tenía que ser una pequeña zorra, tenía que ser el Sacrificio.

Berasategui miró al niño con gesto de fastidio, y perdido todo interés, retrocedió hasta la pared.

—Como mi hermana...

Rosario pareció sorprendida un instante antes de responder.

—Y como tú misma... ¿O crees que he acabado contigo?

El llanto de Ibai se había redoblado y en el interior de la cueva resultaba ensordecedor, clavándose en sus tímpanos como una arista afilada. Rosario le dedicó una última mirada y avanzó en dirección a Amaia.

—Quieta —ordenó, sin dejar de apuntarla con su arma—. No te muevas.

Pero ella siguió avanzando mientras Amaia giraba a su vez como si protagonizasen un extraño baile de distancias que la llevaba hacia el interior de la cueva y la acercaba más al lugar donde estaba Ibai. La distancia que las separaba seguía intacta, como los imanes de idéntica carga, repeliéndolas, impidiendo que estuviesen más cerca. Continuó apuntándola con la pistola mientras vigilaba a Berasategui, que casi parecía divertido con todo aquello, hasta que la anciana llegó a la entrada de la cueva y desapareció. Amaia se volvió entonces hacia él, que sonrió, encantador, alzando las manos y dando un paso hacia la boca de la cueva.

—No te equivoques —dijo Amaia muy tranquila—. Contigo no me temblará la mano, da un paso y te mato.

Él se detuvo haciendo un gesto de resignación.

—Contra la pared —ordenó.

Sin dejar de apuntarle se acercó un poco y le lanzó las esposas.

—Póntelas.

Obedeció sin dejar de sonreír y después levantó ambas manos para demostrar que ya estaba.

—Al suelo, de rodillas.

Berasategui acató la nueva orden con un gesto parecido a la desgana, como si en lugar de estar deteniéndole le hubiese pedido algo más grato.

Ella se acercó entonces al niño y lo levantó del suelo derribando algunas velas que quedaron tumbadas en el suelo sin apagarse. Abrazó al niño pegándolo a su pecho mientras lo abrigaba entre su ropa y lo besaba comprobando que estaba bien.

—Inspectora —llamó Jonan desde fuera.

—Aquí, Jonan —gritó aliviada al oír su voz—. Aquí.

Ni por un instante se le pasó por la cabeza la posibilidad de salir a perseguirla bajo la tormenta. No iba a dejar a Jonan, herido, custodiando a un detenido, y por supuesto no iba a dejar a Ibai. Comprobó su teléfono y miró al subinspector.

—No tengo cobertura.

Él asintió.

—En la ladera sí que había, al menos eso sí lo he podido hacer. Ya vienen.

Ella, suspiró aliviada.

El operativo de búsqueda se puso en marcha de inmediato, y en él colaboraron tanto la Policía Foral como la Guardia Civil. Trajeron hasta una unidad con perros desde Zaragoza y tras veinticuatro horas de búsqueda y cuando unos voluntarios localizaron el plumífero de gorro de esquimal que llevaba Rosario enganchado en unas ramas casi dos kilómetros río abajo, Markina estudió durante unos segundos el estado de la prenda, que ponía de manifiesto los muchos golpes y arañazos recibidos, y dirigiéndose a los mandos canceló el operativo.

—Con la fuerza que lleva el agua, si cayó aquí ayer ya estará en el Cantábrico. Vamos a dar aviso a todos los pueblos y a las patrulleras de la costa, pero ayer vi bajar por el río troncos más gruesos que un cuerpo que el agua llevaba como si fueran palillos —dijo el voluntario de Protección Civil.

Amaia regresó a la casa que sin Engrasi sólo era una casa, y mientras veía a su hijo dormir se abrazó a James.

—Me da igual lo que digan, yo sé que Rosario no está muerta.

Él la estrechó sin contradecirla, sólo preguntó:

—¿Cómo lo sabes?

—Porque aún siento su amenaza, como una soga que nos ata, sé que está ahí fuera en alguna parte y sé que aún no ha terminado.

—Es mayor y está enferma. ¿De verdad crees que salió del bosque y llegó a algún lugar donde pudiera ponerse a salvo?

—Yo sé que mi depredador está ahí fuera, James. Jonan cree que pudo desprenderse del abrigo durante la huida.

—Amaia, déjalo por favor— y la abrazó aún más fuerte.

42

Entró en la sala de interrogatorios acompañada por Iriarte. Berasategui sonrió al verla. Había visto a menudo en la televisión al abogado que lo acompañaba. No se levantó cuando Iriarte y ella entraron, y se estiró cuidadosamente la chaqueta del caro traje antes de hablar. Amaia se preguntaba cuánto cobraría por hora.

—Inspectora Salazar, mi cliente desea darle las gracias por lo que ha hecho por salvarle. Si no llega a ser por usted, las cosas podían haber sido muy distintas.

Ella miró a Iriarte y casi se habría divertido de no estar tan triste.

—¿Ésa será la estrategia que piensan utilizar? —preguntó Iriarte—. Intentará hacernos creer que es sólo una víctima de las circunstancias.

—No es una estrategia —contestó el abogado—. Mi cliente actuó bajo amenazas de una enferma mental peligrosa; espero que me disculpe —dijo, dirigiéndose a Amaia.

—Visitó a Rosario en Santa María de las Nieves haciéndose pasar por un familiar, usando documentación falsa —dijo Iriarte, colocando ante él las fotografías obtenidas de las cámaras de la clínica.

—Sí —admitió el pomposo abogado—. Mi cliente es culpable de exceso de celo profesional. Le apasionaba el caso de Rosario, había hecho amistad con ella cuando la conoció años atrás en otro hospital y le tenía gran cariño. Sólo podía recibir visitas de familiares, así que mi cliente, sin ninguna mala intención en absoluto, se hizo pasar por un familiar para poder verla.

—Usó documentación falsa.

—Sí, lo admite —dijo conciliador el abogado—, estoy seguro de que el juez verá que no hubo mala intención; seis meses a lo sumo.

—Espere para hacer la suma, abogado, aún no he terminado —dijo Iriarte—. Le entregó un arma que introdujo en la clínica. —El abogado comenzó a negar con la cabeza—. Un antiguo bisturí que obtuvo del lugar donde se escondió Antonio Garrido.

La sonrisa de Berasategui sufrió un leve cortocircuito antes de volver a aparecer en su rostro.

—No puede probar eso.

—¿Quiere hacerme creer que ella le obligó?

—Ya vio lo que le hizo al celador, al doctor Franz, y a su pobre tía... —añadió el abogado, mirando a Amaia.

—Antonio Garrido está vivo —intervino Amaia por primera vez, mirando fijamente al doctor.

Berasategui sonrió y también se dirigió a ella.

—Bueno, eso es circunstancial —respondió sin dejar de mirarla—. Ya sabe cómo es esto de la vida, lo único que sabemos con certeza es que moriremos.

—¿Hará que se suicide?

Berasategui sonrió paciente, como si el comentario fuese completamente obvio.

—Yo no haré nada, lo hará él; es un hombre muy perturbado, le traté durante algún tiempo y es un suicida potencial.

—Sí, lo mismo que Quiralte, Medina, Fernández, Durán. Todos pacientes suyos, todos muertos. Todos asesinaron a mujeres de su ámbito nacidas en Baztán, todos firmaron sus crímenes del mismo modo —dijo señalando las fotos en las que se veían las paredes de las celdas—, y de todos los escenarios alguien se llevó un trofeo, cortado con una sierra de amputar antigua obtenida de Hospitalenea, el lugar donde se escondía su servidor, Antonio Garrido.

—Bueno, el índice de suicidios entre personas tan violentas es muy alto y, como soy inocente, estoy seguro de tener una coartada para cada ocasión.

Iriarte abrió una nueva carpeta de la que extrajo seis fotos que colocó frente al abogado y su cliente.

—Todos los miembros amputados en estos crímenes fueron hallados en Arri Zahar hace un año, había huellas de dientes humanos en algunos de ellos. No sé si está al día de los avances en odontología forense, pero con un molde de su boca no costará mucho establecer la relación.

—Siento decepcionarle una vez más. Sufrí un accidente de coche en la adolescencia, con una grave fractura de mandíbula y la pérdida de varias piezas dentales. Son implantes —dijo forzando una sonrisa que permitió ver toda su dentadura—, implantes, como miles de implantes, suficiente para crear una duda razonable en un jurado.

Su abogado asintió, vehemente.

—Volvamos con su servidor.

—Volvamos —admitió ufano Berasategui, para desconcierto de su abogado.

—Garrido admitió ser el autor de las profanaciones que han venido sucediéndose en la iglesia de Arizkun.

—No sé qué puede tener que ver... —protestó el abogado.

—En esas profanaciones se dañaron bienes de la iglesia, pero además se usaron restos humanos obtenidos de un cementerio familiar.

La sonrisa de Berasategui era tan radiante que por un momento logró atraer la atención de todos, incluido el abogado, que cada vez estaba más confuso, pero él únicamente miraba a Amaia.

—¿Le gustó eso, inspectora?

Todos quedaron en silencio observando la sonrisa del psiquiatra y el rostro neutro de la inspectora que parecía lavado de cualquier expresión.

—La discordancia y el principio —dijo ella de pronto.

El doctor Berasategui se volvió levemente hacia ella, dedicándole toda su atención.

—El principio y la discordancia —repitió Amaia.

Él miró a Iriarte y a su abogado, encogiéndose de hombros, con claro gesto de no entender.

—En una investigación de asesinato, la discordancia da la clave y el principio da el origen, y en todo origen subyace el fondo de su fin.

Él elevó las manos esposadas en el universal gesto de demanda.

—¿No me entiende, doctor Berasategui, o debería decir doctor Yáñez?

La sonrisa se le heló en el rostro.

—Ése es el principio, el origen, hijo de Esteban Yáñez y Margarita Berasategui. Esteban Yáñez, un jubilado que cuida el huerto que rodea mi casa y que halló el *itxusuria* de mi familia. Él le proporcionó los huesos a Garrido, lo tengo en la sala contigua; ha declarado que no sabía que iban a profanar una iglesia y que lo de los huesos le pareció una broma macabra adecuada por ir a molestarle a las que él consideraba sus tierras. Y Margarita Berasategui, la mujer de la que tomó el apellido como un homenaje, una pobre mujer aquejada de depresión toda su vida; debió de ser duro para un crío crecer en un hogar triste y oscuro plagado de silencios y llantos, una tumba para una mente brillante como la suya, verdaderamente insoportable, ¿verdad? Ella se esforzaba, su casa siempre estaba limpia, la ropa planchada y la comida hecha. Pero eso no es suficiente para un niño; un niño necesita juegos, amor, compañía y cariño, y ella no soportaba que la tocases, ¿verdad? Ella nunca lo hacía, quizá presentía la clase de monstruo que eras; una madre siempre sabe esas cosas.

Ya lo había intentado otras veces, se tomaba un montón de aquellos tranquilizantes, pero nunca suficientes, quizá porque realmente no quería morir, sólo ansiaba vivir de otra manera. Un día, cuando regresaste del colegio y la encontraste medio inconsciente con uno de aquellos frascos de pastillas volcado en su regazo, hiciste el resto, colocaste la escopeta de tu padre frente a ella y quizás usando su propia mano le volaste la cabeza. Nadie dudó porque era sabido cómo estaba, y que ya había tonteado con el suicidio antes, y en una zona, además, que tiene uno de los índices más altos de suicidios del país. Nadie, excepto tu padre. Debió de darse cuenta nada más entrar y ver sus sesos salpicando las paredes y el techo: Margarita podía estar derrumbándose pero mantenía su casa como una patena; las mujeres pocas veces se suicidan de un modo tan sucio, y ella menos que nadie. Por eso te sacó de su casa, por eso te envió lejos, y por eso aún te teme y te obedece.

»Ahí está el origen, renunciaste a tu padre quitándote su apellido, pero no tomaste el de tu madre, tomaste el nombre de tu primera víctima.

Berasategui permanecía inmóvil escuchando con atención y sin mover un músculo.

—¿Tiene alguna prueba de todo eso que dice? —preguntó el abogado.

—Y ahora viene la discordancia —continuó ella, ignorando al abogado y sin perderse detalle del rostro de Berasategui—. Todas mujeres adultas y de Baztán, todos sus asesinos habían recibido terapia para el control de la ira, el mejor contexto para encontrar a alguien manipulable a quien dirigir.

—No soy un manipulador —susurró él.

Su abogado se había separado un poco de la mesa, como estableciendo una muralla invisible entre ambos.

Ella sonrió.

—Claro que no, cómo he podido cometer ese error, es algo que lleváis a honor los inductores. Vosotros no manipuláis; la diferencia es que vuestras víctimas sí desean hacer lo que hacen, ¿no es cierto? Desean servirte y hacen lo que deben hacer, que casualmente es lo que tú esperas de ellos.

Él sonrió.

—Y de entre todo ese orden y concierto, una discordancia llamada Johana Márquez. Me consta que lo intentaste con su padre, pero era una especie de bestia con la que tu control no funcionaba; sin embargo, no pudiste resistirte a la emoción que te provocaba Johana, el deseo de arrebatarle la vida, la carne suave y prieta bajo su piel perfecta que aquel animal de padre iba a profanar en cualquier momento. —Amaia observó cómo Berasategui entreabría los labios y pasaba suavemente la lengua por la comisura de su boca—. La acechaste como un lobo hambriento, esperando hasta que llegó el momento que sabías que llegaría. La codicia te pudo más, no fuiste capaz de resistirte. ¿Verdad? Mordiste a Johana Márquez en aquella borda cuando te cobraste tu trofeo. Puede que con las prótesis dentales hubiese una duda razonable, pero dejaste tu saliva en ese pequeño trocito mimado de carne que guardas entre los demás, como un manjar que deseas conservar pero al que a la vez no te puedes resistir —dijo citando las palabras de Jonan.

Él la miró, compungido.

—Johana —dijo, mientras negaba con la cabeza.

Hacía dos días que no llovía y el sol había hecho su aparición entre las nubes, volviéndolo todo más brillante y real.

A primera hora de la mañana, había visitado el Instituto Navarro de Medicina Legal. Insistió en entrar sola, aunque James y sus hermanas esperaban en el coche.

San Martín vino hacia ella al verla y cuando la tuvo enfrente la abrazó brevemente mientras preguntaba:

—¿Cómo está?

—Bien —respondió ella, tranquila y aliviada al verse libre del abrazo.

El doctor la acompañó hasta su despacho oficial, lleno de esculturas de bronce, que nunca usaba porque prefería la atestada mesa del rincón de abajo.

—Son formalidades, inspectora —dijo, tendiéndole unos documentos—. Cuando los haya firmado podré hacerle entrega de los restos.

Ella firmó con rápidos garabatos y casi salió huyendo de la amable atención de San Martín.

Ésa había sido la parte fácil. Ahora, con el sol templándole la espalda y la tumba abierta a sus pies, casi lamentaba que no lloviese. No debería brillar el sol en los entierros, los hace más vivos, más brillantes e insoportables; la calidez de la luz sólo consigue mostrar el horror con toda la crueldad de una herida abierta.

Se arrodilló en el suelo que aún conservaba la humedad de las intensas lluvias y olió su aroma rico y mineral. Con cuidado empujó los pequeños huesos al interior de la fosa y los cubrió aplanando la tierra con las manos. Después se volvió a mirar a sus hermanas y a James, que sostenía a Ibai en los brazos, y a la incombustible Engrasi, que, coqueta, se había puesto un sombrero sobre el vendaje que le cubría la mitad de la cabeza.

Glosario

CAGOT: uno de los nombres más antiguos con los que se identificaba a los agotes, y del que seguramente deriva la palabra agote.

INGUMA: espíritu, normalmente de naturaleza maligna que roba el aliento a los humanos mientras duermen levitando sobre su pecho y acoplando sus fauces sobre la boca y nariz del durmiente.

KAIXO: hola.

MAITIA: querido, cariño.

TTIKITTO: niño.

ZORIONAK, AITA: felicidades, papá.

Agradecimientos

Agradezco su colaboración a todos los que pusieron de nuevo su talento y conocimientos a mi servicio para lograr hacer de esta fantasía la realidad palpable que ahora sostenemos entre las manos. Cualquier error u omisión, que habrá muchos, son enteramente responsabilidad mía.

Gracias al doctor Leo Seguín de la Universidad de San Luis.

A Paloma Gómez Borrero.

A la Policía Foral de Navarra y en especial a la Unidad de Elizondo, AURRERA. *Milesker*.

A Mario Zunzarren Angos, comisario principal de Pamplona, Policía Foral.

Al capitán de la policía judicial de la Guardia Civil de Pamplona.

A Juan Mari Ondikol y Beatriz Ruiz de Larrinaga de Elizondo, precursores de las visitas guiadas que se realizan en torno a los escenarios de la Trilogía del Baztán en Elizondo.

Al cuerpo de Bomberos de Oronoz-Mugairi en la persona de Julián Baldanta.

Al pelotari Oskar Lasa, Lasa III, porque a veces una conversación da para mucho.

A Isabel Medina por contarme una preciosa historia de Baztán.

A Mari, es lo justo.